Alexey Pehov

Blitz

ALEXEY PEHOV

BLITZ

DIE CHRONIKEN VON HARA 2

Aus dem Russischen
von Christiane Pöhlmann

Piper München Zürich

Von Alexey Pehov liegen bei Piper vor:

Schattenwanderer. Die Chroniken von Siala 1
Schattenstürmer. Die Chroniken von Siala 2
Schattentänzer. Die Chroniken von Siala 3
Wind. Die Chroniken von Hara 1
Blitz. Die Chroniken von Hara 2

Die russische Originalausgabe erschien 2006
unter dem Titel »Veter polyni« bei AL'FA-KNIGA,
Moskau.

MIX
Papier aus verantwortungsvollen Quellen
FSC® C083411

ISBN 978-3-492-70274-4

Karte: Erhard Ringer
Satz: Tobias Wantzen, Bremen
Druck und Bindung: CPI – Clausen & Bosse, Leck
Printed in Germany

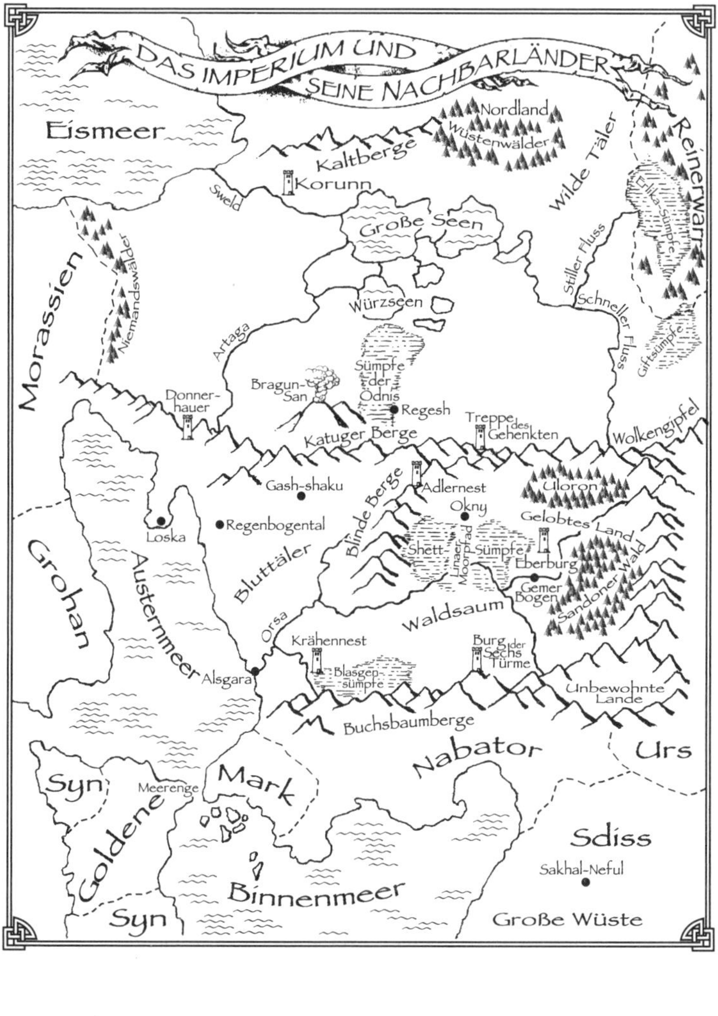

Das Imperium und seine Nachbarländer
Eismeer
Kaltberge
Nordland
Wüstenwälder
Wilde Täler
Reinerwarr
Korunn
Sweld
Große Seen
Erika-Sümpfe
Morassien
Niemandswälder
Stiller Fluss
Schneller Fluss
Würzseen
Giftsümpfe
Artaga
Sümpfe der Ödnis
Bragun-San
Donner-hauer
Regesh
Treppe des Gehenkten
Katuger Berge
Wolkengipfel
Gash-shaku
Adlernest
Uloron
Blinde Berge
Okny
Gelobtes Land
Loska
Regenbogental
Shett-Sümpfe
Linaer Moorpfad
Eberburg
Grohan
Austernmeer
Bluttäler
Gemer Bogen
Sandoner Wald
Waldsaum
Orsa
Krähennest
Burg der Sechs Türme
Alsgara
Blasgen-sümpfe
Unbewohnte Lande
Buchsbaumberge
Nabator
Urs
Syn
Meerenge
Mark
Goldene
Sdiss
Sakhal-Neful
Binnenmeer
Syn
Große Wüste

Wer Sturm sät,
wird einen Orkan ernten.

Kapitel I

Es scherte Luk nicht weiter, dass Ga-nor düster wie eine Gewitterwolke dreinblickte.

Was sollte er von dem Fährtenleser, der Berge und Eiswüsten gewohnt war, auch schon anderes erwarten? Nein, ihn wunderte nicht, dass der Nordländer den Dreck, den Gestank, die engen Straßen und all die Menschen nur schwer ertrug. Vor allem, da diese Gaffer ständig mit dem Finger auf den Irbissohn zeigten. So selten, wie sich ein Nordländer in diesen Teil des Imperiums verirrte, hätte aber wohl auch nur ein Blinder nicht auf den hochgewachsenen rothaarigen Mann in Kilt und Lederweste geachtet.

»Wie lange wollen wir hier eigentlich noch rumsitzen?«, fragte Ga-nor in einem derart nörgelnden Ton, dass Luk es für unter seiner Würde hielt, ihm zu antworten.

»Oh, dem Herrn hat's anscheinend die Sprache verschlagen«, stichelte Ga-nor.

»Da platzt doch die Kröte!«, empörte sich Luk nun doch.

»Du bist ja schon fast selbst wie deine Kröte – und platzt gleich«, knurrte Ga-nor. »Wohl vor Angst?«

»Lass mich einfach in Ruhe!«, fuhr Luk ihn an. »Ich hab nämlich nicht die geringste Lust, mit dir zu reden.«

Laut schnaufend stand Ga-nor daraufhin auf, stiefelte zu einem Fensterbrett hinüber und nahm darauf Platz, um finster auf die Stadt und das Meer in der Ferne hinauszustarren.

Seit geschlagenen zwei Stunden warteten sie nun schon hier, in diesem riesigen Saal mit der hohen, kuppelförmigen Decke, den unzähligen Fenstern und den wuchtigen Kristalllüstern, die im Sonnenlicht glitzerten. Der Raum schien in diesem Licht förmlich zu ertrinken. Die auf Hochglanz polierten Marmorfliesen des Fußbodens spiegelten jede Nuance des goldenen und orangefarbenen Lichtes wider, warfen es an die Wände, die Säulen und Statuen.

All diese Pracht würdigte Luk jedoch keines Blickes. Dazu wühlte ihn die bevorstehende Audienz, die man ihm nun endlich gewährte, viel zu sehr auf.

Immer wieder war er versucht, aus dem Turm zu fliehen – aber letzten Endes wusste er genau, dass sich ihm nicht so schnell wieder die Gelegenheit böte, zu einer Schreitenden vorgelassen zu werden. Abgesehen davon würde Ga-nor in diesem Fall vor Wut toben, weil sie ihre Zeit in Alsgara umsonst vergeudet hatten. Womöglich brachte er sogar jemanden um. Er, Luk, konnte aber getrost darauf verzichten, seine Tage im Kerker zu beschließen.

Er hatte keine Ahnung, wie es Giss gelungen war, eine der Magierinnen dazu zu bringen, sie zu empfangen. Und bis zuletzt hatte er nicht an den Erfolg des Magisters geglaubt, schließlich wussten alle, dass die Schreitenden die Angehörigen des Purpurnen Ordens zwar dulden, sie aber nicht besonders gut leiden können.

Doch dann hatte Giss sie tatsächlich in den Turm der Schreitenden gebracht.

Ga-nor dagegen war es im Grunde einerlei, ob diese Audienz zustande kam oder nicht. Keine Träne hätte er vergossen, wenn die Schreitenden, für die er keine sonderliche Sympathie hegte und denen er nicht über den Weg traute, ihn nicht empfangen hätten. Dafür gab es eine Erklärung: Als er noch ein kleiner Junge gewesen war, hatte eine Trägerin der Gabe seine Heimat besucht. Doch auch sie hatte nichts gegen den abgefeimten Untoten auszurichten vermocht, der damals in seinem Dorf gewütet hatte: Er hatte die Schreitende verschlungen, ohne auch nur den geringsten Schaden zu nehmen.

Seit dieser Zeit stand der Irbissohn der Magie derjenigen, die sich mit ihrem Funken brüsteten, höchst skeptisch gegenüber. Wenn es nur nach ihm gegangen wäre, hätte er auf diese Audienz ebenso bereitwillig verzichtet wie ein Blasge auf Schuhe. So jedoch hielten ihn der Respekt und die Freundschaft mit seinem Gefährten aus der Burg der Sechs Türme davon ab, alles und jeden ins Reich der Tiefe zu wünschen und zu einem der Kriegsschauplätze zu eilen – statt sich im Vorzimmer dieser Magierinnen den Kilt durchzusitzen.

Endlich öffnete sich eine Tür, und ein Jüngling eilte auf sie zu. Er hatte ein schmales Gesicht, ein spitzes Kinn und abstehende Ohren, die seiner ganzen Erscheinung etwas Komisches verliehen. Ein purpurnes Seidenwams und schwarze Hosen wiesen ihn als Dämonenbeschwörer aus. Genauer gesagt als angehenden Dämonenbeschwörer.

Vor ihnen stand Ashan, der einzige Schüler von Giss.

»Meister Luk, Meister Ga-nor, Ihr werdet jetzt vorgelassen«, erklärte er ihnen mit heller Stimme. »Meister Giss bittet Euch, zu ihm zu kommen.« Daraufhin stürzte er davon, ohne sich zu vergewissern, ob ihm die beiden auch folgten.

Die drei durchquerten zahllose leere Gänge mit Mosaikböden und Fenstern und stiegen eine breite Wendeltreppe hinauf, über die sich ein Sdisser Läufer zog.

»Sag mal, täusche ich mich«, flüsterte Luk Ga-nor zu, »oder ist der Turm im Innern wirklich viel größer, als du von außen annimmst?«

Dieser zuckte bloß die Achseln, doch Ashan, der die Frage gehört hatte, hielt es für seine Pflicht, sie zu beantworten: »Die Schreitenden nennen dieses Phänomen *Spiel mit dem Raum.* Es bedeutet, dass auch ein äußerlich kleiner Bau ein weitläufiges Inneres haben kann. Solche Anlagen haben die Magierinnen und Magier der Vergangenheit geschaffen. Sie waren echte Meister.«

»Heißt das, heute ist dazu niemand mehr imstande?«

»Nein, Meister Luk«, antwortete Ashan. »Dieses Wissen ist in Vergessenheit geraten.«

Die Treppe brachte sie in einen blauen Saal. Hier zogen in einem Springbrunnen perlmuttfarbene Fische ihre Bahn, zwitscherten in großen, vergoldeten Käfigen, die von der Decke herabhingen, Vögel von Inseln, die weit im Süden lagen. Vor den Wänden standen Porzellankübel mit roten Tulpen und kleinen Mandarinenbäumen. Giss wartete an einem offenen Fenster auf sie, die Hände hinterm Rücken verschränkt. Als sich sein Blick auf Luk richtete, zuckte dieser zusammen.

»Die Schreitende empfängt euch jetzt. Habt keine Angst, ich begleite euch.«

»Sehen wir etwa aus, als hätten wir Angst?«, empörte sich Luk.

»Bestimmt nicht«, erwiderte Giss grinsend. »Außerdem möchte ich euch schon jetzt darauf hinweisen, dass ihr eure Waffen abgeben müsst.«

Als Ga-nor das hörte, verzog er das Gesicht, denn er hegte nicht gerade den glühenden Wunsch, seine Klinge fremden Händen anzuvertrauen.

»So sind die Regeln«, erklärte Giss daraufhin. »Auch ich muss mich von meinem Stab trennen.«

»Misstrauen die sogar einem Dämonenbeschwörer?«

»Im Turm gelten eigene Gesetze«, sagte Giss und rang sich ein Lächeln ab.

»Sie dulden euch also, haben euch aber nicht gerade in ihr Herz geschlossen.«

»Wir Dämonenbeschwörer können auf das Wohlwollen der Schreitenden getrost verzichten. Wir tolerieren uns und ziehen alle am selben Strang. Und im Kriegsfall müssen wir erst recht vergessen, dass wir unterschiedliche Prinzipien haben, und die alten Zwistigkeiten hintanstellen. Im ganzen Land kennen die Menschen jetzt nur ein Ziel: Nabator aufzuhalten.«

»Und auch die Verdammten.«

»Und auch die Verdammten«, wiederholte Giss. »Das lässt sich jedoch nur mit vereinten Kräften erreichen. Ebendeshalb werdet ihr vorgelassen. Schließlich gibt es nur wenige Menschen, die schon einmal den sechs Verdammten begegnet sind. Euer Bericht kann sich daher als sehr hilfreich erweisen.«

»Luk hat nur eine gesehen. Die Verdammte Scharlach. Und mir ist noch nie jemand von diesem Pack begegnet.«

»Das habe ich nicht vergessen«, erwiderte Giss und machte die Tür auf, wobei sich die beiden Flügel völlig lautlos öffneten.

Sobald Luk in den Raum trat, fiel ihm die Decke auf, die ihm einen überraschten Laut entlockte: Sie war durchscheinend. Durch sie sah er – und zwar mitten am helllichten Tag – einen nachtschwarzen Himmel, den Abertausende von funkelnden Sternen sprenkelten. Ga-nor hingegen ließ sich eine etwaige Verwunderung nicht anmerken und brummte nur etwas von Magie.

»Das ist der Nachtsaal, den der Skulptor selbst geschaffen hat«, erklärte Giss, der durch den Saal ging, ohne für dieses Wunder auch nur einen Blick übrig zu haben. »In ihm herrscht ewige Nacht, prangen stets Sterne …«

»Und da!«, rief Luk. »Ein Komet!«

In der Tat wanderte gerade ein Komet über den Himmel, der in seiner Helligkeit sogar den Mond übertraf und einen purpurroten Schweif hinter sich herzog.

»Das ist der Künder des Unheils. Er ist einen Tag vor dem Fall der Burg der Sechs Türme aufgetaucht. Leider hat dem damals niemand Bedeutung beigemessen, denn ein solches Phänomen hatte es schon lange nicht mehr gegeben. Ihr müsst wissen, dass der letzte Komet im Krieg der Nekromanten erschienen ist. Fünf Jahrhunderte sind jedoch ein zu langer Zeitraum, als dass sich noch jemand daran erinnert und folglich ein Unglück vermutet hätte. Hätten die Schreitenden indes verstanden, was dieser Komet zu bedeuten hat, wären wir jetzt vielleicht nicht in dieser misslichen Lage.«

»Schauen die Schreitenden denn nie nach oben? Oder sind sie etwa blind wie Eiswürmer?«, knurrte Ga-nor. »In meinem Klan rechnet jedes Kind mit einem Unglück, sobald ein Schweifstern über den Himmel zieht.«

»Zur Entschuldigung der Schreitenden sei gesagt, dass am Himmel unserer Welt kein Komet zu sehen ist. Es gibt ihn nur hier, in diesem Saal. Dieser Umstand soll sie noch immer verwirren. Doch lasst uns über ihr Verhalten lieber erst reden, wenn wir diesen Ort wieder verlassen haben«, bat Giss. »Dies ist nicht gerade der geeignete Zeitpunkt für Gespräche dieser Art.«

Ga-nor brummte bloß zustimmend. Der Dämonenbeschwörer hatte recht: Besser, sie verkniffen sich an diesem Ort jede unziemliche Rede, sonst setzten die Schreitenden sie noch kurzerhand vor die Tür. Und das würde Luk mit Sicherheit nicht verkraften. Der würde dann von frühmorgens bis spätabends jammern und wehklagen und ihn, Ga-nor, mit seinem Gejaule um den Verstand bringen. Dann fiel ihm etwas ein, und er packte Luk am Arm.

»Was ist?«, fragte dieser mürrisch und warf einen letzten Blick auf den Kometen, der ihn über alle Maßen faszinierte.

»Ich hoffe, du hast genug Hirn in deinem Schädel, Lahen mit keinem Wort zu erwähnen?«, flüsterte ihm Ga-nor ins Ohr.

»Da platzt doch die Kröte!«, zischte Luk ihn an. »Für wie dumm hältst du mich eigentlich?! Als ob ich nicht selbst wüsste, dass ich sie besser aus allem raushalte!«

»Die Schreitenden wissen bereits über Lahen Bescheid«, mischte sich da Giss ein.

»Ach ja?«, fragte Luk. »Und worüber genau wissen sie Bescheid?«

»Darüber, dass sie eine Trägerin des Funkens ist.«

»Lahen soll eine Trägerin des Funkens sein? Also ... das kann ich mir ... beim besten Willen nicht vorstellen.«

»Und das soll ich dir abkaufen?«, gab Giss mit einem Grinsen zurück.

»Hast du ihnen das erzählt?«, wollte Ga-nor wissen, dessen blaue Augen bedrohlich funkelten.

»Selbstverständlich nicht. Ich mische mich grundsätzlich nicht in die Angelegenheiten anderer ein – und schon gar nicht, wenn die Gabe im Spiel ist. Der Turm wusste über sie schon lange vor meiner Ankunft in Alsgara Bescheid. Im Übrigen sind wir da«, sagte Giss, dem ins Gesicht geschrieben stand, dass ihn die bevorstehende Audienz nicht sonderlich entzückte.

Vor der Tür hielten vier Gardisten in grau-roten Paradeuniformen Wache, etwas abseits wartete ein schwarz gewandeter Mann, der bereits ungeduldig auf den Füßen wippte. Auf seiner Hemdbrust prangte eine Silberstickerei, ein Funke mit acht Strahlen. Er musste also ein Glimmender sein, denn das Zeichen der Schreitenden war ein roter Kreis oder eine silberne Flamme.

»Irla erwartet Euch, Magister«, teilte ihnen der Mann mit.

Giss bedachte ihn lediglich mit einem kühlen Nicken und nahm den Stab vom Gürtel, um ihn dem Glimmenden auszuhändigen. Der nahm das Artefakt mit einer ironischen Verbeugung an sich.

»Die beiden wissen, dass sie ihre Waffen bei den Gardisten abgeben müssen?«, erkundigte er sich dann bei Giss.

»Wie außerordentlich zuvorkommend von dir, Griho, uns daran zu erinnern«, giftete Giss. »Was täten wir nur ohne deine Fürsorge?«

»Stets zu euren Diensten.«

Luk hatte das Beil gar nicht erst mit in den Turm genommen, sondern es in Giss' Haus unterm Bett versteckt. Deshalb brauchte er dem Soldaten jetzt nur den breiten Dolch zu geben. Ga-nor knöpfte knurrend den Riemen auf, der die Scheide auf dem Rücken hielt, und reichte dem Posten das Schwert. Der Mann nahm es mit einem respektvollen Ausruf an sich. Verständlich. Viele der Waffenschmiede aus dem Norden konnten sich durchaus mit den morassischen Meistern messen. Ga-nors Klinge würde durch das Fleisch des Feindes gehen wie durch Butter.

»Du bleibst hübsch hier draußen, Freundchen«, befahl Griho Ashan.

»Warte bitte hier auf uns, Ashan. Es dauert nicht lang«, wandte sich Giss an seinen Schüler. Für den Glimmenden, der es gewagt hatte, seinem Schüler einen Befehl zu erteilen, hatte er nur einen verächtlichen Blick übrig, in dem die unmissverständliche Warnung zu lesen war: Nicht in diesem Ton, Griho!

Der Glimmende schnaubte nur, öffnete die Tür und ging ihnen voraus, ohne sich auch nur nach ihnen umzusehen.

»Die haben dich ja noch weniger in ihr Herz geschlossen, als ich angenommen hatte«, murmelte Ga-nor.

»Kannst du mir irgendjemanden nennen, der nichts gegen die Angehörigen des Purpurnen Ordens hat?«, erwiderte Giss mit schiefem Grinsen.

»O ja, das kann ich«, gab Ga-nor zurück. »Und mich wundert, dass du noch nichts von ihnen gehört hast. Die Klans aus dem Norden schätzen diejenigen, die gegen Dämonen kämpfen, nämlich sehr.«

»Ich weiß, tut mir leid.« Giss schloss kurz die Augen, um die Maske unerschütterlicher Ruhe wieder vor sein Gesicht zu legen. »Aber der Norden ist weit weg. Wenn du dich inmitten *dieser* Hallen aufhältst, vergisst du manchmal, dass man dich nicht überall als Feind, sondern zuweilen auch als Freund empfängt.«

»Dann komm doch mal zu uns in den Norden. Natürlich nicht im Winter, denn den würdest du kaum verkraften. Aber im Sommer, das müsste dir gefallen. Falls du keine Angst vor Mücken hast, versteht sich.«

»Nein, hab ich nicht«, sagte Giss lachend. »Übrigens war ich bereits einmal in deiner Heimat, allerdings ist das schon fünfzehn Jahre her. Damals hat mich der Klan der Schneehörnchen aufgenommen. Aber die Zeit fürs Reisen ist vorbei, dazu gibt es momentan zu viel zu tun. Abgesehen davon ist der Weg nach Norden versperrt, seit die Armee aus Nabator vor der Treppe des Gehenkten steht.«

»Das ist halb so wild, schließlich bleibt immer noch der Westpass bei Burg Donnerhauer. Der wird bis zur Herbstmitte passierbar sein, jedenfalls solange der Schneefall in den Bergen noch nicht einsetzt. Außerdem sind Burg Adlernest und Okny nicht genommen. Und ehe das nicht geschehen ist, kommen die Nabatorer nicht zur Treppe des Gehenkten durch.«

»Ich fürchte, es ist nur eine Frage der Zeit, wann Okny fällt, mein Freund«, erklärte Giss. »Das Gleiche gilt übrigens für Burg Adlernest. Wenn der Feind die Burg der Sechs Türme nehmen konnte, stellen auch diese Festungen keine Herausforderung für ihn dar. Viele glauben immer noch, der Osten des Imperiums sei uneinnehmbar. Dabei haben wir ihn längst verloren. Wir müssen der Wahrheit ins Auge sehen: Das gesamte Gebiet von den Buchsbaumbergen und dem Waldsaum bis nach Okny, dem Gemer Bogen und den Wäldern der Hochwohlgeborenen befindet sich in Feindes Hand. Und um dieses Land zurückzugewinnen, müssten wir eine Menge Blut vergießen.«

»Unser Blut wird sowieso fließen«, hielt Luk dagegen. »Noch dazu völlig sinnlos. Nabator hat die Sdisser Nekromanten und die Verdammten auf seiner Seite. Gegen eine solche Übermacht kommt niemand an. Nein, am Ende werden wir alle tot sein – oder, schlimmer noch, untot.«

»Die Schreitenden hätten schon längst etwas unternehmen müssen«, knurrte Ga-nor. »Aber statt den Soldaten zu helfen, sitzen sie hier, geschützt hinter soliden Mauern, und züchten Blümchen. Das nenn ich wahrhaft heldenmütig!«

»Du solltest deine Zunge im Zaum halten, Rotschopf«, mischte sich nun Griho ins Gespräch ein. »Wenn der Turm, wie du sagst, nichts unternommen hätte, würden die Untoten längst über die Asche deines Dorfes stampfen. Du hast ja keine Ahnung, wozu diejenigen imstande sind, die über die dunkle Seite der Gabe gebieten.«

»Es mag dich verwundern zu hören, Glimmender, aber ich weiß nur zu genau, wozu Nekromanten fähig sind. Sogar wesentlich besser als du.«

Daraufhin hüstelte Griho bloß, um zum Ausdruck zu bringen, dass er den Worten Ga-nors keinen Glauben schenkte. Nach diesem Wortwechsel durchschritten die fünf die prachtvollen Gänge, Säle und Galerien schweigend. Schließlich begaben sie sich über eine schmale, leise knarzende und silbrig schimmernde Treppe in das nächste Stockwerk hinauf, in dem Griho eine in der Wand verborgene Tür öffnete.

Luk meinte, in einen Kristallkäfig einzutreten, der zwischen Erde und Firmament schwebte. Der Raum bestand aus einem schmalen Gerüst, in dessen Zwischenräume Glas eingelassen war, und schien an unsichtbaren Befestigungen in der Luft zu hängen.

Über ihnen zogen Wolken dahin, unter ihnen glitzerte ein See, der aus dieser Höhe kaum größer wirkte als eine Pfütze. Auf der durchsichtigen Kuppel hatten Schwalben ihre Nester gebaut, unzählige Vögel schossen über den Himmel.

Der Glasboden flößte Luk kein großes Vertrauen ein, denn er fürchtete, dieser Untergrund würde bersten wie das erste Eis, sobald einer von ihnen nur den Fuß auf ihn setzte. Und dann stünde ihnen allen ein Sturz von mindestens zweihundert Yard in die Tiefe bevor.

Ihm wurde mulmig, die Beine drohten ihm wegzuknicken, seine Kehle trocknete aus, und Schweiß trat ihm auf die Stirn. Um das Schwindelgefühl zu überwinden, kniff er die Augen zusammen, doch auch das half nicht – am Ende musste er sich wie ein Ertrinkender mit beiden Armen an Ga-nor festklammern.

»Sieh nicht nach unten!«, riet ihm dieser.

»Leicht gesagt«, stöhnte Luk. »Gleich muss ich kotzen.«

»Ich kann mir kaum vorstellen, dass die Schreitende für eine solche Bekundung von Gefühlen Verständnis aufbrächte«, murmelte Giss. »Reiß dich also gefälligst zusammen!«

»Da platzt doch die Kröte!«, empörte sich Luk, nachdem er die Augen zaghaft wieder geöffnet hatte. »Von klein auf leide ich unter Höhenangst.«

»Wie hast du dann all die Jahre in der Burg der Sechs Türme überstanden?«, fragte Ga-nor verwundert.

»Der Wehrgang war schließlich nur vierzig Yard hoch! Außerdem hattest du Stein unter den Füßen. Aber hier sind es bestimmt ein paar Hundert Yard. Jedes Mal, wenn du nach unten blickst, denkst du, gleich stürzt du in die Tiefe.«

»Das, was der Skulptor geschaffen hat, bricht nicht mir nichts, dir nichts in sich zusammen«, erklärte Giss lächelnd. »Du hast also nichts zu fürchten. Dieser Boden würde selbst den Beschuss mit einem Katapult überstehen.«

Luk verkniff sich jede Erwiderung darauf und sah sich erst einmal um. In der gegenüberliegenden Ecke des Raums saß eine ältere Frau im Schneidersitz auf einem orangefarbenen Sdisser Kissen. Vor ihr schwebte ein dickleibiges Buch in der Luft.

Die Schreitende war derart in ihre Lektüre vertieft, dass sie nicht auf die Neuankömmlinge achtete. Erst nachdem Griho an sie herangetreten war, riss sie sich von den Seiten los und hob den Blick. Mit einem offenen Lächeln griff sie nach Grihos Arm, um sich hochzustemmen, und ging auf ihre Gäste zu.

»Magister Giss, es freut mich, Euch bei guter Gesundheit zu sehen.«

»Die Freude ist ganz auf meiner Seite, Irla«, erwiderte Giss und verbeugte sich. »Dies sind die beiden Männer, von denen ich Euch berichtet habe.«

»Seid gegrüßt. Vielen Dank, dass Ihr die Zeit gefunden habt, meine Einladung anzunehmen. Unser Gespräch wird nicht lange dauern.«

»Wir werden so viel Zeit erübrigen wie nötig, Herrin«, presste Luk ehrfurchtsvoll heraus.

Ga-nor sah das zwar etwas anders, hielt es aber für geraten zu schweigen.

»Oh, eine alte Frau würde Euch nie über Gebühr beanspruchen«, entgegnete Irla. »Wer von Euch hat die Verdammte gesehen?«

»Das war ich«, antwortete Luk.

»Hervorragend. Wie ich bereits sagte, es wird nicht lange dauern. Kommt näher und setzt Euch.«

»Und?«, fragte Ga-nor Luk, sobald sie den gläsernen Raum wieder verlassen hatten. »Bist du nun zufrieden?«

Luk hielt das Geschenk der Schreitenden, einen schweren Goldring mit sechs kleineren Smaragden, fest in der Hand verschlossen, nickte und strahlte. Er hatte den letzten Willen der Schreitenden aus der Burg erfüllt und ihren Schwestern von der Verdammten Scharlach berichtet. Entgegen allen Erwartungen hatte ihm Irla nicht nur aufmerksam zugehört, sondern seinen Worten auch Glauben geschenkt und ihm großzügig gedankt. Dieser Ring war viel wert, aber Luk würde ihn für alle Soren Alsgaras nicht verkaufen. Dafür hatte er zu viel durchgemacht, um ihn sich zu verdienen.

»Wohin gehen wir jetzt, Giss?«

»Am besten zu mir. Irla hat versprochen, dass sie mit der Mutter sprechen wird, weshalb nicht auszuschließen ist, dass ihr noch einmal vorgeladen werdet. Ich an eurer Stelle würde die Stadt daher vorerst nicht verlassen.«

»Du bist aber nicht an meiner Stelle«, knurrte Ga-nor. »Und ich sehe keinen Grund, meine Zeit weiter in Alsgara zu vertrödeln, schließlich hat der Turm an mir kein Interesse. Im Norden und im Osten tobt dagegen der Krieg. Mein Platz ist also dort. Es ist für einen Krieger aus dem Irbisklan undenkbar, sich vor einem Kampf zu drücken. Deshalb verlasse ich morgen, spätestens jedoch übermorgen die Stadt. Ich bin diesem Krieg schon lange genug ferngeblieben.«

»Das ist dein gutes Recht, und ich werde dich nicht aufhalten. Was ist mit dir, Luk?«

»Mit mir?«, fragte dieser zurück. »Ich habe meinen Auftrag erfüllt und alles berichtet, was ich weiß. Im Übrigen habe ich nicht die Absicht, ständig die gleiche Geschichte zu wiederholen, als wäre ich ein Vogel von jenseits des Meeres. Deshalb werde ich mich wohl Ga-nor anschließen. Es drängt mich zwar nicht unbedingt, mich in den Kampf zu stürzen, aber vielleicht gelingt es uns ja, die Katuger Berge zu überwinden. Ich bin noch nie im Norden gewesen … Da platzt doch die Kröte! Seht mal, da!«

Luks Verwunderung erklärte sich durch einige Gardisten, die gerade den Saal betraten. Ihnen folgten zwei Schreitende und drei Menschen, die weder Giss noch Luk oder Ga-nor hier zu sehen erwartet hatten.

Einer der drei war ein junger Mann mit blauen Augen und einem edlen, leicht hochmütigen Gesicht. Auf seiner schwarzen Samtjacke prangte eine Silberstickerei, die eine Flamme darstellte. Die beiden anderen, eine Frau und ein Mann, wurden von weiteren Soldaten eskortiert.

Der Mann war etwa mittelgroß, sehnig und geschmeidig und trug schmutzige Kleidung. Obwohl das rechte Hosenbein etliche Spuren verkrusteten Bluts aufwies, schien er beim Gehen nicht beeinträchtigt zu sein. Er hatte blondes Haar und graue Augen und nahm sich inmitten der Gardisten wie eine flinke und gefährliche Manguste aus. Die Soldaten schielten auf jede seiner Bewegungen, als erwarteten sie Unannehmlichkeiten von seiner Seite. Die Frau neben ihm war ebenfalls blond. Der kurze Männerhaarschnitt umrahmte ein Gesicht mit blauen Augen, einer hohen Stirn, schmalen Lippen und hohlen Wangen, die die Stirn noch höher wirken ließen. Sie trug ein weißes Hemd mit einer feinen roten Stickerei und lederne Jagdhosen. Sie war es, die zusätzlich von den Schreitenden bewacht wurde.

»Lahen! Ness!«, begrüßte Luk die beiden erstaunt. »Shen!«

Ness deutete ein Nicken an, um ihn zu begrüßen, Lahen lächelte, auch wenn es sie offenbar große Mühe kostete. Shen murmelte einen Fluch.

»He, wohin bringt ihr die beiden?«, fragte Luk und baute sich vor der Gruppe auf. »Was haben sie getan?!«

Zwei Gardisten traten vor und griffen nach ihren Schwertern. »Aus dem Weg!«, befahl einer von ihnen. »Und sprecht nicht mit den Gefangenen!«

»Das sind meine Freunde!«, polterte Luk. »Was wird ihnen vorgeworfen, Shen?!«

»Misch dich nicht in die Angelegenheiten des Turms ein«, antwortete dieser bloß.

»Was solll das heißen?! Hast du vergessen, wie wir gemeinsam die Dabber Glatze überstanden haben? Was hat sich denn seitdem geändert?!«

»Vieles«, antwortete Ness anstelle von Shen. »Glaub mir, es ist besser für dich, wenn du dich aus dieser Sache raushältst. Sie geht wirklich nur uns etwas an.«

»Das werden wir ja noch sehen«, sagte Ga-nor und stellte sich dicht neben Luk. »Ich schwöre es bei Ug! Wir lassen euch nicht im Stich!«

»Aus dem Weg jetzt! Macht endlich Platz!«, verlangte der Gardist erneut. »Wir handeln auf Order des Statthalters! Also lasst uns durch, wenn ihr nicht hinter Gitter kommen wollt!«

»Er hat recht, Freunde«, bat nun auch Giss. »Dies ist weder

der Ort noch die Zeit für ein Handgemenge. Das würde alles nur noch schlimmer machen. Sowohl für sie wie auch für uns. Aber ich verspreche euch, mich für Ness und Lahen zu verwenden.«

Ga-nor stieß ein paar missbilligende Laute aus, trat aber zur Seite. Luk seufzte schwer und folgte seinem Beispiel. Alle drei sahen dem Zug mit den Gefangenen nach, bis er durch eine Tür verschwunden war.

»Was wirft der Turm ihnen denn vor?!«, wollte Luk von Giss wissen.

»Ness und Lahen sind Gijane«, sagte Giss. »Glaubst du etwa, gedungene Mörder seien die reinsten Unschuldslämmer?«

»Das ist mir doch egal!«, empörte sich Luk. »Wir sind zusammen aus dem Schlamassel in der Dabber Glatze rausgekommen, und nur das zählt für mich! Und warum ist Shen hier? Hast du nicht gesagt, du und Ness, ihr hättet ihn verloren, als ihr vor den Untoten geflohen seid.«

»Das habe ich. Aber offenbar hatte auch er Glück. Ihr habt die Flamme an seiner Kleidung gesehen?«

»Wir sind schließlich nicht blind«, sagte Ga-nor. »Er ist ein Schreitender.«

»Seit wann sind Männer Schreitende?«, höhnte Luk.

»Auch das kommt vor«, sagte Giss. »Selbst wenn der Volksmund etwas anderes behauptet.«

»Ich glaub bestimmt nicht alles, was die Leute so reden«, versicherte Luk. »Aber … vielleicht hat er die Jacke nur von einer der Magierinnen geborgt.«

»Das war eine Männerjacke«, widersprach Ga-nor, um sich dann Giss zuzuwenden. »Hast du ihn früher schon mal im Turm gesehen?«

»Nein, aber ich bin hier ja auch nur ein seltener Gast. Und so riesig, wie der Turm ist …«

»Er könnte also tatsächlich ein Schreitender sein?«

»Ja. Wenn er über die Gabe des Heilers verfügt, dann schon.«

»Die Gabe des was? Was für ein Heiler?«, fragte Luk. »Wovon redest du jetzt schon wieder?«

»Das erklär ich euch später«, erwiderte Giss.

»Wenn Shen über den Funken verfügt, warum hat er uns dann damals nicht gegen die Untoten geholfen?«, ließ Luk nicht locker.

»Weil die Magie eines Heilers eine besondere, sehr eigenwillige Form der Gabe darstellt. Und jetzt würde ich euch bitten, mit Ashan in mein Haus zu gehen. Ich werde inzwischen versuchen, etwas über die ganze Geschichte in Erfahrung zu bringen.«

Ohne ein weiteres Wort zu sagen, wandte sich Giss daraufhin ab und eilte zu der Tür, durch die der Zug mit den Gefangenen verschwunden war.

Kapitel 2

Die Rücken der Gardisten vor Augen, juckte es mir förmlich in den Fingern, ihnen eine Klinge zwischen die Schulterblätter zu treiben. Doch leider hatte man mir alle spitzen Gegenstände abgenommen, nachdem Lahen und ich im Weinkeller gefangen genommen worden waren.

Der alte Moltz hatte sich ohne Frage selbst übertroffen: Da waren wir den Schreitenden so viele Jahre glücklich entkommen – nur damit uns diese käufliche Natter am Ende mit Haut und Haar dem Turm auslieferte. Noch dazu hatten uns die Gardisten und Schreitenden derart überrumpelt, dass wir nicht einmal den geringsten Widerstand hatten leisten können.

Jetzt konnte natürlich erst recht keine Rede davon sein, sich zur Wehr zu setzen. Nicht etwa, weil sie uns alle Waffen abgenommen hatten, denn Meloth sei Dank hätte ich ja durchaus mit meinen Fäusten für mich einstehen können. Nur stellten die gegen die zwei Magierinnen hinter uns eben kein Argument dar. Mich hielten sie zwar allem Anschein nach für einen harmlosen Nichtsnutz, aber jede unvorsichtige Bewegung meinerseits dürfte mit Sicherheit Lahen schaden. Und diesen Preis würde ich nie für meine Freiheit zahlen. Er war zu hoch.

Lahen ging neben mir und hatte sich bei mir untergehakt. Ihre Finger glühten geradezu, brannten selbst durch mein Hemd hindurch. Auf ihrem Gesicht lag jedoch ein gleichgültiger Ausdruck, und sie blickte stolz nach vorn, achtete in keiner Weise auf die Schreitenden – fast als wäre sie, Lahen, es, die die Magierinnen eskortiere, und nicht umgekehrt.

Shen begleitete uns vermutlich, um sicherzustellen, dass uns niemand vor der Zeit die Seele aushauchte. Und er tat gut daran. Ohne seine Anwesenheit würden diese beiden Damen, die Lahen wie ergrimmte Marder beäugten, wohl auch noch den letzten Rest Freundlichkeit uns gegenüber vermissen lassen. Die hätten uns wahrscheinlich zu gern auf der Stelle in eine Streckbank eingespannt, vorausgesetzt, es fand sich ein solches Instrument im Turm. Gesehen hatte ich bisher noch nichts dergleichen, allerdings erwartete ich auch nicht, unterwegs Folterwerkzeuge und von der Decke baumelnde Skelette zu erblicken. Wenn es hier solche Gerätschaften geben sollte, dürften sie in den Kellern versteckt sein. Wobei natürlich die Frage blieb, warum die Schreitenden zu derart grobschlächtigen Methoden greifen sollten, wenn sie doch jederzeit auf Magie zurückgreifen konnten. Ihnen würde ein *Blick* genügen, um uns größte Schmerzen zuzufügen.

All diese Gedanken, die mir da durch den Kopf gingen, waren vielleicht nicht sonderlich erhaben, verhinderten aber, dass eine dieser Vetteln mit ihren Mienen, die vom langweiligen Leben gallig geworden waren, irgendwelche wertvollen Information in meinem Kopf fand, sollte sie es sich einfallen lassen, meinen Schädel auf seinen Inhalt zu überprüfen.

Obwohl ich mir den Weg einprägen wollte, verlor ich schon bald die Orientierung und gab deshalb jeden weiteren Versuch auf. Um die Zahl der Säle, Gänge, Zimmer und Galerien könnte selbst der Palast des Imperators in Korunn den Turm beneiden. Der war in seinem Innern nämlich weitaus größer, als er von außen aussah. Da ich dieses Phänomen jedoch schon aus einem geheimen Versteck kannte, das der Skulptor in einem der Meloth-Tempel angelegt hatte, wunderte ich mich kaum darüber.

Keine Ahnung, wohin uns die Schreitenden brachten, aber ich rechnete mit dem Schlimmsten. Obwohl ein paar Jahre vergangen waren, würde man uns den Mord an einer ihrer Schwestern nicht einmal dann verzeihen, wenn wir einen Kniefall vor ihnen machten. Obendrein war da noch der Mord an Yokh, also keinem Geringeren als dem besten Freund des Statthalters. Der würde über den Tod desjenigen, der seine Taschen jahrelang mit harten Soren gefüllt hatte, ebenfalls nicht hinwegsehen.

Wenn wir bisher noch nicht in die Glücklichen Gärten geschickt worden waren, dann nur, weil die Schreitenden Lahen dringend brauchten. Sie wollten alles über sie, die trotz ihres Funkens nie die Schule im Regenbogental besucht hatte, in Erfahrung bringen. Welches Interesse sie jedoch an einem Gijanen wie mir hatten, war mir schleierhaft. Schließlich gebot ich nicht über die Gabe.

Wir erklommen eine endlose Reihe von Wendeltreppen, deren Geländer mit allerlei geschmacklosen Voluten, Tieren und Pflanzen verziert waren. Irgendwann fing ich aus Langeweile an, die Stufen zu zählen, kam nach der fünfhundertsten aber aus dem Takt und ließ es wieder bleiben. Warum hatte sich dieser vielgerühmte Skulptor bloß keine bequemere Form des Aufstiegs einfallen lassen? Ich jedenfalls beneidete die Schreitenden nicht, die diese Treppen tagaus, tagein rauf- und runtersteigen mussten. Das war doch sterbenslangweilig!

Endlich blieben die Gardisten vor einer Tür stehen. Einer der Männer öffnete sie und forderte uns auf: »Tretet ein!«

Als ob wir eine andere Wahl hätten …

Vor uns lag ein großer, gemütlicher Raum mit einem Doppelbett auf massiven Bronzefüßen, einem Tisch, drei Stühlen und einem Schrank in der Ecke. Ein hoher Spiegel in einem Rahmen aus angelaufenem Silber, zwei Dutzend Kerzenhalter, ein Bücherregal voller Folianten sowie die Nachbildung eines aufrecht stehenden Schneeaffen rundeten das Bild ab. Auf dem Bett lagen saubere Unterwäsche und Oberbekleidung.

»Das ist euer Zimmer«, erklärte Shen. »Macht es euch bequem.«

»Zu gütig von euch, so für unser Wohl zu sorgen«, antwortete Lahen. »Schickt ihr den Henker jetzt gleich rauf? Damit wir uns einmal kennenlernen?«

»Rede keinen Unsinn«, herrschte Shen sie an. »Niemand will euch töten. Zumindest vorerst nicht.«

»Das beruhigt uns ja ungemein«, spie Lahen aus.

»Ihr findet hier alles, was ihr braucht. Zieht euch um. Essen und Wasser werden euch gebracht, ihr werdet also nicht verhungern. Dort drüben sind eine Waschnische und der Abtritt«, fuhr Shen ungerührt fort. »Ach ja, vor der Tür stehen Gardisten und Schreitende, und das Fenster ist vergittert. Verzichtet also besser auf jedwede Dummheit. Denn solltet ihr zu fliehen versuchen, braucht ihr nicht länger auf einvernehmliche Beziehungen zu hoffen. Dann werde selbst ich euch nicht mehr vor dem Kerker retten können. Und glaubt mir, die Gefängniszellen sind durchaus nicht so komfortabel wie dieses Zimmer.«

»Keine Sorge, wir werden keinen Ärger machen. Dazu gefallen uns diese Gemächer viel zu sehr«, versicherte ich, obwohl ich den Turm am liebsten so weit wie möglich hinter mir gelassen hätte. »Wie lange werden wir denn das Vergnügen haben, diese herrliche Aussicht zu genießen?«

»Das weiß ich nicht. Wenn die Zeit gekommen ist, wird man sich an euch wenden.«

»In dem Fall werden wir mit Freuden warten.«

»Spar dir diesen Ton«, verlangte Shen. »Ich versuche immerhin nach Kräften, eure Lage zu mildern.«

»Angesichts dieser Güte fehlen mir die Worte«, höhnte Lahen. »Was ist geschehen, dass du mit einem Mal so um deine Freunde besorgt bist?«

»Ihr zählt nicht zu meinen Freunden, und das wisst ihr ganz genau«, erwiderte er. »Im Übrigen wollte ich euch mal sehen, wie ihr an meiner Stelle ...«

»Wir sind aber nicht an deiner Stelle!«, fiel ihm Lahen ins Wort. »Und werden es auch nie sein.«

»Umso besser«, sagte er, um dann fortzufahren: »Ich weiß nicht, wie die Mutter deine Gabe beurteilt, aber wenn du mich fragst, ist sie gefährlich. Und zwar nicht nur für andere, sondern auch für dich selbst.«

»Ach ja?«, mischte ich mich ein. »Nur hat dich das in keiner Weise gestört, als Lahen diesen Nekromanten in Hundsgras mit ihrer Gabe ausgeschaltet hat.«

»Erstens hatte ich da keine Wahl. Und zweitens … Ich bin, wie gesagt, nicht euer Feind, sonst hätte ich damals nicht die Verdammte ausgeschaltet, als sie Lahen bereits in ihrer Gewalt hatte.«

»Als ob du das getan hättest, um *uns* zu helfen!«

»Wohingegen ihr ja immer erst die Haut anderer gerettet habt, bevor ihr euch in Sicherheit gebracht habt«, parierte er. »Ich bitte dich, Grauer, wenn du mir mangelnde Anständigkeit vorwirfst, kann das ja wohl nur ein Scherz sein.«

Ich zuckte bloß die Achseln, als wollte ich ihm bedeuten: Dann lach doch.

Daraufhin verließ Shen wortlos unser Zimmer. Er schloss die Tür ab und legte sogar noch einen Riegel vor.

Ich stieß einen lauten Fluch aus.

»Das hilft auch nicht«, erklärte Lahen. »Ist mit deinem Bein wirklich alles in Ordnung?«

»Ja. Unser ruhmreicher Heiler hat sich dazu herabgelassen, die Wunde zu behandeln.«

»Interessant«, meinte sie, ehe sie in die Waschnische trat. »Ehrlich gesagt, hatte ich mich gefragt, ob er mit seinem Funken vielleicht nur dann in Verbindung treten kann, wenn er in Wut gerät oder zu Tode erschrocken ist. Oh! Hier gibt es fließend warmes Wasser!«

»Hast du vielleicht Wein erwartet?!«

»Sei nicht so vergrätzt. Das macht die Sache auch nicht besser.«

»Tut mir leid«, sagte ich. Das hätte noch gefehlt, dass ich meine Wut an Lahen ausließ. »Aber ich bin einfach noch nie in einer derart verdrießlichen Lage gewesen.«

»Übertreib nicht«, entgegnete sie, während sie zurückkam, ohne sich gewaschen zu haben. »Denk nur einmal an deine stürmische Jugend, dann musst du zugeben, dass du nicht zum ersten Mal in Schwierigkeiten steckst. Solltest du nicht sogar schon gehenkt werden? Und deine Abenteuer im Sandoner Wald … also wenn die nicht verdrießlich gewesen sind, dann bin ich die Mutter der Schreitenden.«

»Das war etwas anderes«, murmelte ich. Inzwischen hatte ich den kleinen Raum zum Waschen betreten und hielt einen Finger unter das Wasser, das aus dem aufgerissenen Löwenmaul strömte. Es war tatsächlich warm.

»Du musst es ja wissen. Und jetzt wasch dich«, forderte Lahen mich auf, als sie mir frische Kleidung brachte. »Sonderlich gut riechst du nämlich nicht.«

»Stimmt«, gab ich zu. »Aber einen dieser Glimmenden vor der Tür werde ich mit meinem Gestank bestimmt nicht vergiften, von den Gardisten ganz zu schweigen. Trotzdem will ich mir deinen Rat zu Herzen nehmen.«

»Sei so gut.«

»Was ist mit dir?«

»Ich lass dir den Vortritt. Ich muss erst noch über etwas nachdenken.«

»Dann viel Erfolg!«

Daraufhin boxte sie mich sanft mit der Faust in die Rippen. Ich stieß ein gutmütiges Krächzen aus, als ich sah, dass ein Lächeln ihre Lippen umspielte.

Wenigstens etwas.

Das Wasser erfrischte mich, und die Welt sah gleich ganz anders aus. Bevor ich mir die Hosen anzog, betrachtete ich eingehend mein Bein, in dem noch gestern Nacht der Pfeil eines übereifrigen Bogenschützen gesteckt hatte. Shen hatte tatsächlich gute Arbeit geleistet. Statt einer blutigen Wunde prangte dort nur noch eine feine weiße Narbe.

Die Heilkunst hatte schon was für sich.

Schade, dass Lahen keine Wunden verarzten, sondern nur welche zufügen konnte. Sicher, eigentlich sollten wir darauf nicht stolz sein – aber Häuser in die Luft zu jagen, einen Reiter zusammen mit seinem Pferd in einen Fladen zu verwandeln oder einen gedungenen Mörder abzufackeln, das waren bei unserem gefährlichen Beruf nun einmal nicht die schlechtesten Fähigkeiten.

»Jetzt riechst du schon besser«, sagte Lahen, als ich ins Zimmer zurückkam. »Gibt es noch warmes Wasser?«

»Ja. Mir werden die Vorteile der Magie wirklich mit jeder Minute klarer.«

»Oh, glaub mir, der Preis für all diese Bequemlichkeiten ist nicht gerade gering«, erwiderte sie auf dem Weg in die Waschnische. »Andernfalls wäre der Skulptor nämlich nicht wahnsinnig geworden.«

»Bitte?! Willst du etwa sagen, der berühmteste Magier der Vergangenheit war ein Wahnsinniger?«

»Nicht zeit seines Lebens«, klang ihre Antwort herüber. »Aber im Grunde schon, ja.«

»Puh!« Ich versuchte, mich wieder zu sammeln, und folgte ihr. »Das ist vielleicht eine Eröffnung. Bist du dir da sicher?«

»Mhm«, brummte sie. »Bin ich.«

Mein Augenstern hatte eine Handvoll grellgrüner Kugeln in den Zuber gegeben, die sie einem Glasbehältnis auf einem kleinen Tisch entnommen hatte. Nun roch es angenehm nach Meer und Salbei, das Wasser sprudelte, und Lahen war in golden schimmernden Schaum gehüllt. Bloß der Kopf ragte noch heraus. Jetzt tauchte sie unter, schnaubte, als sie wieder auftauchte, und strich sich die nassen Haare aus der Stirn.

»Ein normaler Mann, ja selbst ein Schreitender oder Heiler hätte sich niemals solche Wunder wie die Wegblüten ausdenken können. Nein, der Skulptor war nicht ganz bei Sinnen. Allerdings weiß das kaum jemand.«

»Und warum nicht?«

Sie sah mich an, als wäre ich ein kleiner Junge, dann glitt sie nochmals unter Wasser.

»Weil«, antwortete sie, sobald sie wieder auftauchte und nach einem Behältnis mit kirschrotem Badesalz griff, »selbst der Turm nicht so dumm ist, in alle Welt hinauszuposaunen, dass es sich bei dem hochgeschätzten Skulptor um einen Wahnsinnigen handelte. Schließlich will er seinen Ruf nicht riskieren.« Sie lächelte, als sie meine bestürzte Miene bemerkte. »Deshalb redet der Turm auch kaum darüber. Diese Tatsache ist nicht mal allen Schreitenden bekannt. Ich vermute sogar, selbst einige Angehörige des Rates könntest du damit überraschen.«

»Und woher weißt du es dann?«

»Das wäre eine zu lange Geschichte«, entgegnete sie. »Was ist, willst du mir nicht vielleicht den Rücken waschen?«

Ich war seit Langem daran gewöhnt, dass mein Augenstern nicht gern über ihre Vergangenheit sprach und stets versuchte, das Thema zu wechseln, sobald die Sprache auf ihre Gabe kam.

»Aber diese *lange Geschichte* musst du früher oder später dem Turm darlegen, das ist dir doch wohl klar, oder?«, gab ich sanft zu bedenken, während ich mein Hemd aufknöpfte.

»Früher oder später ist nicht jetzt.«,

»Pass nur auf, dass es nicht irgendwann zu spät ist.«

»He, was hast du eigentlich vor?«, wollte sie wissen. »Ich hatte dich nur gebeten, mir den Rücken zu waschen!«

»Und genau das habe ich vor«, versicherte ich grinsend, während ich an der Gürtelschnalle hantierte.

»Findest du es nicht etwas gewagt, statt schicklich auf den Henker zu warten, einfach ins …«

»Wenn ich den Lauf der Dinge schon nicht ändern kann, will ich mir nicht auch noch jedes Vergnügen versagen. Oder hast du etwas gegen meine Gesellschaft einzuwenden?«

»Du stellst Fragen!«

»Ich wette, sämtliche Schreitenden würden vor Neid platzen, wenn sie uns jetzt sehen könnten.«

»Die Wette hast du gewonnen«, erwiderte sie lächelnd und streckte die Hand nach mir aus.

»Das ist verflucht hoch«, murmelte ich, als ich Stunden später vor dem Fenster stand und einen Blick nach unten warf.

»Was ist mit dem Gitter?«, fragte Lahen, die auf dem Bett saß.

»Es ist solide. Die Stäbe dürfte wohl nur ein Blasge verbiegen können.«

»Selbst wenn es das Gitter nicht gäbe, bräuchte man Flügel, um von hier wegzukommen.«

»Kannst du uns nicht welche zaubern?«

»Darauf erwartest du ja wohl keine Antwort, oder, mein

Liebster? Derzeit bringe ich überhaupt nichts zustande, denn die Schreitenden blockieren meinen Funken. Abgesehen davon ist meine Kraft nach der Begegnung mit der Verdammten Typhus immer noch nicht vollständig zurückgekehrt. Doch selbst ohne diese Einschränkungen … nicht einmal die Verdammten könnten sich Flügel zaubern. Mit denen musst du geboren werden, nur bist du dann ein Ye-arre.«

»Zu schade.«

»Ein paar Laken zusammenzuknoten und sich an ihnen herunterzulassen, scheidet also aus?«

»Völlig richtig. Komm her, dann kannst du dich selbst davon überzeugen.«

»Nicht nötig, in diesen Fragen vertraue ich dir blind. Wie hoch ist es? Zweihundert Yard?«

»Sogar dreihundert, würde ich sagen. Die haben uns offenbar im obersten Stockwerk untergebracht. Aber die Aussicht ist wirklich atemberaubend.«

»Immerhin etwas. Allerdings wird meine Freude darüber ein wenig durch den Gedanken getrübt, dass uns die werten Schreitenden irgendwann holen kommen. Und dann …«

»Was dann?«

»Dann steht mir ein äußerst unangenehmes Gespräch bevor.«

»Wieso nur dir? Immerhin habe *ich* die Schreitende damals umgebracht.«

»Das stimmt. Trotzdem dürften sich die Schreitenden in erster Linie für mein Können interessieren, nicht für deine Heldentat. Ich versichere dir, die haben jede Menge Fragen an mich.«

»Welcher Art?«, hakte ich nach.

»Es sind genau die, die du mir auch manchmal stellst.«

»Übergroße Neugier kannst du mir nun wahrlich nicht vorwerfen.«

»Ich weiß zu schätzen, dass du in all den Jahren nicht allzu hartnäckig in meiner Vergangenheit gestochert hast«, erwiderte sie mit einem traurigen Lächeln. »Darum liebe ich dich auch so.«

»Ach?«, spielte ich den Empörten. »Nur deswegen?«

»O nein, nicht nur deswegen«, antwortete sie mit einem Lächeln, das schon nicht mehr ganz so traurig war. »Aber die Schreitenden sind längst nicht so geduldig wie du. Und sie scheuen nicht davor zurück, Gewalt einzusetzen, um ihre Antworten zu erhalten.«

»Lahen!«, sagte ich und setzte mich neben sie aufs Bett. »In letzter Zeit kommen wir immer wieder auf deine Vergangenheit zurück. Früher oder später wird sie uns einholen. Meinst du nicht, es wäre besser, mich in deine ach so schrecklichen Geheimnisse einzuweihen? Mir wird schon nicht vor Schreck das Herz stehen bleiben.«

»Vor Schreck vielleicht nicht, aber …«

»Hör auf mit diesem dummen Gerede!«

»Du weißt genau, dass dich manche Geheimnisse den Kopf kosten können«, hielt sie dagegen. »Wenn ich dich in all den Jahren nicht in sie eingeweiht habe, dann geschah das nicht, weil ich dir nicht vertraue, sondern weil dieses Wissen gefährlich ist. Sollte der Turm der Ansicht sein, du wüsstest etwas über meine Vergangenheit, würde er dich ohne mit der Wimper zu zucken erledigen.«

»Die Schreitenden bringen uns sowieso um. Und zwar eher heute als morgen.«

»Trotzdem werde ich dein Leben nicht riskieren.«

»Ich glaube, ich kann ganz gut allein entscheiden, welches Risiko ich eingehe.«

»Erinnerst du dich noch daran, wie du mir in der Dabber Glatze erklärt hast, ich hätte ohne dich größere Chancen zu überleben? In gewisser Weise befinden wir uns jetzt in einer vergleichbaren Situation. Ohne mich – genauer gesagt, ohne das Wissen um meine Vergangenheit – hast du viel bessere Aussichten, den Turm zu überleben.«

»Gut, tu, was du für richtig hältst«, murmelte ich. »Aber bedenke eines: Sie machen uns so oder so kalt, und dann sterbe ich in Unkenntnis. Der Turm hat ohnehin schon den Versuch unternommen, etwas aus dir herauszubekommen. Shen hat dich doch damals gefragt, wer dich ausgebildet hat.«

»Auf diese Frage hat er eine Antwort erhalten. Ich bin Autodidaktin.«

»Nur hat er dir das nicht abgekauft. Außerdem wollte er unbedingt wissen, wie viele Tote du auf einen Schlag zum Leben erwecken kannst. Auf diese Frage hat er zwar keine Antwort mehr bekommen, aber mir hast du es immerhin verraten. Deshalb sollten wir lieber gemeinsam darüber nachdenken, wie wir vor dem Turm verheimlichen können, dass sich deine Magie eher mit der aus Sdiss als mit der aus dem Imperium vergleichen lässt. Denn angesichts der warmherzigen Zuneigung, die die Schreitenden für alle Adepten der dunklen Seite …«

»Ich bin keine dunkle Magierin!«

»Du bist imstande, vier Tote auferstehen zu lassen! Du zerfetzt jedem Dreckskerl aus hundert Yard Entfernung den Schädel! Und du kannst mit dem Stab eines Nekromanten umgehen! Shen hat mir gesagt, das sei gar nicht so einfach und keine Schreitende brächte das zustande. Glaub mir, mein Augenstern, das reicht denen völlig, um dich nicht nur für eine Nekromantin zu halten, sondern glatt eine Tochter aus dem Reich der Tiefe in dir zu sehen!«

»Pst!« Sie legte einen Finger auf meine Lippen. »Führe das Reich der Tiefe nicht leichtfertig im Munde. Nicht mal hier. Außerdem könnten die Wände Ohren haben. Halte deine Zunge also besser im Zaum.«

»Und das sagst du mir jetzt?!«

»Bisher hast du nichts preisgegeben, was sie nicht schon wüssten. Lass uns nun dieses Gespräch beenden, einverstanden?«

»Was wohl unsere Bekannten hierher verschlagen hat?«, wechselte ich bereitwillig das Thema.

»Du meinst Luk und Ga-nor?«, fragte Lahen zurück. »Luk hat mir doch erzählt, dass er in den Turm wollte. Allerdings hätte ich nicht erwartet, ihm noch einmal zu begegnen.«

»Geht mir genauso. Und mit Giss hätte ich hier auch nicht gerechnet.«

»Ich könnte mir vorstellen, dass er den beiden den Weg in den Turm geebnet hat.«

»Wie auch immer, auf alle Fälle stehen wir jetzt auf zwei verschiedenen Ufern des Flusses. Was für Shen übrigens auch gilt.«

»Dieser Milchbart und wir haben nie auf derselben Seite gestanden«, hielt Lahen dagegen. »Vielleicht haben wir mal eine Zeit lang im selben Boot gesessen, aber auch das nur notgedrungen. Und Luk und Ga-nor ... Du hast selbst gesehen, wie sie sich den Gardisten entgegengestellt haben.«

»Stimmt. Nur gut, dass Giss sie zurückgepfiffen hat. Anscheinend hat er mir nicht verübelt, dass ich kurz vor Alsgara klammheimlich abgehauen bin.«

»Ich an deiner Stelle wäre ja so lange wie möglich an seiner Seite geblieben.«

»Seit wann hast du unseren Giss so ins Herz geschlossen?«, fragte ich.

»Seit uns eine Verdammte auf den Fersen ist. Gegen jemanden, der sich in einem fremden Körper eingenistet hat, gibt es keinen besseren Schutz als einen Dämonenbeschwörer. Der ist so richtig in seinem Metier, wenn er gegen Geister kämpft. Mit ihm in unserer Nähe würde es Typhus wesentlich schwerer fallen, etwas gegen uns auszurichten.«

»Glaub mir, mein Augenstern, solange wir im Turm sind, noch dazu unter Aufsicht der Schreitenden, kommt diese alte Hexe nicht näher als eine League an uns heran«, erwiderte ich lachend. »Selbst wenn du bei den Verdammten immer mit dem Schlimmsten rechnen musst. Eben weil sie den heutigen Magiern und Magierinnen haushoch überlegen sind. Deshalb werden wir wohl keine Ruhe mehr finden, solange Typhus noch am Leben ist.«

»Da hast du recht. Ich wüsste zu gern, wie sie diesen Angriff überlebt hat.«

»Dafür hast du keine Erklärung?«

»Leider nein«, gestand Lahen. »Typhus brauchte dafür Fähigkeiten, die es nur in der Vergangenheit gab. Von denen habe ich nicht mal mehr eine Ahnung.«

Seufzend ließ ich mich aufs Bett fallen, streckte mich aus und gähnte. »Ich würde jede Wette eingehen, dass wir heute keinen

Besuch mehr kriegen. Die kommen sicher erst in zwei, drei Tagen. Weil sie uns erst mal weichkochen wollen.«

»Wenn du mich fragst, ist vor einer Woche mit niemandem von denen zu rechnen. Wir sind hier im Turm. Und die Schreitenden lassen dich zu gern spüren, dass sie sich für die Herrinnen der Welt halten, die andere durchaus warten lassen können.«

»Wetten wir doch wirklich«, schlug ich vor und strich mir über das inzwischen bärtige Kinn. »Mal sehen, wer gewinnt.«

Wir kriegten weder nach zwei Tagen noch nach einer Woche Besuch. Wäre da nicht das Essen gewesen, das man uns regelmäßig brachte, ich hätte geschworen, dass die uns längst vergessen hatten. Aber nein, dreimal täglich öffnete sich die Tür, und drei breitschultrige Gardisten in voller Bewaffnung traten ein. Ihnen folgten ein Glimmender und die Diener mit den Tabletts. Sobald sie uns das Essen hingestellt hatten, verschwanden sie wieder und schlossen hinter sich ab. Das schmutzige Geschirr nahmen sie erst wieder mit, wenn sie uns die nächste Mahlzeit vorsetzten.

Zur Ehrenrettung des Turms muss ich einräumen, dass sie uns nicht bei Brot und Wasser hielten. Im Gegenteil, das Essen war vorzüglich. Anfangs hatte ich zwar befürchtet, sie wollten uns damit vergiften, aber dann hatte ich mir überlegt, sie würden uns bestimmt nicht ins Reich der Tiefe schicken, bevor der Turm von Lahen nicht die Antworten erhalten hatte, auf die er so erpicht war. Daraufhin langte ich tüchtig zu.

Im Unterschied zu mir aß Lahen kaum etwas und sah mit jedem Tag düsterer aus. Sie hing ihren Gedanken nach, die offenbar alles andere als rosig waren. Wann immer ich sie aufzuheitern versuchte, rang sie sich bloß ein verkrampftes Lächeln ab. Irgendwann platzte mir der Kragen, und ich hätte sie beinahe gezwungen, ihre Portion aufzuessen, denn wenn sie hier verhungerte, rettete uns das ganz bestimmt nicht.

Shen verschonte uns glücklicherweise mit Besuchen. Auch wenn wir uns häufig langweilten – auf eine Abwechslung in Form der durchtriebenen Visage des Heilers konnte ich getrost verzichten. Stattdessen beschloss ich nach anderthalb Wochen, etwas für meine Bildung zu tun. Da Lahen mir gleich zu Beginn unserer Beziehung das Lesen beigebracht hatte, schnappte ich mir nun eines der Bücher aus den Regalen. Zu meinem Bedauern bestand die Hälfte von ihnen jedoch aus Werken in anderen Sprachen. Ein weiteres Dutzend war im blumigen Kauderwelsch der Hochwohlgeborenen verfasst, fünf Bände warteten mit der unverständlichen Schrift der Ye-arre auf. Der Rest konnte im Grunde nur irgendwelche Alleswisser reizen. Ich jedenfalls vermochte mich weder für den Stammbaum eines Herzogs aus Grohan noch für den Aufbau der Handelsunion in der Goldenen Mark und Urs zu erwärmen.

Am Ende griff ich etwas halbherzig zu einem Buch mit einem roten Einband, in dem es um Kämpfe und Intrigen ging. Das musste irgendein Märchenerzähler geschrieben haben, trotzdem war es recht amüsant. Im Mittelpunkt der Handlung stand ein Kerl namens Rabe, der ohne Unterlass Wein trank, den er aus irgendeinem Grund *schwarzen Wein* nannte. Außerdem schlief er mit jeder Frau, die ihm begegnete (seine Königin eingeschlossen). Jeden Tag leitete er damit ein, dass er im Duell ein Dutzend Lügenbolde und ausgemachte Nichtsnutze tötete. Ansonsten tat dieses seltsame Subjekt nichts lieber, als zu kämpfen, Karten zu spielen und allgemeine Verwirrung zu stiften. Doch obwohl die ganze Geschichte meiner Ansicht nach jeder realen Grundlage entbehrte, las ich sie gern zu Ende. Und dann beehrte uns auch endlich unser heißersehnter Besucher.

Am zwölften Tag unserer Gefangenschaft wurde die Tür aufgerissen, doch statt der Diener mit dem Essen trat Shen ein.

»Ihr werdet erwartet«, teilte er uns mit.

»Ach ja?«, entgegnete ich. »Und wir hatten uns schon gefragt, ob ihr uns vergessen habt.«

Das Ehrengeleit aus sechs Gardisten und zwei Schreitenden lauerte bereits im Gang auf uns. Bei den Magierinnen handelte es sich sogar um alte Bekannte: Diese beiden hatten uns damals, nach unserem kleinen Besuch bei Yokh, im Weinkeller in Empfang genommen. Eine von ihnen war hager wie eine Bohnenstange und hässlich wie eine Vogelscheuche. Sie trat vor Lahen hin und sah ihr fest in die Augen, um anschließend ihrer Begleiterin zuzunicken.

Alles klar. Sie hatte sich versichert, dass Lahen nach wie vor außerstande war, im Allerheiligsten der Schreitenden irgendeinen verhängnisvollen Zauber zu wirken.

»Können wir dann gehen?«, erkundigte sich Shen bei ihr.

»Ja«, antwortete sie und warf einen letzten Blick auf Lahen. »Benimm dich ja anständig, Mädchen.«

Zahlreiche frei schwebende Wendeltreppen führten uns um durchscheinende Säulen herum, die aus einem mir unbekannten Stein bestanden. Im Licht der Sonne, deren Strahlen durch die Fenster fielen, funkelten sie zartrosa, fast wie das kostbare Bergkristall aus Urs. Diese Säulen waren hohl, und in ihrem Innern stiegen Luftbläschen zur Decke auf, um dort spurlos zu verschwinden.

Irgendwann endeten die Treppen, doch die Säulen blieben. Das Ganze wirkte, als gingen wir durch einen Zauberwald. Oder liefen über den Meeresgrund. Dazu hätten nur noch Algen und Fische gefehlt. Einmal sah ich sogar nach oben, weil ich erwartete, dort eine glitzernde Wasserfläche zu sehen. Mein Blick stieß jedoch bloß auf eine schlichte Deckenbemalung.

Dann kam noch eine Treppe, diesmal eine gerade. Wir stiegen sie hinauf, liefen durch eine Galerie und gelangten in einen Saal, dessen Boden unter unzähligen zartblauen Blumen versank. Diese wuchsen unmittelbar aus den Fliesen heraus und ließen nur einen schmalen Pfad frei, der mit gelben, abgetretenen Ziegeln ausgelegt war. Das Ganze nahm sich etwa so natürlich aus wie ein Krokodil in einem Nest der Ye-arre.

»Das glaub ich nicht!«, rief Lahen. »Das sind echte Schneeglöckchen.«

»Schneeglöckchen im letzten Sommermonat?«, fragte ich ungläubig zurück, musste dann aber erkennen, dass sie recht hatte. »Oh …! Das nenn ich mal originell.«

»Soritha liebte diese Blumen«, erklärte Shen. »Dieser Saal ist ihr zu Ehren benannt.«

»Wer kümmert sich denn um die Blumen?«, wollte Lahen wissen. »Ich meine, dass sie jetzt …«

»Sie bedürfen überhaupt keiner Pflege«, fiel ihr Shen ins Wort. »Seit dem Dunklen Aufstand blühen sie ununterbrochen. Es heißt, der Turm selbst sei es, der für sie sorge.«

»Angesichts all der Kraft, die diese Wände in sich aufgesogen haben müssen, nachdem hier an einem Tag einige Hundert Magier und Magierinnen gestorben sind, scheint mir das nicht weiter verwunderlich«, bemerkte Lahen.

Schließlich blieben die Gardisten stehen – nur um dann schweigend und ohne noch einen Blick auf uns zu werfen in die entgegengesetzte Richtung abzuziehen. Die Schreitenden folgten ihrem Beispiel.

»Ihr wartet hier«, verlangte Shen und wies auf eine Holzbank neben dem Pfad. »Ich bin gleich wieder da.«

»Keine Sorge, wir hauen schon nicht ab«, beteuerte ich.

»Als ob ihr das könntet«, blaffte er mich an. »Dieser Saal hat nur zwei Ausgänge, und vor beiden stehen Posten. Außerdem würdet ihr euch mit einer Flucht nur selbst schaden, denn wer sich hier nicht auskennt, kommt nicht weit. Das lässt der Turm nämlich nicht zu. Also setzt euch da hin, es dauert nicht lang.«

Lahen und ich schwiegen, bis er aus unserem Blickfeld entschwunden war, dann beugte sie sich zu mir vor und flüsterte mir ins Ohr: »Ich glaube zwar nicht, dass uns hier jemand belauscht, aber trotzdem sollten wir besser leise reden. Unterbrich mich nicht. Ich habe immer Angst gehabt, über eine ganz bestimmte Sache mit dir zu reden. Auch wenn ich es vielleicht längst hätte tun sollen … Du weißt, wer zurzeit die Mutter der Schreitenden ist?«

»Nein«, antwortete ich. »Um diese Dinge habe ich mich nie gekümmert.«

»Das habe ich vermutet, deshalb lass es mich dir sagen. Ihr Name ist Ceyra Asani. Bevor sie Mutter wurde, hat sie die Schule der Schreitenden im Regenbogental geleitet. Das ist eine sehr gute Stellung. Die mit einer gewissen Macht einhergeht.«

»Aber in dem Sessel hier im Turm sitzt es sich eben noch etwas weicher«, entgegnete ich.

»Ganz genau«, sagte sie. »Vor sieben Jahren ist ihre Vorgängerin gestorben, woraufhin im Rat ein Kampf um die Blaue Flamme, das Insigne der Mutter, losbrach. Es gab zwei Anwärterinnen, die vom Rat etwa in gleichem Maße unterstützt wurden.«

»Woher weißt du das denn alles?«, bemerkte ich.

»Jemand hat mich in die damaligen Vorgänge eingeweiht«, antwortete sie. »Wer, das spielt keine Rolle. Denn dieser Jemand ist inzwischen lange tot.«

Ich fragte sie nicht, woran *dieser Jemand* gestorben war, denn möglicherweise saß die Todesursache gerade neben mir. Doch dann durchschoss mich blitzartig ein Gedanke, und ich wäre beinahe aufgesprungen. »Warte mal!«

»Pst!«, zischte sie. »Sprich bitte leise!«

»Vor sieben Jahren haben wir …«

»Richtig«, fiel sie mir ins Wort. »Du weißt, worauf ich hinauswill?«

O ja, das wusste ich. Damals hatten wir den Auftrag einer unbekannten Person angenommen.

Und dieser Person stand eine andere Person im Weg.

Eine Frau.

Eine Schreitende.

Daraufhin hatten wir sie aus dem Weg geräumt und dafür gutes Geld eingestrichen.

An einem kalten Frühlingsabend, als es immer noch schneite und ein scharfer Wind ging, verlor diese Welt eine ihrer Magierinnen. Wir stürzten uns in die Flucht, nur damit uns am Ende ein ungünstiger Wind zurück in den Turm brachte.

»Oho«, stieß ich bloß aus und stierte auf eines der Schneeglöckchen, als wären sämtliche Geheimnisse des Universums in ihm verborgen.

»Danach gab es eine Anwärterin weniger. Ceyra Asani hat die Blaue Flamme an sich gerissen und im Sessel der Mutter Platz genommen. Dieser Auftrag kam von ihr, Ness, da bin ich mir sicher.«

Ich nickte und schmeckte diesem Wissen förmlich nach, ließ es mir auf der Zunge zergehen. Es war bitter. Brannte. Und stank verfault. Beim Reich der Tiefe, in was waren wir da hineingeraten?!

»Wusstest du das, bevor wir den Auftrag angenommen haben? Und hast du deshalb jetzt solche Angst vor der Mutter?«

»Nein, damals habe ich das noch nicht gewusst. Und was die Mutter angeht: Ich hatte es mir bereits vor unserem Auftrag zur Regel gemacht, mich von allen Schreitenden möglichst fernzuhalten. Aus verschiedenen Gründen.«

»Trotzdem hast du dich am Ende auf diese Sache eingelassen. Warum? Du hättest dich doch weigern können, mir zu helfen. Noch dazu, wo es ein Riesenfehler meinerseits war. Ich hätte mich nie von schlichter Gier leiten lassen dürfen. Oder von dem Wunsch, mir von heute auf morgen ein neues Leben aufbauen zu können.«

»Spiel hier nicht den Dummkopf!«, fuhr sie mich wütend an. »Die Antwort auf diese Frage kennst du genau! Wir gehören nun einmal zusammen. Von mir aus soll doch das Reich der Tiefe deine grinsende Fratze holen – aber ich liebe dich! Und behaupte jetzt nicht, du hättest etwas anderes hören wollen!«

»Tut mir leid«, sagte ich. »Die Frage hätte ich mir wirklich sparen können. Wann hast du begriffen, dass Ceyra Asani hinter diesem Auftrag stand?«

»Nach etwa einem Jahr fügte sich ein Detail zum anderen«, antwortete sie. »Da sind mir in Altz verschiedene Gerüchte zu Ohren gekommen. Allerdings hatte ich von Anfang an vermutet, dass nur jemand mit viel Einfluss es wagen würde, die Hand gegen eine Schreitende zu erheben. Im Grunde kam dafür nur jemand aus dem Turm infrage. Abgesehen davon haben weder Bierbrauer noch Bäcker, ja nicht einmal jeder gewöhnliche Würdenträger einen Pfeil im Hause, dessen Spitze die Seele und die Gabe tötet. Deshalb blieb nur die höchst banale Erklärung, dass eine Schreitende uns benutzt hatte, um eine Konkurrentin aus dem Weg zu schaffen. Schließlich sind die Schreitenden auch bloß Menschen. Die genau wie wir alle lieber oben auf dem Gipfel des Berges weilen, wo die Sonne heller scheint und wärmer ist als hier unten im Tal.«

»Und diese Schreitende hat dann die Blaue Flamme an sich gerissen, während wir zur Jagd ausgeschrieben wurden. Mit uns als Sündenbock stand die Auftraggeberin ja mit weißer Weste da.«

»Genau. Erinnerst du dich noch an die beiden Glimmenden, die unser Opfer begleitet haben? Sie haben versichert, die Magie, die bei dem Anschlag eingesetzt worden sei, habe sich von jener unterschieden, die im Regenbogental gelehrt wird. Außerdem war der Pfeil, den du benutzt hast, eine Arbeit aus Sdiss. Die noch dazu in weit zurückliegender Zeit angefertigt worden ist. Ein seltenes Stück also. Das die Aufmerksamkeit hervorragend von der Konkurrentin des Opfers ablenkte. Das hatte Ceyra klug eingefädelt.«

»Und dann ist sie Mutter geworden, aber wir sind ihr entwischt. Also hat sie uns suchen lassen. Habe ich das richtig verstanden?«

»Halb und halb. Wir wurden nicht nur wegen des Mordes gesucht, nicht nur, um herauszufinden, wer uns diesen Auftrag erteilt hat, sondern auch wegen meines Funkens. Auf den hat der Turm bei diesem Auftrag wie gesagt einen Blick erhascht.«

»Wenn du mich fragst, hat Ceyra einen gewaltigen Fehler begangen, dass sie uns bisher am Leben gelassen hat. Ganz zu schweigen davon, dass sie uns in den Turm gebracht hat, in dem es noch genug Anhängerinnen ihrer toten Konkurrentin gibt. Wenn die uns verhören …«

»Was dann?«, unterbrach mich Lahen. »Schließlich haben wir den Auftraggeber – oder die Auftraggeberin – nie mit eigenen Augen gesehen. Wir können nur mutmaßen, mehr nicht, denn wir haben keinen einzigen Beweis in der Hand. Aber selbst wenn das anders wäre, wer würde denn zwei Gijanen glauben, wenn die Mutter der Schreitenden ihr Wort in die Waagschale wirft?«

Das stimmte. Ich mochte lauthals hinausschreien, wer uns für den Kopf der Zauberin zehntausend Soren gezahlt hatte, man würde mich allenfalls für verrückt erklären.

»Obendrein tobt jetzt der Krieg, da haben alle nur die Nekromanten aus Sdiss im Kopf«, fuhr Lahen fort. »Außerdem: Wer sollte sich schon für eine Schreitende interessieren, die vor sieben Jahren gestorben ist?«

Da war was dran. Immerhin hatte uns in den knapp zwei Wochen unserer Gefangenschaft niemand zum Verhör geholt.

»Ich würde unser ganzes Geld darauf verwetten, dass Moltz vor sieben Jahren seine Hände ebenfalls im Spiel hatte«, sagte ich.

»Gut möglich«, stimmte mir Lahen zu. »Moltz weiß von meiner Gabe. Es würde mich nicht wundern, wenn er uns damals an Ceyra verkauft hätte. Für gutes Geld. Wir waren einfach ideal, um jeden Verdacht von der heutigen Mutter abzulenken.«

»Früher oder später wird uns diese Hexe umbringen. Das steht für mich außer Frage.«

»Später wäre mir lieber.«

»Mir auch. Aber das haben wir ja in der Hand«, sagte ich. »Wir können schließlich verhindern, dass sie allzu viel von uns erfährt …«

»Versprich mir, dich unter gar keinen Umständen auf sie zu stürzen.«

»Als ob ich je auf eine solche Idee käme«, brummte ich und sah ihr in die Augen. Aber Lahen kannte mich schon zu lange, als dass sie die Lüge nicht gespürt hätte.

»Das ist mein voller Ernst, Ness. Rohe Gewalt würde alles nur noch schlimmer machen.«

»Behandle mich nicht wie einen kleinen Jungen!«, polterte ich. »Ich habe nicht die Absicht, tatenlos zuzusehen, wie dir diese Vettel das Blut aus den Adern saugt.«

Da Lahen wusste, dass jetzt nicht mit mir zu reden war, verkniff sie sich jeden Kommentar.

Eine Weile saßen wir schweigend da. Ich versengte mit meinem Blick förmlich die Schneeglöckchen, als handle es sich bei ihnen um meine Erzfeinde. Dann fiel mir Moltz ein, und ich spielte im Kopf verschiedene Strafen durch, mit denen ich dieser entzückenden Bäckersfrau, die unserer Gilde vorstand und nach außen als Mann auftrat, klarmachen wollte, dass man alte Freunde nicht verraten durfte. O ja, früher oder später würde ich Moltz in die Finger bekommen. Und dann würden wir sämtliche Meinungsverschiedenheiten ein für alle Male klären. Wobei wir Stumpf am besten gleich mit ins Gespräch einbezogen.

Irgendwann fiel mein Blick auf ein Bild an der Wand, das aber zu weit entfernt hing, um Einzelheiten zu erkennen.

»Wohin gehst du?«, fragte Lahen, als ich aufstand.

»Mir ist da was aufgefallen.«

Ich lief über den gelb gepflasterten Pfad zu dem Bild hinüber. Natürlich zeigte es Schneeglöckchen. Inmitten der Blumen stand eine Frau in einem weißen Gewand, die die behandschuhten Arme hochgereckt hatte. Auf ihren Handtellern loderte die Blaue Flamme. Es musste also eine der Mütter sein. Aber welche von denen, die in den letzten tausend Jahren im Turm das Sagen gehabt hatte?

Das Gesicht der Dame war mir auf Anhieb unsympathisch. Der Maler hatte es geradezu in Frömmigkeit ertränkt. Als wollte er der Auftraggeberin schmeicheln, indem er sie als heilige Streiterin Meloths aufs Leinen bannte.

Neben der Mutter waren zwei weitere Frauen und ein Mann abgebildet, alle drei in schwarzen Gewändern. Eine der Frauen lag in Panik gekrümmt vor der Mutter und schien mit einem Zauber ihrer Gegnerin zu rechnen. Die Unbekannte hatte wirres rabenschwarzes Haar, das ihr fast bis zu den Knien reichte und ihr Gesicht vollständig verdeckte. Umso deutlicher prangte dagegen das Gesicht der anderen Frau vor mir. Es war gelb, faltig und von Bosheit entstellt. Fast grotesk. Wenn die Mutter allzu licht dargestellt worden war, dann galt für sie das Gegenteil: Bei ihr handelte es sich um eine durch und durch dunkle Erscheinung. Aber weder die eine noch die andere verband sonderlich viel mit einem gewöhnlichen Menschen.

Die Böse stand hinter der ahnungslosen Mutter, die mit der Schwarzhaarigen beschäftigt war. Die Haltung der bösen und der guten Zauberin stimmten bis in die kleinste Kleinigkeit überein, nur dass auf den Handtellern der Dunklen keine Blaue Flamme loderte, sondern ein erloschener Schädel dampfte.

Durchtrieben war sie, diese Dunkle, wollte sie doch die Gelegenheit für einen heimtückischen Schlag von hinten nutzen.

Über das Gesicht des Mannes konnte ich nichts sagen, da es in dichtem Schatten lag. Nur die purpurrot glimmenden Augen blickten daraus hervor – und verfolgten das magische Duell.

»Hat dich die Neugier gepackt?«, fragte Shen, der unvermittelt neben mir aufgetaucht war. »Du weißt, wer das ist?«

»Nein.«

»Soritha.«

Hätte ich mir auch denken können, schließlich trug dieser Saal seinen Namen ihr zu Ehren.

»Und die anderen drei?«, fragte ich.

»Das sind Rethar Neho, Thia al'Lankarra und Mitipha Danami. Im Volksmund sind sie als die Verdammten Fieber, Typhus und Scharlach bekannt.«

»Ist das Mitipha?«, wollte ich wissen und zeigte auf die Frau mit dem gelben Gesicht.

»Nein. Mitipha ist die, die vor der Mutter liegt. Diese Gelbgesichtige ist die Mörderin Sorithas.«

Die vom Künstler geschaffene Typhus glich in keiner Weise jener Frau, die Lahen und ich in Hundsgras gesehen hatten. Die einzige Gemeinsamkeit, die ich entdecken konnte, waren die dicken, langen Zöpfe.

»Angeblich hat Scharlach die Mutter abgepasst, als diese nach den Blumen sah«, fuhr Shen fort. »Aber ihre Kräfte reichten nicht aus, um die Mutter zu bezwingen. Hätte Typhus die Mutter nicht hinterrücks angegriffen, wäre die ganze Geschichte vermutlich anders ausgegangen. Wer weiß, ob die Abtrünnigen dann lebend aus Alsgara herausgekommen wären.«

»Soritha hat einfach Pech gehabt.«

»Das stimmt. Sie hat ihrer Lieblingsschülerin zu viel Vertrauen entgegengebracht. Zum Dank dafür hat Typhus sie dann verraten.«

»Das ganze Leben besteht aus Verrat«, bemerkte ich – und sofort fiel mir Moltz wieder ein. »Was hat Rethar mit der Sache zu tun?«

»Seinetwegen hat Typhus die dunkle Seite gewählt.«

»Dann muss sie ihre Gründe dafür gehabt haben«, meinte ich. »Obwohl ich zugeben muss, dass ich keine der beiden Seiten vorziehe. Die Zwistigkeiten der Magier und Magierinnen sollen mir doch gestohlen bleiben.«

»Kann ich mir vorstellen«, erwiderte Shen. »Dich interessiert nun einmal nur dein eigenes Leben.«

Ich grinste bloß, sagte aber kein Wort. Der Milchbart hatte ja recht. Aber das würde ich ihm nicht unter die Nase reiben.

»Die berühmteste Mutter hat es also in diesem Raum erwischt?«, fragte ich weiter.

»Ja«, antwortete er. »Wenn du dich umdrehst, siehst du auch die Stelle, an der es zu dem Mord gekommen ist.«

Ich folgte der Aufforderung. »Höchst eindrucksvoll«, meinte ich.

Ein Teil der gegenüberliegenden Wand war verkohlt, doch ein strahlend weißer Fleck stellte die Silhouette einer Frau mit erhobenen Armen dar. Das war alles, was von Soritha geblieben war, nachdem Typhus sie verbrannt hatte. Ich hegte nicht den geringsten Zweifel daran, dass Lahen und mir die gleiche warmherzige Behandlung zuteilwerden würde, sollten wir der Verdammten je in die Hände fallen. Nicht, nachdem sie unseretwegen ihren Körper eingebüßt hatte.

»Und was ist mit diesen Blumen?«, fragte ich und deutete auf einige Schneeglöckchen, die purpurrot waren und einen runden Fleck bildeten.

»Das kann ich dir auch nicht genau sagen. Seit dem Dunklen Aufstand sind sie rot. Einige behaupten deswegen, sie hätten Sorithas Blut in sich aufgenommen.«

Wie romantisch! Selbst die Schreitenden lieben also Legenden über Märtyrer und ihr Blut. Fehlten eigentlich nur noch ein paar Pilger …

»Seit wann interessierst du dich für Malerei?«, fragte nun

Lahen, die sich zu uns gesellt hatte. »Noch dazu für so talentlose?«

Auf das Bild warf sie nur einen flüchtigen Blick.

»Gehen wir!«, verlangte Shen daraufhin in kaltem Ton. »Man hat nicht vor, ewig auf euch zu warten.«

Er drehte sich um und eilte zu einer der beiden Türen, die aus diesem Saal voller Schneeglöckchen hinausführten.

Kapitel 3

Es wollte ihr einfach nicht glücken, in die Hohe Stadt vorzudringen. In diesen Teil Alsgaras führte nur ein Tor – das besser als alle anderen bewacht wurde. Dort standen nicht nur die üblichen Gardisten und die Stadtwache, sondern zusätzlich auch noch Schreitende und Glimmende. Bei nur einem Magier oder nur einer Magierin hätte sie es womöglich riskiert, die Aufmerksamkeit von sich abzulenken. Doch es waren derer insgesamt mindestens sechs, damit verbot sich jeder entsprechende Versuch von selbst.

So tobte Thia innerlich, denn in ihrer gegenwärtigen Lage konnte sie diese Hürde nicht nehmen. Wie auch immer sie sich tarnen mochte, jemand aus dem Turm würde ihren Funken mit Sicherheit spüren. Oder das Geflecht jenes Zaubers, mit dem sie den Körper und den Geist Porks unter Kontrolle hielt. Und dann könnte sie alle Träume, den Heiler und jenes flinke Pärchen in die Finger zu bekommen, vergessen. Nein, sie musste sich eine andere Möglichkeit einfallen lassen, wie sie dieser beiden Dummköpfe, die dem Turm wie Fliegen in sein sorgsam gesponnenes Netz gegangen waren, habhaft wurde.

Bisher ließ sie, die Tochter der Nacht, den Kopf jedoch nicht hängen. Nur Närrinnen wie Mithipha fielen in Panik, jammerten und reckten die Hände zum Himmel, um Meloth um Gnade anzuflehen. Sie dagegen war aus anderem Holz geschnitzt, weshalb sie Mithipha aus tiefstem Herzen verachtete. Wenn Talki nicht ihre schützende Hand über ihre ehemalige Schülerin gehalten hätte, hätte sie sich Mithipha längst vorgeknöpft. Die letzten Jahrhunderte hatte sie sich stets damit getröstet, dass nichts ewig währte. Früher oder später würde selbst Talki genug davon haben, diese Idiotin zu verhätscheln – und dann würde ihre, Thias, Stunde schlagen. Jetzt sollte sie sich jedoch einzig und allein darum kümmern, diesen Heiler zu der alten Vettel zu schaffen, damit sie wieder einen brauchbaren Körper erhielt. In dem wieder ausschließlich sie das Sagen hatte und in dem ihr auch endlich wieder ihre Gabe in vollem Umfang zu Gebote stand.

Aus irgendeinem Grund war sie sich sicher, dass nur dieser blonde Bogenschütze, der ihren eigentlichen Körper zerstört hatte, sie zu diesem Rotzlöffel von Heiler führen könnte. Obwohl der Schütze inzwischen im Turm gefangen saß, hing die Markierung noch immer über ihm. Die Schreitenden von heute waren offenbar noch dümmer, als sie bislang angenommen hatte. Welch Verfall! Alles war genauso gekommen, wie sie, die vor fünfhundert Jahren gegen den Rat rebelliert hatten, es befürchtet hatten: Die Magie war nicht mit dem dunklen Funken aufgefrischt worden und verkümmerte mit jeder Generation mehr. O ja, sie hatten den Aufstand mit gutem Grund angezettelt. Andererseits kam ihr die damalige Uneinsichtigkeit der Schreitenden jetzt sehr entgegen: Solange die Markierung über diesem Mann hing, wusste sie, wo er sich befand.

Alles, was sie brauchte, war Geduld – und etwas Glück. Dann würde sie Talki diesen Heiler und die Autodidaktin schon auf dem Silbertablett servieren. Aber nicht den Bogenschützen. Zweimal war er ihr bereits entkommen. Ein drittes Mal würde es nicht geben.

Völlig unvermittelt fiel ihr da jener Mann wieder ein, den sie zusammen mit dem Schützen bei den Piers gesehen hatte. Dieser spöttische, durchdringende Blick. Dieser Feuerball aus tanzenden Schatten, der in seiner Brust loderte und eine unsagbare Kraft ausstrahlte. Der Kerl könnte ihr durchaus in die Quere kommen.

Obwohl …

Wenn dieser Mann ihr hätte Schaden zufügen wollen, dann hätte er das längst getan. Nicht einmal Ghinorha hätte ihm etwas entgegensetzen können – und sie war Thias Ansicht nach die Stärkste unter ihnen gewesen (stärker noch als Talki). Nein, ihm gegenüber nahmen sie sich alle wie eine halbtote Maus gegenüber einem Säbelzahnirbis aus. Wie wohl ein Duell zwischen Ghinorha und diesem Unbekannten ausgegangen wäre? Wer weiß, vielleicht hätte die einstige Lehrerin Rethars den Fremden ja mit einer Finte überrumpelt. So etwas war Ghinorhas Spezialität gewesen, die im Ruf gestanden hatte, klug wie tausend Katzen zu sein. Trotzdem hatte sie im Vergleich mit Talki oder anderen legendären Teilnehmern des Dunklen Aufstands wie Ossa und Tsherkana immer als schwächer gegolten. Ghinorha selbst hatte dieser Einschätzung nie widersprochen. Gut, möglicherweise waren Ossa und Tsherkana ja tatsächlich stärker als sie. Und bei Talki verhielt sich die Sache ohnehin anders, denn sie war eine Heilerin. Doch niemand – niemand! – wirkte überraschendere Zauber als sie. In dieser Hinsicht war Ghinorha eine echte Virtuosin gewesen.

Was sie am Ende jedoch auch nicht hatte retten können. Nach der großen Schlacht zwischen den Schreitenden und ihnen, den Gebietern und Gebieterinnen, die von allen nur als Verdammte geschmäht wurden, mussten sie sich zur Treppe des Gehenkten zurückziehen. Von dort wollten sie sich nach Süden durchschlagen. Die Armee des Imperiums blieb ihnen dicht auf den Fersen, und keiner von ihnen hätte überlebt, wäre Ghinorha nicht gewesen.

Niemals würde Thia ihr heiteres, sorgloses Lächeln vergessen, als sie ihnen mitgeteilt hatte, sie werde ein Ablenkungsmanöver inszenieren. Sie alle hatten sich feige hinter ihr, Ghinorha, verschanzt. Sie war dann mit den wenigen noch verbliebenen Truppen nach Reinerwarr gezogen, einer Gegend, in der es damals zahlreiche Siedlungen gab. Dieser Winkelzug zwang den Feind, die Treppe des Gehenkten aufzugeben und diesen tapferen Gefährten eiligst nachzurücken, um die Bevölkerung in jenem Teil des Imperiums vor dem sicheren Untergang zu bewahren. Ghinorha wusste genau, dass sie das Leben der anderen Gebieter und Gebieterinnen mit dem Tod zu bezahlen hatte. Tatsächlich wurde ihre Armee in die Erlika-Sümpfe getrieben – die zu ihrem Grab werden sollten.

Ghinorha versank im Moor.

Damit war ihre Zahl auf sechs geschrumpft. Den Krieg der Nekromanten mussten sie bereits damals verloren geben, auch wenn er noch vier lange Jahre währte.

Warum hatten ausgerechnet Ghinorha und Rethar sterben müssen? Ghinorha war kein schlechter Mensch gewesen und hatte ihr nie Schaden zugefügt. Ja, sie hatte ihr nach dem Tod Rethars sogar helfend die Hand gereicht.

Und ihn, Rethar, hatte Thia wie niemanden sonst geliebt. Seinetwegen hatte sie den Turm verraten, von der Frucht des dunklen Funkens gekostet und sich mit den anderen gegen den Rat erhoben, der einfach keine Vernunft annehmen wollte und den Turm in einen Abgrund trieb.

Und warum hatten ausgerechnet diese fünf falschen Schlangen, diese Feuerskorpione und Grabwürmer, überleben müssen? Bei denen man jede Sekunde mit Verrat, einem Biss oder einer Brandwunde rechnen musste …

Wäre Ghinorha noch am Leben, sie hätte eine Möglichkeit gefunden, in die Hohe Stadt einzudringen. Denn sie kannte all die geheimen Wege, die nach Alsgara hinein- und wieder hinausführten. Thia dagegen konnte nichts anderes tun, als jenes Tor im Auge zu behalten, das in die Hohe Stadt führte. Aber wozu gab es schließlich Schenken? Sie würde sich einfach in einer mit Blick aufs Tor einquartieren und abwarten.

Nach gut zwei Wochen neigte sich allerdings selbst ihre Geduld dem Ende zu.

Die Untätigkeit trieb sie schier in den Wahnsinn. Am liebsten hätte sie irgendeinem Hohlkopf den Hals umgedreht, was auch ohne Weiteres möglich gewesen wäre, immerhin trieben sich in der Schenke genügend Idioten herum. Und jeder einzelne von ihnen legte es offenbar darauf an, ihre Geduld, die ohnehin schon Risse zeigte, auf die Probe zu stellen.

Obendrein hatte Pork den Kampf um seinen Körper wieder

aufgenommen und sich ungeachtet der harten Strafen bereits zweimal auf die Hinterbeine gestellt, noch dazu stets in Anwesenheit Dritter. Thia hatte es einzig ihrer Erfahrung zu danken, dass sie in beiden Fällen die Kontrolle über seinen Körper zurückerlangte. Den Dienern in der Schenke entging das merkwürdige Verhalten dieses Gastes jedoch nicht. Ohne ein paar solide Soren, die in die Taschen des gierigen Wirts wanderten, hätte dieser Thia vermutlich längst wie einen Straßenköter vor die Tür gejagt.

Mit jedem Tag nahm Thias Hass auf diejenigen, die ihr ihren Körper genommen und sie in die erbärmliche Karikatur eines lebendigen Menschen verwandelt hatten, zu. In ihrem Rachedurst hätte sie sich zu gern über Talkis klaren Befehl hinweggesetzt und die drei umgebracht. Noch stärker war nur ihr Wunsch, alle Gefahr zu ignorieren und einfach durch das Tor zu spazieren, das in die Hohe Stadt führte.

Und sich notfalls mit Gewalt Zutritt zum Turm zu verschaffen.

Während Thia diesen Gedanken nachhing und sie ihre Verdrossenheit gerade an dem Wirt, der ihr ein nicht durchgebratenes Stück Rindfleisch aufs Zimmer gebracht hatte, auslassen wollte, erreichte sie ein Ruf. Sie schlug dem Kerl die Tür vor der Nase zu und eilte zum Tisch, gepeinigt von einem schmerzlichen Brennen, das ihr – im Körper von Pork – über die Wirbelsäule rann.

Soll doch das Reich der Tiefe diesen Rowan holen!

Ausgerechnet mit ihm wollte sie jetzt auf keinen Fall sprechen. Andererseits kannte sie Rowan gut genug, um zu wissen, dass der nicht eher Ruhe geben würde, als bis er bekommen hatte, was er wollte. Da sie zurzeit nicht einmal das Geflecht jenes Zaubers, mit dem er Verbindung aufnahm, zu durchreißen vermochte, blieb ihr nichts anderes übrig, als das Wagnis einzugehen, ein Silberfenster in unmittelbarer Nähe des Turms zu öffnen. Dieser Zauber bedurfte zum Glück nur einer geringen Wärme des Funkens, sodass sie wohl davon ausgehen konnte, es werde ihn niemand bemerken. Obendrein hielt den eigentlichen Verbindungszauber Rowan aufrecht, denn er hatte den Ruf ausgesandt. Und ihn, der Dutzende von Leagues von Alsgara entfernt weilte, dürften die Schreitenden mit Sicherheit nicht spüren.

So nahm Thia das Glas Wein vom Tisch und goss den Inhalt gegen die Wand. Die Flüssigkeit blieb jedoch in der Luft hängen und verwandelte sich dort in einen feinen, an den Rändern leicht zitternden Spiegel. Schon in der nächsten Sekunde trübte sich die Oberfläche, um das Bild eines Mannes zu zeigen.

Rowan Neho, Herrscher des Wirbelsturms, Sohn des Abends und Beil des Westens, im Volksmund Schwindsucht genannt. Heute trug er eine auf Hochglanz polierte, in der Sonne funkelnde Rüstung. In dieser spiegelten sich der Himmel, ein paar Wolken sowie ein mit Leichen überzogenes Schlachtfeld. Hinter ihm erhob sich ein Fels, auf dem eine Festung thronte. Zwei ihrer drei Türme waren zerstört und standen in Flammen, schickten Säulen dichten schwarzen Rauchs in den strahlend blauen Himmel.

»Konntest du es also auch diesmal nicht lassen«, sagte Thia durch Porks Mund, während sie den Blick fest auf das Feuer gerichtet hielt. »Alles in Brand zu stecken, meine ich.«

»Selbst ich hätte mich nie im Leben darauf eingelassen, ein Werk des Skulptors in Brand zu setzen. Ein Denkmal der Vergangenheit. Etwas, worauf dieses Land stolz sein kann. Nein, das ist eine der Überraschungen, mit denen der Krieg aufwartet. An diesem Feuer trifft mich ausnahmsweise keine Schuld. Im Übrigen sei gegrüßt, Thia.«

»Wie immer bist du nicht um eine Ausrede verlegen«, erwiderte Thia, ohne auf den Gruß einzugehen.

»Und wie immer bekomme ich von dir nicht mal ein *Willkommen* zu hören«, parierte Rowan. »Dennoch möchte ich dir die freudige Mitteilung machen, dass das Krähennest gefallen ist.«

»Da ich nicht blind bin, ist mir das nicht entgangen. Ungeachtet all des Ruhms, den diese Festung genießt, hast du also einen Schlüssel gefunden, um das Tor zu öffnen. Ein erstaunlicher Sieg.«

»Ein Lob aus deinem Munde ist kein geringerer Sieg, Thia«, erwiderte Rowan hochzufrieden und vollführte eine tadellose Verbeugung.

»Wie hast du es geschafft?«, fuhr Thia fort. »Hast du der Garnison Gift in die Suppe gerührt? Oder einen von den armen Kerlen bestochen, die jetzt an der Mauer hängen? Ich zweifle zwar nicht an deinen Fähigkeiten als Feldherr, aber selbst du hättest eine solche Nuss nicht so schnell geknackt, wenn du die Festung hättest stürmen müssen. Also, verrätst du mir das Geheimnis deines Sieges?«

»Ich weiß nicht, worauf du hinauswillst.«

»Das Krähennest hat, wie du ganz richtig bemerkt hast, der Skulptor geschaffen«, entgegnete Thia. »Und seine Festungen sind eigentlich uneinnehmbar. Deshalb sind unsere Armee und die Nabatorer ja auch nicht gegen das Adlernest und die Eberburg gezogen, die Brüder dieser Zitadelle, sondern haben den Weg über den Linaer Moorpfad gewählt, um zur Treppe des Gehenkten vorzurücken. Und die Burg der Sechs Türme? Die konnten wir nur dank Talkis Gerissenheit und Mithiphas Unscheinbarkeit nehmen. Deshalb noch einmal: Wie hast du das geschafft?«

»Das wirst du nie erfahren«, zischte Rowan, während sich seine Finger fest ums Schwert schlossen, was das erste Anzeichen dafür war, dass Wut in ihm hochbrodelte. »Im Übrigen habe ich dich nicht deswegen gerufen.«

»Wie du willst, soll es halt dein Geheimnis bleiben«, erwiderte Thia, die lieber nicht das Risiko eingehen wollte, dass er die Beherrschung verlor. »Ansonsten kann ich kaum erwarten zu hören, was du von mir willst. Du wirst doch wohl nicht etwa den Geschmack am Krieg verloren haben und dich jetzt grämen, seinetwegen ins Imperium gekommen zu sein?«

Er zog die hellen Brauen zusammen, die braunen Augen verschatteten sich. Gleich würde er außer sich geraten. Mehr als fünfhundert Jahre dauerte die Feindschaft zwischen ihnen beiden jetzt schon an. Sie war entflammt, als Rethar Thia seine Liebe geschenkt hatte. Rowan hatte ihr das nie verziehen, doch weil er fürchtete, sich mit seinem Bruder zu überwerfen, hatte er sie in aller Stille gehasst. Nachdem Rethar mit seinem Tod jedoch Thias Leben gerettet hatte, ließ Rowan seinem Hass freien Lauf. Obwohl dieser ihn geradezu verzehrte, forderte er Thia am Ende allerdings nie zum Duell heraus, da sich Talki und Ghinorha strikt gegen einen solchen Schritt aussprachen. Obendrein wusste selbst er in seinem blinden Hass, dass er mit Thia kein leichtes Spiel haben würde.

»Nicht in diesem Ton, Thia!«, keifte Rowan. »Sonst nimmt einer von uns unwiderruflich Schaden.« Dann fuhr er etwas weniger aufgebracht fort: »Was streiten wir überhaupt? Der Grund für meinen Ruf war lediglich, dass ich dich über meine baldige Ankunft in Kenntnis setzen wollte. Wenn alles gut geht, stehe ich in zwei Tagen vor Alsgara.«

»Ich kann's kaum erwarten.«

»Freust du dich etwa nicht, mich zu sehen?«

»Als ob ich mich je über deinen Anblick gefreut hätte!«, erwiderte sie kalt. »Reden wir doch nicht um den heißen Brei herum: Wir verachten einander, das wissen alle, du und ich inbegriffen.«

»Wie du meinst.« Daraufhin zog er den Dolch aus der Scheide. »Siehst du das?«

»Blut. Du solltest deine Waffe besser pflegen.«

»Ich habe dich nicht um Rat gefragt! Das ist das Blut einer Schreitenden.«

»Was für eine Großtat!«, schnaubte Thia. »Du hast auch schon früher Schreitende getötet. Was soll an diesem Mord so Besonderes sein?«

»Hilf mir, dann bringe ich noch mehr von diesen Kreaturen um. Dann räume ich den ganzen Turm leer. Damit wir ihn endlich wieder betreten können. Du bist doch noch in Alsgara, oder? Ich wäre dir also dankbar, wenn du mir ein Tor öffnen würdest.«

»Warum kommst du immer wieder auf diese Frage zurück, obwohl du die Antwort bereits kennst? Ich werde sehen, was ich tun kann.«

»Wunderbar.« Er bedachte sie mit einem strahlenden Lächeln, wischte die Klinge ab und steckte den Dolch in die Scheide zurück. »Ich will dich nicht weiter aufhalten. Das heißt, eine Frage hab ich noch«, bemerkte er, als fiele ihm gerade etwas ein, das kaum von Belang war. »Wie sieht es mit unserer anderen Übereinkunft aus?«

»Da bin ich nicht weitergekommen.«

»Nicht den geringsten Schritt?«, fragte Rowan mit schlecht unterdrückter Wut.

»Richtig.«

»Verkauf mich nicht für dumm, Thia!«, brüllte er, und auf seine Wangen traten rote Flecken.

»Endlich steht der wahre Rowan wieder vor mir«, bemerkte Thia süffisant. »Jähzornig wie eh und je. Zu schade, dass kein Ye-arre in deiner Nähe ist, damit du dein Mütchen an diesem Geschöpf kühlen könntest.«

Eigentlich sollte sie nicht mit dem Feuer spielen, das wusste sie. Andererseits durfte man jemandem, der stärker war, nun einmal nicht die eigene Schwäche zeigen. Deshalb musste sie sticheln wie immer, sonst würde ihr Rowan auf die Schliche kommen – und sie mit Haut und Haar verbrennen.

»Lenk nicht vom Thema ab!«, fauchte er. »Ich brauche dieses Buch!«

»Stell dir vor, das tun auch andere«, spie Thia aus. »Ich zum Beispiel. Oder Talki und Mithipha. Sofern Letztere inzwischen nicht völlig den Verstand verloren hat.« Was, Thias Gesicht nach zu urteilen, jedoch der Fall sein musste. »Ich könnte mir vorstellen, auch Alenari und Ley wären ganz erpicht auf ein Tagebuch des Skulptors, sollten sie von dessen Existenz erfahren. Du siehst, diese Aufzeichnungen wecken Begehrlichkeiten bei vielen, nicht nur bei deiner ach so geschätzten Person.«

Thia beobachtete voller Genuss, wie die breiten Nasenflügel ihres Gegenübers vor Wut erzitterten.

»Nur haben wir, wenn ich mich recht erinnere, eine Abmachung getroffen«, knurrte Rowan. »Und ich will doch nicht hoffen, dass du dein Wort brichst.«

»Mir ist völlig egal, was du hoffen willst oder nicht. Was umgekehrt ja wohl genauso gilt. Zumindest in dieser Frage sind wir uns jedoch einig. Nein, ich habe unsere Abmachung nicht vergessen. Aber ich habe dieses Buch noch nicht gefunden. Alsgara ist groß. Eine solche Suche dauert Monate, wenn nicht gar Jahre. Sollte der Skulptor seine Aufzeichnungen hier wirklich irgendwo versteckt haben, dann an einem besonders sicheren Ort.«

»Ich kann aber nicht Monate darauf warten! Das weißt du genau! In zwei Tagen werde ich Alsgara im Sturm nehmen!«

»Oh, daran hindert dich niemand«, entgegnete Thia. »Nach deinem grandiosen Sieg bleibt uns dann ja noch genug Zeit, dieses Buch zu finden, nicht wahr?«

An diesen Sieg glaubte Thia im Grunde ihres Herzens jedoch nicht. Alsgara in die Knie zu zwingen, das war kein Kinderspiel. Auch Talki ging davon aus, Rowan würde sich an den Mauern dieser Stadt seine hübschen Zähne ausbeißen. Trotzdem hatte sie ihn dazu gebracht, gegen die Südliche Hauptstadt zu ziehen. Warum sie das wollte, lag auf der Hand. Rowan war ein hervorragender Feldherr – aber durch und durch wahnsinnig. Sein Hirn war längst den Grabwürmern zum Opfer gefallen. Mit seiner Unberechenbarkeit stellte er eine große Gefahr für ihre gemeinsame Sache dar. Ley würde seinen Kampf auch ohne Rowan meistern. Sollte dennoch etwas aus dem Ruder laufen, gäbe es immer noch Alenari, die ihm helfen könnte. Rowan dagegen bedeutete nur das fünfte Rad an diesem gut geschmierten Wagen.

Deshalb hatte Talki, diese hinterhältige Schlange, Rowan geschickt bei seinem Ehrgeiz gepackt, indem sie ihm die Möglichkeit geboten hatte, sich unter den Kriegern Haras legendären Ruhm zu erwerben und das zu erobern, was nie zuvor erobert worden war.

Alsgara.

»Ich kann die Stadt nicht stürmen, ohne zu wissen, wo die Aufzeichnungen über die Wegblüten versteckt sind.«

»Wie schön, dass du das einsiehst! Deshalb solltest du auch besser gar nicht daran denken, Alsgara deinem geliebten Feuer zu überlassen. Finde einen anderen Weg, um die Stadt zu nehmen. Ich weiß, dass du das schaffst.«

Unflätig fluchend beendete Rowan das Gespräch. Der in der Luft hängende Wein büßte seine magische Stütze ein und tropfte zu Boden, um dort eine dunkelkirschrote Lache zu bilden. Lächelnd ließ sich Thia aufs Bett fallen.

Dieser widerliche Dreckskerl! Dieses perverse Schwein! Wann würde bloß der Tag kommen, an dem Thia das Glück hold war und sie diesem Grabwurm die Kehle zudrücken konnte! Diesem Widerling, den Leichen und die Folter von Gefangenen erregten.

»Glaub mir, mein Freund, wenn du strauchelst, werde ich in deiner Nähe sein«, flüsterte Thia mit den Lippen von Pork. »Dann hat diese Welt endlich eine Missgeburt weniger.«

Nachdem sie sich noch kurz dem Gedanken an den *toten* Rowan überlassen hatte, stand sie auf und schenkte sich Wein ein. Da trat abermals jemand mit ihr in Verbindung. Eine warme Welle rieselte über ihre Wirbelsäule, liebkoste sanft ihre Schultern und bat um Aufmerksamkeit.

Talki.

»Heute soll ich offenbar nicht eine ruhige Minute genießen«, murmelte sie, während sie sich überlegte, ob sie auch diesen Ruf annehmen sollte.

Das musste sie wohl. Die Heilerin war ihre einzige Hoffnung. Ohne ihre Hilfe würde sie, Thia, niemals ihre alte Gabe und ihre frühere Kraft zurückerlangen. Abgesehen davon meldete sich Talki eigentlich nicht wegen Nichtigkeiten. Möglicherweise hatte sie ja Neuigkeiten.

Die nächste Portion Wein flog Richtung Wand. Vor Thia bildete sich erneut der magische Spiegel.

Obwohl Talki in einer prachtvollen Kutsche saß, trug sie lediglich ein schlichtes Tuchkleid und eine verschlissene, dicke Strickjacke. Über ihren Beinen lag eine karierte Decke aus Schafswolle. Die Alte hatte Wärme schon immer geliebt. Neben ihr hatte sich auf einem purpurroten Samtkissen eine plüschige weiße Katze eingerollt. Ein zweites Tier, eine schwarze Katze mit goldenem Halsband, schlummerte am Fenster.

Die blassblauen Augen Talkis sahen Thia gelangweilt an. »Sei gegrüßt, mein Mädchen. Wie kommst du voran?«

»Wie schön, dass du dich auch mal wieder an mich erinnerst! Die Sache steht nicht so gut, wie wir gehofft hatten. Ich habe die beiden noch immer nicht.«

Die Heilerin schnalzte enttäuscht mit der Zunge. »Aber du bist in Alsgara?«

»Ja. Das immerhin habe ich geschafft. Allerdings muss ich noch in den Turm.«

Das trug ihr endlich einen etwas interessierteren Blick der Alten ein. »Was hat der Turm damit zu tun, mein Kind?«

Thia berichtete ihr, dass der Heiler ein Schreitender war und zusammen mit anderen Schreitenden den Bogenschützen und die Autodidaktin gefangen genommen habe.

»Dann bist du in der Tat noch weit davon entfernt, diese Angelegenheit zu einem glücklichen Ende zu führen. Solange sie unter dem Schutz des Turmes stehen, kommst du nicht an sie heran. Anscheinend haben diese Närrinnen ebenfalls ein Auge auf unser Pärchen geworfen. Damit dürfte es für dich sehr schwierig werden, zu ihnen vorzudringen.«

»Noch gibt es eine Chance, aber in zwei Tagen womöglich nicht mehr. Rowan rückt nämlich gegen die Stadt vor.«

»Der Junge ist noch flinker, als ich gedacht hatte«, bemerkte Talki. »Du hast also mit ihm gesprochen?«

»Gerade eben. Er wollte wissen, ob ich das Tagebuch bereits gefunden habe.«

»Etwas anderes war nicht zu erwarten. Ich nehme an, er war nicht sonderlich entzückt, als er hörte, dass du es noch nicht in Händen hältst.«

»Das ist gelinde gesagt. Er dürfte jedoch noch um einige Grade missgestimmter sein, wenn er wüsste, dass ich es nicht einmal gesucht habe.«

Talki stieß ein gackerndes Gelächter aus.

»Worüber amüsierst du dich so?«, wollte Thia wissen. »Oder ist das ein Geheimnis?«

»Wie hübsch sich alles eins zum anderen fügt. Jetzt wird Rowan in Alsgara auf Feuer verzichten. Das bedeutet, dass unser Freund an dieser Nuss wesentlich länger zu knacken hat, als er angenommen hatte. Ich fürchte, er wird die Stadt noch nicht einmal bis zum Winter genommen haben. Das wiederum heißt, dass Ley seinen Feldzug durchführen kann, ohne dass ihm dieser hitzige Junge dazwischenpfuscht. Er wird bis Bragun-San, möglicherweise sogar bis kurz vor Korunn kommen und dort sein Winterlager aufschlagen. In letzter Zeit scheint mir Ley immer etwas … nervös, wenn Rowan in seiner Nähe ist. Deshalb ist es nicht nur für Ley, sondern für unser aller Sache von Vorteil, wenn wir dem Jungen eine Beschäftigung geben.«

Diese durchtriebene Spinne! Wie lange hatte sie diese Intrige wohl schon eingefädelt?

»Das hast du klug in die Wege geleitet«, bemerkte Thia.

»Was redest du da, mein Mädchen? Ich habe nicht das Geringste damit zu tun. Hier fügen sich einzig und allein verschiedene Umstände glücklich zusammen.«

»Erzähl das Mithipha, mich aber verschon damit! Mir ist der Kopf nämlich zum Denken gegeben. Und allmählich frage ich mich, ob das Geschreibsel unseres unvergesslichen Skulptors tatsächlich existiert.«

»Willst du etwa behaupten, ich hätte ein Märchen ersonnen, um Rowan vom Norden abzuziehen?«, entgegnete Talki. »Auf diese Frage könnte ich dir jedenfalls mit einem klaren Nein antworten. Dieses – wie hast du es ausgedrückt? – Geschreibsel unseres unvergesslichen Skulptors … Das existiert wirklich und scheint nach wie vor in Alsgara versteckt zu sein. Oder hältst du Mithipha für imstande, uns alle an der Nase herumzuführen?«

»Diese heilige Einfalt?!«, erwiderte Thia mit einem Schnauben. »Jedes Huhn hat mehr Verstand als sie.«

»Dergleichen höre ich nicht gern, auch wenn ich … auch wenn ich dir wohl recht geben muss, mein Mädchen. Aber lassen wir diese lästerlichen Reden über gemeinsame Freunde, das gehört sich nicht«, verlangte Talki kichernd. »Im Übrigen habe ich mich mit dir in Verbindung gesetzt, um dich über die neuesten Entwicklungen in Kenntnis zu setzen.«

»Zu gütig von dir.«

»Ich kann es auch bleiben lassen!«

»Nein, das wäre …«

»Dann halte deine scharfe Zunge im Zaum, Mädchen!« Zum ersten Mal während ihres Gesprächs funkelten Talkis Augen stahlhart auf. »Du solltest mir dankbar sein, dass ich eine gewisse Person nicht in die nächste Jauchegrube geworfen habe, als sie mich um Hilfe gebeten hat. Merk dir ein für alle Mal: Du brauchst mich weit mehr als ich dich. Und dein grobes Gerede ärgert mich allmählich.«

»Tut mir leid«, murmelte Thia, nachdem sie ihren Stolz hinuntergeschluckt hatte.

»Schon vergeben, mein Kind«, gab sich Talki sofort wieder sanft. »Schwamm drüber. Gut, wie ich sehe, hast du mittlerweile vollständig die Kontrolle über den Körper dieses Jungen übernommen. Das ist vortrefflich. Du machst Fortschritte. Und nun zu meinen Neuigkeiten. Es sind gute dabei, aber auch schlechte. Welche möchtest du zuerst hören?«

»Die guten.«

»Wie du willst. Nachdem sich die Hochwohlgeborenen und ein Teil der Ye-arre auf unsere Seite gestellt haben, konnte Ley den Linaer Moorpfad nehmen. Er hat Okny belagert und befindet sich jetzt irgendwo zwischen den Blinden Bergen und der Treppe des Gehenkten. Die Armee des Imperiums ist mittlerweile ebenfalls vor der Treppe aufgezogen, aber ich rechne damit, dass wir sie nehmen. Alenari hat bereits den größten Teil ihrer Streitkräfte zu Ley entsandt. Das wird ihm sicher helfen.«

»Wenn ihm Alenari Truppen geschickt hat, was ist dann mit der Belagerung von Gash-shaku?«

»Die wird nach wie vor aufrechterhalten. Es sind genug Kräfte dortgeblieben. Abgesehen davon gibt es im Westen sonst nur noch einen einzigen Herd des Widerstands, nämlich Altz. Doch die Stadt wird sich nicht lange halten können. Geh davon aus, dass wir in Bälde in die Bluttäler vorrücken.«

»Was willst du da? In der Steppe gibt es nur ein Dutzend lausiger Dörfer.«

»Hervorragend geeignet, das Regenbogental anzugreifen.«

»Das weiß ich. Nur habe ich angenommen, dass die Zeit dafür noch nicht gekommen ist.« Thia schwieg kurz, ehe sie fragte: »Was ist mit unseren Verbündeten?«

»Sie halten nach wie vor zu uns. Wir haben dem Nabatorer König schließlich ein zu großes Stück Land versprochen. Die Soldaten sind zufrieden. Wer auch immer entbehrlich war, wurde zu Ley geschickt. Der Norden sollte es sich also nicht einfallen lassen, allzu erbittert Widerstand zu leisten.«

»Alenari hat nur Truppen geschickt? Warum ist sie nicht selbst auch zu Ley geeilt?«

»Weil sie auf dem Weg ins Regenbogental ist. Sie meint, es wäre besser, die Schreitenden im Zaum zu halten und ihnen den einen oder anderen Zahn zu ziehen.«

»Aber dort gibt es unzählige Arbeiten des Skulptors. Wenn sie allzu lange unbeaufsichtigt bleibt …«

»Deshalb habe ich ja auch beschlossen, ihr Gesellschaft zu leisten«, erklärte Talki kichernd.

»Weiß sie das?«

»Bisher noch nicht. Das Mädchen hat vier Tage Vorsprung. Doch ich verlange den Pferden das Äußerste ab. Das Reich der Tiefe sei gepriesen, dass meine Kutsche einigermaßen bequem ist. Ich bin zu alt für solche Unternehmungen, ein derart langer Weg ermüdet mich. Aber immerhin rechne ich unterwegs nicht mit Problemen. Alenari ist keine Närrin und war nie gierig. Ich glaube nicht, dass sie etwas gegen meine Anwesenheit einzuwenden haben wird. Warum runzelst du die Stirn?«

»Die Schreitenden werden sich nicht gerade über euren Besuch freuen. Sie werden ihre Schüler mit allen Kräften verteidigen. Sogar um den Preis ihres eigenen Lebens. Das könnte gefährlich werden.«

»Und das sagst ausgerechnet du mir? Du, die du es im letzten Kriegsjahr mit fünf Schreitenden aus dem Rat aufgenommen und sie zu Staub verwandelt hast. Mit den Jahren bist du allzu vernünftig und vorsichtig geworden, mein Mädchen«, antwortete Talki vollkommen ernst.

»Das war etwas anderes. Sie mussten für den Tod Rethars zahlen.«

»Das ist mir durchaus klar. Trotzdem brauchst du dir um mich keine Sorgen zu machen. Auch wenn ich eine alte Frau bin, so bin ich doch durchaus in der Lage, mich zu verteidigen.«

»Wenn dir irgendwas passiert ...«

»Dann wirst du für alle Zeiten in dem ekelhaften Körper dieses Jungen bleiben. Richtig. Aber mir wird nichts passieren. Doch ich weiß deine Sorge um mich zu schätzen«, sagte Talki. »Im Übrigen erwarte ich dich ebenfalls im Regenbogental, sobald du deinen Auftrag in Alsgara erledigt hast. An diesem so symbolträchtigen Ort werden wir dir zu einem anständigen Leben zurückverhelfen.«

»Wenn Rowan hier in Alsgara einfällt, musst du leider eine Ewigkeit auf mich warten.«

»Da du ein kluges Mädchen bist, wirst du dir schon etwas einfallen lassen«, munterte Talki sie auf. »Und noch eine gute Nachricht. Ich habe ein paar Versuche durchgeführt und bin mir jetzt sicher, dass ich dein Problem lösen kann.«

»Wunderbar!«

Das war in der Tat wunderbar. Die alte Vettel neigte nicht zu Übertreibungen, was ihre Fähigkeiten betraf. Wenn sie sich sicher war, bedeutete dies, dass sie ihr wirklich würde helfen können.

»Dann kommen wir jetzt zu den schlechten Neuigkeiten. Wir brauchen nicht nur den Heiler, der dich in diese missliche Lage gebracht hat, sondern unbedingt auch diese Autodidaktin.«

»Das hast du mir bereits gesagt, und ich habe es nicht vergessen. Du brauchst sie, und ich bringe sie dir. Zumindest werde ich mir alle Mühe geben, dass ...«

»Du hast mich offenbar nicht verstanden«, unterbrach Talki sie. »Dieses Mädchen interessiert mich, das stimmt. Aber für dich ist sie nicht weniger wichtig. Ohne sie werden wir es nicht schaffen.«

»Aber du hast doch gesagt ...«

»Wir alle irren uns manchmal, ich bin da keine Ausnahme.

Der Heiler muss mir das Geflecht dieses Angriffszaubers zeigen, der deine Seele beinahe verbrannt hätte. Und die Autodidaktin muss als Gehäuse dienen. Denn nur ihr Körper wird imstande sein, deinen Geist aufzunehmen. Jeder andere Körper würde bei einem entsprechenden Versuch schlicht und ergreifend zerstört werden. Und einen neuen Körper brauchst du nun einmal, es sei denn, du hast den Wunsch, auch weiterhin irgendeinem Verrückten im Rücken zu baumeln. Oder du findest eine Schreitende, die sowohl die dunkle als auch die lichte Seite der Gabe beherrscht. Beides halte ich jedoch für wenig wahrscheinlich. Der Körper dieses Wahnsinnigen ist zu … sterblich, als dass er dich zufriedenstellen könnte. Und die Schreitenden gebieten nun einmal nicht über beide Aspekte der Gabe. Ganz im Unterschied zu dieser Autodidaktin. Du wirst dich erinnern, wie mühelos sie den Hilss gehandhabt und die Magie des Todes eingesetzt hat. Das bringt nicht einmal jeder Nekromant aus Sdiss zustande. Du brauchst sie und den Heiler, um deine einstige Größe zurückzuerlangen. Koste es, was es wolle, du musst mir diese beiden bringen – oder du wirst für immer in einer Körperhülle stecken, die dir nicht angemessen ist.«

»Bist du dir sicher, was dieses Weibsbild angeht?«

Tief in ihrem Innern hatte Thia gehofft, sie könnte die Frau umbringen und ihren Tod dann wie einen Zufall aussehen lassen. Wenn Talki recht hatte, sollte sie dieses Weib jedoch besser mit Samthandschuhen anfassen.

»O ja, das bin ich«, antwortete Talki. »Das Mädchen verfügt über beide Funken. Was über die Maßen erstaunlich ist. Eben diese Flexibilität brauchen wir um jeden Preis. Bei den Sdisser Nekromanten findest du sie nicht, nicht einmal bei denen, die wir mit so viel Mühe von Schwarzen in Graue verwandeln wollten. Nein, sie sind nach wie vor auf die dunkle Seite fixiert. Insofern müssen wir alle entsprechenden Versuche als gescheitert betrachten. In diesem Mädchen jedoch leben der dunkle *und* der lichte Funke. Weitere Ausführungen kann ich mir sparen, oder? Glaub mir, ich bin müde und möchte schlafen.«

»O ja, das kannst du. Ist das alles, was du mir sagen wolltest?«

»Du verwunderst mich immer wieder, mein Mädchen. Glaubst du wirklich, ich würde mich mit einer schlechten Nachricht begnügen?«

Thia presste die Lippen aufeinander und schwieg.

»Ich habe meine Bibliothek aufmerksam durchforstet, habe mir alle Bücher vorgenommen und viel Zeit an diese Sache gesetzt. Du ahnst gar nicht, wie mühselig all das war. Aber immerhin bin ich auf verschiedene Experimente gestoßen, die die Magier der Vergangenheit durchgeführt haben. Bei ihnen ging es darum, dass jemand, der den Funken in sich trägt, eine Seele aus einem sterblichen Körper in einen anderen versetzt. Das kann die eigene, aber auch eine fremde sein. Und natürlich meine ich damit einen dauerhaften Körperwechsel, nicht so etwas wie deine Hüpfer hinein in einen Toten. Für einen solchen permanenten Wechsel gibt es zwei Möglichkeiten. Im ersten Fall, der im Übrigen sehr selten ist, zeigt ein Mensch schlicht und ergreifend eine entsprechende Disposition für einen solchen Wechsel. Nach dem Tod seines Körpers hält seine Gabe die Seele aufrecht und hilft ihr, sich in einer anderen vergänglichen Hülle einzunisten. Dieser Weg steht großen Meistern offen. Aber die kannst du an den Fingern einer Hand abzählen. Diese Variante dürfte für dich wohl ausscheiden, ungeachtet deiner Stärke. Deshalb sollten wir uns den zweiten Weg genauer ansehen. Dabei muss ein Heiler in deiner Nähe sein und dein Ich in einen vorbereiteten Körper geleiten. Dieser Körper sollte bestimmte Eigenschaften aufweisen. Welche, das habe ich dir bereits beschrieben. Du hörst mir noch zu?«

»Ja.«

»Sehr schön, dann weiter. Bislang sind nur wenige solcher Wechsel gelungen. In der Vergangenheit haben es verschiedene Heiler oder Heilerinnen im Turm versucht, meist jedoch vergeblich.«

»Das schürt nicht gerade meine Hoffnungen«, brummte Thia.

»Es kommt noch schlimmer. Der Einzige, der einem Menschen mit der Gabe jemals zu einem solchen Wechsel verholfen hat, war der Skulptor. Aber ich bin mir sicher, dass auch ich diese Aufgabe bewältigen werde.«

»Warum?«

»Weil ich ich bin, mein Mädchen. Wenn ich das nicht vollbringe, dann schafft es niemand. Du solltest mich also inniger ins Herz schließen als deine eigene Mutter.«

Thia nickte schicksalsergeben.

»Das wäre dann alles, was ich dir sagen wollte, meine Liebe. Ich erwarte dich im Regenbogental. Bis dann.«

Prompt tropfte der Wein zu Boden, die vorhandene Lache vergrößerte sich. Doch noch ehe Thia diese Eröffnungen verdaut hatte, wollte bereits wieder jemand mit ihr Verbindung aufnehmen.

»Haben die sich abgesprochen, oder was?«, grummelte sie.

Bei den scheuen, durch und durch unangenehmen Berührungen schüttelte sie sich in unbezwingbarem Hass.

Mithipha.

Die Verdammte Scharlach.

Die Graue Maus.

Sie verachtete sie sogar noch stärker als Rowan. Sie verachtete sie, ja sie hasste sie geradezu – ertrug sie aber dennoch, auch wenn diese emporgekommene Närrin, diese feige Verräterin, ihrer Ansicht nach wie niemand sonst den Tod verdient hatte.

Denn es war Mithiphas Schuld, dass sich ihr, Thias, Leben von Grund auf und für alle Zeiten verändert hatte.

Wäre sie nicht gewesen, hätte sie Soritha nicht umbringen müssen.

Wäre sie nicht gewesen, wären sie und Rethar niemals nach Alsgara zurückgekehrt – und er hätte nicht am Ufer der Orsa den Tod gefunden.

Diese erbärmliche, biedere, verhuschte Kreatur, die sich stets hinter Talkis Rücken verschanzte. Ohne diese Schutzherrin hätte Thia diese Laus von Mithipha längst zerquetscht. Aber nein, Talki musste ihre Hand ja schützend über Mithipha halten. Warum auch immer.

»Mach, dass du wegkommst!«, stieß Thia aus und zerriss unter Aufbietung all ihrer Kräfte die Verbindung. Wäre Mithipha nur etwas stärker gewesen, hätte sie, Thia, in ihrer gegenwärtigen Lage noch nicht einmal das zustande gebracht.

Eine Zeit lang hatte sie Ruhe, doch dann ging es wieder los.

Diese Hartnäckigkeit kitzelte schließlich Thias Neugier. Mithipha gab normalerweise sofort auf, wenn sie abgewimmelt wurde. Aber nicht diesmal. Das konnte nur eines heißen: Es musste etwas geschehen sein, das keinen Aufschub duldete.

Wenn ich heute Abend noch etwas Wein trinken will, sollte ich mir wohl eine neue Flasche besorgen, dachte Thia, ehe sie zum dritten Mal an diesem Tag den Inhalt des Glases gegen die Wand schüttete und mit finsterer Miene darauf wartete, dass sich im Spiegel ein Gesicht zeigte.

Mithipha war zehn Jahre älter als Thia, doch wer auch immer die beiden früher nebeneinander gesehen hatte, hätte sie für gleichaltrig gehalten. Die Graue Maus war für eine Frau recht groß und trug eine prachtvolle Mähne ewig zerzausten schwarzen Haares zur Schau, das sie wie ein Umhang umgab und einem jungen Mädchen gleichen ließ. Sie war so schlank und geschmeidig wie eine Hochseilartistin, in der Schule im Regenbogental ausgebildet worden und führte ihre Umwelt in der Regel an der Nase herum, was ihr wahres Alter anging.

»Ich …«, setzte Mithipha an, verstummte aber, als sie entdeckte, dass sie einen Mann vor sich hatte. Die dichten, zobelartigen Brauen über den grauen Augen krochen nach oben, der Unterkiefer klappte ihr herunter.

Und dieser Närrin haben wir den Sturm auf die Burg der Sechs Türme anvertraut?, schoss es Thia durch den Kopf. Wie hatte sie die Festung nur nehmen können?

Doch im Grunde ihres Herzens begriff Thia, dass sie das klug eingefädelt hatten. Vor allem Talki hatte darauf bestanden, dass ihre ehemalige Schülerin diese Aufgabe übernahm. Die Schreitenden wussten noch weniger von ihr als von den anderen Verdammten, denn Mithipha hatte im Krieg der Nekromanten eine eher untergeordnete Rolle gespielt. Weil die Besonderheiten ihrer Zauber dem Turm nahezu unbekannt waren, wurden die

Schreitenden kaum in der Art ihrer Geflechte unterwiesen. Da sich Mithipha obendrein vorzüglich darauf verstand, jeden Versuch zu unterbinden, ihren Funken auszumachen, durften sie alle sich sicher sein, beim Angriff auf die Burg der Sechs Türme das Moment der Überraschung auf ihrer Seite zu haben.

Thia hatte gegen diesen Vorschlag Talkis länger als alle anderen Widerstand geleistet. Nur zu gut war ihr noch in Erinnerung, wie kläglich Mithipha bei der Mutter versagt hatte, wie diese feige Kuh vor Soritha auf Knien herumgerutscht war und um Gnade gewinselt hatte. Talki jedoch hatte hartnäckig auf ihrem Plan bestanden. Und er war ja auch aufgegangen. Die Burg hatte nicht mit einem Angriff gerechnet, und mit den unerfahrenen Schreitenden war selbst die Graue Maus fertig geworden.

»Ich bin es, Thia«, erklärte Thia durch Porks Mund, als sie bemerkte, dass Mithipha kurz davor war, das Geflecht des Zaubers, mit dem das Silberfenster aufrechterhalten wurde, zu zerreißen.

»Thia?« Die Verwirrung in den grauen Augen nahm noch zu. »Thia?!«

»Hast du mittlerweile Probleme mit den Ohren?«, zischte Thia. »Wie oft soll ich es noch wiederholen, damit du mir glaubst, dass ich es bin. Sag mir, was du willst, und dann verschwinde.«

»Aber … wie ist das möglich? Was ist mit dir geschehen?! Warum bist du jetzt ein Mann?«

»Das musste sein«, herrschte Thia sie an. Offenbar hatte Talki Wort gehalten und tatsächlich niemandem erzählt, was in Hundsgras vorgefallen war. Gut. Das würde Mithipha daran hindern, diese günstige Gelegenheit zu nutzen, um sie, Thia, loszuwerden. Wobei: Dieser Gedanke würde ihr vermutlich nie in den bezaubernden, aber gänzlich hohlen Kopf kommen.

»Ja … natürlich. Wenn du es sagst, dann … Du wirst am besten wissen, was nötig ist … Störe ich dich auch nicht?«

»Doch, das tust du.«

»Oh! Verzeih mir. Das wollte ich nicht.«

Das war ein weiterer Zug an Mithipha, der Thia schier zur Weißglut brachte: dass sich diese Missgeburt bei jeder passenden und unpassenden Gelegenheit entschuldigte. Thia ertrug das einfach nicht. Wie oft hatte sie dieser Grauen Maus schon die Zunge aus dem Mund reißen wollen, nur um dieses ewige »Tut mir leid«, »Das wollte ich nicht«, »Entschuldige« und »Daran habe ich gar nicht gedacht« nicht mehr zu hören. Vor allem Letzteres brachte Thia auf. Dachte Mithipha überhaupt irgendwann einmal?

»Komm zur Sache«, verlangte Thia. »Ich bin eine viel beschäftigte Frau.«

»Entschuldige, dass ich dich aufhalte, aber ich glaube, du solltest etwas wissen.«

»Was?«

»Ich habe vor einer Weile mit Alenari gesprochen. Sie ist zum Regenbogental aufgebrochen.«

»Das ist mir bereits bekannt.«

»Ich weiß, dass Talki dir von den Aufzeichnungen des Skulptors erzählt hat. Aber im Regenbogental ist eine weitere Abschrift versteckt. Das stand in den Papieren, die ich in der Bibliothek in der Burg der Sechs Türme gefunden habe. Der Skulptor hat zwei Fassungen seines Tagebuchs hinterlassen. Die eine liegt in Alsgara, die andere in der Schule der Schreitenden.«

»Hast du das von Anfang an gewusst?«

»Selbstverständlich. Und ich habe es auch Talki gleich gesagt.«

Aha! Nur hatte diese keine Eile gehabt, ihr Wissen mit Thia zu teilen.

»Und hat sie Alenari davon berichtet?«, fragte Thia.

»Ich denke schon«, antwortete Mithipha. »Tut mir leid, aber genau weiß ich es nicht.«

Diese miese alte Spinne!

Rowan kannte nur die eine Hälfte der Wahrheit und kam deshalb nach Alsgara. So störte er Ley nicht, der den Krieg im Norden vorantrieb. Alenari dagegen kannte die andere Hälfte der Wahrheit und befand sich jetzt, nachdem sie Ley Einheiten zu Hilfe geschickt hatte, auf dem Weg ins Regenbogental. Um die Vorherrschaft unter ihnen kämpfte derweil niemand. Rowan und Alenari glaubten, sie würden die anderen unter ihr Joch zwingen, sobald sie diese Schriften in Händen hielten. Ley vermutete, er könne nach einem Sieg – noch dazu mit einer solchen Streitmacht – allen seinen Willen aufdrücken. Mithipha dachte wie üblich gar nichts. Sie selbst war aus dem Spiel ausgeschieden, zumindest so lange, wie sie in einem fremden Körper feststeckte. Nur Talki, die alle in Unkenntnis ließ und sich insgeheim ins Fäustchen lachte, kochte ein ganz anderes Süppchen. Aber …

Talki konnte Alenari nicht ausstehen. Weshalb hatte sie sie also an einen Ort geschickt, an dem es vor Kraft nur so brodelte? Weshalb durfte Alenari zur Schule der Schreitenden? Was versprach sich Talki davon? Ob es im Regenbogental noch schwieriger war als in Alsgara, diese Papiere zu finden? So dass sich die alte Spinne sicher sein durfte, Alenari würde sie nicht entdecken?

Nichts als Fragen.

»Warum hast du mir das gesagt?«, wollte Thia wissen.

»Vielleicht täusche ich mich, aber ich habe den Eindruck, Alenari könnte in Gefahr sein. Talki verhält sich in letzter Zeit sehr sonderbar. Und wenn jemand von uns stirbt, dann wäre das sehr schlecht. Oder nicht? Außerdem könnte sich der Krieg noch länger hinziehen als angenommen. Das wollen wir doch auch nicht, oder?«

Talki hat sich ihr ganzes Leben lang sonderbar verhalten, dachte Thia. Aber hier schien in der Tat etwas im Gange zu sein, das sie nicht begriff. Das Spiel, das Talki eingefädelt hatte, irritierte sie.

»Du hast nicht auf meine Frage geantwortet. Warum erzählst du mir das?«, fuhr Thia Mithipha an.

»Mir ist klar, dass wir nicht die besten Freundinnen sind, aber an wen soll ich mich denn sonst wenden? Ley darf durch nichts abgelenkt werden, die gesamte Verantwortung für unsere Zukunft lastet in diesen Tagen auf seinen Schultern. Wenn er keinen Sieg erringt, werden sich die Hoffnungen des Skulptors niemals verwirklichen. Rowan hat noch nie auf mich gehört, außerdem ist er … krank und traut niemandem über den Weg.

Und mit Alenari kann ich seit drei Tagen keine Verbindung mehr aufnehmen. Da bist nur du übrig geblieben. Abgesehen davon bist du bereits irgendwo in der Gegend, während ich mich noch immer in der Burg der Sechs Türme aufhalte. Vielleicht kannst du sie also abpassen. Sie warnen. Oder wenigstens in ihrer Nähe sein, wenn Talki eintrifft, damit diese nicht in Versuchung gerät …«

Mithipha hatte natürlich keine Ahnung, dass ausgerechnet Thia nicht diejenige war, die der alten Vettel etwas entgegensetzen konnte. Wenn Talki Alenari Schwierigkeiten bereiten wollte, dann würde sie das tun, ganz gleich, ob Thia in der Nähe war oder nicht.

»Was, wenn du dich täuschst?«

»Das wäre nicht so schlimm, wie nachher etwas zu bedauern, meinst du nicht auch?«

Diesmal steckte sogar ein Körnchen Wahrheit in Mithiphas Worten. Würde auch nur eine oder einer aus ihrem Kreis sterben, wäre das für den Krieg verhängnisvoll. Sicher, es gab noch immer die Feldherren aus Nabator, es gab noch immer die Sdisser Nekromanten und die Kommandeure der Shej-sa'nen – aber selbst alle zusammen konnten sie die Verdammten nicht ersetzen. Ohne sie aber würden die Schreitenden einmal tief Luft holen – und das Imperium hätte den Sieg in der Hand.

»So nah am Regenbogental bin ich leider auch nicht. Selbst wenn ich helfen wollte, ich käme zu spät. Du musst dir wohl etwas anderes einfallen lassen.«

»Zu bedauerlich. Dann bleibt mir nichts, als zu beten, dass ich mir all das nur eingebildet habe«, bemerkte Mithipha niedergeschlagen.

Daraufhin zerriss Thia das Geflecht, das die Verbindung aufhielt. Sie wusste, dass nach diesem *dass ich mir all das nur eingebildet habe* noch ein ganzes Dutzend weiterer nichtssagender Phrasen käme. Die sie derart erzürnen würden, dass sie es vorzog, Mithipha nicht länger als unbedingt nötig anzuhören.

Wie konnte diese Graue Maus selbst jetzt, zwei Monate nachdem sie ins Imperium eingefallen waren, noch in der Burg der

Sechs Türme hocken? Wieso schloss sie sich nicht Alenari oder Ley an, um ihre eigene Macht auszubauen? Warum sicherte sie sich nicht die Unterstützung von ein paar Auserwählten? Aber nein, alles, was sie interessierte, waren alte, wurmstichige Bücher. Mithipha würde sich sogar mit ihren geliebten Folianten vergraben lassen, wenn nur niemand sie bei ihrer Lektüre störte.

Was natürlich keiner von ihnen beabsichtigte. Schließlich wussten alle, dass Mithipha keine Gefahr, keine Konkurrentin darstellte. Sollte sie also ruhig in alten Papieren wühlen – Hauptsache, sie mischte sich nicht in die Angelegenheiten der anderen ein.

Mitunter fragte sich Thia sogar, wie eine derart gefährliche und durchtriebene Ratte wie Talki eine solch harmlose Schülerin hatte ausbilden können.

Mit finsterer Miene trat sie ans Fenster, um einen Blick auf das Tor zu werfen, das in die Hohe Stadt führte.

Was hatte die Heilerin diesmal ausgeheckt? Welches Spiel spielte sie, wenn sie Rowan das eine erzählte, Alenari das andere? All das war nicht so einfach, wie es auf den ersten Blick schien. Vor allem war ihr schleierhaft, welchen Vorteil Talki der Tod Alenaris brachte. Jetzt, da jeder Einzelne, jede Einzelne von ihnen vonnöten war.

Aber das würde sie schon herausfinden.

Und zwar bald.

Kapitel 4

Der Saal, in den wir eintraten, war bei aller Größe kleiner, als ich erwartet hatte. Ein runder Raum mit hoher Gewölbedecke und breiten Fenstern, deren obere Hälften in Buntglas ausgeführte Mosaike schmückten, die Ereignisse aus der Geschichte des Turms darstellten.

An den Wänden standen Bänke, die mit blauem Samt bezogen waren. Im Moment saß zwar niemand darauf, aber einhundert Schreitende dürften auf ihnen wohl gut und gern Platz finden. In den eigentlichen Saal führte eine Treppe hinunter, sodass wir hier, unmittelbar am Eingang, einen guten Überblick hatten.

In der Mitte des Raums war auf dem Boden ein Kreis aus schwarzen und weißen Fliesen gelegt. In ihnen prangten sieben Blütenblätter aus dunkelrotem Ton. An ihren Spitzen wuchsen vergoldete Hauer aus dem Boden, die zum Kreis hin gebogen waren.

»Das ist eine Wegblüte«, erklärte Shen. Als er merkte, dass ich nicht darauf reagierte, fuhr er fort: »Anscheinend teile ich dir damit nichts Neues mit. Hast du früher schon mal eine gesehen?«

»Möglich. Und selbst wenn – wäre das ein Verbrechen?«

»Selbstverständlich nicht. Aber Wegblüten kannst du heute an fünf Fingern abzählen. Vielleicht kennst du ja eine, von der wir nichts wissen?«

Da ich nicht die Absicht hatte, ihm von dem geheimen Versteck des Skulptors im Meloth-Tempel zu berichten, brummte ich: »Sieh dich mal in den Ruinen alter Städte um, da entdeckst du schon welche. Aber was versprecht ihr euch eigentlich von den Dingern? Seit Soritha die Portale blockiert hat, konnte niemand sie zu neuem Leben erwecken.«

»Sag mal, Shen«, mischte sich Lahen ins Gespräch, »warum tischst du uns dieses Lügenmärchen auf? Es gibt immer noch genug Wegblüten. Im Imperium sind es über hundert.«

»Das ist eine verschwindend geringe Zahl verglichen mit der, die es zuzeiten des Skulptors gab«, hielt Shen dagegen.

»Man hätte sie eben nicht zerstören dürfen. Im Übrigen ist diese hier hervorragend erhalten«, sagte Lahen. »Auch wenn sie nicht mehr funktioniert.«

»Diese Wegblüte hat der Skulptor, nebenbei bemerkt, gezüchtet, kurz bevor er den Turm fertigstellte. Sie ist das erste Portal überhaupt. Und jetzt lasst uns runtergehen.«

»Warum bezeichnest du es als *gezüchtet?*«, wollte ich wissen. »Nicht als *konstruiert?*«

»So haben es die Augenzeugen von damals in ihren Tagebüchern festgehalten. Der Skulptor habe die Wegblüte nicht konstruiert, sondern eben gezüchtet, wie eine richtige Blume. Wie er das jedoch genau gemacht hat, das weiß heute niemand mehr. Leider.«

Leider – das traf es genau. Es wäre wirklich nicht schlecht, wenn es nur eine Sekunde dauerte, um von Alsgara nach, sagen wir, nach Korunn oder in den Sandoner Wald zu gelangen. Wenn du nicht wochenlang auf dem Rücken eines Pferdes zubringen, nicht unter freiem Himmel oder in verwanzten Schenken übernachten müsstest.

Aber ich schweife ab!

Denn jetzt fiel mir auf, dass wir nicht die Einzigen im Saal waren. An einem der Fenster standen eine Frau im blauen Gewand der Schreitenden und ein Mann, der den purpurroten Umhang der Dämonenbeschwörer trug. In ihm erkannte ich ohne Mühe Giss wieder.

Von Shen angeführt, stiegen wir die Treppe hinunter, umrundeten die Wegblüte und blieben auf sein Handzeichen hin stehen. Giss gab keinesfalls vor, uns nicht zu kennen, sondern begrüßte uns mit einem Nicken. Als sich unsere Blicke kreuzten, begriff ich sofort, dass er auf unserer Seite stand. Er presste die Lippen aufeinander, um mir zu verstehen zu geben, ich solle besser den Mund halten.

Eine Warnung, die er sich hätte sparen können. Dazu steckten wir viel zu tief in der Klemme. Ob wir nun ein Wort zu viel riskierten oder nicht, es würde nichts ändern. Die Entscheidung über unser weiteres Schicksal hatte die Frau neben ihm nämlich längst getroffen.

Ceyra Asani, die Mutter der Schreitenden, das Oberhaupt des Turms, die Vorsitzende des Rats, Hüterin der Blauen Flamme und so weiter und so fort stellte sich zu meiner Verwunderung nicht als alte Schachtel mit einer Warze auf der Nase heraus, sondern als eine Frau, die kaum die Schwelle zu ihrem fünften Lebensjahrzehnt überschritten haben konnte. Sie war einen Kopf kleiner als ich, hatte blaue Augen und blondes Haar (jedenfalls soweit ich das aufgrund der einen Locke, die unter ihrer Haube hervorlugte, erkennen konnte). Die Farbe ihres Gesichts konnte es mit der Reinheit und dem Weiß von Porzellan aufnehmen, und die Augen hätten jedem Eisberg im Norden zur Ehre gereicht. Die blutleeren Lippen wiesen verkniffen nach unten, das Kinn sprang scharf vor, und die Nase schien etwas zu groß geraten.

Im Grunde eine unauffällige Frau. Kein Scheusal, keine Schönheit. Und dennoch stand vor uns diejenige, die Lahen und mir vor sieben Jahren den Auftrag erteilt hatte, eine Schreitende zu ermorden, uns dafür zehntausend Soren gezahlt – und uns die ganze Zeit über gesucht hatte.

Eine kluge, eine durchtriebene und höchst gefährliche Frau, die uns eine schändliche Niederlage beigebracht hatte.

Das Gewand unterschied sich durch nichts von der Alltagskleidung anderer Schreitender. Allerdings trug sie Handschuhe aus blauer Seide.

Mich würdigte sie nur eines flüchtigen Blickes, dafür unterzog sie Lahen vom Kopf bis zu den Füßen einer eingehenden Musterung.

»Ihr wisst, wer ich bin?«, wandte sie sich mit überraschend angenehm klingender Stimme an uns.

»Ja, das tun wir«, antwortete Lahen für uns beide.

»Sehr schön, denn das spart uns allen Zeit«, erwiderte die Mutter. »Magister Giss und ich haben gerade über euch gesprochen. Er hat ein gutes Wort für euch eingelegt, obwohl er weiß, was ihr getan habt. Ich habe mir seine Argumente aufmerksam angehört. Darüber hinaus habt ihr ihm geholfen, dem Kessel in der Dabber Glatze zu entkommen, womit ihr, ohne es selbst zu wissen, auch dem Turm einen Dienst erwiesen habt. Das weiß ich zu schätzen, insofern werden eure Verdienste berücksichtigt, wenn der Rat ein Urteil über euch fällt.« Dann wandte sie sich dem Dämonenbeschwörer zu. »Vielen Dank, dass Ihr Zeit für mich gefunden habt, Magister Giss. Ich bin mir sicher, Eure Darlegungen werden in den Herzen der Schreitenden aus dem Rat auf reges Echo stoßen. Jetzt würde ich mich mit Eurer Erlaubnis jedoch gern allein mit den Mördern einer unserer Schwestern unterhalten.«

»Selbstverständlich, Mutter. Ich würde es nie wagen, Euch bei einem solchen Gespräch mit meiner Anwesenheit zu belästigen«, versicherte Giss und verneigte sich. Sobald die Schreitende nicht mehr auf ihn achtete, warf er uns abermals einen warnenden Blick zu, um sich dann gemessenen Schrittes zur Tür zurückzuziehen.

Manche Menschen erstaunen einen doch immer wieder. Gut, die Geschichte in der Dabber Glatze und die gemeinsame Flucht vor den auferstandenen Toten hatten uns fest verbunden. Dennoch hätte ich nie damit gerechnet, dass er sich für uns verwenden würde.

»Auch auf dich kann ich jetzt verzichten, Shen. Ich danke dir für deine Hilfe. Du darfst gehen.«

»Herrin Asani«, begehrte Shen auf, »wäre es wirklich klug, euch mit den beiden allein …?«

»Ich weiß, was du sagen willst«, fiel sie ihm sanft ins Wort. »Aber glaube mir, es besteht kein Grund zur Sorge. Also geh ruhig.«

Als er noch immer zögerte, fügte sie mit stahlharter Stimme hinzu: »Geh, Schüler!«

Shen wagte es nicht, sich dieser Aufforderung zu widersetzen, auch wenn sein Gesicht höchste Unzufriedenheit ausdrückte, und folgte Giss hinaus.

Ich sah Lahen an und formte mit meinen Lippen das Wort »Schüler«. Daraufhin zog sie die Brauen kaum merklich hoch, um mir zu verstehen zu geben, dass diese Enthüllung für sie ebenso überraschend komme wie für mich. Wer hätte vor zwei Monaten schon ahnen können, dass der Medikus, der damals zusammen mit den drei Männern von Moltz in Hundsgras aufgetaucht war, sich zunächst als Heiler entpuppen würde, der die Verdammte Typhus beinahe umgebracht hätte, dann als Schreitender und nun als Schüler der Mutter selbst! Wie ein Lager der Ye-arre voller Stoffe steckte Shen voller Überraschungen.

Ceyra Asani wartete, bis sich die Tür hinter ihm geschlossen hatte, ehe sie uns wieder den Rücken zukehrte und zum Fenster hinausblickte. Obwohl sie zart und zerbrechlich wirkte, machte ich vorerst keine Anstalten, mich ihr zu nähern. Ein solcher Schritt wäre womöglich der letzte in meinem Leben gewesen. Also wollte er klug überlegt sein.

Sie musste meine Gedanken gelesen haben, denn mit einem Mal gab sie in spöttischem Ton von sich: »Ich hoffe, du hast deinem Mann wenigstens ein paar Manieren beigebracht, Lahen? Mit den Fäusten auf die Mutter loszugehen, das wäre … ausgesprochen unklug.«

Ich hatte den Eindruck, sie lachte – aber nicht über mich, sondern über Lahen.

»Ein solch schändliches Verhalten käme uns nie in den Sinn, Herrin Asani«, versicherte Lahen. Ich konnte mir nur zu gut vorstellen, was es sie kostete, diese Leutseligkeit vorzutäuschen.

»Genau davon gehe ich aus«, erwiderte die Mutter nach wie vor amüsiert. »Deshalb sind auch keine weiteren Ohren nötig, selbst wenn es die Ohren meines geschätzten Schülers sind. Shen ist hitzköpfig und glaubt, er könne mit dir fertig werden, Gijan, falls du dich dazu versteigen solltest ... doch ein schändliches Verhalten an den Tag zu legen«, erklärte sie süffisant. »Aber mit jemandem, der im Sandoner Wald gewesen ist und dort die Hochwohlgeborenen getötet hat, wird niemand so schnell fertig. Was auch immer man über die Armee sagen mag, sie stählt die Soldaten auf eine unübertreffliche Art und Weise.«

»Diese Worte schmeicheln mir, Herrin, aber Shen verfügt über die Gabe. Deshalb werde ich ihm nie etwas entgegenzusetzen haben, sollte es hart auf hart kommen.«

»So, so.« Sie brach in schallendes Gelächter aus. »Hat deine Frau dir nicht erklärt, dass sich der Funke eines Heilers von den Funken anderer Schreitender unterscheidet? Oder von dem der Sdisser Nekromanten? Im Kampf richtet ein Heiler deswegen meist gar nichts aus. Meloth hat Menschen wie Shen für andere Zwecke geschaffen. Sie sollen heilen und etwas Neues aufbauen. Andere in ihrer Kunst unterweisen. Heiler sind nie als Kampfmagier in Erscheinung getreten. Das ist in ihrem Funken nicht angelegt. Nur der Skulptor stellte da eine Ausnahme dar. Das heißt, nein, für jene Heilerin und Verdammte, die im Volksmund Lepra heißt, gilt das ebenfalls. Auch sie vermag ihre Gabe in eine Waffe zu verwandeln.«

Ach was! Wenn ein guter Heiler es nur wollte, gab er einen ebenso guten Mörder ab. Und Lepra hatte das offenbar inständig begehrt ...

Und was Shen betraf, so sollte die Mutter uns besser auch nicht für dumm verkaufen. Ich hatte nicht vergessen, wie überzeugend sich dieser Milchbart – wenn auch rein zufällig – einer Verdammten in den Weg gestellt hatte: Seine Lichtlanze hätte Typhus beinahe ins Reich der Tiefe geschickt. Deshalb sollte die Mutter mir doch bitte schön keine Märchen über die Harmlosigkeit ihres Schülers auftischen. Selbst wenn er nicht jederzeit Kampfzauber einsetzen konnte – ungefährlich war er nicht. Und wie hatte Lahen es ausgedrückt? Alles ist eine Frage der Ausbildung. Folglich hatte Ceyra Asani offenbar nicht die Absicht (oder das nötige Wissen) gehabt, ihn in der Kampfmagie zu unterweisen.

»Und jetzt nehmt Platz! Uns steht ein langes Gespräch bevor.«

Sie wies auf zwei Stühle, die einem Lehnstuhl mit hohem, geschnitztem Rücken und Intarsien aus Mammutknochen gegenüberstanden. Lahen hatte offenbar beschlossen, das brave Mädchen zu spielen, und leistete der Aufforderung unverzüglich Folge. Ich dagegen ließ mir wie stets Zeit, wenn es darum ging, einen Befehl auszuführen, und blieb trotz der warnenden Blicke meines Augensterns stehen.

»Du glaubst wohl, meine Bitte gelte nicht auch für dich?«, wollte die Mutter mit kalter Stimme wissen, wobei sie die hellen Brauen zusammenzog.

»Danke, ich stehe lieber.«

»Setz dich!«, verlangte sie in einem Ton, als schlüge sie mit einer Peitsche zu.

Daraufhin loderte auf ihren Handtellern die Blaue Flamme auf, in den Stuhl kehrte Leben ein – und er rammte sich mir von hinten in die Kniekehlen. Sobald ich auf ihn gesackt war, presste mich eine unsichtbare Kraft derart gegen die Lehne, dass es im Holz knirschte und dieses jeden Moment zu zersplittern drohte. Zusammen mit meiner Wirbelsäule. Etwas in der Art hatte ich schon einmal erlebt. Vor zwölf Jahren, als mich das Schicksal mit den Hochwohlgeborenen, genauer gesagt, mit einem ihrer Magier zusammengeführt hatte. Auch der hatte diesen Trick eingesetzt. Mit demselben Ergebnis.

Damals wie heute hätte ich mir Angenehmeres vorstellen können.

Dann erlosch die Flamme auf den Händen der Mutter, ohne den Seidenhandschuhen irgendeinen Schaden zugefügt zu haben. Endlich bekam ich wieder Luft. So viel also zu Ceyra Asani und ihrem Verständnis gegenüber auch nur der kleinsten Unbotmäßigkeit.

»Warum müssen einige Männer nur immer ihre Sturheit unter Beweis stellen?«, fragte die Mutter in den Raum, als sie im Lehnstuhl uns gegenüber Platz nahm. »Aus irgendeinem Grund hatte ich angenommen, dass du umgänglicher sein würdest als andere Vertreter deines Geschlechts. Schade. Wirklich sehr schade. Doch ich hoffe, damit sind sämtliche Missverständnisse zwischen uns ausgeräumt.«

Meine Rippen schmerzten erbärmlich. Lahen warf mir tödliche Blicke zu.

Aber hol mich doch das Reich der Tiefe, das hatte ich einfach tun müssen!

»Wunderbar«, sagte die bleiche Ratte, als ich nickte. »Es freut mich, dass du schnell lernst, Gijan.« Wie redete die denn mit mir? Als wäre ich ein Hund. Ein dummer, dreckiger, verflohter, bissiger Hund. Auf den Handschuhen tanzte schon wieder die Blaue Flamme. Angespannt wartete ich auf einen weiteren Angriff. Diesmal galt der Zauber jedoch nicht mir. Stattdessen zitterten die Wände des Saals kurz, fast, als lägen sie hinter einem Feuerwall.

»Jetzt kann uns niemand mehr hören«, erklärte Ceyra lächelnd. »Ehrlich gesagt wollte ich bis eben nicht glauben, dass es mir tatsächlich vergönnt sein würde, mit so … interessanten Menschen zu sprechen. Die sich jahrelang äußerst geschickt jeder Verhaftung zu entziehen wussten. Selbst ich habe irgendwann geglaubt, die Mörder jener Schreitenden seien tot. Oder hielten sich so weit entfernt vom Imperium auf, dass es keinen Sinn hätte, sie einmal zu mir einzuladen. Ihr malt euch meine Verblüffung nicht aus, als ich dann erfuhr, dass ihr noch am Leben seid und einen Unterschlupf in der Nähe von Alsgara gefunden habt. Übrigens war es eine liebreizende alte Bäckersfrau, die mir davon erzählt hat.«

Moltz! Das hättest du besser nicht tun sollen! Ich werde dir die Leber aus dem Leib reißen, sie Stumpf in den Mund stopfen und ihn zwingen, sie mit dem bittersten seiner Weine herunterzuspülen.

Die blauen Augen der alten Hexe musterten uns eine Weile, dann fuhr sie fort: »Ihr habt eine Schreitende ermordet, und das ist ein schweres Verbrechen.«

»Bei dem guten Geld, das Ihr uns dafür bezahlt habt, war es uns ein Leichtes, Euch diesen Gefallen zu erweisen«, sagte Lahen darauf. »Und ein Gefallen war es. Schließlich würdet Ihr ohne uns niemals diese Handschuhe tragen.«

Ich hatte offen gestanden nicht damit gerechnet, dass wir Ceyra ein Geständnis ablegen würden. Mein Augenstern begab sich damit auf ziemlich dünnes Eis.

Die Mutter legte die Fingerspitzen aneinander und lächelte mit fest aufeinandergepressten Lippen.

Jede Sekunde wuchs sich zu einer Ewigkeit aus – und die wiederum zu echter Folter.

»Ich weiß nicht, wovon du sprichst«, ließ sich die Mutter schließlich zu einer Erwiderung herab. »Wenn du darauf anspielen willst, dass ich in den Tod einer unserer Schwestern verwickelt bin, dann kann ich darüber nur lachen.«

»Freut mich, dass ich zu Eurer Unterhaltung beitragen konnte, Herrin.«

Es folgte weiteres Schweigen.

»Dieses Phantasiegespinst muss die Frucht euer Angst vor dem sein, was das Schicksal für euch bereithält«, bemerkte die Mutter schließlich. »Aber du nimmst ja wohl nicht an, irgendwer würde dir dieses Geplapper glauben, wie?«

»Wenn wir den Wunsch verspürt hätten, jemandem diese Geschichte zu erzählen, hätten wir das längst getan.«

»Und warum tischst du dann *mir* dieses alberne Geschwätz auf?«

»Wir sind keine kleinen Kinder, Herrin. Wir sind Gijanen. Und bevor wir eine Arbeit übernehmen, bringen wir etwas über den Auftraggeber in Erfahrung. Oder über die Auftraggeberin.«

»Wenn – und ich betone: *wenn* – ich diese Auftraggeberin gewesen wäre, haltet ihr es dann nicht für vermessen, mir das ins Gesicht zu sagen?«, fragte sie lachend. »Als kluge und vorsichtige Frau würde ich euch, solltet ihr die Wahrheit sagen, natürlich nicht am Leben lassen. Das verböte sich doch wohl von selbst, oder?«

Ihrem überlegenen Lächeln entnahm ich, dass uns nur ein einziger Schritt von einem tödlichen Abgrund trennte. Deshalb schwieg ich schicksalsergeben und überließ es Lahen, diese Unterhaltung fortzusetzen. Sie kannte das Verhalten dieser Schlangen weit besser als ich. Ich konnte ihr in dieser Sache leider überhaupt nicht helfen.

»Ich glaube«, entgegnete mein Augenstern nun lächelnd, »wenn Ihr uns für gefährlich hieltet, dann wäre es nie bis zu dieser Begegnung mit Euch gekommen. Dann wären wir längst tot.«

Nach diesen Worten entspannte sich Ceyra Asani und sackte gegen die Lehne zurück. Die Gefahr war zwar alles andere als gebannt, fürs Erste aber immerhin zurückgedrängt.

»Du bist eine kluge Frau, Lahen. Allmählich finde ich Gefallen an diesem Gespräch.«

»Vielen Dank, Herrin.«

»Dann lasst uns meine unglückliche Schwester vorübergehend vergessen. Kürzlich seid ihr hier in Alsgara in das Haus eines hochangesehenen Mannes eingedrungen und habt ihn ohne jeden ersichtlichen Grund umgebracht. Das wollt ihr doch wohl nicht bestreiten, oder? Der Herr Yokh hat dem Turm mehr als einmal wertvolle Dienste erwiesen und war uns in enger Freundschaft verbunden. Sein Verlust betrübt uns deshalb sehr. Obendrein hat der Statthalter vom Turm verlangt, wir sollten euch den Gerichten übergeben, damit ihr eure verdiente Strafe erhaltet. Ich spiele mit dem Gedanken, seiner Bitte nachzukommen. Also wagt es ja nicht, mich anzulügen. Und jetzt erzählt.«

»Was?«, fragte ich.

»Fangt damit an, was ihr über die Ereignisse in Hundsgras und in der Dabber Glatze wisst.«

Hatte Shen das denn nicht alles schon berichtet? Dennoch kam Lahen der Aufforderung nach.

»Ihr hattet unverschämtes Glück. Eine Verdammte zu überwinden … dazu bedarf es wirklich einer großen Portion Glück«, murmelte die Mutter. »Zudem würde der Ausbruch von Kraft nach ihrem Tod in der Tat erklären, warum sich die Toten aus ihren Gräbern erhoben haben. Aber ihr verschweigt mir noch etwas, das spüre ich.« Sie durchbohrte mich mit ihrem Blick. »Also, Grauer, die Reihe ist an dir.«

»Soll ich etwa noch mal alles von Anfang an wiederholen?«

»Nein«, zischte sie höchst verärgert ob meiner Begriffsstutzigkeit. »Berichte mir nur das, womit deine Frau nicht herausgerückt ist.«

Lahen hatte von Hundsgras und der Dabber Glatze erzählt, dann würde sie von mir also die kleine Begegnung in Psarky bekommen. Und damit die freudige Botschaft, dass Typhus vermutlich noch am Leben war, allerdings in einem anderen Körper steckte.

»Du lügst nicht«, urteilte die Mutter, nachdem sie meine Schilderung vernommen hatte. »Giss hat mir von jenem Jungen erzählt, der dich in dem verlassenen Dorf angegriffen hat. Er meinte, der Geist, der sich in ihm eingenistet hatte, müsse jemandem gehören, der über den Funken verfügt. Allerdings hat er die Mörderin Sorithas mit keinem Wort erwähnt. Aber wie hätte er sie auch erkennen können? Mhm … Also stehen uns nach wie vor sechs Verdammte gegenüber. Das ist nicht gerade die Nachricht, auf die wir in diesen Tagen warten. Der Tod auch nur einer oder eines von ihnen würde unsere Lage an den verschiedenen Fronten erheblich verbessern.«

Während sich Ceyra Asani daraufhin ihren Gedanken überließ, blieb uns nichts anderes übrig, als zu warten, dass sie uns wieder ihre Aufmerksamkeit schenkte. Was ziemlich lange dauerte. Länger, als ich vermutet hatte.

»Magister Giss hat also nicht gewusst, mit wem er es zu tun hatte. Ganz im Gegensatz zu dir«, sagte sie lachend und warf einen beredten Blick auf Lahen. »Das Leben hält doch oft die seltsamsten Überraschungen bereit … Warum hat sich der Geist von Typhus wohl im Körper dieses bedauernswerten Tölpels eingenistet und ist euch gefolgt?«

»Vermutlich weil sie Rache an uns nehmen möchte«, antwortete ich.

»Das glaube ich kaum«, kanzelte sie mich ab. »Sicher, du hast ihren Körper getötet. Aber ihr Geist hat das überlebt. Und Typhus ist kein gewöhnlicher Mensch. Aus Gründen schnöder Rache würde sie ein solches Risiko nicht eingehen. Die Verdammte muss wissen, dass sie jetzt sehr schwach ist und jede Schreitende zu einer gefährlichen Gegnerin für sie werden würde. Nein, ich könnte mir eher vorstellen, dass sie mit eurer Hilfe ihre frühere Kraft zurückzuerlangen gedenkt. Und habe ich das richtig verstanden? Sie sucht nach meinem Schüler?«

»Ja«, sagte ich.

»Also braucht sie einen Heiler. Genauer gesagt, den Heiler, der sie in diese Lage gebracht hat. Die Verdammte Lepra, ebenfalls eine Heilerin, kann ihr offenbar nicht weiterhelfen. Im Übrigen überrascht mich Shens Tat in höchstem Grad. Die eigene Gabe durch den Stab eines Nekromanten zu leiten, um das Artefakt in einen Hammer zu verwandeln, mit dem er diese Missgeburt fast in die Erde gerammt hätte … Dergleichen gelingt einem nur instinktiv. Oder … wenn jemand mit einem sehr starken Funken in der Nähe ist. Wie darf ich das verstehen, Lahen?«, wandte sich die Mutter an meinen Augenstern. »Ist es dein Verdienst, dass er die Nadel des Skulptors wirken konnte?«

»Wovon redet Ihr da, Herrin?«, fragte sie zurück, wobei sie der Mutter fest in die Augen sah.

Woraufhin Ceyra Asani sie förmlich mit ihrem Blick durchbohrte.

»Du weißt es wirklich nicht«, räumte die Mutter schließlich enttäuscht ein. »Und Shen kann mir auf diese Frage auch keine Antwort geben. Du ahnst nicht einmal, wie ärgerlich das ist. Ein Heiler als Waffe wäre in diesem Krieg von unschätzbarem Vorteil. Wenn mein Schüler wüsste, wie er Typhus diese Niederlage beigebracht hat, könnte er alle Verdammten bezwingen. Schon lange hat niemand mehr eine Begegnung mit einer Verdammten überlebt, geschweige denn, dass er als Sieger aus einem solchen Duell hervorgegangen wäre. Gut, ihr habt ihm dabei geholfen, das will ich gar nicht verhehlen, meine verehrten Gijane«, bemerkte sie mit einem spöttischen Lächeln, um sich dann an Lahen zu wenden. »Vielleicht überschätze ich deine Rolle beim Wirken der Nadel des Skulptors ja. Aber vielleicht hat die Person, die dich ausgebildet hat, dir in deinen Funken ja auch einen

Zauber eingewebt, der aktiviert wird, sobald in deiner Nähe eine oder einer der Verdammten auftaucht.«

»Verzeiht, Herrin, aber ich kann Euch nicht folgen.«

»Wie wenig du trotz deiner erstaunlichen Fähigkeiten doch von der Theorie weißt«, entgegnete Ceyra und brach in schallendes Gelächter aus. »Hast du wirklich nie gehört, dass große Lehrer und Lehrerinnen imstande sind, in den Funken ihrer Schüler eine bestimmte Abfolge von Handlungen einzuschreiben? Eine Art Abzug. Oder, wenn du so willst, eine geladene Armbrust. Die nur auf ganz bestimmte Ziele ›schießt‹. Die Verdammte Lepra hielt uns im Krieg der Nekromanten immer wieder gern mit solchen Nettigkeiten in Atem. Sobald sie eine unserer Schwestern in die Finger bekam, pflanzte sie ihr eine solche Armbrust in den Funken. Danach sorgte sie dafür, dass die arme Frau alles, was ihr widerfahren war, vergaß, und ließ sie frei. Ohne es selbst auch nur zu ahnen, spionierten diese Schwestern für den Feind und brachten uns um. Sie waren kaum zu entdecken und noch schwerer aufzuhalten. Die Armbrust funktionierte, selbst wenn die Schreitende in Gefangenschaft geriet, das Bewusstsein verlor oder ihr Funke blockiert wurde. Ungebrochen setzten sie alles daran, jene Aufgabe zu erfüllen, die in ihrem Kopf hinterlassen worden war. Ich könnte mir vorstellen, deine Aufgabe ist es, bestimmte Handlungen durchzuführen, wenn eine oder einer der Verdammten versucht, dich umzubringen. Deine Gabe hat also in dieser Situation gewissermaßen die Oberhand über dich gewonnen. Sie hat Shen das Geflecht eines Zaubers übermittelt, das dieser nie zuvor gesehen hatte. Mit dem Hilss in Händen brauchte er dann lediglich die magische Kraft weiterzuleiten. Eine andere Erklärung sehe ich nicht.«

Während Lahen diesen Ausführungen lauschte, kaute sie aufgewühlt auf der Unterlippe. Ich dagegen konnte mich nur wundern, dass die Mutter den Mord an der Schreitenden vergessen zu haben schien.

»Wenn du mich fragst, hätte Shen ohne dich – genauer gesagt, ohne diesen Abzug in deinem Kopf – die Verdammte Typhus niemals besiegt. Wäre es mir also gegeben, das Geflecht dieses Zaubers aus deinem bezaubernden Köpfchen herauszuziehen, ich würde es sofort tun. Ohne darüber nachzudenken. Das gebe ich gern zu.«

»Aber Ihr könnt es nicht?«, fragte mein Augenstern.

Die Mutter musterte sie eingehend, ehe sie den Kopf schüttelte: »Ich weiß es nicht. Vielleicht würde es mir glücken, aber wenn nicht, würdest du sterben, und ich stünde mit leeren Händen da. Ein solcher Zauber ist ausgesprochen zart. Jede unbedachte Berührung würde dein Gehirn versengen. Die meisten Schreitenden, die wir trotz aller Schwierigkeiten im Krieg der Nekromanten enttarnen konnten, sind eben bei dem Versuch, den eingespeisten Zauber aus ihren Köpfen zu ziehen, gestorben. Einige Erfolge gab es zwar, aber letzten Endes waren es zu wenige, als dass ich diesen Schritt jetzt wagen dürfte. Nein, nur der Meister oder die Meisterin selbst vermag den eingewebten Abzug auch wieder aus einem Funken zu entfernen. Deshalb werden wir das Geheimnis in deinem Kopf wohl niemals lüften. Solltest du jedoch nicht auf meine nächste Frage antworten, bliebe mir nichts anderes übrig, als mich genauer in deinem Kopf umzusehen.«

»Was ist das für eine Frage?«, wollte ich wissen.

»Schweig! Du solltest dich nicht in unser Gespräch einmischen«, fuhr mich die Mutter an. »Lahen weiß genau, was ich von ihr will. Oder nicht?«

»Leider nicht, Herrin.«

»Du lügst«, schnurrte Ceyra Asani und erinnerte dabei an eine Katze, die sich gerade die süßeste Maus der Welt geschnappt hatte. »Du weißt ganz genau, wonach ich dich fragen werde. Das lese ich in deinen Augen.«

Ein beklemmendes Schweigen hing in der Luft. Als Lahen nach einer Weile immer noch nicht antwortete, seufzte die Mutter enttäuscht. »Du verfügst über die Gabe«, sagte sie schließlich. »Selbst jetzt strahlt dein Funke noch Wärme aus. Du bist bemerkenswert schnell wieder zu Kräften gekommen, dergleichen habe ich nie zuvor erlebt. In dieser Hinsicht stellst du jede Schreitende aus dem Rat in den Schatten. O nein«, bemerkte sie dann spöttisch, »versuche jetzt ja nicht, deine Kraft einzusetzen. Dein Funke bleibt so lange blockiert, bis ich ihn wieder freigebe. Unterlass also jede unbedachte Handlung, sonst könnte dieses friedliche Gespräch ganz schnell eine unangenehme Wendung nehmen. Habe ich mich klar genug ausgedrückt?«

Sofort legte Lahen die gefalteten Hände auf die Knie, um ihre Friedfertigkeit unter Beweis zu stellen.

»Sehr schön. Wenn doch bloß alle so vernünftig wären! Dass du über die Gabe gebietest, wusste ich bereits, bevor ihr euch zu dem Mord an meiner Schwester erkühnt habt. Aber du hast nicht viel reden von dir gemacht und warst immer vorsichtig. Deshalb habe ich dich zunächst für eine der üblichen Autodidaktinnen gehalten. In der Regel haben wir für diese nur Spott übrig, denn sie halten sich für stärker als der Turm, obwohl ihr Funke kaum glüht. Von Närrinnen dieser Art entdecken wir pro Jahr etwa zwanzig. Meist sind sie nicht einmal imstande, die unterste Stufe der Ausbildung im Regenbogental zu absolvieren. Auch du bist mir aufgefallen, aber ich kam zu dem Schluss, dass du keine Gefahr darstellst und wir uns vorerst nicht um dich zu kümmern bräuchten. Obendrein war meine Vorgängerin gesundheitlich bereits zu angeschlagen, als dass ich sie mit deiner Person hätte behelligen wollen. Trotzdem habe ich dich etwa ein halbes Jahr im Auge behalten. Und mit der Zeit begriff ich, dass irgendetwas nicht stimmte.« An dieser Stelle erhob sich Ceyra Asani und ging langsam durch den Raum, wobei sie ihre Ausführungen fortsetzte: »Einmal hast du drei meiner Schwestern derart geschickt über deine Gabe hinweggetäuscht, als hätten diese noch nie etwas vom Funken gehört. Das habe ich noch einem Zufall beziehungsweise ihrer mangelnden Aufmerksamkeit zugeschrieben. Doch kurz darauf hast du ein paar der Handlanger von Yokh ausgeschaltet. Und zwar auf eine sehr … blutige Art. Das ließ mich aufmerken. Ich habe mich gefragt, ob dich deine Gabe verdorben hat, sodass du den lichten Funken nun in einer nicht statthaften Weise einsetzt. Dergleichen kommt immer mal wieder vor.« Die Mutter blieb stehen und fuhr mit der Hand über einen der Hauer der Wegblüte. »Dann starb jedoch die Mutter. Wie hätte ich dich, während es ihre Nachfolge zu klären galt, weiter beobachten sollen? Oder warum? Schließlich habe ich bis zu dem Zeitpunkt, da du mit einer einzigen Handbewegung den Schutzschild zweier Glimmender zerschlagen hast und ihr beide unsere Schwester umgebracht habt, nicht gewusst, über was für ein Potenzial du gebietest. Denn keine Autodidaktin – ich wiederhole: keine – vermag einen magischen Schutzschild zu zerfetzen, als wäre er aus Papier gefertigt. Dafür sind Zauber nötig, die sich niemand selbst aneignet. Dafür ist ein Lehrer nötig. Und, wie ich hinzufügen möchte, ein guter. Du hattest einen der besten, oder nicht?«

Lahen antwortete nicht auf die Frage, sondern schielte nur in meine Richtung und verwandelte sich wieder in ein Standbild.

»Nach diesem Mord hat man dich gesucht, aber du und dein Mann, ihr wart wie vom Erdboden verschluckt. Sämtlichen Spionen wart ihr immer einen Schritt voraus«, fuhr die Mutter fort. »Doch kommen wir zu deinem Lehrer zurück. Oder auch zu deiner Lehrerin. Natürlich habe ich darüber nachgedacht, wer dich ausgebildet haben könnte. Das Regenbogental schied sofort aus, denn alle Schreitenden, die dort ihre Ausbildung absolvieren, kenne ich bestens. Jede einzelne von ihnen ist dem Imperium treu ergeben. Abgesehen davon gleichst du weder einer Schreitenden noch einer Glimmenden. Du hast eine gänzlich andere Art, mit den Kraftströmen zu arbeiten.« Sie trat wieder neben ihren Lehnstuhl, setzte sich aber nicht. »Daraufhin habe ich vermutet, eine meiner durchtriebenen Schwestern habe dich in irgendeinem Provinznest aufgespürt und beschlossen, aus dir ein treues Hündchen für die eigenen Ziele zu machen. Schließlich wäre es nicht zu verachten, ein Stilett wie dich im Ärmel zu haben. Deshalb verfolgte ich eine Zeit lang eine falsche Fährte und versuchte, diejenige zu finden, die es gewagt hatte, sich eine Schülerin zu nehmen und dabei das Regenbogental zu umgehen. Ich brauche dir nicht zu sagen, dass auch dieser Weg in eine Sackgasse führte. Keines dieser Schäfchen« – das letzte Wort sprach sie in offener Verachtung aus – »hat von deiner Existenz auch nur etwas geahnt, bis ihr diesen legendären Mord ausgeführt habt. Deshalb musste ich alles noch einmal von Grund auf durchdenken. Dabei habe ich mich ganz auf den Mord selbst konzentriert. Und das brachte mich schon weiter. In dem Wasserfall aus Kraft habe ich nämlich einige Spuren herausfiltern können, die deine Gabe hinterlassen hatte. Danach schieden bestimmte Möglichkeiten ein für alle Mal aus. Weder eine Schreitende noch eine Glimmende hatte bei deiner Ausbildung die Hand im Spiel. Stimmt's?«

Lahen ließ auch diese Frage unbeantwortet.

»O ja, das stimmt«, erklärte Ceyra mit kaltem Lächeln. »Denn dein Funke ist zu seltsam. Dieses goldene Geflecht ist wurmstichig. Es hat einen dunklen, sehr sorgfältig versteckten Fleck. Mit anderen Worten: Du vereinst in dir die lichte und die dunkle Gabe. Aber nicht eine der Schreitenden gebietet über den dunklen Funken. Damit konnte dich niemand aus dem Umfeld des Turms ausgebildet haben. Was jedoch siehst du, wenn du den Blick zum Horizont lenkst? Richtig. Sakhal-Neful und die Nekromanten aus Sdiss.«

Als ich diese Eröffnung hörte, blieb ich erstaunlich ruhig. Insgeheim hatte ich immer genau das vermutet: dass Lahen ihre Kunst unter Anleitung eines der Nekromanten gelernt hatte. Als meine Vermutung jetzt in Worte gekleidet wurde, war es also im Grunde keine Neuigkeit für mich.

Lahen schwieg nach wie vor hartnäckig.

»Der Zauber, mit dem du in der Schenke diese Meuchelmörderin ausgeschaltet hast, hat meine Vermutung nur bekräftigt. Das war ein Kampfzauber der Nekromanten. Auch die Fertigkeiten, die du in Hundsgras an den Tag gelegt hast, gehen weit über das hinaus, was in der Schule der Schreitenden gelehrt wird. Du hast ein derart geballtes Dunkel eingesetzt, dass es jedem Nekromanten zur Ehre gereicht hätte. Und einen *fremden* Hilss zu beherrschen …! Wir alle wissen, wie kapriziös dieser Stab ist. Außerdem bindet ihn mehr als pure Magie an seinen Besitzer. Trotzdem behauptet Shen, du hättest dir den Hilss in wenigen Sekunden gefügig gemacht. Das schafft nicht einmal jeder Nekromant. Dafür muss man den Siebenten oder Achten Kreis hinter sich gebracht haben, wenn ich mich nicht irre.« Nun nahm die Mutter doch wieder Platz und klaubte einige nicht vorhandene Staubfusseln von ihrem Ärmel. »Aus dem Turm würde niemand einen solchen Stab auch nur anfassen, genau wie umgekehrt kein Nekromant die Blaue Flamme in die Hände nehmen würde. Und doch vermochte mich der Schluss, dass dich die Nekromanten abgerichtet hatten, nicht zu überzeugen. Es gab da … eine Ungereimtheit. Wir Schreitenden gebieten über die lichte Seite der Gabe, die Nekromanten über die dunkle. Und das Weiße wird nie schwarz, das Schwarze nie weiß. Beide Farben mischen sich niemals zu Grau. Es sei denn …« Die Mutter reckte den Zeigefinger in die Höhe. »Es sei denn, ein Nekromant aus dem Achten Kreis wird von den Verdammten ausgebildet. Denn diese sechs beherrschen nach wie vor beide Aspekte der Gabe. In ihnen lodert sowohl der lichte als auch der dunkle Funke. Deshalb verfügen einige Nekromanten zum Teil auch über Wissen, das im Regenbogental gelehrt wird. Sie werden ein wenig … licht, können einige unserer schlichten lichten Zauber einsetzen. Was ist? Überzeugt dich diese Erklärung?«

»Leider nein, Herrin«, erklärte Lahen mit gelassener Stimme.

»Dann ergeht es dir wie mir«, entgegnete Ceyra. »Den sechs Verdammten würde es bestimmt nicht schmecken, wenn einer der Nekromanten hinter ihrem Rücken irgendein hergelaufenes Mädchen in ihrer Kunst unterwiese. Man müsste den Verstand verloren haben, um sich zu einem solchen Schritt hinreißen zu lassen. Deshalb musste ich mich wohl oder übel von der Idee, ein Nekromant habe dich ausgebildet, verabschieden. Ich musste noch einmal von vorn anfangen, obwohl ich die Antwort auf diese Frage die ganze Zeit über vor der Nase hatte.«

Auf dem blassen Gesicht der Mutter erschienen rote Flecken, ihre Stimme wurde honigsüß. »In einem unserer Gespräche hatte sich jene Bäckersfrau, die wir alle kennen, nämlich einmal verplappert. Deshalb wusste ich, dass du mit anderen sprechen kannst, ohne den Mund aufzumachen. Dem hatte ich allerdings keine Bedeutung beigemessen, ja ich glaubte sogar, die gute Dame habe sich das nur ausgedacht. Aber nachdem ich die Frage, wer dich ausgebildet hat, zum hundertsten Mal durchgekaut hatte und immer noch auf der Stelle trat, fiel mir dieses Gespräch wieder ein. Mitunter greifst du ja nach jedem Strohhalm …«, bemerkte Ceyra Asani grinsend. »Und dann fand ich das, was ich gesucht hatte. Gedankensprache. Eine solche Fähigkeit nennt sich Gedankensprache. Seit dem Ende des Krieges der Nekromanten gab es niemanden mehr, der sie beherrschte. Trotzdem träumen alle Mädchen in der ersten Phase ihrer Ausbildung davon. Nur schafft es keine, sie sich auch anzueignen. Beantworte mir also folgende Frage: Beherrschst du dieses Können?«

»Nein.«

»Warum lügst du schon wieder?«, fragte die Mutter und schnalzte enttäuscht mit der Zunge. »Wenn du so weitermachst, zwingst du mich dazu, dich zu bestrafen. Also, halten wir fest: Du beherrschst diese Kunst. Du kannst mit jemandem reden, ohne den Mund aufzumachen. Sobald ich erst einmal von diesem Punkt ausgegangen bin, ergab sich alles andere wie von selbst: Dein Lehrer oder deine Lehrerin konnte dir etwas beibringen, das im Regenbogental vor langer Zeit in Vergessenheit geraten war. Das bedeutete, er oder sie musste über reiches Wissen verfügen – und über die Fähigkeit, aus einem natürlichen Funken ein solches Talent zu schmieden. Wie lange hat die Ausbildung gedauert? Zehn Jahre? Zwanzig?«

»Sechs«, antwortete Lahen fast tonlos.

»Sechs?«, wiederholte die Mutter fassungslos. »Du sagst die Wahrheit … Aber das ist unmöglich! In dieser kurzen Zeit bildet niemand eine anständige Magierin aus.«

Ich verstand ihre Zweifel. Bei uns kamen Kinder im Alter von fünf Jahren ins Regenbogental. Mit zwölf erreichten sie die erste Stufe ihrer Meisterschaft. Und erst acht Jahre später, mit zwanzig, erklommen sie die neunte und letzte Stufe. Doch selbst damit nicht genug: Im Anschluss daran mussten alle Schreitenden noch fünf Jahre Einzelunterricht nehmen. Erst danach galt ihre Ausbildung als abgeschlossen.

Lahens sechs Jahre dagegen …

»Obwohl …«, bemerkte Ceyra Asani und warf einen raschen

Blick auf meinen Augenstern. »Da ich ahne, wer dich ausgebildet hat, gehe ich davon aus, dass sich der Unterricht grundlegend von dem unterscheidet, der in den letzten fünfhundert Jahren hier im Imperium Anwendung fand. Jemand, der in den Kopf seiner Schülerin mühelos einen gegen Verdammte gerichteten Armbrustzauber zu pflanzen vermag, ist ein Meister. All das spricht dafür, dass ich recht habe: Die frappierende Schnelligkeit der Ausbildung, wie sie nur in der Vergangenheit möglich war. Die Gedankensprache. Befehle, die dem Unterbewusstsein eingegeben wurden. Die Kunst, beide Aspekte der Gabe zu beherrschen. Die Art, wie du die Geflechte für deine Zauber webst. All das weist darauf hin, dass dich jemand von den sechs Verdammten ausgebildet hat. Anders kann es nicht gewesen sein. Sie allein erinnern sich noch an Dinge, die wir anderen längst vergessen haben. Sie verfügen über das nötige Wissen und sind zu all dem imstande, was ich eben aufgezählt habe. Und sie vereinen in sich den lichten wie auch den dunklen Funken. Das klingt unwahrscheinlich? Das habe ich zunächst auch gedacht. Bis ich mich dann gefragt habe, warum es eigentlich nicht so sein sollte.«

Nach diesen Worten hätte ich beinahe laut losgelacht. Lahen von den Verdammten ausgebildet! Mein Lebtag war mir kein größerer Blödsinn zu Ohren gekommen.

Doch ich brauchte nur einen Blick auf Lahen zu werfen, da blieb mir das Lachen im Halse stecken, und mein Herz krampfte sich schmerzlich zusammen.

Ihr Gesicht wahrte einen ruhigen Ausdruck, sie schaffte es sogar, höflich zu lächeln, aber die blauen Augen brannten in unverhohlenem Hass auf die Mutter.

Die Schreitende hatte die Wahrheit erkannt! Das konnte nicht sein! Durfte nicht sein! Lahen und die Verdammten! Das wollte mir einfach nicht in den Kopf. Nein, das war ganz und gar unmöglich!

»Versuche nicht zu leugnen, was offensichtlich ist«, sagte Ceyra Asani sanft, ohne etwas auf den nicht gerade zärtlichen Blick Lahens zu geben. »Ich möchte dir helfen.«

»Verzeiht mir, Herrin, aber ich habe so meine Zweifel, dass es hier nur um Euren Wunsch geht, mir zu helfen«, erwiderte Lahen kalt.

Das Gesicht der Mutter versteinerte förmlich. Nun schlug sie einen anderen Ton an. Einen höchst unfreundlichen. »Wer hat dich abgerichtet, Mädchen?! Wer hat deine Kräfte zu voller Blüte gebracht – sodass du vermutlich in zwei, drei Jahren spielend meinen Platz einnehmen könntest?! Wer von den sechs ist nicht davor zurückgeschreckt, in deinen dummen blonden Kopf ein derart kostbares Wissen einzupflanzen? Wer war es?! Nenn mir den Namen, damit ich den Grund begreife, warum er oder sie dich ausgebildet hat! Es können weder Pest noch Schwindsucht gewesen sein. Das sind Glimmende, starke zwar, aber dennoch bringen sie keine Zauber mit solch aparten Geflechten zustande. Bleiben die Frauen. Seit ihr gefangen genommen wurdet, bin ich jeden Abend in den Saal der Verdammten gegangen und habe vor ihren Portraits gestanden und mich gefragt, welche von ihnen sich ein derart prachtvolles Küken unter ihre Fittiche genommen hat. Die Verdammte Blatter hätte sich niemals auf eine wie dich eingelassen, denn seit dem Dunklen Aufstand hasst sie alle schönen Frauen. Sie hätte dich also eher in Stücke gerissen als zu ihrer Schülerin gemacht. Scharlach hat noch nie eine Schülerin gehabt und hält sich immer abseits von den anderen. Bleiben Lepra und Typhus. Beide wären zu einem solchen Schritt durchaus imstande. Beide haben genug Erfahrung, um selbst eine Kakerlake in eine Magierin zu verwandeln. Typhus ist in euer Dorf gekommen und verfolgt dich jetzt. Wäre es nicht denkbar, dass sie der Zorn auf eine Schülerin antreibt, die ihre Lehrerin verraten hat? Also, nenn mir den Namen!«

»Ihr habt völlig recht, Herrin«, sagte Lahen. »Thia al'Lankarra hat mir alles beigebracht, was ich weiß.«

Als ich das hörte, klappte mir der Unterkiefer herunter. Ich starrte Lahen an, als sähe ich sie zum ersten Mal im Leben.

»Du lügst!«, keifte Ceyra da, und auf ihr blasses Gesicht traten weitere himbeerrote Flecken. »Aber ich habe dich gewarnt! Jetzt wird *er* für deine Dummheit bezahlen!«

Auf den Händen der Mutter loderte wieder die Blaue Flamme auf. Noch im selben Augenblick schlossen sich kräftige, unsichtbare Finger um meine Kehle. Ich kippte samt Stuhl zu Boden und schlug mit Rücken und Kopf hart auf. Jeder Versuch, mich diesem magischen Würgegriff zu entwinden, trug mir nur noch größere Schmerzen ein.

»Lass ihn in Ruhe, du Hexe!«, schrie Lahen. »Er weiß von nichts!«

»Den Namen, du Närrin! Sag mir, wer dich ausgebildet hat, und er bleibt am Leben!«

Ich röchelte bereits. Es kam mir vor, als saugte ein unsichtbarer Blutegel die Luft aus meinen Lungen. Vor meinen Augen tanzten bunte Kreise.

»Es fehlt nicht mehr viel, dann gibt es für ihn nur noch einen Weg: ins Grab! Also, den Namen!«

»Du dreckige Hündin!«

»Den Namen!«

»Verdammt sollst du sein!«

»Den Namen! Nenn mir den Namen!«

»Ghinorha! Es war Ghinorha!« Lahens verzweifelte Stimme hörte ich kaum noch.

Denn in dieser Sekunde starb ich.

Kapitel 5

Mithiphas Andeutungen ließen Thia keine Ruhe. Was führte Talki da im Schilde?

Dass sie Alenari in einen Hinterhalt locken wollte, glaubte sie, Thia, einfach nicht. Dazu war die alte Spinne zu vorsichtig. Sie wusste genau, dass Alenari zum Gegenschlag ausholen würde, wenn man ihr an den Kragen wollte. Und dieser Gegenschlag könnte selbst der Heilerin zu schaffen machen, auch wenn ihr Funke heller loderte als der Alenaris. Aber warum hatte sie die andere dann dazu gebracht, sich ins Regenbogental zu begeben – und jagte ihr nun hinterher? Was um alles in der Welt mochte der Grund dafür sein?

Und obwohl Thias ganzes Sinnen und Trachten ihrem eigenen Schicksal galt und etwaige Unannehmlichkeiten für Alenari, die Intrigen Talkis sowie die Geheimnisse des Skulptors zweitrangig waren, sollte sie ein Auge darauf haben, was sich im Regenbogental zusammenbraute.

Wenn sie Mithiphas Worten glaubte, hatte Talki eine verzwickte und auf den ersten Blick völlig undurchschaubare Intrige gesponnen. Sie hatte Rowan von Ley losgeeist und ihn nach Alsgara getrieben, während Alenari Gash-shaku verlassen hatte. In beiden Fällen hatte die gewitzte Ränkeschmiedin Haken mit äußerst fetten Ködern ausgeworfen.

Blieb die Frage, ob es diese Köder tatsächlich gab.

Wäre der Hinweis auf die Aufzeichnungen des Skulptors und das Geheimnis der Wegblüten von Talki gekommen, so hätte Thia geschworen, die Alte hätte sich diese Geschichte nur ausgedacht. Doch es war Mithipha gewesen, die etwas über die Tagebücher in Erfahrung gebracht hatte. Damit schied die Möglichkeit einer Intrige der alten Vettel aus. Mithipha war viel zu einfältig, als dass sie irgendwen hätte täuschen können, schon gar nicht ihre einstige Lehrerin. Bereits während ihrer Ausbildung im Regenbogental hatten sich alle, die etwas abgefeimter waren, über Mithiphas Unvermögen, jemanden anzulügen, amüsiert. Eine Mär von Tagebüchern des Skulptors zu erfinden, das passte so gar nicht zu dieser Grauen Maus. Schlicht und ergreifend weil sie nie imstande wäre, sich ein solches Gespinst auszudenken.

Talki danach zu fragen, was hier vor sich ging, verbot sich indes von selbst. Zum einen würde ihr die alte Spinne vermutlich kaum die Wahrheit sagen. Zum anderen sollte sie, Thia, wegen Mithiphas Geplapper besser keinen Streit mit Talki vom Zaun brechen. Dazu stand zu viel für sie auf dem Spiel.

Deshalb beschloss Thia, die Dinge auf sich beruhen zu lassen. Sollten diese ruhig ihren Lauf nehmen. Sie selbst konnte ohnehin nichts daran ändern.

Daraufhin stellte Thia am Fenster ein magisches Auge auf, das den Bogenschützen orten und sie wecken würde, sollte er an der Schenke vorbeigehen. Dass die Schreitenden dieses Auge bemerken würden, war unwahrscheinlich. Diesen Zauber kannten sie längst nicht mehr, und die Kraft, die er verströmte, überstieg kaum die, die ein Silberfenster benötigte.

Nach diesen Vorbereitungen legte sie sich schlafen.

Pork stand vor einem Rätsel: Er war wieder frei. Noch während er in dem von der Morgensonne nur schummrig erhellten Raum im Bett lag, lauschte er mit stockendem Herzen in sich hinein. Der Geist derjenigen, die ihn kontrollierte, würde doch bestimmt gleich zurückkehren, oder? Und ihm wieder wirre Träume aufzwingen. Wie lange er nicht mehr Herr seiner selbst gewesen war, vermochte er nicht zu sagen. Deshalb wollte er seinen neuen Zustand lieber nicht vorschnell genießen, dazu kannte er die schrecklichen Angewohnheiten dieser Herrin nur zu gut.

Minute um Minute verstrich, doch die Herrin schwieg beharrlich. Kein Zweifel, sie schlief wirklich tief und fest. Und wecken würde er sie bestimmt nicht. Er stand vorsichtig auf, kratzte sich den Schenkel und ging zum Tisch. In seinem Magen knurrte, blubberte und rumpelte es, aber es gab nichts, mit dem er diese Geräusche hätte zum Verstummen bringen können.

Deshalb beschloss er, sich etwas zu essen zu besorgen. Immerhin hatte ihm die Herrin ja nicht verboten, die Schenke zu verlassen. Was wiederum bedeutete, dass sie ihn nicht ausschimpfen oder bestrafen würde. Er wollte doch nur seinen Hunger stillen! Danach käme er sofort zurück. Da würde die Herrin bestimmt noch schlafen.

So leise wie möglich sah er sich nach seinen dreckigen Hosen und dem Hemd um, entdeckte sie aber nirgends. Deshalb nahm er vom Stuhl Kleidung, die er nicht kannte. Hosen, ein Hemd und eine Jacke. Sie waren neu, sauber und passten ihm. Als er die Tür schon fast erreicht hatte, bemerkte er einen kleinen Spiegel an der Wand.

Erstaunt betrachtete er das Bild des ihm unbekannten Mannes. Das war nicht sein Gesicht. Die schmalen Lippen, die zusammengekniffenen Augen, die scharfe Nase, die breiten Schultern, die glatte Haut – all das sah er zum ersten Mal. Wäre ihm nicht Speichel aus dem Mundwinkel getropft, er hätte sich nie im Leben wiedererkannt. Und sich wohl noch lange den Kopf darüber zerbrochen, wer ihm da eigentlich entgegenblickte. So aber reimte er sich zusammen, wen er vor sich hatte. Als ihm ein Schluchzen entfuhr, biss er sich sogleich auf die Zunge. Er wollte doch kein Geräusch machen! Sonst würde die Herrin ihn gleich wieder bestrafen.

Er stahl sich leise aus dem Zimmer, schloss die Tür hinter sich und schlich auf Zehenspitzen die knarzende Treppe hinunter. In letzter Sekunde fiel ihm ein, dass er ja überhaupt kein Geld hatte. Doch ohne Geld würde ihm niemand etwas zu essen geben.

Also musste er noch einmal zurück.

Eine Tasche am Kopfende des Bettes barg einen stattlichen

Vorrat an Soren. Pork grabschte begeistert in die Münzen hinein und malte sich bereits aus, wie viel Naschereien und Spielzeug er sich dafür kaufen konnte. Aber was würde die Herrin sagen, wenn sie entdeckte, dass Geld fehlte?

Nachdem er diese Frage mehrmals in seinem Kopf gedreht und gewendet hatte, kam er zu dem Schluss, dass die Herrin die Soren bestimmt nicht gezählt hatte, dazu waren es einfach zu viele. Wenn ein oder zwei fehlten, fiele ihr das also gar nicht auf. Deshalb steckte er sich fünf Münzen in die Hosentaschen. Dann aber fuhr ihm ein weiterer Gedanke durch den Sinn: Er sollte die Tasche besser nicht unbeaufsichtigt lassen. Böse Menschen gab es immer und überall. Und die würden das Geld mit Sicherheit stibitzen, während er unterwegs war. Auch dann drohte ihm Strafe … Also nahm er die Tasche lieber mit.

Sie stellte sich als recht schwer heraus, der Trageriemen schnitt ihm tief ins Fleisch.

Bis auf einen Diener, der hinter dem Tresen schlief, war unten in der Schenke noch alles leer. Pork huschte auf die Straße hinaus. Die Sonne war gerade eben erst hinterm Horizont hervorgekrochen, die Fackeln an den Wänden brannten nach wie vor, um die letzten Reste der Dunkelheit zu vertreiben. Noch war es morgendlich kühl, doch der Himmel versprach einen heißen Tag.

Die wenigen Menschen, die um diese Zeit schon auf den Beinen waren, hatten sich fast alle vor einem schmalen, dafür aber sehr hohen Tor versammelt, das in den Fels eingelassen war, der an die Befestigungsanlagen anschloss. Die Wach- und Wehrtürme mit ihren unzähligen Schießscharten ragten bedrohlich über der Stadt auf. Sie schützten das Tor, das in die Hohe Stadt führte.

Gerade erklang auf einem der Türme ein Horn, worauf sich die schmalen Flügel des Tores öffneten. In die Menschen – großteils Handwerker, aber auch ein paar Bauern mit ihren Karren und Kaufleute – kam Bewegung. Gebannt verfolgte Pork, wie das über Nacht verschlossene Tor geöffnet, wie das geschmiedete Gitter an jaulenden Ketten hochgezogen wurde. Er schwankte:

Sollte er durch das Tor gehen oder sich sein Essen woanders besorgen? Im Grunde lockte ihn das Tor … Ratlos sah er sich noch einmal nach allen Seiten um, bis er in seinem Innern plötzlich eine Stimme zu hören meinte, die ihm zuflüsterte: Nimm das Tor!

»Ja«, sagte er entschlossen, »ich geh durchs Tor!«

Er stellte sich in die Reihe der Wartenden, die sich rasch lichtete. Das Tor wurde von Soldaten bewacht, die jeden Wagen durchsuchten und alle eingehend beäugten. Wer ihnen verdächtig vorkam, wurde einer näheren Inspektion unterzogen. Neben den Soldaten standen auch Schreitende.

Für die hatte Pork jedoch keinen Blick übrig. Umgekehrt galt das allerdings genauso, weshalb er ohne Schwierigkeiten den Tordurchgang betrat, der in den Felsen gehauen war. Statt Fackeln sorgten hier magische, frei in der Luft schwebende Kugeln für Licht. Sie begeisterten ihn dermaßen, dass er am liebsten eine von ihnen mitgenommen hätte.

Die Wände des Tunnels waren glatt und wiesen zahllose Schießscharten auf. Der Gang beschrieb eine Spirale, die sich den Berg hinaufzog und sich nach hundertundfünfzig Yard gabelte. Die eine Abzweigung führte weiter den Felsen hinauf, die andere wieder hinunter.

Pork nahm den Weg nach oben. Er lief unter drei hochgezogenen Gittern hindurch sowie an einer offenen Tür und fünf Wachtposten vorbei. Nach einer Weile schimmerte Tageslicht vor ihm auf, sah er das Tor am anderen Ende des Tunnels. Hier standen ebenfalls Soldaten und Schreitende, aber, genau wie unten, achtete niemand auf ihn.

Hinter dem Tor gelangte er zu einer Kreuzung, wo er die Straße nach links einschlug, denn aus irgendeinem Grund meinte er, hier fände er schneller etwas zu essen. Raschen Schrittes ging er weiter. Schon bald wichen die Befestigungsanlagen den Vierteln, in denen wohlhabende Menschen lebten und es kleine Parks gab. Aber nirgends konnte Pork einen Laden entdecken, der Essen feilbot.

Als ihm endlich der Geruch frisch gebackenen Brotes in die

Nase stieg, griffen ihm unvermittelt körperlose Hände von hinten um den Hals. »Du bist ein guter Junge«, flüsterte die Herrin mit zufriedener Stimme. »Und jetzt schlafe!«

Thia hätte vor Freude beinahe lauthals aufgeschrien.

Es hatte geklappt! Beim Reich der Tiefe, es hatte geklappt!

Sie hatte das Unmögliche möglich gemacht! Sie war unter den Augen der Schreitenden in die Hohe Stadt eingedrungen! Aber wozu hatte sie denn auch ihr Köpfchen?! Und auf diese Lösung wäre nicht einmal Talki gekommen!

Die ganze letzte Woche über hatte sie diese Idee zärtlich ausgebrütet. Hatte sie reifen lassen, sie gedanklich immer wieder durchgespielt. Dennoch hatte sie bis zum Schluss befürchtet, sie müsse eine Niederlage wegstecken. Aber nein, das Glück war ihr hold gewesen.

Ihre größte Sorge hatte dem Turm gegolten, der ihren Funken hätte bemerken können. Deshalb durfte sie das Geflecht jenes Zaubers, mit dem sie Porks Bewusstsein umzugestalten gedachte, nur Faden für Faden weben.

Dabei war ihr zupassgekommen, dass Porks Bewusstsein nicht härter als feuchter Lehm war. Wenn man nur wusste, wie man es bearbeitete, konnte man es jederzeit so formen, wie man es begehrte. Doch gerade die Geschmeidigkeit des Materials bedeutete auch den größten Nachteil: Die neue Form zerfloss schon bald wieder. Nach einigen vergeblichen Versuchen überwand sie jedoch auch diese Schwierigkeit.

Um das Ergebnis hätten sie zahlreiche Schreitende beneiden können. Der Zauber war apart und zart wie morassisches Garn. Das, was Rowan mit dem Beil vollbracht hätte, erreichte sie, die dergleichen nie zuvor versucht hatte, mit Nadel, Eifer und Verstand.

Und indem sie sich etwas zunutze machte, das ihr zunächst Kopfzerbrechen bereitet hatte: Wenn sie zu tief schlief, kontrollierte ihr Funke Porks Bewusstsein nicht länger, dann erlangte der Tölpel seinen eigenen Willen zurück. In der ersten Zeit war sie deshalb des Öfteren aus dem Schlaf gerissen worden, wenn

Pork nach Hilfe rief und verzweifelt weinte. Durch wiederholte Versuche war sie jedoch dahintergekommen, was sie anstellen musste, damit sie selbst im Tiefschlaf die Kontrolle über Pork behielt.

Für ihr Vorhaben galt es dann aber, ihm die Zügel schießen zu lassen und tief einzuschlafen. Damit sie sich im Bewusstsein des Tölpels auflöste, für einige Zeit ein untrennbarer Teil von ihm wurde – und ihren Funken auf diese Weise vorm Turm verbergen konnte.

Nach Thias Ansicht war Pork kaum klüger als ein Hamster. Wie aber zwang man einen Hamster, das zu tun, was man von ihm wollte? Eben, durch Nahrung. Sie brauchte sein Ich also nur jedes eigenen Wunsches zu entkleiden und ihm anschließend die Idee, sich etwas zu essen zu besorgen, ins Hirn zu pflanzen.

Und tatsächlich verhielt sich ihr abgerichteter Hamster einwandfrei. Alles lief nach ihrem, Thias, Plan. Sobald Pork aufwachte, begab er sich zum Tor und passierte es, ohne dass die Schreitenden auch nur den geringsten Verdacht geschöpft hätten.

Nun musste sie sich bloß noch einen Unterschlupf in der Nähe des Turms besorgen, in dem sie freilich niemand von denen entdecken durfte, die imstande waren, einen Funken zu spüren.

Im Unterschied zu jüngeren Vierteln war die Hohe Stadt in den fünfhundert Jahren, seit Thia sie nicht gesehen hatte, unverändert geblieben. In diesem Teil Alsgaras fand sie sich mit geschlossenen Augen zurecht.

In jenen fernen Tagen, als Rethar noch lebte, waren sie häufig hier spazieren gegangen und hatten den Park im südlichen Teil aufgesucht. Als die Straße schließlich in einen Platz mündete, wandte sie sich nach rechts. Die menschenleere Gasse führte zu einem Anwesen, das von einem niedrigen schmiedeeisernen Zaun gesäumt wurde. Dahinter erhob sich ein finsteres, über die Jahre grau gewordenes Haus. Die gigantischen Grohaner Eichen, die im Garten davor wuchsen, verstellten die Sicht auf das Gebäude fast völlig. Das hatten sie, diese unfreundlichen und bedrohlichen Bäume, auch vor fünfhundert Jahren schon getan …

Im Haus fehlten die Fenster, und das Dach des Nordflügels war eingestürzt, obgleich dies Anwesen einst von den besten Schülern des Skulptors geschaffen worden war. Zu ihrer Ehrenrettung musste Thia jedoch einräumen, dass sich ein Haus, das über neunhundert Jahre leer stand, immer noch in einem ganz guten Zustand befand, wenn es nicht mehr zu bemängeln gab als ein teilweise eingestürztes Dach und zerschlagene Fenster. Da sahen jüngere Bauwerke ja häufig schlimmer aus, mehr noch, viele von ihnen bestanden mittlerweile nur noch in der Erinnerung. Dieses bedrohliche Trumm dagegen blickte noch immer mit den blinden Augen seiner Fenster auf die Stadt, die unter seinem mürrischen Blick zurückwich.

Ganz Alsgara mied das Haus, weil die Menschen glaubten, in ihm liege ein Tor, das ins Reich der Tiefe führe. Dafür gab es eine schlichte Erklärung: Hundert Jahre nach dem Tod des Skulptors hatten einige Magier und Magierinnen versucht, sich den dunklen Funken gefügig zu machen. Die Geschichte endete in einem Desaster. Niemand überlebte. Der Turm erklärte das Anwesen daraufhin kurzerhand für verflucht, riss das Haus jedoch nicht ab, sondern ließ es stehen, als Mahnung für alle, die mit dem dunklen Funken liebäugelten. Bei jungen, unbedarften Magiern und Magierinnen zeigte diese besondere Form der Vogelscheuche tatsächlich eine überzeugende Wirkung. Thia war da keine Ausnahme gewesen. Mit stockendem Herzen hatte sie die grausamen Geschichten über diesen Ort vernommen und das Haus ebenso gefürchtet wie ein Gow den Duft der Girisblumen.

Das änderte sich erst, als sie Rethar kennenlernte, denn er brachte ihr eine Wahrheit nahe, die ihr Leben fortan bestimmen sollte: Es sind unsere Ängste, aus denen wir Menschen uns unsere eigenen Ketten schmieden, oft genug sogar, ohne je in Erfahrung zu bringen, ob das, was wir fürchten, wirklich so schlimm ist. Deshalb schärfte er ihr ein: Lass dich nie durch deine Ängste fesseln …

An einem verregneten Sommertag brachte Rethar, den das

Ganze sichtlich amüsierte, sie, eine verängstigte junge Frau, dann zu diesem Anwesen, um sich mit ihr in den Schatten jener Grohaner Eichen zu stellen. Zu ihrer unsagbaren Verwunderung geschah nichts.

Daraufhin nahm Rethar sie bei der Hand und führte sie ins Haus, durch alle Zimmer, damit sie sich selbst davon überzeugte, dass es hier außer ihnen niemanden gab. In einem großen, hellen Säulensaal, in dem die Marmorfliesen sie beide sogar noch durch die Schuhsohlen hindurch mit ihrer Kälte versengten, küssten sie sich das erste Mal …

Vier Monate später fing Rethar an, sie darin zu unterweisen, wie sie den dunklen Funken anrufen konnte. Wie sie Zauber wirkte, von denen die meisten anderen nur träumten. Wie viel er ihr gegeben hatte …!

Ein Teil ihres früheren Lebens war für immer in diesen grauen, von allen gemiedenen Mauern verblieben.

Heute nun kehrte Thia an den Ort zurück, an dem sowohl ihre Macht als auch ihre erste und letzte Liebe in dieser Welt ihren Anfang genommen hatten. Sie blieb eine ganze Weile vor dem Anwesen stehen, voller Furcht, die Geister der Vergangenheit heraufzubeschwören. Voller Furcht, das leise, sorglose, das geliebte Lachen Rethars zu hören.

Es kostete sie all ihre Kraft, diese Ängste zu vertreiben. Schließlich öffnete sie entschlossen die Pforte, die mit markerschütterndem Gejaule aufging, trat in den Garten ein, rieb sich den Rost von der Hand – und erstarrte.

Hier war erst vor Kurzem jemand entlanggegangen. Das Gras war noch immer niedergetrampelt. Dennoch gab es jetzt kein Zurück mehr. Sollte sich tatsächlich jemand im Haus aufhalten, so hätte er das Quietschen der alten Pforte längst gehört.

Sie rief jenen Teil des Funkens an, der ihr noch zur Verfügung stand, und ging, aufmerksam durch die Bäume spähend, auf das Haus zu. An einer dicken Eichenwurzel, die mit feuchtem Gras bewachsen war, bemerkte sie einen Stiefelabdruck. Schon im nächsten Moment nahm sie Mandelgeruch wahr.

Grinsend hielt sie weiter auf die Tür zu.

Sämtliche Schlösser und magischen Siegel hatte Rethar bereits damals entfernt. Mittlerweile hing die Tür schicksalsergeben in den verrosteten Angeln und drohte jederzeit herauszufallen. »Ich weiß, dass ihr da drin seid«, rief Thia. »Und dass ihr mich hört. Deshalb solltet ihr besser auf jede Dummheit verzichten und euch erst einmal in Ruhe mit mir unterhalten.«

Sie wartete ein paar Sekunden und trat dann, immer noch in Kontakt mit ihrem Funken, ins Haus ein.

Dort hatte man inzwischen alles für ihren Empfang vorbereitet. Zwei Shej-sa'nen schwebten ein Yard über dem Boden in der Luft und zielten mit Bögen auf sie, der dritte im Bunde landete gerade hinter ihr, um ihr seine magere, trügerisch schwache Hand über den Mund zu legen. »Ein Ton, und du bist ein toter Mann«, raunte die Kreatur der in Porks Körper steckenden Thia ins Ohr. »Verstanden?«

Obwohl Thia selbst jetzt noch alle drei mühelos hätte töten können, nickte sie bloß.

»Vorwärts«, zischte die Ascheseele hinter ihr.

Von den Shej-sa'nen eskortiert ging sie in den nächsten Raum. Bei ihren Bewachern handelte es sich um Nijisu, die besten Krieger unter den Ascheseelen. Blutrünstige und unübertroffene Bogenschützen. Die gefährlichsten aller Shej-sa'nen.

»Was willst du?«, fragte die Kreatur hinter ihr.

»Ich rede nur mit eurem Befehlshaber. Ruft ihn!«

»Außer uns ist hier niemand. Sprich, oder du stirbst!«

»Ihr hinterlasst keine Stiefelabdrücke im Boden. Also lügt mich nicht an!«

»Soll ich den Kerl umbringen?«, fragte einer der drei in der Sprache der Shej-sa'nen.

»Ich schicke dich ins Reich der Tiefe, noch ehe du die Sehne losgelassen hast, du Hundesohn«, drohte Thia in der Kampfsprache der Nijisu, worauf sich zunächst Erstaunen in die Augen der Shej-sa'nen schlich, dann Unsicherheit.

»Woher kennst du unsere Sprache?«

»Du hast mich wohl nicht verstanden, Shej-sa'n!«, fuhr Thia in der Nijisu-Sprache fort. »Ich rede nur mit eurem Befehlshaber. Bring mich zu ihm, solange ich euch noch wohlgesonnen bin.«

»Gut, Mann. Aber wenn du ein Spiel mit uns spielst, töte ich dich.«

Daraufhin flog er zur Treppe, die in den ersten Stock hinaufführte. Thia folgte ihm. Eine der Ascheseelen blieb an der Tür als Posten zurück, die andere behielt Thia im Auge.

Sie kamen in den einstigen Ballsaal, in dem sich nun drei Dutzend Nijisu eingerichtet hatten. Ihre Ankunft löste unter den Anwesenden ein kaum hörbares Flüstern aus. Thia stieg der Geruch von Blut und Tod in die Nase.

Am anderen Ende des Saals gelangten sie durch eine Tür rechter Hand in einen halbrunden, großen, aber sehr schlecht beleuchteten Raum. Hinter einem Tisch saßen ein Mann und eine Frau. Thia begriff sofort, wen sie vor sich hatte, auch wenn die beiden keine weißen Umhänge trugen. Immerhin hielten sie jeweils einen Hilss in Händen. Der Stab der Frau wies sie als Angehörige des Vierten Kreises aus, während der Mann dem Hilss zufolge dem Achten Kreis angehörte.

An der gegenüberliegenden Wand standen sechs Untote, in der Mitte des Zimmers baumelte an einem Haken in der Decke ein Mann. Er war tot, seine Haut abgezogen, die Schenkel bis auf die Knochen abgenagt. Unter ihm hatte sich auf dem Boden bereits ein ganzer See aus Blut gebildet.

Die Shej-sa'nen gierten stets nach Menschenfleisch. Wenn die Nekromanten ihnen diesen Wunsch erfüllten, brachte das gleich zwei Vorteile mit sich: satte Krieger und die Haut eines Toten, die zur Verstärkung einiger Zauber genutzt werden konnte.

»Wer bist du und wie hast du uns aufgespürt?«, fragte der Mann, ohne den konzentrierten Blick von dem Buch vor ihm zu lösen.

»Ich bin zufällig auf euch gestoßen.«

»Eine Antwort, die zeigt, dass du entweder unverschämt oder dumm bist. Beide Varianten entzücken mich nicht gerade. Wenn du auch in Zukunft dieses Verhalten an den Tag legst, wird er …« – der magere Finger mit dem langen, schwarz lackierten Nagel wies auf die Leiche – »… gern seinen Platz für dich räumen.«

»In dem Fall muss ich dich darauf hinweisen, dass deine Chancen, unter der Decke zu baumeln, weitaus größer sind als meine.«

Jetzt riss sich der Nekromant doch von seiner Lektüre los und sah sie an. »Bevor du stirbst, würde ich trotzdem gern noch deinen Namen erfahren.«

Thia seufzte.

Was für ein selbstgefälliger, dummer Esel. Er fragte noch nicht einmal danach, ob sie über die Gabe verfüge. Obwohl: Irgendwie war das verständlich. Es sucht ja auch niemand auf einem Lastkarren voller Dung nach den Smaragden des Herzogs von Grohan …

»Thia al'Lankarra. Flamme des Sonnenuntergangs. Tochter der Nacht. Reiterin auf dem Orkan. Mörderin Sorithas. Reichen dir diese Namen, Auserwählter?«

Der Mann brach in ein trockenes, kläffendes Gelächter aus. »Du bist nicht nur unverschämt und dumm, sondern obendrein auch noch wahnsinnig, wenn du glaubst, ich würde eine solche Lüge schlucken! Warum heißt es wohl *Tochter* der Nacht! Thia al'Lankarra ist eine Frau, kein Mann!«

»Und du bist blind, wenn du nur auf die äußere Hülle achtest. Erweise mir Ergebenheit, Nekromant. Auf der Stelle!«

»Ihr da!«, rief er den Untoten zu, bevor er die Nase wieder in sein Buch steckte. »Hängt dieses Stück Fleisch auf!«

Thia wusste, dass sie ein großes Risiko einging, indem sie so nahe beim Turm Magie anwandte. Doch ihr blieb keine andere Wahl. Deshalb hoffte sie inständig, die Schreitenden würden nicht auf die Idee kommen zu überprüfen, welche Farbe dieser Zauber zeigte. Mit leichten Gedankenstrichen schuf sie ein Geflecht in der Luft, das ihren Geist in den Körper des gehäuteten Toten brachte. Pork, nun aufgewacht, flüchtete sich mit leisem Winseln an die Wand. Die Nekromantin bekam diesen Körperwechsel zu Thias Verwunderung sogar mit. Sie schrie auf, um den Mann zu warnen, doch da badete Thia bereits in dem rauschenden Kraftstrom, der sich über sie ergoss.

Der Tote am Haken krümmte sich, das Seil riss, und der Körper krachte polternd zu Boden. Sofort schoss einer der Shej-sa'nen einen schweren Pfeil ab, der den Mann auch in der Brust traf – was Thia aber nicht im Mindesten scherte. Totes Fleisch blieb totes Fleisch. Sie war in diesem Körper nur zu Gast, gewöhnlicher Stahl konnte ihr da nichts anhaben.

Noch ehe der Bogenschütze einen zweiten Pfeil abgeben konnte, wurden er und ein weiterer Shej-sa'n sowie sämtliche Untote, die sich auf sie stürzten, von grauen Fesseln umschlungen, die nun aus den Wänden wuchsen. Die Nekromanten sprangen auf, doch jetzt war Thia stärker als die beiden zusammen. Indem sie die Hilsse einschläferte, kappte sie obendrein die Verbindung der beiden zu ihrem dunklen Funken.

Die Nekromantin hielt daraufhin den nunmehr nutzlosen Stab mit beiden Händen wie einen Schild vor sich und funkelte wild mit den schwarzen Augen. Ihr Gefährte gab sich etwas gelassener.

»Wie ich bereits sagte, Farid, du bist blind«, gab Thia durch den Mund des Toten von sich. »Wie konnte ich nur jemals deine Ausbildung für beendet erklären? Wo du nicht einmal die banalsten Dinge erkennst. Glaub mir, das bringt dich noch ins Grab.«

Sollte der Nekromant noch immer Zweifel an Thias Identität gehabt haben, waren sie nach diesen Worten endgültig ausgeräumt. Prompt ließ er sich aufs Knie herab, starrte auf den Boden, legte die linke Hand um den Stab und die rechte aufs Herz.

Die rituelle Verbeugung eines Auserwählten vor einer Gebieterin oder einem Gebieter.

Die Nekromantin folgte seinem Beispiel sofort.

»Herrin! Ich bitte, uns die mangelnde Ehrerbietung zu verzeihen. Wir haben Schuld auf uns geladen, aber glaubt mir, wenn wir geahnt hätten, wer uns seines Besuchs für würdig befindet, hätten wir Euch mit aller gebotenen Achtung empfangen. Doch niemand hat uns von Eurer Ankunft in Kenntnis gesetzt«, versicherte er mit einer Stimme, die im Unterschied zu seinen Worten nicht sonderlich servil klang. Farid war schon immer ein stolzer Mann gewesen. Dagegen hatte Thia auch niemals etwas einzuwenden gehabt. Ein geschlagener, stets unterwürfiger Hund – das war nicht nur langweilig, das widerte sie an.

Sie drückte Farids Kinn mit dem blutigen Finger des Toten hoch und zwang ihn, ihr in die fahlen, leblosen Augen zu sehen.

»Wenn man dir eines nicht absprechen kann, dann ist es deine Fähigkeit, wie gedruckt zu lügen. Niemand durfte von meiner Ankunft in Alsgara wissen, Schüler. Und jetzt steh auf! Auf uns wartet jede Menge Arbeit.«

Kapitel 6

Ga-nor saß in einem Pavillon, der im Schatten hoher Girisbüsche stand. Diese Pflanze galt den Menschen in Syn als heilig. Der Duft der großen roten Blüten vertrieb sämtliche Gowen und andere Dämonen – was auch erklärte, warum es im Haus von Giss so viele von ihnen gab.

Er flickte mit einer großen Nadel geschickt den zerrissenen Ärmel seines Hemdes, dabei die Melodie eines eingängigen, frivolen Liedchens, das er Luk abgelauscht hatte, vor sich hin pfeifend. Innerlich machte er seinem Freund jedoch die schärfsten Vorwürfe, weil dieser schon wieder durch die Hafenschenken zog. Schließlich beendete er seine Arbeit, zupfte den Ärmel zurecht und verließ den Pavillon.

Über einen mit Kalksteinen ausgelegten Weg spazierte er ins Herz des kleinen, anheimelnden Gartens. Inmitten all der Girissträucher lag ein kleiner Springbrunnen, dessen Rauschen mit dem Summen der Bienen, die sich am Nektar der Blüten laben wollten, verschmolz.

Ga-nor wusch sich das Gesicht. Als er den Kopf wieder hob, sah er Luk, der langsam auf ihn zukam.

»Wo bei Ug bist du gewesen?«, fuhr er ihn an.

»Da platzt doch die Kröte!«, empörte sich Luk. »Bist du meine Mutter, dass ich dir Rechenschaft schulde? Stell dir vor, ich hatte verschiedene Dinge zu erledigen!«

»Deiner Leichenbittermiene nach zu urteilen hast du jede Menge Geld verloren. Hast du schon wieder gespielt?«

»Falsch. Ich habe versucht, die neuesten Neuigkeiten in Erfahrung zu bringen. Indem ich mit den Soldaten gesprochen habe.«

»Mit anderen Worten: Du hast dein Glück beim Würfeln versucht.«

»Das ist nun mal der einzige Weg, etwas aus ihnen herauszukriegen«, erwiderte Luk. »Und wenn du dich nicht nur mit dem Geschwätz, das du auf allen Plätzen zu hören bekommst, begnügen willst, musst du eben mit den Soldaten reden. Sicher, morgen weiß jeder Provinzköter davon ... Jedenfalls ist die Lage folgende: Nachdem uns die Ye-arre verraten haben, stehen die Dinge an den Fronten derart schlecht, dass ich nicht für alle Soren des Imperiums in diesen Krieg ziehen möchte. Die Nabatorer haben den Linaer Moorpfad genommen und belagern Okny.«

»Das wussten wir bereits vor zwei Wochen«, erwiderte Ganor.

»Das ist ja auch noch nicht alles! Die Hochwohlgeborenen mischen inzwischen ebenfalls mit – und zwar nicht auf unserer Seite. Das Krähennest ist dem Erdboden gleichgemacht.«

Ga-nor stieß einen leisen Fluch aus. Eine der Festungen, die der Skulptor gebaut hatte, sollte vernichtet sein? Nicht vom Feind genommen, wie die Burg der Sechs Türme, sondern in Schutt und Asche gelegt? Aber das war diesen Spitzohren ja zuzutrauen. Schließlich hatten sie über Jahrhunderte ihren Hass auf alles, was dem Imperium gehörte, geschürt.

»Okny hat kapituliert. Der dortige Statthalter hat dem Nabatorer König die Schlüssel der Stadt übergeben und ihm einen Eid geleistet. Die Einwohner sind angeblich verschont worden. Aber die Garnison sollte ihre Waffen abgeben. Einige Hunderte haben sich natürlich geweigert. Ein Teil von ihnen konnte den Belagerungsring durchbrechen und nach Norden fliehen, um sich dort der Armee anzuschließen.«

»Möge Ug die Knochen jenes Verräters in Eis verwandeln, der dem Feind das Tor geöffnet hat!«, knurrte Ga-nor. »Wenn Okny sich hätte halten können, hätten sich unsere Leute am Adlernest und an der Treppe des Gehenkten ohne Frage völlig neu formieren können.«

»Bis zur Treppe des Gehenkten braucht der Feind bloß knapp zwei Wochen. Und wir sollten uns nicht darauf verlassen, dass er sich die Zähne am Adlernest ausbeißt. Es geht nämlich das Gerücht, einer der Nabatorer Feldherren habe die halbe Armee von der Belagerung Gash-shakus abgezogen und gen Osten geschickt, damit sie die Burg angreifen. Ist das Adlernest erst gefallen, hat der Feind freie Bahn durch die Katuger Berge.«

»Seh ich nicht so«, widersprach Ga-nor. »Dann gibt es immer noch die Treppe des Gehenkten. Und die nimmt niemand so leicht.«

»Vergiss nicht, dass Nabator und Sdiss die Verdammten und jede Menge Nekromanten haben«, konterte Luk. »Die machen mit den Schreitenden kurzen Prozess.«

»Ach ja? Warum hat dich dann bisher immer ein heiliges Schaudern erfasst, wenn du bloß an den Turm gedacht hast?!«

»Du sagst es: bisher«, entgegnete Luk. »Inzwischen lass ich mich aber nicht mehr für dumm verkaufen: Wenn die Schreitenden stärker wären, dann hätten wir den Süden nicht verloren. Dann würde sich auch Gash-shaku noch halten. Dann wäre, was ich noch gar nicht erwähnt habe, auch Altz nicht gefallen, die Menschen dort nicht ermordet worden. Angeblich ist von der Stadt nur noch ein Aschehaufen geblieben. Im Grunde sind mittlerweile nur noch die Gegenden westlich der Katuger Berge, die Gebiete an der Küste und die Bluttäler in unserer Hand. Und der Norden natürlich. Ich hoffe, der wird diesen Missgeburten einen gebührenden Empfang bereiten.«

»Wenn du mich fragst, sollten die Feldherren des Imperators, sofern sie halbwegs was von ihrer Sache verstehen, dem Feind den noch verbliebenen Teil des Südens kampflos überlassen und sich ihm stattdessen an der Treppe des Gehenkten stellen. Alsgara wird so oder so den Geiern zum Fraß vorgeworfen.«

»Nur dass den Geiern dieser Brocken im Hals stecken bleiben wird!«

»Hast du nicht gerade selbst die Verdammten erwähnt? Ihre Magie wird jede Mauer zertrümmern. Und sei sie noch so solide.«

»Nur wurde diese Mauer vom Skulptor geschaffen! Trotzdem hast du wahrscheinlich recht. Irgendwann werden sie auch das schaffen. Außerdem geht das Gerücht, die Goldene Mark lasse die Nabatorer Flotte ungehindert durch die Meerenge passieren. Wenn sie also auch noch über den Seeweg anrücken …«

»… können wir uns die Karten legen«, fiel ihm der gerade eintretende Giss ins Wort.

»Und? Hast du was für sie tun können?!« Luk vergaß sofort den Krieg und bestürmte Giss mit Fragen. Er und Ga-nor waren nur in der Stadt geblieben, weil sie hofften, Lahen und Ness helfen zu können.

»Ich durfte immerhin mit der Mutter sprechen.«

»Ja und? Rück schon raus mit der Sprache! Was sagt sie?«

»Sie hat versprochen, dass die Schreitenden nicht übereilt handeln«, antwortete Giss. »Im Übrigen geht es Ness und Lahen gut.«

»Hast du mit ihnen gesprochen?«

»Nein, denn als sie kamen, wurden Shen und ich in aller Höflichkeit vor die Tür gesetzt. Was die Mutter mit den beiden vereinbart hat, weiß ich nicht. Das Einzige, was sie mir versprochen hat, ist, dass sie mir die Entscheidung des Rates unverzüglich mitteilt. Mehr konnte ich leider nicht erreichen. Aber wenn ihr mich fragt, wird der Rat keine Entscheidung treffen, die Lahen und Ness am Leben lässt.«

Nach diesen Worten breitete sich lastendes Schweigen aus.

Ceyra Asani mochte den Saal der inneren Einkehr nicht, weshalb sie ihn nur selten aufsuchte. Er erinnerte sie stets an einen frei in der Luft hängenden Käfig für diese kreischenden Vögel aus dem Süden. Noch weniger allerdings mochte sie Irla, die dort mehr oder weniger Tag und Nacht zubrachte. Seit der Zeit, da sie beide im Regenbogental gewesen waren, standen sie nicht gut miteinander. Als Ceyra nach dem Tod der letzten Mutter um die Blaue Flamme kämpfte, hatte Irla Salia, ihre Konkurrentin, offen unterstützt. Ebenjene Schreitende, die dann zur rechten Zeit von einem Pfeil getroffen wurde.

Selbstverständlich hätte Ceyra sie auch umstandslos in den Ratssaal zitieren können. In dem Fall würde jedoch der ganze Turm von diesem Gespräch erfahren. Und sich einen Reim darauf machen. Da Ceyra auf Gerede dieser Art aber verzichten konnte, zog sie es vor, mit der Ratssekretärin unter vier Augen zu reden. In aller Heimlichkeit.

Griho wartete bereits an der Tür auf sie.

Der Glimmende hatte – nur wie? – erfahren, dass sich die Mutter in den Saal der inneren Einkehr begeben wollte, obwohl diese mit niemandem über ihre Absicht gesprochen hatte. Das war nichts Neues. Dieser Widerling schaffte es immer, über ihre Schritte Bescheid zu wissen – was Ceyra über die Maßen ärgerte. Folglich brachte sie diesem Glimmenden nicht mehr Zuneigung entgegen als Irla, welcher er nun schon seit über fünfzehn Jahren treu und ergeben diente.

»Seid gesegnet, Mutter«, begrüßte er sie, worauf Ceyra ihm die rechte Hand zum Kuss hinhielt.

Mit zusammengepressten Lippen beobachtete sie, wie Griho die rituelle Begrüßung vollzog. Eine Legende behauptete, jeder, der etwas Böses gegen die Mutter aushecke und dann ihre Handschuhe mit den Lippen berühre, würde sterben. Möglicherweise war es ja früher tatsächlich einmal so gewesen, heute jedoch gewiss nicht mehr. Und ob ein wahrer Kern hinter dieser Legende steckte, würden sie nie mehr in Erfahrung bringen. Dieses Geheimnis war wie so viele andere im Dunkel der Jahrhunderte verloren gegangen.

Welch Wissen wir doch während der Zeit des Großen Niedergangs eingebüßt haben, dachte Ceyra Asani. Sie hätte vor Verzweiflung schreien und noch heute alle umbringen können, die es nicht für nötig befunden hatten, jenes Wissen für die Nachwelt zu bewahren. In den letzten tausend Jahren waren die Schreitenden von mächtigen Magierinnen zu blinden Mäusen verkommen, die eifersüchtig zwei Dutzend kümmerlicher Körnchen hüteten, dabei jedoch glaubten, ihr Speicher berste vor Gerste. Und nicht eine von ihnen hatte begriffen, dass dieser Getreidespeicher längst eingestürzt war.

Jede neue Generation zeigte ein geringeres magisches Potenzial als die vorausgegangene. Das, was früher als ein kaum wärmender Funke galt, wurde heute als wahre Feuersbrunst empfunden. Wie gern wäre sie deshalb vor sechs, sieben Jahrhunderten geboren worden, als die Welt und die Menschen noch echte Magie kannten.

»Ich möchte Irla besuchen.«

»Leider hat sie Euch nicht erwartet und ist auf diesen Besuch nicht vorbereitet«, erwiderte Griho. »Die Mutter indes nicht in der gebührenden Aufmachung zu empfangen, hieße, sie zu beleidigen und …«

»Mich beleidigt man nicht so schnell«, unterbrach ihn Ceyra. »Die Angelegenheit eilt und duldet keinen Aufschub. Also, lass mich rein!«

Sich einem direkten Befehl zu widersetzen, das wagte Griho nun doch nicht. So verbeugte er sich und öffnete mit ausgesuchter Höflichkeit die Tür.

Die Sonnenstrahlen tanzten über die Wände, die zahllosen Fenster und über das feine goldene Gerüst, das diese aufwendige Konstruktion in der Luft hielt. Seit ihrem letzten Besuch hatte sich nichts verändert. Abgesehen von dem Stapel Bücher auf dem Boden vielleicht, der aufs Vierfache angewachsen schien.

Irla gab vor, etwas zu schreiben, doch sobald Ceyra eintrat, erhob sie sich: »Seid gesegnet, Mutter.«

»Setz dich, Schwester. Ich habe gehört, dass dich in der letzten Zeit dein Rücken plagt«, sagte die Mutter, während sie auf die Schreitende zuging und ihr die Hand zum Kuss hinhielt.

Wie nicht anders zu erwarten, scherten sich die Handschuhe in keiner Weise um die alte Intrigantin. Zu bedauerlich. Denn diese gehörte allemal ins Reich der Tiefe.

»Die Jahre fordern ihren Tribut. Ich bin nicht mehr die junge Frau von einst.«

»Selbst im Turm gibt es Zugluft. Soll ich dir Shen schicken?«

»Danke, aber wir brauchen ihn wirklich nicht zu bemühen. Mir geht es schon wesentlich besser.«

Irla misstraute dem Heiler, weil sie fürchtete, er würde auf ihren, Ceyras, Befehl hin, bei der Behandlung ein wenig *übertreiben.*

Was für eine Närrin!

Als ob der Junge zu solch willkommenen Taten imstande wäre! Er, der einfach keinen Schlüssel zu dem außergewöhnlichen Potenzial seines Funkens fand! Wenn ihn seine Gabe einmal nicht im Stich ließ, war das doch purer Zufall.

Beim Stern von Hara! Warum war bloß keiner ihrer einfältigen Vorfahren auf die Idee gekommen, eine Abhandlung zur Ausbildung von Heilern zu verfassen?! Das hätte alles so viel einfacher gemacht! Aber so? Wie sollte sie ihrem Schüler etwas beibringen, das sie selbst nicht wusste?!

»Lass uns allein«, wandte sich Ceyra an Griho.

Doch der Kerl machte keine Anstalten, dieser Aufforderung nachzukommen, sondern sah stattdessen Irla fragend an. Diese nickte kaum merklich.

»Selbstverständlich«, erwiderte Griho daraufhin. »Falls ich gebraucht werde – ich warte vor der Tür.«

»Hast du etwas derart Wichtiges mit mir zu besprechen, dass ich meinen Gehilfen fortschicken muss?« Irla schüttelte missbilligend den Kopf, ihre grünen Augen aber blieben ohne jede Anteilnahme.

Bevor Ceyra jedoch antwortete, wirkte sie einen Zauber, der das Zimmer gegen alle fremden Ohren abschirmte.

»Es ist sogar weit wichtiger, als du dir vorzustellen vermagst«, sagte sie dann.

»Du hast meine ungeteilte Aufmerksamkeit.«

»Ich brauche deine Hilfe.«

Und erst mit dieser Eröffnung lockte sie Irla aus der Reserve.

»Wobei?«

»Es geht um den Mord an Salia.«

»In dieser Angelegenheit darfst du uneingeschränkt auf mich zählen. Der Rat wird die beiden verurteilen.«

»Ebendeshalb bin ich gekommen. Die zwei müssen am Leben bleiben.«

»Wer sagt das?«

»Ich.«

»Du bist als Mutter das Oberhaupt des Turms«, erwiderte Irla daraufhin. »Du schützt und du führst uns. Dennoch obliegt die Entscheidung über diese Frage dem Rat. Und ich glaube kaum, dass er diejenigen schont, die Salia ermordet haben.«

Mit einer Erklärung dieser Art hatte Ceyra gerechnet. Deshalb sagte sie nach einer peinigenden Pause: »Es ist kein Geheimnis, dass dir die Hälfte des Rats aus der Hand frisst, obwohl ich ihm als Oberhaupt vorstehe, und dass er alles macht, was du … empfiehlst. Die andere Hälfte steht auch nicht unbedingt auf meiner Seite, sondern scharwenzelt irgendwo in der Mitte herum und hält sich letzten Endes an die, die dir folgen. Sparen wir uns also bitte jede Heuchelei. Dazu ist die Angelegenheit zu ernst.«

Irla rieb sich das Kinn und sah die Mutter aufmerksam an. »Du hast also deine eigenen Pläne mit den beiden?«

»Ja.«

Eine weitere Pause. Und noch ein aufmerksamer Blick.

»Ist das Mädchen mit dem Funken so wertvoll?«, fragte Irla schließlich.

»Nein«, log Ceyra Asani, ohne mit der Wimper zu zucken.

»Hast du inzwischen herausgefunden, wer sie ausgebildet hat?«, unternahm Irla einen zweiten Vorstoß.

»Ja. Ein Nekromant aus Sdiss. Allerdings nicht sonderlich gründlich. Du kannst dich jederzeit selbst davon überzeugen.«

»Dann verstehe ich dich nicht. Ist der Mann von Bedeutung?«

»Nein. Er ist lediglich ihr Gefährte. Ein gewöhnlicher Meuchelmörder, ohne Funken.«

»Das Mädchen stellt keinen Wert dar, der Junge verfügt noch nicht einmal über die Gabe«, murmelte sie kopfschüttelnd. »Ich verstehe wirklich nicht, wozu du die beiden brauchst. Was versprichst du dir von ihnen? Immerhin haben diese beiden Salia getötet. Der Turm muss ihre Mörder in aller Öffentlichkeit bestrafen, damit sich solche Fälle nicht wiederholen.«

Warum eigentlich nicht?, dachte die Mutter verärgert. Ich hätte gar nichts dagegen, wenn auch du einem Pfeil zum Opfer fielest.

»Seit dem Tod der von uns allen so verehrten Salia sind mehr als sieben Jahre vergangen. Entschuldige die Offenheit, aber von ihr sind längst nur noch benagte Knochen übrig. Wenn wir jetzt anfangen, die Toten zu verteidigen, dann verlieren wir damit weit mehr lebende Menschen als durch alle Mörder im Imperium zusammen. Der Rat sollte sich mit dem Krieg befassen und die Übersiedlung nach Korunn vorbereiten, seine Zeit aber nicht mit diesen Gijanen verplempern. Die können vorerst warten. Wir haben bereits den Süden verloren, der Norden braucht nun dringend unsere Hilfe. Dabei können diese beiden Menschen dem Turm jedoch gewisse Dienste leisten.«

»Welcher Art?«

»Das Mädchen kann alte Texte lesen. Sehr alte. Die aus jenen Zeiten stammen, als die Magie noch nicht in eine lichte und eine dunkle Seite geschieden war. Im Regenbogental gibt es, wie du dich sicher erinnern wirst, mehr als genug solcher Aufzeichnungen. Die allerdings niemand von uns zu übersetzen vermag. Wenn das Mädchen diese Aufgabe erledigt, würde uns das sehr helfen.«

»Ich will ganz ehrlich zu dir sein: Dein Ansinnen befremdet mich. Ich verstehe deine Motive nicht – und du tust auch nicht das Geringste, sie mir nahezubringen. Nein, dieses Vorhaben behagt mir nicht. Aber … einmal angenommen … und ich betone: angenommen, der Rat entschiede sich in dieser Frage positiv und …«

Als kluge Frau gab Irla Ceyra Asani mit dieser Einleitung die Gelegenheit, ihr ein Angebot zu unterbreiten. Sollte dieses überzeugend sein …

Und die Mutter wusste genau, welchen Preis sie zahlen musste. »Vor ein paar Tagen erreichte mich ein Brief aus dem Regenbogental. Von Galira. Sie klagt über gesundheitliche Probleme und meint, sie könne ihren Verpflichtungen nicht mehr in der bisherigen Weise nachkommen. Deshalb hat sie mich gebeten, eine Nachfolgerin für sie zu benennen. Dabei habe ich sofort an dich gedacht. Du würdest dem Turm einen wertvollen Dienst erweisen, wenn du die Leitung der Schule übernähmest.«

Zweimal hatte sich Irla bereits um dieses Amt bemüht – und beide Male unter der alten Mutter eine Niederlage einstecken müssen, die letzte obendrein gegen sie, Ceyra Asani. Als diese dann selbst zur Mutter aufstieg, hatte sie Gilara das Amt im Regenbogental anvertraut, und Irla war erneut leer ausgegangen. Nun lagen die Dinge jedoch anders, weshalb es ihr sehr zupasskam, dass es um die Gesundheit Gilaras nicht zum Besten stand. Leiterin der Schule im Regenbogental – diesen Köder würde Irla blind schlucken. Dazu lechzte sie schon zu lange nach dem Amt.

»Es schmeichelt mir, dass die Mutter meine Verdienste so hoch einschätzt«, erwiderte Irla, wobei sie vergeblich versuchte, ihre Verblüffung zu verbergen, denn nicht im Traum hätte sie auf *dieses* Angebot zu hoffen gewagt. »Aber dein … Vorschlag kommt äußerst … unerwartet. Lass mich darüber nachdenken, ob er dem Turm zum Vorteil gereicht.«

»Selbstverständlich«, sagte Ceyra, die angesichts dieser Heuchelei Irlas insgeheim feixte. »Nur lass dir nicht zu viel Zeit damit. Der Rat tritt heute Abend zusammen. Teile mir daher bitte so schnell als möglich mit, welche Entscheidung du getroffen hast.«

»Ich werde sie nicht auf die lange Bank schieben.«

Doch Irlas Stimme verriet Ceyra, dass die Beute bereits am Haken hing.

Kapitel 7

Weh tat mir nichts. Weder der Hals noch der Kopf, auch Arme und Beine schienen unversehrt. Als ich die Augen aufschlug, fiel mein Blick auf die Zimmerdecke, die ich bereits kannte.

»Ich habe schon immer vermutet, dass das Reich der Tiefe verflucht stark an den Turm erinnert«, brummte ich.

»In dem Fall solltest du davon ausgehen, dass ich ein Gow bin«, bemerkte Lahen und legte mir ihre warme Hand auf die Stirn. Ich schloss die Augen voller Wohlbehagen. Eher bist du eine Kenja, ging es mir durch den Kopf. Eines jener dämonischen Geschöpfe, die als Frau auftreten und einem Mann ihre Liebe schenken, dafür aber von seiner Lebenskraft zehren.

»Für dich würde ich zu allem werden, mein Liebster«, sagte sie ernst.

»Lieber nicht«, erwiderte ich. »Du gefällst mir so, wie du bist.«

Sie lachte leise. »Wie fühlst du dich?«

»Für einen Untoten gar nicht schlecht.«

»Shen hat sein Bestes gegeben. Die Mutter hat dir schwer zugesetzt.«

»Das kannst du laut sagen«, knurrte ich und dachte an das gerötete, wutverzerrte Gesicht Ceyra Asanis. »Diese Hündin beißt fest zu. Der Heiler hat seine Kunst also an mir vervollkommnet?«

»Das hat er. Allerdings brauchte er mehrere Anläufe, um dich wiederherzustellen. Ich habe schon befürchtet …« Ihr brach die Stimme.

»Wie lange war ich ohnmächtig?«

»Knapp vierundzwanzig Stunden. Wir haben jetzt späten Vormittag. Willst du versuchen aufzustehen?«

Ich setzte mich vorsichtig auf. Offenbar fehlte mir wirklich nichts.

»Bevor ich ... das Bewusstsein verloren habe, habe ich gehört, dass du der Mutter den Namen deiner Lehrerin genannt hast.«

»Stimmt«, antwortete Lahen nach einer Weile widerwillig. »Tut mir leid.«

»Wofür entschuldigst du dich?«

»Dafür, dass ich so lange davor zurückgeschreckt bin, dich in diese Geschichte einzuweihen. Aber die Wahrheit ist nun einmal die, dass mir Ghinorha, die alle nur als die Verdammte Cholera kennen, alles beigebracht hat, was ich kann.«

Ehrlich gesagt jagte mir selbst dieser Name jetzt keine Angst mehr ein, denn nach allem, was wir in den letzten zwei Monaten erlebt hatten, wunderte ich mich über gar nichts mehr. Ghinorha, Typhus, die Mutter, der Heiler, der Skulptor, die Wegeblüten ... Lahen.

»Ich wollte dich nicht verlieren«, versicherte Lahen, die mein Schweigen offenbar missdeutete.

»Das ist doch dumm«, erwiderte ich. »Glaubst du denn allen Ernstes, ich würde dich verlassen, nur weil deine Lehrerin eine Verdammte war? Oder vor dir zurückschrecken wie vor einer Pestkranken? Abgesehen davon, wäre es dafür jetzt längst zu spät. Außerdem habe ich eh schon vor langer Zeit begriffen, dass deine Gabe nicht sonderlich licht ist. Aber selbst damals hat mich das nicht in die Flucht geschlagen, denn da kannte ich dich bereits zu gut und habe dich zu sehr geliebt. Mir war klar, dass ich nichts von dir zu fürchten hatte. Und inzwischen wüsste ich gar nicht mehr, wie ich es überhaupt anstellen sollte, ohne dich zu leben. Du brauchst dich mir gegenüber also für nichts zu entschuldigen. He ... warum weinst du denn?«

»Tut mir leid«, sagte sie und wandte sich ab. »Ich weiß, das ist dumm von mir. Das geht gleich vorbei ...«

Ich umarmte sie. Lahen zitterte leicht.

Eine ganze Weile saßen wir einfach da, ohne ein Wort zu sagen. Ich lauschte nur auf ihr rasend hämmerndes Herz.

»Darf ich dich etwas fragen?«, durchbrach ich schließlich die Stille.

»Was denn?«

»Wie alt bist du?«, sagte ich sehr sanft. »Die Verdammte Cholera ist immerhin vor fünfhundert Jahren in den Erlika-Sümpfen gestorben.«

»Ich bin ein Jahr jünger als du«, antwortete sie lächelnd.

»Dann verstehe ich nicht ... Wie konnte sie dich ausbilden, wenn sie noch vor deiner Geburt gestorben ist?«

»Das ist eine lange Geschichte.«

»Ich hab Zeit.«

»Gut. Aber ich muss etwas ausholen ... Was weißt du über die Verdammten?«

»Nur das, was allgemein bekannt ist. Früher waren sie Schreitende. Irgendwann haben sie jedoch den dunklen Weg eingeschlagen und den Turm verraten. Um die Macht an sich zu reißen, haben sie den Dunklen Aufstand angezettelt. Dieser schlug allerdings fehl. Ein Jahr später brach dann der Krieg der Nekromanten los, in dem die Verdammten Cholera und Fieber gestorben sind. Die Aufständischen waren mehr oder weniger geschlagen und mussten sich nach Süden zurückziehen, nach Sdiss beziehungsweise in die Große Wüste. Dort haben sie in aller Ruhe abgewartet, doch jetzt hielten sie die Zeit offenbar für reif, um ins Imperium zurückzukehren.«

»Verstehe«, sagte sie, um anschließend zu seufzen und zu erklären: »Nur sieht die Wahrheit leider etwas anders aus. Ich glaube, du wirst all das besser begreifen, wenn ich dir etwas zeige. Also, komm.« Sie erhob sich vom Bett und zog sich die Schuhe an.

»Was willst du mir denn zeigen?«, fragte ich. »Und wie kommen wir aus diesem Zimmer raus?«

»Indem wir die Tür öffnen«, antwortete sie lächelnd. »Ceyra Asani war so freundlich, uns einige ... Privilegien einzuräumen.

Wir können den Raum ungehindert verlassen und durch das Stockwerk schlendern.«

»Hat sie einen Anfall von Güte gehabt?«

»Durchaus nicht. Sie war eher dazu genötigt.« Sie drückte die Klinke und öffnete mühelos die Tür. »Ich habe ihr einige Kompromisse abgerungen.«

Zu meinem Erstaunen hatte Lahen recht: Niemand bewachte uns, die Posten waren abgezogen worden.

»Was war der Preis dafür?«, wollte ich wissen.

»Versprechungen«, sagte sie ausweichend, während sie sich umsah. »Wir müssen hier lang.«

»Woher weißt du das?«

»Leider kenne ich den Turm nicht so gut, wie ich gern wollte«, gab sie zu. »Aber über die großen Säle und Gänge habe ich das eine oder andere gehört.«

»Von Ghinorha.«

»Ja.«

Wir gingen einen mit Malachit verkleideten Gang entlang. Am Boden schlängelte sich ein in den hellen Stein eingelassenes Muster. Links und rechts zogen sich auf Hochglanz polierte Türen aus Eichenholz dahin.

»Was hindert uns daran, einfach zu fliehen?«, stellte ich nach einer Weile die Frage, die mich beschäftigte, seit wir unser Zimmer verlassen hatten. »Du könntest doch die Treppe finden, die uns zum Ausgang aus dem Turm bringt, oder?«

»Selbstverständlich. Wir sind bereits an ihr vorbeigekommen. Aber so dumm, wie du vielleicht denkst, sind die Schreitenden nicht. Würden wir tatsächlich fliehen … kämen wir nicht mit heiler Haut davon. Schon beim geringsten Versuch würde Ceyra erfahren, dass ich unser Abkommen gebrochen habe. Sobald wir einen Fuß vor den Turm setzten, würden wir wie Hühner gebraten werden. Wir sind übrigens da.«

Mein Augenstern drückte eine Klinke runter und stieß die schwere Tür auf. Wir betraten einen dunklen Saal. Dreißig Schritt vor uns schwebte eine kleine zitternde Flamme in der Luft, die an eine Kerze erinnerte.

»Schließ die Tür wieder«, bat Lahen und ging auf das Licht zu. Kaum streckte sie die linke Hand nach der Flamme aus, hüllte ein warmes Licht ihre Finger ein. Im Saal wurde es deutlich heller.

»Komm ruhig weiter, Ness, du brauchst keine Angst zu haben.«

»Du meinst, davor, dass uns diese Hexen den Kopf abreißen, weil wir ohne Erlaubnis hier hergekommen sind? Für wen hältst du mich eigentlich?!«, brummte ich, als ich der Aufforderung folgte. Die Flamme floss über einen Handschuh, den Lahen auf einmal aus irgendeinem Grund trug. Er war aus einem silbrigen Material gefertigt, das an Spitze oder an das aus dem Speichel gebildete Netz eines jungen Spag denken ließ.

»Den Kopf reißt uns bestimmt niemand ab. Außerdem kommt ohnehin nur selten jemand hierher. Wir dürften uns also ungestört umsehen können. Das ist übrigens der Saal der Mütter. In ihm versammeln sich die Schreitenden nur, wenn der Turm ein neues Oberhaupt wählt.«

Jetzt fiel ihr auf, wie ängstlich ich dieses magische Artefakt an ihrer Hand beäugte.

»Das ist der Funkenhandschuh«, beruhigte sie mich. »Die Legenden behaupten, dass er zusammen mit dem Turm geschaffen wurde, damit er den Gläubigen und Wissenden den Weg weist und die Gesichter derjenigen erhellt, die selbst nach Jahrhunderten noch Achtung verdienen. Sein Licht vertreibt das Dunkel. Der Handschuh spürt die Gabe und leuchtet nur bei denjenigen, die über sie verfügen. Leider ist mein Funke zurzeit gebändigt, deshalb ist das Licht schwächer als sonst. Aber für unsere Zwecke dürfte es reichen.«

Der Saal war insgesamt nicht sehr groß. Gleich hinter der Tür begannen quadratische Säulen, die sich bis zum anderen Ende der Wand zogen. Zwischen ihnen hingen Portraits in schweren goldenen Rahmen, die allesamt Frauen darstellten. Alte und junge, schöne und hässliche, Frauen aus dem Süden und solche aus dem Norden, dicke und dünne, blonde und schwarzhaarige. Es waren so viele, dass ihre Gesichter bald zu einem einzigen weißen Fleck vor meinen Augen verschwammen.

»Das sind alle Mütter der Schreitenden, die es seit Bestehen des Turms gegeben hat«, erklärte Lahen. »Die Portraits wurden gemalt, nachdem sie gestorben waren.«

»Es sind verflucht viele«, bemerkte ich, während mein Blick über die Gemälde glitt.

»Der Turm existiert ja auch schon seit einer ganzen Weile«, erwiderte sie lächelnd und hob die Hand ein wenig, um die rechte Wand stärker zu beleuchten. »Hier, sieh!«

Die vom Künstler eingefangene Frau war nicht mehr jung und hatte meiner Meinung nach ein ausgesprochen hässliches Gesicht. Schmale, verächtlich zusammengepresste Lippen, ein schiefer Mund, eine gerade Nase mit scharfen Flügeln, ein breites, quadratisches Kinn und eine tiefe Stirn. Ihre Miene wies sie nicht gerade als freundlichen Menschen aus. Eher als eine Frau, die die Macht liebte.

»Wer ist das?«

»Soritha.«

»Pah! Die sieht aber ganz anders aus als jene junge, edle Unschuld, die im Saal mit den Schneeglöckchen zu sehen ist. Aber gut, da ist Typhus ja auch als gelbgesichtiges Scheusal dargestellt. War Soritha wirklich so hässlich?«

»Das weiß ich nicht. Bilder, die noch aus dieser Zeit stammen, kannst du heute lange suchen. Die wenigen Kunstwerke, die überdauert haben, hält der Turm unter Verschluss. Und die Schreitenden selbst stellen Soritha natürlich nur in den allerhellsten Farben dar.«

»Hat dir Ghinorha denn nichts über sie erzählt?«, fragte ich.

»Doch, einmal. Aber dazu will ich erst kommen, wenn wir im nächsten Saal sind.«

Ich warf einen letzten Blick auf die Schreitende, die durch Typhus' Hände den Tod gefunden hatte, und folgte Lahen. »Und? Verrätst du mir, wohin wir gehen?«

»In den Saal der Verdammten.«

»Bitte?!«, fragte ich entsetzt zurück.

»In den Saal der Verdammten«, wiederholte sie. »Ich möchte,

dass du ihre Portraits siehst. Die echten, nicht die, die auf den Märkten zusammengeschmiert werden.«

»Die echten Portraits?«, murmelte ich. »Hier im Turm …? Wurden die denn nicht vernichtet? Ich hätte angenommen, das wäre das Erste gewesen, was die Schreitenden nach dem Dunklen Aufstand getan haben.«

»O nein, die Bilder gibt es noch«, erwiderte sie mit einem leisen Lachen. »Denn bei allem Hass auf die Verdammten hat sich am Ende doch ein kluger Kopf gefunden, der meinte, es sei wichtig, die Feinde von Angesicht zu kennen. Und nie zu vergessen, was geschehen ist. Aber wenn du mich fragst, suchen die Schreitenden diesen Saal noch seltener auf als den der Mütter.«

»Aber sie wurde doch erst nach dem Krieg der Nekromanten geschaffen, oder?«, hakte ich nach. »Ich meine diese Portraitgalerie der Verdammten.«

»Soweit ich weiß, ja.«

»Wie konnte Ghinorha dir dann davon erzählen? Wenn sie doch schon vorher gestorben ist und sie nie zu Gesicht bekommen hat.«

»Hab noch ein klein wenig Geduld, dann erzähle ich dir alles. Und warum sie von diesem Ort wusste … Ich nehme an, sie hatte ihre eigenen Möglichkeiten, das in Erfahrung zu bringen, was sie wissen wollte. Sie hatte jedenfalls immer genaue Kenntnisse von dem, was in unserer Welt vor sich ging.«

Am anderen Ende des Saals blieben wir vor einer unscheinbaren, nicht sehr hohen Tür stehen, in deren Schloss ein kunstvoll gearbeiteter Schlüssel steckte. Lahen drehte ihn ohne zu zögern herum. Wir betraten eine beklemmend kleine Kammer, die jedoch im Unterschied zum Saal hell beleuchtet war. Lahen streifte den Handschuh ab und legte ihn behutsam auf einen lackierten Tisch aus Nussbaumholz, der neben der Tür stand.

Ich sah mich erst einmal gründlich um: schmutzige Fenster, rote Wandbehänge und acht staubüberzogene Portraits von gleicher Größe in schlichten Holzrahmen.

»So«, sagte Lahen, »und jetzt will ich dir erzählen, was eigentlich geschehen ist.« Sie dachte kurz nach, als wüsste sie nicht, wie sie anfangen sollte. »Wie ich bereits gesagt habe, stimmt deine Version nicht ganz. Als die Verdammten nach der Macht griffen, wollten sie diese nur, um ihre eigentliche Sache durchzusetzen. Sie, also die Macht, war aber niemals der ausschlaggebende Grund für den Dunklen Aufstand. Glaub mir, wegen einer Lappalie wie der Blauen Flamme wäre es kaum zur Rebellion oder zur Spaltung des Turms in zwei feindliche Lager gekommen.«

»Das war eigentlich gar kein Machtkampf?«, fragte ich. »Du willst mir ja wohl nicht weismachen, Magier und Magierinnen seien anders als wir Menschen sonst.«

»Sie sind genauso unterschiedlich wie wir alle. Es gibt solche wie Ceyra Asani, und es gibt solche wie … wie zum Beispiel Ghinorha«, erwiderte Lahen lächelnd. »Doch zurück zum Ausgangspunkt. Der Streit darüber, ob man Kraft aus dem Reich der Tiefe schöpfen dürfe, tobte schon lange vor der Geburt des Skulptors. Er geht auf den Anbeginn der Zeiten zurück, als Hara noch eine sehr junge Welt war. Einige sprachen sich strikt gegen die Verwendung des dunklen Funkens aus, andere hießen sie gut. Irgendwann gingen die Wortgefechte in den sogenannten Krieg der Kraft über. Im Vergleich zu ihm ist der Krieg der Nekromanten das reinste Geplänkel unter Kindern. Einige Jahrhunderte lang spielten sich in dieser Welt Dinge ab, an die sich heute niemand mehr erinnern mag, so schrecklich waren sie. Dir gefriert das Blut in den Adern, wenn du Abschriften der Chroniken aus dieser Zeit liest. Die eine Hälfte Haras war verbrannt, die andere glich mehr oder weniger dem Reich der Tiefe. Doch auch dieser Krieg entschied den alten Streit nicht. Die einzige Folge war, dass diejenigen, die dem Licht anhingen, im Norden des Kontinents blieben, während jene, die das Dunkel vorzogen, nach Süden gingen. Die einen bauten den Turm auf, die anderen die Kreise von Sdiss. In den jeweiligen Schulen bildeten sie dann ihren Nachwuchs aus. Doch es dauerte nicht lang, da unterschied sich die lichte Magie grundsätzlich von der dunklen. Die ursprüngliche Form geriet in Vergessenheit. Vierhundert Jahre vor der Geburt des Skulptors war die Spaltung zur Vollendung gelangt. Danach konnte die eine Seite die Magie der anderen nicht mehr anwenden. Diejenigen, die über das Dunkel geboten, vermochten das Licht nicht mehr zu berühren, während jene, die ihre Ausbildung im Regenbogental absolviert hatten, außerstande waren, das Dunkel zu beherrschen. Mit dem Eintritt in eine der beiden Schulen nahm man sich die Möglichkeit, sich auch Wissen aus der anderen anzueignen. Dazu wichen beide zu stark voneinander ab, und ein ausgebildeter Funke fand keine Verbindung mehr zum anderen Aspekt der Gabe. Daran sollte sich über viele Jahre nichts ändern. Allerdings waren beide Schulen auch gar nicht daran interessiert, den Graben, der sie trennte, zu überwinden. Sie waren einzig darauf erpicht, die eigene Kunst zu vervollkommnen. Langweilt dich das auch nicht?«

»Nein«, antwortete ich. Und das war keinesfalls gelogen.

Sie nickte, setzte sich auf den Boden, zog die Beine an, schlang ihre Arme um sie und bettete das Kinn auf die Knie. Obwohl sie mich ansah, weilte sie eigentlich irgendwo in ferner Vergangenheit. Ich wartete geduldig darauf, dass sie fortfuhr.

»Doch irgendwann endet alles«, sagte sie schließlich. »Früher oder später kommt ein Mensch zur Welt, der den Graben nicht hinnimmt und ihn zu überwinden sucht. Auch in der Geschichte Haras wurde ein solcher Mensch geboren. Es war ein Mann, und er schloss sich dem Turm an. Dieser Magier verfügte über die Gabe des Heilers und besaß ein gewaltiges Potenzial. Er war geradezu berufen, genial und … wahnsinnig. Er wurde zum größten Schreitenden seiner Zeit und hat mehr erreicht als jeder Mensch vor ihm und erst recht als jeder, der nach ihm kam. Dieser Mann hieß Cavalar und sollte in der Folge als Skulptor bekannt werden.« Lahen schwieg kurz. »Aber zurück zur Feindschaft unter den Schulen. Wie es heißt, befielen den Skulptor noch während seiner Ausbildung erste Zweifel, ob es ihm der lichte Funke gestatten werde, alle Facetten der Gabe zu beherrschen. Er glaubte, der Turm wie auch die Kreise von Sdiss arbeiteten sozusagen nur mit der einen Hand, während sie sich einredeten, die andere existiere gar nicht. Das wollte er nicht akzeptieren. Dabei hatte er vermutlich weder die Absicht, die Erzfeinde zu versöhnen, noch strebte er nach Macht. Ihn trieb höchstwahrscheinlich nicht mehr als die pure Neugier an. Er wollte das Unmögliche vollbringen. Dazu zwangen ihn sein Genie, seine Gabe, sein Funke und auch sein Wahnsinn geradezu. Schließlich gelang ihm, was keinem seiner Zeitgenossen gelungen war: Er eignete sich den dunklen Funken an, *nachdem* er es gelernt hatte, den lichten Funken zu beherrschen.«

»Willst du etwa behaupten, der von allen Schreitenden verehrte Skulptor sei wie ein Nekromant aus Sdiss?!«, rief ich. »Einer, der mit dem dunklen Funken arbeitet?!«

»Nein, in keiner Weise. Er hat es geschafft, in sich beide Aspekte der Gabe zu vereinen und auf diese Weise seine Möglichkeiten zu erweitern. Allerdings hat niemand auch nur geahnt, dass das Oberhaupt des Turms nicht mehr jene *Lichtgestalt* war, für die ihn alle hielten.«

»Was soll das denn heißen?! Das *Oberhaupt des Turms?*«

»O ja, das Oberhaupt des Turms. Es haben nämlich nicht immer nur Mütter den Schreitenden vorgestanden. Das wurde erst nach dem Tod des Skulptors eingeführt.«

»Dann lass mich mal zusammenfassen«, sagte ich. »Der Bursche vereinigte also beide Funken in sich. Damit war er weder licht noch dunkel. Wie soll ich ihn mir dann vorstellen? Als einen Grauen?«

»Wenn du es so nennen willst. Eigentlich ist es ein wenig komplizierter, zumindest wenn du seinen Funken unter magischen Gesichtspunkten betrachtest.«

»Wie ging es danach weiter? Hat er Anhänger gefunden?«

»Das hat er«, antwortete Lahen. »Und die bekanntesten von ihnen sind die Verdammten.«

»Was ist mit dir? Bist du auch so wie die Verdammten? Oder wie der Skulptor?«

»Zum Teil«, räumte sie ein. »Ghinorha hat mich von Anfang an in beiden Aspekten der Gabe unterwiesen. Aber ich habe viel weniger Erfahrung als die Verdammten … Doch zurück zum Skulptor.«

»Wann ist der Turm eigentlich dahintergekommen, dass er nicht so licht ist, wie alle gedacht haben?«

»Das hat einige Zeit gedauert. Er hat den dunklen Funken gut versteckt, sodass mehr als ein Jahrzehnt verging, ehe die Wahrheit an den Tag kam. Zu dieser Zeit stand er dem Turm bereits vor und hatte die Wegblüten geschaffen. In seinem letzten Lebensjahr hat er den Schreitenden dann das Geheimnis enthüllt, dass er beide Funken in sich trägt.«

»Das hätte er wohl besser nicht getan.«

»Das kannst du laut sagen. Ghinorha hat die Chroniken gelesen, die in der geheimen Bibliothek des Turms aufbewahrt und nur von Angehörigen des Rats studiert werden dürfen. Aus ihnen geht hervor, was damals tatsächlich geschehen ist. Der Skulptor hat während einer Sitzung des Rats versucht, die Anwesenden davon zu überzeugen, wie nützlich es wäre, beide Funken zu beherrschen. Seiner Ansicht nach sollte im Regenbogental auch die dunkle Kunst gelehrt werden.«

»Ich kann mir gut vorstellen, mit welcher Begeisterung dieser Vorschlag aufgenommen wurde!«

»Er hatte immerhin gehofft, die Schreitenden mit Unsterblichkeit zu ködern. Wer nämlich beide Funken in sich trägt, kann bei behutsamer Anwendung ein langes, ja ein sehr langes Leben führen. Das kommt der Unsterblichkeit schon erstaunlich nahe. Die Verdammten sind das beste Beispiel dafür.«

»Dann wirst du also auch ...«

Sie seufzte und zögerte kurz, bis sie mir schließlich antwortete: »Nein, denn ich habe mein Studium nicht abgeschlossen. Mit sechzig Jahren werde ich zwar noch so aussehen wie heute, aber danach fange auch ich an zu altern. Sehr schnell sogar.«

Sechzig Jahre Jugend! Diese Eröffnung zog mir den Boden unter den Füßen weg. Und ich hatte schon gemeint, mich könne nichts mehr erschüttern.

»Und was hat der Rat dann mit dem Skulptor gemacht?«, fragte ich, nachdem ich mich geräuspert hatte.

Sie sah mich misstrauisch an, nahm mir dann aber ab, dass ich die Frage hinsichtlich ihres langen Lebens nicht zu vertiefen gedachte. »Die meisten stellten sich trotz der Aussicht auf ein langes Leben gegen ihn«, antwortete sie. »Die Jahrhunderte voller Hass auf alle, die den dunklen Funken in sich trugen, hatten ihre Spuren hinterlassen. Viele fürchteten jede Neuerung, da sie nicht glaubten, dass dadurch etwas Gutes entstünde. Obendrein hatten etliche von ihnen schlicht und ergreifend Angst um ihren Platz im Rat, sollten irgendwann mächtigere und stärkere Magier und Magierinnen Anspruch auf dieses Amt erheben. Daraufhin bekundeten die meisten Schreitenden Zweifel am Geisteszustand des Skulptors und versuchten ihn abzusetzen. Doch mit dieser Wendung der Dinge hatte der Skulptor gerechnet. Alle, die ihm offen Widerstand leisteten, wurden von ihm und seinen wenigen Anhängern auf der Stelle im Ratssaal getötet. Die anderen verschonte er jedoch. Dieser Fehler kostete ihn am Ende das Leben. Er starb bei einem Aufstand, den seine Gegner anzettelten.«

Bei diesen Worten klappte mir vor Verblüffung der Unterkiefer hinunter.

»Du hast dich nicht verhört«, versicherte Lahen grinsend. »Vor dem Dunklen Aufstand gab es bereits andere Erhebungen. Nur zieht der Turm es vor, sich darüber auszuschweigen. Heute dürften diese Aufstände kaum noch jemandem bekannt sein, denn seit fünf Jahrhunderten ist es ausschließlich den Bibliothekaren gestattet, die entsprechenden Schriften einzusehen, für alle anderen Schreitenden sind sie tabu. Das ist sozusagen die Lehre, die der Turm aus dem Dunklen Aufstand gezogen hat. Er hält das Wissen jetzt geheim. Aber verlieren wir den Skulptor nicht aus den Augen: Er ist im Schlaf ermordet worden.«

»Er ist *ermordet* worden? Was war mit seiner Unsterblichkeit?«

»Wenn dir jemand ein Artefakt ins Herz bohrt, das schon während des Krieges der Kraft existierte, hilft dir selbst deine Unsterblichkeit nichts. Erinnerst du dich noch an den Pfeil, mit dem du die Schreitende ins Reich der Tiefe geschickt hast? Beim Skulptor kam eine ähnliche Waffe zum Einsatz. Sie tötet nicht nur den Körper, sondern auch die Seele. Der Funke erlischt im

Handumdrehen. Einen solchen Anschlag konnte nicht einmal der Skulptor überleben. Danach tötete man auch all seine Anhänger. Damit hatten die Gegner des Skulptors buchstäblich über Nacht die Macht an sich gerissen. Nun wollte niemand mehr etwas an der bisherigen magischen Ausbildung ändern. Der Preis für diese Sturheit war, dass viele Geheimnisse zusammen mit dem Skulptor ins Reich der Tiefe eingegangen sind. Darunter auch das der Wegblüten.«

»Und das ist die Wahrheit?«

Lahen sah mich streng an, bevor sie widerwillig zugab: »Ich weiß es nicht. So hat Ghinorha es mir zumindest erzählt. Warum fragst du? Erscheint dir die Geschichte unglaubwürdig?«

»Ja und nein. Du weißt, dass ich den Turm nicht besonders ins Herz geschlossen habe, aber dass er …«

»Die Schreitenden können auch hassen, fürchten und lügen. Und bei dieser Geschichte hat der Turm gelogen. Er hat alles darangesetzt, die Wahrheit über diese Ereignisse zu verschleiern – und das ist ihm ja auch gelungen, wie du zugeben musst.«

»Aber warum haben sie dann gleich einen unfehlbaren Heiligen aus dem Skulptor machen müssen?«

»Weil es Leute mit Verstand sind«, entgegnete Lahen grinsend. »Wenn sie schon lügen, dann richtig. Und das Ergebnis gibt ihnen recht. Alle, die den Funken in sich tragen, bekommen heute von klein auf die Legenden vom Skulptor eingetrichtert. Sie träumen davon, genauso zu werden wie er und den Turm und das Imperium zu verteidigen. Vor allem aber glauben sie, dass es nur einen einzigen richtigen Weg gibt, dieses Ziel zu erreichen. Der Skulptor ist eine Art Leuchtturm für sie, an dem sie sich orientieren – auch wenn er zu Lebzeiten für einen anderen Weg stand.«

»Aber was haben die Verdammten mit alldem zu tun?«, fragte ich und setzte mich ebenfalls auf den Boden.

»Dazu wollte ich gerade kommen. Nach dem Tod des Skulptors beruhigten sich die Gemüter wieder. Sicher, einige Schreitende überkam immer mal wieder der Wunsch, den verbotenen Weg einzuschlagen, doch sie scheiterten alle. Wer entsprechende

Experimente überlebte, wurde vom Turm getötet. Und diejenigen, die bereits während des Rituals starben, wurden verdammt. Auch damit hatte der Turm Erfolg. Nicht weit von hier gibt es ein Haus, das das Schwarze Haus genannt wird. Dort hat eine der Schreitenden versucht, sich einen Zugang zum Reich der Tiefe zu verschaffen. Seitdem wagt niemand mehr, dieses Haus zu betreten.«

Ich nickte. Von dem Schwarzen Haus konnte nur ein Tauber noch nicht gehört haben.

»Nach dem Tod des Skulptors setzte dann jene Phase ein, die als Großer Niedergang in die Geschichte eingegangen ist. Jede neue Generation war magisch schwächer als die vorausgegangene. Irgendwann konnte keine Rede mehr davon sein, dass die Schreitenden gleich ihren Vorfahren Berge versetzten und Meere austrockneten. Die großen Zauber waren in Vergessenheit geraten. Schließlich verlangte eine Gruppe vom Rat, man müsse das Wissen, die Kraft und den Einfluss von einst zurückerlangen. Ihrer Ansicht nach war dafür eine neue Magie notwendig. Diese Gruppe fürchtete, die Schreitenden würden auch noch ihre letzten Möglichkeiten einbüßen, wenn man nicht schnellstens etwas unternahm. Sie versicherten, es werde nur noch zwanzig, dreißig Generationen dauern, bis der Turm vollständig am Ende wäre. Die Gefahr dieses endgültigen Verlusts der Magie schien eine derart schreckliche Bedrohung zu sein, dass die Gruppe fest an ihren Erfolg glaubte. Sie wollte den Weg beschreiten, den vor ihnen schon der Skulptor genommen hatte, und die Schule im Regenbogental einer grundlegenden Neuerung unterziehen. Die neuen Schüler und Schülerinnen sollten in beiden Aspekten der Gabe unterwiesen werden. Sie wollten Weiß nicht in Schwarz, sondern in Grau verwandeln.«

»Und deshalb haben sie den Dunklen Aufstand angezettelt?«

»Nein. Anfangs glaubten sie, der Turm müsse sich ihrer Sichtweise einfach anschließen, wenn sie alle Gefahren, aber auch alle Perspektiven klar aufzeigten.«

»Wie naiv!«

»Nicht unbedingt. Die Lage war damals bereits derart verzweifelt, dass sie viel Unterstützung erhielten. Womit jedoch niemand gerechnet hatte, war, dass ausgerechnet zu diesem Zeitpunkt Soritha die neue Mutter wurde. Sie war für ihren Ehrgeiz ebenso bekannt wie für ihren Hass auf die Sdisser Nekromanten. Sie zog viele der Anhänger dieser Gruppe auf ihre Seite. Der Gruppe blieb damit nichts anderes übrig, als abzuwarten, bis die Unzufriedenheit mit Sorithas Macht den Turm aufwühlte. Das war allerdings erst zehn Jahre später der Fall.«

»Halt!«, unterbrach ich sie. »Die Verdammten schöpfen ihre Kraft doch aus dem Reich der Tiefe! Warum hast du ausgelassen, wie es dazu kommen konnte?«

»Weil ich dafür noch einmal ausholen müsste«, antwortete sie. »Aber gut. In den Gemächern, die früher dem Skulptor gehörten, lebte eine der Schreitenden, die dem Rat angehörte und mit großer Macht ausgestattet war. Ihr Name war Tsherkana. Sie hat einmal, vermutlich rein zufällig, ihre Gabe auf eine Wand angewendet, auf der die Darstellung eines Torbogens zu erkennen war. Du erinnerst dich doch an das Zeichen am Turmhelm des alten Meloth-Tempels? Das Symbol in seinen einstigen Gemächern war genauso. Es ist das persönliche Siegel des Skulptors, das die geheime Tür zu einem Versteck öffnet.«

»Und was hat Tsherkana entdeckt?«, fragte ich mit stockendem Herzen.

»Ein paar dreckige Wände. Doch sobald sie ihre Gabe einsetzte, traten Buchstaben auf ihnen hervor, die Beschreibung eines Zaubers. Nach dem Dunklen Aufstand haben die Schreitenden diese Kammer aufgespürt und – wie sie es sehen – unschädlich gemacht. Der Zauber diente nämlich der Aneignung des dunklen Funkens. Tsherkana hat das sofort begriffen. Und sie war ehrgeizig genug zu versuchen, sich diese Seite der Gabe anzueignen, über die sonst niemand mehr aus dem Turm gebot. Doch es gelang ihr nicht. Sie vermochte den dunklen Funken einfach nicht zu kontrollieren. Deshalb brauchte sie die Hilfe von jemandem, der die Besonderheiten dieses Zaubers möglicherweise begriff. Und wer versteht einen Heiler besser als ein anderer Heiler? Oder eine Heilerin?«

»Die Verdammte Lepra!«

»Völlig richtig, mein Liebster. Nur hieß sie damals noch Talki, war die engste Freundin von Tsherkana und mutig genug, den Versuch zu wagen. Zu zweit schafften sie es, den Zauber zu entwirren. Daraufhin machten sie sich daran, sich die neue Magie anzueignen. In aller Heimlichkeit natürlich. Allerdings kam damals ohnehin niemand auf die Idee, den Funken anderer zu überprüfen. Die beiden erzielten rasche Fortschritte. Sie brauchten nur etwas mehr als zwanzig Jahre, um echte Meisterinnen dieser neuen Kunst zu werden. Nach und nach zogen sie weitere Schreitende auf ihre Seite. Sie beobachteten ihre Mitmenschen, schätzten sie ein und prüften sie, und erst nach Monaten, mitunter auch erst nach Jahren boten sie einem Kandidaten oder einer Kandidatin die neue Kraft an. Und nicht ein einziges Mal unterlief ihnen bei ihrer Wahl ein Fehler. Alle, denen dieses Angebot gemacht wurde, willigten ein, die verbotene Magie zu erlernen. Sicher, jeweils aus ganz unterschiedlichen Gründen – doch die meisten erkannten, welche Möglichkeiten sich ihnen auftaten, wenn der dunkle Funke zu einem Faden mit dem lichten Funken verwoben wurde. Ihnen öffnete sich damit eine Tür, die in ein neues Zeitalter führte.«

»Du meinst: die ins Reich der Tiefe führte!«

»Red keinen Unsinn!«, fuhr mich Lahen an. »Bin ich deiner Meinung nach ein Wesen aus dem Reich der Tiefe?«

Sofort bereute ich meinen Ausbruch.

»Jetzt weißt du also, wie sich diese Gruppe den dunklen Funken angeeignet hat«, fuhr Lahen fort. »Damit können wir uns wieder Soritha zuwenden. Als sie Mutter wurde, saßen im Rat einige einflussreiche Schreitende, die über die neue Magie verfügten. Tsherkana, Talki, Ossa und Ghinorha kennst du dem Namen nach, hinzu kamen noch fünf weitere Ratsangehörige. Wie viele einfache Schreitende und Glimmende es ansonsten waren, weiß ich nicht, das hat mir Ghinorha nie erzählt. Aber es müssen wohl etliche gewesen sein, die sich die dunkle Kunst angeeignet hatten und mit der Politik des Turms nicht einverstanden waren, da sie meinten, er sei dem Untergang geweiht.«

»Und dann kam es, zehn Jahre nachdem die neue Mutter in ihr Amt eingeführt worden war, zum Aufstand?«

»Ja. Soritha war … bei vielen nicht sehr beliebt. Und sie hat einiges getan, was sie lieber unterlassen hätte. Politisch fragwürdige Schritte beispielsweise.« Lahen rieb sich das Ohrläppchen. »Andererseits verstand sie es, einige treue Gefolgsleute um sich zu scharen, vor allem diejenigen, die für die Ausbildung im Regenbogental verantwortlich waren. Das waren zu jener Zeit die Besten der Besten, die sich allen entgegenstellen konnten, die den dunklen Funken in sich trugen. Sie durfte man nicht unterschätzen. Und auch im Turm – warum das verhehlen? – hielten etliche an den alten Prinzipien fest. Am Tag des Aufstands begaben sich jedoch viele der Schreitenden und Glimmenden, die Soritha unterstützten, mithilfe der Wegblüten zur jährlichen Entlassungsfeier für die Absolventen ins Regenbogental. Dadurch gewannen die Aufständischen die Oberhand. Was dann geschah, ist seit Langem Geschichte. Aber auch hier gibt es viele Stimmen. Einige behaupten, das Gemetzel und Morden habe gleich angefangen. Andere versichern, die Verschwörer hätten zunächst keine Gewalt angewandt, sondern die anderen überzeugen wollen. Die Mutter habe sie jedoch nicht angehört. Doch wie auch immer – es kam zu schrecklichen Kämpfen. In der ganzen Hohen Stadt und auch in einigen anderen Teilen Alsgaras wurden magische Duelle ausgetragen. Der Turm hat wegen all der Kraft, die in ihm brodelte, angeblich gewinselt. Und der Stein soll an einigen Stellen geschmolzen und wie Wasser verströmt sein. Auf beiden Seiten gab es zahlreiche Tote, darunter Soritha, Tsherkana und Ossa. Der Rat löste sich auf, von ihm überlebten nur Ghinorha, Talki und Lejena, eine Schreitende, die Soritha unterstützte. Sie übernahm dann das Amt der Mutter. Am späten Abend dieses langen, blutigen Tages standen die Aufständischen kurz vor dem Sieg. Da traf jedoch überraschend Hilfe für den Turm ein. Kampfmagier. Niemand hätte vermutet, dass sie Alsgara so schnell erreichen würden, und zwar ohne die Wegblüten.«

»Ohne die Wegblüten?«, wiederholte ich fragend. »Aber wie

konnten sie dann innerhalb eines halben Tages aus dem Regenbogental hierherkommen?«

»Sie kamen nicht aus dem Regenbogental, sondern aus der Goldenen Mark. Jemand hat sie mit einem sogenannten Silberfenster gerufen. Sie waren es, die das Blatt im letzten Moment gewendet haben.«

»Trotzdem«, murmelte ich, »irgendwas stimmt da nicht.«

»Was meinst du?«

»Soritha hat doch die Wegblüten blockiert, sobald der Aufstand losbrach.«

»Stimmt.«

»Und genau das bereitet mir Kopfzerbrechen. Entweder muss Soritha wahnsinnig gewesen sein – oder diese Geschichte ist erstunken und erlogen.«

»Ich weiß immer noch nicht, worauf du hinauswillst.«

»Denk doch mal nach. Die Anhänger der Mutter begeben sich am Morgen zur Entlassungsfeier der Absolventen ins Regenbogental. Dort, also im Regenbogental, befinden sich die stärksten Magier und Magierinnen. Und sie alle unterstützen Soritha. Mit ihrer Hilfe hätte der Aufstand binnen weniger Stunden niedergeworfen werden können. Doch statt sie mit den Wegblüten nach Alsgara zu holen, verschüttet die Mutter diese Portale. Damit schneidet sie sich selbst von ihrer Unterstützung ab. Findest du das überzeugend?«

Mein Augenstern sah mich benommen an. »Ich muss … blind gewesen sein, dass mir das nie aufgefallen ist. Wirklich ein … seltsames Vorgehen.«

»Soritha war aber nach allem, was man hört, keine Närrin, sonst hätte sie die Blaue Flamme niemals zehn Jahre lang innegehabt. Deshalb kann ich mir einfach nicht vorstellen, dass sie die Portale zerstört hat. Das wäre ja, als hätte sie sich in einem brennenden Zimmer eingeschlossen.«

Lahen schwieg lange, ehe sie antwortete: »Es heißt, Soritha habe die Wegblüten blockiert. Das behauptet nicht nur der Turm, das hat mir auch Ghinorha erzählt. Sicher, es spräche viel dafür, dass die Aufständischen die Portale verschüttet haben.

Aber warum haben sie sie danach nie wieder reaktiviert? Merkwürdig … Doch dieses Geheimnis werden wir wohl nicht enthüllen. Lass mich dir lieber weiter vom Aufstand berichten.«

»Gut.«

»Bei Sonnenuntergang hatten die Verschwörer keine Kraft mehr, sich noch länger zu duellieren. Schon gar nicht mit frischen Kampfmagiern. Die Nacht verlangte noch mehr Opfer als der Tag. Der Turm erstrahlte in einem magischen Licht, das sogar noch vom anderen Ufer des Austernmeers zu sehen gewesen sein soll. Den Morgen des nächsten Tages erlebten nur acht der Aufständischen. Sie konnten Alsgara verlassen. Niemand verfolgte sie, denn diejenigen, die später als die Verdammten bekannt werden sollten, hatten bewiesen, dass sie ihr Leben teuer verkaufen würden. Da wollte man kein Risiko eingehen.«

»Was allerdings zur Folge hatte, dass es zum Krieg der Nekromanten kam und die Verdammten Tausende von Menschen umbrachten.«

»Aber doch nur, weil sie mit dem Rücken zur Wand standen. Glaub nicht, dass ich irgendwen rechtfertigen will«, fügte sie schnell hinzu, »ganz bestimmt nicht. Vieles weiß ich auch einfach nicht. Doch es kommt immer darauf an, aus welchem Blickwinkel du die Ereignisse betrachtest. Da kann dir jede Seite Gründe und Erklärungen für ihr Verhalten nennen. Und die Schreitenden haben nicht weniger Menschen getötet als die Verdammten. Die ganze Wahrheit werden wir wohl nie mehr erfahren.«

»Was wir allerdings sicher wissen, ist, dass der Weg ins Reich der Tiefe mit den besten Absichten gepflastert ist. Du bist aber immer noch nicht auf Ghinorha eingegangen …«

»Da gibt es nicht viel zu sagen. Sie ist nicht gestorben.«

»Bitte?!«

»Sieh mich nicht so an, als hätte ich den Verstand verloren. Das ist die Wahrheit.«

»Aber alle wissen, dass sie im Krieg der Nekromanten umkam!«

»Die Menschen glauben das, was sie glauben möchten. Vielleicht nimmst du mir nicht ab, was ich jetzt sage, aber Ghinorha hat sich immer gegen diesen Krieg ausgesprochen. Sie hat den anderen vorgeschlagen, sich weit in den Süden zurückzuziehen und dort eine eigene Schule aufzubauen. Die sich sowohl von der im Imperium als auch von der in Sdiss unterscheidet. Aber die anderen haben darauf bestanden, den Turm zu überzeugen und hier eine neue Magie durchzusetzen. Deshalb blieb Ghinorha nichts anderes übrig, als sich ihnen anzuschließen.«

»Und deshalb musste sie wohl auch anfangen zu morden«, knurrte ich. »Soweit ich weiß, wurde sie schon bald Geißel des Krieges genannt. Zusammen mit dem Verdammten Pest ist sie fast bis nach Korunn vorgedrungen und hat den halben Norden verheert.«

»Ich will wirklich niemanden reinwaschen, Ness. Was geschehen ist, ist geschehen. Vielleicht hat mich Ghinorha ja angelogen. Ich gebe dir nur wieder, was ich weiß. Als die Armee der Verdammten bei Bragun-San eine Niederlage erlitt und zur Treppe des Gehenkten zurückweichen musste, hat Ghinorha begriffen, dass sich ihr damit eine letzte Chance bot, aus diesem Spiel auszusteigen. Sie lockte einen Teil der feindlichen Truppen in Richtung Reinerwarr, um ihren Gefährten den Abzug zu ermöglichen. Die Soldaten des Imperiums brannten förmlich darauf, die Geißel des Krieges zu töten. Und auch die Schreitenden standen ihnen in ihrem Rachedurst in nichts nach. Ghinorhas Armee wurde verfolgt und an den Erlika-Sümpfen gestellt. Dort focht sie ihre letzte Schlacht. Angeblich hat der Himmel Feuer geweint, während sich die Erde tief mit Blut vollsog. Unzählige Soldaten des Imperiums starben – und sobald sie fielen, stockten sie als Untote die Truppen Leys, also des Verdammten Pest, auf, um gegen ihre einstigen Gefährten zu kämpfen.«

»Davon habe ich auch schon gehört«, sagte ich. »Aber trotzdem musste die Verdammte Cholera, ich meine Ghinorha, am Ende eine Niederlage einstecken.«

»Ja – doch gehörte diese zu ihrem Plan. Sie ist mit ihren Truppen immer weiter zurückgewichen. Wer nicht irgendwann in den Sümpfen untergegangen ist, wurde gefangen genommen und von den Siegern zum Tode verurteilt. Niemand, der an ihrer Seite gekämpft hat, überlebte diesen Tag. Sie jedoch hat ihren Tod nur vorgetäuscht.«

»Und wie ist ihr das gelungen?«

»Indem sie alle ausgetrickst hat. Du erinnerst dich an die Dabber Glatze?«

Wie sollte ich die vergessen haben? Die brennenden Häuser, die Schreie der eingekesselten Menschen, die Untoten, die in Horden durch die Straßen rannten, unsere Flucht, die nur mit knapper Not gelang ...

»Selbstverständlich«, sagte ich.

»Es geht um die zahllosen Untoten, die aufgetaucht sind, nachdem wir Thias Körper getötet hatten«, sagte Lahen. »Giss hat uns ja auch von den alten Legenden berichtet. Wenn sehr starke Schreitende oder Verdammte eines gewaltsamen Todes sterben, bleibt ein Teil ihrer Magie in dieser Welt zurück. Nach dem Tod von Schreitenden setzt ein heftiger Regen ein. Alsgara soll nach dem Dunklen Aufstand teilweise bis zu den Dächern im Wasser gestanden haben.«

»Und beim Tod einer Verdammten«, unterbrach ich sie, »kriegt man es mit Untoten zu tun. Nachdem Fieber und Cholera gestorben waren, sind der Erde Massen von Toten entstiegen ...«

»Und genau darauf hat Ghinorha gesetzt. Sie gaukelte ihren eigenen Tod vor, indem sie die magische Explosion nachahmte, die nach ihrem Dahinscheiden aus dieser Welt erfolgen musste. Das kostete sie ihre letzten Kräfte. Sie hat versucht mir zu erklären, wie sie das angestellt hat, aber das überstieg mein Begriffsvermögen. Dieser Zauber hat ein allzu kompliziertes Geflecht, das obendrein mit dem eigenen Funken verwoben ist. Ich glaube, außer ihr hätte ihn niemand wirken können.«

»Nicht einmal die Verdammte Lepra?«

»Nicht einmal sie. Ghinorha konnte improvisieren. Ihre Zauber stellten immer etwas Besonderes dar. Deswegen war meine Ausbildung auch kein Zuckerschlecken.«

»Und mit diesem Zauber hat sie dann sowohl die Schreitenden als auch die anderen sechs Verdammten überlistet? Die haben die magische Kraft gespürt, die Untoten gesehen – und alles ihrem Tod zugeschrieben?«

»Ganz genau.«

»Was hat Ghinorha dann gemacht? Sich fünfhundert Jahre in den Sümpfen versteckt?«

»Nein, dort ist sie nur vierzig Jahre geblieben. So lange brauchte sie, um ihre Kraft nach diesem Zauber wiederherzustellen. Wenn sie die Sümpfe jedoch verlassen hätte, ohne dass ihr ihre Gabe mehr oder weniger wieder in vollem Umfang zur Verfügung stand, wäre das viel zu gefährlich für sie gewesen. Sie hätte sich nicht verteidigen können, falls sie doch von jemandem erkannt worden wäre.«

»Und nach diesen vierzig Jahren?«

»Hat sie zunächst das Leben einer einfachen Frau geführt. Die Gegend um die Sümpfe herum ist bis auf den heutigen Tag eine schreckliche Ödnis. Es gibt nur wenige kleine Dörfer, und die liegen Dutzende von Leagues voneinander entfernt. Städte oder vielfach genutzte Straßen gibt es überhaupt nicht. Dort hat sie achtzig Jahre abgewartet, bis diejenigen gestorben waren, die sich noch an sie erinnern konnten. Nun wollte sie nach Grohan gehen. Aber das gelang ihr nicht. Auf halbem Weg musste sie umkehren.«

»Warum das?«

»Eben wegen jenes Zaubers. Je weiter sie sich von den Sümpfen entfernte, in denen sie ihn gewirkt hatte, desto schwächer brannte ihr Funke.«

»Sie hatte sich also gewissermaßen selbst an diesen Ort geschmiedet! Was wäre denn geschehen, wenn ihr Funke für immer erloschen wäre?«

»Dann wäre sie gestorben. Alle, die den Funken in sich tragen, sterben, sobald sich ihre Gabe auflöst. Deshalb blieb Ghinorha nichts anderes übrig, als sich in der Nähe der Erlika-Sümpfe anzusiedeln. Genauer gesagt in den Wäldern von Reinerwarr.«

Ein abgeschiedenes Fleckchen Erde. Das mit undurchdringlichem Dickicht, gefährlichen Wesen und ähnlichen Annehmlichkeiten aufwartete. Dort fände einen niemand, geschweige denn, dass einen in dieser Gegend jemand freiwillig suchen würde. Andererseits war Reinerwarr dicht genug an den Erlika-Sümpfen, sodass Ghinorha dort bis ans Ende der Zeiten hätte leben können.

»Doch selbst da verlor sie nun mit jedem Tag mehr Kraft«, fuhr Lahen fort. »Sie hatte alle täuschen können, indem sie ihren Tod vorgab, aber die Folge davon war verhängnisvoll. Mit jedem durchlebten Jahrzehnt fiel es ihr schwerer und schwerer, mit ihrer Gabe in Verbindung zu treten. Früher oder später würde ihr Funke erlöschen.«

»Sie hat eben Pech gehabt«, sagte ich, wobei ich allerdings kein Mitleid mit ihr empfand. Die Schlange hatte sich in ihrer Raffiniertheit in den eigenen Schwanz gebissen. »Zumindest hat sie lange genug gelebt, um dir zu begegnen. Wie ist es dazu gekommen?«

Lahen stand auf, strich sich über den blauen Rock und sagte, den Blick von mir abgewendet: »Das war ein Zufall. Ich habe in einem kleinen Dorf gelebt. Es war nicht so weit von Reinerwarr entfernt, wie wir es gern gewollt hätten, aber dafür wurden den Bauern keine Steuern abgeknöpft, wenn sie unbesiedeltes Land bearbeiteten. Dort war es zwar nicht durch und durch schlecht, aber es gab auch nur wenig Schönes. Meine Mutter hat mir und meinen Geschwistern verboten, uns weit vom Haus zu entfernen, denn der Wald war nah – und in ihm hausten nicht gerade die freundlichsten Gestalten.«

Ich hörte ihr zu, ohne sie auch nur einmal zu unterbrechen. Es war das erste Mal, dass Lahen überhaupt von ihrem früheren Leben und von ihrer Familie sprach. Bisher wusste ich nicht einmal, dass sie Geschwister hatte.

»Meine Gabe machte sich ziemlich früh bemerkbar. Damals war ich kaum ein Jahr alt. Natürlich verstand niemand von uns etwas von Magie. Das Schrecklichste von allem war, dass ich meinen Funken nicht kontrollieren konnte. Doch Meloth sei gepriesen, er loderte nur selten auf. Glücklicherweise war dann nie jemand außer meiner Familie in der Nähe. Als ich jedoch dreizehn Jahre alt wurde, glich das Auflodern bereits dem Ausbruch eines Vulkans. Und einmal sahen alle, *was* ich fertigbrachte.«

»Haben sie daraufhin eine Schreitende gerufen?«

»Wenn sie das getan hätten, wäre mein Leben vermutlich anders verlaufen.« Lahen verzog die Lippen zu einem bitteren Grinsen. »Dann wäre ich dir wohl auch nie begegnet. Nein, sie haben keine Schreitende gerufen. Und selbst wenn, so hätte diese wohl nicht fast hundert League zurückgelegt, nur um an diesen unwirtlichen Ort zu gelangen. Aus meiner Familie konnte auch niemand die beschwerliche Reise auf sich nehmen. Es hätte bedeutet, das Haus, die Familie und das unbestellte Feld rund zwei Monate allein zu lassen.«

»Soweit ich weiß, schreibt das Gesetz des Imperiums aber klar vor, dass man die Schreitenden benachrichtigen muss, wenn ein Kind magische Anlagen zeigt. Hat denn niemand die schwere Strafe gefürchtet, wenn das unterblieb?«

»In einem Dorf, in dem sich höchstens alle fünf Jahre einmal ein paar Soldaten blicken lassen? Ich bitte dich. Nein, wir waren alle seit Langem daran gewöhnt, die Dinge selbst zu regeln. Außerdem hat nie jemand verstanden, dass ich über die Gabe verfügte. Im Dorf hat man mich als Ausgeburt aus dem Reich der Tiefe geschmäht, mich aller Todsünden beschuldigt und den wilden Tieren zum Fraß vorgeworfen!«

Die letzten Worte schrie sie fast.

»Tut mir leid«, sagte ich und bedauerte, diese Frage überhaupt aufgeworfen zu haben. Ich stand nun ebenfalls auf und umarmte sie. »Ich hätte nicht …«

»Schon gut. Ich musste das alles einmal erzählen. Wenigstens einem Menschen«, flüsterte sie, während sie ihre Finger in meinen Oberarmen vergrub, bis es schmerzte. »Ich trage das schon viel zu lange mit mir herum. Willst du hören, wie es weiterging?«

»Ja. Haben sie dich verstoßen?«

»Meine Eltern?«, fragte sie zurück. »Nein, wo denkst du hin! Als die Bauern irgendwann bei uns zu Hause auftauchten, hat mein Vater verhindert, dass irgendjemand auch nur ein böses Wort gegen mich sagte. Daraufhin haben sie ihn getötet. Aus Furcht, nehme ich an. Und danach alle anderen. Meine Mutter und meine ältere Schwester. Und meinen kleinen Bruder. Noch heute frage ich mich, was er mit alldem zu tun hatte. Er war doch gerade erst auf die Welt gekommen! Als meine jüngere Schwester und ich flohen, haben sie uns ohne Mühe wieder geschnappt. Was sollten zwei kleine Mädchen auch schon gegen eine Horde wütender Kerle ausrichten? Litha haben sie sofort ermordet. Aber vor mir hatten sie Angst.« Ihre Stimme klang jetzt sehr hart. »Die Dorfältesten haben behauptet, nach meinem Tod würde ein Fluch aus dem Reich der Tiefe den ganzen Ort treffen.«

»Und was haben sie dann gemacht?«, fragte ich und hielt den Atem an, weil ich die Antwort fürchtete.

»Mich verprügelt«, antwortete sie ruhig. »Mir die Rippen und beide Arme gebrochen. Diese … Schweine, die mein Vater bis dahin für seine Freunde gehalten hatte. Ich erinnere mich noch undeutlich, wie sie mich in den Wald geschleift und an einem Baum aufgehängt haben. Irgendwann habe ich das Bewusstsein verloren. Als ich wieder zu mir kam, waren sie natürlich verschwunden. Dann bin ich erneut in Ohnmacht gefallen. Danach erinnere ich mich nur noch an tiefe Nacht. Mir tat alles weh, und ich hatte furchtbare Angst. Und ich wollte unbedingt etwas trinken. So hat mich Ghinorha, die meinen Funken gespürt hat, dann gefunden. Sie hat mir nicht nur das Leben gerettet, sondern mich auch ausgebildet. Natürlich erst, als ich mich etwas erholt hatte. Sie hat versucht, mir alles zu vermitteln, was sie wusste. Die nächsten Jahre eignete ich mir mitten im Herzen von Reinerwarr die magische Kunst an. Irgendwann erzählte mir Ghinorha auch, wer sie war, aber das interessierte mich nicht. Sie war jetzt die einzige Familie, die ich besaß. Und sie war meine Lehrerin. Ich hatte keine Angst vor ihr.«

»Ich hätte nie gedacht, dass sich eine Verdammte einer Waise annimmt.«

»Ganz so uneigennützig waren ihre Beweggründe nicht«, erklärte Lahen grinsend. »Sie hat niemals einen Hehl daraus gemacht, dass sie mich nur wegen meines Funken aufgenommen hat. Ihre Tage waren gezählt, und sie ertrug die Vorstellung einfach nicht, dass ihr Wissen und ihre Kenntnisse mit ihr untergehen würden. Ich wurde zu einem Gefäß für sie, in das sie all ihre Hoffnung gab, der Welt vielleicht doch noch eine Magierin mit der neuen Gabe zu hinterlassen. Sie träumte davon, dass meine Schüler irgendwann eine graue Schule aufbauen würden, in der beide Seiten der Gabe miteinander verwoben wären. Nur habe ich bisher noch nie einen Menschen mit einem freien Funken gefunden, den ich hätte ausbilden können …«

»Du hast doch gesagt, du hast dein Studium nicht beendet …«

»Stimmt.« Lahen befreite sich aus meinen Armen und trat vor das Portrait, das am weitesten von uns entfernt hing. Ich dagegen rührte mich nicht von der Stelle. »Sie hat mir alles gegeben, was in ihren Kräften stand. Und in den sechs Jahren, die ich mit ihr verbracht habe, habe ich weit mehr gelernt als die Schreitenden im Regenbogental in fünfzehn Jahren.«

»Trotzdem – warum hast du das Angefangene dann nicht zu Ende geführt?«

»Weil meine Lehrerin gestorben ist, als ich neunzehn war. Ihr Funke war einfach erloschen.«

»Das tut mir leid«, sagte ich – und es entsprach der Wahrheit.

»Schon gut«, erwiderte sie leise und sah weiter unverwandt das Bild an. »Wir beide wussten, dass es so enden würde. Nach Ghinorhas Tod war ich dann auf mich selbst gestellt. Ich habe Reinerwarr verlassen. Den Rest kennst du. Die Große Welt, Alsgara, du … Wahrscheinlich hätte ich dir all das schon viel früher erzählen sollen. Spätestens in Hundsgras, aber … wir hatten es so gut miteinander. Und ich hatte entsetzliche Angst, dass du mich nach diesem Gespräch …«

»Hör auf«, unterbrach ich sie leise. »Ich habe es schon einmal gesagt, aber ich wiederhole es gern: Ich habe nicht die Absicht, mich je von dir zu trennen.«

»Komm her«, bat sie. »Dann mache ich dich mit allen acht Verdammten bekannt. Die Bilder sind noch vor dem Dunklen

Aufstand entstanden. Ghinorha hat mir von sich und den anderen erzählt.«

Ich ging zum ersten Portrait. Eine junge Frau blickte mich an. In den braunen, mandelförmigen Augen spiegelte sich die Flamme einer Kerze. Die Nase war von ideal gerader Form, die Lippen voll. Die Haut schimmerte golden, zwei schwere schwarze Zöpfe wanden sich ihr in einer aufwendigen Frisur um den Kopf. Mit dieser Dame war ich schon einmal zusammengetroffen. Und hätte sie sogar beinahe ins Reich der Tiefe geschickt.

»Das ist Thia al'Lankarra, die Verdammte Typhus«, erklärte Lahen. »Die Schülerin und später auch die Mörderin von Soritha. Sie gehörte nicht von Anfang an zu den Verschwörern, doch Rethar, auch Fieber genannt, hat ihr beigebracht, den dunklen Funken zu beherrschen. Die beiden sind ein Paar gewesen. Obwohl sie in die Pläne der Aufständischen eingeweiht war, warnte sie die Mutter nicht. Als dann Mithipha und Rethar in den Saal mit den Schneeglöckchen stürmten, musste sie, die vielleicht nur zufällig anwesend war, ihre Entscheidung treffen. Soritha hat Mithipha ohne Mühe ausgeschaltet. Daraufhin ging Rethar zum Angriff über. Nun gab es für Thia kein Zögern mehr, und sie tötete die Mutter von hinten. Wenn Mithipha die Mutter umgebracht hätte, wer weiß, vielleicht wäre Thia dann nie so geworden, wie sie jetzt ist.«

»Dieses mistige Weibsstück!«, schnaubte ich, auch wenn mich ihr Verhalten nicht sonderlich empörte. An ihrer Stelle hätte ich genauso gehandelt. Denn nach allem, was ich wusste, war Soritha eine echte Natter und hatte nur bekommen, was sie verdient hatte: einen Schlag in den Rücken.

»Thia gilt als talentiert, gefährlich und nachtragend. Mitunter neigt sie zur Grausamkeit, aber im Grunde kann man mit ihr reden. Die anderen haben sie nicht allzu sehr gemocht, und ich glaube, sie hätten sich längst von ihr getrennt, hätten sie nicht fürchten müssen, in einem Kampf den Kürzeren zu ziehen. Sie gehört nämlich zu jener Art von Wölfinnen, die noch töten, selbst wenn sie bereits tödlich verletzt sind. Ich weiß nicht, warum sie Typhus heißt. Vielleicht hat sie sich diesen Namen ausgesucht, weil er dasselbe Initial hat wie ihr Vorname. Wir müssen sie jedenfalls fürchten wie niemanden sonst. Abgesehen von Ceyra Asani vielleicht.«

Das nächste Portrait stellte eine liebreizende junge Frau dar, die äußerlich eine Altersgenossin von Typhus war und den Maler verlegen anlächelte. Das prachtvolle schwarze Haar umrahmte die Augen eines von allen Wölfen dieser Welt gejagten Schafs. Auf den blassen Wangen leuchteten rote Flecken der Verlegenheit.

»Wer ist denn dieses scheue Kind?«, fragte ich.

»Dieses scheue Kind ist niemand anders als Mithipha Danami, die Verdammte Scharlach. Ihr hat, wie wir von Luk wissen, das Imperium den Besuch aus Sdiss zu verdanken. Bis zum Dunklen Aufstand war sie die Schülerin Talkis, der Verdammten Lepra, und hat nur getan, was diese ihr gesagt hat. Sie hat sich stets im Schatten ihrer Lehrerin gehalten. Von den Verdammten hat sie das geringste Potenzial. Während des Kriegs der Nekromanten ist sie nur einmal in Erscheinung getreten, als sie alle Zöglinge aus den untersten Klassen im Regenbogental getötet hat. Diese Tat, der Mord an den Kindern, hat ihr auch ihren Namen eingetragen: Scharlach, eben nach einer Kinderkrankheit.«

Jetzt kam mir die Frau schon nicht mehr so liebreizend vor.

»An den Kämpfen hat Mithipha praktisch nicht teilgenommen. Stattdessen hat sie vor allem Talki unterstützt und gegen allerlei Unliebsamkeiten abgeschirmt. Mit den anderen Verdammten stand sie kaum in Verbindung. Sie weiß selbst, dass sie recht schwach ist. Thia hasst sie inbrünstig und rührt sie nur deshalb nicht an, weil sie es dann mit Talki zu tun bekäme.«

»Und was ist der Grund für diesen Hass?«

»Soweit ich weiß, bekam Mithipha während des Krieges der Nekromanten Schwierigkeiten, als ihre Truppen Alsgara stürmen wollten. Thia und Rethar eilten ihr daraufhin zu Hilfe. Mit dem Ergebnis, dass die Schreitenden Rethar ins Reich der Tiefe schickten. Ohne Mithipha, da ist sich Thia ganz sicher, wäre Rethar jetzt noch am Leben.«

Unterdessen trat ich näher an das dritte Bild heran.

»Ein Nordländer?! Unter den Verdammten gibt es einen Nordländer?!«

»Erstaunlich, nicht wahr? In den Klanen kommt nur sehr selten jemand mit dem Funken auf die Welt. Also, darf ich vorstellen, Ley-ron, den die Verdammten aber immer nur Ley nennen. Er selbst hat für sich den Namen Pest gewählt.«

Ley war ein älterer, aber immer noch sehr kräftiger Mann. Sein Gesicht prägten ein breiter Unterkiefer, ein üppiger roter Schnauzbart und kurz geschnittenes Haar mit leicht grau melierten Schläfen. Unter dichten Brauen blitzten tief sitzende eisblaue Augen hervor. Die Hakennase, die an den Schnabel eines Greifen denken ließ, musste ihm einmal gebrochen worden sein, die Lippen waren so fest aufeinandergepresst, dass sie zu einer einzigen dünnen Linie verschmolzen.

»Vor dem Aufstand hieß er nur der Träger des Lichts. Im Turm war er der beste Erzieher der jungen Glimmenden. Ley hat viele Schüler ausgebildet, sie aber auch ohne zu zögern ins Reich der Tiefe geschickt, sobald sie sich gegen ihn stellten. Während der Schlacht um den Turm stürzte er aus einem Fenster im Ratssaal. Er fiel, wenn du so willst, vom Himmel auf die sündige Erde.«

»Wie konnte er das überleben?«

»Nur durch ein Wunder«, sagte Lahen. »Er hat sich lediglich ein Bein gebrochen, seitdem humpelt er deutlich. Selbst Talki konnte ihm mit all ihrem Wissen nicht helfen, die Knochen wieder richtig zusammenwachsen zu lassen. Allerdings habe ich den Verdacht, dass sie Ley aus Gründen, die nur sie kennt, auch gar nicht wirklich helfen wollte. Im Krieg der Nekromanten hat er an der Seite von Ghinorha gekämpft. Wenn einer ihrer Namen Geißel des Krieges war, dann machte er seinem Namen als Pest alle Ehre. Zumindest was die Armee des Imperiums anging. Ley ist unbarmherzig, berechnend und hochgefährlich. Für unsere Armee stellt er gegenwärtig die schlimmste Bedrohung dar.«

»Und wie ist Ley im Kampf?«

»Du meinst, ob er das Schwert zu führen weiß? Das kann ich dir nicht sagen. Aber ich glaube kaum, dass er viele Kämpfe ausficht, wenn er humpelt. Außerdem – warum sollte jemand zu einem Schwert greifen, wenn er Magie beherrscht? Nein, Ley ist ein unübertroffener Feldherr, der diesem Herrn hier, dem Verdammten Schwindsucht, in nichts nachsteht«, sagte sie und deutete mit einem Nicken auf das nächste Bild.

Ich blickte in ein edles, blasses Gesicht, mit einem akkurat gepflegten Vollbart und blondem Haar. Allein mit seiner Haltung brachte dieser Mann zum Ausdruck, wie sehr er seine Mitmenschen verachtete. Die arroganten Lippen schienen aller Welt zu verkünden, dass dieser Mann nur sich selbst liebte. Zudem lag in seinen Augen ein widerlicher Ausdruck. Ich hatte den Eindruck, vor einem offenen Grab zu stehen, in dem eine nicht allzu frische Leiche lag.

»Rowan Neho, der Verdammte Schwindsucht und jüngere Bruder von Rethar. Beide wurden von Ghinorha ausgebildet. Rowan ist ein meisterlicher Kämpfer, der nach allen möglichen Waffen schier verrückt ist. Er gilt als einer, der stets sein Wort hält, aber das ist vermutlich das einzig Gute, was man ihm nachsagen kann. Da er wirklich wahnsinnig zu sein scheint und leicht in Wut gerät, foltert er für sein Leben gern. Köpfe von Toten auf Piken, aufgeschlitzte Bäuche, gepfählte Leichen, abgeschnittene Finger und Körper, die in siedendes Öl geworfen werden – mit alldem musst du bei ihm rechnen. Obendrein hat er es in der Kunst, das Bewusstsein anderer umzuformen, zu wahrer Meisterschaft gebracht. Er bricht jeden Willen wie einen trockenen Ast.«

»Was für ein ausgesprochen angenehmer Zeitgenosse!«

»Ohne Frage. Ein echter Widerling. Ghinorha hat gesagt, gegen Ende des Kriegs der Nekromanten war er völlig außer Kontrolle geraten. Thia fürchtet ihn.«

»Hat sie ihn irgendwie gegen sich aufgebracht?«

»Angeblich hat Rowan seinen Bruder nicht nur auf brüderliche Weise geliebt. Ob Rethar das wusste, entzieht sich allerdings meiner Kenntnis. Als Rethar dann ein Auge auf Thia geworfen hat, ist Rowan sofort in Hass auf diese entbrannt. Da er sich mit seinem Bruder aber nicht überwerfen wollte, hat er nie ein Wort darüber verloren, was er von Thia hielt. Nach Rethars Tod änderte sich das jedoch, von da an trug er seinen Hass offen zur Schau. Wenn Thia glaubt, Mithipha treffe die Schuld an Rethars Tod, dann lastet Rowan ihn Thia an. In gewisser Weise hat er damit sogar recht, denn Rethar ist gestorben, um Thia das Leben zu retten.«

»Warum ist er ihr dann bisher nicht an die Gurgel gegangen?«

»Frag mich was Leichteres!«, erwiderte Lahen und wies auf das nächste Bild. »Das hier ist übrigens Rethar, der Verdammte Fieber. Die einzige Liebe im Leben von Thia.«

Äußerlich ähnelte er seinem jüngeren Bruder sehr. Der einzige Unterschied bestand darin, dass die Haare weiß und die Augen knallrot waren. Außerdem strahlte er weder Hochmut noch Verachtung aus, im Gegenteil, er hatte ein einnehmendes Lächeln. Die Feindseligkeit, die ich gespürt hatte, als ich das Portrait des Verdammten Schwindsucht betrachtet hatte, nahm ich bei ihm nicht wahr.

»Ghinorha hat mich oft damit aufgezogen, dass er viel talentierter und eifriger gewesen sei als ich«, erklärte Lahen. »Er hat sie stets unterstützt. Für die Verdammten bedeutete sein Tod den ersten großen Verlust. Wäre er noch am Leben gewesen, hätten sie Bragun-San vermutlich nehmen können.«

»Er war es doch, der alle aus der Stadt herausgebracht hat, als der Aufstand gescheitert war, oder?«

»Nein. Das ist eine dumme Legende. Das hat Ley getan, trotz seines gebrochenen Beins. Rethar hat die schwer verwundete Verdammte Blatter gerettet. Diese Dame hier.«

Als ich das Gemälde betrachtete, stieß ich einen begeisterten Pfiff aus. »Oho!«

Zu sagen, diese Frau sei schön, hieße nichts zu sagen. Sie war überwältigend. Ein unbeschreibliches Gesicht. So müssen die Gattinnen der ersten Imperatoren ausgesehen haben. Für eine solche Frau könnte jeder Mann zum Mörder werden, einer solchen Frau will er die Welt zu Füßen legen.

»Mach den Mund zu, sonst trocknet er aus, mein Liebster«, riet mir Lahen. »Diese Schönheit ist längst nicht mehr so schön.«

Um ihren Hals hing ein Collier mit einem Falken, dem Wappen der Imperatorfamilie.

»Ah, du hast die Kette bemerkt? Richtig, vor dir siehst du eine Cousine des damaligen Imperators. Sie stammt aus einer alten Adelsfamilie. Nach dem Aufstand hat man natürlich alles darangesetzt, diesen Umstand unter den Teppich zu kehren. Wozu auch das einfache Volk damit behelligen, dass eine Verwandte des Herrschers den Verdammten angehörte? Alenari rey Vallions Schönheit war legendär. Während des Aufstands ist ihr allerdings ein kleines Missgeschick widerfahren. Einer der Schreitenden ist es gelungen, ihr Gesicht fürchterlich zu entstellen. Ghinorha hat gesagt, der Anblick sei jetzt äußerst unappetitlich. Talki konnte ihr nicht helfen. Die schrecklichen Narben sind für immer geblieben. Heute trägt Alenari stets eine silberne Maske vor dem Gesicht, hasst alle schönen Frauen und zerschlägt jeden Spiegel, der ihr in die Hände fällt. Sie ist zwar nicht ganz so grausam wie Rowan, aber trotzdem solltest du besser nicht mit ihr aneinandergeraten. Mitleid und die Verdammte Blatter, das sind zwei Schuhe, die nicht zusammenpassen. Von Kämpfen und Gefechten versteht sie weit mehr als Frauen sonst und kann sich in diesem Bereich durchaus mit Ley und Rowan messen. Wahrscheinlich macht sich da die Adlige in ihr bemerkbar: Du musst sie dir so vorstellen, dass sie auf der Laute spielt, stickt – und dabei den Sturm auf eine Festung plant.«

Es blieben noch zwei Portraits.

Das erste zeigte eine Frau von etwa fünfunddreißig Jahren. Das kupferrote Haar war kurz geschnitten und stand hier und da ab. Der lange Pony fiel ihr über die grünen, spöttischen Augen, die kecke Nase sprenkelten Sommersprossen, die Wangen zierten Grübchen. Sie lächelte mich vom Bild aus freundlich an und schien kurz davor, in schallendes Gelächter auszubrechen.

»Ich hätte sie wirklich gern einmal so heiter, sorglos und … jung erlebt«, flüsterte Lahen mit überraschender Zärtlichkeit. »Das ist Ghinorha, meine Lehrerin.«

Fassungslos starrte ich die Verdammte Cholera an: Die Frau auf dem Bild glich in keiner Weise dem Monster, als das sie der Volksmund darstellte.

»Sie hatte von allen den sehnlichsten Wunsch, eine neue Schule aufzubauen und die jahrhundertealte Feindschaft zwischen den Adepten des dunklen und des hellen Funkens zu überwinden. Zu schade, dass ihr das nicht geglückt ist.«

»Es heißt, sie soll sich recht gut mit Soritha verstanden haben?«

»Das stimmt. Ghinorha Railey war eine gute Freundin der Mutter, obwohl mir bis heute schleierhaft ist, wie sie sich mit diesem Dreckstück einlassen konnte. Bis zum Schluss hat sie versucht, Soritha von der Notwendigkeit zu überzeugen, beide Aspekte der Gabe zu lehren. Aber all ihre Bemühungen waren vergeblich.«

»Und dann brach der Aufstand los.«

»Ja. Er schien den Verdammten die einzige Möglichkeit zu sein, ihr Ziel doch noch zu erreichen.«

»Und auf dem letzten Bild, das ist Lepra, oder?«

»Richtig.«

Lepra war schon weit über sechzig. Die grauen Haare trug sie zu einem Zopf zusammengefasst, die blauen Augen blickten trübe aus einem vollen, gutmütigen Gesicht, das von Falten gegerbt war. An dem breiten Kinn hing die Haut in Falten herunter, während die blassen Lippen ein Lächeln umspielte. Kurz und gut, eine freundliche Alte, wie sie im Buche steht.

»Die Heilerin Talki Atruni dürfte heute wohl die einflussreichste der sechs Verdammten sein. Sie war damals die zweitstärkste Magierin im Rat und eine der erfahrensten Magierinnen in der Geschichte des Turms. Wenn Soritha nicht gewesen wäre, dann wäre mit Sicherheit sie Mutter geworden. Seit dem Tod Ghinorhas gilt sie als das ungekrönte Haupt unter den einstigen Aufständischen. Die anderen fünf haben stets etwas auf ihre Meinung gegeben, in allen entscheidenden Fragen hat sie das letzte Wort. Lass dich nicht von ihrem gutmütigen Äußeren täuschen, denn sie ist diejenige, die im Hintergrund die Fäden zieht. Sie ist unbarmherzig, tückisch wie eine Giftnatter und wendig wie eine Katze. Talki führt eine Sache immer zu Ende und geht, wenn nötig, über Leichen.«

Das ohne Frage. Im Imperium erinnerten sich immer noch alle mit Schaudern an die Seuchen, die sie während des Kriegs der Nekromanten heraufbeschworen hatte. Ihretwegen war der halbe Südwesten entvölkert und ein Teil der Imperatorfamilie im Laufe weniger Tage an Lepra gestorben.

»Eine interessante Gesellschaft«, sagte ich, als ich noch einmal an den Portraits vorbeiging und neben Ghinorha stehen blieb. »Danke, dass du mir von ihnen erzählt hast. Das meine ich vollkommen ernst. Es kommt mir vor, als hätte ich viele Dinge erst jetzt begriffen.«

»Mir ist es genauso ergangen«, sagte Lahen und fasste mich fest bei der Hand. »Man kann immer alles in der Weise darstellen, die einem beliebt. Doch bei allem, was diese Menschen angerichtet haben … sie verdienen es nicht, dass man sich nur als grausame Mörder und Mörderinnen an sie erinnert. In vielen Dingen sind die Schreitenden nämlich keinen Deut besser als sie.«

»Was meinst du, warum sind die Verdammten jetzt zurückgekommen? Nach all den Jahren?«

»Um ihr Werk zu vollenden, nehme ich an. Um den Turm und die Schreitenden zu vernichten und eine neue Magie zu schaffen. Und wohl auch, um in ihr altes Land zurückzukehren. Bragun-San dürfte ihnen eine Lehre gewesen sein. Sie haben abgewartet, bis sie mit keinem ernsthaften Widerstand mehr rechnen mussten. Der Turm hat derart viel vergessen, dass er diesen Sechs kaum noch etwas entgegenzusetzen hat. Die Fehler von einst werden heute seinen Untergang bedeuten.«

»Würden die Verdammten wirklich Tausende von Menschen umbringen, nur um eine neue Form der Magie durchzusetzen?«

»Aber selbstverständlich!«, schnaubte Lahen. »Die Magie ist das kostbarste Gut auf Erden für sie. Wenn sie jetzt nichts unternehmen, wird es bald für immer zu spät sein, das wissen sie genau. Jede neue Generation zeigt einen schwächeren Funken.

Irgendwann wird er ganz verlöschen. Und dann verliert unsere Welt unwiderruflich jede Form von Magie. Dann wird es niemanden mehr geben, den man noch ausbilden könnte. So betrachtet, haben sich diese Sechs also ein hehres Ziel gesteckt. Der Preis Tausender von Menschenleben wird sie nicht davon abhalten, alles daranzusetzen, es zu erreichen.«

Jetzt wäre es an mir gewesen zu schnauben. Die waren doch krank! Völlig verrückt mit ihrer Magie! Millionen von Menschen leben ohne den Funken und sind damit glücklich und zufrieden. Aber, wie gesagt: es *wäre*. Denn Lahen konnte ohne Magie eben nicht leben.

»Werden die uns nicht allmählich suchen?«, fragte ich und sah zum Fenster hinaus. Dem Stand der Sonne nach hatten wir hier bestimmt schon mehr als eine Stunde zugebracht. »Lass uns wieder auf unser Zimmer gehen.«

»Du hast recht«, sagte sie und warf einen letzten Blick auf das Portrait von Ghinorha. Dann ließ sie meine Hand los und ging zu dem kleinen Tisch, auf dem der Handschuh lag. »Aber vorher möchte ich, dass du noch etwas erfährst. Nachdem Ghinorha gestorben und ich auf mich allein gestellt war, habe ich meinem Heimatdorf einen letzten Besuch abgestattet … Ich hatte nichts vergessen und nichts verziehen … Sie haben ihre Strafe bekommen, selbst wenn die meisten nicht einmal verstanden, wofür sie bezahlen mussten. Mein neues Leben begann mit dem Tod. Dafür werde *ich* wohl eines Tages bezahlen müssen. Und ich fürchte, dieser Tag rückt immer näher.«

»Ich würde nie zulassen, dass dir etwas geschieht.«

»Das dürfte wohl kaum in deiner Macht liegen. In meiner übrigens auch nicht … Hier ist es kalt. Gehen wir.«

Während ich Lahen durch den Saal der Mütter folgte, wurde mir einmal mehr bewusst, dass ich sie mehr liebte als mein eigenes Leben. Ich würde alles dafür tun, dass ihr niemals etwas geschah.

Und sei es, dass ich dafür meine Seele dem Reich der Tiefe überantwortete.

Kapitel 8

»Was ist, mein Kleiner? Ist der reiche Onkel gestorben, sodass du jetzt sein Erbe antrittst?«, fragte ich Shen mit finsterer Miene, als dieser strahlend wie ein frisch geprägter Soren unser Zimmer betrat.

»Du bist ja wieder ganz der Alte!«, erwiderte Shen, behielt sein Lächeln aber bei. Offenbar konnte ihm heute nichts die Laune verderben. »Ich freue mich einfach, euch zu sehen.«

»Mir kommen gleich die Tränen«, knurrte ich. »Was willst du?«

»Die Ratssitzung ist gerade zu Ende gegangen. Er hat ein Urteil in eurer Angelegenheit gefällt.«

Obwohl mir das Herz stockte, ließ ich mir äußerlich nichts anmerken. »Dann ist mir deine Freude natürlich durchaus verständlich. Was ist, sollst du uns auf der Stelle zum Henker führen?«

»Warum bist du eigentlich so schlecht auf mich zu sprechen?«, fragte er ehrlich erstaunt.

»Wenn ich auf jemanden schlecht zu sprechen bin, dann auf mich. Weil ich dir nicht das Licht ausgeblasen habe, als ich die Gelegenheit dazu hatte. Das tut mir heute noch leid.«

»Wenn du es noch einmal versuchen willst, bitte, tu dir keinen Zwang an.«

»Damit mir die Haut bei lebendigem Leibe abgezogen wird, weil ich Ceyra Asanis Liebling in die Glücklichen Gärten geschickt habe? Nein danke, da warte ich lieber auf eine günstigere Gelegenheit. Was hat der Rat entschieden?«

»Das wird euch die Mutter selbst sagen. Also kommt mit.«

Wortlos folgten Lahen und ich ihm.

»Wo seid ihr heute gewesen?«, durchbrach Shen das Schweigen.

»Im Saal der Verdammten«, antwortete Lahen.

»Hast du Ness Ghinorha gezeigt?«

»Anscheinend bist du bereits über alles im Bilde.«

»Immerhin bin ich der Schüler der Mutter«, erwiderte Shen gelassen. »Sie hielt es für richtig, mich davon in Kenntnis zu setzen. Ich … bin beeindruckt. Das ist mein voller Ernst. Ich habe zwar in Hundsgras miterlebt, was du mit einem Hilss anstellst, aber dass hinter deinem Können eine der Verdammten steht … Du bist genau die Schatzkiste an Wissen, die der Turm jetzt so dringend braucht.«

»Und wenn meine ganze Geschichte erlogen ist? Habt ihr darüber schon einmal nachgedacht?«

»Wenn du gelogen haben solltest, wäret ihr beide längst tot«, stellte er klar.

»Wer weiß noch von der Verbindung zwischen mir und Ghinorha?«

»Außer mir und der Mutter niemand«, antwortete Shen. »Das ist die Wahrheit.«

Alles klar. Sie wollten im Turm keinen Sturm entfachen. Mein Augenstern stellte für Ceyra Asani einen viel zu verlockenden Happen dar, als dass sie ihn mit den anderen Schreitenden teilen wollte. Lahens Wissen bedeutete nicht nur Kraft, sondern verhieß auch gewaltige Macht. Und die wollte sich die alte Schlange unter den Nagel reißen.

»Ich verlasse euch hier«, sagte Shen an der nächsten Treppe. »Geht hier rauf, dann kommt ihr zum Eingang in den Ratssaal.«

»Das glaube ich einfach nicht!«, rief ich aus. »Willst du dir dieses Vergnügen wirklich entgehen lassen? Willst du gar nicht von uns Abschied nehmen? Schließlich siehst du uns womöglich zum letzten Mal in deinem Leben.«

»Ihr beide überlebt mich mit Sicherheit«, schnaubte er – und zum ersten Mal sah ich in seinen Augen echte Verblüffung, nicht diesen gekünstelten Spott. »Leider habe ich noch etwas zu erledigen. Aber ich würde euch raten, gründlich nachzudenken, bevor ihr auf die Fragen der Mutter antwortet. Und die richtige Entscheidung zu treffen. Denn von dem, was ihr gleich sagen werdet, hängt euer Schicksal ab. Wir sehen uns noch. Hoffe ich zumindest.«

Nach diesen Worten zog er sich zurück und verschwand rasch hinter der Biegung des Gangs.

»Anscheinend zeigt er für unsere Zukunft echtes Interesse«, bemerkte Lahen nachdenklich. »Weshalb wohl?«

»Sein Gewissen rührt sich«, vermutete ich. »Schließlich hat er dafür gesorgt, dass uns die Schreitenden in die Klauen bekommen.«

»Da hat er nur getan, was man von ihm verlangt hat.«

»Habe ich das geträumt, oder hast du nicht vor Kurzem noch versprochen, es diesem Miststück zu zeigen?«, fragte ich. »Hat sich seitdem vielleicht irgendetwas verändert, von dem ich nichts weiß?«

»Nein, das hat es nicht. Aber Shen ist gar nicht so schlecht, wie es auf den ersten Blick scheint.«

»Also hör mal«, empörte ich mich, »du kannst doch nicht allen Ernstes verlangen, dass ich ihn in mein Herz schließe, nachdem er uns diese Suppe eingebrockt hat?! Ohne Shen wären wir schließlich längst in der Goldenen Mark. Nein, wenn du mich fragst, ist er ein Furunkel am Hintern, das uns direkt ins Grab bringt.«

»Wie originell!«, höhnte Lahen und hakte sich bei mir unter. »Aber lass uns zu einem anderen Zeitpunkt über den guten Shen sprechen. Jetzt würde ich zu gern erfahren, welche Entscheidung der Rat getroffen hat und was Ceyra Asani für unser Leben verlangt – sollte sie uns überhaupt am Leben lassen.«

»Warum lodert auf den Händen der Mutter eigentlich diese Blaue Flamme?«, fragte ich Lahen, während wir die Treppe hinaufstiegen.

»Das ist ihr Erkennungszeichen. Hast du die Handschuhe

gesehen? Sie verbergen die schrecklichen Verbrennungen der Haut. Es hat nun einmal alles seinen Preis, auch die Macht. Die Mutter muss deshalb als Oberhaupt des Turms und als Vorsitzende des Rats ihr Leben lang diese Handschuhe tragen. Sie sind der einzige Schutz gegen die Schmerzen, die die Blaue Flamme verursacht. Nicht einmal ein Heiler könnte sie sonst lindern.«

»Ist diese Blaue Flamme denn ein echtes Feuer?«

»Nein. Sie steht lediglich für die lichte Kraft, vergrößert die Möglichkeiten seiner Trägerin aber um ein Zehnfaches. Die Blaue Flamme – oder vielmehr die Handschuhe – stellt ein Artefakt dar, das bereits tausend Jahre alt ist.«

»Das heißt, eine Schreitende wird mit dieser Flamme noch mächtiger, als sie vor ihrer Ernennung zur Mutter war?«

»Ja. Du musst es dir so vorstellen, dass die Blaue Flamme wie eine Gruppe von Glimmenden wirkt, die unablässig ihre Kraft mit der Mutter teilen. Deshalb kann es selbst die schwächste Schreitende mit ihren erfahrensten Schwestern aufnehmen, sobald ihr die Handschuhe übergestreift werden. Und eine herausragende Schreitende dürfte es dann vermutlich sogar mit den Verdammten aufnehmen können. Deshalb gieren einige ja auch so nach dem Posten der Mutter. Sie reizt weniger die Verehrung, die ihnen in diesem Amt entgegengebracht wird, als dieser überhell lodernde Funke. Sie lassen sich nicht einmal davon abschrecken, dass ihre Hände nach dem Ritual der Amtseinführung nur noch zwei verkohlte Holzscheite darstellen.«

»Was ist mit Ceyra Asani? Wie mächtig war sie, bevor sie Mutter wurde?«

»Sie hat die Schule im Regenbogental geleitet, und das besagt schon einiges. Mit der Blauen Flamme dürfte sie Rowan und Mithipha, also den Verdammten Schwindsucht und Scharlach, wohl ebenbürtig sein – und auch gegen die anderen vier nicht allzu schlecht dastehen.«

»Ist es möglich, ihr dieses Artefakt … abzunehmen?«

»Nur nach ihrem Tod und wenn es bereits eine Nachfolgerin gibt, die von der Mehrheit des Rats eingesetzt wurde.«

Die Gardisten und Glimmenden an der Tür zum Ratssaal ließen uns wortlos eintreten. Ceyra trug die gleiche Kleidung wie beim letzten Mal und studierte eine riesige Karte, die an der Wand hing. Sie war sehr genau – und merkwürdig. Aber erst nach einer Weile begriff ich, was sie von anderen Karten unterschied.

Sie war magisch.

Sobald man den Blick fest auf einen bestimmten Ausschnitt richtete, belebte sich dieser: Der Fluss strömte zum Meer, die Bäume wogten im Wind, die Wolken zogen über das Land dahin, es regnete … Nur Menschen und Tiere sah man nicht.

»Das solltest du besser unterlassen, Grauer«, sagte die Mutter und wandte sich zu uns um. »Andernfalls bezahlst du für deine Neugier mit Kopfschmerzen. Dieser Zauber saugt nämlich die Lebenskräfte von allen auf, die keinen Funken besitzen. Also lass mich lieber das Auge des Imperiums steuern. Setzt euch. Shen hat euch gesagt, dass der Rat eine Entscheidung getroffen hat?«, fragte sie, während sie unsere Gesichter mit kaltem Blick abtastete.

»Ja, Herrin«, antwortete Lahen.

Die Flamme tanzte auf Ceyras Händen, und wie beim letzten Mal erzitterten die Wände des Saals, zerflossen und nahmen ihre bisherige Form wieder an. Jetzt würde kein Wort von dem, was hier gesprochen wurde, an fremde Ohre dringen.

»Ich will nicht um den heißen Brei herumreden. Man hat euch einstimmig des Mordes an Salia für schuldig befunden.«

Ich hatte mir fest vorgenommen, mich zur Wehr zu setzen, Was auch immer die verrückten Hühner entschieden haben mochten, ich würde nicht zulassen, dass sie Lahens Funken löschten und uns abschlachteten wie Hammel.

»Des Weiteren wurdet ihr des Mordes an einem ehrwürdigen Einwohner Alsgaras, dem Bürger Yokh, für schuldig befunden. Zudem wird dir, Lahen, zur Last gelegt, dem Turm deinen Funken verschwiegen und dir Magie angeeignet zu haben, ohne je die Schule im Regenbogental besucht zu haben. Die Aufzählung weiterer Verbrechen darf ich mir wohl sparen, denn ihr wisst selbst nur zu gut, was ihr getan habt.« Die blutleeren Lippen

Ceyras verzogen sich kurz zu einem Lächeln. »Selbst die geringste der Taten, die man euch vorwirft, würde ausreichen, euch an den Galgen zu bringen. Und das wäre noch milde. Kommen wir also zu dem, was der Rat über euer Schicksal beschlossen hat. Im Turm gab es vier Stimmen, die sich dafür eingesetzt haben, euch am Leben zu lassen. Auch sie sind dem Rat zu Ohren gekommen beziehungsweise wurden teilweise von Angehörigen des Rates selbst vorgebracht. Zu euren Fürsprechern zählen der Magister Giss, der Heiler Shen, die bisherige Ratssekretärin und nunmehrige Leiterin der Schule im Regenbogental Herrin Irla und ich. Der Rat ist nach einer anstrengenden Sitzung schließlich der Bitte der Herrin Irla nachgekommen, ich selbst möge das Urteil über euch fällen. Habt ihr mir etwas zu sagen, bevor ich es verkünde?«

»O ja, Herrin, ich habe etwas zu sagen. Ich möchte Euch bitten, dieses Geschwätz zu beenden und zu der Sache zu kommen, um deretwillen Ihr uns hierher gebeten habt«, knurrte ich. »Denn wenn Ihr uns hättet umbringen wollen, dann wären wir ja wohl längst tot. Oder gehe ich in dieser Annahme fehl?«

»Was für ein Ton!«, erwiderte die Mutter, allerdings ohne Entrüstung oder Verärgerung in der Stimme. »Aber gut. Ihr habt zwei Möglichkeiten. Die erste: Du wirst der städtischen Gerichtsbarkeit überantwortet. Seit dem Mord an Yokh dürstet der Statthalter nach Blut, denn wegen deiner lächerlichen Rache hat er eine vorzügliche Einnahmequelle eingebüßt. Was dann mit dir geschieht, lässt sich nur schwer voraussagen. Vielleicht teeren und federn sie dich und zwingen dich, über die Straße des Statthalters durch halb Alsgara zu rennen. Meine Hand würde ich dafür aber nicht ins Feuer legen. Genauso gut könnte man dich nämlich vierteilen. Was deine begabte Frau angeht … Es würde mich nicht wundern, wenn man ihren Funken erstickte. Glaub mir, das wäre eine wesentlich schlimmere Strafe für sie als der Tod. Dabei würde sie zwar nicht sterben – dafür würden wir Schreitenden schon sorgen –, aber sie würde nie wieder einen Fuß vor die Schwelle des Turms setzen.«

»Wunderbar. Könnten wir jetzt die andere Variante erfahren?«

»Aber gern«, erklärte Ceyra mit einem Lächeln, das mir gar nicht gefiel. »Die zweite Variante sieht vor, dass ihr dem Turm und eurem Land einen Dienst erweist. Im Gegenzug dafür gestaltet sich euer Schicksal nicht ganz so bitter, wie ihr es eigentlich verdient hättet.«

»Wollt Ihr mir etwa weismachen, die ach so mächtigen Schreitenden seien auf die Hilfe von nichtsnutzigen und unbedeutenden Menschen wie uns angewiesen?«

»Zügle deine Zunge, Lahen!«, verlangte Ceyra wütend. »Sonst endet unser Gespräch, bevor es überhaupt angefangen hat.«

»Sollen wir dem Turm helfen oder … Euch?«, fragte ich geradeheraus. Da sie uns bisher nicht für unseren Ton bestraft hatte, würde sie es jetzt sicher auch nicht tun.

Sie bedachte mich mit einem kalten Blick und legte die Fingerspitzen aneinander. »Es wird Zeit, dass ihr in eurem unwürdigen Leben wenigstens eine gute Tat vollbringt«, erklärte sie.

Die beste Tat meines Lebens, schoss es mir durch den Kopf, wäre, dich umzubringen, du alte Vettel.

»Also, was wollt Ihr von uns?«

»Von dir gar nichts«, erklärte die Mutter unumwunden. »Du bist für uns nicht mehr als ein nutzloses Anhängsel Lahens. Wenn du am Leben bleibst, dann einzig deshalb, weil deine Frau über deinen Tod derart verzweifelt wäre, dass sie sich nicht mehr so zugänglich zeigte wie jetzt. Also halte den Mund und höre zu. Oder auch nicht, das ist mir völlig einerlei. Und nun zu dir, Lahen. Von dir möchte ich Verschiedenes. Lass dir aber eins von vornherein gesagt sein, um jegliche Zweifel an meiner Entschlossenheit auszuräumen: Solltest du dich zu irgendwelchen Dummheiten hinreißen lassen, bringe ich deinen Mann auf der Stelle um. Also, ich will von dir wissen, wie die Verdammten auszuschalten sind.«

Und ich will wissen, wie ich zum Mond fliegen kann, äffte ich sie in Gedanken nach. Aber aus irgendeinem Grund verrät mir das niemand.

»Das hat Ghinorha mir nicht verraten.«

»Stell dich bitte nicht dümmer, als du bist. Sie hat dir etwas beigebracht, ohne dich zu fragen, ob du dieses Wissen begehrst, ja mehr noch, ohne dass du dich überhaupt daran erinnerst, über dieses Wissen zu verfügen. Das habe ich dir bereits erklärt. In deinem Funken ist eine bestimmte Abfolge von Handlungen eingeschrieben, die bei einer Begegnung mit einer Verdammten ausgelöst wird. Vermutlich unter sehr genau festgelegten Bedingungen. Der Kampf gegen die Verdammte Typhus hat das bewiesen. Du kannst mir hundertmal versichern, der Sieg über sie sei Shen zu verdanken – das ist Mumpitz. In *dir* ist eine Armbrust versteckt, die bei einer Begegnung mit einer oder einem Verdammten einen Schuss abgeben kann, und zwar unabhängig davon, ob du das selbst willst oder nicht. Damit bist du ein Geschenk des Schicksals, ein Stilett in unserem Ärmel – von dem die Verdammten nicht einmal die geringste Ahnung haben.«

»Gewiss, mir fehlen gewisse Kenntnisse in der magischen Kunst. Dennoch zweifle ich an Euren Worten. Der Sieg über Thia hing in keiner Weise von mir ab. Sie hat einfach nicht damit gerechnet, einem Heiler gegenüberzustehen. Er war es, der seine Magie durch den Hilss geleitet und Thia auf diese Weise getötet hat. Und zwar ohne meine Hilfe. Jede Mutmaßung darüber, dass in meinen Funken ein Zauber oder – wie Ihr es nennt – eine Armbrust eingewoben ist, die bei einer Begegnung mit den Verdammten einen Schuss abgibt, muss ich daher ins Reich der Phantasie verweisen. Und was wäre, wenn Ihr Euch irrtet? Wenn ich, nur einmal angenommen, der Verdammten Blatter begegnete – und diese Armbrust keinen Schuss abgäbe?«

»Dann würdest du sterben«, antwortete die Mutter mit einem bezaubernden Lächeln. »Was freilich nicht in meinem Interesse läge. Aber du sollst ja auch nicht ausziehen und Verdammte suchen! Was für eine absurde Vorstellung! Der Turm würde niemals eine unausgebildete Magierin und einen gewöhnlichen Gijan ausschicken, um diese Feinde zu jagen, die wir selbst in fünf Jahrhunderten nicht haben töten können! Denn Armbrust hin oder her – du brauchst auch eine gute Portion Glück dazu. Das hattest du, als du Typhus gegenüberstandest. Aber wenn du die Verdammten offen herausfordern würdest, dann würde dich sogar Scharlach in Staub verwandeln. Deshalb ist mein Vorschlag wesentlich unspektakulärer: Ihr sollt eine Reise unternehmen.«

»Wohin?«

»Ins Regenbogental. Doch bevor wir die Details abstimmen, würde ich gern wissen, welche der beiden Varianten ihr wählt.«

»Als ob wir eine Wahl hätten!«, knurrte ich.

»Oh, ich hege nicht die geringsten Zweifel, wie ihr euch entscheidet«, fuhr Ceyra fort, um sich dann wieder Lahen zuzuwenden. »Leider bin ich nicht imstande, mich deiner anzunehmen. Obendrein – warum das verhehlen? – ist die Theorie der in den Funken eingewobenen Zauber nicht gerade mein Steckenpferd. Um sie zu entschlüsseln, ist eine besondere Gabe vonnöten. Über ebendiese verfügt Alia Maxi, die Leiterin der höheren Klassen im Regenbogental. Deshalb wirst du dich an sie wenden. Aber du darfst gegenüber den anderen Schreitenden kein Wort darüber verlieren. Sie glauben nämlich, du sollst auf meinen Wunsch hin lernen, deine Gabe zu kontrollieren und dich mit der Entzifferung alter Manuskripte befassen. Ich habe mir erlaubt, dem Rat zu sagen, du verstündest etwas davon. Alia ist eine alte Freundin von mir. Sie wird versuchen – und zwar mit deiner Hilfe –, das Geflecht jenes Zaubers zu entwirren, den Ghinorha in deinen Funken eingewoben hat. Er wird mir dann helfen, mit den Verdammten fertig zu werden.«

»Und was, wenn ihr das nicht gelingt?«, wollte ich wissen.

»Dann bleibt ihr trotzdem am Leben.«

»Ginge das vielleicht … ein wenig genauer, Herrin?«, hakte ich nach.

»Ihr bleibt so lang im Regenbogental, bis ich euch zurück in den Turm beordere. Hier würdet ihr unter Hausarrest gestellt werden. Bis dieser Zauber entschlüsselt ist. Bis ich mir Lahens Wissen angeeignet habe. Wenn ich könnte, würde ich es auf der Stelle aus ihr herausziehen. Aber leider steht mir das nicht zu

Gebote. Deshalb muss sie mir vermitteln, was Ghinorha ihr beigebracht hat, wenn sie wieder hier im Turm ist. Dafür ist viel Zeit nötig – aber wir haben es ja nicht eilig, oder?«, schloss sie mit einem Lächeln.

»Nur dürfte das nicht so einfach werden, wie Ihr meint, Herrin«, erwiderte Lahen. »Sich den dunklen Funken anzueignen, wenn man zeit seines Lebens den lichten angewandt hat, ist recht … schwierig.«

»Trotzdem werde ich es versuchen.«

»Wollt Ihr den Turm auf einen neuen, auf einen grauen Weg geleiten?«

»Als ob die Mehrheit der Schreitenden je den dunklen Funken annehmen würde!«, erwiderte Ceyra mit schallendem Gelächter. »Wer auch immer dem Turm einen solchen Vorschlag unterbreiten würde, wäre des Todes. Nein, ich will dieses Wissen für mich. Und zwar ausschließlich für mich. Selbst wenn du dein Inneres nach außen kehren müsstest, du wirst mir alle Aspekte deiner Kunst beibringen. Wenn das geschehen ist – werde ich über euer weiteres Schicksal nachdenken. Du willst etwas sagen, Lahen? Nur zu!«

»Ihr habt vermutlich vergessen, Herrin, dass ich mit meinem Funken nicht in Verbindung treten kann.«

»Das habe ich nicht!«, polterte die Mutter. »Aber alles zu seiner Zeit. Hast du noch weitere Fragen?«

Lahen warf Ceyra Asani einen abschätzenden Blick zu, ehe sie fortfuhr: »Wie steht der Rat dazu, dass Ihr ihm einige … Einzelheiten zu meiner Person verschweigt? Wie habt Ihr Euch mit ihm darauf verständigen können, uns lebend aus dem Turm ziehen zu lassen?«

»Darüber brauchst du dir nicht den Kopf zu zerbrechen. Befolge nur meine Anweisung, mehr wird nicht von dir verlangt. Bevor die Nacht hereinbricht, müsst ihr den Turm verlassen haben. Morgen macht ihr euch dann auf den Weg. Und damit zum letzten Punkt.« Daraufhin schnippte die Mutter unvermittelt mit den Fingern – und Lahen richtete sich auf dem Stuhl auf, als erwachte sie aus einem langen Schlaf.

In ihren Augen spiegelte sich jenes blaue Licht, das ich nur zu gut kannte. Lahen hatte Verbindung zu ihrer Gabe aufgenommen – und die Flamme, die in ihren Augen tanzte, deutete darauf, dass ihr alter Funke nach der Begegnung mit Typhus endlich wieder in voller Kraft loderte. In den Jahren, die wir gemeinsam durchlebt hatten, hatte ich gelernt, seine Kraft abzuschätzen. Fast schon so, als wäre ich ein Glimmender. Diesmal brannte er hell. Sehr hell.

»Wunderbar. Du strahlst geradezu«, stellte Ceyra fest. »Allmählich bedauere ich, dass Ghinorha dich vor uns entdeckt hat. Bei entsprechender Ausbildung hättest du mit Sicherheit einen Platz im Turm eingenommen. Du hast deinen Funken zurück, weil ich dich in der gegenwärtigen Lage im Land nicht schutzlos auf diese Reise schicken will. Deine Gabe wird euch helfen, solltet ihr in Schwierigkeiten geraten. Freilich gibt es dieses Zuckerbrot nicht ohne Peitsche.«

Keine Ahnung, was Ceyra diesmal anstellte, aber Lahens Begeisterung wich jähem Schmerz. Sie stieß einen unterdrückten Schrei aus und wand sich in Krämpfen. Ohne lange zu überlegen, stürzte ich mich auf die Mutter. Doch noch ehe ich sie erreichte, wurde ich wie eine Feder von einem Wind erfasst und durch den Saal beängstigend nah an die Wegblüte getragen, um schließlich mit voller Wucht gegen die Wand geschmettert zu werden. Das Erstaunlichste war die Verletzung, die mir dieser Flug bescherte: eine aufgebissene Lippe, aber nicht ein einziger gebrochener Knochen.

Die Mutter hatte mich also nicht verkrüppeln, sondern mir lediglich eine Lektion erteilen wollen. Was allerdings kaum ihrer Gutmütigkeit geschuldet gewesen sein dürfte.

Ich spuckte das Blut aus und stand auf.

»Fehlt dir etwas?«, fragte mich Lahen besorgt und kam auf mich zugerannt. Ihr eigener Schmerz hatte offenbar bereits nachgelassen.

»Glaub nicht.«

»Ich habe dich gewarnt«, bemerkte Ceyra kalt. »Und sieh mich nicht so grimmig an. Mir jagst du damit keine Angst ein.

Geht jetzt auf euer Zimmer und packt. Shen wird euch auf eurer Reise begleiten. Ich empfehle euch dringend, mich nicht zu enttäuschen.«

Damit war die Audienz beendet.

Eine junge Glimmende brachte uns mit finsterer Miene zu unserem Zimmer zurück.

»Bei Sonnenuntergang werde ich hier auf euch warten«, murmelte sie an der Tür.

»Was hat sie dir angetan?«, fragte ich Lahen, sobald wir allein waren.

»Nichts weiter. Während meiner Ausbildung habe ich Schlimmeres erlebt. Meine Schläfen schmerzen noch ein wenig, aber das geht vorbei. Würdest du den Wein aufmachen?«

Während wir bei Ceyra gewesen waren, hatte uns eine gute Seele eine Flasche Muskatperle aufs Zimmer gebracht.

»Der scheint nicht vergiftet zu sein«, erklärte ich, nachdem ich den mit Wachs versiegelten Korken eingehend gemustert hatte.

Es war ein leichter Weißwein, wie Stumpf ihn liebte. Lahen leerte ein ganzes Glas in einem Zug, nahm mir anschließend die Flasche ab und setzte sie an den Mund.

»Alle Achtung!«, brachte ich heraus, als sie die Flasche wieder absetzte.

»Sei froh, dass sie mir keinen Schnaps gebracht hat«, murmelte sie und nahm einen weiteren kräftigen Zug.

»Lass mir wenigstens auch noch einen Tropfen übrig, du Märtyrerin!«

»Nach dem, was unsere vielgeliebte Mutter mir gerade angetan hat, brauche ich den Wein wesentlich dringender als du. Was glaubst du denn, weshalb die den hierher gebracht haben? Halt mal!«

Als ich ihr die Flasche abnahm, enthielt sie entgegen meiner Erwartungen noch knapp die Hälfte ihres Inhalts.

»Seit wann greift man im Turm zu einer derart seltsamen Methode, um die Körperkräfte wiederherzustellen?«

»Es geht dabei nicht um deine Kräfte, sondern um den Funken. Auch wenn es seltsam klingt, aber Wein oder Schnaps helfen, wenn dich gerade jemand mit dem Sklavenzauber belegt hat.«

»Mit was?«

»Mit dem Sklavenzauber. So heißt dieses Geflecht. Daran hatte ich gar nicht gedacht. Eine nette kleine Überraschung von Ceyra.«

»Kannst du mir das auch mit verständlichen Worten erklären?«, verlangte ich ungehalten.

»Das ist für einen Menschen, der nicht über die Gabe verfügt, nicht so leicht nachzuvollziehen. Das, was sie getan hat, lässt sich am besten … mit der Lektüre eines Buches vergleichen. Wobei der Text in unverständlichen Buchstaben und nach fremden Regeln abgefasst ist. Sie hat sozusagen meinen Funken gelesen.«

»Und?«, fragte ich, denn ich begriff immer noch nicht, worauf sie anspielte.

»Versuchen wir es also anders«, seufzte Lahen und nickte in Richtung des Bücherschranks. »Siehst du das Buch mit dem weißen Einband da? Nimm es heraus.«

»Das ist aber in der Sprache der Hochwohlgeborenen geschrieben.«

»Eben deshalb. Schlag es auf.«

Ich kam ihrer Bitte nach und starrte verständnislos auf die komplizierten Schriftzeichen. Soweit ich mich erinnerte, gab es in der Sprache der Spitzohren einige Hundert Buchstaben, und jeder konnte, je nach den umgebenden Zeichen, die unterschiedlichsten Bedeutungen tragen. Abgesehen davon vermochte nur ein Mensch, bei dem im Oberstübchen etwas nicht ganz stimmte, diese Aufzeichnungen zu entziffern, denn häufig musste man einzelne Sätze überspringen, um den Text zu erfassen. Unseren Gelehrten hatten diese Schriftzeugnisse jedenfalls bereits jede Menge Kopfzerbrechen verursacht.

»Lies es vor.«

»Willst du dich über mich lustig machen?«

»Nein«, antwortete sie lächelnd. »Ich versuche dir nur auf

eine anschauliche Art zu erklären, was ich dir eben gesagt habe. Wie viel Zeit bräuchtest du wohl, um herauszufinden, was auf … sagen wir … einer Seite steht?«

»Wenn ich einen Lehrer hätte und …«

»Du hast keinen Lehrer«, fiel sie mir ins Wort. »Niemand erklärt dir die Bedeutung der Buchstaben oder bringt dir bei, mit welchem Zeichen ein Satz beginnt. All das musst du selbst herausfinden, ohne jedes Hilfsmittel, ohne Anhaltspunkt, von dem du ausgehen und das Knäuel entwirren könntest. Also, wie lange bräuchtest du?«

»Mehr als eine Ewigkeit«, antwortete ich unumwunden. »Das ist doch einfach unmöglich.«

»Eben«, erwiderte sie und nahm mir das Werk des unbekannten Hochwohlgeborenen wieder ab. »Funken sind wie Bücher. Nur dass jeder von ihnen in einer anderen Sprache geschrieben ist. Er muss auf eine besondere Art gelesen werden und hat seine eigenen Buchstaben. Zwei gleiche Funken gibt es nicht. Wenn jedoch jemand die Gabe in sich trägt und über viel Erfahrung verfügt, kann er einen fremden Funken ausmachen«, sagte sie und fuhr gedankenverloren mit dem Finger über den Einband des Buches. »Er kann ihn fühlen. Erkennen, ob es ein heller oder ein dunkler Einband ist. Und wie dick er ist beziehungsweise wie kräftig der Funke lodert. Aber das sind alles äußerliche Merkmale, über den Inhalt weiß er selbst dann noch nichts. Wenn jemand einen fremden Funken lesen will, ist das so, als wolltest du dieses Buch lesen.« Lahen reichte mir den Band und bat mich mit einem Kopfnicken, ihn zurückzustellen. »Man muss sich ohne jede Hilfe mit den neuen Buchstaben abmühen, mit der Logik des Textes … allein das Buch aufzuschlagen ist nicht so einfach und kann schon unterschiedliche Folgen nach sich ziehen. Verstehst du jetzt, worauf ich hinauswill?«

»Die Mutter hat etwas Unmögliches vollbracht?«

»Nichts ist unmöglich. Im Grunde lässt sich jedes Hindernis überwinden. Einzelne Schreitende konnten früher einmal recht gut fremde Funken lesen. Dafür ist ein besonderes Wissen nötig. Aber letzten Endes bedarf es für jede noch so winzige magische

Handlung einer besonderen Gabe. Um die Farbe eines Funkens zu bestimmen, um ihn zu lesen oder eben um das Geflecht eines unbekannten Zaubers zu entwirren. All das sind Facetten ein und derselben Magie. Und nur wenige tragen gleich mehrere dieser Fähigkeiten in sich. Ceyra Asani hat sich als weitaus stärker, erfahrener und talentierter herausgestellt, als ich gedacht habe. Sie ist ein Genie in der Lektüre. Sie brauchte nur zwei Begegnungen mit mir, um meinen Funken ohne Mühe zu entziffern. Schreitende, die das vermögen, haben Macht über all die Magier, deren Funken sie gelesen haben, denn dann kennen sie das Wesen ihrer Gabe. Dafür muss man Zauber der höchsten Ordnung beherrschen. Diese werden jedoch seit den Zeiten des Großen Niedergangs nicht mehr gelehrt. Anscheinend hat die Mutter gründlich in der Bibliothek gestöbert … Mit ein wenig Neugier und dem Wissen dessen, wonach sie eigentlich suchte, ist sie offenbar auch fündig geworden. Außerdem darf sie ja alle Aufzeichnungen einsehen. Der Rest ist dann nur noch eine Frage des Glücks, der Hartnäckigkeit und des Potenzials.«

»Aber was hat sie denn nun genau mit dir gemacht?«

»Sie kennt jetzt alle Ströme und Quellen, zu denen ich Zugang habe. Deshalb konnte sie ihren eigenen Zauber auf meinen Funken setzen. Wir können nicht mehr fliehen, mein Liebster. Wenn wir uns nicht zum Regenbogental begeben, wird der Zauber, den sie in mich eingepflanzt hat, meinen Funken ersticken.«

»Und da gibt es keinen Ausweg?«

»Nein. Wenn ich die Mutter richtig verstanden habe, kann nur derjenige einen Zauber wieder abnehmen, der ihn auch gewirkt hat. Zumindest hat sie das bei diesem Armbrustzauber behauptet.«

»Willst du damit sagen, dass selbst die Verdammten ihn nicht aufheben könnten?«

»Das weiß ich nicht«, antwortete sie, nachdem sie kurz nachgedacht hatte. »Aber ich glaube, den Zauber kann wirklich nur die Mutter aufheben.«

»Und selbst jetzt willst du mir noch weismachen, dass die Schreitenden nicht über die dunkle Magie gebieten?«

»O ja, das will ich. Denn kein Sdisser Nekromant ist imstande, den Funken eines anderen zu lesen oder etwas in ihn einzuweben. Dafür muss man die Schule im Regenbogental absolviert haben.«

Und diese hochmütigen Kreaturen maßten sich an zu behaupten, sie beschritten den Weg des Guten?!

»Aber wenn die Mutter über diese Fähigkeiten verfügt, warum unterwirft sie sich dann nicht jeden anderen Magier und jede andere Magierin?«

»Wenn sie dazu tatsächlich imstande wäre, würde mittlerweile ohne Frage der ganze Turm nach ihrer Pfeife tanzen. Diese Fähigkeit hilft ihr jedoch nur weiter, wenn der Funke dunkel ist. Oder zumindest dunkel eingefärbt. Bei Schreitenden und Glimmenden richtet sie mit diesem Können hingegen nichts aus.«

»Trotzdem fliehen wir«, spie ich aus. »Früher oder später entkommen wir ihr. Sie kann uns einfach nicht daran hindern!«

Als die lodernde Sonne zur Hälfte im Austernmeer verschwunden war und Himmel wie Wasser in allen nur denkbaren Rottönen leuchteten, verließen wir unser Zimmer.

Doch kaum betraten wir den Gang, da tauchte wie durch ein Wunder jene junge Glimmende wieder auf, die uns aus dem Ratssaal zurückbegleitet hatte. »Folgt mir«, verlangte sie.

Keine Ahnung, was wir ihr getan hatten, aber meiner Ansicht nach wählte sie den längsten Weg nach unten, den es gab. Als wir endlich in der hohen, eisig kalten und von magischen Glühwürmchen hell beleuchteten Eingangshalle ankamen, war die Nacht vollends hereingebrochen. Der Boden war mit rosafarbenen Fliesen ausgelegt, durch die Halle liefen marmorne Brücken und Galerien. Die zahlreichen Buntglasfenster blieben trotz der hellen Beleuchtung im Raum trüb, dazu war die Nacht schon zu undurchdringlich. Die Flügel des Lichten Tors standen weit offen. Dahinter wartete eine warme, vom Zirpen der Zikaden erfüllte Sommernacht. Keine fünfzehn Schritt trennten uns noch von ihr.

Sobald uns der Anführer der Gardisten bemerkte, trat er an die Glimmende heran: »Sind das die beiden, Herrin?«

»Ja«, antwortete sie, um sich dann an uns zu wenden. »Folgt dem Herrn Leutnant. Er händigt euch euren Besitz aus, danach seid ihr frei. Ihr werdet vor dem Tor erwartet und zu eurem Nachtlager gebracht. Morgen früh wird euch Herr Shen aufsuchen. Mit ihm brecht ihr auf. Das wäre alles.«

Der Leutnant brachte uns zu einem Marmortisch, der hinter dem Säulengang links stand. Als ich sah, was auf ihm lag, stieß ich einen freudigen Pfiff aus.

Mein Dolch und Bogen, der Beutel von Lahen, die Armbrust der Meister aus Morassien, die wir den Gijanen in der Schenke abgenommen hatten, meine Gürteltasche und – o Wunder! – mein Wurfbeil, das ich im Kampf auf Yokhs Anwesen verloren hatte. Beim Anblick dieser Waffe meinte ich, einen alten Freund wiederzutreffen. Das gute Stück begleitete mich nun schon seit meinen Tagen im Sandoner Wald. Ich war an das Beil gewöhnt, sein Verlust hatte mich unsäglich betrübt. Vermutlich ahnten die Schreitenden nicht einmal, welch willkommenes Geschenk sie mir damit gemacht hatten.

»Nehmt eure Sachen und verschwindet«, befahl der Leutnant.

Ich schob das Wurfbeil hinter den Gürtel, nahm den Bogen sowie die anderen Sachen an mich und steuerte schließlich mit Lahen aufs Tor zu. Bei jedem Schritt rechnete ich damit, dass uns doch noch jemand aufhielte. Aber nein, die Soldaten achteten nicht mal auf uns. Wir machten einen letzten Schritt – und hatten den Turm wieder verlassen.

Ich blieb stehen und sog die nächtliche Luft tief in mich ein.

Es war schwül. Sicher würde es bald ein Gewitter geben.

Auf einer Steinbank saß Luk, der wütend einen Apfel aß und gleichzeitig auf den düster blickenden Ga-nor einredete. Irgendwann warf er einen Blick in unsere Richtung und schrie auf, womit er vermutlich alle Schreitenden im Umkreis weckte: »Da platzt doch die Kröte! Endlich! Ich hab schon geglaubt, die hätten euch gefressen!«

»Hat Ug also ein Auge auf euch gehabt«, begrüßte uns Ga-nor.

»Anscheinend«, erwiderte ich. »Obwohl ich bezweifle, dass sich dein Gott um solche wie uns kümmert.«

»Er schätzt gute Krieger, welchem Glauben auch immer sie anhängen mögen«, entgegnete Ga-nor.

»Ich weiß ja nicht, wie es mit Ug ist«, mischte sich Luk ein, der gerade den Rest seines Apfels wegwarf. »Aber ich bin unglaublich froh, euch zu sehen!«

Erstaunlicherweise konnte ich ihm dieses Mal mit seinen eigenen Worten antworten.

Auch ich war unglaublich froh, die beiden zu sehen.

Da platzt doch die Kröte!

Kapitel 9

Drei Stunden vor Tagesanbruch erhellte ein Wetterleuchten den Horizont. Eine Reihe greller Blitze zerriss den samtenen Vorhang der Nacht, ließ die Soldaten, die auf den Stadtmauern Posten standen, blinzeln und Gebete an Meloth senden. Das Donnern des heraufziehenden Gewitters erreichte Alsgara ein paar Minuten später. Das Unwetter zog rasch von Osten heran, rückte der schlafenden Stadt immer näher. Schließlich barst der Himmel förmlich auseinander und flutete die Erde mit Wasser.

Das Gewitter tobte vom frühen Morgen an mit Blitz und Donner und zog dann übers Meer ab, um tief hängende, bleischwere Wolken zurückzulassen und der Stadt einen endlosen Regen zu bescheren, der alles durchweichte, dessen er habhaft werden konnte.

Thia stand neben einem der eingeschlagenen Fenster und starrte auf die Bäume in dem verwucherten Garten hinaus. Die Regentropfen prasselten auf die Blätter, ein Bild, das den Unmut der Verdammten nur noch schürte.

Wie sie dieses Wetter hasste! Am letzten Tag der Schlacht bei Bragun-San war es genauso gewesen. Auch damals hatte es wie aus Kübeln gegossen. Ghinorha war die Einzige von ihnen gewesen, die sich durch dieses Wetter nicht die Laune hatte vermiesen lassen. Aber sie war ohnehin stets heiter und fröhlich gewesen, ein Zug, der Thia immer geärgert hatte. Heute gestand sie sich jedoch zum ersten Mal ein, dass sie die andere nur um diese Fähigkeit, Freude an den einfachen Dingen des Lebens zu finden, beneidete.

Am Ende war allerdings auch Ghinorha das Lachen vergangen. Ihre Knochen ruhten nun schon lange Zeit in den Erlika-Sümpfen. Was bedauerlich war. Vor allem da eigentlich Rowan oder Mithipha einen Platz in den Sümpfen verdient hätten. Um dort den Sumpfgeistern, Blutegeln und Fröschen Gesellschaft zu leisten.

Thia schüttelte missmutig den Kopf. Bei allen Sternen von Hara! Warum kehrten ihre Gedanken in letzter Zeit bloß ständig in die Vergangenheit zurück? Das sollte sie sich unbedingt wieder abgewöhnen. Denn wenn du allzu oft an die Toten denkst, überschreiten sie eine bestimmte Grenze und kommen zu dir zurück. Von diesen Überlegungen verstört, wand sich Porks Geist im Schlaf, den sie ihm aufgezwungen hatte, hin und her und stöhnte leise. Thia beruhigte ihn sogleich wieder und zog die Zügel fester an.

Obwohl sich nun jemand respektvoll hinter ihr räusperte, starrte sie unverwandt in den Garten hinaus, der sich im Regen zusammenzukauern schien. Allmählich begann sie diesen Ort zu hassen. Zu viele Erinnerungen waren mit ihm verbunden.

Ihr einstiges, so glückliches und sorgloses Leben war für immer zwischen diesen alten Bäumen und Mauern geblieben. Es hatte hier, auf diesem Friedhof unerfüllter Träume und Hoffnungen, sein Grab gefunden.

In Augenblicken wie diesem kam sich Thia wie eine alte Bäuerin vor. Ihr eigentliches Ich schien längst im Ofen des Hasses und der Bosheit verbrannt. Zurückgeblieben war von ihm nur ein unbarmherziges Monster, das einzig zu Zerstörung imstande war.

Dabei wollten sie anfangs doch alle nur dem Skulptor nacheifern. Sie wollten etwas aufbauen. Neues schaffen. Andere ausbilden. Die Magie in eine dauerhafte und allen zugängliche Kunst verwandeln. Sie davor bewahren, dass sie zum schalen Abklatsch eines Handwerks herabsank. Und schließlich: ihren endgültigen Verlust verhindern.

Doch am Ende hatten sie nur Zerstörung gebracht und gemordet.

»*Das* wollten wir doch gerade nicht. *Ich* wollte das nicht«, flüsterte sie tonlos. »Rethar … warum? Warum ist alles so gekommen? Welchen Fehler haben wir gemacht? Wo haben wir uns geirrt? Was ist aus uns geworden?«

Erneut erklang nun das höfliche Räuspern – und prompt kochte Wut in ihr hoch. Wut auf denjenigen, der sie behelligte. Am liebsten hätte sie den Störenfried umgebracht. Ihm den Schädel eingeschlagen. Schmerz zugefügt.

»Was ist?!«, brüllte sie und drehte sich um. In ihren Augen loderte ein derart abgrundtiefer Ingrimm, dass der Shej-sa'n verängstigt ein Yard zurückflog und eine tiefe Verbeugung vornahm.

»Verzeiht mir, Herrin«, hauchte er. »Verzeiht mein ungebührliches Auftreten. Es gereicht mir zu Schimpf und Schande, dass ich Euch aus Euren Überlegungen reiße, aber al-un Farid lässt Euch ausrichten, Eure Befehle seien weitgehend ausgeführt.«

Thia atmete ein paarmal tief durch und ballte wiederholt die Hände zur Faust. Der blutrote Schleier des Zorns, der sich ihr jäh vor die Augen gelegt hatte, verflüchtigte sich zusammen mit dem Wunsch, diesen unschuldigen Boten in Stücke zu reißen.

»Gut. Du kannst gehen. Ich komme gleich«, brachte sie heraus und wartete ab, bis sich der Shej-sa'n eilig zurückgezogen hatte, um sich aufs Fensterbrett zu setzen, die Füße anzuziehen, die Knie zu umfassen und noch einmal auf die Bäume zu stieren.

Seit jenem Tag, da ihr dieser verfluchte blonde Bogenschütze den Körper genommen hatte, geschah etwas mit ihr, das sie beunruhigte. Früher hatte sie sich stets mühelos beherrschen können. Jetzt dagegen wusste sie oft genug nicht, was einen Wutanfall bei ihr auslöste und ob sie ihren Zorn zu unterdrücken vermochte. Ohne auf die Regentropfen zu achten, die ihr ins Gesicht und aufs Hemd fielen, blickte sie müde zu den tief hängenden grauen Wolken hinauf. Dieses Haus, dieser Garten würden sie am Ende noch in das verwandeln, vor dem sie jahrelang davongelaufen war: in einen lebendigen Menschen, den wieder ein Gewissen quälte. Und der immer noch darunter litt, dass sich sein Leben nicht in der geplanten Weise erfüllt hatte, sondern von Grabwürmern gefressen worden war.

Das Schwarze Haus war in der Tat ein verfluchter Ort. Jeder Saal, jedes Zimmer, jeder Baum stellte eine lichte Erinnerung dar, die sie zum Weinen brachten und den Wunsch in ihr aufsteigen ließen, den Kopf gegen die Wand zu rammen. Nur um nicht daran zu denken, dass alles – alles! –, was sie in den vergangenen fünf Jahrhunderten getan hatte, in einer Sackgasse geendet war.

Ob die anderen auch von solchen Zweifeln heimgesucht wurden?, fragte sie sich.

Rowan hatte sich nur aus Liebe zu seinem Bruder auf den Aufstand eingelassen. Und um den alten Gänsen im Turm die Suppe zu versalzen. Leys Motive hatte nie jemand verstanden, die Seele des Nordländers blieb allen ein Rätsel. Er war Tsherkanas Glimmender gewesen und ging für sie, wenn nötig, durchs Feuer. Als es zum Aufstand gekommen war, hatte er ohne zu zögern alle vernichtet, die es wagten, sich seiner Herrin in den Weg zu stellen. Selbst seine ehemaligen Schüler. Was hatte ihn dann aber nach Tsherkanas Tod bewegt, bei ihnen zu bleiben? Rachedurst? Pflichtgefühl? Ein Versprechen? Oder die Gleichgültigkeit gegenüber allem und jedem, das eigene Schicksal inbegriffen? Thia wusste es nicht. Auch über Mithipha ließ sich kaum etwas Klares sagen. Sie tat immer, was Talki verlangte. Widerspruchslos.

Rethar und Ghinorha waren tot. Damit lebten heute nur noch zwei, die der Magie unbedingt zu neuer Blüte verhelfen wollten: Alenari und Talki. Sie allein trachteten danach, die Kunst auf eine neue Stufe zu stellen und zu verhindern, dass die Gabe für immer aus ihrer Welt entwich. Sie allein wollten denjenigen, die den Funken in sich trugen, wahre Magie schenken.

Rethar hatte aufrichtig an ihre Sache geglaubt, daran, dass sie die Welt auf einen besseren Weg bringen würden. Dass sie ein neues Zeitalter einleiteten, in dem die Möglichkeiten der Magierinnen und Magier unbegrenzt wären. Und er hatte die Fähigkeit besessen, alle um sich herum mit diesem Glauben anzustecken. Auch sie. Abgesehen davon liebte sie ihn. Sie konnte gar nicht anders, als das Schicksal einer Verdammten zu wählen. Das hätte sie in jedem Fall getan, auch wenn sie Soritha nicht getötet hätte. Die Schreitenden mochten glauben, allein der Mord an der Mutter habe sie auf die Seite der Verschwörer getrieben – sie wusste es besser. Gut, Soritha war nur Geschmeiß, ihr Tod bereitete Thia nicht die geringsten Gewissensbisse – aber schon lange vor diesem Mord hatte sie vorbehaltlos Rethar gehört.

Mit einem Mal brüllte der Himmel wie ein Tiger aus Urs, verstummte dann jedoch jählings, als fürchtete er, ein Jäger könne ihn hören. Thia erschauderte. Sie sprang vom Fensterbrett herunter. Schluss mit der Melancholie! Besser, sie riss sich jetzt zusammen und machte sich ans Werk.

»Komm her«, sagte die Mutter zu Shen, nachdem sie das letzte Wort unter den Brief gesetzt hatte, den sie gerade schrieb. Die nächsten Sekunden studierte sie schweigend sein Gesicht, ehe sie schließlich fortfuhr: »Offenbar billigst du meine Entscheidung nicht.«

»Ich verstehe nicht, warum ich mich ins Regenbogental begeben soll. Es gäbe geeignetere Begleitung für die beiden als mich.«

»Es freut mich, dass du deine Fähigkeiten nicht überschätzt«, erwiderte sie mit einem Lächeln. Sie faltete den Brief und versiegelte ihn. »Die beiden Gijanen dürften dir kaum den nötigen Respekt entgegenbringen. Aber darauf können wir auch verzichten. Der eigentliche Grund, warum ich dich mit ihnen mitschicke, ist nämlich der, dass die Reise für dich dann wesentlich ungefährlicher wird. Zusammen mit Ness und Lahen bist du so sicher wie in Meloths Schoß.«

»Aber Alsgara …«

»Hier kannst du nichts ausrichten. Unsere Freunde sollen sich an Alia Maxi wenden, die Lehrerin der höheren Klassen. Und auch du unterstellst dich ihrer Obhut.« Nun belegte Ceyra den Brief mit einem Zauber, der ihn gegen fremde Augen schützte. »Vielleicht wird Alia das gelingen, woran ich gescheitert bin.

Wir sind mit deiner Ausbildung in eine Sackgasse geraten. Wir haben seit Langem vergessen … genauer gesagt, wir haben es nie richtig verstanden, wie ein Mann mit der Gabe des Heilers ausgebildet werden muss. Die wenigen Hinweise, die ich in unserer Bibliothek gefunden habe, gaben mir dafür nicht genug an die Hand. Wir könnten hier ewig auf eine Offenbarung warten. Aber ich will nicht, dass der Turm noch dümmer wird, als er ohnehin schon ist. Was ist? Warum runzelst du die Stirn? Allmählich solltest du der Wahrheit ins Gesicht sehen. Die Schreitenden des Turms sind zum Großteil unfähige Närrinnen. Gegen die ich leider nichts unternehmen kann, weil mich der Rat dann sofort absetzen und die Blaue Flamme einer dieser dummen Gänse übergeben würde. Unter denen fände sich ganz bestimmt eine, die nach seiner Pfeife tanzt. Was ist? Glaubst du mir etwa nicht?«

»Doch, Herrin, aber …«

»Kein Aber. An alldem wird sich nichts ändern, solange ich hier auf verlorenem Posten stehe. Und das werde ich, bis du mich endlich in angemessener Weise mit deiner Magie unterstützen kannst, Schüler! Deshalb musst du noch einmal ins Regenbogental. Den Brief übergibst du der Herrin Maxi persönlich. Wenn deine Ausbildung Fortschritte machen soll, dann ist meine alte Freundin die Einzige, die dir helfen kann. Wenn auch nur in begrenztem Maße. Aber sie ist eine kluge Frau. Gäbe es Irla nicht, wäre ihr Platz hier im Rat. Hast du Fragen?«

»Nein.«

»Gut. Eine Sache noch.« Ceyra wies auf den Tisch, auf dem ein Päckchen aus grauem Leinen lag. »Wickel es auf! Aber vorsichtig!«

In dem Stoff fanden sich vier Pfeilspitzen, die aus einem seltsamen weißen Material bestanden, das an Knochen denken ließ. Shen sah die Mutter überrascht an.

»Deine Vermutung stimmt. Unser Freund Ness hatte es mit einem solchen Artefakt schon einmal zu tun. Ein Pfeil mit einer solchen Spitze hat Salia getötet.«

»Wo hatte er sie her? Schließlich wurden diese Artefakte

noch vor dem Krieg der Kraft angefertigt, um Menschen mit der Gabe zu töten. Um den Funken zu löschen und dem Träger oder der Trägerin jede Möglichkeit zu nehmen, die körperliche Verletzung zu überleben.«

»Sie wurden in einem geheimen Lager des Turms aufbewahrt. Zusammen mit Aufzeichnungen des Skulptors. Früher gab es fünf solcher Pfeilspitzen. Wer eine von ihnen Ness gegeben hat, wird wohl für immer ein Geheimnis bleiben. In unserer jetzigen Situation sollten wir aber von den verbliebenen vier Spitzen Gebrauch machen. Das sieht der Rat genauso, deshalb hat er mir seine Zustimmung erteilt. Diese Pfeilspitzen sind mit einem Zauber belegt, der demjenigen ähneln dürfte, den die Verdammte Cholera in Lahens Funken verankert hat, damit diese sich gegen die sechs Verdammten wehren kann. Der Zauber in den Pfeilen heißt Brennende Fäden und soll Alia helfen, das Wesen von Choleras Zauber zu durchdringen. Nimm sie an dich und übergib sie meiner Freundin. Alle vier. Ich hoffe inständig, sie werden Alia von Nutzen sein.«

Neben den vier Pfeilspitzen fand sich in diesem Bündel aber noch etwas: ein Messer, dessen beinerner Griff über die Jahre gelb angelaufen war. Die Scheide für diese Klinge war jedoch erst vor Kurzem angefertigt worden. Sie verströmte einen Geruch nach Leder, auch die stählernen Nieten funkelten noch.

»Was soll ich mit dieser alten Klinge? Damit erledigt man doch nur eine halb verreckte Springmaus – und auch das nur, wenn sie nicht wegläuft.«

»Die letzte *Springmaus,* die dieser Klinge zum Opfer fiel, war die Aufständische Ossa«, erwiderte Ceyra. Dass dieses kleine Messer fünfhundert Jahre vor dem Dunklen Aufstand im Herzen des Skulptors selbst gesteckt hatte – darüber zog sie es vor zu schweigen. »Du darfst mir glauben, dass sie keinen leichten Tod hatte. Der Funkentöter ist kein Kinderspielzeug. Mit seiner Hilfe wurden bereits viele Seelen, die den dunklen Funken in sich trugen, ins Reich der Tiefe geschickt. Hüte ihn also wie deinen Augapfel!«

Wie hatten zwei Auserwählte, drei Dutzend Shej-sa'nen und fast noch einmal so viele Untote unbemerkt nach Alsgara eindringen können? Diese Frage hatte Thia zunächst keine Ruhe gelassen. Bei all der Mühe, die es sie gekostet hatte, in die Stadt hineinzukommen, hätten diese Wesen doch die Aufmerksamkeit sämtlicher Schreitender auf sich ziehen müssen.

Die Antwort war dann recht einfach: Farid und Esmira waren bereits zwei Monate, bevor die Burg der Sechs Türme gefallen war, nach Alsgara gekommen. Und damals hatte niemand auf zwei Fremde geachtet. Mit den Ascheseelen und den Untoten verhielt sich die Sache schon anders. Dafür waren Verbündete im Imperium selbst nötig. Diese hatten dann die Entourage der Sdisser in geschlossenen Kutschen in die Südliche Hauptstadt eingeschmuggelt. Allzu neugierige Wachtposten bekamen ein Schreiben mit dem Siegel des Statthalters gezeigt (einem echten übrigens, das sie mehrere Tausend in Gold gekostet hatte), um sie von einer eingehenden Inspektion der Wagen abzuhalten. Im Großen und Ganzen hatten diese Soldaten allerdings ohnehin nicht die Absicht, ihre Nase in fremde Angelegenheiten zu stecken. Ein sattes, ruhiges Leben trägt nun einmal nicht dazu bei, die Wachsamkeit zu erhöhen.

Die ganze Gesellschaft hatte sich dann hier, im Schwarzen Haus, verschanzt, in das nie jemand einen Fuß setzte. Farids Einheit sollte irgendwann den vereinten Streitkräften von Nabator und Sdiss das Tor zur Hohen Stadt öffnen.

Dieser Plan ging auf Ley zurück – der ihn den anderen fünfen gegenüber allerdings nie auch nur mit einem Wort erwähnt hatte. Das war typisch für ihn. Er hatte langfristig seine Vorkehrungen getroffen, für den Fall, dass *er* die harte Nuss von Alsgara knacken musste.

Aber nun kämpfte Ley im Osten, während Rowan auf die Stadt vorrückte. Ob Ley ihm inzwischen etwas von dieser Empfangsgarde erzählt hatte? Wohl kaum. Denn Ley war ein alter Bär, der niemanden in seinen Bau ließ. Was jedoch nicht hieß, dass diejenigen, die sich hier im Schwarzen Haus aufhielten, Rowan nicht ebenso helfen würden, wie sie es bei Ley getan hätten.

Obendrein hatte Farid ihr berichtet, dass sich in Alsgara noch weitere Einheiten aufhielten, zu denen mindestens dreißig Auserwählte gehörten. Allerdings wusste er nicht, wo sie sich versteckten, denn jede Gruppe ging unabhängig von den anderen vor. Immerhin konnte er ihr jedoch mit Sicherheit sagen, dass die Stadtwache bislang noch keine dieser Gruppen aufgespürt hatte, sonst hätte sie nämlich bereits die ganze Stadt auf der Suche nach weiteren durchkämmt.

Farid und Esmira hatten die letzten Vorbereitungen für das bevorstehende Ritual getroffen. Der Saal im obersten Stockwerk bot ihnen freie Sicht auf den Turm. Von der Decke baumelte wieder der bereits gehäutete und leicht stinkende Tote herab. Farid blätterte mit schlanken Fingern in einem Buch, Esmira rutschte auf den Knien über den Boden, um mit Kohle eine riesige Pyramide der Stabilität sowie sechzig Runen der Unterwerfung zu zeichnen. Die Pyramide feite den Zauber gegen jeden Angriff, die Runen verbanden das Wesen, das beim Ritual geschaffen werden sollte, unverbrüchlich mit dieser Welt.

Kaum erblickte Farid Thia, da schlug er das Buch zu und verneigte sich tief: »Wir sind fast fertig, es fehlen nur noch wenige Zeichen. Wann sollen wir anfangen?«

»Noch nicht. Warte auf meinen Befehl«, antwortete Thia, während sie die Bewegungen der schmalen Hand Esmiras verfolgte, die den Boden mit einem schwarzen Geflecht bedeckte.

Als Esmira Thias Blick spürte, wurde ihr Tun fahrig.

»Konzentrier dich! Ein falscher Strich, und Farid muss deine Asche von den Wänden kratzen!«, warnte Thia sie. »Niemand treibt dich an. Wir haben genug Zeit. Führe deine Arbeit also mit der gebotenen Gewissenhaftigkeit aus, Mädchen.«

»Ja, Herrin«, murmelte Esmira.

»Was berichten die Spione?«, erkundigte sich Thia bei Farid.

»Es ist alles ruhig. Euer Mann ist nicht herausgekommen.«

Daraufhin überprüfte Thia selbst noch einmal die Position des Bogenschützen – und hätte beinahe laut geflucht.

Die Markierung hatte sich bewegt! Beim Reich der Tiefe, der Kerl war nicht mehr im Turm!

Wie konnte das geschehen?! Kein Mensch stahl sich aus dem Turm! Diesen Klotz verließ man nur mit Erlaubnis der alten Hexen. Was also ging hier vor? Warum hatten ihn die Schreitenden laufen lassen? Und hatten sie nur ihn freigesetzt – oder auch dieses Juwel von Frau?

Thia stürzte zum Fenster und spähte in den Regen hinaus.

Wo? Wo steckst du, du Miststück?!

Ihre Aufmerksamkeit galt den im Regen kaum zu erkennenden roten Ziegeldächern jener Häuser, die zwischen dem Garten des Schwarzen Hauses und dem Turm lagen. Anwesen von angesehenen Herrschaften, Mitgliedern des Stadtrats und Dämonenbeschwörern. In ihnen musste sich der Bogenschütze versteckt halten, da war sie sich sicher.

In diesem Moment hörten Farid und sie rasche Schritte. Beide drehten sich zur Tür um. In Begleitung von zwei Untoten eilte ein Mann in den Raum. Der Kleidung nach hätte man ihn für einen ärmeren Städter halten können, wäre da nicht die Klinge gewesen, die er am Gürtel trug und die ihn als Angehörigen der Stadtwache auswies. Ohne die von der Decke herabhängende Leiche auch nur eines Blickes zu würdigen, verneigte sich der vom Regen durchnässte Mann tief vor Farid.

Thia sah den Nekromanten mit einem Blick an, der eine Erklärung verlangte.

»Dieser Soldat hat uns geholfen, in die Hohe Stadt zu gelangen, Herrin«, teilte er Thia mit, um sich dann dem Neuankömmling zuzuwenden: »Was willst du? Hab ich dir nicht gesagt, dass du nur im Notfall herkommen sollst?«

»Einer der beiden Männer hat den Turm verlassen. Ihr habt mich gebeten, Euch das unverzüglich mitzuteilen.«

»Welcher Mann?«, hakte Thia ungehalten nach.

Damit brachte sie den Soldaten in Verlegenheit. Er hatte nicht erwartet, dass sich jemand ohne vorherige Erlaubnis in sein Gespräch mit Farid einmischen würde.

»Wovon ist hier die Rede?«, wollte Thia von Farid wissen.

»Ich habe es für richtig erachtet, einige unserer Leute zur Beobachtung am Turm abzustellen, Herrin. Und ich habe ihnen eine Beschreibung jener drei Menschen gegeben, von denen Ihr mir berichtet hattet.« Dann wandte er sich wieder an den Soldaten. »Welcher der beiden ist es?«

»Der junge Magier.«

Der Heiler!, stöhnte Thia innerlich.

»Wohin ist er gegangen?«

»Er kommt hierher. Wenn er nicht irgendwo abbiegt, wird er spätestens in drei Minuten hier sein«, antwortete der Soldat. »Drush folgt ihm, sodass wir ihn nicht verlieren können.«

»Bring mich zu ihm«, befahl Thia. »Farid! Gib mir zwei Untote! Und postier eine Ascheseele am Fenster. Sollte es Schwierigkeiten geben, soll ihm der Shej-sa'n ins Bein schießen. Ins Bein, ist das klar, nicht in den Kopf! Dafür trägst du persönlich die Verantwortung.«

Sie flog die Treppe geradezu hinunter, berührte die Stufen kaum. Im Erdgeschoss sprang sie durchs Fenster in den Garten, um sich den Weg durch die Tür zu sparen. Die beiden Untoten und der Soldat folgten ihr.

Vor der Pforte zur Straße blieb Thia stehen. »Ihr wartet hier!«, befahl sie den Untoten. »Greift nur im äußersten Notfall ein!« Dann wandte sie sich an den Soldaten. »Wir brauchen den Burschen lebend.«

Der hatte inzwischen begriffen, wer hier das Sagen hatte. »Soweit ich es verstanden habe, ist der Bursche ein Schreitender, kein Glimmender«, sagte er. »Wie kann das möglich sein? Aber auf seiner Jacke prangt eindeutig das Zeichen der …«

»Ich weiß«, unterbrach ihn Thia. »Hab keine Angst! Er wird seine Magie nicht einsetzen, das werde ich zu verhindern wissen. Kannst du deinen Kameraden unterrichten, dass wir uns den Kerl schnappen?«

»Ja.«

»Dann los!«

Der Mann, der Shen vom Turm aus verfolgte, fiel diesem nicht auf – bis er schließlich einen Schlag in den Rücken erhielt. Er stolperte und lief einem weiteren Schurken, der bereits auf ihn wartete, in die Arme. Dieser rammte ihm die Faust in den Magen, sprang behände hinter ihn und trat ihm gegen die Schenkel. Shen fiel auf die Knie.

Trotz des Schmerzes zog er den Dolch und holte, immer noch auf Knien, aus. Er würde sich nicht auf offener Straße halb zu Tode prügeln und ausrauben lassen. Doch mit einem Mal fiel die Klinge förmlich in sich zusammen. Shen stieß einen Schrei aus.

Jemand schlug ihm das, was von dem Dolch noch übrig war, aus der Hand. Gleich darauf folgten kräftige Hiebe gegen den Hals und den Hinterkopf. In seinem Kopf explodierte etwas. Dann fand er sich auf dem nassen Straßenpflaster liegend wieder.

»Das reicht!«, rief jemand in scharfem Ton.

Nun schloss sich auch noch Kälte um den Funken des Heilers.

Als Shen versuchte, mit dem Funken in Verbindung zu treten und die Eisfessel zu durchstoßen, scheiterte er. Selbst in seinem Schmerz begriff er jedoch, dass es keine gewöhnlichen Straßenräuber waren, die ihn da überfallen hatten.

Dann fassten ihn starke Arme unter den Achseln und schleiften ihn davon. Ihm wurde erst klar, wohin, als sich quietschend eine Pforte öffnete.

Das Schwarze Haus!

Mit letzter Kraft leistete Shen erneut Widerstand. Er versetzte dem einen Kerl einen Tritt, der diesen stöhnend zu Boden gehen ließ. Daraufhin knallte er dem anderen Burschen, der ihn von hinten an der Jacke gepackt hielt, den Ellbogen in den Leib und stürzte so heftig nach vorn, dass der Stoff riss.

Angst, Verzweiflung und Wut brodelten in ihm, stiegen ihm bis zur Kehle auf, sein Funke erglühte, schmolz die Eisfessel und wuchs zu einem alles verschlingenden Feuer an.

Thia hatte nicht mit einer solchen Kühnheit des Heilers gerechnet. Einem der beiden Soldaten riss er mit einem Fußtritt den Bauch auf, dem anderen wäre er um Haaresbreite entwischt. Zumindest bei Schlägereien gab der Kerl keinen Anfänger ab.

In einem magischen Duell hatte er allerdings nicht die geringste Chance.

Thia reichten sogar die eigenen Reserven, um ihm ein Halsband anzulegen und ihn von seinem Funken abzutrennen. O ja, *dafür* brauchte sie wahrlich nicht in einen toten Körper überzuwechseln. Wie hatte ihr dieser Milchbart bei ihrer letzten Begegnung nur eine solche Niederlage beibringen können? Wie hatte dieser Nichtsnutz, der nicht einmal zuverlässig über den eigenen Funken gebot, sie fast töten können?!

Sobald sie den Heiler überwunden hatte, kamen die beiden Untoten herbeigeeilt, um den Magier in den Garten des Anwesens zu zerren.

»Schaff deinen Freund ins Haus!«, befahl Thia dem Soldaten.

Der nickte rasch, warf einen hasserfüllten Blick auf den Gefangenen und machte sich daran, den Befehl auszuführen, denn ein Verletzter, der die Straße mit seinem Blut verschmiert, war nicht gerade geeignet, diesen Vorfall geheim zu halten. Als der Mann an ihr vorbeigetragen wurde, brauchte Thia ihn sich gar nicht genauer anzusehen, um zu wissen, dass diese Wunde tödlich war. Dem Soldaten blieben noch höchstens zehn Minuten.

Da fing dieser Milchbart schon wieder zu brüllen an, bäumte sich hoch, versuchte, die Untoten von sich zu schleudern – und verwandelte sich in eine Kugel strahlenden Lichts. Es donnerte ohrenbetäubend. Thia schrie vor Schmerzen auf, fiel zu Boden und schlug auf die Flammen ein, die sich durch ihre nasse Kleidung fraßen. Ein Blick verriet ihr, dass die Untoten nicht mehr existierten. Alles, was von ihnen übrig geblieben war, waren zwei Haufen lohender, ekelhaft stinkender Knochen. Selbst die Bäume in der Nähe waren in Mitleidenschaft gezogen worden, die Blätter verbrannt, die Rinde teilweise verkohlt. Der Heiler stemmte sich auf alle viere hoch und schüttelte benommen den Kopf.

Hatte es dieser Rotzlöffel also doch noch einmal geschafft, in Verbindung mit seiner Gabe zu treten. Was für eine Kraft musste in ihm stecken! Aber die würde sie ihm jetzt entziehen! Und zwar auf höchst unmagische Art und Weise.

Sie klaubte einen Stein auf und stürzte sich trotz ihrer Schmerzen auf den Magier, um ihm unter Aufbietung ihrer letzten Kräfte auf den Hinterkopf zu schlagen. Der verdrehte die Augen und fiel mit dem Gesicht in den Schlamm.

Nun sackte auch Thia zu Boden – und atmete mehrmals hintereinander erleichtert durch.

»Was für eine überaus großzügige Geste der Mutter«, sagte Lahen voller Ironie, als sie auf ihrer Hand den prallen Beutel wog, den sie im Sack entdeckt hatte.

»Das soll vermutlich die Kosten für unsere Beerdigung decken. Wie viel ist es wohl?«, fragte ich und nahm ihr das Säckelchen ab, um hineinzuspähen und einen Pfiff auszustoßen. »Das sind bestimmt dreihundert in Gold.«

»Warum sollte sie geizen? Sie darf davon ausgehen, dass ich das Geld nicht zum Fenster hinauswerfe. Und ein paar Soren mehr werden unterwegs kaum schaden.«

»Du sagst es«, bemerkte ich grinsend und warf ihr den Beutel zu.

Geschickt fing sie ihn mit einer Hand auf und verstaute ihn in ihrem Sack. »Das dürfte reichen. Unsere Ersparnisse lassen wir hier. Um das Geld mache ich mir keine Sorgen.«

Obwohl sie von einigen Tausend sprach, machte ich mir ebenfalls keine Gedanken darüber, dazu hatte ich das Geld zu gut versteckt, noch bevor wir uns zu Yokhs Anwesen begeben hatten und anschließend in Gefangenschaft geraten waren.

»Von welchem Geld ist hier die Rede?«, fragte Luk, der gerade ins Zimmer trat. Doch ohne eine Antwort abzuwarten, fuhr er fort: »Ga-nor und ich haben beschlossen, die Stadt ebenfalls zu verlassen und nach Norden zu gehen.«

»Wollt ihr bei Burg Donnerhauer über die Katuger Berge?«

»Ja«, antwortete Ga-nor, der gerade durch die Tür trat. »Bis dorthin sind die Nabatorer noch nicht vorgedrungen. Hast du was dagegen, wenn wir uns euch anschließen, Grauer?«

Wir hatten ihnen erzählt, unser Ziel läge irgendwo hinter den Bluttälern. Einen Teil des Weges könnten wir also in der

Tat gemeinsam bestreiten. Irgendwann müssten Lahen und ich uns aber ins Regenbogental absetzen, während sie weiter nach Loska zögen, um von dort aus zur Festung zu gelangen, die den Westpass der Katuger Berge sicherte.

»Natürlich nicht«, antwortete ich. Beide waren anständige Männer, obendrein handelte es sich bei Ga-nor um einen hervorragenden Krieger. Auch Luk, der häufig so sorglos wirkte, wusste sein Beil notfalls zu führen. »Packt am besten gleich.«

»Schon erledigt.«

»Was ist mit Pferden?«

»Dank Giss haben wir welche«, sagte Luk und schenkte sich etwas Wein ein. »Für euch auch. Was habt ihr dem Turm eigentlich versprochen? Noch vor einer Woche wollten die euch jeden Knochen einzeln brechen, und jetzt überlassen sie euch ihre besten Gäule!«

»Wenn wir nicht Freunde wären, würde ich sagen, dass dich das nichts angeht«, erwiderte ich.

»Und was sagst du jetzt?«, entgegnete er. »Wo wir sogar die besten Freunde sind?«

»Das Gleiche. Es geht dich nichts an.«

Meine Antwort schien Ga-nor zu amüsieren. Luk nahm sie mir jedoch übel und wandte sich an Lahen. »Klärst du mich dann wenigstens auf?«

»Hat dir denn niemand beigebracht, dass du dich nicht in die Belange des Turms einzumischen hast?«, fragte sie ihn lächelnd. »Die Schreitenden mögen das nämlich gar nicht. Je weniger du weißt, desto länger wirst du also leben.«

Daraufhin schmollte er noch mehr. »Na gut, wenn ihr nicht darüber reden wollt – bitte schön«, maulte er. »Worauf warten wir eigentlich noch, wenn alle gepackt haben?«

»Auf Shen. Er sollte schon vor einer Stunde hier sein.«

»Der kommt auch mit?!«

»Stell dir vor, ja.«

»Da platzt doch die Kröte, dann sind wir ja alle wieder zusammen! Hast du das gehört, Ga-nor? Nur Giss fehlt noch. Oder ist der auch mit von …?«

»Das glaube ich kaum«, sagte Ga-nor. »Er wird hier genug zu tun haben. Aber wir sollten uns von ihm verabschieden.«

»Ohne Shen können wir sowieso nicht aufbrechen …«, meinte ich, verstummte aber, als mein Blick auf Lahen fiel.

Sie stand am offenen Fenster und nagte an der Unterlippe, während sie auf das Rauschen des Regens lauschte. Ihre Stirn durchfurchten tiefe Falten.

»Was ist?«, fragte ich so scharf, dass Luk mich erstaunt ansah.

»Ich weiß auch nicht«, antwortete Lahen. »Etwas stimmt hier nicht … dieser Regen …«

»Was ist mit ihm?« Ihre Unsicherheit übertrug sich sofort auf mich.

»Er riecht anders als sonst …«

Prompt trat Ga-nor ans Fenster, stellte sich neben sie und schnupperte gleich einem Tier in der Luft. »Ich rieche nichts.«

Lahen schüttelte verärgert den Kopf und bat ihn, sie nicht abzulenken. Im Zimmer hing angespannte Stille.

»Wir müssen hier weg!«, stieß Lahen aus und wich jäh vom Fenster zurück. »Sofort!«

»Und Shen?«, rief Luk.

»Ins Reich der Tiefe mit Shen! Wir müssen weg hier! Und zwar schnellstens! Ness?«

»Ja, gehen wir!« Ich vertraute ihren Instinkten blind. Bisher hatten sie uns noch nie im Stich gelassen. »Ihr könnt tun und lassen, was ihr wollt, Freunde, aber wir hauen jetzt ab!«

Ich schnappte mir den Köcher und überprüfte noch einmal die Pfeile, bevor ich ihn mir über die Schulter warf. Als Nächstes folgte der Bogen. Lahen nahm ihren Sack an sich und suchte im Zimmer nach dem Armbrustbolzen.

»Könnt ihr uns wenigstens erklären, was los ist?!«, fragte Luk.

»Der Regen riecht nach Magie!«, antwortete Lahen, während sie sich ein schwarzes Tuch um den Kopf band, das sie nach Art der Matrosen aus der Goldenen Mark im Nacken verknotete. »So, ich bin fertig. Was ist mit euch, kommt ihr jetzt mit oder nicht? Entscheidet euch!«

»Ga-nor?«, wandte sich Luk an seinen Gefährten.

»Wir kommen mit. Wir holen nur noch schnell die Waffen aus unserem Zimmer. Dann treffen wir uns unten im Pferdestall. Wartet auf uns!«

Luk musste natürlich noch einmal seine geliebte Kröte erwähnen, der er diesmal sogar noch saftigere Flüche zugesellte, ehe er Ga-nor nacheilte.

»Da!«, schrie Lahen auf. »Hörst du das?«

Eine Gänsehaut rieselte mir über den Körper.

Die Hunde Alsgaras hatten ihr Gebell angestimmt.

Kapitel 10

Als wir alle in den Tordurchgang hineinritten, warfen die Schreitenden Lahen und mir böse Blicke nach, hielten uns aber nicht auf. Sie wussten, wer wir waren, und hätten uns mit Freuden in Asche verwandelt, hätten wir nicht unter dem Schutz der Mutter und des Rats gestanden. Trotzdem hegte ich bis zur letzten Sekunde meine Zweifel, ob wir die Hohe Stadt ohne Shen wirklich verlassen durften. Doch wie sich herausstellte, durften wir es.

Das lausige Wetter kam uns zupass, denn im Gang befanden sich kaum Menschen. Hauptsächlich waren es Bauern oder Arbeiter, die Karren mit Lebensmitteln und Wasser in die Hohe Stadt hinaufbrachten. Da die steinerne Spirale, die in den Felsen eingehauen war, jedoch in Spuren für die jeweiligen Richtungen unterteilt war, gab es keine Rempeleien, und wir kamen schnell voran.

Ich betete, dass das, was sich nach Lahens Instinkt über Alsgara zusammenbraute, mit seinem Ausbruch noch wartete, bis wir aus dem Gang heraus waren. Sollte nämlich vorher Alarm ausgelöst werden, säßen wir in der Falle, denn dann würde das untere Tor geschlossen werden.

Ich trieb mein Pferd noch stärker an, um zu Ga-nor aufzuschließen.

»Wir müssen zum Altzer Tor«, sagte ich ihm. »Wenn es brenzlig wird, muss jeder selbst sehen, wo er bleibt. Falls ihr uns verliert, reitet die Straße des Statthalters bis zum Meloth-Tempel hinunter. Das ist ein weißer Bau mit einem kleinen alten Friedhof. Biegt davor nach links ab und reitet danach immer geradeaus, dann kommt ihr zum Altzer Tor. Wenn ihr das hinter euch habt, braucht ihr bloß noch durch die Blaue Stadt, und ihr habt Alsgara quasi verlassen. Reitet aber nicht in Richtung Fluss, sondern nach Norden. Dort beginnt der Wald. Er ist so dicht, dass ihr etwaige Verfolger abhängt.«

»Danke«, erwiderte Ga-nor, um dann zu meiner Überraschung fortzufahren: »In Städten fühle ich mich nie besonders wohl. Luk, hast du gehört, was Ness gesagt hat? Und dir den Weg gemerkt? Luk?!«

»Ja?«

»Warum wundert mich das jetzt nicht?«, fragte Ga-nor schicksalsergeben, um dann zu brüllen. »Bei Ug, hör gefälligst zu!«

»Tu ich doch. Aber gleichzeitig denke ich auch nach. Diese Hunde haben genauso gebrüllt wie beim letzten Mal. In Hundsgras, meine ich. Sollten hier in der Nähe etwa auch Verdammte sein …?«

»Halt den Mund!«, verlangte Lahen scharf und funkelte ihn wütend an. »Die Verdammten zu erwähnen bringt nur Unglück!«

Und Luk erwiderte tatsächlich kein Wort.

Endlich sahen wir das weit geöffnete untere Tor vor uns und ritten in den peitschenden Regen hinaus. Auch hier, in der Zweiten Stadt, waren bei dem Wetter nur wenig Menschen unterwegs. Ohne uns abzusprechen, trieben wir die Pferde an.

Die Straße des Statthalters war zwar recht breit, sodass wir nicht zu fürchten brauchten, mit dem Kopf gegen ein Ladenschild zu stoßen, aber trotzdem mussten wir nach einer Weile schweren Herzens die Pferde zügeln: Da sie bergab führte, bestand die Gefahr, dass die Tiere auf dem glitschigen Pflaster strauchelten – und das wäre unser aller Ende gewesen.

»*Wie viel Zeit bleibt uns noch?*«, wandte ich mich in Gedanken an Lahen.

»*Eine Minute, eine Stunde, ein Tag … keine Ahnung. Eine innere Stimme warnt mich, aber wann das Unglück wirklich eintritt, weiß nur Meloth allein.*«

»Was ist mit den Schreitenden? Spüren sie das nahende Unheil denn nicht?«

»Ich fürchte, nein. Ich weiß nicht, warum ich es wahrnehme. Vielleicht hat Ceyra Asani ja recht, und Ghinorha hat wirklich dafür gesorgt, dass ich merke, wenn Verdammte in der Nähe sind. Zumindest diejenigen, die noch ihren alten Körper haben. Ich bin mir nicht sicher, ob ich Thia jetzt noch spüren könnte.«

»Warum sagt ihr denn nichts?«, fragte Luk da. »Stimmt was nicht?«

Ich nickte. O ja, etwas stimmte hier nicht. Überhaupt nicht.

Shen konnte weder Arme noch Beine bewegen. Unsichtbare Fesseln hielten ihn gefangen. Auch sein Funke war blockiert. Immerhin hatte ihn niemand durchsucht, sodass er seine Tasche noch bei sich hatte.

Die ganze Zeit über ging ihm nur ein Gedanke durch den Kopf: Mitten in Alsgara saßen Sdisser Nekromanten und Untote. Hatten sich unverfroren einen Steinwurf vom Turm entfernt eingenistet! Er konnte einfach nicht fassen, dass sich der Feind hier, im Schwarzen Haus, einen sicheren Unterschlupf aufgebaut hatte.

Und er konnte die Mutter nicht warnen.

Nicht, wenn ihn Untote im Auge behielten! Nicht, wenn ihn eine Nekromantin mit einen Fesselzauber ausschaltete! Nicht, wenn sich zudem ein Hochstehender im Raum befand! Der breitschultrige Nekromant sprach gerade mit einem jungen, gut gekleideten Mann, dessen Gesicht Shen vage bekannt vorkam. Allerdings vermochte er sich nicht zu erinnern, wo er ihn schon einmal gesehen hatte.

Von der Decke baumelte eine gehäutete und teilweise angenagte Leiche herab. Eine mit Kohle ausgeführte Zeichnung unter dem toten Körper erregte sofort Shens Misstrauen. Das war ein sehr kompliziertes Muster. Wozu genau es den Sdissern diente, war ihm zwar schleierhaft – doch lautere Absichten unterstellte er ihnen nicht.

Außer der Leiche an der Decke gab es noch einen weiteren

Toten im Raum, jenen Soldaten nämlich, der ihn auf der Straße angegriffen und von hinten gestoßen hatte.

In diesem Moment beendeten die beiden Männer ihr Gespräch. Der Nekromant setzte sich neben der Zeichnung auf den Boden, holte ein Buch aus einer Tasche und versenkte sich in dessen Lektüre. Der andere Mann kam lächelnd auf Shen zu. »Wie fühlst du dich?«, fragte er.

Gar nicht so schlecht, dachte er, vor allem angesichts der Tatsache, dass ich erst vor Kurzem zweimal durch höchst eigenwillige Kopfnüsse ausgeschaltet worden bin. Wenn jetzt nur noch die Haut im Nacken etwas brennt, ist das beachtlich. Aber laut sagte er kein Wort.

Das Lächeln des Mannes wurde noch breiter. »Du hast eine arme alte Frau ganz schön auf Trab gehalten. Ich musste dir durchs halbe Imperium nachsetzen, bevor du dich endlich dazu herabgelassen hast, mich zu besuchen.«

»Vielleicht hätte mich eine freundlicher ausgesprochene Einladung ja schon eher überzeugt«, knurrte Shen, der nicht verstand, warum dieser lächelnde Kerl von sich als Frau sprach.

»Du hast recht, dafür muss ich mich in aller Form bei dir entschuldigen! Aber wir leben nun einmal in stürmischen Zeiten, da vergisst man die guten Manieren allzu leicht. Ich fürchte, wenn ich dich heute nicht mit einer gewissen Hartnäckigkeit zu mir gebeten hätte, wäre dieser Besuch am Ende nie zustande gekommen. Insofern sei also willkommen geheißen, mein Freund.«

»Darf ich dann auch erfahren, wann ich dir wieder *Lebe wohl* sagen kann?«

»Sobald gewiss nicht«, sagte er – sie? – leichthin, während sich die fahlblauen Augen zu Schlitzen verengten. »Ich habe dich zu lange gesucht, um dich jetzt so ohne Weiteres wieder ziehen zu lassen. Geh also davon aus, dass wir für die nächste Zeit untrennbar sind, Heiler.«

Da fiel es Shen wie Schuppen von den Augen, und er wusste, wen er vor sich hatte. Seit er diesen Burschen das letzte Mal gesehen hatte, war einige Zeit ins Land gezogen. Inzwischen hatte sich sein Gesicht fast zur Unkenntlichkeit verändert. Trotzdem war er es, daran bestand gar kein Zweifel.

»Du! Ich habe dich in Hundsgras gesehen! Du bist der Trottel, der die Kühe hütet!«

»Nicht mehr. Also, mein Schlaukopf, streng dein Hirn noch einmal an. Aber da du ja nicht nur mit Lichtlanzen fuhrwerken kannst, wirst du gewiss auch diese kleine Aufgabe bewältigen, oder?«

»Du bist diese Verdammte!«

»Manche nennen mich so. Verdammte«, vernahm er die Antwort aus dem Munde des Mannes. »Obwohl ich es vorzöge, wenn du mich Typhus nennst. Oder, da wir mittlerweile doch gute Freunde sind, Thia.«

Doch Shen hatte für ihr Angebot, Frieden und Freundschaft zu schließen, nur einen Fluch übrig.

»Was für ein ausnehmend kultivierter junger Mann du doch bist! Aber allmählich dämmert dir, wie die Dinge liegen, oder? O ja, ich bin mit dem Reich der Tiefe auf du und du. Und dich, mein Freund, erwartet es bereits mit offenen Armen. Solltest du dich also auch weiterhin störrisch stellen, werde ich dich mit Freuden mit ihm bekannt machen.«

»Geh doch in dein …!«

»Normalerweise schlage ich meine Gefangenen nicht«, fiel ihm Thia ins Wort. »Im Unterschied zu Rowan bereitet mir das nämlich kein Vergnügen. Aber bei dir mache ich eine Ausnahme.«

Und prompt gab sie ihm eine erste schallende Ohrfeige.

»Die ist für all das, was du mir angetan hast. Und die … dafür, dass ich mich jetzt mit dir abplagen muss … und die hier … dafür, dass ich dich nicht auf der Stelle töten darf! Herzlich willkommen im Reich der Tiefe, mein Freund! Denn das Reich der Tiefe bin ich!«

»Schneller!«, verlangte Lahen. »Wir müssen aus der Stadt raus!«

»Aber wir dürfen nicht so durch die Straßen preschen!«, widersprach Luk. »Dann wird die erste Patrouille der Stadtwache …«

»Die kann von mir aus zusammen mit dir zu den Gowen gehen!«, unterbrach ich ihn. »Wenn du den Ausgeburten der Sdisser Nekromanten als Futter dienen willst, bitte sehr! Dann trödel halt!«

Wir trieben die Pferde immer weiter an. Ich ritt voraus und setzte die wenigen Menschen, die durch die Straßen liefen, mit lautem Geschrei davon in Kenntnis, dass es ganz bestimmt besser für sie wäre, uns Platz zu machen. Trotzdem mussten wir die Tiere zuweilen zügeln, um nicht in einen Karren voller Krüge oder einen offenbar tauben Dummkopf zu rasen.

Einerseits rettete uns der Regen zwar, weil kaum jemand unterwegs war, andererseits barg er aber auch die Gefahr, dass wir auf dem Pflaster ausrutschten. Der geringste Fehler hätte mich aus dem Sattel katapultieren und mir unter Umständen ein gebrochenes Genick eintragen können.

Trotz der Kapuze tropfte es mir ständig in die Augen. Nur gut, dass wir nicht in den Guss geraten waren, der in der Nacht auf Alsgara eingedroschen hatte.

Wir hatten noch nicht mal die Hälfte des Weges hinter uns, als auf einer der Stadtmauern ein Hornist Alarm blies. Kurz darauf antwortete ein zweites Horn vom anderen Ende der Stadt.

»Es geht los! Ness, es geht los!«, schrie Lahen und krallte die bleichen Finger in die Zügel.

Mit aller Kraft peitschte ich daraufhin auf ihr Pferd ein, stieß meinem Tier die Fersen ihn die Flanken und schrie: »Schneller! Lauft, was ihr könnt!«

Gleich einem wütenden Orkan stoben wir über das Pflaster. Wie durch ein Wunder rissen wir niemanden um. Lahens Pferd war derart schnell davongeschossen, dass es mich eine ganze Weile kostete, bis ich sie wieder eingeholt und mich erneut an die Spitze gesetzt hatte. Sie folgte mir nun mit höchstens einer halben Länge Abstand, und auch Ga-nor und Luk blieben dicht hinter uns. Wenn nicht, hätte mich das allerdings auch nicht aufgehalten – die beiden konnten sehr gut auf sich selbst aufpassen.

»Das schaffen wir nicht!«

Ich wusste, dass sie recht hatte. Bis zum Altzer Tor war es zu weit. Aber welche Wahl hatten wir denn …

»Doch, das schaffen wir. Bleib an meiner Seite. Vielleicht brauche ich deine Gabe.«

In dieser Sekunde stieg am Stadtrand, möglicherweise auch am Ufer der Orsa, etwas in den Himmel auf, schoss pfeifend über die Straße des Statthalters dahin und ging über der Hohen Stadt nieder. Aus den Augenwinkeln nahm ich einen Steinblock von beeindruckender Größe wahr.

Luk ließ mal wieder seine Kröte platzen.

»Die schießen aus Katapulten!«

Immerhin, mal was Neues. Bisher hatte ich noch nie erlebt, dass jemand oder etwas einen solchen Brocken durch die Gegend schleuderte und dann auch noch die Hohe Stadt traf. Was um alles in der Welt waren das für Katapulte?! Alsgara dürften düstere Zeiten bevorstehen – auf die Lahen und ich jedoch getrost verzichten konnten.

Shen spuckte das Blut aus, das ihm aus den aufgeschlagenen Lippen in den Mund geflossen war, und sah die junge Nekromantin mit unverhohlenem Hass an.

»Kannst du mir etwas Wasser bringen?«, fragte er.

Die Frau reagierte überhaupt nicht auf seine Bitte.

»He! Hörst du mich? Ich will was trinken!«

»Gebt ihm Wasser«, befahl nun die Verdammte Typhus, die gerade den Raum betrat.

Kurz darauf erschien ein Untoter mit einem großen Krug Wasser, doch Shen war es trotzdem nicht vergönnt, etwas zu trinken: Typhus seufzte unvermittelt und setzte eine Miene auf, als hätte sie ein vergiftetes Stilett geschluckt, um dem Mann dann den Krug aus der Hand zu reißen und den Inhalt gegen die Wand zu schütten. Das Wasser erstarrte in der Luft, färbte sich silbrig ein und verwandelte sich in einen Spiegel.

Mit stockendem Atem beobachtete Shen diesen Vorgang, von dem er bisher nur in alten Abhandlungen gelesen hatte. Das Silberfenster! Dieser lang verloren geglaubte Zauber! Sosehr sich die Schreitenden auch bemüht hatten, sie hatten ihn nie wirken können. Das Äußerste, was sie zustande brachten, war eine dunkle Oberfläche und ein verzerrtes Geräusch, bei dem man nur mit äußerster Mühe verstand, was der Gesprächspartner sagte, nicht mehr als ein schaler Abklatsch jenes legendären Silberfensters also. Obendrein hatten danach alle, die es versucht hatten, wochenlang unter stechenden Kopfschmerzen gelitten, die ihnen jede Möglichkeit nahmen, ihre Gabe anzurufen.

In Typhus' Fenster erschien nun das Bild eines jungen blonden Mannes, der eine funkelnde Rüstung trug. In ihm erkannte Shen den Verdammten Schwindsucht, dessen Portrait er im Turm gesehen hatte.

»Ich bin da«, teilte er Typhus mit.

Daraufhin platzte der Spiegel. Auf dem Boden bildete sich eine kleine Pfütze.

»Farid«, sagte die Verdammte nach kurzem Schweigen.

»Ja, Herrin«, erwiderte der Nekromant und legte das Buch, in dem er gerade gelesen hatte, zur Seite.

»Zieht die Leiche in den Kreis! Rasch!«, befahl Typhus den Untoten und zeigte auf den Soldaten, der vorm Fenster lag, um sich dann erneut an Farid zu wenden. »Ich brauche deine Kraft. Wir werden nämlich auch noch den Flatterer der Tiefe schaffen.«

Der Nekromant runzelte die Stirn, räusperte sich und brachte vorsichtig heraus: »Ich fürchte, diesen Zauber beherrsche ich nicht, Herrin. Obendrein ist der Turm …«

»Hörst du schlecht, Farid? Ich habe gesagt, ich brauche deine *Kraft*. Den Zauber wirke ich. Und wegen der Schreitenden mach dir keine Sorgen. Die werden schon bald ganz andere Probleme haben und sich gewiss nicht um uns kümmern.«

Damit machten sie sich ans Werk: Der Schädel am Hilss erfüllte sich mit Leben und fauchte grimmig, das Ornament auf dem Boden leuchtete in einem blauen Licht auf, die von der Decke baumelnde Leiche öffnete die Augen, in denen jetzt ein grünes Licht loderte, und krächzte heiser. Der Körper zuckte, einmal, zweimal, dreimal. Dann hüllte sich alles in ein grelles Licht, das einfach nicht erlöschen wollte.

Shen kniff die Augen zusammen, doch das half wenig. Das beißende Licht der Magie schien ihm selbst durch die geschlossenen Lider hindurch die Augen zu versengen. Er wusste nicht, was in diesem Saal vor sich ging, er hörte nur die Stimme des Nekromanten, der in einem Singsang einen Zauberspruch vortrug, und nahm an, dass auch die Verdammte nicht untätig blieb. Die Kraft, die sich nun im Raum ausbreitete, hätte Steine zum Schmelzen bringen müssen …

Doch mit einem Mal endete alles. Das Feuer des Ornaments auf dem Boden fraß sich langsam in die alten Dielen, der Hilss gab nur noch ein fahles Leuchten ab. Dafür fanden sich anstelle der beiden Toten nun zwei Wesen im Raum, sodass der Saal sofort eng wirkte.

Das erste Geschöpf saß gekrümmt an der Wand, hatte die langen, spindeldürren Beine ans Kinn gezogen und stieß beinahe mit dem Kopf gegen die Decke. Haut hatte er keine. Gelbliche Rippen umspannten die eingefallene Brust gleich einem soliden Harnisch, um das tote Herz zu schützen. Die kräftigen Arme verfügten über einen Yard lange Stacheln an den Ellbogen, während gewaltige stählerne Krallen den Rest des Bodens aufkratzten. Auf dem Kopf mit den schwarzen Augenhöhlen und den halb herausgerissenen Wangen (weshalb die zu einem sardonischen Grinsen verzogenen scharfen Zähne zu sehen waren) ragten sechs spitze Hörner auf. Was das für ein Geschöpf war und wie es hieß, wusste Shen nicht. In keinem Bestiarium des Turms hatte er je eine solche Kreatur gesehen.

Das zweite Wesen erinnerte an ein Pferd mit einem menschlichen Schädel. Es hatte einen knochigen, breiten Rücken und sechs Beine, jedes von ihnen so zart wie das einer Heuschrecke.

Nimmt das denn nie ein Ende?, dachte Shen verzweifelt.

Es kostete Thia viel Kraft, dem Flatterer der Tiefe ihren Willen aufzuzwingen. Obwohl sie die in ihrer gegenwärtigen Lage kaum aufbrachte, sträubte sie sich dagegen, in den Körper eines Toten überzuwechseln, um ihrer Gabe auf diese Weise volle Entfaltung zu ermöglichen. Deshalb fürchtete sie zuweilen, der

Flatterer könnte ihr durchgehen. Andererseits wusste sie, dass sie jedes Pferd, selbst eines, das sich gern an Menschenfleisch labte und wie der zum Leben erwachte Albtraum eines Wüstennomaden aussah, schon seit ihrer Kindheit zu bändigen vermochte.

Gerade als sie das Tier tatsächlich gezähmt hatte, ging ein grauenvoller Schlag, von dem die ganze Welt zu erzittern schien, auf das Haus nieder. Ein riesiger Steinquader – wer mochte den geschleudert haben? – hatte den Ostflügel des Hauses getroffen, das Dach durchschlagen und die Außenwand eingerissen, um dann im Garten zu landen, wo er eine der alten Eichen fällte.

Thia lehnte sich aus dem Fenster und fluchte. Viel hätte nicht gefehlt, und dieser Steinblock hätte auch sie unter sich begraben. Nun nahm sie dieses Ungetüm genauer in Augenschein. Zunächst meinte sie, sie täusche sich, doch dann begriff sie, dass sie sich keineswegs irrte.

Rowan! Diese Ausgeburt eines Grabwurms! Hatte er also doch eine Lösung gefunden! O nein, er steckte Alsgara nicht in Brand! Er griff zu einer weit wirkungsvolleren Methode: zur Larve des Shoy-chash, einem Wesen aus dem Reich der Tiefe! Bei dem es sich nicht um einen lächerlichen Gow handelte, sondern um einen Dämon, mit dem man rechnen musste.

Und der verheerender als jedes Feuer war. Vor allem da die Kampfmagie der Schreitenden diesem Geschöpf nichts anhaben konnte, sondern es im Gegenteil nur noch stärkte: Ein Shoychash saugte die lichte Gabe auf wie ein Schwamm. Deshalb richtete man gegen diese Kreatur auch nur mit Stahl und zahllosen Soldaten etwas aus. Oder mit der Hilfe eines sehr erfahrenen Dämonenbeschwörers. In Alsgara gab es zwar Angehörige des Purpurnen Ordens – aber *so* erfahrene, dass sie ein solches Wesen vernichten konnten, wohl kaum.

»Du weißt, was du zu tun hast, Farid. Mach dich also ans Werk«, verlangte Thia, um anschließend mit einem Blick auf Shen an den Flatterer der Tiefe heranzutreten. »Und wir beide, mein guter Heiler, unternehmen jetzt einen kleinen Ausritt.«

Ein fernes Donnern kündete davon, dass die Katapulte unserer Feinde nach dem ersten Schuss weiterwüteten. Der nächste Steinblock war auf Alsgara niedergegangen. Die Hörner auf den Mauern und Türmen bliesen unablässig Alarm. Das Signal hallte durch die ganze Stadt, weitergetragen von den Glocken der zahlreichen Meloth-Tempel.

»Das schaffen wir nie«, murmelte Lahen.

Mittlerweile stürmten aus allen Häusern, Werkstätten, Schenken und Läden Menschen, um zu erfahren, was hier vor sich ging.

Ein weiteres, kaum zu hörendes Donnern drang zu uns herüber: Im Hafenviertel musste ein Stein eingeschlagen sein. Wenn der Beschuss in diesem Tempo anhielt, würde am Abend halb Alsgara zermalmt sein.

Rechter Hand von uns tauchte bereits der Meloth-Tempel mit dem alten Friedhof auf. Ich bog in die Straße ein, die uns zum Altzer Tor bringen sollte.

»Aus dem Weg!«, schrie ich lauthals und schmiegte den Kopf gegen den Hals des Pferdes. »Aus dem Weg!«

Mein Geschrei dürfte vermutlich sogar im Lager der Verdammten zu hören gewesen sein. Nun stimmten auch noch Luk und Ga-nor ein. Die Menschen sprangen zur Seite, pressten sich gegen die Mauern der Häuser und schickten uns üble Flüche hinterher. Ein Brothändler konnte sich nur noch mit knapper Not in Sicherheit bringen, sein Bauchladen landete allerdings auf dem Pflaster und ging zu Bruch.

Irgendein Narr kam sogar auf die Idee, mein Pferd beim Zügel zu packen. Doch auch er hielt mich nicht auf: Ich nahm nur noch ein im Schrei verzerrtes Gesicht wahr, ehe mein Tier den Mann in vollem Galopp unter sich begrub.

Selbst schuld.

Als ich mich nach dem Kerl umdrehte, sah ich, dass er den Zusammenstoß überstanden hatte und nun doch so klug war, zur Seite zu kriechen, denn schon preschten Luk und Ga-nor heran.

»*Guck nach vorn!*«, verlangte Lahen.

Mit unserem wahnsinnigen Ritt hatten wir die Aufmerksamkeit von drei Wachtposten auf uns gelenkt. Einer von ihnen legte besonderen Eifer an den Tag und versuchte, mich mit seiner Armbrust aus dem Sattel zu stoßen. Das Holz und ich, wir verfehlten uns nur um einen Zoll. Nachdem ich an ihm vorbei war, blickte ich mich besorgt nach Lahen um. Doch die knallte dem Soldaten gerade erbarmungslos die Peitsche ins Gesicht. Das dämpfte umgehend die Entschlossenheit aller drei Posten, und sie ließen von uns ab.

Wir hatten noch einmal Glück gehabt. Enormes Glück sogar. Bis zum Tor war es jetzt nur noch ein Katzensprung.

»Achtung!«, schrie Luk da hinter mir.

Instinktiv duckte ich mich. Etwas pfiff über mich hinweg, eine Art Schatten nur, um dann gut hundert Yard vor mir als hellgrüner Steinblock, der es von der Größe her mit einem gut gemästeten Mammut aufnehmen konnte, in ein Haus einzuschlagen.

Die Erde bebte, mein Pferd wieherte verschreckt, ich zog die Zügel an. Glücklicherweise reagierte mein Tier trotz seiner Angst. Luks Pferd rutschte jedoch aus und schoss einige Yards die Straße hinunter, sprang dann auf, stellte sich auf die Hinterbeine und versuchte, seinen Reiter abzuwerfen. Das missglückte nur, weil sich Luk wie eine Klette in der Mähne des Tiers verhakt hatte.

»Hol doch Ug diese Nichtsnutze!«, brüllte Ga-nor wütend. »Wo bitte ist unsere Armee?!«

»Entweder sie schläft, oder sie ist bereits zerschlagen. Und sollte Ersteres zutreffen, wird Letzteres nicht mehr lange auf sich warten lassen«, antwortete ich. Doch was immer die braven Soldaten des Imperiums gerade taten, den Verdammten würden sie nichts entgegenzusetzen haben.

Für uns war der Weg nun jedoch erst mal zu Ende. Berge von Steinen und Brettern sowie der Staub, der sich im Regen auf der Straße absetzte, begruben unsere Idee, durch das Altzer Tor zu entkommen.

»Mit diesem Quader stimmt was nicht«, murmelte Lahen, die den Blick unverwandt auf jenes hübsche Geschenk gerichtet hielt, das uns unsere Feinde just gemacht hatten. Das schwarze Tuch und ihr Haar waren inzwischen völlig durchnässt, denn während unseres Ritts war ihr die Kapuze vom Kopf gerutscht. Jetzt zog sie sie sich wieder über.

»Wir müssen hier weg!«, kam ich ihrer Aufforderung zuvor und wendete das Pferd.

»Da platzt doch die Kröte! Was soll das?! Jedes andere Tor ist längst verrammelt und verriegelt, wenn wir ankommen!«

»Wir reiten zum Hafen! Vielleicht kriegen wir ja noch ein Schiff!«

Das war unsere letzte Hoffnung. Auf die ich allerdings nicht viel gab.

Nachdem der Bogenschütze und sein Weibsbild den Turm verlassen hatten, würden die beiden ohne Frage aus Alsgara verschwinden. Das durfte sie, Thia, auf keinen Fall zulassen. Und diesmal würde ihr dieses schwer zu fassende Pärchen nicht entkommen, da war sie sich sicher. Sie ortete noch einmal die Markierung. Richtig! Der Bogenschütze war schon dabei, die Stadt zu verlassen. Nur würde er das nicht mehr schaffen. Nach dem Alarm würden alle Tore geschlossen werden. Die zwei saßen in der Falle. Sie würde diese beiden ohne Mühe in ihre Gewalt bringen.

Mit Farids Hilfe hatte sie sich ein Geschöpf geschaffen, das sie schneller an ihr Ziel bringen konnte, als es die eigenen Beine oder ein Pferd schafften.

Gewiss, in ihrer gegenwärtigen Lage war ihr nur ein kläglicher Abklatsch des Flatterers der Tiefe gelungen. Der sich in einer halben Stunde in Staub verwandeln würde. Doch das beunruhigte Thia nicht. Denn mehr als eine halbe Stunde würde sie nicht brauchen.

Kapitel II

»Vierunddreißig Soren und achtzehn Sol?!«, empörte sich Giss. »Das ist Wucher!«

Der Händler ließ sich dadurch jedoch nicht aus der Ruhe bringen. »Das ist eine seltene und kostbare Ware. Vor allem jetzt, da die Nabatorer die Pässe durch die Buchsbaumberge halten und die Goldene Mark die Meerenge abgeriegelt hat. Deshalb ist alles, was aus dem Süden übers Binnenmeer kommt, zurzeit wenigstens drei-, wenn nicht viermal so teuer.«

»Und selbst für Stammkunden gibt es keinen Preisnachlass, Dshory?«

»Leider nein«, antwortete der Verkäufer von Elixieren und seltenen Kräutern, entschlossen, sich den schnellen Reichtum zu sichern. »Selbst Euer Schüler weiß, was es mich in diesen Tagen kostet, damit die Arbeiter die Ware im Hafen ausladen und unversehrt liefern. Noch dazu termingerecht.«

»Was meinst du dazu, Ashan?«

»Der Auszug aus der Wurzel des Wüstenapfels ist nicht einmal die Hälfte des verlangten Preises wert, Meister«, antwortete dieser.

»Da hört Ihr's, guter Mann. Er ist der gleichen Meinung wie ich.« Mit diesen Worten legte Giss drei goldene Zehn-Soren-Münzen sowie vier einfache Soren auf den Ladentisch und fing an, das Silber abzuzählen.

»Und trotzdem bezahlt Ihr für die Ware, was ich verlangt habe?«, fragte der Händler grinsend.

»Weil ich sie brauche. Ich kann nicht darauf warten, bis der

Krieg vorbei ist und sich die Preise wieder auf einer vernünftigen Höhe eingespielt haben.«

»Ich hoffe von ganzem Herzen, dass dies so bald als möglich geschieht«, versicherte der Händler völlig ernst, während er das Geld flink wegsteckte und Giss eine kleine Kristallflasche mit einer dunkelkirschroten Flüssigkeit reichte.

Dieser nahm die Flasche vorsichtig an sich und betrachtete sie im Licht.

»Ihr beleidigt mich, Magister«, murmelte der Händler. »Als ob Ihr je gepanschte Ware von mir erhalten hättet.«

»Trotzdem überzeuge ich mich lieber selbst davon«, entgegnete Giss, den die Qualität seines Kaufs jedoch zufriedenstellte. »Nicht, dass ich am Ende in den Klauen eines Dämons lande. Und nun lebt wohl.«

»Ihr auch«, erwiderte der Händler, um dann erstaunt zu fragen: »Was habt Ihr denn auf einmal?«

»Die Glocken! Sie schlagen Alarm!«

»Das kann nicht … doch … Ihr habt recht. Offenbar in der Zweiten Stadt. Und das … das war weitaus näher. Im alten Tempel, wenn ich nicht irre. Ob vielleicht die letzten Ye-arre endlich verjagt werden? Das wäre längst überfällig, wenn Ihr mich fragt. Man ist ja seines Lebens nicht mehr sicher, mit diesen geflügelten Verrätern.«

Ohne etwas darauf zu antworten, stieß Giss die Tür auf und trat auf die Straße. Ashan folgte ihm auf den Fersen.

Von allen Seiten drang das alarmierende Geläut der Tempelglocken und das Tuten der Hörner heran. Die Menschen sahen zu den Fenstern hinaus, kamen aus den Häusern gerannt und fragten einander aufgelöst, was geschehen sei. Mit polternden Schritten lief eine größere Einheit der Stadtwache an ihnen vorbei.

»Das hört sich aber nicht so an, als würden bloß die Ye-arre vertrieben werden, Meister«, durchbrach Ashan das Schweigen. »Dazu sind es zu viele Glocken.«

»Du hast recht, mein Junge. Ich glaube, wir gehen besser in die Hohe Stadt zurück.«

Die Erde bebte. Gleich darauf ließen sich Gedonner, ein Knistern und verängstigte Schreie vernehmen: Der kleine Laden des Kräuterhändlers existierte nicht mehr. Von ihm zeugten nur noch Bruchstücke, der Staub, der sich im Regen aufs Pflaster legte, spärliche Überreste der Rückseite und ein kaum zu beschreibender Geruch, der sich aus Hunderten von Kräutern, Aufgüssen, Salben und Elixieren zusammensetzte. Um die Trümmer herum versammelten sich bereits die ersten Schaulustigen. Eine Frau jammerte, wobei sie in ihrer Klage sowohl Meloth wie auch die Verdammten und die eigene Seele beschwor.

»Ich habe mir zwar heiß und innig gewünscht, dass dieser Schuft von Händler einmal eine ordentliche Abreibung erhält – aber ich hätte doch nie angenommen, dass Meloth mein Gebet vernimmt«, bemerkte Giss. »Das Hafenviertel ist nicht gerade der geeignete Ort, um …« Er ließ den Satz unvollendet und japste stattdessen nach Luft.

Denn eben hatte er entdeckt, was da vom Himmel gefallen war und den Laden zerstört hatte.

Ein großer Stein mit einer rauen grünen Oberfläche.

»Auseinander! Sofort!«, schrie er den Gaffern aus voller Kehle zu. »Macht schon, ihr Narren! Lauft weg, bevor es zu spät ist!«

Doch die Menschen warfen ihm nur wütende und böse Blicke zu. Jemand schimpfte ihn gar einen Dummkopf. Giss verzichtete darauf, diesen Sturköpfen zu erklären, was gleich geschehen würde, und zog wortlos den gedrehten Stab unter der Jacke hervor. Nun stoben die Schaulustigen doch mit verängstigten Schreien auseinander.

Einen gewöhnlichen Dummkopf mochten sie vielleicht nicht beachten oder, schlimmstenfalls, verbläuen, damit er es sich nicht noch einmal einfallen ließ, rechtschaffene Menschen herumzukommandieren – aber einen wahnsinnigen Dämonenbeschwörer? Von dem hielt man sich besser fern.

»Auseinander!«, brüllte Giss. »Das ist ein Dämon!«

Dieses Mal wirkte seine Warnung. Nur wenige Sekunden später war die Straße leer.

»Meister … das kann doch nicht …«

»Wir haben es mit der Larve des Shoy-chash zu tun, mein Junge. Allein werde ich nicht mit ihr fertig. Was ist, hilfst du mir?«

»S-s-selbst-ver-ver-ständlich«, stotterte Ashan, den verängstigten Blick fest auf den kaum merklich zitternden Stein gerichtet. »Aber … aber was kann ich tun, Meister?«

»Nimm das«, sagte Giss, knöpfte die Machete vom Gürtel, nahm die grau-grüne Reisetasche von der Schulter und gab beides an Ashan weiter. »Hier ist das Buch der Anrufung drin. Lauf damit zu den alten Piers. Such dir eine Stelle mit genug Sand für eine große Zeichnung. Wir brauchen drei Pyramiden der Stabilität, die am Sternbild der Katzenspur ausgerichtet sein müssen. Dann ritzt du mit der Machete in den Bereich, in dem sie sich schneiden, eine Sonnennadel ein.«

»Aber …«

»Ich weiß, derart komplizierte Vertreibungszauber haben wir noch nicht behandelt. Und mir ist durchaus bewusst, wie aufwendig das Geflecht ist. Aber wir beide sind die einzigen Ordensmitglieder weit und breit, wir müssen etwas unternehmen. Im Buch findest du die nötigen Zeichnungen. Ich vertraue dir uneingeschränkt, mein Junge. Du schaffst das. Und jetzt lauf. Beeil dich. Ich versuche, die Larve zum Meer zu locken. Bis dahin musst du fertig sein!«

Daraufhin stürzte Ashan, die Machete vor die Brust gepresst, die Tasche über die Schulter geworfen, sofort die Straße hinunter.

Giss schaute seinem davonrennenden Schüler noch kurz nach, ehe er den Stab fest mit der Hand umschloss und sich dem zitternden Stein näherte.

Einem solchen Geschöpf hatte er noch nie gegenübergestanden, denn Dämonen der höchsten Stufe ließen sich nur selten in Hara blicken. Hier gab es zwar Unmengen schmackhaften und leicht zu erbeutenden Futters für sie – aber zu wenig ursprünglicher Magie, als dass sich diese Kreaturen sonderlich wohlgefühlt hätten.

Doch nun blieb Giss nichts anderes übrig, als dieses Geschöpf unverzüglich dahin zurückzutreiben, woher es gekommen war. Andernfalls würde dieses Aas sämtliche lichte Magie schlucken. Nur gut, dass keine Schreitenden in der Nähe waren. Die hätte er vermutlich nur mit Mühe überzeugen können, sich aus dieser Sache herauszuhalten.

Der Stein zitterte noch einmal, knirschte und barst. Purpurrote Tropfen spritzten hoch, ehe sich schließlich die Larve gleich einer gigantischen Assel herausschälte. Vor Giss richtete sich erstmals in seinem Leben ein Shoy-chash auf. Aus voller Kehle schrie ihm der Dämonenbeschwörer den Vertreibungszauber entgegen.

Esmira übernahm es, das gehörnte Tier aus dem Haus zu führen. Das stellte sich als weit schwieriger heraus als angenommen, denn das Geschöpf passte nicht durch die Tür. Doch ein Befehl, die Wand einzureißen, genügte, damit die Kreatur ihre schrecklichen Krallen in den Stein bohrte und sich den Weg bahnte. Schon nach wenigen Minuten hätte durch das gewaltige Loch bequem eine ganze Kutsche gepasst.

Nun kam ein Shej-sa'n in den Saal geflogen, um Bericht zu erstatten. »Zwei Hexen nähern sich.«

»Das sind Glimmende«, präzisierte Thia, nachdem sie einen Blick aus dem Fenster geworfen hatte. »Geschmeiß für uns. Um die brauchen wir uns keine Sorgen zu machen.«

»Trotzdem sollten wir sie uns besser vornehmen«, bemerkte Farid.

»Wenn du unbedingt willst«, antwortete Thia gelangweilt, um sich dann Shen zuzuwenden. »Deine Freundinnen haben sich ganz schön Zeit gelassen, bevor sie sich dazu durchringen konnten, ihre Schritte einmal in Richtung Schwarzes Haus zu lenken.«

»Sie werden euch vernichten! Mit Haut und Haar!«

»Glaubst du wirklich?«, fragte Thia grinsend. »Das sind Glimmende, mein Junge! Vielleicht würde ich mir deine Worte zumindest durch den Kopf gehen lassen, wenn es Schreitende aus dem Rat wären. Aber diese Närrinnen?! Selbst Esmira kann ihnen den Hals umdrehen, als wären es ausgemergelte Hühner.«

»Der Turm wird dergleichen nicht ungerächt lassen!«

»Du scheinst das Ganze immer noch nicht begriffen zu haben!«, fauchte ihn Thia an. »Der Turm jagt mir schon lange keine Angst mehr ein! Der ist nicht mehr, was er einst war. Die Magierinnen und Magier des Imperiums lassen zuweilen aus purer Eitelkeit die Muskeln spielen, ahnen aber nicht einmal, wie lächerlich das auf Außenstehende wirkt. Diese tauben Nüsse, die in euerm … in *meinem* Land Schreitende genannt werden, haben sich in ihrer Dummheit geweigert, den Untergang der Magie aufzuhalten. Sie haben alles verspielt, was sie einst besaßen! Das reiche Wissen der Vergangenheit. Der Turm, mein Junge, hat vergessen, was man nie vergessen darf. Aber wir – wir erinnern uns noch daran! Wir waren es, die danach trachteten, wenigstens noch Krumen des früheren Wissens zu retten! Und wir trachten noch immer genau danach!«

»Das ist gelogen!«

»Ach ja? Und warum stehe ich dann immer noch hier, ohne dass vom Himmel Blitze auf mich niederprasseln? Warum tut sich der Boden unter meinen Füßen dann nicht auf? Also bitte, wo ist sie, die vielbeschworene Kraft der Schreitenden? Wo sind ihre ach so legendären Möglichkeiten? Nein, glaub mir, die meisten Schreitenden und Glimmenden von heute können nicht einmal mehr die einfachsten Bücher aus der Vergangenheit verstehen. Von anderen Schätzen, die im Turm aufbewahrt werden, ganz zu schweigen. Diese Dummköpfe zeigen sich außerstande, einen Heiler auszubilden. Da haben sie nach dem Skulptor erstmals wieder einen Mann, der diesen Aspekt der Gabe in sich trägt – und sie können ihm nicht einmal beibringen, seinen Funken zuverlässig zu kontrollieren! Nichtsnutze seid ihr, alle miteinander! Die es nicht schaffen, über die eigene Nasenspitze hinauszublicken! Man hätte euch längst in Asche verwandeln sollen, damit euch der Wind davonträgt! Oder euch Rowan überlassen sollen, damit der sich mit euch vergnügt.

O ja, er weiß genau, wie er Menschen klarzumachen hat, dass sie keine Götter, sondern nichts als Staub sind. Komm mir also nicht mit dem Turm, mein Junge. Es sei denn, du willst mich mit amüsanten Bemerkungen erheitern.«

In dieser Sekunde erklangen von draußen kurze, schmerzdurchtränkte Schreie herein. Etwas schmatzte und quietschte, dann trat beklemmende Stille ein.

»Na, was habe ich gesagt?«, frohlockte Thia. »Esmira hat diese beiden mühelos ausgeschaltet.«

»Die Mutter …«

»Deine heißgeliebte Mutter wird gar nichts unternehmen. Die hat nämlich genug andere Sorgen. Und in zehn Minuten kommen noch weitere hinzu.«

»Nein!«, brachte Shen verzweifelt heraus. »Sie wird euch alle töten!«

»Kann schon sein, dass einige von uns ins Reich der Tiefe eingehen«, stimmte ihm Thia unumwunden zu. »Irgendwer stirbt schließlich immer. Aber vorher werden wir noch unser Werk vollbringen. Dazu haben wir alle zu lange auf diese Stunde gewartet. Steh auf!«

Erst jetzt bemerkte Shen, dass er sich wieder bewegen konnte. Allerdings fuhr ihm ein stechender Schmerz in die tauben Arme und Beine. Verzweifelt presste er die Zähne zusammen, um nicht aufzustöhnen.

»Weshalb sollte ich?«, knurrte er.

»Ich brauche deine Gabe, mein Freund. Deine wunderbare, einmalige Gabe. Und die wirst du mir leihen, denn das schuldest du mir, nachdem du mich so zugerichtet hast. Du schenkst mir einen akzeptablen Körper. Als Zeichen des guten Willens lasse ich dich dafür am Leben«, erklärte sie, worauf Shen in schallendes Gelächter ausbrach. »Was belustigt dich so?«

»Vergiss es, Typhus!«, antwortete er. »Ich kann dir diesen Traum nicht erfüllen. Und zwar nicht, weil ich nicht will, sondern weil es schlicht und ergreifend mein Können übersteigt.«

»Das weiß ich«, erwiderte Thia. »Aber da wäre immer noch die Verdammte Lepra. Sie ist dazu in der Lage. Und mit deiner …

unmaßgeblichen Hilfe wird sie mir einen neuen Körper geben. Uns steht also noch eine lange Reise bevor. Fürs Erste sei aber so gut und schwing dich auf den Flatterer der Tiefe. Und schlag dir bitte alle Flausen aus dem Kopf. Geh einfach davon aus, dass dir jede Form von Widerstand äußerst schlecht bekäme. Du wirst mir so oder so zu Willen sein, die Frage ist lediglich, wie schmerzhaft es sich für dich gestaltet.«

In der Tat zweifelte Shen keine Sekunde daran, dass er sich um jede Aussicht brächte, seine Freiheit zurückzuerlangen, wenn er sich jetzt stur stellte. In dem Fall würde ihm Typhus kurzerhand wieder Fesseln anlegen und ihm damit noch die kleinste Fluchtmöglichkeit nehmen. Deshalb hielt er es für geboten, ihrem Befehl Folge zu leisten.

Der knochige Rücken des Flatterers strahlte eine überraschende Wärme, ja sogar Hitze aus. Als brennte in seinem Innern ein Feuer. Vorsichtig streckte Shen die Hände beim Aufsitzen nach den spitzen Wirbeln aus, die aus dem Fleisch hervorstaken und wie glänzend polierte hölzerne Türklinken wirkten. Schon im nächsten Moment klebte er mit Armen und Beinen an dem Wesen fest.

»Das verhindert, dass du während des Ritts abstürzt. Oder fliehst«, ließ sich Thia zu einer Erklärung herab. »Und jetzt lass uns aufbrechen. Ich möchte nämlich nicht in der Nähe sein, wenn der Shoy-chash aus dem Ei schlüpft.«

Dann ging der Ritt los. Shen kam sich wie in einer Kapsel vor, aus der er sich immer mal wieder kurz zu befreien vermochte, um keuchend, da Atemnot ihm bereits die Lungen brennen ließ, nach Luft zu ringen. Gleich darauf presste es ihn jedoch wieder in das schwindelerregende Gewirr aus Bildern und Lauten hinein. Der Flatterer der Tiefe raste mit einer unglaublichen Schnelligkeit durch die Stadt. Häuser, Zäune, Schilder, Bäume und Menschen schossen nur so an ihnen vorbei. Seine sechs Beine, die in spitzen, beinernen Kämmen endeten, verschmolzen zu einem einzigen Schnörkel. Wenn nötig, vollführte er einen Sprung von drei Yard, um über ein Hindernis zu setzen.

Irgendwann rebellierte Shens Magen. Sein Mund war ausgetrocknet und ihm schwindelte. Sobald er die Augen schloss, nahm die Pein noch zu. Da ihn Magie an das Geschöpf schmiedete, konnte er auch nicht abspringen. Schließlich würgte es ihn derart, dass er sich übergab.

Mit einem Mal hielten sie abrupt an, sodass Shen vornüberfiel. Er stöhnte leise, denn es würgte ihn bereits wieder, und sah um sich, um festzustellen, wo sie überhaupt waren.

Der Erbsenplatz. Keine hundert Yard von ihm entfernt befand sich das Tor, das in die Hohe Stadt führte. Auf der Mauer tobte der Kampf. Soldaten, die Gardisten des Statthalters, Schreitende und Glimmende setzten sich gegen die anströmenden Untoten, Ascheseelen und diese gehörnte Kreatur, die im Schwarzen Haus geschaffen worden war, zur Wehr. Auch Farid war da. Esmira lag tot am Beginn der Traumstraße, von einem Armbrustbolzen getroffen.

Wenn die Magier und Magierinnen des Imperiums die Pfeile der Shey-s'anen nicht aufgehalten und das heulende Monster nicht mit magischen Schlägen zurückgestoßen hätten, wäre das Tor längst gefallen. Die Schützen auf den Wachtürmen setzten alles daran, Farid, ihren entscheidenden Gegner, mit Armbrustbolzen und Pfeilen auszuschalten, konnten bislang aber keinen Erfolg verzeichnen. Typhus jedoch schien nicht die Absicht zu haben, sich in diesen Kampf einzumischen.

»Deine Diener werden vernichtet werden«, spie Shen aus. »Wart's ab, es dauert nicht mehr lang. Sie sind allesamt dem Untergang geweiht. Sobald die Schreitenden aus dem Turm …«

Doch noch ehe er den Satz beendete, erhob sich in den Häusern um ihn herum ein derartiges Geschrei, dass ihm fast das Trommelfell platzte. Es folgte ein ohrenbetäubender Schlag. Über den Dächern stieg eine riesige Säule aus bläulichem Rauch auf, die an einen Giftpilz erinnerte.

»Du solltest mehr auf die Worte kluger Leute geben«, sagte Thia und nickte lachend in Richtung Tor. »Der Turm und die Mutter haben gar keine Zeit für uns. Die müssen sich nämlich mit einem jungen, hungrigen und sehr wütenden Shoy-chash auseinandersetzen. Bevor die Schreitenden auch nur begriffen haben, was das für eine Kreatur ist, hat ihnen das gute Kerlchen die gesamte Magie weggeschlürft. Dann dürfte es hier recht ungemütlich werden. Sicher, irgendwann werden selbst diese Dummköpfe auf die Idee kommen, einen Dämonenbeschwörer um Hilfe zu rufen. Aber bis dahin fesselt der Shoy-chash ihre Aufmerksamkeit – und gibt Rowans Kriegern damit die Möglichkeit, sich erst einmal ordentlich auszutoben. Und glaub mir, der Verdammte Fieber, dieses ausgemachte Miststück, wird seinen Spaß haben.«

»*Verflucht*«, stieß Lahen in Gedankensprache aus.

In der Tat. Wir kamen nicht in die Straße des Statthalters zurück, da uns Soldaten in Brustharnischen und mit kurzen Piken in den Händen den Weg versperrten. Die warteten doch wohl nicht auf uns?

»*Die lassen uns nicht durch. Kannst du irgendetwas unternehmen?*«, fragte ich Lahen und zügelte das Pferd ein wenig.

»*Wenn ich das tue, reißt mir der Turm den Kopf ab!*«

Doch noch ehe ich etwas antworten konnte, sprangen zwei Gestalten um die Ecke. Ich erhaschte nur einen flüchtigen Blick auf ihre Rüstung, da hatten sie sich bereits auf die Soldaten gestürzt, ohne auch nur auf die Piken zu achten.

Es knallte fürchterlich.

Die beiden Wesen explodierten und verwandelten alle um sich herum in blutigen Brei.

»Fische!«, schrie Luk. »Das sind Fische!«

Zum Glück befanden wir uns so weit von ihnen entfernt, dass weder wir noch die Pferde etwas abkriegten. Den Tieren jagte der Knall allerdings einen gewaltigen Schrecken ein, was uns mehrere wertvolle Minuten kostete, sie wieder zu beruhigen.

»Wenn jetzt schon Fische in Alsgara auftauchen, ist die Stadt erledigt!«, schrie Ga-nor.

Niemand antwortete ihm. Ich fluchte bloß, und Lahen trank rasch einen Schluck aus der Wasserflasche.

»*Wie sind die in die Stadt gekommen?*«

»Spielt das eine Rolle?«, fragte Lahen zurück. *»Statt dir über diese Viecher den Kopf zu zerbrechen, solltest du uns lieber hier rausbringen.«*

Leicht gesagt! Bis zum Tor war es noch ein gutes Stück.

Außerdem strömten immer mehr Menschen aus den Häusern. Einige liefen schreiend durch die Straße, andere hämmerten gegen Türen, wieder andere schleppten irgendwelches Hab und Gut fort (keine Ahnung, ob ihres oder fremdes). Es grenzte an ein Wunder, dass wir niemanden verletzten.

»Untote!«, erschallte da ein hysterischer Aufschrei. »Die Untoten greifen uns an! Rette sich, wer kann!«

Dieser Schrei wurde sofort aufgenommen und weitergetragen. Panik breitete sich wie Feuer in trockenem Schilf aus. Alle rannten durcheinander, stolperten, trampelten übereinander her … In dem Gewusel mussten wir die Pferde noch weiter zügeln. Das wiederum brachte einige Schlauberger auf die Idee, dass sie den Untoten auf unseren Tieren weit schneller entkommen würden als auf eigenen Beinen. Ein paar Männer griffen nach den Zügeln meines Tiers, ein weiterer versuchte, mich aus dem Sattel zu stoßen. Das reichte. Ich ließ meine gute Kinderstube fahren und zog dem Kerl mit der stumpfen Seite meines Beils eins über den Schädel. Sofort ließ er von mir und meinem Tier ab. Auch einer der Kerle, die sich die Zügel geschnappt hatten, sprang verängstigt davon. Sein Kumpan erwies sich jedoch als hartnäckiger, weshalb ich mein Pferd auf die Hinterbeine gehen ließ. Ohne dass es einer weiteren Aufforderung meinerseits bedurft hätte, bearbeitete es mit seinen Vorderhufen sogleich die Brust des Burschen.

Luk schlug fluchend mit der Peitsche um sich, Ga-nor zog das Schwert blank, und das kühlte endlich den Eifer selbst der hitzköpfigsten Raufbolde. Lahen wusste sich etwaige Angreifer ebenfalls vom Hals zu halten: Wer auch immer sich ihr näherte, landete auf dem Pflaster und wand sich in Krämpfen.

Ich trieb mein Pferd nun erbarmungslos an und preschte in diejenigen hinein, die uns noch immer den Weg versperrten. Das kräftige, breitbrüstige Tier bahnte sich seinen Lauf durch die Menschen so leicht, wie ein Messer durch Butter geht. Lahen setzte mir sofort in die geschlagene Bresche nach. Irgendein Dreckskerl warf mit einem Stein nach ihr, verfehlte sie jedoch und ging zu Boden, sich schreiend die Hände vors Gesicht pressend.

Wir schafften es, der panischen Meute zu entrinnen, ohne auf Untote zu stoßen. Dafür wären wir kurz darauf beinah in einen Nekromanten hineingejagt, der sich dort in Gesellschaft eines Dutzends Untoter und von zwei Ascheseelen aufgebaut hatte. Zum Glück galt jedoch die ungeteilte Aufmerksamkeit dieser Gruppe dem Kampf, der um die Stände des großen Gemüsemarkts herum tobte. Die Gardisten hielten sich tapfer. Außerdem deuteten magische Explosionen, die immer wieder ein paar Untote zunichtemachten, darauf, dass auch Schreitende ihre Finger im Spiel hatten.

Geradeaus weiterzureiten wäre trotzdem Selbstmord gewesen. Wenn du deinen Kopf in einen siedenden Kessel steckst, musst du darauf gefasst sein, dass er verschmurgelt. Zum Glück gab es aber eine andere Möglichkeit.

Wir ritten durch eine Querstraße zur Fadengasse, die parallel zur Straße des Statthalters verlief. Daraufhin schickte uns allerdings Ga-nor einen entsetzten Schrei nach, denn er hätte sich am liebsten ins Getümmel gestürzt.

»*Lass mich vorbei*«, verlangte Lahen.

Das tat ich.

»Wir hätten den Soldaten helfen müssen!«, schrie Ga-nor da, der offenbar doch noch genügend Verstand besessen hatte, uns nachzureiten.

»Wie denn? Indem wir mit ihnen sterben?«, rief ich zurück. »Red keinen Unsinn, Rotschopf! Da sind keine Soldaten vonnöten, sondern Schreitende.«

»Aber kann denn Lahen nicht …«, mischte sich nun Luk ein.

»Lahen lasse ich nicht mal in die Nähe dieses Gemetzels!«, fiel ich ihm ins Wort. »Wenn ihr zurückwollt, bitte! Aber ohne uns! In diesem Krieg haben wir nichts verloren! Und ihr eigentlich auch nicht.«

»Nicht?!«, fragte Ga-nor mit finsterer Miene. »Gibt es denn überhaupt etwas, für das du kämpfen würdest, Gijan?«

»Das weißt du ganz genau«, erwiderte ich gelassen. »Im Sandoner Wald habe ich das erste und einzige Mal für andere gekämpft. Seitdem kämpfe ich nur noch für mich selbst. Und für sie.« Ich nickte in Lahens Richtung. »Aber das da …« – ich deutete zu den Kampfgeräuschen zurück –, »… das ist eine andere Sache. Für die werde ich nicht sterben. Wenn ihr wollt, reitet zurück, es hindert euch niemand. Nur entscheidet euch schnell!«

Daraufhin beschlossen die beiden dann doch, den Tod fürs Imperium noch ein wenig hinauszuschieben und uns zu folgen.

Als wir nach einer Weile wieder auf die Straße des Statthalters stießen, lag diese überraschend ruhig vor uns.

»*Schon die Pferde nicht!*«, verlangte ich von Lahen, während wir wie wild ritten. Mein Tier war schon über und über mit Schweiß bedeckt. In seiner Brust rasselte es fürchterlich. Wenn diese Jagd noch etwas andauern würde, wäre das sein Ende. Doch da sah ich bereits die Mauer mit dem Tor zur Vogelstadt.

Nur dass die Soldaten gerade dabei waren, das Gitter herunterzulassen …

Wunderbar …

Ich trieb das Pferd zum Äußersten an. Lahen schoss noch vor mir durchs Tor, ich schlüpfte in letzter Sekunde hindurch und entkam mit knapper Not den herabfallenden scharfen Zähnen. Scheppernd schlug das Gitter hinter mir auf dem Boden auf.

Mein Pferd verließen nun endgültig die Kräfte. Es strauchelte und fiel mit kläglichem Wiehern auf die Seite. Gerade noch rechtzeitig zog ich den Fuß aus dem Steigbügel, sprang ab und rollte zur Seite, um außer Reichweite der Hufe zu gelangen. Als ich wieder aufstand und mich umsah, entfuhr mir ein wütender Fluch. Nur Lahen und ich hatten es geschafft. Ga-nor und Luk waren auf der anderen Seite der Mauer geblieben.

Ich rannte zurück. Luk brüllte, Speichel verspritzend, einen Sergeanten an. Der war in seiner Wut bereits purpurn angelaufen und schrie seinerseits auf Luk ein. Ga-nor saß ab, trat ans Gitter heran und lächelte mich durch die armdicken Stäbe hindurch an.

»Lassen sie das Gitter noch mal hoch?«, fragte ich, obwohl ich die Antwort kannte.

»Ich fürchte nicht. Sie haben ihre Befehle.«

»Keine Ahnung, ob du mir glaubst, aber es tut mir wirklich leid.«

»Du kannst ja nichts dafür, Grauer. Ihr hattet Glück, wir nicht. All das ist jedoch Ugs Wille. Wenn wir uns hier trennen müssen, dann heißt das nur, dass mein Gott es so wollte.«

Aus der Ferne klangen Schreie und Waffengeklirr herüber. Es würde nicht mehr lange dauern, dann hätte der Kampf auch dieses Tor erreicht. Ga-nor zog bereits wieder das Schwert aus der Scheide, die auf seinem Rücken hing.

»Ihr solltet euch jetzt davonmachen. Und zwar rasch«, sagte er.

Bevor ich etwas erwidern konnte, kam Lahen zu uns. »Kannst du irgendwas mit dem Gitter machen?«

»Glaub mir, es wäre leichter, eine Verdammte in ein schneeweißes Schaf zu verwandeln, als ein Werk des Skulptors zu zerstören«, antwortete sie. »Gegen dieses Gitter würden vermutlich nicht einmal alle sechs Verdammten zusammen etwas ausrichten können.«

Fluchend versetzte ich dem Gitter, das uns trennte, einen Tritt.

Ich musste jetzt endlich eine Entscheidung treffen – so schwer sie mir auch fiel. Hol mich doch das Reich der Tiefe! Nie hätte ich gedacht, dass es so schmerzlich sein würde, sich von zwei Menschen zu verabschieden. Entweder wurde ich alt oder sentimental. Und ohne Lahen an meiner Seite wäre ich wohl bei Ganor und Luk geblieben …

»Bis zum nächsten Mal, Ga-nor. Wenn dein Ug uns allen wohlgesonnen ist, dann sehen wir uns noch einmal wieder, da bin ich mir ganz sicher.«

Er streckte mir die Hand durch die Gitterstäbe zu, und wir verabschiedeten uns mit einem kräftigen Händedruck.

»Das werden wir. Ganz bestimmt«, erwiderte er. »Viel Glück euch beiden.«

Lahen und ich sahen ihm nach, wie er zu Luk ging, ehe wir uns schweigend davonmachten.

Mein Pferd würde es nur noch bis zum Friedhof schaffen, und selbst das nur, wenn ich es trug. Lahens Tier dagegen schien einem weiteren Ritt nicht abgeneigt, obwohl es ebenfalls schweißbedeckt war.

»Was meinst du?«, fragte ich meinen Augenstern. »Hält es uns beide aus?«

»Wenn wir langsam reiten. Und das ist immer noch besser, als zu Fuß zu gehen. Außerdem ist es ja nicht mehr weit.«

Das stimmte. Nur noch durch die Vogelstadt, dann wären wir endlich im Hafenviertel und bei den Piers.

Kapitel 12

Das Glück war Giss schon immer hold gewesen. Und auch an diesem Tag machte es keine Ausnahme.

Erstens, weil es regnete. Kreaturen aus dem Reich der Tiefe ertragen kein Wasser, da dieses ihre ursprüngliche Form auflöst und sie von ihrer Kraft abschneidet. Saugte sich obendrein die Erde voll mit Nass, so waren die Dämonen vollends die Gelackmeierten, denn dann vermochten sie die Verbindung zu ihrer Welt kaum aufrechtzuerhalten. Das galt zwar nicht für Meer- und Wassergowen – für alle anderen Dämonen dafür aber umso mehr.

Zweitens, weil der Shoy-chash Pech bei der Landung gehabt hatte. Ausgerechnet in einen Laden, der Mittel zum Kampf gegen Dämonen anbot, war er gekracht. Allein der Geruch all der Kräuter, Elixiere, Salben, Extrakte und Pulver, der den zerschlagenen Fläschchen, Fässern, Schachteln, Gläsern und Kästen entströmte, schwächte diese Kreatur bereits.

Drittens, weil sich Giss viele Jahre der Kunst, die Ausgeburten aus dem Reich der Tiefe zu bändigen, gewidmet hatte und deshalb genug Erfahrung besaß, um gegen ein solches Scheusal anzutreten.

Und viertens, weil er es nicht nur schaffte, die Aufmerksamkeit des Shoy-chash auf sich zu lenken, sondern diesen auch in Rage trieb. Die Kreatur hatte jetzt nur noch einen Wunsch: jenen Menschen, der ihm mit seinen Worten so heftigen Schmerz zufügte, zu töten.

Nun brauchte er den Dämon bloß noch zum Meer zu locken,

um ihn endgültig auszuschalten. Giss wählte den kürzesten Weg. Ein paarmal musste er allerdings im Lauf innehalten, um sich dem Dämon mit seinem Stab in Erinnerung zu bringen. Nach jeder dieser Einlagen hegte der Shoy-chash größere Rachegelüste, und einmal hätte er Giss sogar beinah erwischt. Trotz der beachtlichen Größe war der Dämon nämlich ausgesprochen flink. Dieser lebende bemooste Stein glitt über den Boden, fast wie eine gigantische Schnecke, eine breiige, entsetzlich stinkende grüne Schleimspur hinterlassend. Sein dornenbesetzter Körper ging ohne jeden Hals in den Kopf über, der nichts aufwies, was an ein Auge denken ließ. Allerdings verfügte das Untier über mehrere runde Mäuler mit scharfen Zähnen. Obendrein durfte er dünne, gertengleiche Arme mit zwei bekrallten Fingern sein Eigen nennen.

Giss bog nach rechts ab und rannte durch eine enge Straße. Bis zum Meer war es nur noch ein Katzensprung. Der Shoy-chash nahm die Kurve nur mit Mühe, knallte donnernd gegen ein Haus und brachte es zum Einsturz. Der Lärm ließ Giss herumfahren. Sofort richtete er den Stab auf den Dämon, der sich gerade aus den Ruinen herausschlängelte und wütend auf ihn zukroch. Das Metall in Giss' Händen erkaltete, der Knauf des magischen Artefakts überzog sich mit einer Eiskruste. Prompt wich der Dämon ein kleines Stück zurück. Mehr aber auch nicht!

Dabei wäre jeder andere Gow, den Giss mit diesem mächtigen Zauber der Vertreibung angegriffen hätte, bereits an den Rand der Welt katapultiert worden. Dem Dämonenbeschwörer blieb nichts anderes übrig, als noch schneller zu rennen – denn nun würde diese Kreatur mit Sicherheit nicht von ihm ablassen. Deshalb musste er die alten Piers so rasch wie möglich erreichen, um wenigstens noch einen kurzen Blick auf Ashans Werk zu werfen.

Er eilte am Ufer entlang zu den alten Speicherhallen am Hafen. Dieser Teil der Stadt sah seit Langem dem Untergang entgegen.

Kurz bevor Giss die Kräfte verließen, erreichte er sein Ziel. Der

Regen verlieh dem Meer eine braune Farbe, der Wind peitschte es zu hohen Wellen auf. Ashan stand dicht am Wasser. Ein Blick auf die Arbeit seines Schülers genügte Giss, um zu erkennen: Die Pyramiden der Stabilität waren ihm hervorragend gelungen. Ihre Lage entsprach genau dem erforderlichen Sternbild.

»Das hast du gut gemacht«, stieß er keuchend aus, um seinem Schüler Waffe wie Tasche wieder abzunehmen. »Geh davon aus, dass du die nächste Stufe deiner Ausbildung ohne Examen erreicht hast. Und jetzt lauf schnell weg von hier. Der Shoy-chash ist gleich da.«

»Meister! Erlaubt mir zu bleiben!«

Hinter den Speichern erklang ein triumphierendes Heulen.

»Lauf!«, schrie Giss. »Sofort!«

Daraufhin stürzte Ashan endlich davon. Giss verschwendete keinen Gedanken mehr an ihn, sondern zog den Dolch blank, um einen flüchtigen, den Kraftstrom kaum schwächenden Fehler zu beseitigen, der sich in die Sonnennadel eingeschlichen hatte und ihm erst jetzt aufgefallen war. Anschließend betrachtete er ein letztes Mal die Zeichnung. Nun erwies sich der Regen keineswegs länger als hilfreich, denn er drohte die Linien im Sand zu zerstören.

Der bucklige Kopf des Dämons tauchte bereits auf. Die Kreatur glitt unverändert heran, bewegte sich jedoch wesentlich langsamer als bisher, entzog das Meer ihm doch seine Kraft.

Erst in letzter Sekunde, als der Shoy-chash Giss schon fast wie eine Mücke zermalmt hatte, sprang der Dämonenbeschwörer nach hinten und schrie ihm den Zauberspruch entgegen. Die Pyramiden der Stabilität loderten auf, und drei Säulen gelben Lichts schossen hoch hinauf zu den Gewitterwolken.

Ihr wahnsinniger Ritt nahm längst nicht die Wendung, auf die Shen so hoffte.

Er und Thia sprengten an die Gardekasernen heran, und die berittene Wache des Statthalters entdeckte sie auch sofort, ja sie warfen sich sogar unter lautem Geschrei in den Angriff. Thia stieß jedoch nur ein höhnisches Gelächter aus und ließ den

Flatterer mit einigen schnellen Sprüngen den Platz vor den Kasernen überqueren. Und obwohl die wütenden Gardisten die Verfolgung unverzüglich aufnahmen, blieben sie hoffnungslos zurück: Keines der Pferde konnte mit dem magisch geschaffenen Geschöpf mithalten.

»Was ist, mein Junge?«, stichelte Thia, als es Shen abermals würgte. »Geht es dir nicht gut? Aber glaub mir, du gewöhnst dich dran. Auch wenn es nicht wie im Märchen ist, wo die Hexen stets verzückt auf ihren Besen fliegen und das genauso bequem finden wie eine Kutschfahrt.«

»Ein Flug wäre ja auch etwas ganz anderes«, brachte Shen mühevoll heraus. »Aber das bringst nicht mal du zustande.«

»Oh, wart's nur ab!«

Daraufhin erklomm der Flatterer mit zwei Sprüngen eine Mauer, blieb kurz am Rand stehen – und stürzte sich in die Tiefe.

Aus einer Höhe von gut sechzig Yard wirkten die roten Ziegeldächer der Zweiten Stadt gar nicht mehr so groß. Sie erinnerten eher an einen Flickenteppich, dem sie sich mit unglaublicher Schnelligkeit näherten. Shen schrie panisch auf. In diesem Augenblick erzitterte jedoch die Luft um den Flatterer herum, und dem Geschöpf wuchsen fahle, halb durchscheinende Flügel. Als sie nur noch zehn Yard von den Dächern trennten, ging die Kreatur in einen sanften Flug über und drehte Richtung Meer ab.

Dort hatte Thia die Markierung des Bogenschützen geortet. Hatte er es also schon bis dahin geschafft. Immerhin konnte sie sich ihm mit dem Flatterer mühelos durch die Luft nähern, ohne dass die Kämpfe, die in den Straßen Alsgaras tobten, sie aufhielten, ohne dass sie vor einem verschlossenen Tor hätte kehrtmachen müssen.

Sicher, auch dieses bequeme Fortbewegungsmittel hatte seine Nachteile: Der Flatterer konnte sich nur zwei, drei Minuten in der Luft halten. Danach würde er schlicht und ergreifend in sich zusammenfallen, eine nicht gerade angenehme Vorstellung. Dennoch ging sie das Risiko ein, auch wenn es sie ihre letzten

Kräfte kostete. Zumal sie eine der wenigen war, die über die dafür nötigen Kenntnisse verfügte: Ghinorha und Rethar waren zu ihrer Zeit imstande gewesen, einen flugfähigen Dämon zu schaffen, doch heute vermochten das nur noch Talki und eben sie, Thia.

Sie hatte bereits zweimal auf diese Form der Magie zurückgegriffen. Daher wusste sie, dass sie in wenigen Stunden von schrecklichen Schmerzen in den Gelenken heimgesucht werden würde. Außerdem wäre sie einen Tag lang von ihrer Gabe abgeschnitten. Das war ein hoher Preis. Den eigentlich nur Wahnsinnige entrichteten.

Thia blieb in ihrer Situation jedoch keine andere Wahl. Aber für die Schmerzen würden am Ende diejenigen bezahlen, die sie zu diesem Schritt gezwungen hatten. Vor allem da ein Flug im Regen besonders widerlich war. Ständig peitschten ihr Tropfen ins Gesicht und liefen ihr in die Augen. Immerhin vermochte sie trotz dieser Widrigkeiten recht gut zu erkennen, was unter ihr vor sich ging.

Die halbe Stadt stand in Flammen, selbst der Regen löschte die Feuer nicht. Riesige Rauchsäulen verschmolzen mit den Wolken und verdeckten jede Sicht auf den Horizont. Ob nun die Schreitenden die Feuer gelegt hatten oder ob Rowan dahintersteckte, das scherte sie nicht im Geringsten. Für sie zählte einzig und allein, endlich diese Autodidaktin zu fassen und sie Talki auszuliefern.

Mittlerweile neigte sich die erste Minute ihrem Ende zu. Der Flatterer hatte die Hälfte der Strecke hinter sich gebracht. Schon machte sie die Türme der Ye-arre aus, die sich in den Himmel zu bohren schienen. Und von der Vogelstadt bis zum Hafen war es nur noch ein Katzensprung.

Als sie jedoch sah, wie bei den Piers Lichtsäulen in die tief hängenden Wolken hinaufschossen, kniff sie ungläubig die Augen zusammen. Was war das für eine Form der Magie?

»Achtung!«, schrie der Heiler mit einem Mal aus Leibeskräften.

Eine dieser Missgeburten aus dem Turm musste den über die

Stadt dahinfliegenden Flatterer bemerkt und ihm ohne zu zögern einen Kampfzauber nachgeschickt haben. Fast mit Erfolg.

Da Thia all ihre Kräfte brauchte, um ihr Flugtier unter Kontrolle zu behalten, konnte sie nicht einmal einen Schild wirken, der sie gegen den magischen Angriff gefeit hätte. Ihr blieb nichts anderes übrig, als abzudrehen und im flachen Bogen weiter zum Meer zu fliegen. Das glückte auch. Nur dass sie dann, kurz vorm Ziel, von einem zweiten Angriff eingeholt wurde.

Die Luft knisterte, eine heiße Woge brandete gegen ihren Rücken – und der Flatterer stürzte ab. Die Dächer der Häuser drehten sich wie ein wahnsinniges Karussell, kamen mit jeder Sekunde näher und näher. Es hätte nicht viel gefehlt, und sie wären gegen den Meloth-Tempel geknallt. Als sie das Meer schon sahen, lief die Lebenszeit des Flatterers aus. Das Wesen aus dem Reich der Tiefe verwandelte sich zu Asche und überantwortete die Verdammte und den Heiler in einer Höhe von vierzig Yard über dem Boden ihrem Schicksal.

Die Vogelstadt lag im Sterben. An allen Ecken donnerte und blitzte es von der Magie der Glimmenden, der Schreitenden und der Nekromanten, in allen Straßen brannte es. Von überall her strömten Untote zusammen. Außerdem mussten sich Unmengen von Nabatorern in Alsgara breitgemacht haben. Einer von ihnen hielt uns offenbar für leichte Beute, doch Lahen zermalmte ihn an der nächsten Wand.

Trotz aller Gefahren brachten wir das Viertel der Ye-arre recht schnell hinter uns. Der Hafen empfing uns dann mit verblüffender Stille, fast, als wären wir auf einen aufgegebenen Friedhof geraten. Wir sahen weder Menschen noch die Monster der Sdisser. Nur in einer Straße lagen etliche Leichen. Ich zählte mehr als zwanzig tote Soldaten der Stadtwache. Um sie herum verteilten sich verbeulte und angekohlte Brustharnische sowie zerquetschte Körperteile. In einem Springbrunnen hatte Blut das Wasser rot gefärbt. An ihm lehnte ein mit Armbrustbolzen gespickter Nekromant. Bestens. Wenigstens dieser Kerl hatte sein Fett abbekommen.

Als unser Pferd den Geruch des Todes witterte, blieb es wie angewurzelt stehen. Da es sich strikt weigerte weiterzugehen, musste ich es am Zügel führen.

»Wir haben es fast geschafft«, sagte ich. Doch da sprang Lahen plötzlich aus dem Sattel. »He, wo willst du hin?!«

»Ich bin gleich wieder da«, antwortete sie und stürzte davon.

»Bitte nicht!«, stöhnte ich, als sie mit dem Hilss des Nekromanten zurückkehrte. »Was willst du denn mit dem Ding?«

»Für alle Fälle. Damit fühle ich mich sicherer.«

»Aber ich nicht. Dazu ist mir noch zu gut in Erinnerung, wie es dir in Hundsgras ergangen ist, nachdem du mit diesem Mistding herumgefuhrwerkt hast. Er trinkt dein Leben. Vielleicht tötet er dich sogar.«

»Wir müssen um jeden Preis aus der Stadt herauskommen. Wenn du glaubst, dass es mich begeistert, einen Hilss einzusetzen, dann irrst du dich gewaltig. Aber wenn es sein muss, werde ich genau das tun. Widersprich mir nicht! Als ob du nicht selbst wüsstest, dass wir keine andere Wahl haben.«

Gleich einer Katze verfügte Thia nicht nur über neun Leben, sondern auch über unfassbares Glück.

Als der Flatterer der Tiefe zu Asche zerfiel, blieb sie völlig ruhig. Dergleichen hatte sie schon einmal erlebt, im Krieg der Nekromanten, als sie nicht auf die Zeit geachtet hatte. Damals musste sie improvisieren. Auf diese Erfahrung konnte sie heute zurückgreifen.

Sie ließ vor sich und Shen etliche Schilde aus dicker Luft entstehen. Eins nach dem andern fing ihre Körper auf, bremste ihren Fall. Als sie beide landeten, hatten sie nicht mehr zu beklagen als ein paar unbedeutende Prellungen und verschmutzte Kleidung.

Thia spuckte aus, stemmte sich erst auf alle viere hoch, dann auf die Knie. Über ihr kreiselten, vermischt mit dem Regen, große schwarze Ascheflocken. Das war alles, was von dem Flatterer übrig geblieben war.

Dann hielt sie nach Shen Ausschau – und hätte beinahe vor Wut auf sich selbst losgeschrien. Über dem Absturz hatte sie völlig vergessen, seinen Funken unter Kontrolle zu halten. Das machte sich dieser sofort zunutze. In seinen blauen Augen glomm bereits ein gefährliches Feuer auf. Er rief seine Gabe an. Mit einem Mal fühlte sie sich wie gelähmt. Sie rechnete damit, dass der Heiler erneut mit einer Lanze aus blendendem Licht auf sie losging – doch nichts geschah.

Die Flamme in seinen Augen fand den Weg zu den Händen nicht, sondern erlosch wieder. Vor Wut und Enttäuschung brüllend fingerte er hektisch in der Tasche, die er über der Schulter trug.

Das ließ Thia wieder zu sich kommen. Sie riss ihm mit einem magischen Schlag die Beine weg. Shen landete bäuchlings im Schlamm, wo sie ihn, um sich für die ausgestandene Angst zu rächen, fest nach unten presste.

»Du enttäuschst mich«, knurrte sie, als sie an ihn herantrat. »Ich hatte wirklich angenommen, wir seien Freunde.«

Shen spuckte den Matsch aus und gab Thia in höchst unfeinen Worten zu verstehen, wohin sie sich ihre sogenannten Freunde stecken könne und was er mit ihr anstellen werde, sobald sich ihm eine entsprechende Möglichkeit böte. Abermals langte er nach seiner Tasche, abermals wurde er auf magische Weise daran gehindert

»Selbst wenn sich dir diese Möglichkeit böte, du *kannst* mir gar nichts anhaben, mein Junge«, erwiderte Thia. »Mehr als Wunden zu heilen und leichte Schmerzen zu lindern bringst du nicht zustande. Das habe ich dir bereits gesagt, aber ich wiederhole es gern noch einmal: Du bist ein Versager, der nicht richtig ausgebildet wurde. Und jetzt verrat mir mal, welches Geheimnis deine Tasche eigentlich birgt.«

Shen wünschte Thia erneut ins Reich der Tiefe. Oder an einen Ort, der nicht weit davon entfernt lag.

Der Junge hat Charakter, dachte Thia. Mit dieser Hartnäckigkeit würde er einen hervorragenden Magier abgeben. Bisher hatte ihn nur noch niemand angemessen ausgebildet. Damit bewies der Turm nur einmal mehr, dass er selbst das beste Material verhunzte. Sollte irgendjemand Gold in Sand verwandeln wollen, die Schreitenden würden das tadellos erledigen.

»Reiz mich nicht«, zischte sie. »Wenn du nicht zu gehorchen lernst, muss ich deinen hübschen Hintern eine Woche lang Rowan überlassen. Wenn er dich umschmiedet, wirst du auf ein Wort von mir hin durch die höchsten Lüfte fliegen – oder vor Kummer sterben, weil du mir meine Bitte nicht erfüllen kannst. Also, mein Junge, tritt unsere innige Freundschaft nicht mit Füßen. Das wäre sehr kurzsichtig von dir.«

Doch Shen gab nicht auf. Entweder hatte er nicht gehört, was sie gesagt hatte, oder ihre Drohungen waren ihm völlig einerlei. Als er abermals versuchte aufzustehen, nahm ihm Thia mithilfe ihrer Magie jede Bewegungsmöglichkeit.

»Warum weist du meine Freundschaft noch immer zurück? Das betrübt mich wirklich. Und das meine ich ernst. Denn da du dich weiterhin so stur stellst, habe ich keine andere …«

Sie brachte den Satz nicht mehr zu Ende: Jemand zog ihr mittendrin die Beine weg.

Als der Wind endlich den Geruch von Salz und Algen mit sich brachte, wusste ich, dass wir uns dem Hafen näherten. Vor uns ragten die baufälligen Speicherhallen auf, hinter ihnen toste das Meer. Lahen sprang aus dem Sattel, riss sich das schwarze Tuch, inzwischen nicht mehr als ein durchweichter Lappen, vom Kopf und warf es achtlos zur Seite.

»Das Pferd brauchen wir nicht mehr«, sagte sie.

»Besser, wir überstürzen nichts, schließlich werden wir es immer noch los«, widersprach ich und spähte um die Ecke eines Speichers. »Sieh mal da!«

Vor dem Lagerhaus zappelte ein dunkelhaariger Mann im Schlamm. Ein weiterer Mann hatte uns halb den Rücken zugekehrt. *Den* Kerl erkannte ich auf Anhieb wieder, auch wenn er sich seit unserer Begegnung in Psarky stark verändert hatte: Pork. Genauer gesagt diejenige, die jetzt über seinen Körper gebot. Die Verdammte Typhus.

Der Schädel am Hilss in Lahens Händen zerfloss, wurde kleiner und fauchte. Ich zog einen Pfeil aus dem Köcher.

»Lass mich das machen!«, verlangte Lahen.

Das Zwitterwesen aus Pork und Typhus wurde von den Beinen gerissen und acht Yard über den nassen Boden gefegt. Lahen fluchte. Etwas musste ihr missglückt sein. Die Verdammte sprang jedenfalls einigermaßen schnell wieder auf und schleuderte uns eine aus Nebel geformte Kugel entgegen.

»Geh hinter mir in Deckung!«, schrie mein Augenstern und packte den Hilss mit beiden Händen an einem Ende, fast wie beim Schlagball. Sie drosch derart auf die Nebelkugel ein, dass diese gegen die Speicherhalle knallte und ihre Wände mit Raureif überzog.

Was dann folgte, ließ sich nur als echter Wahnsinn bezeichnen. Es donnerte, zischte, knisterte und heulte. Explosionen, Dampf, Rauch, Kälte und Hitze wüteten – bis schließlich alles genauso überraschend endete, wie es angefangen hatte.

Wie durch ein Wunder waren wir noch am Leben. Vom Boden stieg Dampf auf. Alle Speicher um uns herum hatten sich in Ruinen verwandelt, etliche von ihnen standen in Flammen, ja selbst einige Zypressen etwas weiter hinten brannten trotz des Regens von den Wurzeln bis zur Spitze.

Die Verdammte Typhus war verschwunden. Ebenso wie unser Pferd.

Ich fing Lahen gerade noch auf, bevor sie mit leisem Stöhnen zu Boden fiel. Aus ihrer Nase tropfte Blut, die Haare hatten ihren Glanz verloren, unter ihren Augen lagen dunkle Ringe.

»Keine Sorge«, flüsterte sie und legte den Kopf in den Nacken. »Es ist alles in Ordnung.«

Die Regentropfen vermischten sich mit dem Blut und rannen ihr über Lippen und Kinn.

»Was ist mit der Hexe?«, fragte ich. »Hast du sie getötet?«

»Das wäre wohl zu viel verlangt. Typhus ist mir entkommen.«

»Dann sollten wir weg von hier, ehe sie zurückkehrt.«

»Nein, das geht noch nicht. Lass mich erst mal verschnaufen. Hilf derweil Shen.«

»Wem bitte?!«

»Shen. Er liegt da drüben im Schlamm.«

»Hol mich doch das Reich der Tiefe! Wie kommt der denn hierher?«

»Das musst du ihn schon selbst fragen.«

»Bist du sicher, dass ich dich allein lassen kann?«

»Ja«, beteuerte sie und zog die Nase hoch. »Aufstehen kann ich zwar noch nicht, aber sitzen, das geht schon ohne deine Hilfe.«

»Ich bin gleich wieder da.«

Shens Gesicht war derart dreckverschmiert, dass jedes Schwein vor Neid geplatzt wäre.

»Sei gegrüßt, Ness«, sagte er und spuckte aus. »Lahen scheint heut ja eine Stinklaune zu haben.«

»Stimmt«, erwiderte ich. »Allmählich entwickelst du dich echt zur Klette. Wo auch immer wir hinkommen, ständig treffen wir auf dich.«

»Jeder tut, was er kann. Und ich gebe mir eben große Mühe, den Befehl der Mutter auszuführen.«

»Wie kommt dann diese Verdammte hierher?«

»Rein zufällig. Hilfst du mir aufzustehen? Bitte.«

»Ich kann nicht gerade behaupten, dass ich froh bin, dich zu sehen«, brummte ich, als ich ihm nach kurzem Zögern die Hand hinhielt.

»Das gilt umgekehrt ganz genauso. Wohin ist Typhus verschwunden? Ehrlich gesagt, habe ich kaum etwas mitbekommen.«

Wie auch – wenn du mit dem Gesicht im Dreck gelegen hast?

»Keine Ahnung. Aber ich hoffe, wir sehen sie so schnell nicht wieder. Und jetzt lass uns gehen. Du musst mir mit Lahen helfen.«

»Was habt ihr vor?«

»Aus Alsgara zu verschwinden.«

»Dann müssen wir in die andere Richtung.«

»Hast du auch das verschlafen, oder hat dir die Verdammte Typhus eins über den Schädel gezogen, bevor du im Schlamm gelandet bist?! Sämtliche Tore sind längst verrammelt. Ich will mir nicht mal ausmalen, was jetzt an den Außenmauern der Stadt vor sich geht. Nein, wir brauchen ein Schiff.«

»Damit würdest du nicht weit kommen.«

»Was schlägst du dann vor, du Schlauberger?!«, fuhr ich ihn an. »Das Meer ist unsere einzige Chance.«

Daraufhin erwiderte er kein Wort, und wir gingen zu Lahen.

»Wie fühlst du dich?«, fragte ich sie. »Kannst du gehen?«

Sie griff nach meinem Arm und versuchte aufzustehen. »Offenbar nicht«, stöhnte sie.

»Ich werde sie tragen«, erklärte Shen.

»Das übernehm ich!«, zischte ich.

»Nein, lass mich das machen, denn du wirst mit der Verdammten wesentlich besser fertig als ich.«

Er kramte in seiner Tasche herum und holte irgendein Leinenbündel hervor, dem er eine Pfeilspitze aus diesem weißen, knochenartigen Material entnahm.

»Meloth steh mir bei!«, stieß Lahen aus. »Hat dir Ceyra Asani die gegeben?«

»Das spielt ja wohl keine Rolle!«, grummelte er. »Aber wenn Typhus zurückkommt, können wir uns immerhin gegen sie wehren.«

Obwohl Lahen es missbilligte, setzte ich die Spitze auf einen Pfeilschaft auf. Kaum hatte ich das erledigt, trat ich gegen den Hilss, um ihn so weit wie möglich wegzustoßen.

»He!«, empörte sich Lahen. »Was soll das?«

»Ich rette dein Leben! Wenn du so weitermachst, dauert es nicht lange, und dein Weg endet nicht auf einem Schiff, sondern auf dem Friedhof.«

»Wenn Typhus noch in der Nähe ist, brauche ich den Hilss.«

»Damit du in den Glücklichen Gärten landest?«, knurrte ich, um dann ruhiger fortzufahren. »Bevor sie auch nur zum Schlag gegen uns ausholen kann, habe ich sie längst mit diesem Pfeil getötet.«

Das klang zwar überheblich, aber irgendetwas musste ich ja sagen – auch wenn ich wusste, wie dumm diese Worte waren.

Wenn wir die Verdammte nicht hinterrücks erwischten, dann würde uns auch dieser magische Pfeil nicht retten. Um weiteren Streit zu vermeiden, setzte ich mich deshalb in Bewegung.

Shen folgte mir, Lahen auf seinen Armen tragend.

»Wenn du müde bist, sag mir Bescheid«, verlangte ich, ohne mich zu den beiden umzudrehen.

»Mhm.«

Wenn wir irgendwo mit einem Hinterhalt rechnen mussten, dann im nördlichen Teil des Hafens, in dem dicht an dicht verfallene Bauten standen. Hier könnte sich Thia bequem verstecken. Doch alles war ruhig. Anscheinend hatte die Verdammte tatsächlich das Weite gesucht. Seltsam. Nie im Leben hätte ich erwartet, dass wir sie derart mühelos los würden. Entweder war sie also längst nicht so gefährlich, wie alle sagten, oder Lahen war weitaus stärker, als ich gedacht hatte …

»Lahen! He, Lahen!«, erklang da hinter mir Shens Stimme. »Ness, sie hat das Bewusstsein verloren!«

Ich eilte zu ihm, und zusammen betteten wir Lahen auf den Boden. Bevor ich überhaupt etwas unternehmen konnte, hatte ihr Shen beide Hände auf die Stirn gelegt und bat mich mit geschlossenen Augen: »Behalt die Gegend im Auge. Ich versuche, ihr zu helfen.«

Während Lahen auf dem kalten Boden ruhte und der pladdernde Regen auf sie niederging, begann Shen mit der Heilung. Ich schielte nur mit einem halben Auge auf das, was er tat, während ich ansonsten nach ungebetenen Gästen Ausschau hielt.

»Das dürfte es gewesen sein«, stieß Shen schließlich aus.

Lahen war zwar noch immer bewusstlos, doch in die zuvor blassen Wangen war ein wenig Röte zurückgekehrt, außerdem atmete sie wieder tief und gleichmäßig.

»Sie schläft«, teilte mir Shen mit.

»Kannst du sie nach der Behandlung immer noch tragen?«

»Keine Sorge. Die Heilkunst raubt uns im Unterschied zur Magie des Todes kaum Kräfte. Außerdem: Hätten wir denn eine andere Wahl? Schließlich bin ich kein so guter Bogenschütze wie du.«

Mit einem Mal drang lautes Gedonner und panisches Geschrei heran.

»Was ist das?«

»Der Verdammte Schwindsucht, der mit seinen Dämonen die Stadt beschießt«, antwortete Shen. »Ich weiß nicht, wie viele dieser Kreaturen er schon nach Alsgara hineinkatapultiert hat, aber selbst Typhus ist denen lieber aus dem Weg gegangen …«

Ich nahm meinen Umhang ab und legte ihn um Lahen, auch wenn sie bereits selbst einen trug. »Dann nichts wie weg hier!«

Nachdem wir eine Lagerhalle umrundet hatten, die nie zu Ende gebaut worden war, schlug uns ein entsetzlicher Geruch in die Nase.

»Was ist das bloß für ein widerwärtiger Gestank?«, stieß Shen aus.

»Verfaulter Fisch, würde ich sagen.«

»Das müssten aber Berge von verfaulten Fischen sein … Oh!«

Durch den Sand zog sich eine breite Schleimspur. Was bedeutete das schon wieder? War hier eine gigantische Schlange entlanggekrochen?

Im Übrigen verströmte dieses Zeug den Gestank …

»Damit dürftest du wissen, was hier so stinkt.«

»Noch nicht«, murmelte Shen. »Schleim wie diesen habe ich nie zuvor gesehen.«

»Trotzdem wollen wir ihn nicht näher untersuchen. Wir können nämlich getrost darauf verzichten, uns noch mehr Schwierigkeiten aufzuhalsen. Also los, weiter!«

»Wenigstens einmal sind wir uns einig.«

Da die Schleimspur so breit war, dass wir nicht über sie hinwegspringen konnten, mussten wir durch diesen Glibber waten, der sofort an den Stiefeln festklebte. Ich dachte lieber nicht darüber nach, was für eine Kreatur hier langgekrochen war.

Dann sahen wir endlich das vom Regen aufgewühlte Meer vor uns und gelangten ans Ufer. Sofort konnten wir wieder frei durchatmen. Der kalte Wind und die Gischt wirkten wie ein Lebenselixier auf uns. Am Strand lagen Fischerboote, die im Laufe der Jahre dunkel geworden waren und offenbar noch nie einen frischen Anstrich erhalten hatten. Hundert Yard vor uns ragte ein verkohlter Klotz von erstaunlichen Ausmaßen auf, der schmauchte und auf dem an einigen Stellen eine violette Flamme züngelte. Als ich ihn genauer betrachtete, erkannte ich Arme, die sich im Todeskrampf verdreht hatten, etwas, das an einen buckligen Kopf erinnerte, sowie weit aufgerissene Mäuler mit scharfen Zähnen, in denen Feuer loderte.

»Hol mich doch das Reich der Tiefe! Was ist das denn?!«

»Frag das lieber Giss«, antwortete Shen, während er Lahen vorsichtig im Sand ablegte. »Das ist er doch, oder?«

Wo hatte ich eigentlich meine Augen? Da hatte ich mich derart auf das Untier konzentriert, dass ich für den Rest meiner Umgebung völlig blind gewesen war.

»Stimmt«, erwiderte ich. »Das ist er.«

Daraufhin suchte ich die Gegend mit meinem Blick aufmerksam ab, um mich zu überzeugen, dass nicht irgendwo weitere Dämonen, Untote oder Verdammte lauerten. »Bring Lahen zu den Booten«, sagte ich schließlich zu Shen.

Ich selbst ging auf Giss zu, der im Sand saß. Die Flamme, die das Monster von innen verzehrte, fauchte laut. Abermals stieg mir dieser Gestank in die Nase. Viel hätte nicht gefehlt, und ich hätte mich übergeben. Kurz bevor ich den Dämonenbeschwörer erreichte, drehte er sich zu mir um und nickte mir zu. Vor ihm lag Ashan im Sand. Tot.

»Das tut mir leid«, sagte ich.

Giss sah mich forschend an. Dann richtete er den Blick auf das tobende Meer.

»Ich habe meine Kräfte überschätzt, Grauer«, gestand er mit einer Stimme, die krächzend wie die eines alten Raben klang. »Ich habe dein Mitleid also nicht verdient, denn ich bin schuld am Tod dieses Jungen.«

»Was ist geschehen?«

»Eine Lappalie, im Grunde, ein kleiner Fehler im Zauber. Deshalb ist eine der Pyramiden der Stabilität geborsten. Aber diese Erklärungen sagen dir ohnehin nichts.«

»Und der Junge?«

»Das verzeihe ich mir nie«, stöhnte Giss. »Ich hatte angenommen, er habe sich in Sicherheit gebracht … aber Ashan ist in die Pyramide gerannt und hat den Riss gekittet, damit der Kraftstrom ungehindert weiterfließen kann. Er hat ihn durch sich hindurchgeleitet. Dergleichen würde nicht einmal jeder erwachsene Mann aushalten, geschweige denn ein Junge wie er …«

Er verstummte. Ich fand keine Worte, ihn zu trösten. Shen winkte mir zu und deutete aufs Meer. Auf den Wellen schaukelte ein Schiff, andere stachen gerade in See.

»Wir verlassen die Stadt«, wandte ich mich wieder an Giss. »Was ist mit dir?«

»Ich bleibe«, sagte er und stand auf. »Ich bin dir für dein Angebot dankbar, aber … ich bleibe. Auf mich wartet hier in Alsgara noch Arbeit. Die Stadt braucht meine Hilfe.«

»Und wer hilft dir?«

»Ich schaffe das schon. Das muss ich einfach. Unsere Wege trennen sich also wieder einmal. Leb wohl, Grauer. Ihr solltet jetzt lieber schnell von hier verschwinden.«

»Leb auch du wohl, Giss.«

Kapitel 13

Einen Tag bevor Kapitän Dash mit seiner *Feuergeborenen* in See stechen wollte, zwitscherte irgendein verfaulter Hering dem Hafenmeister zu, an Bord des Schiffes befände sich Glücksstaub, mithin jenes Narkotikum, das aus den Tentakeln des Meeraffen gewonnen wurde.

Tatsächlich spürte man das Schmuggelgut in dem bisher noch nie entdeckten Geheimversteck auf. Dash konnte noch so sehr versichern, der Glücksstaub sei ausschließlich für den eigenen Gebrauch bestimmt, es fruchtete nichts. Gegen seine Behauptung sprach schon allein die ungeheure Menge. Die Ware, die er eigentlich in Morassien verhökern wollte, wurde beschlagnahmt, obendrein musste er eine hohe Strafe zahlen. Weitere dreihundert Soren wanderten in die Hände des Hafenmeisters. Dank dieses Bestechungsgeldes entging der Kapitän immerhin dem Kerker und durfte sein Schiff behalten, das andernfalls verkauft worden wäre. So sah es das Gesetz im Imperium nun einmal vor.

Damit hatte Dash zwar seinen guten Namen gerettet, musste aber im Hafen bleiben. Mindestens einen Monat lang, wie der Hafenmeister, nunmehr ein reicher Mann, erklärte. Auch dieser Aufforderung leistete der Kapitän Folge, denn lieber schlug er sich zusammen mit der Mannschaft an Deck die Zeit um die Ohren, als dass er im Kerker die Flöhe fütterte.

Die beiden Passagiere, die für die Überfahrt bezahlt hatten, mussten von diesen Schwierigkeiten gehört haben. Vielleicht hatten sie es sich aber auch einfach anders überlegt. Jedenfalls tauchten der blonde Mann und seine Frau nicht auf, ja, sie verlangten nicht mal ihren Vorschuss zurück.

Die Tage verstrichen einer um den anderen, doch der Hafenmeister dachte gar nicht daran, ihm, Dash, endlich die Erlaubnis zu erteilen, in See zu stechen. Wahrscheinlich wären die Matrosen versauert und die *Feuergeborene* bis zur Mastspitze mit Muscheln vollgewachsen – wenn nicht der Krieg über Alsgara hereingebrochen wäre.

Die Glocken schlugen Alarm, das Dröhnen der Hörner trieb die Mannschaft an Deck.

»Sieht so aus, als würd's hier brenzlig werden«, brummte der Erste Offizier, der finster in den Regen hineinspähte.

»Wenn wir mal bloß am Ende nicht alle unsere Seele Meloth überantworten!«, knurrte ein Matrose und spuckte über Bord.

»Riuk!«, wandte sich Dash an seinen Ersten Offizier. »Die Männer sollen sich zum Ablegen bereit machen!«

»Wollen wir die günstige Gelegenheit nutzen?«

»Ja.«

In dieser Sekunde kam ein Jüngling zum Hafen gerannt. Von Bord der *Feuergeborenen* aus ließ sich nicht genau erkennen, was er tat. Schließlich holte jemand ein Fernrohr aus der Kajüte: Der Junge zeichnete etwas in den Sand.

Dann stürzte ein Mann zwischen den Speichern hervor, woraufhin der Junge ein Stück zur Seite lief. Schon im nächsten Moment kroch ein Untier auf den Mann zu, bei dessen Anblick Kapitän Dash beinahe das Fernrohr hätte ins Meer fallen lassen.

Das konnte doch nur ein Albtraum sein! Kurz entschlossen verpasste er sich eine Ohrfeige – wachte aber nicht auf. Das Untier war noch immer da. Außerdem bohrten sich jetzt Säulen gelben Lichts in die Wolken, legte sich dicker Rauch übers Ufer. Es blitzte, donnerte und heulte. Als sich der Rauch wieder lichtete, gab er den Blick auf das tote Monster frei. Der Mann saß reglos da, vor ihm im Sand lag der Junge. Ob dieser noch lebte oder nicht, war unklar.

Erneut donnerte etwas, diesmal jedoch in wesentlich größerer Entfernung, irgendwo hinter den alten Lagerhallen. Welches Unglück sich dort ereignet hatte, ließ sich von Deck aus nicht sagen – worüber die Matrosen allerdings keineswegs traurig waren.

Einige Seeleute beteten, andere fluchten leise, aber sie alle einte ein Wunsch: Bloß schnell den Anker lichten! Ein riesiger Stein zerstörte das Gebäude, in dem der Hafenmeister seinen Sitz hatte. Nun würde mit Sicherheit niemand auf die *Feuergeborene* achten. »Vorwärts, ihr Austern!«, schrie Dash aus voller Kehle. »Holt den Anker ein! Hisst die Segel! Macht zu, ihr Schlafmützen!«

»Kapitän«, sagte da der Steuermann, »wir kriegen Besuch!«

Ein Kahn fuhr auf sie zu, der auf den hohen Wellen hin und her geworfen wurde.

»Riuk!«, brüllte Dash. »Armbrüste!«

Diese ungebetenen Gäste würde er auf gar keinen Fall an Bord nehmen.

Während die Matrosen den Anker einholten, richtete Dash das Fernglas auf die drei Menschen in dem Boot.

»Beim großen Kraken«, stieß er aus, um sich dann Riuk zuzuwenden. »Runter mit den Armbrüsten! Das sind unsere dreimal vermaledeiten Passagiere!«

Als Lahen selbst am dritten Tag noch nicht aufwachen wollte, packte mich Verzweiflung. Unser Schlauberger Shen versicherte mir immer wieder, der Heiltraum dauere wesentlich länger als gewöhnlicher Schlaf, beruhigte mich damit aber auch nicht.

»Sie träumt und gesundet«, erklärte er mir zum wiederholten Mal, während ich durch unsere kleine Kajüte tigerte.

»Meinst du nicht, wir sollten sie allmählich wecken?«

»Das würde ich nicht empfehlen«, antwortete er nach längerem Nachdenken.

»Und warum bitte nicht?«, blaffte ich ihn an. »Kannst du mir wenigstens einmal eine Frage klar und präzise beantworten?!«

»Weil sie dann wahnsinnig werden könnte. Nachdem sie den Hilss eingesetzt hat, bedarf sie einer langen Phase der Erholung.

Lass uns also lieber noch abwarten. Ich bin mir sicher, dass sie wieder völlig in Ordnung kommt.«

Immer dieselbe Leier. Inzwischen kannte ich diese Worte auswendig. Am liebsten hätte ich Shen in Grund und Boden gestampft, aber ich wusste, dass damit niemandem geholfen wäre. Aber wenn er nicht mal imstande war, die eigene Seekrankheit zu heilen, was sollte ich dann von ihm verlangen? Ich beschloss, noch einen Tag zu warten – und am nächsten Morgen wurde meine Geduld belohnt: Lahen erwachte.

Sie bedeutete mir mit einer Geste, dass sie etwas trinken wolle.

»Wie geht es dir?«

»So weit ganz gut«, antwortete sie mir in Gedankensprache. *»Meine Kehle ist völlig ausgetrocknet. Deshalb kann ich nicht sprechen.«*

Dann stürzte sie in gierigen Schlucken das Wasser hinunter.

»Wo sind wir?«, brachte sie schließlich heraus, sobald sie den Krug abgesetzt hatte.

»Kapitän Dash und seine Mannschaft waren so liebenswürdig, auf uns zu warten«, sagte ich grinsend.

»Du machst Witze!«, erwiderte sie. »Dieser Krake hat uns gesagt, er würde unter gar keinen Umständen auf uns warten. Die *Feuergeborene* müsste längst auf dem Weg in die Goldene Mark sein.«

»Offenbar gab es doch Umstände, aufgrund derer er warten musste«, erwiderte ich. »Ich habe keine Ahnung, was ihnen widerfahren ist, aber wir können nur froh darüber sein.«

Benommen schüttelte sie den Kopf. »Ich muss mich waschen. Und kämmen würde ich mich auch gern. Ich sehe hier zwar nirgendwo einen Spiegel, aber wahrscheinlich dürfte ich inzwischen eine vorzügliche Vogelscheuche abgeben.«

»Hast du denn ausgeschlafen?«

»Habe ich überhaupt geschlafen?«, fragte sie verwundert. »Aber … das muss ich wohl. Und anscheinend auch genug. Nehm ich jedenfalls an. Ich habe allerlei wirres Zeug geträumt. Da waren … grelle Farben … ein Feuer … ich glaube, in der Steppe … Flammen bis zum Horizont …«

»Aber jetzt fühlst du dich besser?«

»Ja, ich denke schon«, antwortete Lahen zögernd. »Was ist in der Zwischenzeit alles geschehen?«

Ich berichtete ihr in groben Zügen von Giss, Ashan, dem Dämon und davon, wie wir auf dieses Schiff gelangt waren. Nachdem ich fertig war, bat sie mich, ihr noch etwas Wasser zu trinken zu geben. »Wohin fahren wir?«, fragte sie mit einem Mal erschrocken, denn ihr war offenbar eingefallen, wohin wir uns auf den Befehl der Mutter begeben mussten.

»Nicht in die Goldene Mark«, beruhigte ich sie. »Dash wollte lieber nicht aufs offene Meer raus oder nach Süden fahren. Da dürfte die Nabatorer Flotte lauern. Und die kontrolliert jetzt alle Schiffe. Unser Kapitän hat aber was dagegen, dass jemand von denen über seinen Kahn latscht. Deshalb steuert er zunächst Grohan an. Die *Feuergeborene* hält sich dicht am Ufer. In ein paar Tagen wird er nach Westen abdrehen, uns aber vorher im südlichen Teil der Bluttäler an Land lassen. Von dort aus brauchen wir mit Pferden nicht länger als zwei Wochen bis ins Regenbogental. Damit erreichen wir unser Ziel zu Beginn des Herbstes.«

»Wir haben aber keine Pferde«, hielt sie dagegen.

»Wir werden schon welche finden«, sagte ich. »Erinnerst du dich noch, dass Shen wieder aufgetaucht ist?«

»Ja. Wo ist er denn?«

»Er leidet, seit er an Bord ist!«, schnaubte ich. »Unserm Herrn Heiler bekommt das Meer nicht allzu gut. Deshalb hält er sich die meiste Zeit an Deck auf, nicht hier unten. Die frische Luft lindert seine Qualen ein wenig.«

»Ich kann ihn gut verstehen. In dieser Kajüte kommst du dir ja wie im Bauch eines Walfischs vor. Allerdings eines sehr kleinen Wals.«

»Übertreib nicht!«, erwiderte ich grinsend. »Das ist immerhin die beste all der miesen Kajüten auf diesem grandiosen Kahn! Im Grunde ist es sogar die einzige Kajüte der *Feuergeborenen!* Normalerweise belegt Dash sie mit Beschlag.«

»Hör mal, ich hab dir schon nicht geglaubt, dass er in seiner maßlosen Freundlichkeit auf uns gewartet hat. Willst du jetzt etwa auch noch behaupten, er sei so freundlich gewesen, uns seine …«

»Diese Freundlichkeit ist weniger seiner ureigenen Güte als vielmehr unseren Soren zu danken! Ich hielt es für besser, wenn du die Überfahrt nicht in dem klammen Frachtraum zusammen mit der verdreckten Mannschaft hinter dich bringst. Deshalb hab ich dafür gesorgt, dass uns der Kapitän seine Kajüte abtritt.«

»Da hast du aber ein großes Opfer von ihm verlangt!«, sagte sie und schüttelte theatralisch den Kopf. »In dem klammen Frachtraum …«

»Keine Sorge, den wärmt das Klingeln der Soren in seiner Tasche. Ich hab ihn übrigens auch gebeten, uns Kleidung für dich zu verkaufen. Er hat zwar nur Männerkleidung, aber du findest bestimmt ein paar Sachen, die dir passen.«

»Hast du eigentlich auch für Shen bezahlt?«

»Das musste ich, schließlich war Dash bislang nur mit uns im Geschäft. Hätte ich mich also nicht noch von einem weiteren Teil der Soren getrennt, die uns der Turm gegeben hat, hätte er den Jungen über Bord geworfen. Meiner Ansicht nach sollte der Herr Heiler in seinen jungen Jahren aber noch kein Salzbad nehmen.«

»Ich verkneife mir lieber die Frage, wie viel dir dieser Hai abgeknöpft hat.«

»Du dürftest es dir eh ausmalen können«, hielt ich grinsend dagegen. »Angesichts der Tatsache, dass es in Alsgara mittlerweile heiß hergeht, sind die Preise natürlich in die Höhe geschnellt. Vor dem Krieg hätte diese Summe für ein paar Fahrgäste mehr gereicht.«

»Ach was, vergessen wir das Geld! Außerdem stammt es vom Turm, nicht von uns.«

»Ich werd mal nach Shen sehen«, kündigte ich an und stand auf.

Sie nickte und bettete den Kopf wieder aufs Kissen.

Das schlechte Wetter dachte gar nicht daran abzuziehen. Die

Feuergeborene entkam seinen Klauen trotz aller Anstrengungen nicht. Bis zum Horizont hingen tiefe, finstere und bleigraue Wolken am Himmel. Aber wenigstens regnete es nicht mehr, Meloth sei gepriesen.

Von Südosten kam ein böiger und kalter Wind. Er blähte die Segel und trieb das Schiff durch die hohen Wellen der aufgewühlten See. Unser Kahn schwankte zwar, aber letzten Endes nicht grauenerregend. Für Shen reichte allerdings auch dieser Wellengang: Er fühlte sich ziemlich elend. Trotz des miserablen Wetters verbrachte er den ganzen Tag an Deck und begab sich erst in den Walfischbauch, wenn die Nacht hereinbrach.

Ich fand ihn am Bug, wo er in einem Segeltuchumhang dasaß, den er den Matrosen abgekauft hatte. Von Weitem wirkte er wie ein aufgeplusterter Spatz. Auf seinem Gesicht lag ein leidvoller Ausdruck. Bei seinem Anblick kamen einem förmlich die Tränen.

»Mach ein kleines Freudentänzchen«, sagte ich ihm. »Übermorgen haben wir wieder festen Boden unter den Füßen.«

Er nickte, um mir zu bedeuten, dass er mich verstanden habe. Nach einer Weile ließ er sich sogar noch zu einer Bemerkung herab: »Wenn bloß schon übermorgen wäre. Auf See fühle ich mich nicht besonders wohl.«

»Du musst was essen. Dann geht es dir gleich besser.«

»Was für eine Fürsorge. Ich kenne dich gar nicht wieder.«

»Sei beruhigt, ich sorge mich nicht um dich, sondern um mich. Wenn du so ausgehungert bist, dass du nicht mehr gehen kannst, hätten wir ein Problem mehr.«

»Hätte ich mir ja gleich denken können«, knurrte Shen und warf mir einen finsteren Blick zu. »Dass du nur an dich denkst, nicht an mich, meine ich.«

Ich zuckte bloß die Achseln, um ihm klarzumachen, dass ich ihn nicht vom Gegenteil zu überzeugen beabsichtigte.

»Was willst du eigentlich?«, fragte er dann, immer noch unfreundlich, aber nicht mehr feindselig.

»Nichts weiter. Wenn du deinen Hungerstreik fortsetzen willst, geh ich wieder.«

Er wandte sich schon ab, fragte dann aber noch: »Was ist mit Lahen?«

»Sie ist aufgewacht.«

Er sprang auf, als hätte ihn jemand mit einem Messer in den verlängerten Rücken gepikt. »Warum sagst du das nicht gleich?! Ist sie wohlauf? Hat sie Kopfschmerzen? Und was ist mit ihrer Gabe?!«

»Was die Gabe angeht, das weiß ich nicht«, antwortete ich, überrascht von der Schnelligkeit, mit der er seine Fragen ausstieß. »Das musst du sie selbst fragen.«

Shen ging auf wackligen Beinen über Deck hinunter zur Kajüte. Ich folgte ihm, aber als wir unten ankamen, schlief Lahen bereits wieder.

Da Lahen die meiste Zeit schlief und meiner Hilfe auch nicht bedurfte, wenn sie kurz aufwachte, langweilte ich mich gewaltig.

Dash wollte uns gegen Abend mit einem Beiboot an Land bringen. Bis dahin suchten Shen und ich uns ein ruhiges Eckchen an Deck und spielten ein Brettspiel. Der Herr Medikus stellte sich als gefährlicher Gegner heraus und knüpfte mir etliche Sol ab.

Unser Spiel zog die Matrosen an. Kapitän Dash beobachtete das mit mürrischer Miene, sagte aber kein Wort. Wir hatten für die Überfahrt bezahlt – da würde er sich nicht wegen einer solchen Kleinigkeit wie eines Brettspiels zu uns bequemen und einen Streit anfangen. Nur wenn die Mannschaft allzu begeistert gaffte, stauchte er sie zusammen, damit sie wieder ihrer Arbeit nachging.

An diesem Tag hatte sich auch endlich das Wetter gebessert und uns einen klaren Himmel, strahlenden Sonnenschein, warmen Wind sowie eine fast glatte See beschert. Sogar Shen blickte etwas freundlicher drein.

»Warum habt ihr dieses Leben gewählt?«, fragte er mich unvermittelt, während er die weißen, schwarzen und roten Spielsteine neu aufbaute.

»Du meinst die Gilde?«, fragte ich zurück, den Blick fest auf seine geschickten Finger gerichtet.

»Ja.«

»Warum sollte ich dir das beichten?«, knurrte ich. »Du bist schließlich kein Priester Meloths.«

»Ist das denn ein so großes Geheimnis?«

»Nicht unbedingt. Sagen wir es so: Wir haben dieses Leben nicht gewählt. Sondern das Leben selbst hat so für uns entschieden.«

»Aha«, murmelte er. »Du musst zugeben, das ist selbst für dich eine fadenscheinige Erklärung. Du schiebst doch sonst auch nicht alles auf das Schicksal oder dein schweres Leben.«

»Nicht?«, entgegnete ich, würfelte und machte meine Züge. »Du bist dir ja sehr sicher, mich schon ausgesprochen gut zu kennen. Aber glaub mir, manchmal hängt ein Mensch von den Umständen ab, nicht die Umstände von ihm. Bei mir war das der Fall. Mehr nicht. Deshalb beklage ich mich jedoch nicht über mein Leben, und schon gar nicht werde ich mich an deinem neuen Segeltuchumhang ausweinen. Da kann der noch so wasserundurchlässig sein.«

»Du hältst es also für richtig, einen unbekannten Menschen für Geld zu töten?«, wollte er wissen, während er einen meiner roten Steine auf der rechten Seite schlug und dort die Oberhand gewann.

»Hältst du es für richtiger, einen unbekannten Menschen unentgeltlich zu töten?«, hielt ich dagegen und glich aus, indem ich ihm eine schwarze Figur abnahm.

»Spar dir die Wortklauberei.«

»Jetzt pass mal auf! Wenn wir hier schon ein derart frommes Gespräch führen, dann solltest du eins wissen: Ich sehe keinen Unterschied zwischen einem Mord für Geld und einem Mord aus anderen Gründen. Mord bleibt Mord, unabhängig davon, ob jemand dafür Geld bekommt oder nicht. Das Ziel heiligt nie die Mittel, mein Junge. Wenn du jemanden umbringst, bist du kein braver Bursche mehr. Dann kannst du die Glücklichen Gärten ebenso vergessen wie heißen Shaf an kalten Abenden.«

»Du gibst also zu, dass Mord eine Sünde ist?«

»Ja«, antwortete ich und nahm ihm eine weitere Linie ab. »Aber jede Art von Bigotterie war mir schon immer zuwider.«

»Wen nennst du denn bitte schön bigott?«

»Dich natürlich«, gab ich unumwunden zu und setzte meine Attacke auf dem Spielbrett fort.

»Und warum?«

»Das weißt du ganz genau! Wer hat denn Gnuzz ermordet?«

»He, he! Ich hab ihn nicht für Geld umgebracht!«

»Sondern aus edlen Beweggründen?«, konterte ich und brach in schallendes Gelächter aus. Gleichzeitig schlug ich einige seiner weißen Figuren auf der linken Seite. »Ich habe dir doch gerade erklärt, dass es für mich einerlei ist, ob dir jemand ein paar Soren dafür zahlt oder nicht. Hast du nicht zugehört?«

»Immerhin habe ich damit dein Leben gerettet.«

»Ja und? Reden wir doch nicht um den heißen Brei herum: Ja, du hast mein Leben gerettet – aber nur aus zwei Gründen. Erstens, weil du ohne mich und Lahen nie aus dem Wald herausgefunden hättest. Und zweitens, weil du uns dem Turm ausliefern wolltest. Deshalb musste Gnuzz sterben, während ich mich noch meines Lebens erfreue. Komm mir also nicht mit deiner edlen Seele. Mich täuschst du damit nicht. Und dich selbst vermutlich auch nicht. Jedenfalls würde ich dir das nicht empfehlen.«

»Trotzdem bleibe ich dabei, dass es ein gemeines Verbrechen ist, jemanden, der dir überhaupt nichts getan hat, zu töten, nur weil dich ein anderer dafür bezahlt«, erwiderte Shen und würfelte.

»Damit wären wir wieder am Ausgangspunkt«, erklärte ich seufzend. »Jemanden zu töten ist *immer* ein Verbrechen. Das gebe ich jederzeit zu, auch wenn du mir das vielleicht nicht abkaufst. In meinem Metier gibt es nichts Edles, Erhabenes oder Heroisches. Wer die Arbeit eines Auftragsmörders für romantisch oder unglaublich abwechslungsreich hält, oder wer insgeheim davon träumt, diesen Beruf zu ergreifen, weil er ja ach so anziehend ist, der ist in meinen Augen ein ausgemachter und unverbesserlicher Schwachkopf. Der sich vermutlich noch nie den Wind des Lebens um die Nase hat wehen lassen. Solche Kindsköpfe dürfen sich die Hände reichen, und zwar mit allen, die an eine reine Welt glauben, an saubere Geschäfte mit den Ye-arre, an unbestechliche Beamte, edle Magier und Magierinnen und unglückliche, von den Menschen unterdrückte Elfen, die allenthalben nur für ihre Freiheit kämpfen. Versteh mich richtig: Mir geht es nicht darum, dass du meine Taten billigst. Es bringt mich aber auf, dass andere, die wegen mysteriöser edler Ziele oder dummer Ideale töten, zu Helden und Heiligen erklärt werden. Als ob nicht auch ihrem Verhalten entweder das liebe Geld oder die Macht zugrunde läge! Oder beides. Jene Träumer, die das Universum wirklich zu bessern beabsichtigen, leben in unserer Welt nämlich meist nicht lange.«

Er sah mich eine Weile unverwandt an, bevor er schließlich eine wegwerfende Handbewegung machte und sich wieder dem Spiel zuwandte. »Dich bringt eh niemand von deiner Überzeugung ab.«

»Völlig richtig.«

»Warum willst du nicht verstehen, dass es … einfach schändlich ist, Geld für einen Mord anzunehmen?«

»Wenn du mich fragst, ist das wesentlich besser, als einfach so zu morden. Oder wegen eines scheelen Blickes. Aus einer Laune heraus. Oder weil du Zahnschmerzen hast.«

»Jetzt hör aber auf!«

»Willst du etwa allen Ernstes behaupten, Menschen hätten nicht schon aus ebendiesen Gründen gemordet? Wenn ja, kriege ich einen Lachanfall, der bis zum Einbruch der Nacht anhält. Mach die Augen auf, mein Junge, das geschieht ständig und überall. Im Übrigen lenk nicht ab, du bist dran.«

Beleidigt starrte er aufs Brett, zog eine schwarze Figur zwei Felder zurück, dafür aber drei rote vor, um auf diese Weise all meine heimtückischen Pläne zu durchkreuzen. Ich unterdrückte einen Fluch und zerbrach mir den Kopf, wie ich meine Steine in dieser misslichen Lage noch retten könnte.

»Du hältst dich also für einen anständigen Kerl?«, nahm Shen mich weiter ins Verhör.

»Hörst du mir eigentlich nie zu?«, antwortete ich mit schier unerschöpflicher Geduld. »Ich habe dir doch gesagt, dass ich kein heiliger Streiter Meloths bin. Ich bin, wer ich bin. Nicht mehr, nicht weniger. Aber ich halte mich auch nicht für Abschaum. Tut mir leid. Es gibt nun mal meine Arbeit, und es gibt mich. Das sind zwei völlig unterschiedliche Dinge.«

»Wenn der Graue nicht auf Jagd geht, ist er also eine reine Seele.«

Ich antwortete ihm erst, nachdem wir die Partie zu Ende gespielt hatten und ich das sechste Mal hintereinander verloren hatte. »Bei dem grauenvollen Gemetzel im Sandoner Wald gehörte ein Mann namens Martin zu unserer Einheit. Er ist den Hochwohlgeborenen in die Hände gefallen. Danach konnten sich nur noch die Raben an seinen Überresten laben. Ich werde nie vergessen, was er mir einmal gesagt hat: ›In einem Menschen lebt nie nur das Böse oder nur das Gute. Menschen, die das annehmen, widern mich an. Selbst der niederträchtigste Schuft kann sich im Kampf als kühn herausstellen und edle Taten vollbringen. Zum Beispiel gegenüber einem geschlagenen Gegner Gnade walten lassen oder einen Hund retten, der vor Hunger und Kälte zu sterben droht. Und der verwegenste Held kann feige und niederträchtig handeln oder Verrat üben.‹ Maße dir also nicht an, über andere zu urteilen, mein Junge. Sonst wird am Ende irgendjemand auch über dich ein vorschnelles Urteil fällen.«

»Was ist? Spielen wir noch eine Partie?«

»Von mir aus.«

Diesmal ging ich gerissener vor. Nahezu mühelos nahm ich ihm die ersten drei Linien sowie einen Teil seiner schwarzen Steine ab, gruppierte meine roten Figuren um, band seine Steine mit meinen weißen und zog mit einem entschlossenen Zug übers ganze Brett, sodass ich seine zersprengten Kräfte erbarmungslos schlagen konnte.

»Gewitzt«, gab er zu. »Also, warum arbeitest du als Gijan?«

Ich seufzte. Was für ein Sturkopf!

»Ich bin von klein auf mit dem Bogen auf Du und Du. Ich war

noch keine elf Jahre alt, da habe ich zum ersten Mal jemanden getötet. Über die Gründe möchte ich lieber schweigen, sonst glaubst du noch, ich würde mich rechtfertigen. Der Kerl ist im Straßengraben verreckt, mit einem Pfeil im Hals. Nichts anderes hatte er verdient. Ein paar Jahre später fand ich mich mitten in den Kriegswirren wieder. Ich habe so lange im Sandoner Wald meinen Mann gestanden, bis wir den Hochwohlgeborenen den Friedensvertrag hinterhergeschmissen haben. Ich bin bei den Maiburger Schützen gewesen. Rote Pfeile, so haben uns die Spitzohren aus dem Haus des Nebels genannt. Für unseren Dienst haben wir wie alle Soldaten des Imperiums gutes Geld bekommen. Wesentlich mehr als viele andere Krieger. Und zwar dafür, dass wir uns ins Land der Eichen und Hainbuchen begeben und dort sämtliche Elfen getötet haben. Damit sie nicht ins Imperium vorstoßen und in unseren Dörfern ein Blutbad anrichten. Jahrelang ging das so. Kämpfe, Hinterhalte, Überfälle, Rückzüge und erneute Angriffe. Ein großer Teil meines Lebens hat sich in diesen verfluchten Wäldern abgespielt, in denen ich mit dem Bogen in der Hand die Hochwohlgeborenen aufgespürt habe, um sie ins Reich der Tiefe zu schicken.«

»Hat dir das gefallen?«

»Zu kämpfen? Anfangs ja. Aber dann hatte ich sehr schnell genug von all dem Blut und Sterben.«

»Trotzdem bist du geblieben.«

»Hast du schon mal ein Dorf gesehen, das die rothaarigen Spitzohren aus dem Haus des Schmetterlings heimgesucht haben? Glaub mir, das ist kein sonderlich appetitlicher Anblick. Entweder gehst du an ihm zugrunde, oder du fängst an, noch erbitterter zu kämpfen als bisher. Zu meinem Glück oder Unglück traf für mich die zweite Variante zu. Ich war nicht nur ein guter Soldat, ich war ein hervorragender. Ich gehörte zu den besten Bogenschützen, und aus denen wurde eine besondere Einheit zusammengestellt. Wir waren vier Mann, die im Sandoner Wald quasi jeden Baum kannten. Wir rückten meist einzeln aus, manchmal aber auch paarweise. Wenn wir eines dieser Spitzohren erwischten, machten wir kurzen Prozess mit ihm und verschwanden wieder. Danach haben uns diejenigen, die in den Menschen nicht mehr als Schlachtvieh sehen, etwas mehr Respekt entgegengebracht. Ihnen das Leder zu gerben, das war die einzige Sprache, die sie verstanden haben.«

»Bist du stolz darauf?«

»Sagen wir es so: Ich schäme mich nicht dafür. Ich feilsche jederzeit mit den Ye-arre, so gerissen diese auch sein mögen. Ich habe nichts gegen Blasgen, denn sie sind weise und haben die Menschen immer unterstützt. Selbst auf diesen barbarischen Schattentanz der Nirithen würde ich mich mit Freude einlassen. Aber die Hochwohlgeborenen … die hasse ich aus tiefstem Herzen. Das sind Missgeburten, die man vernichten muss, solange sie noch zu schwach sind, um uns zu vernichten. Aber stolz? Nein, stolz bin ich auf das, was ich getan habe, nicht. Ich will einfach nicht, dass meine Kinder unter dem Joch der Elfen leben. Würden meine Freunde von damals noch leben, dürften sie dir wahrscheinlich genau das Gleiche sagen.«

»Sie sind tot?«

»Ja. Die anderen drei sind von den Spitzohren geschnappt worden. Nur einer hat überlebt. Der Graue.«

»Der sogar den ganzen Krieg überstanden hat.«

»Nur enden manche Kriege nie. Das gilt vor allem für solche gegen die Hochwohlgeborenen. Wir haben diesen Monstern zehn Jahre Frieden geschenkt. Zehn wertvolle Jahre, damit sie sich nach der Niederlage am Gemer Bogen erholen konnten. Der Imperator hat einen entsetzlichen Fehler begangen, als er mit dem Delben Vaske, diesem Hund von Elfenkönig, einen Friedensvertrag unterschrieben hat. Wir hätten die Spitzohren in jenem Jahr, da sie auf den Knien bei uns angekrochen kamen, vernichten müssen. Damals, als sie um Frieden und Gnade gebettelt haben – nachdem sie uns dreihundert Jahre lang zugesetzt hatten. Ich brauche dir nicht zu sagen, wohin uns dieser Friedensvertrag gebracht hat. Die Hochwohlgeborenen haben uns mal wieder verraten. Ohne sie wäre der Linaer Moorpfad noch unser. Deshalb habe ich nicht den Krieg überlebt – sondern nur einen sehr langen Waffenstillstand genossen.«

»Aber immerhin gab es eine Zeit, in der die Waffen schwiegen«, bemerkte er. »In der du aber weitergemordet hast. Und diesmal Menschen.«

»Das stimmt nicht. Ich habe der Gilde weniger als zwei Jahre angehört. Die übrige Zeit haben Lahen und ich ein friedliches Leben geführt.«

»In zwei Jahren kann man viele Menschen töten.«

»Ich habe acht Aufträge für Moltz erledigt. Wenn du die Schreitende mitzählst, gehen neun Seelen auf meine Rechnung.«

Shen starrte mich ungläubig an.

»Was ist? Hattest du gedacht, es seien mehr?«, fragte ich grinsend. »Tut mir aufrichtig leid, dass ich deine Erwartungen nicht erfülle. Mich haben eben immer nur schwierige Aufträge gereizt. Bei denen es um einflussreiche und gefährliche Menschen ging. Deren Tod sich die Auftraggeber ein hübsches Sümmchen kosten ließen. Deshalb habe ich mir selbst in Friedenszeiten nicht so viele Morde aufgeladen.«

»Das rechtfertigt dich in keiner Weise!«, fauchte er.

Das glaubte Shen wirklich. Ob ich ihn überzeugen sollte, dass Geld allein nicht ausschlaggebend gewesen war? Indem ich ihm beispielsweise von meinem vierten Auftrag erzählte?

Dabei ging es um einen Adligen, eine der Stützen des Imperators. Ein bedeutender Mann also. Und ein gefährlicher. So gefährlich, dass sich Gerüchten zufolge nicht einmal die Kollegen aus der Hauptstadt mit ihm anlegten. Der Kerl hatte alles: Erfolg, Verstand, Geld, Frauen und Macht. Von Letzterer allerdings nicht genug, wie er fand. Statthalter, das war es, wonach es ihn verlangte. Ein verständlicher Wunsch, zugegeben. Nur dass der Statthalter seinen Platz nicht räumen wollte. Deshalb hat der edle Shagor einen kleinen Aufstand angezettelt. Vermutlich hat er darauf gehofft, dass der Imperator bis zur letzten Sekunde nichts von seinen Plänen erführe. Dergleichen hatte es immer mal wieder gegeben. Vielleicht steckte dieser Shagor aber auch gar nicht selbst hinter der Verschwörung, sondern hohe Tiere aus Korunn. Jedenfalls konnte er sich der Unterstützung des ganzen Nordens sicher sein, während der Süden zum Statthalter hielt. Wäre es tatsächlich zum Kampf gekommen, hätte das Waffengeklirr wohl noch in den Glücklichen Gärten widergehallt, denn ein Statthalter räumt seinen Posten nur selten leise – und nie auf eigenen Wunsch. In den Provinzen wäre ohne Frage ein Bürgerkrieg ausgebrochen. Der so lange getobt hätte, bis sich abgezeichnet hätte, wer der Stärkere ist – und die Truppen des Imperiums zu seinen Gunsten eingegriffen hätten. Nur wären bis dahin schon zahllose Menschen im Reich der Tiefe gelandet …

Shagor wurde so hervorragend bewacht, dass niemand an ihn herankam. Trotzdem übernahmen Lahen und ich den Auftrag. Und hatten Erfolg. Niemand kam uns auf die Schliche. Moltz war hochzufrieden. Also, mein guter Shen, was sagst du nun? Ein Leben gegen Tausend. Oder von mir aus auch Tausend gegen eins. Der Adlige wollte Blut – und er hat es bekommen. Dass ein Feldherr des Imperiums leer ausging und keinen Orden bekam, weil es eben keinen Aufstand gab, den er hätte niederschlagen können, das war meiner Ansicht nach zu verschmerzen. Ebenso der Umstand, dass die Siegerparaden nach diesem Mord ins Wasser fielen.

Trotzdem erzählte ich Shen diese Geschichte nicht. Wozu sollte ich?

»Nur habe ich nicht die geringste Absicht, mich zu rechtfertigen«, sagte ich stattdessen. »Das missfällt dir? Bitte. Denn mir ist alles egal, bis auf Lahen. Sie ist der einzige Sinn in meinem Leben. Alles andere kann mir gestohlen bleiben, genauso wie ja auch ich für niemanden sonst eine Bedeutung habe.«

»Wie kann man sich nur so über alle erheben? Was ist, wenn du eines Tages am Boden liegst? Glaubst du, dann wird irgendjemand einem Kerl wie dir die Hand hinhalten?«

»Nein, das tu ich nicht. Solch törichte Hoffnungen hege ich grundsätzlich nicht.«

»Ihr Gijanen werdet euer Leben lang für eure Verbrechen bezahlen. Wo auch immer ihr seid. Lahen und du, ihr habt es bereits am eigenen Leib erfahren, als der Turm euch beide geschnappt hat. Anderen von eurer Sorte wird es nicht besser ergehen. Die Vergangenheit neigt zur Rache. Sie würde euch sogar im Reich der Tiefe einholen. Ihr müsst in beständiger Angst leben, dass euch jemand ans Leder will, dass euch die Soldaten wiedererkennen, dass euch nachts Albträume heimsuchen … Ich selbst würde mich deshalb nie im Leben auf … deine Arbeit einlassen.«

»Mag sein, dass du recht hast. Aber irgendwie werde ich schon mit allem fertig.«

»Du bist ein hervorragender Zimmermann, davon konnte ich mich selbst überzeugen. Warum hast du also wieder zum Bogen gegriffen? Wenn du so gern schießt, dann werde doch Kopfgeldjäger. Jeder Feudalherr oder jede Stadt würde einen Mann mit deiner Erfahrung in Lohn und Brot nehmen. Oder tritt der Armee bei. Die brauchen immer gute Bogenschützen.«

»Nur gefällt es mir nun mal, unschuldige Menschen für Geld zu töten!«, zischte ich. »Das wolltest du doch wohl hören, oder? Also, bist du jetzt zufrieden?«

Er erwiderte kein Wort, sondern sah mich nur missbilligend an und steckte die Spielfiguren in einen kleinen Beutel.

Bisher habe ich noch alle, die mir vorschreiben wollten, wie ich zu leben habe, ins Reich der Tiefe gewünscht. So würde ich es auch in Zukunft handhaben. All diese Besserwisser stehen auf der einen Seite des Lebens, mich aber hat es auf die andere verschlagen. Deshalb hat niemand das Recht, darüber zu urteilen, was gut ist und was schlecht.

Niemand macht sich gern die Hände schmutzig. Aber alle rümpfen nur zu gern das adlige Näschen, geben ein »Das gehört sich aber nicht« von sich – rennen dann jedoch auf die Straße hinaus, um Blumen unter die blutgetränkten Hufe eines Pferdes zu streuen, auf dem irgendein Feldherr aus dem Krieg heimkehrt. Wahrscheinlich ist genau das der Grund, warum mir die meisten Menschen nicht behagen: Sie können und wollen nur sich selbst verstehen. Sie blicken nie über den eigenen Tellerrand hinaus und halten jede weiße Weste für sauber.

Nur frage ich mich in letzter Zeit immer öfter, ob es das überhaupt gibt: eine weiße Weste.

Lahen saß auf dem Bett. Am Boden türmte sich ein ganzer Berg Kleidung aus den Schiffstruhen von Dash. Für sich hatte sie ein paar passende Hosen aus altem, abgeriebenem Leder, zwei Hemden (eines aus Seide mit breiten Ärmeln und einem nicht allzu bequemen Kragen, das andere aus Wolle und weitaus wärmer) sowie eine Art kurzer Jacke gefunden und sich bereits umgezogen.

»Die Hosen sind ein wenig eng«, sagte sie, als sie meinen abschätzenden Blick auffing.

»Sie kleiden dich aber. Hast du ausgeschlafen?«

»Ja. Welche Laus ist dir denn über die Leber gelaufen?«

»Shen wollte mir erklären, wie ich mein Leben zu führen habe. Es hat mich einige Anstrengung gekostet, ihm nicht links und rechts eine zu verpassen.«

»Dann haben dich seine Erklärungen nicht überzeugt?«

»Nein. Dafür hab ich ihm aber auch keine verpasst«, antwortete ich grinsend, um dann das Thema zu wechseln: »Übrigens habe ich noch immer die Pfeilspitze, die er mir gegeben hat. Hier ist sie.«

Sie nahm die Spitze mit unverhohlener Scheu an sich und betrachtete sie genau. »Mich würde wirklich interessieren, woher er die hat.«

»Und warum er sie mit sich rumschleppt. Könnte er Typhus damit wirklich umbringen?«

»Mit Sicherheit. Ihr würde das gleiche Schicksal widerfahren wie jener Schreitenden, die wir in die Glücklichen Gärten geschickt haben. Nur mit diesem Artefakt kannst du diejenigen, die die Gabe in sich tragen, töten. Ich habe dir von solchen Stücken schon früher erzählt. Sie wurden geschaffen, lange bevor der Skulptor die Wegblüten angelegt hat. Den der Turm dann ja auch mit einem solchen Artefakt umgebracht hat. Danach galten entsprechende Waffen lange Zeit als verloren. Es heißt, die Sdisser Nekromanten hätten sie gestohlen. In Wahrheit wurden sie jedoch nur zuverlässig versteckt, denn beim Dunklen Aufstand tauchten sie plötzlich wieder auf. Zumindest hat Ghinorha behauptet, die Aufständische Ossa sei durch ein Messer gestorben, das aus dem gleichen Material angefertigt worden war. Im Krieg der Nekromanten wurden sie aber nicht eingesetzt, das steht fest.«

»Warum eigentlich nicht? Damit hätte man die Verdammten doch sehr schnell ausschalten können.«

»Keine Ahnung, doch nach dem Aufstand waren diese Artefakte verschwunden. Offenbar wurden sie jetzt aber *wiedergefunden.* Ich bin mir sicher, dass Shen die Pfeilspitze von derselben Person erhalten hat wie wir damals: von Ceyra Asani.«

Sie gab mir die Spitze zurück.

»Bleibt die Frage, warum sie sie ihm gegeben hat«, sagte ich.

»Ich glaube nicht, dass es etwas mit uns zu tun hat«, erwiderte Lahen. »Mit dem Zauber, den sie in meinen Funken eingewebt hat, behält sie uns wesentlich besser unter Kontrolle, als Shen es je könnte. Für sie hätte also kein Anlass bestanden, ein derart kostbares Stück unseretwegen einem Heiler auszuhändigen, der nicht sonderlich begabt ist.«

»Er mag ja nicht sonderlich begabt sein – aber um jemanden zu töten, bräuchte er nicht unbedingt seinen Funken«, widersprach ich, denn mir fiel ein, wie geschickt Shen Gnuzz mit dem Messer erledigt hatte.

»Trotzdem dürfte Shen es nicht auf uns abgesehen haben. Wenn du mich fragst, steht er auf unserer Seite. Zumindest bis wir das Regenbogental erreicht haben.«

»Ich wünschte, ich wäre mir da genauso sicher wie du«, seufzte ich. »Was ist mit deiner Gabe?«

»Nach der Begegnung mit Typhus bin ich wieder leer«, gestand sie nach einer Weile ein. »Ich musste die ganze Kraft meines Funkens aufbringen, um ihr Widerstand zu leisten. Deshalb wird es einige Zeit dauern, bis meine Gabe uneingeschränkt wiederhergestellt ist. Aber für ein paar billige Tricks reicht es immer noch«, beruhigte sie mich, um gleich darauf in Gedankensprache hinzuzufügen: *»Zum Beispiel, um mit dir zu reden, ohne den Mund zu öffnen.«*

»Verstehe. Aber wir schaffen es ganz bestimmt auch so ins Regenbogental. Der Krieg findet im Osten statt, die Bluttäler dürften daher kaum eine Gefahr darstellen. Dort sollte es eigentlich keine Sdisser Nekromanten oder ähnlichen Abschaum geben. Wir müssten also etwaige Auseinandersetzungen mit unseren Fäusten oder Pfeil und Bogen klären können.«

In diesem Augenblick klopfte es an der Tür, und Kapitän Dash trat ein, noch ehe wir ihn dazu aufgefordert hatten. Er ließ einen finsteren Blick durch die Kajüte schweifen, nur um dann noch mürrischer zu erklären: »Allmählich wird es Zeit für euch, uns zu verlassen, sonst landet ihr am Ende doch noch in Grohan. Oder habt ihr es euch inzwischen anders überlegt?«

»Nein.«

»Gut. Die Männer haben ein Beiboot fertig gemacht. Euer Freund wartet bereits auf euch. Packt eure Sachen, dann bringen wir euch an Land.«

»Was ist mit einer Armbrust? Kannst du uns eine überlassen?«

»Ja. Sogar ohne was dafür zu verlangen.«

»Woher diese Großzügigkeit?«, fragte ich erstaunt, denn ich hatte die Unsumme nicht vergessen, die er uns für die Kleidung und die Kajüte abgeknöpft hatte.

»Guten Menschen gebe ich gern eine Armbrust. Ich warte an Deck auf euch.«

Ich nickte. Endlich sollten wir wieder festen Boden unter die Füße bekommen.

Kapitel 14

Thia saß am Ufer, hinter alten, umgeworfenen Kisten und einem an Land gezogenen Boot verborgen. Je kleiner das Schiff am Horizont wurde, desto stärker schrumpfte auch ihre Hoffnung. Sie fühlte sich elend, betrogen und verraten. Die unablässige Jagd hatte sie ihre letzten Kräfte gekostet. Obendrein grämte es sie, ihre Gabe nicht in vollem Umfang einsetzen zu können. Was, wenn Talki nicht imstande war, ihr zu helfen? Oder es nicht wollte?

All das trieb sie in eine Verzweiflung, die sich, nach einem Ausbruch von Wut und Zorn, in banalen Tränen entlud. Sie schämte sich, verstand nicht, wie dergleichen überhaupt möglich war – und schluchzte doch aus voller Kehle. Was war das für ein Leben? In einem fremden Körper mit fremden Augen fremde Tränen zu weinen …

Denn *ihre* Tränen waren doch eigentlich nach dem Tod Rethars versiegt. Trotzdem schluchzte sie jetzt wie ein weinerliches Mädchen. Krämpfe schnürten ihr die Kehle ab, salzige Tropfen rannen ihr über die Wangen und die kalten Lippen.

Alsgara kämpfte noch immer um seine Freiheit. Die Erde brannte, der Himmel weinte mit Thia um die Wette, aber davon ließ sie sich nicht anrühren. Sie wollte allein mit ihrem Schmerz sein, weder an Menschen noch an den Krieg oder das Schicksal dieser Welt denken.

Irgendwann beruhigte sie sich wieder, wischte sich die Wangen ab und starrte aufs Meer hinaus, tastete den leeren Horizont mit ihrem Blick ab. Sie – sie! – hatte erneut eine Niederlage einstecken müssen! Gegen eine Autodidaktin! Dabei hätten doch selbst ihre verbliebenen Kräfte mehr als ausreichen müssen, um dieses Pärchen in Grund und Boden zu stampfen.

Aber nein.

Dieses blauäugige Weibsbild, deren Namen sie noch immer nicht kannte, hatte kurzen Prozess mit ihr gemacht. Wie hatten die Schreitenden ein solches Juwel wieder aus den Händen geben können? Wie blind war der Turm eigentlich, wenn er nicht erkannte, dass das Potenzial dieses Weibsbilds jenes der Ratsangehörigen locker in den Schatten stellte?

Sicher, es mangelte dem Mädchen an Erfahrung – aber dennoch hatte sie Thia mit unglaublich aufwendigen Zaubern angegriffen.

Gegen die sie sich kaum zur Wehr setzen konnte, weil sie diese Autodidaktin lebend brauchte. Alle schwächeren Angriffszauber jedoch hatte das Weibsbild spielend zerrissen. Sie, Thia, wurde vorgeführt, als wäre sie eine unerfahrene Schreitende. Am Ende war ihr nichts anderes übrig geblieben, als zu fliehen, denn Porks Körper dürfte ein magisches Duell kaum überstehen.

Zweimal waren sie und die Autodidaktin bereits aufeinandergetroffen, zweimal hatte sie eine Niederlage davongetragen. Weil sie ihre Gegnerin unterschätzt hatte. Allerdings setzte diese auch wirklich sonderbare Zauber ein. Thia meinte zwar, solche Geflechte bereits früher gesehen zu haben, konnte sich aber nicht erinnern, bei welcher Gelegenheit.

»Ein drittes Mal entgehst du mir nicht«, zischte Thia, stand auf und ging ihrem neuen Ziel entgegen …

Der Regen, der Alsgara in den nächsten drei Tagen heimsuchte, löschte immerhin die Feuer. Das Blut in den Straßen mischte sich mit dem Regen, die Leichen verwandelten sich in durchweichte Vogelscheuchen.

Erst am Morgen des vierten Tages trieb der Ostwind die Wolken in Richtung Meer, tanzten auf den Turmhelmen der Meloth-Tempel wieder Sonnenstrahlen. Die Blaue Stadt gab es nicht mehr, von ihr zeugte nur noch ein riesiger Brandfleck. Ströme heißen, mit Asche gesättigten Wassers flossen in die Orsa, färbten den Fluss, sodass sich dieser nunmehr als schwarzes Band in das unruhige Meer schlängelte.

Das Glockengeläut war verstummt, die Hörner ertönten kaum noch und wenn doch, dann nur an den äußeren Mauern, wo die Feinde immer mal wieder vergeblich versuchten, die Stadt im Sturm zu nehmen. Die Kämpfe in der Hohen Stadt waren jedoch noch am Abend des ersten Tages zum Erliegen gekommen. In der Nähe des Turms waren einige Nekromanten und ihre Helfershelfer erwischt worden. Jetzt durchkämmten die Schreitenden ganz Alsgara nach weiteren Sdissern. Den größten Schaden hatten allerdings die Shoy-chash angerichtet, von denen neun in die Stadt gelangt waren. Ohne die Dämonenbeschwörer hätte womöglich der Feind den Sieg errungen.

Dann lief die Flotte des Imperiums wieder in den Hafen ein. Sie hatte zwar etwas gelitten, war aber immer noch kriegstauglich. Immerhin hatte sie einen Sieg über die Nabatorer errungen. Dadurch blieb der Seeweg nach Loska frei, sodass weiterhin Nahrung aus dem Norden mit Schiffen nach Alsgara gebracht werden konnte.

Luk hatte Glück im Unglück. Der Schlag mit dem Holzschaft des Beils war ungenau, und die auf die Jacke aufgenähten stählernen Platten nahmen ihm die Wucht.

Ohne auf die stumpfen Schmerzen zu achten, die ihm die angeknacksten Rippen verursachten, machte er nun einen Ausfallschritt und ließ den Streitflegel überm Kopf kreisen. Mit einer kurzen Drehung der Hand rammte er seinem Angreifer die Kugel ins Gesicht. Noch ehe der Nabatorer auf ihn krachte, sprang er zur Seite und zog die Waffe in einer fließenden Bewegung einem weiteren Gegner über den Schädel, der gerade über die Mauern hatte klettern wollen. Dieser stürzte von der Leiter und riss dabei drei weitere Feinde mit sich in die Tiefe.

»Stoßt die Leiter weg!«, brüllte Luk.

Sofort eilten vier Männer herbei, um die Leiter mithilfe eines Spießes wegzudrücken. Luk sah sich derweil um. Der Kampf neigte sich dem Ende zu. Alle Feinde, die auf die Stadtmauer hatten kraxeln können, waren förmlich zerhackt worden.

»Das wär geschafft«, seufzte er erleichtert und legte sich den Streitflegel über die Schulter. Das Beil hatte er im Gemenge verloren, danach hatte er sich die erstbeste Waffe geschnappt.

Er spuckte sich auf die Hand und betrachtete eingehend seinen Speichel. Als er kein Blut entdeckte, wischte er die Finger an der nassen Jacke ab.

»Die gehen sicher nicht nach Hause«, meinte ein Soldat. »Sobald sie wieder bei Kräften sind, kriegen wir neue Arbeit.«

»Wir bestimmt nicht«, widersprach ein anderer. »Es ist Zeit für die Ablösung. Für heute haben wir genug gekämpft.«

»Das war ein schöner Spaß«, bemerkte Ga-nor, als er sich Luk näherte. Sie beide hatte es in die Festung beim Salattor verschlagen, und er hatte in den vordersten Reihen gekämpft.

»Von wegen! Meine Seite schmerzt fürchterlich. Außerdem habe ich mein Beil verloren.«

»Und wo?«

»Da platzt doch die Kröte! Im Kampf natürlich, wo sonst?! Es ist über die Mauer geflogen. Dafür hab ich jetzt den hier!«

Ga-nor warf einen Blick auf die Waffe in Luks Händen, musterte eingehend die Kette, die ihm über der Schulter lag, und die mit Dornen besetzte Kugel, sagte aber kein Wort.

Sie nahmen die schmale Wendeltreppe nach unten. Einmal mussten sie haltmachen, um Tragen mit Verletzten vorbeizulassen. Im weitläufigen Festungshof rannten Soldaten und Medikusse hin und her. Etwas abseits waren sechs Schmiede zugange, um die Waffen zu schärfen und die Rüstungen auszubessern. Neben einigen kleineren Schmiedeöfen wurde von zwei Soldaten Kohle ausgeladen. Ein Sergeant mit finsterer Miene trieb die beiden an. In diesem Moment ging ein Glimmender an Luk und Ga-nor vorbei, der seine Schritte zum Salattor lenkte, das nicht mehr als vierzig Yard entfernt lag.

»Nordländer!«, rief der Anführer ihrer Hundertschaft. »Nimm deine Kröte und geh mit ihr was essen. Der Hauptmann war so gütig, heute doppelte Portionen austeilen zu lassen.«

»Da platzt doch die Kröte, wie oft soll ich dir noch sagen, dass ich nicht Kröte heiße!«

»Nicht? So oft wie du dieses Viech im Munde führst?«, mischte sich Ga-nor ein und zog in Richtung Wache ab. »Übrigens sind mir noch ganz andere Namen für dich zu Ohren gekommen.«

»Zum Beispiel?«

»Blasge.«

Luk verschluckte sich geradezu vor Empörung und verlor kurzfristig die Gabe der Rede. »Wer nennt mich so?«, fragte er, als sie sich in der Reihe zum Essen anstellten.

»Du meinst, wer *hat* dich so genannt«, erwiderte Ga-nor, der gerade eine große Tonschale mit Reis und Fleisch sowie ein Stück Roggenbrot gereicht bekam. Trotz der Belagerung wurden die Männer, die in den vorderen Linien kämpften, fürstlich bewirtet, die Stadtväter wussten nämlich nur zu gut, dass sie die Soldaten besser nicht hungern ließen. »Inzwischen zieht er es vor, den Mund zu halten.«

»Oh«, brachte Luk heraus. »Also deshalb läuft dieses Scheusal aus der sechsten Einheit jetzt ohne Vorderzähne durch die Gegend.«

Ga-nor grinste bloß, verkniff sich aber jeden Kommentar.

Die beiden setzten sich unter einen Unterstand, von dem aus sie auch das Tor im Blick hatten.

Luk machte sich über sein Essen her. Genüsslich verspeiste er zunächst die besten Stücke. Als er die Reste des Reises am Boden der Schale mit einem Stück Brot stippte, bemerkte Ga-nor durch das Gitter am Tor ein paar seltsame Gestalten, die durch die Straße auf sie zukamen: Obwohl es nicht mehr regnete, trugen die Unbekannten schwere Umhänge und hatten sich die Kapuzen tief ins Gesicht gezogen. Er wusste sofort, was es mit ihnen auf sich hatte, und schrie aus voller Kehle: »Fische!«

Es war kein leichtes Unterfangen gewesen, zum Salattor vorzudringen. Noch dazu in Begleitung von zwei Nekromantinnen. Dennoch hatte es Thia geschafft. Sie brannte zwar nicht gerade darauf, Rowan zu helfen, wusste aber, dass sie Alsgara sonst nie würde verlassen können. Deshalb hatte sie sich mit ihrem kleinen Gefolge zur Stadtmauer begeben und in einem Haus versteckt, das durch den Beschuss halb zerstört worden war.

Da sie alle fürchteten, die Aufmerksamkeit des Turms auf sich zu lenken, rief niemand von ihnen seine Gabe an. Thia hatte den beiden Auserwählten obendrein befohlen, ihren Funken, so weit es irgend ging, zu dämpfen.

Rowan war ohne Frage ein Glückspilz. In Alsgara hockten keine Dummköpfe. Trotzdem war ihnen seine riesige Streitmacht nicht aufgefallen. Sämtlichen Schreitenden und Glimmenden, Spähposten, Patrouillen, Spionen und wachsamen Augen des Imperiums war das Heranrücken des Gegners schlicht und ergreifend entgangen. Und in der Tat musste es für alle Außenstehenden einem Wunder gleichkommen.

Als Rowan Thia mitgeteilt hatte, er würde vom Krähennest aus nur zwei Tage bis nach Alsgara brauchen, hatte sie das anfangs nicht glauben wollen. Selbst wenn er Tag und Nacht marschierte, war es unmöglich, diese Strecke in einer so kurzen Zeit zurückzulegen. Fünf Tage bräuchte er mindestens dafür. Dann wären die Truppen allerdings durch den Marsch derart erschöpft, dass sie fürs Erste wohl kaum ein Schwert führen könnten. Aber Rowan hatte das Unmögliche möglich gemacht. Und das konnte nur eines heißen: Er hatte den Pfad der Geister genommen, war über die Kehrseite der Welt herangerückt, die für alle in Hara unsichtbar war. Wie viele Seelen er den Geistern wohl geopfert hatte, damit sie ihn durchließen? Zehntausend dürften es mindestens gewesen sein. Mit ihrem Blut hatte er sich den Weg erkauft.

Rowan musste endgültig den Verstand verloren haben. Bisher hatte es noch niemand gewagt, diesen Weg zu nehmen, der für Menschen verboten war. Leider war er jedoch nicht wahnsinnig genug, mit seiner Armee ins Herz von Alsgara vorzustoßen: Die Kräfte, die der Skulptor in diese Mauern gelegt hatte, wären jedem zum Verhängnis geworden, der sich ihnen über die Kehrseite der Welt näherte.

Als nun die Zeit zum Handeln herankam, vergaß Thia alle

Bedenken und wirkte einen Zauber, um mit Rowan in Verbindung zu treten. Dieser blickte so finster drein, als litte er unter Zahnschmerzen.

»Ich öffne dir ein Tor!«

»Ach ja?! Schon?!«, schrie Rowan. Seine widerwärtige Visage glich einem einzigen purpurroten Fleck. »Das hättest du längst tun sollen! Und zwar während meines Angriffs auf die Stadt!«

»Nur musste ich da einen Flatterer der Tiefe schaffen und folglich erst wieder frische Kräfte sammeln. Ich war also gar nicht imstande, dir zu helfen.«

»Du …«

»Heb dir deine Vorwürfe für später auf«, unterbrach sie ihn. »Die Schreitenden können mich jederzeit bemerken. Schick so viele Einheiten wie möglich zum Salattor. Dir bleiben nicht mehr als fünf Minuten.«

»Sie werden da sein!«, brüllte Rowan und zerriss das Geflecht des Zaubers.

Thia lachte leise. Wie leicht Rowan doch zu steuern war! Sobald er die Möglichkeit zum Kämpfen bekam, war er sogar bereit, den Hass gegen sie zu vergessen. Insofern: Möge dieser Krieg ewig währen!

»Dasmin!«, rief Thia, worauf eine der beiden Nekromantinnen, eine alte Frau, das Zimmer betrat. »Was ist mit den Schreitenden?«

»Die ahnen nicht das Geringste, Herrin.«

Daraufhin begab sich Thia in den Nebenraum, trat über die Zeichnung am Boden, ging nach unten und spähte auf die Straße hinaus. Bis zum Salattor waren es nicht mehr als zweihundert Yard.

In der Tat, es wurde Zeit.

»Lasst die Fische los! Wirkt den Zauber!«, sagte Thia der anderen Auserwählten, die förmlich an ihren Lippen hing. Dann setzte sie sich auf die Vortreppe des Hauses, um das Geschehen zu beobachten.

Die zwanzig Fische kamen aus dem Keller und marschierten raschen Schrittes in Richtung der Stadtmauer, ohne sich von den Menschen um sie herum von ihrem eigentlichen Ziel ablenken zu lassen. Jemand schrie noch, um die Soldaten zu warnen – doch da erfasste bereits eine Reihe von Explosionen die Männer am Tor und tötete die meisten Menschen im Innenhof.

Aber nicht die Schreitenden.

Die hatten es dank der Warnung dieses scharfsichtigen Dummkopfs gerade noch geschafft, Schilde heraufzubeschwören. Obwohl Thias Plan damit platzte, dachte sie gar nicht daran aufzugeben.

Sie wechselte in den Körper eines Toten, den sie sich für alle Fälle besorgt hatte, befahl Pork, im Haus auf sie zu warten, und schickte eine Reihe von Zaubern gegen die Schreitenden. Die hatten nicht mit einem Angriff gerechnet, sodass Thia die Schilde von zweien aufsprengen und von innen her verbrennen konnte. Auf gut Glück schleuderte sie noch weitere verhängnisvolle Zauber in ihre Richtung, ehe sie sich zurückzog.

Dennoch erwischte sie der Gegenschlag der Schreitenden an der Schulter. Der linke Arm wurde ihr abgerissen, zusammen mit einem Teil des Brustkorbs. Das bekümmerte sie jedoch nicht. Nicht bei einem *Toten.* Sie ließ sich lediglich auf den Rücken fallen, rollte nach hinten ab, stemmte sich auf die Knie und warf einen Blick zu dem Haus hinüber, in dem sich die Nekromanten und Pork befanden. Über ihm wirbelten lodernde Glühwürmchen. Die Schreitenden wollten doch tatsächlich den Zauber des Blutzorns einsetzen! Kurzerhand erstickte ihn Thia im Keim. Wäre er auf dem Haus gelandet, so wäre von diesem und allen, die sich in ihm aufhielten, nicht das Geringste übrig geblieben, ja selbst ein großer Teil der Straße wäre in Mitleidenschaft gezogen worden. Im Notfall fackelte der Turm eben nie lange. Dann pflasterten diese Heiligen die Straße ebenso mit Leichen wie sie, die von ihnen stets nur als Verdammte geschmäht wurden.

Nachdem Thia das Geflecht des Zaubers zerfetzt hatte, wurde sie von der verdichteten Luft des Rückstoßes erwischt, sodass von dem noch verbliebenen Arm das Fleisch abbröckelte. Nahezu zeitgleich schickten die Schreitenden vom Salattor aus einen weiteren Zauber herüber, der sie an den Beinen traf und ihr die Knochen zermalmte. In Thias Augen brannte es, um sie herum wurde alles dunkel. Sofort verließ sie den Toten und nistete sich wieder in Porks Körper ein.

»Fangt an!«, verlangte sie. »Lenkt sie ab!«

Die beiden Nekromantinnen eilten aus dem Haus und schwangen jeweils den Hilss, um schließlich die jaulenden kohlschwarzen Schädel auf die Stadtmauer zu richten.

Es krachte.

Dichter Rauch wölkte durch die Straße. Aus ihm schälte sich eine flüssige Flamme heraus, die in einem Haus gegenüber der Stadtmauer einschlug und sein Dach in Brand setzte.

Genau in diesem Augenblick aktivierte Thia das Geflecht des Hauptzaubers.

Der Steig der Tiefe verschlang ungeheure Kraft, war dabei aber im Grunde völlig harmlos. Er wäre auch am Salattor verpufft, hätte dieses über dieselben Schutzzauber verfügt wie die drei inneren Stadtmauern, die noch der Skulptor selbst geschaffen hatte. In dem Fall hätte sich Thia diesen Zauber von vornherein sparen könne, er wäre pure Zeitverschwendung gewesen. Aber so …

Wegen des Rauchs sah Thia nicht, was am Tor geschah, konnte es sich aber ausmalen. Einige Minuten lang befand sich nun ein Teil des Salattors und der angrenzenden Mauer auf der Kehrseite der Welt, während in Hara nur noch körperlose Konturen von ihnen zeugten.

Rowans Armee hatte freie Bahn.

Als Luk den Warnschrei Ga-nors vernahm, blieb ihm nur ein Weg der Rettung: Er warf sich zu Boden und legte die Arme schützend über den Kopf. Unmittelbar darauf knallte es. Hitze verbrannte seine Haut. Als er sich wieder einigermaßen aufgerappelt hatte, hielt er nach Ga-nor Ausschau.

Obwohl dieser über und über mit Blut beschmiert war, hatte er keine Verletzung davongetragen.

»Der Hauptmann ist tot!«, schrie jemand.

Um sie herum lagen allenthalben Tote und Verletzte. Nicht ein einziger Soldat am Salattor hatte überlebt. Immerhin aber waren die Schreitenden und Glimmenden mit heiler Haut davongekommen – und gingen jetzt zum Angriff auf jemanden über, den Luk nicht erkennen konnte.

»Auf die Mauer! Wir dürfen den Feind nicht durchlassen!«, schrie Ga-nor, packte seinen Freund beim Oberarm und zog ihn mit sich. Doch Luk machte sich frei und hob den Streitflegel vom Boden auf. Erst dann stürzte er ihm nach.

»Schneller, Männer! Auf die Mauer!«, brüllte nun auch der Anführer ihrer Hundertschaft, der sich die Hand auf eine Kopfwunde presste.

Nur dass sich ein gewaltiges Stück der Mauer in ebendieser Sekunde in Luft auflöste.

Das Salattor lag in dichtem Rauch verborgen – aus dem nach und nach Untote auftauchten.

»Zu den Waffen!«, schrie Luk. Aus dem Rauch, der inzwischen bereits durch den Hof waberte, sprangen unablässig neue Schatten. Welle um Welle Untoter wogte heran. Sie setzten ihnen immer erbitterter zu. Ein Blitz schlug gleich einem grimmigen Hundertfüßer auf die Kämpfenden ein, um Feind wie Freund zu töten.

Weitere Blitze folgten. Die Soldaten aus dem Imperium hielten nicht mehr stand und wichen zurück. Ga-nor und Luk wurden gleichsam durch die Mauer gedrängt, die nunmehr bloß ein durchscheinendes Trugbild darstellte, und fanden sich in der niedergebrannten Blauen Stadt wieder. Ohne es selbst zu wollen, waren sie aus Alsgara herausgespült worden.

Zunächst schickte Rowan Untote in die Bresche, dann schwere Fußsoldaten und einen großen Teil der Auserwählten. Die Nekromanten drängten sämtliche Verteidiger vom Tor ab, unterbanden einen Gegenangriff und kämpften sich zu den Schreitenden und Glimmenden vor. Schließlich setzte ihnen die Reiterei nach.

Als Thias Zauber allmählich an Kraft verlor, waren vierhundert feindliche Soldaten in diesen Teil der Stadt vorgedrungen, mehr als genug also, um die Stellung zu halten und am Tor das Gitter für all diejenigen hochzuziehen, die noch davor warteten. Zwanzig Minuten später fand sich jener Teil Alsgaras fest in den Händen der Nabatorer wieder.

Rowan ritt auf einem schwarzen Hengst mit dem Gebaren eines Siegers durchs Salattor. Ihm folgten die Feldherren Nabators. Der Verdammte ließ den Blick über das Schlachtfeld schweifen. Was für ein schöner Kampf! Blutig und grausam. So wie Schlachten sein mussten.

»Seid ihr bereit für den Sturm auf die nächste Mauer?«, fragte er, ohne sich an jemanden im Besonderen zu wenden.

»Das sind wir, Herr. Wollt Ihr Euch diejenigen ansehen, die Widerstand geleistet haben?«

»Ja.«

Daraufhin wurden ihm die Gefangenen vorgeführt. Insgesamt hatten nur rund zwanzig Mann überlebt. Sie waren erschöpft und über und über mit Blut beschmiert. Nur einer von ihnen hielt dem Blick des Verdammten stand.

»Lasst den da frei«, befahl Rowan. »Kühnheit muss belohnt werden.«

»Und die anderen, Herr?«, wollte der Leutnant seiner Leibgarde wissen.

Rowan ließ sich die Frage kurz durch den Kopf gehen. Es gab mehr als genug Möglichkeiten. Er könnte Kampfleoparden auf sie hetzen, sie in eine Grube voller hungriger Untoter werfen, ihre Köpfe auf Lanzen pfropfen und diese um sein Zelt herum in den Boden rammen oder die Katapulte mit ihnen bestücken und sie gegen die Hohe Stadt schicken. O nein, an Möglichkeiten mangelte es ihm wahrlich nicht. Zur Feier des heutigen Sieges beschloss Rowan jedoch, ausnahmsweise Gnade walten zu lassen. »Hängt sie auf«, befahl er kurz und wandte sich dann Thia zu, die er gerade entdeckt hatte. »Das hast du dir vorzüglich ausgedacht. Der Steig der Tiefe ist wirklich eine exzellente Entscheidung gewesen.«

»Freut mich, dass du sie zu schätzen weißt. Aber mich plagt die Neugier. Wie bist du an die Shoy-chash gekommen?«

»Das ist mein kleines Geheimnis«, erwiderte er und saß ab, worauf sich sofort ein Diener um das Pferd kümmerte. »Wesentlich schwieriger war es, sie in die Stadt zu befördern. Aber wie du selbst gesehen hast, ist mir auch da eine Lösung eingefallen. Übrigens stehe ich in deiner Schuld.«

»Weil ich die Mauer aufgelöst habe?«

»Richtig«, antwortete er. »Also, was willst du?«

»Ein Pferd. Ein gutes. Und zwar so schnell wie möglich.«

»Ein Pferd? Mehr nicht? Du schätzt deine Verdienste gering ein!«

»So bin ich nun mal.«

»Gut, dann sollst du dein Pferd haben«, versicherte er und drehte sich um. »He! Bring mir ein Pferd!« Danach wandte er sich wieder an Thia: »Wohin willst du?«

»Nach Norden.«

»Und das Tagebuch des Skulptors?«

»Wartet in Alsgara auf dich.«

»Aha«, brummte er zweifelnd. »Du weißt, dass es mich sehr betrüben würde, sollte ich es nicht finden. Oder … wenn Talki es bereits in Händen hielte.«

»Spar dir deine Verdächtigungen, Rowan. Ich habe es nicht gefunden, das weißt du ganz genau.«

»Möchtest du noch etwas essen, bevor du aufbrichst? Ich gedenke, ein Festgelage abzuhalten.«

»Nein danke, ich bin lange genug in Alsgara gewesen«, sagte Thia. »In dieser elenden Stadt ist mir der Appetit vergangen.«

In dem Moment brachte ihr jemand ein Pferd, und sofort saß sie auf.

»Dir kann man es auch nie recht machen«, erwiderte Rowan. Er wusste genau, warum sie nicht blieb: Während seiner Gelage ließ er Menschen töten, und Thia verabscheute Blut beim Essen.

»Du hast es erfasst. Bis zum nächsten Mal!«

Erst als Thia die Straße nach Norden erreicht hatte, stieß sie einen Seufzer der Erleichterung aus: Rowan war nicht einmal auf die Idee gekommen, ihre Gabe zu überprüfen.

Als die Dunkelheit über Alsgara herabsank, erreichten Luk und Ga-nor das sumpfige Ufer der Orsa. Sie waren am Ende ihrer Kräfte, hungrig und völlig verdreckt. Trotzdem beschlossen sie, sich noch weiter nach Osten durchzuschlagen. Um die Stadt wenigstens knapp eine League hinter sich zu lassen, brauchten sie mehr als die halbe Nacht. Tagsüber warteten sie im Schilf am Flussufer auf die Dunkelheit. Erst tief in der nächsten Nacht stießen die beiden endlich auf die menschenleere Straße nach Nordosten, der sie im Schatten des Waldrandes folgten.

Kapitel 15

Am frühen Abend peitschte der Wind das Meer wieder hoch auf. Das Beiboot krängte fürchterlich, kalte Gischt prasselte auf uns ein, die salzige Luft brannte in den Kehlen. Die Matrosen kämpften sich mit gleichmäßigen Ruderschlägen zu den steil aufragenden Felsen vor. Je näher wir ihnen kamen, desto schärfer pfiff der Wind, desto entsetzlicher heulte und stöhnte er. Ein paarmal schlug das Wasser über uns zusammen und presste uns in die Tiefe.

Ohne die Umhänge aus Segeltuch wären wir wahrscheinlich schon völlig durchgeweicht worden. Shen klammerte sich mit grünem Gesicht und geschlossenen Augen am Bootsrand fest und betete. Ich verstand ihn nur zu gut.

Vor allem, da die kurze Strecke zahlreiche Gefahren barg. Aus dem tosenden Wasser ragten immer wieder Steine auf, gegen die wir des Öfteren beinahe geschleudert worden wären. Doch jedes Mal retteten uns Dashs Männer, die die Ruder mit vollendeter Meisterschaft handhabten. Irgendwann klatschte das Meer noch einmal, gleichsam zum Abschied, gegen das Heck, worauf das Boot einen Sprung nach vorn tat, als wäre es ein Korken, der aus einer Flasche Perlweins aus Syn schoss, und durch eine Spalte in den Felsen jagte, um schließlich in eine kleine, versteckt gelegene Bucht einzulaufen.

Majestätisch und graziös lag die ruhige See vor uns, während hinter uns, jenseits des Felsrings, noch das Meer wütete. Wie wollten Dash und seine Männer es zur *Feuergeborenen* zurück schaffen? Und warum hatte er uns ausgerechnet hier ausgesetzt?

Der Kapitän fing meinen Blick auf und bleckte zufrieden die Zähne: »Das ist ein sicheres Fleckchen Erde. Ich benutze die Bucht manchmal als … Ankerplatz.«

Es mochte wohl ein sicheres Fleckchen Erde sein … für alle Schmuggler dieser Welt. Wer nichts von dem Durchlass in den Felsen wusste, der würde ihn nie entdecken.

Blaugrüne und schwarzpurpurne Felsen umschlossen die geheime Bucht. Als ich ins Wasser spähte, machte ich große, reglose Schattenfetzen aus. Das mussten Steine sein, die von Algen überwachsen waren. Außerdem schreckten wir einen ganzen Schwarm grauer Jungfische auf, als wir das Boot an Land brachten.

Ich stieg als Erster aus. Das Ufer bestand aus Steinen, die feucht und glitschig und mit dem Glibber grüner Algen überzogen waren. Überall huschten dunkelgrüne Krabben herum. Ich streckte Lahen die Hand hin, um ihr aus dem Boot zu helfen. Shen rutschte aus und wäre beinah gefallen.

»Mist!«, fluchte er und arbeitete sich mit unsicheren Schritten zu einer Stelle vor, an der die Steine trockener wirkten. Erleichtert ließ er sich zu Boden plumpsen.

»Da wären wir also«, bemerkte Dash. »Ich habe euch hierher gebracht, damit sind wir quitt. Da drüben beginnt ein Pfad, der den Felsen raufführt.« Er wies auf ein paar dunkle Steinblöcke. »Ich will euch nichts vormachen: Das wird nicht leicht, aber es ist auch kein Ding der Unmöglichkeit. Die Felsen rauf braucht ihr gut eine Stunde. Das würdet ihr zwar bis zum Einbruch der Nacht schaffen, aber ich würde euch raten, euer Nachtlager auf halber Strecke aufzuschlagen. Da findet ihr eine geschützte Stelle. Und jetzt das Wichtigste …«

Er ging zum Boot und kam mit je zwei Armbrüsten, kleineren Leinentaschen mit einem stattlichen Vorrat an Bolzen und Haken zum Spannen der Waffen sowie mit einem prallen Ledersack zurück.

»Hier! Im Sack ist Proviant.«

»Danke. Kriegen wir irgendwo in der Nähe Pferde?«

»Das glaub ich kaum«, antwortete er. »Dazu ist die Gegend zu öde. Die Bluttäler sind groß, da liegen Dörfer und Städte weit auseinander. Wenn ihr dem Ufer folgt, stoßt ihr irgendwann auf ein Fischerdorf. Aber ob es da Pferde gibt?«

»Wo sind die großen Straßen?«

»Die Straße, die von Alsgara nach Gash-shaku führt, liegt östlich von hier. Wenn ihr immer Richtung Sonnenaufgang geht, gelangt ihr nach zwei Wochen zu ihr. Allerdings solltet ihr die wohl besser meiden. Jedenfalls jetzt, da der Krieg tobt, denn es gibt Gerüchte, dass sie nicht mehr ruhig ist. Und die Straße ins Regenbogental … da braucht ihr bloß am Ufer lang, dann könnt ihr sie gar nicht verfehlen. Wohin wollt ihr eigentlich?«

»Das wissen wir noch nicht«, log ich.

»Irgendwann wird's euch schon einfallen«, antwortete Dash daraufhin bloß. »Und nun lebt wohl. Möge der große Krake dafür sorgen, dass wir uns einmal wiedersehen.«

Die Männer stießen das Boot vom Ufer ab und legten sich in die Ruder, um den Kahn wieder aufs offene Meer zu bringen. Die kleine Nussschale fuhr durch den Spalt im Fels und stürzte sich in die Gischt, den Schaum und die Wellen.

Wir blieben allein zurück.

Der Pfad stellte in der Tat eine kleine Herausforderung dar. Er war schmal und gewunden, rechter Hand klaffte der Abgrund. Hier und da lagen uns kleine Steine im Weg, die von oben heruntergefallen waren und auf denen man leicht ausrutschen konnte. Mittlerweile befand sich die Bucht gut zwanzig Yard unter uns. Aus dieser Höhe wirkte sie winzig. Das Meer war überhaupt nicht mehr zu hören.

Ich ging voraus und half Lahen an den schwierigsten Stellen. Shen stapfte schwer schnaufend als Letzter hinterdrein. Immer wieder blieb er stehen, um sich gegen die lotrechte Felswand linker Hand zu lehnen. Die Fahrt auf dem Schiff steckte ihm noch in den Knochen. Trotzdem setzte er alles daran, nicht hinter uns zurückzubleiben.

»Hast du eigentlich Höhenangst?«, wollte er von mir wissen, als wir kurz verschnauften.

»Nein.«

»Warum nicht? Bist du aus Eisen?«

»Ich musste schon mal eine Wand hinauf, die war sechsmal so hoch wie dieser Hang. Und zwar nur mit Hilfe meiner Hände und Füße.«

»Wann soll das denn gewesen sein?«

»In den letzten Tagen des Krieges gegen die Spitzohren.«

Er glaubte mir nicht, was mich aber kaum kratzte.

Irgendwann verbreiterte sich der Pfad endlich, und wir erreichten jenen Platz, von dem Dash gesprochen hatte. Er war breit genug für uns alle, außerdem überragte ihn ein Felsvorsprung, sodass er vorzüglich Schutz vor Regen bot.

Jemand hatte Steine zu einer Feuerstelle zusammengelegt und etwas Brennholz gesammelt sowie trockenes Gras zum Schlafen ausgebreitet. Shen wollte sich bereits aufs Gras setzen, doch ich hielt ihn zurück: »Sieh lieber erst mal nach, ob da Skorpione sind!«

»Freut mich, dass hier schon alles vorbereitet ist«, sagte Lahen, die unterdessen den Sack von den Schultern nahm und die Armbrust gegen den Fels lehnte. »Vermutlich waren das Dashs Freunde.«

»Das nehme ich auch an«, pflichtete ich ihr bei. »Ich hoffe, die Schmuggler haben nichts dagegen, wenn wir uns mit ihren Vorräten ein Feuer machen.«

Shen kam zu uns, warf die Tasche zu Boden und setzte sich drauf: »Hier gibt's keine Skorpione«, erklärte er.

Ich band den Sack, den Dash uns gegeben hatte, auf und fand einen großen Laib Schafskäse darin, drei Zwiebeln, ein frisch gebackenes, gesalzenes Brot, das in ein sauberes Tuch eingewickelt und noch immer warm war, ein schönes Stück Schinken, Unmengen von Zwieback, vier fast steif gedörrte Fische und, was mich am meisten erstaunte, eine bauchige Flasche mit Traubenschnaps.

»Was ist bloß in den guten, alten Kapitän gefahren?«, murmelte ich. »Oder will er uns vielleicht vergiften?«

»Weshalb sollte er?«, fragte Shen völlig ernst.

»Damit wir sterben, nehme ich an. Warum sonst sollte man einen Menschen vergiften?«

»Gib mal her«, bat er und streckte die Hand aus.

Ich reichte ihm die Flasche.

Er roch ausgiebig an dem Schnaps, dann nahm er vorsichtig einen Schluck. »Nein, der enthält kein Gift.«

»Kein Gift, keine Skorpione – dieser Tag steckt doch voller Enttäuschungen, was, Shen?«, fragte ich lachend.

»Ach, hör doch auf!«, fuhr er mich an.

Noch immer lachend verschloss ich die Flasche wieder mit dem Korken. »Nimm's nicht so schwer, du wirst in deinem Leben schon noch genug Gift in die Finger bekommen. Mehr als genug sogar.«

Er warf mir einen verstohlenen Blick zu, verzichtete aber auf jeden Streit und machte sich über das Essen her. Als ich Lahen etwas Brot und Käse reichte, schüttelte sie bloß den Kopf. Offenbar war sie nicht hungrig.

»Was meint ihr, wie es jetzt in Alsgara aussieht?«, fragte Shen, nachdem ich schon vermutet hatte, es habe ihm vollends die Sprache verschlagen.

»Das kann uns inzwischen egal sein, denn wir haben die Stadt zum Glück hinter uns gelassen.«

»Du bist wirklich ekelhaft!«

»Und ganz ohne Gewissen. Denn wenn ich das hätte, wäre ich in Alsgara geblieben, um auf den Stadtmauern mit meiner Brust den unfehlbaren Hintern der Mutter zu schützen«, erwiderte ich grinsend. »Das wolltest du mir doch wohl unter die Nase reiben, oder? Aber bevor du jetzt zu einer flammenden Rede ansetzt: Vergiss nicht, dass du zusammen mit uns aus der Hochburg der Schreitenden abgehauen bist.«

»Keine Sorge, ich will weder mein Verhalten schönreden noch dich anklagen. Wir haben beide nur getan, was man uns gesagt hat. Trotzdem kann es dir doch nicht völlig einerlei sein, was jetzt in der Stadt vor sich geht!«

»Das ist es auch nicht. Aber ich habe es mir angewöhnt, mir nur über die Dinge den Kopf zu zerbrechen, die mir gerade Probleme bereiten. Alsgara gehört nicht dazu, da es viele Leagues von hier entfernt liegt. Und was auch immer dort geschieht, wir können daran nichts ändern. Stimmt's?«

»Stimmt. Aber ich will ja auch nichts ändern. Ich will nur wissen …«

»Dann solltest du lernen, aus den Sternen oder den Kohlen des Lagerfeuers zu lesen«, unterbrach ihn Lahen. »Ness und ich, wir sind keine Propheten. Wir können nur wild mutmaßen, mehr nicht. Also müssen wir uns in Geduld üben, bis wir Näheres erfahren. Derweil lass uns aber zu unserer aller Beruhigung davon ausgehen, dass Alsgara dem Feind standgehalten hat. Ja?«

»Von mir aus«, willigte er nach kurzem Zögern ein. »Dash hat gesagt, wir bräuchten bloß dem Ufer zu folgen.«

»Ich denke, das würde zu viel Zeit kosten, dann kämen wir im besten Fall Ende Herbst in der Schule der Schreitenden an, denn dieser Weg ist doppelt so lang wie der durch die Steppe.«

»Die Bluttäler sind kein Dorfplatz. Wenn wir uns verirren …«

»Das werden wir nicht. Früher oder später stoßen wir auf die Straße. An der liegen genug Dörfer und Städte. Da kriegen wir dann sicher auch Pferde. Und das ist jetzt das Wichtigste für uns. Wenn wir nicht mehr zu Fuß gehen müssen, wird alles viel einfacher.«

»Nur dürfte der Weg durch die Steppe auch wesentlich gefährlicher werden …«

»Nicht unbedingt. Den Gerüchten zufolge sind die Nabatorer bloß bis nach Gash-shaku vorgestoßen. Das liegt weit genug östlich vom Regenbogental. Im Süden sind sie erst bis Alsgara gekommen. Das Regenbogental, Loska und vermutlich sogar Burg Donnerhauer dürften bis zur Mitte des Winters nicht einen feindlichen Soldaten zu sehen kriegen.«

»Vermutlich hast du recht«, erwiderte Shen. »Im Übrigen aber würde ich dich bitten, mir jetzt die Pfeilspitze zurückzugeben.«

»Warum?«

»Gib sie mir einfach«, zischte er wütend.

»Ich bin aber der bessere Bogenschütze von uns beiden.«

»Gib sie mir, andernfalls …«

»Andernfalls was?«, fiel ich ihm ins Wort. »Was machst du dann, Freundchen? Verbrennst du mich mit deiner Magie? Nach allem, was ich gehört habe, stehst du mit der aber nicht auf allzu gutem Fuße. Oder gehst du mir ans Leder? Nur zu, das würde ich gern mal erleben!«

Shen sprang auf.

»Na komm, Kleiner«, knurrte ich und erhob mich ebenfalls, »dann wollen wir doch mal sehen, was du auf dem Kasten hast.«

»Es reicht!«, brüllte Lahen. »Shen! Setz dich! Ness! Gib ihm dieses Mistding zurück! Wir haben keine Verwendung dafür!«

»Ich kann ja wohl noch selbst entscheiden, was ich ihm zurückgebe und was nicht«, brummte ich.

»Nein, das kannst du nicht«, antwortete Lahen mit zornig funkelnden Augen. »Von magischem Mist, vor allem solchem wie dieser Pfeilspitze, muss man sich fernhalten. Mit diesen Sachen handelst du dir nur Schwierigkeiten ein. Abgesehen davon brauchen wir das Artefakt nicht, denn wir wollen ja nicht Jagd auf Schreitende oder Verdammte machen.«

»Äh … also …«, murmelte ich und stellte mir lebhaft vor, wie ich diesen Pfeil Ceyra Asani ins Herz trieb.

Trotzdem holte ich dann mein Messer heraus, um die Spitze vom Pfeil zu hebeln. Ich warf sie Shen zu, der das gefährliche Stück sofort in das Leinentuch wickelte und in der Tasche verstaute.

»Sollst du die im Regenbogental abliefern?«

»Das geht dich überhaupt nichts an!«, antwortete er, immer noch krebsrot vor Wut.

»Warum hast du den Pfeil eigentlich nicht Typhus in den Leib gerammt, als du die Gelegenheit dazu hattest?«

»Warum hältst du nicht einfach den Mund?!«

»Wie bist du der Verdammten überhaupt in die Hände gefallen?«, wollte Lahen wissen.

Er setzte schon fast an, erneut loszupoltern, das gehe uns nichts an, überlegte es sich jedoch im letzten Moment und erzählte uns die Geschichte seiner Gefangenschaft. Die nicht uninteressant war. Vor allem der Flug auf diesem Flatterer der Tiefe gefiel mir.

»Sie braucht dich *und* mich«, teilte er Lahen mit.

»Warum Lahen?«, hakte ich sofort nach.

»Ganz gewiss nicht, um ihr Dank abzustatten«, blaffte Shen. »Sie will uns beide zu der Verdammten Lepra bringen.«

»Das wundert mich nicht«, bemerkte mein Augenstern. »Talki dürfte die Einzige sein, die Typhus ihre alte Kraft zurückgeben kann.«

»Wie kommst du darauf, dass sie ihre Kraft eingebüßt hat?«, fragte Shen verwundert.

»Nicht die ganze Kraft, nur einen Teil. Ansonsten hätte ich ihr nicht so mühelos etwas entgegensetzen können.«

»Mühelos?!«, knurrte ich. »Danach bist du völlig zusammengebrochen!«

»Dann kannst du dir ausmalen, was mit mir geschehen wäre, wenn Typhus ihre ganze Kraft zur Verfügung gestanden hätte«, erwiderte Lahen. »Nein, nur solange sie noch im Körper von Pork steckt, habe ich eine Chance gegen sie.«

»Solltet ihr beiden Schlauberger übrigens glauben, ihr wäret Typhus los, nur weil ihr es geschafft habt, Alsgara zu verlassen, irrt ihr euch gewaltig. Sie wird weder von dir, Lahen, noch von mir ablassen. Nein, es gibt nur eine Möglichkeit, die Verdammte loszuwerden: Man muss sie umbringen.«

»Nur ist das so einfach nicht.«

»Ich weiß. Aber ich weiß auch, dass sie sich nicht ins Regenbogental traut. Genauso wie sie sich nicht in den Turm getraut hat. Deshalb müssen wir die Schule der Schreitenden unbedingt erreichen, bevor Typhus am Horizont auftaucht.«

»So schnell findet sie uns nicht«, sagte ich. »Wir haben etliche Tage Vorsprung. Selbst wenn Typhus es auch noch aus Alsgara heraus geschafft hat, braucht sie ewig, um in die Bluttäler zu gelangen. Und die sind nun mal kein Dorf. Es dürfte also nicht gerade leicht für Typhus werden, uns hier aufzuspüren.«

»Du scheinst vergessen zu haben, dass sie keine gewöhnliche Frau ist«, meinte Shen unter schallendem Gelächter. »Sie ist eine

Verdammte. Eine von denjenigen, die den Dunklen Aufstand angezettelt haben! Sie hat bereits fünfhundert Jahre auf dem Buckel, Ness! Du solltest davon ausgehen, dass sie sich zu helfen weiß. Sie hat dich in diesem vermaledeiten Nest gefunden. Sie hat mich in Alsgara entdeckt. Und ich würde hundert Soren wetten, dass sie uns auch hier in den Bluttälern aufspürt!«

»Da würde dir niemand widersprechen«, bemerkte Lahen. »Aber immerhin arbeitet die Zeit für uns. Auch wenn unser Vorsprung größer sein könnte.«

Shen seufzte nur schicksalsergeben und machte sich daran, den Umhang auf dem Gras etwas abseits der Feuerstelle auszubreiten. »Erinnerst du dich noch an unser Gespräch in der Dabber Glatze?«, wandte er sich an Lahen, sobald er sich hingelegt hatte. »Ich habe dich damals gefragt, wie viele Tote du zum Leben erwecken kannst.«

»Und ich habe dir geantwortet, dass ich das überhaupt nicht kann.«

»Das habe ich nicht vergessen«, antwortete er grinsend.

»Aber du hast mir nicht geglaubt«, fuhr Lahen fort.

»Natürlich nicht! Und jetzt glaube ich dir erst recht nicht. Wie sollte die Schülerin Ghinorhas außerstande sein, die Toten zum Leben zu erwecken … Also: Du kannst es doch, oder?«

»Ich weiß, wie man es macht«, antwortete sie.

»Das habe ich vermutet. Damals habe ich dir gesagt, dass Typhus in Hundsgras an dir gescheitert wäre, wenn du mit ihrem Angriff gerechnet hättest. Du hast das als Hirngespinst abgetan. Doch auch da habe ich meine Zweifel gehabt. Und wieder zu Recht. Du bist weitaus stärker, als du es zugeben möchtest. Vor allem aber wesentlich erfahrener und beschlagener. Bei eurer zweiten Begegnung hast du Typhus schlicht und ergreifend in die Flucht geschlagen. Wer darf sich schon eines solchen Sieges rühmen?«

»Dir gefällt dieses Hirngespinst wirklich zu gut, was?«, antwortete Lahen lächelnd. »Außerdem vergisst du schon wieder, dass Typhus zurzeit nicht uneingeschränkt über ihren Funken gebietet. Aber selbst jetzt ist sie keine leichte Gegnerin. Und so ungern ich das auch einräume, aber Ceyra Asani scheint recht zu haben: Ghinorha muss in meine Gabe Zauber eingeflochten haben, von denen ich bislang noch nicht einmal eine Ahnung hatte. Ich erinnere mich kaum daran, was genau ich gemacht habe, als ich Typhus angegriffen habe. Es war, als hätte nicht ich über meinen Funken geboten, sondern mein Funke über mich. Abgesehen davon bin ich mir sicher, dass Typhus uns alle längst getötet hätte, wenn das ihr Wille gewesen wäre. Aber sie braucht uns offenbar lebend. Doch, wie bereits gesagt, wir sind ihr entwischt und haben einen Vorsprung von ein paar Tagen, den wir jetzt noch ausbauen werden.«

»Mhm, *zu Fuß* ausbauen«, murmelte Shen. »Bis wir das nächste Dorf erreicht haben und uns Pferde beschaffen können, laufen wir uns die Füße wund.«

»Du kannst die Wunden ja notfalls heilen.«

»Bin ich etwa verpflichtet, jeden Kratzer von dir zu behandeln?!«

»Das fällt dir doch nicht schwer, oder?«, stichelte ich.

»Doch, das tut es«, antwortete Lahen an seiner Stelle. »Sehr schwer sogar, mein Liebster. Wenn du deinen eigenen Funken nicht kontrollieren kannst, wenn du nicht weißt, ob du diesmal wirklich mit ihm in Verbindung treten kannst, dann verwandelt sich jede Heilung in pure Marter.«

Shen schnaubte und machte ein Gesicht, als hätten wir ihn gezwungen, einen ganzen Schober bitteren Sauerampfers zu verspeisen.

»Willst du etwa behaupten, das stimme nicht?«, fragte Lahen ihn.

»Es können schließlich nicht alle so begabt sein wie du!«

»Bist du jetzt auf mich wütend oder auf dich selbst? Weder das eine noch das andere wäre angebracht. Wenn du jemandem grollen solltest, dann denjenigen, die dich ausgebildet haben.«

»Die haben damit gar nichts zu tun.«

»Jetzt pass mal auf, mein Junge: Du bist ein *Heiler!* Du verfügst über einen Funken, der höchst selten ist! Da gibt es endlich wieder einen Mann, der dieselbe Gabe besitzt wie der Skulptor – und was bringen die Schreitenden einem solchen Mann bei?! Sie haben zu viel von dem vergessen, was niemals hätte in Vergessenheit geraten dürfen! Und wie sie einen männlichen Heiler ausbilden müssen, das haben sie ohnehin nie gewusst. Selbst die Heilerinnen, die ihre Ausbildung im Regenbogental genossen haben, bringen nur einen Bruchteil dessen zustande, was die Verdammte Lepra vermag. Ich will deine Lehrerinnen nicht anklagen. Sie haben getan, was in ihren Kräften steht. Nur reicht das für einen Heiler eben nicht aus. Widersprich mir nicht, ich weiß das genau. Ghinorha hat mir all das haarklein erklärt. Selbst ein Blinder sieht, wohin dich deine Ausbildung gebracht hat. Du bist auf halbem Wege stecken geblieben. Du bist mit der Nase gegen eine Wand gelaufen, die nicht einmal Ceyra Asani unter Aufbietung all ihrer Kräfte einreißen könnte. Du bist nicht imstande, zuverlässig über deinen Funken zu gebieten. Nie kannst du dir sicher sein, ob du mit deiner Gabe in Verbindung trittst, wenn du sie anrufst. Deshalb hängst du von ihren Launen ab. Und das tut mir aufrichtig leid.«

Shen bot ein Bild des Jammers. Offenbar sprach Lahen nur aus, was er selbst schon mal gedacht hatte. »Aber den Skulptor muss doch auch jemand ausgebildet haben«, brachte er schließlich heraus.

»Ja – im Gebrauch des lichten Funkens. Und genau wie du hat er in den ersten dreißig Jahren seines Lebens nicht allzu viel zustande gebracht. Was ist? Wusstest du das nicht?«

»Nein.«

»Das erstaunt mich kaum. Nach dem Dunklen Aufstand sind fast alle alten Chroniken und Abhandlungen zur Geschichte der Magie in unserer Welt einem Feuer zum Opfer gefallen. Ob das nur ein unglücklicher Zufall war oder ob jemand der Ansicht gewesen ist, die Biografie des Skulptors solle in Vergessenheit geraten, das wird wohl ein Geheimnis bleiben. Wie hat Ghinorha es immer ausgedrückt? Die Geschichte ist ein fragiles Gebilde. Du brauchst bloß die alten Chroniken zu vernichten, dann wird binnen hundert Jahren niemand mehr wissen, was sich in der Vergangenheit tatsächlich zugetragen hat.«

»Du lügst.«

»Weshalb sollte ich das tun?«, fragte sie barsch. »Der Skulptor war so lange ein durchschnittlicher Schreitender, bis er sich jener Form der Magie zugewandt hat, die im Imperium nur im Geheimen bestehen konnte. Du weißt, worauf ich anspiele?«

»Ich bin ja kein Dummkopf! Aber dieses Geschwätz werde ich nie im Leben glauben. Der Skulptor soll über den dunklen Funken geboten haben?! Dass ich nicht lache!«

»Es spielt keine Rolle, ob du mir glaubst oder nicht. Aber wenn du etwas Verstand hast, lässt du dir meine Worte in aller Ruhe durch den Kopf gehen. Ich bin mir sicher, dass du mir dann recht gibst.«

»Nehmen wir einmal an, du sagst die Wahrheit«, brachte Shen zögernd heraus. »Nehmen wir einmal an, der Skulptor *hat* über die dunkle Gabe verfügt. Wer hat ihn dann darin unterwiesen?«

»Das weiß ich auch nicht. Vielleicht hat ihn jemand unterstützt, dessen Name heute nicht mehr bekannt ist. Angeblich ist er aber selbst dahintergekommen.«

»Und du willst also allen Ernstes behaupten, die Schreitenden von damals hätten nicht bemerkt, dass der Skulptor über den dunklen Funken gebietet?«

»Über Jahre hinweg ist ihnen das tatsächlich nicht aufgefallen. Irgendwann hat der Skulptor jedoch versucht, was auch die Abtrünnigen beim Dunklen Aufstand fünfhundert Jahre später versucht haben: die Schreitenden davon zu überzeugen, dass die Magie erneuert werden müsse. Das hat ihn dann das Leben gekostet!«

»Unsinn!«

»Man hat ihn umgebracht, Shen. Dieser Wahrheit musst du ins Gesicht sehen. Und das waren nicht die Nekromanten aus Sdiss, sondern die Schreitenden aus dem Imperium, die in ihm eine Gefahr für die lichte Magie sahen.«

Daraufhin erzählte ihm Lahen die gleiche Geschichte, die sie vor Kurzem auch mir anvertraut hatte. Shen fauchte zwar unablässig wie eine wütende Katze, verbot ihr aber nicht das Wort.

»Das ist Unsinn!«, wiederholte er am Ende trotzdem.

»Wenn du meinst«, erwiderte Lahen völlig gelassen. »Von mir aus kannst du glauben, was du glauben willst. Nur wirst du deinen Funken dann nie zuverlässiger kontrollieren können. Du bist ein Heiler, genau wie der Skulptor. Der Heiler Shen ist heute keinen Deut besser als der Heiler Cavalar in seiner Jugend. Seine Meisterschaft konnte sich erst entfalten, als er die lichte *und* die dunkle Seite seiner Gabe gebrauchte. Erst danach wurde Cavalar zum Skulptor. Genauso war es mit Talki, auch wenn die beiden am Ende unterschiedliche Wege wählten. Genauso wird es mit dir sein, Shen. Solange du nicht auch Kraft aus dem Reich der Tiefe schöpfst, bleibt dir durchschlagender Erfolg versagt.«

Shen wickelte sich in seinen Umhang ein und drehte sich der Felswand zu. Lahen und ich sahen uns an. Sie lächelte traurig.

»Du hast dieses Gespräch aus einem bestimmten Grund angefangen, oder?«, flüsterte ich, damit Shen uns nicht hörte, und stocherte mit einem Ast in den glimmenden Kohlen.

»Ehrlich gesagt, weiß ich nicht genau, warum ich davon angefangen habe. Er sollte die Wahrheit erfahren. Oder zumindest das, was ich für die Wahrheit halte.«

»Und du hast dich nicht geschämt, die wunderbare Märchenwelt dieses Jungen zu zerstören?«

»Vielleicht versteht er jetzt, dass die Welt kein Märchen ist. Kleine Jungen müssen erwachsen werden, sonst überleben sie nicht.«

Kapitel 16

Die ganze Nacht suchten mich Albträume heim.

Typhus wartet an den Piers auf mich. Ich spüre ihren sengenden Blick, weiß, dass ich fliehen muss, kann mich jedoch nicht vom Fleck rühren, weil um mich herum ein fürchterlicher Sturm tobt und …

In der Ferne dräut ein dunkler, schwarzblauer Horizont. Schwere Wolken, die wie übergroße Schädel aussehen, bewegen sich auf Ceyra Asani zu. Sie stürzt barfuß über ein endloses Feld, auf dem hoher Wermut wächst. Über dem Haar der Mutter liegt ein schwerer weißer Schleier, statt der üblichen Tracht der Schreitenden trägt sie ein Bauernhemd, das ihr bis zu den Knöcheln reicht und auf dem unzählige rote Flecken prangen. Aus einem Mundwinkel rinnt ihr unablässig Blut.

Der Wind geht so stark, dass sich der Wermut verängstigt zu Boden duckt. Als eine scharfe Böe Ceyra den Schleier vom Kopf reißt, sehe ich, dass ihr Haar die gleiche Farbe zeigt wie das der Verdammten Cholera: kupferrot. Und es ist auch genauso widerspenstig wie das von Ghinorha.

Ein blendend weißer Blitz schießt vom Himmel und schlägt unmittelbar vor der Mutter ein. Ceyra fällt ins Wermutkraut. Die Wolken schieben sich vor die Sonne, dichtes Dämmerlicht liegt über der Welt. Dann hagelt es purpurrote Funken vom Himmel. Als ich genauer hinsehe, begreife ich, dass es keine Funken sind, sondern Milliarden feuriger Schneeflocken. Sie segeln auf den Wermut. Sofort züngelt eine Flamme hoch, die wie ein tosender Fluss über das ganze Feld rauscht, von Horizont zu Horizont, und den Körper der Mutter verschlingt. Mit einem Mal donnert es. Ich meine, in dem Grollen ein Lachen oder aber ein Weinen zu hören. Vielleicht auch beides zugleich. Aus irgendeinem Grund bin ich mir sicher, dass es von Typhus kommt und …

Ich befinde mich in einem schlecht beleuchteten Raum. Auf einem massiven Tisch brennt ein Kerzenstumpen nieder. Er verströmt ein fahles Licht, das an die erste Morgensonne denken lässt. Doch mit einem Mal färbt sich die Flamme purpurrot, züngelt auf, beleckt die Decke. Jetzt erkenne ich, dass Yola am Tisch sitzt. Hinter ihr steht mein alter Bekannter Garrett.

»Pass auf! Dir bleibt nicht mehr viel Zeit!«, krächzt die Ye-arre. »Finde sie! Und zwar schnell!«

Wen?, will ich Yola fragen, bringe jedoch kein Wort heraus.

Vor ihr sind Karten ausgebreitet. Der Schlüssel und der Wahnsinnige liegen in der Mitte. Die vielen Karten um sie herum sind bereits alle aufgedeckt. Doch die wichtigste von ihnen, die, von der Yola gesprochen hat, fehlt.

Die beiden warten schweigend ab, was ich tun werde. Irgendwann verliert Yola die Geduld, schlägt verärgert mit den Flügeln und klaubt die Karten zusammen.

»Wenn du meinst, dass du den Wind des Chaos gepackt hast, dann irrst du dich. Aber glaub mir, bald, sehr bald schon, zieht ein Sturm herauf. Und dem kannst du nicht entrinnen.«

Daraufhin wirft Yola die Karten in meine Richtung, doch ein jäh aufkommender, heißer Wirbel erfasst sie und trägt sie durch den Raum. Eine landet vor meinen Füßen. Ich hebe sie auf. Es ist der Dieb. Nur sieht die Figur auf der Karte genauso aus wie Garrett.

»Das ist nicht die Karte, die du finden solltest!«, bemerkt Yola mitleidig, und die Welt birst wie ein gewaltiger Spiegel in tausend Splitter und …

Ich irre durch Nebel. Er frisst alle Geräusche und hängt mir wie ein undurchdringlicher Vorhang vor den Augen. Als es mir endlich gelingt, aus ihm herauszufinden, hat sich bereits die Nacht herabgesenkt. Es ist kalt. Den klaren, tiefen Himmel sprenkeln Sterne. Der Vollmond taucht alte, mit mickrigem Heidekraut bewachsene Hügel, ungepflegte Gräber und einen rissigen Pfad in sein Licht. Der riesige Friedhof endet vor einem finsteren Wald, der wie ein dorniger Pfahlzaun wirkt.

Der Friedhof jagt mir Angst ein. Es ist ein gefährlicher, ein unangenehmer Ort. Den sollte ich möglichst weit hinter mir lassen. Aber wohin ich mich auch wende, überall erwartet mich der gleiche Anblick: ein Pfad, Gräber und am Horizont ein dunkler Wald. Mir bleibt nichts, als dorthin zu gehen, wohin der Weg mich führt.

Der erste Schritt ist schleppend, als watete ich durch einen Sumpf. Danach wird es leichter. Als schöbe mich jemand von hinten an. Angesichts der alten Gedenksteine, der gespaltenen Granitplatten und der aufgewühlten Gräber bedauere ich, keine Waffe bei mir zu tragen. Damit würde ich mich weitaus sicherer fühlen.

Als ich an einer Gruft mit einem beschädigten Wasserspeier am Eingang vorbeikomme, meine ich, hinter mir eine Bewegung wahrzunehmen. Ich fahre herum, doch da ist niemand, nur ein leerer Pfad im Mondlicht. Aber keine Menschenseele. Keine Bewegung. Alles liegt still und ruhig, abgesehen von den Zweigen eines kahlen Hagebuttenstrauches, die ganz sacht wippen. Als habe sie gerade eben jemand gestreift.

Ich bleibe wie angewurzelt stehen, obwohl alles in mir brodelt und ich mich bereithalte, bei dem geringsten Anzeichen von Gefahr davonzustürzen. Mit nackten Händen gegen diejenigen zu kämpfen, die seit Langem tot sind, das wäre Wahnsinn. Gelinde gesagt.

Gut, vielleicht hat ja tatsächlich nur der Wind den Strauch bewegt. Aber was, wenn nicht? Die Zeit verstreicht unendlich langsam. Mein Herz rast, das Blut rauscht mir in den Ohren.

Aber da ist wirklich niemand. Kein Lebender, kein Toter. Dennoch spüre ich mit allen Sinnen eine nahende Gefahr. Der Nebel zieht auch wieder auf. Wie ein Spion schleicht er an die Hügel heran, fällt über sie, begräbt sie unter sich, klettert bis zu ihren Spitzen und nähert sich bereits dem Friedhof, um auch diesen einzuhüllen.

Schlecht. Wenn ich dem Nebel nicht davonlaufe, muss ich blind durch diese unwirtliche Gegend stapfen. Dann wäre ich hilflos wie ein Nestjunges. Und eine leichte Beute.

Die ersten, noch scheuen silbrigen Ströme schlängeln sich bereits zwischen den Grabplatten hindurch. Ich renne so schnell ich kann zum Wald, zugleich aber achtsam, denn es bringt wenig Freude mit sich, in ein offenes Grab zu fallen und sich die Knochen zu brechen. Als ich die Bäume erreiche, ist fast der gesamte Friedhof in weißen Nebel getaucht.

Ich muss unbedingt weiter. Der Pfad ist zum Glück noch vorhanden, nur schmaler, fast wie ein Faden. Er führt mich an schlummernden Hainbuchen und einem trägen, mit verfaulten Blättern bedeckten Bach vorbei an den Waldrand. Hier ziehen sich die schmalen, mit gespaltenen Steinen gepflasterten Straßen einer Stadt dahin.

Die Dabber Glatze.

Die Stadt scheint tot, verlassen, nirgendwo ist eine Menschenseele zu sehen. In den Fenstern brennt kein Licht, auf den Höfen bellt kein Hund. Die Türen in den Häusern fehlen, die Fensterläden hängen schief in den Angeln. Abermals bedaure ich, keine Waffe dabei zu haben …

Ich komme auf den Platz, auf dem früher der Markt abgehalten worden ist. Die Stände fallen einer gierigen purpurroten Flamme zum Opfer, die so hoch wie ein einstöckiges Haus aufzüngelt. Nur dass das Feuer keine Hitze ausstrahlt, sondern eine solche Kälte verströmt, dass mir die Zähne klappern.

Im vereisten Boden haben sich vereinzelte Grashalme durch den Stein gebrochen. Sie gleichen sprödem Glas. Sobald ich auf sie trete, zerfallen sie leise klirrend zu unzähligen Eiskristallen.

Links und rechts von mir ragen Feuerwände auf. Ich gehe an ihnen entlang, bis ich die erste Kreuzung erreiche. Eine Weile grüble ich, ob ich abbiegen soll, setze meinen Weg dann aber unverändert fort. Wie es aussieht, befinde ich mich in einem Labyrinth. Ich ignoriere weiterhin alle Abzweigungen, bis ich nach einer Viertelstunde in einer Sackgasse feststecke. Nachdem ich zur letzten Weggabelung zurückgegangen bin, biege ich nach links ab. Leider kann ich mich nicht an den Sternen orientieren, denn sie sind genauso wahnsinnig wie diese Welt und führen einen trunkenen Reigen am Himmel auf, in den sie auch den Vollmond einbeziehen.

Die Eisflamme lodert weiter, schließlich verirre ich mich unwiderruflich. Nie wieder würde ich den Weg zurück finden. Mir bleibt nichts, als weiterzugehen und zu beten, diesen Ort irgendwann hinter mir zu lassen.

Mit einem Mal zieht sich das Feuer zurück. Vor mir liegt eine kleine Anhöhe. Auch eine alte Kastanie sehe ich. Der knorrige Stamm ist gespalten, viele Zweige sind verdorrt. Mein Blick saugt sich an den wenigen Blättern fest. Dergleichen habe ich noch nie gesehen. Breite, funkelnde, eisig-feurige, zauberische Blätter, die im Wind hin und her schaukeln und klirren, genau wie die kleinen silbrigen Glocken im Haar der Hochwohlgeborenen.

Eine Alte – ohne Frage die Verdammte Lepra – sitzt reglos gegen den Baum gelehnt da. Ihr Gesicht ist aufgeschwemmt, gelblich und entstellt. Der weinende Shen hält die Tote bei den Händen.

Hinter dem Baum tritt ein Mann mit einer Armbrust hervor, in dem ich mich wiedererkenne.

»Verzeih mir, mein Junge«, sagt derjenige, der ich bin.

Die Waffe klickt. Der Bolzen dringt in Shens Herz ein, der schreit auf und …

Ich stehe mitten in einer schwarzen, verbrannten und windigen Ebene. Schwere Flocken bitter riechender Asche hängen in der Luft. Sie kratzen in der Kehle und brennen in den Augen. Über den Himmel ziehen schmutzig rote Wolken, in denen hier und da purpurrote Blitze zucken.

Ein Mann in verdreckter Kleidung kriecht auf allen vieren über den Boden. Mit einem spitzen Stock zeichnet er etwas in die dicke Schicht fettiger Asche. Plötzlich blickt er auf und sieht mich mit geröteten, tränenverschleierten Augen an. Giss.

»Warum bist du nicht bei der Verdammten? Das hatten wir doch ausgemacht!«, herrscht er mich an. »Verschwinde sofort von hier!«

Die Erde bebt leicht, dann kracht es hinter mir so laut, dass ich auf die Knie falle und den Kopf mit den Armen schütze. Es dröhnt mir in den Ohren, um mich herum donnert es, als hätte das Reich der Tiefe ein Tor in diese Welt geöffnet. Über der Ebene ertönt ein markerschütternder, wütender Schrei. Ich drehe mich um und …

Ich presse mich fest gegen die kalte, raue Felswand. Hände und Füße habe ich in Spalten verankert, von denen es hier jede Menge gibt. Sie dienen gewissermaßen als Stufen für alle Wahnsinnigen, die den Weg abkürzen und nicht den Pass nehmen wollen. Der Boden liegt tief unter mir. Im Westen und im Osten schimmern die schneebedeckten Gipfel der Buchsbaumberge.

Auf ein Rascheln hin lege ich den Kopf in den Nacken.

Ein wenig rechts von mir klettert ein Hochwohlgeborener ebenfalls die Felswand herunter, ist aber noch nicht so weit gekommen wie ich. Er ist nicht sehr groß, hat goldblondes Haar und grüne Augen. Das hohlwangige Gesicht glänzt vor Schweiß, die Lippen hat er fest zusammengepresst. Es ist Kere aus dem Haus des Lotos, mit dem mich das Schicksal in den letzten Tagen des Krieges zusammengeführt hat. Wir haben uns bis aufs Blut bekämpft und sind sozusagen als herzensgute Freunde voneinander geschieden, als sich unsere Wege trennten und seiner ins Reich der Tiefe führte.

Die Hand des Spitzohrs rutscht ab, es verliert den Halt und stürzt in die Tiefe, ohne einen Laut von sich zu geben. Ich unterlasse jeden Versuch, ihm zu helfen. Der Elf hätte mich fraglos mit sich gerissen.

Er segelt langsam wie eine Schwanenfeder nach unten. Ich

folge ihm mit dem Blick, bis ein seltsamer Nebel aufzieht. Als dieser sich wieder lichtet, fällt anstelle von Kere Lahen in den Abgrund. Ich schreie und …

… erwachte.

Lahen schlief ruhig neben mir, eine Hand unter die Wange geschoben, die andere auf mich gebettet. Als ich mich behutsam aus ihrer Umarmung befreite, seufzte sie leise, schlief aber weiter.

Es war schon recht spät, der Himmel bereits durchscheinend, ein Vorbote des Herbstes. Die Sonne strahlte hell in den Ring aus Felsen hinein. Shen saß am Rand unseres Rastplatzes und warf kleine Steine in die Tiefe.

Als er meine Schritte hörte, meinte er amüsiert: »Ihr habt einen gesunden Schlaf. Ich hätte nie gedacht, dass Gijanen wie Kleinkinder schlummern.«

»Dir auch einen guten Morgen«, antwortete ich grinsend und setzte mich so neben ihn, dass ich die Beine über dem Abgrund baumeln lassen konnte.

Von hier oben wirkte die Bucht kreisrund und in zahllose Blautöne getaucht: hellblau, fast türkis im flachen Uferbereich, dunkelblau in der Tiefe.

»Hast du keine Angst zu fallen?«, fragte Shen.

»Nein. Du?«

»Schon«, gab er zu meiner Verwunderung zu. »Aber nachdem ich mit Typhus auf diesem Flatterer geflogen bin, ist das …«, er deutete mit der Hand auf den Abgrund, »… längst nicht mehr so furchteinflößend. Trotzdem würde ich die Beine nicht über dem Abgrund baumeln lassen.«

»Das ist eine Frage der Übung.«

»Und wo hast du das geübt?«, hakte er nach, wobei er möglichst beiläufig klingen wollte, was ihm jedoch nicht gelang. »Wenn es kein Geheimnis ist.«

»Im Sandoner Wald natürlich«, antwortete ich. »Genauer gesagt, in einem Teil der Buchsbaumberge, der damals den Spitzohren gehörte. Da hatte ich während des Krieges genug Zeit zum Üben. Zweimal musste ich eine Felswand erklimmen, die sechsmal so hoch war wie diese hier. Wenn du das überlebst, verlierst du jede Höhenangst.«

»Komisch«, bemerkte Shen ungläubig. »Ich dachte immer, in den Bergen hätte es gar keine Kämpfe gegeben. Alles hätte sich weiter nördlich abgespielt.«

»Sag das mal denjenigen, die für immer auf den Pässen, in den Bergflüssen und in den Schluchten geblieben sind. Was weißt du denn überhaupt von dieser Zeit?«

»Also …«, druckste er, »von Kämpfen in Schluchten habe ich ehrlich gesagt noch nie etwas gehört.«

»Kein Wunder. Große Schlachten wurden da natürlich nicht ausgetragen, alles andere aber im Übermaß. Die Spitzohren wollten unser Land in Blut ertränken, wir das ihre. Deshalb gab es in jenem Teil der Buchsbaumberge einen kleinen, wenig bekannten Krieg.«

Shen dachte lange nach, seufzte und fing wieder an, Kiesel in die Tiefe zu werfen. Ein paar Minuten lang beobachtete ich, wie die Steine ins Wasser fielen. Inzwischen stand die Sonne so hoch, dass ich die Augen zusammenkneifen musste. Ein kleines Sonnenbad würde mir guttun. Und Lahen würde ich auf keinen Fall wecken. Uns stand ein langer Weg bevor, wer weiß, wann wir das nächste Mal in aller Ruhe ausschlafen konnten.

Wir blieben noch über eine Stunde sitzen, wobei ich über den sichersten Weg ins Regenbogental nachdachte. Meiner Ansicht nach sollten wir uns zunächst zur Straße durchschlagen. Mit etwas Glück würden wir dort ein paar Pferde auftreiben. Danach würden wir uns wieder in die Steppe zurückziehen und immer nach Norden halten. Damit durften wir vermutlich auf eine ruhige und friedliche Zeit hoffen. Irgendwann müssten wir allerdings wieder auf die Straße, da wir andernfalls am Regenbogental vorbeiritten.

Während ich all das im Kopf durchspielte, begrub Shen die Bucht allmählich unter Steinen. Offenbar konnte er nicht genug von der sinnlosen Werferei bekommen. Als er meinen amüsierten Blick auffing, lächelte er verlegen. »Das beruhigt mich.«

»Ich sag ja gar nichts. Mich würde nur interessieren, was du in einem Fall von Nervosität unternimmst, wenn du zu Hause bist. Schmeißt du dann vom Dach aus mit Steinen nach allen, die vorbeigehen?«

»Nein«, antwortete er lachend. »Dann schieße ich mit dem Bogen.«

»Du willst mich auf den Arm nehmen?«

»Keinesfalls.«

»Dieser Morgen steckt doch voller Überraschungen«, sagte ich. »Wie gut bist du? Wenn du die Frage gestattest.«

»Also …«, brachte er heraus und kratzte sich den Nacken. »Längst nicht so gut wie du. Mit der Armbrust geht es etwas besser … aber ich liebe nun mal den Bogen.«

»Das würde ich mir gern mal ansehen«, sagte ich. »Gibst du mir eine Kostprobe?«

»Aber nicht jetzt«, entgegnete er. »Und nicht mit deinem Monster von Bogen. Mit so einem Ding habe ich noch nie geschossen. Ich glaube, damit könnte ich nicht mal richtig zielen.«

»Im Vergleich zu den Bögen der Ascheseelen ist meiner das reinste Kinderspielzeug. Was ist?«, wollte ich wissen, denn mit einem Mal verschattete sich sein Blick.

»Mir ist gerade das Schwarze Haus eingefallen. In dem haben sich auch allerlei Shej-sa'nen herumgedrückt. Was für widerliche Geschöpfe! Du willst einfach nicht glauben, dass sie und die Ye-arre dieselben Vorfahren haben.«

»Dann hast du noch nicht viel mit den Ye-arre zu tun gehabt. Diese Vögelchen stellen sich im näheren Umgang nämlich häufig genug als recht unangenehm heraus. Glaub mir, mitunter würdest du ihnen am liebsten die Flügel abreißen.«

»Aber wenigstens sehen sie nicht so hässlich aus wie die Ascheseelen. Die scheinen doch geradewegs aus dem Reich der Tiefe entsprungen zu sein – obwohl sie ebenso aus Fleisch und Blut bestehen wie wir.«

»Mir ist völlig einerlei, wie sie aussehen, solange sie mir nur vom Leibe bleiben.«

»Wen meinst du?«, fragte da Lahen.

Ich hatte gar nicht bemerkt, dass sie aufgewacht war. »Guten Morgen, mein Augenstern. Die Ascheseelen.«

»Ach, diese lieben Kerlchen«, erwiderte Lahen.

»Äußerst lieb!«, spie Shen aus. »Und mittlerweile strotzt Alsgara von denen wie ein Hund von Flöhen.«

»Übertreib nicht«, verlangte ich. »Und mach dir keine Sorgen. Dein Alsgara wird schon nicht untergehen. Die Verdammten konnten die Stadt im Krieg der Nekromanten nicht nehmen, sie werden es auch jetzt nicht schaffen.«

»Nur vergisst du dabei eins: Die Schreitenden, die ihnen damals im Krieg gegenüberstanden, waren wesentlich stärker als die heutigen«, widersprach Lahen. »Alsgara wird es daher wohl recht schwer haben.«

»Was euch natürlich egal ist«, sagte Shen.

»Völlig richtig«, gab ich zu. »Das Einzige, was mir Kopfzerbrechen bereitet, ist das Schicksal von Luk und Ga-nor. Dass die beiden nicht aus der Stadt herausgekommen sind, ist zum Teil meine Schuld. Ich hoffe inständig, sie überleben diesen Angriff.«

»Hast du nicht immer behauptet, du würdest dir um niemanden Sorgen machen, von dir selbst einmal abgesehen? Was ist geschehen, dass du dir selbst untreu geworden bist?«

»Das geht dich nichts an, Freundchen«, mischte sich Lahen ein, wobei ihre Augen zornig funkelten.

»Nimm's ihm nicht übel«, sagte ich. »Das hat der Kleine in seiner Dummheit so dahingeplappert. Lass ihn ein wenig älter werden, dann denkt er nach, bevor er den Mund aufmacht.«

Shen wünschte uns mal wieder sonst wo hin, ein Verhalten, das er in letzter Zeit ständig an den Tag legte.

Lahen und ich wechselten nur einen beredten Blick und zuckten die Achseln. Wenn uns der Heiler so innig ins Herz geschlossen hatte, bitte. Das Einzige, was uns in seinem Verhalten etwas verunsicherte, war die Tatsache, dass er so wetterwendisch war. Erst warf er uns dem Turm zum Fraß vor, dann verwandte er sich beim Rat für uns, nur um uns anschließend sämtlicher Todsünden anzuklagen. Bei ihm wusste man einfach nie, auf wessen Seite er wirklich stand, denn er sprang herum wie eine Grille in der Bratpfanne.

»Möchtest du dann vielleicht lieber allein ins Regenbogental ziehen? Oder lässt du dich doch herab, bei uns zu bleiben?«

Daraufhin wünschte er mich abermals sonst wo hin.

»Dann sind wir uns ja einig«, sagte ich grinsend. »Roll also deinen Umhang zusammen, in fünf Minuten brechen wir auf.«

Schweigend packten wir unsere Sachen. Mir fielen noch einmal Ga-nor und Luk mit seiner Kröte ein. Es wäre wirklich ungerecht, wenn sie nicht aus Alsgara herausgekommen wären. Ich hoffte sehr, dass Ga-nor einen Weg aus diesem Kessel gefunden hatte. Wenn ich so sehr an Meloth glauben würde, wie es viele der Pilger taten, dann würde ich ihn wahrscheinlich in dieser Sekunde aufrichtig um das Wohl der beiden anflehen.

»Lahen«, presste Shen mit einem Mal leise heraus. Er hatte seine Sachen bereits gepackt und wartete am Pfad auf uns. »Kannst du mir helfen?«

Oho, er konnte ja sogar eine andere Tonlage anstimmen …

»Wobei?«, erwiderte Lahen, und ich verkrampfte mich sofort, denn sie klang irgendwie allzu beiläufig. Ein Blick auf Shen verriet mir, dass ihm das nicht aufgefallen war. Er stand verlegen da, starrte angestrengt an Lahen vorbei – und bedauerte seine Bitte bereits aus tiefstem Herzen.

»Shen, ich verstehe mich nicht darauf, Gedanken zu lesen«, sagte Lahen, rollte ihren Umhang zusammen und warf sich den Tragriemen des Sacks über die linke Schulter. »Wobei soll ich dir helfen?«

»Vergiss es. Das war dumm von mir.«

»Ach ja?«, fragte Lahen zurück. In den nächsten Sekunden maßen sich die beiden mit Blicken. Shen strich als Erster die Segel. Mein Augenstern lächelte und sagte mit honigsüßer Stimme: »Wenn du mich fragst, hast du einfach Angst, mein Junge.«

»Hab ich nicht«, knurrte er.

»Du musst es ja wissen. Hauptsache, du bereust nicht irgendwann, deine Bitte nicht vorgetragen zu haben.« Daraufhin schnappte sich Lahen eine der Armbrüste und schlug als Erste den Pfad nach oben ein. Ich folgte ihr, Shen bildete den Abschluss.

Während ich ein altes Soldatenlied aus den Tagen des Krieges im Sandoner Wald leise vor mich hin pfiff, sah ich nach unten. Der Pfad war jetzt so schmal, dass er mir alle Aufmerksamkeit abverlangte. Abgesehen davon sengte die Sonne, und wir wünschten schon bald, früher aufgebrochen zu sein. Mein Hemd war bereits völlig durchgeschwitzt und klebte mir im Rücken. Irgendwann gab ich auch mein Liedchen auf, um keine Atemluft zu vergeuden. Vor uns lag noch eine nette Kraxelei … Immerhin tröstete ich mich mit dem Gedanken, dass es den Sündern im Reich der Tiefe wesentlich schlechter erging als mir inmitten dieser Felsen.

»Bilde mich aus, Lahen!«, riss mich Shen aus meinen Überlegungen.

Mein Augenstern drehte sich um und sah ihn völlig verständnislos an. Allerdings wollte ihr Gesichtsausdruck nicht sonderlich gut zu dem triumphierenden Leuchten in ihren Augen passen. Shen ahnte jedoch noch nicht einmal, dass er ihr aufgesessen war.

»Und worin soll ich dich ausbilden?«, fragte sie scheinheilig.

»Darin, den dunklen Funken zu beherrschen.«

»So, so«, sagte sie nach längerem Schweigen. »Woher kommt dieser jähe Gesinnungswandel? Noch gestern hast du keinen Schritt ohne die Erlaubnis des Turms machen können. Und der würde diese … höchst merkwürdige Bitte doch mit Sicherheit nicht billigen. Warum also? Weshalb soll ich dich nun doch ausbilden?«

»Weil ich es satthabe!«, fuhr er aus der Haut. »Ich will nicht länger für alle der Versager sein. Mir hängt es zum Hals raus, die Bibliotheken zu durchforsten, Bücher zu studieren – und trotzdem nie das zu finden, was einen vollwertigen Magier aus mir machen würde! Ich habe es satt, auf der Stelle zu treten! Nie zu wissen, ob es mir glückt, meinen Funken anzurufen und ihn am Lodern zu halten! Aber vor allem habe ich es satt, mich so schutzlos zu fühlen! Hilflos! Verletzlich!« Er atmete einmal tief durch. »Also – bildest du mich aus?«, fragte er leise.

»Hast du eigentlich auch nur eine annähernde Vorstellung, worum du mich da bittest?«, erwiderte sie. »Und hast du wenigstens einmal darüber nachgedacht, wohin es dich führt?«

»In letzter Zeit denke ich ständig über mich und meinen Funken nach, nur hat mich *das* nirgendwohin geführt«, knurrte er. »Wenn ich nicht auf ewig das Gespött des Turms sein will, muss ich etwas unternehmen.«

»Meinst du nicht, es wäre besser, das Gespött des Turms zu bleiben als zu einem Toten zu werden? Denn die Schreitenden werden die Natur deiner neuen Gabe spüren, der Turm achtet im Unterschied zu den Zeiten des Skulptors mittlerweile ganz genau auf dunkle Funken. Eins jedoch hat sich nicht geändert: Damals wie heute würde er nicht viel Federlesens mit dir machen und dich als Abtrünnigen, Verräter und gefährliches Tier töten.«

»Bildest du mich aus?«, fragte er noch einmal.

»Du bist wie ein Vogel aus den südlichen Ländern!«, sagte Lahen. »Ich bin keine Heilerin, Shen. Ich verfüge längst nicht über das Wissen, das für deine Ausbildung nötig ist. Bei einer einfachen Schreitenden sähe die Sache anders aus, da könnte ich sicher helfen. Aber bei dir? Damit aus dir sozusagen ein neuer Skulptor wird, brauchst du das Wissen von Talki beziehungsweise der Verdammten Lepra, wie sie meist genannt wird. Und selbst bei ihr wäre ich mir nicht sicher, dass sie dir weiterhelfen könnte, immerhin bist du ein Mann. Und mit euch Männern«, sie zwinkerte mir lächelnd zu, »gibt es immer einen Haufen Probleme.«

»Also muss ich mich entweder der Verdammten Lepra anvertrauen oder alle Hoffnung fahren lassen?«, fragte er mit zitternder Stimme.

»Das habe ich nicht gesagt. Ich habe dich nur daran erinnert, dass ich keine Heilerin bin und dich folglich nicht in der Heilkunst unterweisen kann. Auch könnte ich dir keinen der Zauber beibringen, die ausschließlich bei deiner seltenen Gabe möglich sind. Aber ich kann dich lehren, über den dunklen Funken zu gebieten und dir die wesentlichen Zauber der Nekromanten aus Sdiss anzueignen. Falls du dich auch nur ein klein wenig geschickt anstellst, dürfte das klappen. Deinen weiteren Weg müsstest du jedoch allein gehen. Wenn dich diese Aussicht zufriedenstellt, will ich es versuchen. Wärst du damit einverstanden?«

»Ja!«, stieß er freudig aus.

»Wunderbar. Dann fangen wir noch heute an. Und da du nun einmal mein Schüler bist, lass uns gleich eine einfache Regel festhalten. Sie gilt selbstverständlich nur für deine Ausbildung. Da wirst du widerspruchslos alles machen, was ich verlange. Ich will meine Zeit nicht mit Streit und Auseinandersetzungen vergeuden. Wenn du meinst, alles besser zu wissen, ist sofort Schluss mit dem Unterricht. Dann darfst du dir einen anderen Lehrer oder eine andere Lehrerin suchen. Habe ich mich klar genug ausgedrückt … Schüler?«

»Das hast du. Auf diese Bedingungen kann ich mich einlassen.«

»Dann wäre das ja geklärt.«

Kapitel 17

Es dauerte nicht lange, bis Shen seine Bitte bedauerte. Als er nach drei Tagen alle ihm bekannten Flüche zum hundersten Mal ausgestoßen hatte, ging er dazu über, nur noch mit den Zähnen zu knirschen. Lahen nahm ihn aber auch wirklich hart ran und legte von Anfang an eine Geschwindigkeit vor, an die er offenbar nicht gewöhnt war. Es war also in der Tat kein Zuckerschlecken für ihn.

Sobald wir Rast machten, begann mein Augenstern mit dem Unterricht und hörte nicht eher auf, als bis Shen, nach unzähligen Versuchen, seinen Funken zu kontrollieren, der Schweiß aus allen Poren strömte.

Für mich war das Ganze ein Buch mit sieben Siegeln. Da standen die beiden einander gegenüber und starrten sich wie zwei übersatte Eulen mit Verdauungsproblemen an.

Großartiger Unterricht! Wenn all unsere Schreitenden und Glimmenden die magische Kunst auf diese seltsame Art und Weise lernten, wunderte es mich überhaupt nicht mehr, dass sich die Verdammten so mühelos einen großen Teil des Südens hatten einverleiben können.

Lahen und Shen stierten einander jedenfalls in jeder freien Minute an. Wären wir nicht auf dem Weg ins Regenbogental gewesen, hätten sie vermutlich von frühmorgens bis spätabends nichts anderes getan. Einmal, als ich schon fürchtete, Shen würden in seinem Eifer die Augen aus den Höhlen treten, platzte mir endgültig der Kragen. »Soll ich euch nicht lieber ein Lehrbuch besorgen?«, giftete ich. »Oder den Hilss eines Nekromanten? Man kann ja gar nicht mehr mit ansehen, wie ihr euch quält!«

»Halt den Mund!«, presste Lahen heraus. »Gleich schafft er es.«

»Was? Nicht einzuschlafen?«, grummelte ich, aber nicht mal Lahen achtete noch auf mich. Deshalb warf ich bloß meine Jacke auf den Boden, legte mich auf sie, schob die Hände unter den Kopf und fing an, die Wolken zu zählen. Irgendwann schlief ich ein. Als Lahen mich sanft rüttelte, war der Mittag bereits vorbei. Kein schlechtes Nickerchen. Das Shen jetzt vermutlich auch gut brauchen könnte, denn er sah nach diesen Übungen genauso mitgenommen und niedergeschlagen aus wie nach allen anderen auch: Er hatte es wieder nicht geschafft.

Im Unterschied zu ihm war Lahen jedoch nicht enttäuscht, sondern wiederholte ständig, sie habe nichts anderes erwartet, das sei der übliche Verlauf und früher oder später werde er seinen Durchbruch schon erzielen. Shen hörte ihr mit finsterer Miene zu. Ihm war an der Nasenspitze abzulesen, dass er sie am liebsten ins Reich der Tiefe gewünscht hätte. Aus irgendeinem Grund verzichtete er jedoch darauf – und setzte sogar den Unterricht fort.

Sah Lahen ihrem Schüler tagsüber noch einiges nach, kannte sie am Abend keine Gnade mehr. Sie zwang ihn, bis zur völligen Erschöpfung Übungen zu wiederholen, die meiner Ansicht nach ebenso dämlich wie überflüssig waren. Zum Beispiel mit Kieselsteinen zu jonglieren, Zweige zu flechten oder Knoten zu knüpfen. Was sollte dieser sinnlose Zeitvertreib denn bitte schön mit Magie zu tun haben? Diese Frage stellte ich aber lieber nicht laut. Lahen würde schon wissen, was sie tat.

Einmal spielte Shen gerade wieder mit schicksalsergebener Miene gegen Lahen dieses Spiel, das mir bereits zum Hals heraushing – wer hält dem Blick des anderen länger stand? –, als er nach zehn Minuten einen überraschten Laut ausstieß. In dieser Sekunde begann das Gras neben mir verdächtig schnell auszutrocknen … Ich rollte lieber ein Stück zur Seite – und entkam damit in letzter Sekunde einem Feuer.

Gerade als ich meinem Ärger lauthals Luft machen wollte, kam Lahen mir zuvor. »Du Idiot!«, stauchte sie ihren Schüler zusammen. »Du darfst niemals die Kontrolle über deinen Funken verlieren! Wie oft soll ich dir das eigentlich noch sagen?! Die Kontrolle ist alles, Shen! Sonst tötest du nicht nur uns, sondern auch dich selbst! Wie konnte das geschehen?!«

»Ich … ich habe geglaubt, ich hätte den Funken gebändigt«, hauchte er benommen.

»Und das hat dich so verblüfft, dass du ihm gleich die Zügel hast schießen lassen, ja? Auf dass die freigesetzte Kraft hübsch das Gras versengt!«

»Wahrscheinlich … ja, so muss es gewesen sein … Tut mir leid!«

Lahen atmete schwer durch, um dann ruhiger fortzufahren: »Lass dir das eine Lehre sein. Dein Funke ordnet sich nicht dir unter, sondern du dich ihm. Aber dein Funke muss stets wissen, wer von euch der Stärkere ist, wer das Sagen hat. Und das bist du! *Du* erteilst die Befehle. Sonst wird dich deine Gabe nämlich von innen verbrennen, sobald sie deine Schwäche spürt. Das willst du ja wohl nicht, oder?«

»Nein, natürlich nicht.«

»Dann achte gefälligst auf das, was du tust. Der Funke ist ein Teil von dir. Du musst ihn spüren. Du musst ihm wie einem störrischen Pferd Zügel anlegen. Zeige ihm deine Sicherheit. Hast du das verstanden?«

»Ja.«

»Dann noch mal. Ganz von vorn.«

Die Tage waren einander zum Verwechseln ähnlich. Ein korallenroter Streifen zog sich am frühen Morgen über den Horizont, dann tagte es rasch. Vier Stunden nach Sonnenaufgang trug der Wind, der durch die Bluttäler ging, keine Kälte mehr heran, sondern glich einem feuerspeienden Dämon. Oder, nach dem Mittag, dem glühenden Atem aus dem Reich der Tiefe, der unsere Haut zu verbrennen drohte.

Die Sonne stand dem Wind in nichts nach und knallte uns

derart auf den Kopf, dass wir glaubten, er würde gleich platzen. Selbst der Waldsaum mit seinen Spagen und Gowen kam mir bald lieblicher vor als diese Täler.

Tagaus, tagein stapften wir durch die Steppe, in der hohes, bereits gelb werdendes Gras wuchs, und durchstreiften Wiesen, die ein niedriges, sprödes Gewächs wie ein flauschiger Teppich überzog.

Am schlimmsten war es, wenn wir auf Wermut stießen. Der bittere Geruch betäubte uns fast, außerdem lag uns allen schon nach kurzer Zeit ein unangenehmer Geschmack auf der Zunge. Und selbst nachdem wir diese Stellen hinter uns hatten, kratzte es uns noch im Hals, als würden Katzen ihre Krallen sprechen lassen. Außerdem hatte ich den Eindruck, die ganze Welt sei von einem widerlichen Gestank durchtränkt.

Die schmalen Bäche führten nach dem langen, heißen Sommer zwar nur noch wenig Wasser, das aber nahm uns immerhin die Furcht zu verdursten.

Erst wenn spätabends das Gezirpe Tausender von Grashüpfern einsetzte und sich dichtes Dämmerlicht herabsenkte, schlugen wir unser Nachtlager auf. Da wir kaum anständiges Brennholz fanden und das Gras im Nu niederbrannte, konnten wir nur ein kümmerliches Lagerfeuer entzünden. Erst am sechsten Tag entdeckten wir rein zufällig Pflanzen, die stark an gelbe Federgräser erinnerten. Sie brannten länger als alles, was wir bisher versucht hatten. Auf diese Weise konnten wir uns auch wieder ein ordentliches Essen zubereiten und mussten nicht länger den Zwieback essen, den uns Kapitän Dash mit auf den Weg gegeben hatte. Fleisch gab es wenigstens genug. Hier traf man einfach auf alles, angefangen von kleinen, kaum hundsgroßen Antilopen bis hin zu großen Herden von krummbeinigen Saiga und Wildpferden. Von Ziesel- und Steppenmäusen und anderem Kleinvieh ganz zu schweigen.

Menschen begegneten uns dagegen nie. Seit dem Anbeginn der Zeiten schien noch niemand einen Fuß in diese Gegend gesetzt zu haben. Erstaunen konnte dieser Eindruck letzten Endes nicht, denn selbst Jahrhunderte nach der Gründung des Imperiums gab es in ihm noch genügend unerschlossene und unbewohnte Ecken. Der mittlere Teil der Bluttäler bildete seit jeher auf allen Karten einen solchen weißen Fleck, zogen die Menschen es doch vor, sich in der Nähe der Handelsstraßen anzusiedeln, östlich und westlich dieser Steppe.

Uns kam die Einsamkeit allerdings ganz gut zupass. So war unser Weg – wie beschwerlich und ermüdend er auch sein mochte – wenigstens nicht sonderlich gefährlich. In der Nähe von Gash-shaku oder Okny hätten wir uns sicher nicht derart sorglos bewegen können. Hier dagegen war die größte Unannehmlichkeit, auf die wir stießen, der Wermut. Die Begegnung mit diesem Kraut überstanden wir aber allemal besser als ein etwaiges Aufeinandertreffen mit den Nabatorern.

Ich machte mir einen Spaß daraus, Shen bei seinen Übungen zu beobachten. Beispielsweise wenn er, vor Eifer schnaubend, hartnäckig versuchte, ein paar Kiesel allein mit seinem Blick von der Stelle zu bewegen. Das ärgerte ihn zwar, aber immerhin verlor er nicht die Beherrschung und fing keinen Streit mit mir an.

Jedes Mal, wenn Shen einen Erfolg erzielte, verschärfte Lahen den Unterricht. Shen war damit zwar überhaupt nicht einverstanden, nahm die hohen Anforderungen jedoch schweigend hin. Und Lahen hatte mir erzählt, dass er tatsächlich Fortschritte machte.

An einem Abend, als Shen gerade Brennmaterial fürs Feuer suchte, fragte ich meinen Augenstern: »Warum bildest du ihn eigentlich aus?«

Sie bettete den Kopf auf meine Schenkel und dachte nach. Als ich schon annahm, sie würde nicht mehr antworten, sagte sie: »Weißt du … ich … also … Das ist eine schwierige Frage, wenn ich ehrlich sein soll.« Sie lauschte auf den traurigen Schrei eines Nachtvogels. »Vielleicht weil ihn Ghinorha als Schüler genommen hätte. Und in mir steckt zu viel von ihr. Was lachst du?«

»Entschuldige«, sagte ich und küsste sie auf die Stirn. »Es ist einfach so aus mir herausgeplatzt.«

Lahen sah mich weiterhin herausfordernd an.

»Der einzige Grund ist also der, dass Ghinorha es auch gemacht hätte?«, fragte ich schließlich.

»Nein. Jedenfalls nicht nur ... Er ist ein Heiler, und ihm diese Bitte auszuschlagen wäre ein Verbrechen gegenüber der Magie. Denn das hieße, dass ich mit eigenen Händen eine kostbare und seltene Gabe ersticken würde.«

»Du hast den Jungen ganz vortrefflich dazu gebracht, dich um diesen Unterricht zu bitten«, antwortete ich grinsend.

»Das stimmt«, gab sie lächelnd zu. »Es war gar nicht so schwer, wie ich zunächst gedacht hatte.«

»Und das hast du natürlich auch nur getan, damit seine ach so seltene Gabe nicht verloren geht?«

»Unter anderem«, erwiderte sie, ohne auf meine Ironie einzugehen. »Aber ich hatte noch zwei andere Gründe. Erstens habe ich Ghinorha versprochen, alle auszubilden, die dessen würdig sind. Und zweitens tat er mir einfach leid.«

»Hast du einmal darüber nachgedacht, wie es weitergeht, wenn er ausgebildet ist? Soll er dann zu den Schreitenden gehen?«

»Der Turm würde dieses Können nie dulden.«

»Aber er ist ein Heiler!«

»Das war der Skulptor auch«, antwortete Lahen mit einem traurigen Lachen. »Obendrein war er tausendmal talentierter, erfahrener und geschickter als unser Freund hier. Das hat den Turm jedoch nicht gehindert, ihn kurzerhand zu töten. Wenn die Schreitenden dahinterkämen, dass Shen über den dunklen Funken gebietet, würde wohl nichts als ein Häufchen Asche von ihm übrig bleiben. Ich kann dir nicht sagen, weshalb sie ihn töten würden, ob aus Angst oder aus Neid – aber umbringen würden sie ihn.«

»Und Ceyra Asani? Sie ist doch ganz begierig auf dein Wissen. Und zwar nicht, um es in den Dienst des Turms zu stellen, sondern für sich selbst. Shen könnte ihr doch alles zeigen, was du ihn gelehrt hast. Sie hätte also eigentlich keinen Grund, ihn umzubringen.«

»O doch, den hätte sie«, antwortete Lahen, ohne auch nur darüber nachzudenken. »Nämlich dann, wenn Shen ihr alles gezeigt hätte und in ihren Augen nur noch eine Gefahr darstellte. Dann wird sie ihn ohne zu zögern in die Glücklichen Gärten schicken. Das gilt übrigens auch für uns beide. Früher oder später wird uns die Mutter die Seele aushauchen. Im Augenblick können wir nichts dagegen unternehmen, sondern müssen nach ihrer Pfeife tanzen. Dies ist übrigens ein weiterer Grund, warum ich Shen helfe. Er ist nicht so schlecht, wie er manchmal zu sein vorgibt. Da brauchst du gar nicht so ein Gesicht zu ziehen. Ich weiß, wovon ich rede. Wenn er erst mal entsprechend ausgebildet ist und die Kampfmagie beherrscht ... wer weiß, vielleicht rettet er uns eines Tages noch unsere Haut.«

»Ich glaube nicht, dass er sich je gegen Ceyra Asani stellen würde«, widersprach ich. »Und wenn doch, würde sie ihn vermutlich ohne mit der Wimper zu zucken zerquetschen. Du hast selbst gesagt, dass sie sehr stark ist.«

»Das ist sie. Andererseits habe ich schon oft genug erlebt, welche Überraschungen das Leben bereithält. Mitunter sind sie höchst bizarr.«

»Viel häufiger aber sind sie höchst unangenehm.«

In diesem Moment kam Shen zurück, sodass wir unser Gespräch beendeten. Mürrisch machte er sich daran, das Gras aufzuschichten.

»Lass das«, verlangte Lahen, als er nach einem Feuerstein griff. »Deine heutige Aufgabe besteht darin, das Feuer mit Hilfe deiner Gabe zu entfachen. Feuerzauber, selbst die einfachsten, stellen einen ersten Schritt auf dem Weg zur Kampfmagie dar. Und sie zeigen uns, wie weit du deinen Funken inzwischen kontrollierst.«

»Ich bin mir nicht sicher, dass ich das schaffe.«

»Red keinen Unsinn! In dir lebt der Funke – und der ist heiß genug, um einen ganzen Wald anzuzünden. Da wird er doch wohl nicht an ein paar Gräsern scheitern? Du hast gelernt, deine Gabe anzurufen. Versuche diese Kunst so oft wie möglich anzuwenden. Und jetzt präg dir diesen Zauber ein.«

Das, was sie mit dem Finger in die Luft zeichnete, erinnerte stark an eine torkelnde Spinne, der man das eine oder andere Bein abgehackt hatte. Shen versuchte stöhnend, sich das aufwendige Geflecht einzuprägen. Anschließend starrte er auf den Haufen Gras, als hätte er die Absicht, es mit seinem Blick in Asche zu verwandeln.

Minute um Minute verstrich. Lahen beobachtete ihn mit angehaltenem Atem. Ich hatte furchtbaren Hunger, aber das schien niemanden zu kümmern. Irgendwann trat an Shens rechter Schläfe ein einziger Tropfen Schweiß aus. Mehr nicht. Aber ehrlich gesagt, hatte ich auch gar nicht mehr erwartet.

»Das klappt nie«, sagte er und seufzte schwer. »Ich bin einfach nicht dafür geschaffen.«

»Wie willst du wissen, wofür du geschaffen bist, wenn du es nicht einmal versuchst?«, fragte Lahen.

»Und was bitte habe ich die letzten zehn Minuten deiner Meinung nach getan?«

»Wahrscheinlich vor dich hin geträumt. Jedenfalls sehe ich hier nirgendwo ein Feuer. Also los, versuch es!«

»Das werde ich nicht«, fuhr Shen nun aus der Haut. »Ich habe nicht die Absicht, meine Zeit noch weiter zu verschwenden.«

»Offenbar hast du unsere Abmachung vergessen, mein Kleiner«, sagte sie in bedrohlich leisem Ton. »Dann will ich dich daran erinnern. Entweder du tust, was ich sage, oder du suchst dir eine andere Lehrerin.«

Sie maßen sich wieder einmal mit Blicken, und wieder einmal gab Shen als Erster nach. »Gut. Wenn ihr verhungern wollt, bitte. Ich werde es versuchen, bis selbst du einsiehst, dass es zu nichts führt.«

»Das lob ich mir. Und falls wir kein Abendessen bekommen sollten, keine Sorge, das überstehen wir.«

Der Unterricht ging weiter, aber selbst nach einer Stunde war es zu keinen nennenswerten Veränderungen gekommen (außer dass es endgültig dunkel geworden war und ich anfing, missmutig den Zwieback zu benagen). Ich hatte Hunger, Lahen beobachtete Shen, dieser schnaufte und schwitzte. Aber kein Feuer entzündete sich.

Irgendwann langweilten mich Shens vergebliche Versuche nur noch.

Und dann funkelte es! Ich hatte den Eindruck, ein Blitz sei eingeschlagen. Auf Lahens Gesicht lag ein strahlendes Lächeln. Shen dagegen sah aus, als hätte ihm jemand eins über den Schädel gezogen. Neben ihm jedoch tanzten Flammen blendend weißen Lichtes, die sich gierig über die Gräser hermachten.

Kapitel 18

Die Sonne ging gerade unter, als Thia den Ruf Mithiphas spürte. Erstaunt trat sie mit ihr in Verbindung.

»Tut mir leid, ich wollte dich nicht stören«, versicherte Mithipha mit treuherzigem Blick. Thia runzelte verärgert die Stirn. Fast hatte sie vergessen, wie zuwider ihr diese Graue Maus war. »Aber … aber ich mache mir Sorgen.«

»Das tut mir zwar leid, aber ich verstehe nicht, wie ich dir helfen kann.«

»Es geht um Alenari. Sie schweigt noch immer. Sie zerreißt nicht einmal das Geflecht meiner Zauber, über die ich Verbindung mit ihr aufnehmen möchte, sondern schweigt einfach. Deshalb besteht keine Möglichkeit, mit ihr zu reden.«

»Vielleicht hat unsere schöne Adlige ja einfach nicht den Wunsch, sich mit dir unterhalten.«

»Aber so etwas ist noch nie vorgekommen. Es sieht ihr auch gar nicht ähnlich.«

»Die Menschen ändern sich im Laufe der Jahre«, erwiderte Thia bloß. »Was ist mit Talki, hast du sie erreicht?«

»Ja. Aber sie weiß auch nichts über Alenari.«

Oder behauptet, nichts zu wissen, dachte Thia.

»Wenn du mich sprechen wolltest, um mich zu bitten, mit der lieben Alenari in Verbindung zu treten, dann muss ich dich leider enttäuschen. Ich habe seit unserem Einfall ins Imperium noch kein Wort mit ihr gewechselt.«

»Das ist ja das Schlimme«, jammerte Mithipha. »Wo bist du jetzt eigentlich?«

Diese heilige Einfalt! »Das geht nur mich etwas an«, fertigte Thia sie ab.

»Oh, tut mir leid! Ich habe nicht gewusst, dass es sich dabei um ein Geheimnis handelt. Talki hat mir erzählt, Rowan stünde noch immer vor den äußeren Mauern Alsgaras. Offenbar wird es ihn den ganzen Herbst kosten, die Stadt zu nehmen.«

»Zu bedauerlich. Ist das alles?«

»Äh … ja.«

»Dann entschuldige mich, ich habe zu tun. Und leb wohl.«

»Warte! Was ist mit deinen Augen?«

»Was soll mit ihnen sein?«, fragte Thia verwundert zurück.

»Beim letzten Mal waren sie blau … Aber jetzt will ich dich wirklich nicht länger aufhalten. Wenn du etwas erfährst, lass es mich bitte wissen. Leb wohl!«

Sobald das Geflecht des Zaubers zerriss, eilte Thia zu ihrem Pferd, um den Satteltaschen einen kleinen Spiegel zu entnehmen. Mittlerweile war es zu dunkel geworden, um etwas zu erkennen, sodass sie ein Feuer entzünden musste.

Mithipha hatte nicht gelogen. Porks Augen waren nicht länger blau. Sie betrachtete die hellbraunen Augen mit den goldenen Sprenkeln am Rand eingehend. Diese Augen kannte Thia nur zu gut. Es waren ihre eigenen. Im Gesicht dieses Trottels.

Luk hatte nicht angenommen, dass sie sich nach dem langen Marsch durch den Waldsaum erneut durch wilde Büsche würden schlagen müssen. Doch genau das war der Fall, denn die Straße nach Nordosten lag keineswegs mehr menschenleer vor ihnen. Da sie den Nabatorern mehrmals beinah in die Arme gelaufen wären, hatte Ga-nor verlangt, dass sie sich beide wieder in den Wald zurückziehen sollten. Lieber kämpften sie sich durchs Dickicht und schreckten ein paar Gowen mit ihren Flüchen auf, als dass sie es mit den Nabatorern oder gar Sdissern zu tun bekämen.

Nach anderthalb Wochen erreichten die beiden dann endlich ein winziges Dorf, das nur aus fünf Höfen bestand. Doch auch in ihm stießen sie an dem alten Brunnen auf zwei Nabatorer, die gerade ihre Pferde tränkten. Die beiden Feinde setzten alles daran, den ungebetenen Gästen einen gebührenden Empfang zu bereiten: Der eine griff nach seiner Armbrust, der andere sprang in den Sattel. Ga-nor stürzte sich mit gezückter Klinge auf den Reiter.

Da der Armbrustschütze sein Ziel verfehlte, traf der Bolzen nicht Luk, sondern einen unschuldigen Espenstamm.

»Na warte! Jetzt erlebst du was!«, brüllte Luk und ließ den Streitflegel über dem Kopf kreisen. Seinen Angriff konnte er dann aber doch nicht mehr ausführen, denn Ga-nor eilte von hinten an den Nabatorer heran, um ihn mit einem einzigen Stich zu erledigen.

»Was grinst du so?«, wollte er von Luk wissen.

»Ich freue mich über dieses Geschenk des Schicksals! Meloth hat unsere Gebete erhört und uns Pferde geschickt!«

»Nur dass wir auf dieses Geschenk verzichten. Lass sie laufen!«

»Bitte?!«, entgegnete Luk. »Was soll das denn heißen?!«

»Das soll heißen, dass diese Tiere im Wald noch weniger zu gebrauchen sind als du. Glaub mir, mit denen würden wir nicht weit kommen.«

»Ohne sie aber auch nicht! Hier gibt es doch überall Pfade und sogar einsame Straßen. So schnell werden wir nicht mehr die Gelegenheit haben, uns Pferde zu beschaffen. Außerdem hab ich mir schon Hühneraugen gelatscht!«

»Wie willst du die Tiere füttern?«

»Mit Gras! Und Hafer können wir sicher bei den Bauern hier im Dorf bekommen.«

»Eher bekommst du von denen eine Heugabel in den Bauch. Oder einen Pfeil in die Kehle.«

Bisher hatte sich jedoch noch niemand aus dem Haus gewagt, nur die Hunde bellten ununterbrochen. Der Krieg hatte die meisten Menschen vorsichtig werden lassen …

Ga-nor trat an die beiden Toten heran, um ihre Kleidung zu durchzusuchen.

»Das sind Kuriere«, bemerkte er und drehte einen Packen Papiere mit vier roten Siegeln am Rand hin und her. »Wir dürfen also davon ausgehen, dass sie allein unterwegs waren und nicht noch irgendwo ein paar Nabatorer lauern. Kannst du lesen?«

»Nein.«

»Dann können wir hiermit nichts anfangen«, sagte Ga-nor und zerriss die Papiere. »Also gut, nehmen wir die Pferde. Versuchen wir in den nächsten anderthalb Wochen zu den Blinden Bergen zu gelangen.«

Selbst als sie das Dorf schon weit hinter sich gelassen hatten, hallte ihnen das Gebell der Hunde noch nach.

Es gab noch einen Grund, warum Thia Mithipha nicht ausstehen konnte: Diese Graue Maus hatte die schlechte Angewohnheit, in anderen Zweifel und Unsicherheit zu säen.

Wenn Alenari schwieg, konnte das viele Ursachen haben. Angefangen von dem schlichten Grund, dass sie einfach nicht mit Mithipha reden wollte, bis hin zu dem, dass sie überraschend und höchst ungelegen gestorben war. Inzwischen müsste Alenari längst im Regenbogental sein, denn Talki zufolge hatte sie Gash-shaku vor mehr als einem Monat verlassen. Sofern sie, Talki, die Wahrheit gesagt hatte, versteht sich.

Thia stand damit vor der Wahl, entweder weiter über all diese Fragen nachzugrübeln oder zu versuchen, selbst mit Alenari Verbindung aufzunehmen. Sie waren zwar keine eingeschworenen Feindinnen, aber auch keine Herzensfreundinnen. Ihr Umgangston zeichnete sich stets durch ausgesuchte Höflichkeit und unverhohlene Kälte aus. So war es schon damals im Turm gewesen, und so war es nach dem Dunklen Aufstand geblieben.

Schließlich traf Thia ihre Entscheidung. Sie wirkte den Zauber, erhielt aber ebenfalls keine Antwort. Die einstige Schönheit Alenari, heute im Volksmund die Verdammte Blatter genannt, schlug ihre Einladung zum Gespräch aus. Oder *konnte* sie nicht mehr antworten? Und wenn ja, steckte dann, wie Mithipha fürchtete, Talki dahinter? Diese Intrige wurde immer verworrener. Genau wie Alenaris Rolle darin. Falls sie überhaupt eine spielte …

Über die Hintergründe sollte sie, Thia, sich aber unbedingt klar werden, bevor sie Talki aufsuchte. Denn wenn diese den Verstand verloren hatte, dann mied sie die alte Spinne besser, sofern ihr ihr eigenes Leben lieb war.

Deshalb wirkte Thia einen weiteren Verbindungszauber. Die Alte antwortete sofort. Sie stand an einem offenen Fenster, den Blick auf die endlose Steppe gerichtet.

»Was für eine Überraschung! Ich hab mir schon Sorgen um dich gemacht, mein Mädchen. Wo hast du bloß so lange gesteckt?«

Falls es dich wirklich interessiert hätte, dachte Thia, was ich jedoch bezweifle, dann hättest du ja mal mit mir Kontakt aufnehmen können.

»Ich hatte eine Menge zu tun«, antwortete sie.

»Darf ich dir dann vielleicht sogar zu einem Erfolg gratulieren? Hast du den Heiler und die Autodidaktin gefangen genommen?«

»Nein«, presste Thia heraus.

»Das ist bedauerlich, meine Liebe. Sehr bedauerlich. Und es betrübt mich. Allem Anschein nach bist du nicht mehr in Alsgara. Heißt das, sie haben die Stadt ebenfalls verlassen?«

»Ja. Sie sind zu Beginn der Belagerung entkommen. Auf einem Schiff. Ich versuche, sie einzuholen.«

»Auf dem Landweg? Nun ja … immerhin lässt du den Mut nicht sinken.«

»Die Markierung deutet darauf hin, dass sie sich inzwischen nur noch langsam von mir entfernen. Ich glaube, sie haben das Schiff wieder verlassen und gehen jetzt zu Fuß weiter.«

»Hoffen wir es, meine Liebe. In welche Richtung bewegen sie sich?«

»Nach Norden.«

»Also entweder ins Regenbogental oder nach Loska«, murmelte die Alte. »Gut. Aber ich mache mir Sorgen um dich. Sobald sie erst einmal Burg Donnerhauer hinter sich gelassen haben, wird es für dich nicht leicht sein, sie mir zu bringen. In dem Fall könnte ich nichts mehr für dich tun.«

»Hast du Alenari schon eingeholt?«, wechselte Thia das Thema.

»Nein.«

»Warum nicht? Du müsstest sie doch längst ...«

»Mach mir jetzt bitte keine Vorwürfe! Bei dieser Hitze ermüde ich rasch. Deshalb raste ich erst einmal ein paar Tage. Die Zeit nutze ich auch, um über verschiedene Dinge nachzudenken.«

»Über welche?«

»Ich verstehe nicht ganz, warum unsere liebe Alenari Hals über Kopf ins Regenbogental stürzt. So besonnen, wie sie eigentlich ist, sieht ihr das nicht ähnlich, findest du nicht auch? Warum überlässt sie Gash-shaku plötzlich seinem Schicksal, um sich wie eine junge Prinzessin auf Abenteuersuche zu begeben? Mir kommt das verdächtig vor. Deshalb warte ich lieber noch ein paar Tage ab und will erst sehen, was sie als Nächstes unternimmt.«

Sie hat Gash-shaku ihrem Schicksal überlassen? Ja – weil du ihr von den Aufzeichnungen des Skulptors erzählt hast. Also, du alte Spinne, schoss es Thia durch den Kopf, wem versuchst du eigentlich, etwas vorzumachen?! Und wer von euch beiden lügt jetzt? Mithipha oder du? Denn wenn ich Mithipha glaube, hast du Alenari selbst in die Schule im Regenbogental geschickt, mein liebes Unschuldslamm.

»Hast du sie in letzter Zeit gesprochen?«, wollte Thia wissen.

»Nein, mein Kind. Das Mädchen hält es nicht für notwendig, einer alten Frau zu antworten.«

Wenigstens einmal schien Talki die Wahrheit zu sagen. Ob Alenari ein Schweigegelübde abgelegt hat?, überlegte Thia.

»Wo bist du jetzt?«

»Ich habe mich ein paar Tage an einem ganz reizenden Ort einquartiert. Der Herr des Hauses ist ein angenehmer Zeitgenosse und hat einer müden, angejahrten Frau gern ein Obdach gewährt.«

Thia zweifelte nicht daran, dass dieser angenehme Zeitgenosse den dringenden Wunsch verspürte, sein Leben noch nicht zu beschließen, und dass er Talki allein deshalb mit offenen Armen empfangen hatte.

»Ich werde meine Tage hier noch ein Weilchen genießen. Außerdem spiele ich mit dem Gedanken, nach Gash-shaku weiterzuziehen. Es wird Zeit, etwas in dieser Stadt zu unternehmen. Diese Sturköpfe, die sich hinter den Mauern verschanzen, scheinen die Lektion von Altz nicht begriffen zu haben. Das heißt aber nicht, dass ich mich nicht um deine Belange kümmere. Du musst mir dieses bemerkenswerte Pärchen nur bringen.«

»Der Heiler dürfte nicht so schwer zu schnappen sein, denn letzten Endes ist er nicht besonders gründlich ausgebildet. Aber die Frau ist gefährlich. Ich bin mir nicht sicher, dass ich sie lebend in die Finger bekomme. Nicht in dem Körper, in dem ich zurzeit stecke.«

»Hast du das immer noch nicht begriffen?«, entgegnete Talki. »Wir brauchen die Autodidaktin unbedingt. Und zwar lebend. Gut, ich will nicht verhehlen, dass sie auch mich interessiert – aber für dich bedeutet sie die einzige Hoffnung. Für dich ist sie sogar lebenswichtig, würde ich sagen. Ohne sie werden wir nicht weiterkommen. Keinen Schritt. Entweder du übernimmst ihren Körper – oder du übernimmst gar nichts mehr. Warum muss ich dir das immer wieder einbläuen? Also bring mir die beiden. Oder besser noch alle drei.«

»Wozu brauchst du den Bogenschützen?«, fragte Thia empört. »Der gehört mir.«

»Auf ihn bestehe ich nicht. Mit ihm kannst du verfahren, wie du es für richtig hältst. Hast du eigentlich schon gehört, dass Rowan immer noch am Salattor feststeckt?«

»Das hat mir Mithipha bereits gesagt. Er dürfte diesen Herbst und wohl auch den Winter über beschäftigt sein. Insofern brauchen wir uns keine weiteren Gedanken um ihn zu machen.«

»Das nehme ich auch an. Hast du sonst noch etwas auf dem Herzen?«

»Nein. Das heißt, ja, doch. Ich habe ein Problem.«

»Mit deinem Körper? Der scheint mir inzwischen doch recht passabel. Du hast ihn hervorragend umgearbeitet.«

»Dann sieh dir mal meine Augen an.«

»Oh, stimmt. Das Alter muss mich blind gemacht haben. Dieser Trottel hat inzwischen deine Augen. Die würde ich unter tausend anderen wiedererkennen. Mhm … Hast du noch andere Veränderungen bemerkt?«

»Nein«, antwortete Thia.

»Und in deinem Gemütszustand? In deinen Stimmungen? Ist dir etwas aufgefallen, das du bisher nicht an dir kanntest? Wutausbrüche? Unbeherrschtheit? Obwohl: Unter der hast du immer gelitten«, meinte Talki kichernd, um in Thias Augen sodann die Antwort abzulesen. »Also liege ich mit meinen Vermutungen richtig?«

»Zumindest nicht ganz falsch«, gab Thia widerwillig zu. Sie hatte nicht die Absicht, Talki von den Albträumen zu erzählen, die sie heimsuchten, von der ständigen Furcht, der widerlichen Panik und den abrupten Stimmungsumschwüngen. »Was ist mit mir?«

»Was? Nichts Besonderes, meine Liebe. Außer dass du allmählich wieder zu einem Menschen wirst.«

»Was soll das heißen?«, fragte Thia verständnislos. »Was bin ich denn jetzt? Ein Falter?«

»Früher warst du ein dummes Mädchen. Eine Schreitende. Die Schülerin Sorithas. Thia al'Lankarra eben. Und das war eine ganz andere Thia, die nicht viel mit der zu tun hat, zu der du geworden bist, nachdem dieser Flegel Rethar dich in dunkler Magie unterwiesen hat. Wenn du über viele – sehr viele! – Jahre deine Gabe anrufst und wenn diese zudem von so besonderer Natur ist wie die unsere, dann verändert dich das. Es zerstört den gewöhnlichen Menschen in dir und gebiert etwas Neues. Was allerdings niemand von euch bemerkt hat.«

»Das verstehe ich nicht.«

»Denk nur einmal an dich! Du bist überheblich geworden und hast Sünden auf dich geladen. Du nimmst deine Gegner nicht mehr ernst – und dafür musstest du nun einen hohen Preis zahlen. Eine einfache Bauersfrau hat dich angegriffen und dir tüchtig zugesetzt. Wie konnte ihr das gelingen? Ich würde sagen, wenn du nur etwas vorsichtiger gewesen wärst, etwas weniger hochnäsig gegenüber denjenigen, die du für schwächer hältst, dann würdest du jetzt noch in deinem alten Körper stecken. Oder nimm unseren guten Rowan. Er hat sein letztes bisschen Gewissen verloren und sich in ein wahres Monster verwandelt. Mithipha ist von einem einigermaßen begabten Mädchen zu einer ausgemachten Gans mutiert. Ley läuft nur noch als mürrischer Eigenbrötler herum. Aber erinnere dich nur einmal daran, wie der Träger des Lichts vor dem Dunklen Aufstand war. Das Herz bei allen geselligen Zusammenkünften, der gütigste Glimmende, den ich je gekannt habe. Alenari ist grausam geworden, alle Schönheit ist ihr mittlerweile verhasst. Ich könnte Stunde um Stunde so fortfahren, nur habe ich dazu keine Lust.«

»Warum hast du uns nicht schon früher einmal darauf hingewiesen?«

»Hättet ihr mir denn geglaubt? Was hättest du auf die Worte einer dummen Alten gegeben, als du dich noch in deinem früheren Körper befunden hast, nicht in dieser Hülle, mit der du vorübergehend vorliebnehmen musst? Meine Worte wären vermutlich einfach an dir vorbeigerauscht, so zutreffend sie gewesen sein mochten. Für Macht und Stärke muss man zahlen. Die Magie verändert uns – und verlangt ein Opfer von uns. Das Mitleid, auf das wir verzichten müssen. Die Liebe, die wir nie mehr erfahren werden. Mut, Verstand, innere Ruhe, Sorglosigkeit oder Güte. Möglicherweise auch nur die Fähigkeit, herzhaft zu lachen oder sich an den einfachen Dingen des Lebens zu erfreuen.«

»Und du? Was hat sich an dir geändert?«

»Das geht dich nichts an. Mach dir lieber über dich selbst Gedanken. Dir bleibt nämlich nicht mehr viel Zeit.«

»Das verstehe ich nicht.«

»Nachdem du in diese Körperhülle geglitten bist«, erwiderte Talki seufzend, »und dein Funke ein wenig … gedämpft ist, setzt die Rückentwicklung ein. Zumindest reim ich mir das so zusammen. Ich könnte mir vorstellen, die Augen sind nur der Anfang. Entscheidend aber ist deine Seele, die sich immer stärker an den neuen Körper gewöhnen wird. Mit ihm verwachsen und sich ihm anpassen wird. Und zwar nicht nur in körperlicher Hinsicht, sondern auch in seelischer. Bald werden sich Gefühle bemerkbar machen, die du seit langer Zeit vergessen hattest. Sie werden dich wie eine Lawine unter sich begraben. Mitleid, Angst, Schmerz und Wut. Du wirst allmählich wieder zu dir selbst werden. Zu der, die du vor der Begegnung mit Rethar warst. Ein einfaches junges Mädchen, das gerade die Ausbildung im Regenbogental abgeschlossen hat. Deshalb fürchte ich, dass selbst ich dir schon bald nicht mehr helfen kann. Wenn deine Seele erst einmal untrennbar mit diesem Körper verbunden ist, lässt sie sich nicht mehr in eine andere Hülle geleiten. Setze also alles daran, diese beiden zu fangen, bevor es zu spät ist. Sobald du sie hast, lass es mich wissen. Ich wünsche dir viel Erfolg, mein Kind.«

Daraufhin trübte sich das Silberfenster.

Thia blieb, von widersprüchlichen Gefühlen aufgewühlt, reglos sitzen.

Kapitel 19

»Wir müssten die Straße doch längst erreicht haben«, maulte Shen. »Stattdessen stapfen wir immer noch durch die Steppe, falls dir das nicht aufgefallen sein sollte. Der Herbst naht. Also, was ist, hast du dich verirrt?«

»Was hat der Herbst damit zu tun?! Den Zusammenhang sehe ich nicht«, antwortete ich. »Die Straße liegt übrigens rechts von dir. Ein Stündchen, und du bist da.«

»Aber warum …?«

»Weil ich die Straße meiden will.«

»Warum das auf einmal?!«, brüllte Shen, puterrot vor Zorn. »Hatten wir nicht abgemacht, uns Pferde zu besorgen? Damit wir uns nicht die Füße wundlaufen!«

»Schrei nicht so! Du erschreckst ja die Zieselmäuse!«

»Was haben die Ziesel…«

»Schrei nicht so, hab ich gesagt. Ich habe mir noch mal alles durch den Kopf gehen lassen. Das Risiko ist mir zu groß. In einer derart unruhigen Zeit nehmen nur Soldaten die Straße, alle anderen sitzen zu Hause. Zumindest wenn sie noch bei Verstand sind. Und Soldaten … egal von welcher Armee … also, versuch mal, denen ein paar Pferde zu klauen …«

»Wer sagt denn, dass wir sie ihnen klauen wollen?«

»Verbesser mich, mein Junge, wenn ich dich falsch verstanden habe. Aber glaubst du wirklich, du würdest einen Soldaten finden, der dir sein Pferd überlässt, um selbst zu Fuß zu gehen? Um sich Ärger mit seinen Vorgesetzten einzubrocken? Nein, da können deine Soren noch so fröhlich klimpern …«

»Eigentlich hatte ich gehofft, wir könnten in einem der Dörfer ein paar Pferde kaufen.«

»Nur triffst du in den Bluttälern nicht an jeder Ecke auf ein Dorf«, erwiderte ich. »Und, wie gesagt, ich will jedes Risiko vermeiden. Deshalb nehmen wir die Straße erst im letzten Moment, keine Sekunde früher.«

»Du willst also weiter durch die Steppe?!«, brüllte Shen. »Zu Fuß?«

»Keine Sorge, dir wird die Zeit schon nicht zu lang werden«, tröstete ich ihn. »Schließlich hast du ja etwas, womit du dich während unseres kleinen Spaziergangs beschäftigen kannst. Du wirst ein paar deiner blendenden Feuer zaubern oder noch verschiedene andere Tricks lernen. Lahen, kannst du ihm eigentlich beibringen, aus Luft Pferde zu schaffen?«

»Leider nein. Aber ich kann euch beiden einen guten Rat geben.«

»Welchen?«, fragte Shen nervös.

»Eben«, schlug ich mich auf seine Seite. »Was für einen Rat?«

»Den, den Mund zu halten.«

Shen und ich wechselten einen beredten Blick und zogen es vor, diesem Rat zu folgen.

Shen spähte immer wieder nach Osten, wo er die Straße vermutete, die Alsgara mit dem Regenbogental und den Städten am Westpass der Katuger Berge verband. Glücklicherweise kam er aber nicht mehr auf das Thema Pferde zurück. Von den ewigen Streitigkeiten mit diesem sturen Kerl dröhnten mir bereits die Ohren.

Lahen dagegen zeigte sich recht aufgeräumt. Wie sie mir versicherte, machte Shen merklich Fortschritte. Ich äußerte meine berechtigten Zweifel, aber dann zeigten sich die Folgen seiner Ausbildung klar und deutlich.

Zunächst übergab sich Shen, danach bekam er heftigen Schüttelfrost, der mit weiterem Erbrechen einherging. Ich fürchtete, der Junge stünde schon mit einem Bein in den Glücklichen Gärten. Genauer gesagt, im Reich der Tiefe – denn dort würde er ja wohl landen, wo er nun einen dunklen Funken entwickelt hatte. Er schluchzte, kreischte, fluchte, weinte und versuchte immer wieder aufzustehen.

Lahen und ich hüllten ihn in seinen Umhang ein und fesselten seine Arme. Erst gegen Morgen beruhigte er sich wieder und fiel in einen unruhigen Schlaf. Mein Augenstern wich nicht eine Minute von seiner Seite.

»Übersteht er das?«, fragte ich und schnitt die Schnüre an den Armen durch. Sie waren jetzt zum Glück nicht mehr nötig.

»Ich weiß nicht … aber ich glaube schon.«

Ihre Antwort gefiel mir nicht. Außerdem war Lahen viel zu ruhig. So gab sie sich nur, wenn sie ihre Verzweiflung oder Angst verbergen wollte.

»Wieso weißt du das nicht?«

»Ich weiß es halt nicht. Aber ich habe noch nie gehört, dass jemand stirbt, wenn er oder sie sich zusätzlich den dunklen Funken aneignet. Bisher haben jedenfalls alle diese Art der Wiedergeburt überlebt.«

»Das versteh ich nicht ganz.«

»Es geht hier um eine Wiedergeburt, Ness«, sagte sie und legte Shen die Hand auf die Stirn. »Zumindest hat Ghinorha es immer so genannt. Alle, die am Dunklen Aufstand teilgenommen haben, mussten das durchmachen.«

Ich sah erst sie an, dann Shen, der aschfahl war. Schließlich richtete ich den Blick auf den Halbmond am nächtlichen Himmel. »Du auch?«

»Nein. Ghinorha hat mich gleichzeitig im dunklen und im lichten Aspekt der Gabe unterwiesen. Bei Shen ist es jedoch anders. Er hat bisher nur den lichten Funken in sich getragen. Es hat aber seinen Preis, sich dem Dunkel zuzuwenden, nachdem man lange Zeit nur die andere Seite der Magie angewendet hat. Und diesen Preis entrichtet der Körper.«

»Mhm … hast du ihn davor gewarnt?«

»Nein.«

»Weil du angenommen hast, er würde in dem Fall ablehnen?«

»Nein, durchaus nicht«, antwortete Lahen bitter. »Vielleicht glaubst du mir nicht, aber ich habe es schlicht und ergreifend vergessen. Ghinorha hat nur einmal mit mir darüber gesprochen. Dieses Gespräch war mir jedoch völlig entfallen, ich habe mich erst wieder daran erinnert, als es für Shen schon zu spät war.«

Wir schwiegen beide und lauschten auf den unruhigen Atem Shens.

»Was geschieht jetzt mit ihm?«, fragte ich nach einer Weile.

»Darauf würde ich dir gern antworten, nur weiß ich es selbst nicht«, antwortete Lahen mit einem schweren Seufzer. Die Müdigkeit stand ihr ins Gesicht geschrieben. »Manchmal bedaure ich sehr, keine Verdammte zu sein. Oder wenigstens eine Schreitende. Mir fehlt es einfach an Erfahrung. Meloth weiß, wie sehr ich mich bemühe, aber … mir unterläuft ein Fehler nach dem anderen. Weder Thia noch Talki wäre das passiert.«

»Das kannst du doch gar nicht mit Sicherheit sagen. Und jetzt schlaf ein wenig. Leg dich hin. Ich passe schon auf den Jungen auf.«

Sie nickte noch einmal kurz und schlief ein, sobald ihr Kopf ihre zusammengerollte Jacke berührte. Bis zum Morgen richtete ich mich in der Rolle der besorgten Henne ein, die ihr halb totes Küken begluckt.

Shen rang vier Tage um sein Leben. Am Morgen des fünften Tages erwachte er und bat mit munterer Stimme um etwas zu essen. Um seinen Appetit konnte man ihn nur beneiden. Und da Lahen beteuerte, ihr Schützling kämpfe nicht mehr gegen den Tod, konnten wir endlich weiterziehen.

Fürs Erste wollte ich keine lange Strecke zurücklegen. Nach dem Schüttelfrost hielt ich Shen für schwächer als ein junges Kätzchen. Doch zu meiner großen Verwunderung fühlte er sich prächtig, fast, als hätte sein Leben niemals an einem seidenen Faden gehangen.

Am frühen Nachmittag machten wir am Horizont äußerst seltsame Gebilde aus, deren Einzelheiten wir jedoch erst erkannten, als wir uns ihnen weiter genähert hatten.

Aus dem wogenden Federgras wuchsen graue, grob behauene und im Laufe der Zeit geborstene längliche Steinblöcke heraus. Jemand musste sie eigens an diesen Ort gebracht und aufgestellt haben. Sie berührten einander mit der Spitze. Meist handelte es sich um Gebilde aus drei Steinen, die wie plumpe Dreifüße aussahen, es gab aber auch Gruppen mit fünf oder sogar acht Blöcken.

Die Steine selbst erinnerten am ehesten an ein Gitter oder einen Käse, so groß war die Zahl der Löcher in ihnen. Sie waren dreieinhalb Yard hoch und erweiterten sich an der Spitze zu einer Plattform mit einer Art Brüstung. Zwischen den einzelnen Gruppen lag ein Abstand von hundert bis vierhundert Schritt.

Als wir an den finsteren, von den Jahrhunderten angefressenen Riesen vorbeigingen, hörten wir, wie der Wind, der nach Wermut und wildem Honig roch, durch die Löcher pfiff: Über der endlosen Steppe schwoll ein vielstimmiges Lied Tausender Schilfflöten an.

Keine Ahnung, warum, aber mich beschlich der Eindruck, über einen Friedhof zu wandern.

»So etwas habe ich noch nie gesehen«, flüsterte Lahen. »Du?«

»Ich schon«, hauchte ich. »Zwischen dem Sandoner Wald und den Ausläufern der Buchsbaumberge. Aber da waren es nicht so viele. Wir könnten mal auf einen raufsteigen.«

»Wozu?«

»Das haben die Männer und ich damals gemacht, um einen Angriff der Hochwohlgeborenen abzuwehren. Wozu sie eigentlich dienen, ist mir allerdings schleierhaft.«

»Haben die Steine damals in den Bergen auch gesungen?«

»Ja. Wahrscheinlich werden sie gerade deswegen an windigen Stellen aufgestellt.«

»Das stimmt. Und deshalb werden sie auch die Steine des Windes oder Alistans Flöten genannt«, mischte sich nun Shen ein. »Es gibt sie in geringer Zahl in den Bluttälern, im Sandoner Wald und auf den Pässen der Katuger Berge, aber sehr häufig auf der Treppe des Gehenkten, in Bragun-San und im Nordland.«

»Wer war dieser Alistan, nach dem sie benannt sind?«

»Keine Ahnung, darüber steht nichts in den Büchern«, antwortete Shen. »Diese Steine sind so alt wie unsere Welt. Niemand erinnert sich mehr daran, wer sie geschaffen hat und zu welchem Zweck. Angeblich sollen diese Flöten den Skulptor auf die Idee für die Wegblüten gebracht haben. Im Turm gehen Gerüchte, wonach sich in der Magie in den Wegblüten und in diesen Steinen etwas Gemeinsames findet. Was genau, das weiß aber auch da niemand. Die ersten Menschen im Imperium haben sich oft in der Nähe der Steine des Windes angesiedelt. Sie haben dort ihre Häuser gebaut, das Land urbar gemacht und ihre Kinder großgezogen. Früher sollen die Flöten diejenigen, die sie verehrten, auch gewarnt haben, wenn Feinde nahten.«

»Und heute?«, fragte Lahen.

»Heute sind es wohl bloß noch einfache Steine, durch die der Wind pfeift. Die Geschichte der Flöten ist zusammen mit ihren Schöpfern ins Reich der Tiefe eingegangen. Wir werden sie vermutlich nie mehr erfahren.«

»Der Skulptor verwandelt sich allmählich auch in eine Legende«, bemerkte Lahen. »Trotzdem steckt in jedem Mythos noch ein Korn Wahrheit.«

»Das ja. Nur sind wir nach all den Jahren nicht mehr imstande, dieses Körnchen zu erkennen. Zu viel Zeit ist inzwischen vergangen, allzu viel ist in Vergessenheit geraten.«

»Stimmt. Und wenn jemand viel vergessen hat, dann der Turm.«

Shen widersprach nur deshalb nicht, weil er sich gerade umgedreht und etwas entdeckt hatte. »Oh!«, rief er.

Über die Steppe kamen Reiter heran. Auch sie hatten uns bemerkt.

Und der Abstand zwischen uns schmolz schnell dahin.

Ich brauchte nur wenige Sekunden, um zu begreifen, dass dies keine willkommenen Gäste waren.

»Nabatorer! Mir nach, rasch!«, brüllte ich und rannte zu einer Steingruppe, die nur gut zwanzig Yard von uns entfernt war.

Sobald wir sie erreicht hatten, suchte ich in der rauen, von der Sonne gewärmten Oberfläche nach Schlitzen, denn aus dem Sandoner Wald wusste ich, dass es sie geben musste und dass sie hervorragend als Sprossen geeignet waren. In der Tat. Im zweiten Stein fand ich sie.

»Rauf da! Schnell! Und ladet die Armbrüste!«

Während Lahen und Shen den Stein hinaufkletterten, spannte ich den Bogen. Nachdem das geschehen war, warf ich ihn mir über die Schulter und folgte den beiden. Ohne die Feinde im Nacken wäre ich sicher nicht so schnell oben gewesen, waren die Schlitze im Stein doch so verwittert, dass meine Füße kaum Halt fanden. So aber erreichte ich die zwei Quadratyard große Plattform im Nu.

Lahen hatte ihre Waffe bereits geladen, Shen die Armbrust gespannt. Wenn wir uns duckten, bot uns die Brüstung zuverlässigen Schutz.

»Jeder Schuss muss ein Treffer sein«, schärfte Lahen Shen ein.

»Das brauchst du mir nicht zu sagen.«

»Verteilt euch«, verlangte ich und zog einen Pfeil aus dem Köcher.

»Ich übernehme den Osten und den Süden«, sagte Shen.

»Ich den Westen«, sagte Lahen noch, ehe sie sich einen Bolzen zwischen die Zähne steckte. »Bleibt für dich der Norden, Ness.«

»Gut, notfalls kümmere ich mich auch mit um den Osten.«

Shen sah mich fragend an, da für unsere ungebetenen Gäste an meiner Seite ja auch die Möglichkeit bestand, zu uns heraufzukraxeln.

»Wenn du kein guter Schütze bist, Shen, dann ziel auf die Pferde«, riet ich ihm.

»Werd ich nicht. Schließlich könnten wir dringend ein paar Pferde brauchen.«

Während Lahen und Shen die Feinde näher herankommen lassen mussten, weil die Entfernung für eine Armbrust noch zu groß war, gab ich bereits zwei Schüsse ab. Der erste traf einen Nabatorer in leichter Rüstung am ungeschützten Hals, der zweite bohrte sich in die Schulter eines anderen Angreifers.

Dann klickten fast gleichzeitig die beiden Armbrüste. Sowohl

Lahen wie auch Shen trafen. Der Reiter, den ich an der Schulter verletzt hatte, bekam einen Bolzen in die Brust und gab für immer Ruhe. Das Pferd eines Sdissers, der gerade einen kurzen Bogen aus Horn spannte, strauchelte, warf seinen Reiter ab und begrub ihn unter sich.

Ein Pfeil durchschnitt die Luft. Ich duckte mich gerade noch rechtzeitig hinter der Brüstung weg. Schon folgten Armbrustbolzen. Schreiend und lärmend ritten die Feinde um unsere Zuflucht herum.

»Die umzingeln uns, diese Dreckschweine«, zischte Shen, der seine Armbrust gerade nachlud und sie an Lahen weitergab, um daraufhin ihre vorzubereiten. »Das sind mehr als zwanzig.«

»Vierundzwanzig, um genau zu sein«, sagte mein Augenstern. Sie legte die Armbrust an, stemmte sich auf die Ellbogen hoch, kniff das linke Auge zusammen und zog den Abzug. Es folgte ein Fluch.

»Was war das?! Du hast danebengeschossen!«

Shen richtete sich aufs Knie auf, versenkte, fast ohne zu zielen, einen Bolzen in einem Reiter und ging gleich danach wieder in Deckung. Eine Sekunde später beschoss ihn jemand mit einem Pfeil, der jedoch in hohem Bogen im Federgras landete.

»Jetzt bin ich dran«, verkündete ich. Ich musste mich zu meiner vollen Größe aufrichten, um zu schießen, da ließ mir mein Bogen keine andere Wahl.

Ich brauchte weniger als drei Sekunden, um die Sehne zum Ohr zu ziehen, mein Opfer auszuwählen und es zu erledigen. Diesmal lud Lahen ihre Armbrust selbst nach. Ihr Schuss war wesentlich genauer als der letzte: Ein Kerl, der mich hatte töten wollen, fing sich einen Bolzen ein.

Sechs Tote in noch nicht mal zwei Minuten – das brachte unsere Feinde zum Nachdenken. Ein Horn ertönte, sie zügelten ihre Pferde und zogen sich ein Stück zurück, um außer Reichweite unserer Pfeile und Bolzen zu sein.

»Und was jetzt?«, wollte Shen wissen und spuckte aus.

»Wenn sie genug Verstand haben, lassen sie uns in Ruhe, denn mehr als Scherereien haben sie von uns nicht zu erwarten.«

»Und wenn sie nicht genug Verstand haben?«

»Dann sollten wir diese Atempause gut nutzen.«

»Zu Meloth habe ich heute schon gebetet«, zischte Shen.

Ich überprüfte die Zahl meiner Pfeile. Noch reichten sie. Wenn ich sie mit Bedacht einsetzte, dürften wir diesen Angriff überstehen.

»Habt ihr noch genug Bolzen?«

»Mehr als genug, damit diese Kerle begreifen, dass uns ihr Anblick nicht erfreut«, antwortete Lahen.

»*Was ist mit deiner Gabe?*«, fragte ich sie in Gedankensprache, denn ich wollte nicht, dass Shen erfuhr, dass es mit Lahens magischen Fähigkeiten zurzeit nicht so gut bestellt war, wie er annahm.

»*Daran arbeite ich. Wenn es hart auf hart kommt, werde ich sie einsetzen. Obwohl ich es eigentlich nicht will. Nach den Kampfzaubern würde ich wieder völlig leer sein, denn nach der Begegnung mit der Verdammten Typhus bin ich immer noch etwas schwach.*«

»*Und Shen?*«

»*Wenn du bei einem Ziegenbock auf Milch hoffst, dann darfst du bei Shen natürlich auch auf Kampfzauber hoffen. Nein, er hat es gerade erst gelernt, seinen neuen Funken zu kontrollieren. Ihn trennt noch viel von der Kampfmagie.*«

»He!«, rief Shen da. »Warum seid ihr zwei verstummt?«

»Nur so.«

»Was glaubt ihr, warum ist in dieser Ödnis eine derart große Einheit von Kriegern aus Nabator und Bogenschützen aus Sdiss unterwegs? Hat da nicht jemand behauptet, mit denen sei nur auf den Straßen zu rechnen?«

»Offensichtlich interessiert sich außer uns noch jemand für Alistans Flöten«, brummte Lahen.

»Die ziehen nicht ab. Die können zählen. Sie wissen, dass sie uns dreien überlegen sind.«

»Nur dass wir in einer hervorragenden Festung hocken. Die werden schon sehen, was sie davon haben, wenn sie uns angreifen«, machte ich Shen klar. »Nehmt euch die Offiziere vor! Die beiden da.« Ich zeigte auf zwei Reiter, um die sich die Einheit versammelt hatte. »Wenn wir die erledigen, sieht unsere Lage gleich viel besser aus.«

Nachdem sie sich beraten hatten, teilten sich die Feinde in zwei Gruppen und nahmen uns in die Zange. Zu unserem Glück waren ihre Bogenschützen erbärmlich. Wir konnten drei weitere Männer töten, zwei erledigte Shen, einen Lahen.

Und dann wendete sich das Blatt. Wie viele Anfänger ließ es auch Shen im Eifer des Gefechts an Vorsicht mangeln, kam hinter der Deckung hervor – und fiel, noch ehe er einen Schuss abgegeben hatte, auf die Knie. Ein Armbrustbolzen hatte den Weg in seine Brust gefunden. Ich bettete ihn auf die Steinfläche. Ein Blick reichte, um zu wissen: Die Lunge war getroffen, mit dieser Wunde war nicht zu spaßen.

»Lieg still!«, befahl ich Shen und zog den Dolch blank. Ich schnitt seine Jacke an der Stelle auf, an der der Bolzen eingedrungen war, um dann das Hemd aufzuschlitzen, das bereits blutdurchtränkt war. »Rühr dich nicht, hab ich gesagt!«

Statt auf mich zu hören, hob Shen die Armbrust und betätigte den Abzug. Ein Nabatorer landete neben mir. Der Dreckskerl hatte die Gelegenheit genutzt und war hier hochgestiegen. Kurz vergaß ich Shen, schnappte mir den Streitkolben, den der Feind hatte fallen lassen, und zog damit einem Sdisser, der ebenfalls glaubte, er könne einfach hier heraufkommen, eins über den Schädel. Selbst unter dem Geschrei der Reiter und dem Hufgetrappel war zu hören, wie der Knochen barst. Die Kapuze seines Kettenhemdes hatte dieses Schwein nicht vor dem Reich der Tiefe bewahrt. Der Tote stürzte nach unten. Ich schleuderte ihm den Streitkolben hinterher, auch wenn ich mir keine allzu großen Hoffnungen machte, einen weiteren Angreifer zu treffen. Von unten kam ein Bolzen heraufgeflogen, der wie durch ein Wunder mein Kinn verfehlte. Wir wurden jetzt von allen Seiten beschossen.

»Lahen!«, schrie ich und eilte zu meinem Bogen. »Du musst deine Gabe einsetzen! Sonst überstehen wir das nicht!«

»Ich weiß«, antwortete sie ruhig, schoss noch einmal und

drehte sich dann um. Ihre Augen waren schwarz. So hatten sie selbst während des Kampfes gegen Typhus nicht ausgesehen.

»Die Zeit der Späße ist wohl vorbei, Lehrerin?«, krächzte Shen, der die fast mehlweißen Lippen zu einem aufmunternden Lächeln verzog.

Doch Lahen erwiderte kein Wort. Sie fuchtelte scharf mit der Hand. Der Zauber des Schwarms, der in Alsgara bereits Marna, jene Gijanin, die mit unseren Köpfen so gern reich geworden wäre, ausgeschaltet hatte, riss sich von den schlanken Fingern meines Augensterns und legte sich brüllend über einen der beiden Offiziere, um ihn samt Rüstung und Pferd in ein blutiges Gitter zu verwandeln.

Dieser Anblick machte auf unsere Angreifer einen unauslöschlichen Eindruck: Drei Reiter, offenbar die klügsten unter ihnen, trieben ihren Pferden unverzüglich die Hacken in die Flanken und stürzten davon. Meiner Ansicht nach trafen sie damit die beste Entscheidung ihres Lebens, denn das, was dann geschah, ließ sogar mich erschaudern.

Ein im Federgras liegender Toter setzte sich jäh auf, zwei weitere Leichen erhoben sich vom Boden. Die Kreaturen stürzten sich auf unsere noch lebenden Feinde. Panik brach aus.

Diese Biester wussten für sich zu sorgen: Das erste der Wesen verbiss sich in einem Pferdehals, zog die Beine an und ließ sich von dem Tier forttragen. Das zweite sprang aus vollem Lauf auf ein Pferd, umfasste den Reiter und grub ihm die Zähne in die Schulter. Das dritte riss mit ekelhaftem Schmatzen das Fleisch brockenweise aus einem noch lebenden Nabatorer. Nun flohen auch alle, die bisher überlebt hatten. Sogleich setzte ihnen dieses untote Trio nach.

Lahen saß gegen die Brüstung gelehnt da. Aus den Winkeln ihrer geschlossenen Augen rannen ihr je zwei blutige Tränen über die Wangen. *»Das war's! Jetzt bin ich völlig leer!«*, teilte sie mir mit, ehe sie sich erbrach. Ich stürzte zu ihr hin, doch sie stieß mich weg: »Hilf Shen! Mit mir … ist alles in Ordnung. Das geht vorbei. Ich verspreche es dir.«

Ich glaubte ihr und kümmerte mich um Shen. Er blutete nach

wie vor. Allerdings hätte er bereits wesentlich mehr Blut verloren, wenn der Bolzen nur einen halben Finger tiefer eingedrungen wäre. In dem Fall würde der Junge längst den Gesang der Diener Meloths in den Glücklichen Gärten vernehmen. Aber so … Noch lebte er. Doch weder Lahen noch ich waren in der Lage, ihn zu heilen. Ich wusste, dass ihm höchstens noch eine halbe Stunde blieb. Auch er schien das zu ahnen.

»Ich krieg … kaum Luft. Die Lunge ist getroffen«, presste Shen heraus. »Das sieht nicht … gut aus.«

»Mich erstaunt eher, dass du noch bei Bewusstsein bist, mein Junge«, sagte ich in möglichst beiläufigem Ton, um ihn ja nicht ahnen zu lassen, dass es nicht nur nicht gut aussah – sondern dass es schlimmer gar nicht sein könnte. »Ich an deiner Stelle wäre längst in Ohnmacht gefallen.«

»Ich bin … gerade dabei«, sagte er und spuckte aus: Es war Blut.

»Wag es ja nicht, das Bewusstsein zu verlieren, du Hundesohn!«, herrschte ihn Lahen an, die völlig zerzaust war und sich kaum auf den Beinen halten konnte. »Sieh mich an! Wenn du in Ohnmacht fällst, schicke ich dich höchstpersönlich in die Glücklichen Gärten. Hör mir zu! Tritt mit deinem Funken in Verbindung!«

»Das kann ich nicht«, hauchte Shen. »Dieser Schmerz …«

Lahen tobte, wie ich es nie zuvor bei ihr erlebt hatte, und verpasste Shen eine schallende Ohrfeige. »Doch, das kannst du! Du kannst alles, du Bastard! Komm schon! Streng dich an! Werd wütend, du Hund! Werd wütend, bevor ich dich zu Tode prügle! Vergiss den Schmerz! Er existiert nicht! Hörst du mich?! Deine Gabe hängt nicht von einer Nichtigkeit wie Schmerz ab! Du bist ein Heiler! Du kannst sogar dem Tod ein Schnippchen schlagen! Was spielst du dich da bei einem kleinen Kratzer so auf?! Spür deinen Funken! Nimm die Wärme wahr! Richte sie auf dich, so wie du sie auch schon auf Ness und mich gerichtet hast! Begreifst du, was ich verlange?!«

Von ihrem Ausbruch völlig betäubt, nickte Shen. Daraufhin fuhr Lahen zufrieden fort: »Ich hole jetzt diesen Bolzen heraus.

Das wird wehtun. Aber du achtest nicht eine Sekunde lang auf den Schmerz, sonst stirbst du. Danach rufst du sofort deine Gabe an. Du hast die Wahl zwischen dem Tod und deinem Funken, mein Junge. Eine dritte Möglichkeit gibt es nicht.«

»Lahen! Wenn du den Bolzen rausholst, reißt du die Lunge noch weiter auf. Dann tötet ihn die Blutung in weniger als zwei Minuten«, stellte ich unnötigerweise klar, bevor ich Shen einen Lederriemen zwischen die Zähne schob.

»Bist du bereit?«, fragte Lahen und umfasste das Ende des aus der Brust ragenden Bolzens.

Er nickte abermals und schloss die Augen.

»Auf drei. Ness! Halt ihn fest! Eins … zwei … drei!«

Als sie den Bolzen mit aller Kraft herauszog, drehte sie dabei ihre Hand ein klein wenig. An der schartigen Spitze war ein winziges Stück Fleisch hängen geblieben. Prompt spritzte Blut drei Zoll hoch in die Luft. Shen stieß einen Laut aus, der wie sein letzter klang, bäumte sich auf, trampelte mit den Füßen auf die Erde ein, verlor aber nicht das Bewusstsein.

Im nächsten Moment umspielte seine Arme von den Fingerspitzen bis zu den Ellbogen sonniges Licht – das gleich darauf erlosch.

»Noch mal«, flehte Lahen. »Los! Du schaffst das!«

Diesmal leuchteten nur die Hände, und das Licht war fahl, kaum zu erkennen. Shen legte sie auf die Wunde.

Zunächst geschah gar nichts. Das Blut sprudelte weiter fröhlich zwischen seinen schlanken Fingern hindurch. Doch als ich blinzelte, verpasste ich den Augenblick, in dem es versiegte. In Shens unrasierte Wangen kehrte die Röte zurück. Als er die Hände wegzog, war die Wunde verheilt.

»Hol mich doch das Reich der Tiefe!«, flüsterte ich. »Du hast es geschafft, mein Junge!«

Lahen sagte kein Wort. Sie betrachtete ihren Schüler lediglich mit einem zufriedenen Ausdruck auf dem Gesicht.

Kapitel 20

Shen brauchte nach der Selbstheilung einige Zeit, um vollends wieder auf die Beine zu kommen. Auch Lahen bedurfte der Erholung, nachdem sie die Toten zum Leben erweckt hatte. Unter größter Mühe entfernten wir uns deshalb eine halbe League vom Schlachtfeld und legten dann erst mal eine Rast von drei Tagen ein. Wir richteten uns auf einer weiteren Flöte Alistans ein, die uns hervorragende Aussicht über die Steppe bot. Etwaige Angreifer würden wir frühzeitig bemerken, womöglich gelänge es uns sogar erneut, eine Attacke abzuschmettern. Bedauerlich war nur, dass wir kaum noch Bolzen und Pfeile besaßen. Ich wollte zwar zurückgehen und sie einsammeln, aber mein Augenstern verbot das strikt.

Unsere Ruhepause endete, als das Wasser zur Neige ging. Sobald wir unsere Sachen zusammengepackt hatten, wollten wir nun doch noch einmal zum Kampfplatz zurückkehren. Vielleicht fänden wir ja Pfeile und Bolzen.

»Hast du deinen Funken verloren?«, fragte Shen.

»Teilweise«, antwortete mein Augenstern. »Auf Kampfzauber muss ich vorerst verzichten.«

»Wie konnte das geschehen?«

»Ich musste alles in die Waagschale werfen, was mir nach der Begegnung mit Typhus noch geblieben war. Außerdem ist es nicht gerade einfach, Untote in Schach zu halten, wenn es dir an Erfahrung mangelt. Das Geflecht dieses Zaubers verschlingt enorme Kräfte. Vor allem, wenn du dich nicht jeden Tag damit beschäftigst.«

»Was ist aus diesen Toten geworden? Die werden sich da doch nicht noch rumdrücken?«

»Keine Sorgen, da ist niemand mehr.«

»Wenn du es sagst«, bemerkte Shen zweifelnd. »Immerhin wäre jetzt auch der alte Streit zwischen uns geklärt: Du kannst die Toten wieder zum Leben erwecken. Ich hatte also recht.«

»Möchtest du das gern lernen?«

Zu meiner Überraschung dachte Shen tatsächlich über die Frage nach. Ich hätte ja eigentlich angenommen, er würde sich einen solchen Vorschlag verbitten, hysterisch losheulen und etwas von verbotenen Zaubern daherschwatzen. Aber nichts dergleichen. Offenbar überlegte er ganz kühl, ob er sich nicht Hals über Kopf ins Dunkel stürzen sollte, nachdem er bereits mit dem Fingernagel daran gekratzt hatte – als Abtrünniger würde er schließlich so oder so dastehen.

»Nein«, antwortete er am Ende. »Nein, das ist nichts für mich. Tut mir leid, aber …«

»Bei mir brauchst du dich nicht zu entschuldigen, mein Junge«, sagte sie, um dann fortzufahren: »Die Untoten haben die Reiter sicher verfolgt, dürften aber gegen die Pferde keine Chance gehabt haben. Ich nehme an, die Nabatorer haben sofort einen Nekromanten aufgesucht. Wir sollten also eher mit einem von den Auserwählten rechnen, der sich den Schauplatz ansehen und die Form der Magie bestimmen will.«

»Dann sollten wir vielleicht besser doch nicht zurückgehen?«, mischte ich mich ein. »Mit Nekromanten ist schließlich nicht zu scherzen. Oder nein, wir machen es so: Ihr wartet hier auf mich. Ich bin gleich wieder da.«

»Ness!

»Ein einzelner Mann fällt viel weniger auf. Wartet hier!«

Weitere Widersprüche blieben mir erspart, sodass ich ungehindert aufbrechen konnte. Am Ziel knotete ich mir ein Hemd, das ich eigens dafür mitgenommen hatte, vors Gesicht. Damit bot ich vermutlich einen recht amüsanten Anblick – nur war mir ganz und gar nicht zum Spaßen zumute. Obwohl die Aasgeier die Leichen bereits tüchtig benagt hatten, stank es entsetzlich. Während ich den Ort des Geschehens ablief, bedauerte ich erneut, dass die Untoten die Pferde vertrieben hatten. Sonst wären wir schon weit weg von hier. Ich sammelte die Pfeile ein, die noch was taugten, entdeckte zwei Gürtel mit Bolzen sowie einen Sdisser Köcher. Mit dieser Beute trat ich den Rückweg an.

»Die Nabatorer sind erstaunlich tief ins Imperium vorgedrungen«, brummte Shen, als wir unser Nachtlager aufschlugen. »Kommt dir das nicht seltsam vor?«

»Ehrlich gesagt, nein. Dir?«

»Auch nicht.«

»Aber wenn wir hier schon auf Spähtrupps treffen, dürfte mittlerweile der ganze untere Teil der Bluttäler in ihren Händen sein. Kein Wunder, wozu belagern sie schließlich Alsgara und Gash-shaku? Jetzt brauchen sie nicht mehr mit einem Schlag in den Rücken zu rechnen und haben gewissermaßen freie Bahn.«

»Was meinst du, ist der Nordwesten der Steppe noch frei?«

»Ich weiß es nicht. Es führt eine Straße von Gash-shaku ins Regenbogental«, sagte ich. »Vielleicht sind sie also längst da. In dem Fall hätte unser ganzes Unternehmen keinen Sinn mehr.«

»Das glaube ich nicht. Ich meine, dass sie bereits im Regenbogental sind. Wenn du mich fragst, werden sie es meiden. Zumindest solange Gash-shaku nicht gefallen ist. Denn um die Schule der Schreitenden anzugreifen, bräuchten sie alle – wirklich ausnahmslos alle – Nekromanten.«

»Trotzdem könnten sie sich bereits in der Nähe herumtreiben«, entgegnete ich.

»Was schlägst du denn dann vor?«, fragte Shen wütend. »Sollen wir etwa hier versauern?«

»Wir sollten noch vorsichtiger sein. Und stets davon ausgehen, dass uns jemand auflauert. Dass die gesamte Gegend südlich der Katuger Berge gefährlich ist.«

Wir schlugen einen gewaltigen Haken und hielten wieder aufs Meer zu, um die Teile zu umgehen, in denen ich mit Unannehmlichkeiten rechnete. Danach bogen wir erneut nach Nordosten ab. Dieser Umweg kostete uns gut zwei Tage.

Am Ende blieb alles ruhig. Entweder waren die Reiter den Zähnen der Untoten also nicht entkommen, oder der Feind fand uns einfach nicht mehr. So erreichten wir in der ersten Herbstwoche weit nach Mitternacht die Straße.

Im Licht des abnehmenden Mondes sah sie wie aus schneeigem Silber gegossen aus. Von Raureif überzogen. Tot. Die hohen Wermutsträucher am Rand wirkten wie die Borsten eines riesigen Ebers. Kein sehr wirtlicher Ort. Er schien mit einem jahrtausendealten Fluch belegt und seitdem für immer verlassen. Innerlich wünschte ich mich möglichst weit weg von hier: Diese menschenleere Straße versetzte mich in Panik.

Denn obwohl ich Spuren nicht so gut lesen kontte wie Ganor, reichte meine Erfahrung aus dem Sandoner Wald, um zu erkennen, dass hier seit mehreren Tagen niemand mehr entlanggeritten war.

»Was ist?«, fragte Shen, als er meinen Gesichtsausdruck bemerkte.

»Nichts weiter«, antwortete ich. »Nur wurde diese Straße schon seit einer ganzen Weile nicht mehr benutzt.«

»Ja, und?«

»Das heißt, wir werden wohl keine Pferde finden. Andererseits dürften uns wohl aber auch Patrouillen erspart bleiben. Die Nabatorer sind offenbar tatsächlich noch nicht bis hierher vorgedrungen. Kennst du die Gegend?«

»Ich bin zwar damals vom Regenbogental aus über diese Straße zurück nach Alsgara geritten, vermag dir aber trotzdem nicht zu sagen, wie lange wir noch brauchen. Die Steppe sieht überall gleich aus. Hier findest du nur wenige Orientierungspunkte. Im Übrigen: Willst du jetzt nachts weiter zum Regenbogental vorstoßen?«

»Wenn möglich schon«, antwortete ich. »Wenn mich mein Gedächtnis nicht täuscht, müssten wir bald die ersten Siedlungen erreichen.«

»Dein Wort in Meloths Ohr.«

»Aber jetzt lasst uns erst mal schlafen, es tagt bereits. Ich übernehme die erste Wache.«

»Ness!«, weckte mich Lahen gegen Abend. »Wir bekommen Besuch!«

Ich griff sofort nach meinem Wurfbeil, doch statt des Hufgetrappels einer bewaffneten Einheit hörte ich nur das leise Klappern und Quietschen von Rädern.

Ein grauer Wallach zog einen alten Karren hinter sich her. Auf dem Kutschbock saß ein Priester Meloths in seinem schwarzen Rock. Da er allein unterwegs war, ging ich das Risiko ein, mich aus dem Gras zu erheben und auf die Straße zu stellen. Lahen und Shen folgten meinem Beispiel, wobei Letzterer eine geladene Armbrust in Händen hielt, die in unzweideutiger Weise auf den Unbekannten gerichtet war.

Da entpuppte sich unser Herr Medikus also als der reinste Straßenräuber – der mir aber beibringen wollte, wie ich mein Leben zu führen hatte!

Als uns der Priester sah, zügelte er das Pferd und ließ den Blick über die Steppe am Straßenrand schweifen, um sich zu überzeugen, dass dort keine Verstärkung lauerte. Er hatte ein aufgedunsenes Gesicht mit blonden, buschigen Augenbrauen, einer großen, fleischigen Nase und einem massiven, stark hervorspringenden Kinn. Die breiten Schultern und der Stiernacken flößten ebenso Respekt ein wie seine gewaltigen Pranken mit den knorrigen Fingern, die die Zügel fest umspannten – vermutlich aber auch ganz hervorragend zuschlagen konnten. Jedenfalls wollte ich nicht in den Armen dieses Bären landen.

»Seid ihr Räuber?«, fragte er mit tiefer, dumpfer Stimme, die aus einem Fass zu kommen schien.

»Sehen wir etwa so aus?«, fragte Shen.

»O ja«, antwortete der Mann mit einem beredten Blick auf die Armbrust. »Aber bei mir gibt's nichts zu holen.«

»Ein Diener Meloths hat immer etwas, das man ihm abnehmen könnte«, widersprach ich und blickte vielsagend auf sein Pferd. »Aber wir sind wirklich keine Räuber.«

Kurz senkte sich angespanntes Schweigen herab. Dann richtete der Mann seine durchdringenden grauen Augen auf mich: »Wollt ihr vielleicht mit?«

»Wenn es keine allzu großen Umstände macht, guter Mann«, sagte Lahen.

Er schnaufte nachdenklich, warf einen weiteren Blick auf den Straßenrand, nahm dann erneut Shens Armbrust in Augenschein, obwohl dieser sie inzwischen gesenkt hatte, und nickte schließlich: »Steigt ein.«

»Ich setze mich neben ihn«, erklärte mein Augenstern.

»Gut. Aber dass du mir ja nicht einschläfst.«

Lahen stieg zu ihm auf den Kutschbock, Shen und ich nahmen im Karren Platz, der mit Stroh ausgelegt war. Dem Priester behagten die zwei Fremden in seinem Nacken offenbar gar nicht, mir entging nämlich nicht, wie er sich verkrampfte.

»Meloth sagt: Tue Gutes und fürchte dich nicht, anderen den Rücken zuzukehren«, zitierte ich aus dem Heiligen Buch.

»Aber er sagt auch: Manchmal liegen nur Schatten hinter dir, doch erwarte auch von ihnen ein Übel, denn sie wissen nicht, was das Licht ist«, parierte er und schielte zu mir nach hinten.

»Wir wissen, was gut ist, und danken dir, dass du uns mitnimmst«, bemerkte Lahen sanft.

Der Priester brummte etwas davon, dass er anscheinend von Schlauköpfen umgeben sei, und schnalzte mit der Zunge, worauf der Wallach gemächlich losstapfte. Ich stieß Shen mit dem Ellbogen in die Seite und bedeutete ihm mit einer Kopfbewegung, er solle den Priester im Auge behalten. Ich selbst ließ die Beine vom Karren baumeln und achtete auf die Straße, falls dort jemand auftauchen sollte. Nach einer Stunde jedoch hatte ich die Nase von dieser müßigen Beschäftigung gestrichen voll und streckte mich auf dem Stroh aus. Shen sah mich missbilligend an, äugte noch einmal zu dem Priester hinüber – und streckte sich ebenfalls aus.

Es war eine Wonne, dahinzufahren, in den wolkenlosen Himmel hinaufzuspähen und das beruhigende Rattern der Räder zu hören. Die Sonne sank immer tiefer. Bevor es endgültig dunkelte, lenkte der Priester den Wallach von der Straße hinunter. Als er vierhundert Yard in die Steppe hineingefahren war, hielt er an.

Shen schlief süß und selig. Ich weckte ihn nicht. Vor dem Morgengrauen würden wir sicher nicht weiterfahren. Sollte er also ruhig schlafen.

Ich half dem Priester beim Ausspannen des Wallachs. Der Kerl war ausgesprochen wortkarg, was mir nur entgegenkam. Zumindest ersparte es uns jede Menge verlogener Antworten.

Erst als ich in seinen Händen einen Feuerstein erblickte, richtete ich das Wort wieder an ihn. »Sollten wir so nahe der Straße wirklich ein Lagerfeuer machen?«

Er sah mich schweigend an, zuckte nur die Schultern und steckte den Stein zurück in einen kleinen Beutel, der an seinem Gürtel hing. »Ich habe Wasser, Zwieback, etwas Käse und Pökelfleisch. Was Meloth mir zuteilwerden ließ, will ich gern mit euch teilen, aber ich fürchte, viel ist es nicht.«

»Dann steuern wir eben auch noch etwas bei«, sagte Lahen lächelnd und langte nach unserem Sack mit Proviant. Sie zerrte mit den Zähnen an der Schnur und holte dann die Saiga heraus, die wir gestern Abend über dem Feuer zubereitet hatten.

Wir drei aßen im Licht des Mondes und der Sterne.

»Bei Tagesanbruch fahre ich weiter«, teilte uns der Priester mit, während er sich einen Schlafplatz unter dem Karren zurechtmachte. »Ihr könnt eine ruhige Nacht verbringen. Ich höre selbst im Schlaf gut, uns wird also niemand überraschen.«

Lahen und ich verstanden den Hinweis und lächelten uns beredt an.

»Dann sind wir ja beruhigt.«

Der Priester nickte bloß, sandte ein Nachtgebet zu Meloth und streckte sich aus, wobei er das Stiefelmesser, mit dem er zuvor sein Fleisch geschnitten hatte, neben sich legte.

»Ein merkwürdiger Mann«, sagte ich leise zu Lahen, nachdem wir es uns etwas abseits vom Karren bequem gemacht hatten.

Wir saßen Rücken an Rücken, trotzdem ahnte ich ihr Lächeln.

»Stimmt, aber das braucht uns nicht zu kümmern«, erwiderte sie. »Außerdem dürfte er uns so lange in Frieden lassen, wie wir ihm nicht auf die Pelle rücken.«

»Ich habe gar nicht die Absicht, ihm irgendetwas anzutun.«

»Daran habe ich nicht die geringsten Zweifel, mein Liebster.«

»Weißt du, über wen ich heute nachgedacht habe?«, wechselte ich das Thema. »Über Ceyra Asani.«

»Warum das?«

»Ich verstehe einfach nicht, was sie will. Wozu braucht sie dein Wissen?«

»Um zu erstarken natürlich. Denn Stärke bedeutet Macht.«

»Aber sie hasst alle Adepten des dunklen Funkens.«

»Dafür liebt sie sich selbst umso mehr. Die Mutter möchte den Rat klein halten und die Blaue Flamme bis ans Ende der Zeiten tragen. Meiner Ansicht nach denkt sie, dass der dunkle Funke niemandem Leid zufügt, wenn nur sie es ist, die über ihn gebietet. Sie will wohl einen besseren Gebrauch von ihm machen als die Verdammten. Und sie wird bestimmt niemanden zu überzeugen versuchen, ihn ebenfalls anzunehmen. Nein, sie will ihn allein für sich. Um ihn äußerst behutsam einzusetzen – bis am Ende ihre Stunde schlägt.«

»Wenn sie den dunklen Funken so heftig begehrt, warum schließt sie sich dann nicht einfach den Verdammten an? Warum hilft sie ihnen nicht, Alsgara und den Turm zu stürmen? Und wird eine von ihnen.«

»Dazu liebt sie die Macht viel zu sehr«, entgegnete Lahen. »Außerdem ist sie keine Närrin. Sie weiß genau, dass es sich leichter allein regiert als mit anderen zusammen. Und die Verdammten würden ihr kaum die Alleinherrschaft über den Turm überlassen. Ceyra glaubt fest daran, dass das Imperium die Verdammten besiegt. Wenn dem Turm und seinem Oberhaupt dann keine Gefahr mehr droht und sie alles Wissen aus mir herausgepresst hat, kann sie dem Rat endlich ihren Willen aufzwingen.«

»Trotzdem begreife ich nicht ganz, worauf sie hofft. Sobald sie sich auf den dunklen Funken einlässt, wittern die Schreitenden doch, was sie vorhat.«

»Stimmt, aber darauf weiß ich eine Antwort, seit sie sich in meinem Kopf umgesehen hat. Wer einen anderen Funken lesen kann, schafft es nämlich, den eigenen Funken geheim zu halten. Das ist eine Besonderheit dieser Gabe. Über die im Übrigen auch Ossa verfügt hat. Deshalb wird keine der Schreitenden merken, dass der Funke der Mutter nicht mehr ganz so licht ist wie bisher.«

»Ich werde wohl doch Wache halten«, sagte ich nach kurzem Schweigen. »Willst du nicht ein wenig schlafen?«

»Noch nicht.«

»Warum nicht?«

»Weil ich in letzter Zeit unter Albträumen leide.«

»Welcher Art?«

»Ich erinnere mich kaum an sie. Die Steppe brennt, Hufgetrappel, dann ist da eine purpurrote Flamme …«

»Glaubst du, das könnte wichtig sein?«, fragte ich, verstört, weil auch ich erst kürzlich von diesem seltsamen Feuer geträumt hatte.

»Ich weiß es nicht«, antwortete sie. »Aber sie beunruhigen mich.«

In der Ferne stimmte ein Steppenwolf sein Geheul an, das gar nicht mehr abreißen wollte. Der abnehmende Mond zog über den Himmel wie Kapitän Dashs Schoner übers Meer und war ebenso einsam wie derjenige, der ihm da ein Lied sang.

Bei Tagesanbruch weckte mich der Priester. Der Wallach war bereits angespannt. Shen saß vor dem Karren und verschlang etwas Fleisch und Käse. Lahen wachte gerade auf und tastete im Gras nach ihrer Armbrust.

»Alles in Ordnung?«, erkundigte ich mich bei ihr.

»Ich habe wie ein Stein geschlafen. Und überhaupt nichts geträumt. Gibst du mir mal den Sack?«

Nachdem sie alles eingepackt hatte, setzten wir unseren Weg mit dem Priester fort.

»Wie heißt ihr eigentlich?«, fragte der Mann, als wir wieder auf die Straße fuhren.

»Pars. Und das ist meine Frau Ann.«

»Ich bin Giss«, erklärte Shen, was ihm prompt einen spöttischen Blick meinerseits eintrug.

»Mein Name ist Lereck. Bruder Lereck. Zumindest könnt ihr mich so nennen.«

Daraufhin schwiegen wir alle über eine halbe Stunde.

»Unternehmt ihr eine Reise?«, stellte er die nächste Frage.

»Mhm«, brummte Shen. Und dann legte sich wieder jene noch morgendlich verschlafene Stille über uns.

Lereck drang nicht weiter in uns, um zu erfahren, wer wir tatsächlich waren und wohin wir wollten. Entweder hatte er verstanden, dass wir mit der Wahrheit ohnehin nicht herausrücken würden, oder es war ihm völlig einerlei.

Irgendwann gesellte sich Shen zu unserem Fuhrmann auf den Kutschbock, legte sich aber die geladene Armbrust in den Schoß. Lahen rollte sich wie eine Katze auf dem Stroh zusammen und schlief noch einmal ein. Und das, obwohl sie angeblich eine erholsame Nacht verbracht hatte … Ich zog mein Beil hinterm Gürtel hervor und warf es in die Luft. Die Waffe drehte sich zweimal und landete wieder sicher in meiner Hand, nur um ihren Weg nach oben sofort noch einmal anzutreten.

Die Straße war noch genauso menschenleer wie gestern, die Sonne schien warm wie im Sommer. Dass der Herbst bereits Einzug gehalten hatte, mochte man kaum glauben. Allerdings wusste ich, dass er in den Bluttälern erst spät ausbricht und sich kaum bemerkbar macht. Der kalte Wind aus dem Norden erreichte diesen Teil der Steppe nur selten, denn die Katuger Berge hielten ihn mit ihren hohen, eisigen Gipfeln auf. Angeblich war in dieser Steppe daher sogar der Winter mild, setzten Frost wie Schneefall doch erst zu Beginn des Frühlings ein, wenn vom Austernmeer die Orkane heranzogen.

Wir genossen die Sonne aus vollem Herzen und schöpften nach dem langen Marsch durch die Steppe neue Kraft. Meloth selbst musste uns diesen Karren geschickt haben.

Als der Mittag vorbei und auch Lahen wieder aufgewacht war, bat Shen den Priester anzuhalten und verschwand im hohen Gras am Straßenrand.

»Ihr seid schon seltsame Menschen«, bemerkte Lereck.

»Warum?«

»So wortkarg.«

»Dir kann man Geschwätzigkeit nun auch nicht gerade nachsagen.«

»Ich fahre nach Loska«, antwortete er lachend. »Wenn ihr wollt, nehme ich euch bis dahin mit. Danach müsstet ihr dann allerdings selbst sehen, wie ihr weiterkommt.«

»Das würde uns schon sehr weiterhelfen«, erwiderte ich.

»Dann wäre das ja geklärt.«

»Du hast noch einen weiten Weg vor dir«, mischte sich nun Lahen ein.

»Den ich nicht angetreten hätte, wenn es nicht unbedingt nötig gewesen wäre. Aber Altz ist gefallen. Habt ihr das schon gehört? Die Stadt steht in Flammen, die Menschen wurden ermordet. Jetzt möchte ich über den Westpass nach Korunn. Loska liegt dem Pass am nächsten. Der Grund meiner Reise braucht euch allerdings nicht zu interessieren.«

»Wir haben schon lange keine Neuigkeiten mehr gehört«, sagte Shen, der gerade zurückkehrte. »Weißt du etwas über Alsgara?«

»Alsgara hält sich. Ich wäre bereit, meine Seele zu verwetten, dass sich daran bis zum Frühjahr auch nichts ändert. Diese Stadt ist einfach eine zu harte Nuss.«

Diese Nachricht ließ Shen strahlen, doch dann dachte er nach und fragte: »Bist du da ganz sicher?«

»Also zumindest …«, antwortete Lereck leicht pikiert, »behaupten das die Nabatorer Soldaten.«

»Wo hast du denn die getroffen?«, wollte ich möglichst beiläufig wissen.

»In einem Dorf weit südlich von hier. Vor zwei Wochen. Dort wimmelte es von ihnen wie von Heuschrecken auf dem Feld meines Vaters, möge er friedlich durch die Glücklichen Gärten wandern.«

»Und?«, hakte Shen nach, während er wieder in den Karren kletterte. »Wie bist du ihnen entkommen?«

»Was hätten sie von mir schon wollen können?«, fragte Lereck verwundert zurück. »Oder glaubst du, dass sie jeden töten, der ihnen über den Weg läuft? Falls ja, irrst du dich nämlich. Meist nehmen sie sich nur die vor, die Widerstand leisten. An den Bauern vergreifen sie sich aber in der Regel nicht. Der Nabatorer König kann auf ein ausgestorbenes Land nun mal getrost verzichten. Von wem sollte er dann auch seine Steuern eintreiben?«

»Sie sind also friedliche Lämmer?«, entgegnete Shen. »Und warum sind dann alle Straßen so leer?«

»Weil in diesen Zeiten trotz allem nur Narren wie ich unterwegs sind, möge Meloth mir meine Worte verzeihen«, fuhr Lereck ihn an. »Wer Verstand besitzt, bleibt zu Haus. Es ist zu viel dunkle Magie ins Land eingesickert, sodass du einfach nicht mehr weißt, wo du auf das Böse triffst und wo nicht.«

»Magie?«, spitzte Lahen sofort die Ohren. »Was meinst du damit?«

»Also vor etwa anderthalb Wochen«, antwortete Lereck und spuckte aus, »als ich gerade von der Straße aus Altz auf diese hier gekommen bin, musste ich ja abends unbedingt in die Nähe eines Dorfes fahren. In meiner Dummheit habe ich mich nicht mal gefragt, warum eigentlich in keinem der Fenster Licht brennt. Immerhin habe ich dann aber noch rechtzeitig den Geruch von Untoten wahrgenommen. Mein guter Wallach hat mich zum Glück nicht im Stich gelassen. Mit letzter Kraft sind wir denen noch einmal entkommen. Seitdem mache ich um alle Dörfer einen Bogen. Zum Glück gibt es in diesem Teil der Bluttäler ohnehin nicht viele Ortschaften.«

»Das waren wirklich Untote?«, hakte Shen nach.

»Wer soll es deiner Meinung nach denn sonst gewesen sein? Die heiligen Streiter Meloths? Ich hab doch gesagt, es hat da gestunken wie auf einem geschändeten Friedhof, mag Meloth seine schützende Hand über uns halten. Ich habe sie mit knapper Not abgehängt. Sie sind aus allen Ritzen gekrochen, wie die Kakerlaken, und hatten es allesamt auf mich abgesehen. Weit sind sie aber nicht gekommen. Es war, als würden sie gegen eine unsichtbare Mauer rennen, als hielte sie irgendetwas zurück.«

Dieses Szenario kannten wir, das hatten wir selbst in der

Dabber Glatze erlebt. Und auch Giss hatte von Orten voller Untoter berichtet.

»Was hört man denn noch so?«, bohrte Shen weiter. »Welchen Verlauf nimmt der Krieg?«

»Woher soll ich das wissen?«, erwiderte Lereck. »Es gibt zwar genug Gerüchte, aber wie weit die stimmen, steht auf einem anderen Blatt. Angeblich ist das Gebiet östlich von hier in Händen der Nabatorer. Nur Gash-shaku und die Treppe des Gehenkten halten sich noch.«

»Und der Westen?«

»Es heißt, den haben wir noch nicht verloren. Aber wenn der Süden der Bluttäler voller Nabatorer ist, bedeutet das, dass wir mittlerweile eben doch einen Teil eingebüßt haben müssen. Die Neuigkeiten verbreiten sich leider nicht sehr schnell und erreichen dich meist erst, wenn sie schon wieder veraltet sind. Die Gilde der Boten gibt sich zwar die größte Mühe, aber im Krieg … ereignet sich nun mal allerlei auf den Straßen. Alles, was ich weiß, ist, dass das Land zwischen den Bluttälern und Burg Donnerhauer noch in Händen des Imperiums ist. Deshalb will ich auch erst nach Loska.«

Zwei Stunden später hatte sich der Himmel bezogen. Ein heftiger Regen setzte ein. Das Stroh im Karren weichte im Nu durch, uns selbst erging es kaum besser. Erst kurz vor Einbruch der Nacht hörte es endlich wieder auf zu regnen, und durch die Wolken brach ein Stück klaren Himmels. In ihm ließ sich eine blutrote Sonne erkennen. Sie verschwand hinter dem Horizont und tränkte mit den letzten Strahlen die Steppe in Blut. Für ein paar Minuten war die ganze Welt in rote Töne gehüllt.

Der Wind blies mir den bereits vertrauten Wermutgeruch ins Gesicht. Als wir an eine Kreuzung mit einem Kahlen Stein kamen, machte ich sechshundert Yard rechts von uns zahllose Lichter aus. Lereck achtete nicht weiter auf sie und bog nach links ab.

»Halt an«, bat ich ihn.

Widerwillig zügelte er das Pferd. »Ich an eurer Stelle würde mich von dem Dorf fernhalten.«

Mit meinem hartnäckigen Schweigen gab ich ihm zu verstehen, dass ich gut auf seinen Rat verzichten konnte.

»Wenn ihr bei mir bleibt, kommen wir zum Meer«, fuhr er fort. »Glaubt mir, am Ufer lauern weniger Gefahren als hier auf der Straße, in der Nähe eines Dorfes. Vielleicht habt ihr ja sogar Glück, und irgendein Schiff liest euch auf. Das könnte euch nach Loska bringen.«

»Vielen Dank, aber das ist nicht unsere Richtung.«

Das stimmte. Ich wollte die Hauptstraße zum Regenbogental nicht verlassen. Lereck dagegen gedachte einen gewaltigen Haken zu schlagen, nur um in das zweifelhafte Vergnügen zu kommen, das Meer zu sehen.

»Wie ihr wollt«, sagte er schließlich. »Hat mich gefreut, euch kennenzulernen. Gibt schlechtere Weggefährten als euch. Außerdem war es sicherer, mit euch unterwegs zu sein als allein. Haltet auf alle Fälle die Augen offen!«

»Du willst jetzt noch weiterfahren? Obwohl die Nacht bereits hereinbricht? In dem Dorf da hinten sind doch Lichter, das wird schon nicht in Händen der Untoten sein.«

»Trotzdem …«, antwortete er. »So schnell werde ich in den Bluttälern kein Dorf mehr anfahren. Mein Wallach und ich, wir haben bis ans Ende unserer Tage genug von Untoten. Möge Meloth euch schützen! Lebt wohl!«

Wir sahen dem davonfahrenden Karren nach, der allmählich in der Dunkelheit verschwand, und machten uns dann zu dem namenlosen Dorf auf.

Kapitel 21

Das Dorf war wesentlich größer, als wir vermutet hatten. Schon bald entdeckten wir eine Schenke, die zwar keinen überwältigenden Eindruck machte – aber da ich in dieser abgelegenen Gegend überhaupt nicht auf eine solche Einrichtung zu hoffen gewagt hatte, bedeutete sie ein wahres Geschenk des Schicksals. Überraschter wäre ich wohl nur gewesen, wenn uns hier ein Nirith entgegengetreten wäre.

Der untere Schankraum beherbergte drei Tische samt grob behauener Bänke und war völlig leer.

Weder Gäste noch der Wirt hielten sich in ihm auf.

Das ließ mich prompt aufmerken, stellte sich jedoch als falscher Alarm heraus: Der Wirt hatte einfach nicht mit Gästen gerechnet. Jetzt sprang er aus der Küche herbei, mit einem bauchigen Tontopf in Händen. »Heilige Mutter!«, hauchte er, der sein Glück offenbar kaum zu fassen vermochte. »Gäste!«

Eine Stunde später saßen wir vor vollen Tellern und Shaf, hochzufrieden mit unserem Schicksal, während der Wirt und seine Diener wirtschafteten, als wären sie vom Hafer gestochen, heißes Wasser vorbereiteten und unsere Zimmer herrichteten.

Ein Junge, der Vorräte aus dem Keller heranschleppte, erzählte mir für einen Kupferling alles, was ich wissen wollte.

Früher seien oft Reisende bei ihnen eingekehrt, die über diese Straße zu den zahlreichen Dörfern und Städten bei den Katuger Bergen, nach Gash-shaku oder Loska unterwegs gewesen seien. Aber seit Alsgara belagert werde, habe sich kein einziger Gast mehr blicken lassen.

»Gibt es hier in der Nähe noch andere Dörfer?«, wollte Shen von dem Jungen wissen.

»Eins, aber bis dahin muss man zwei Tage reiten. Außerdem ist es nicht so groß wie unseres.«

»Können wir hier Pferde kaufen?«

»Nein«, antwortete der Junge. »Wir haben selbst wenige, die verkauft niemand. Wenn Ihr Pferde wollt, müsst Ihr in die Burg.«

»In welche Burg?«, fragte ich misstrauisch und stellte sogar das Kauen ein.

Ich hatte noch nie gehört, dass in diesem Teil der Bluttäler eine Festung lag. Wozu auch? Was gäbe es in dieser Ödnis schon, das man bewachen müsste? Die Antilopen?

»So nennen wir das Anwesen von dem Adligen, das drei League von hier entfernt ist. Durchs Dorf und dann immer geradeaus, Richtung Sonnenaufgang. Dort gibt's genug Pferde. Schöne Tiere. Der Herr züchtet sie für die Armee.«

Das sollten wir im Hinterkopf behalten. Allerdings dürfte es wesentlich schwieriger sein, einen Adligen davon zu überzeugen, uns ein paar Pferde zu verkaufen, als sture Bauern. Denen müssten wir für ihre ausgemergelten Klepper bloß den dreifachen Preis zahlen (oder sie notfalls stehlen), und die Sache wäre geritzt. Aber bei einem Adligen? Sollte der seine Tiere wirklich für den Imperator züchten, dann würde er sie niemals irgendwelchen dahergelaufenen Menschen verkaufen.

»Wenn wir dem adligen Herrn seine Pferde klauen, handeln wir uns nur Schwierigkeiten ein«, sagte Lahen, die meine Gedanken ohne Mühe gelesen hatte.

»Eben. Und wie darf ich dann das Funkeln in deinen Augen deuten?«

»Du hast Shen vergessen?«

»Was meinst du damit?«, wollte dieser nun wissen.

»Du bist ein Schreitender. Die Adligen sind verpflichtet, euch zu helfen. Außerdem hast du, wenn ich mich nicht täusche, ein Schreiben mit dem Siegel der Mutter dabei. Wenn du sagst, du brauchst dringend Pferde …«

»Gut, versuchen wir es morgen. Aber jetzt werde ich mich in einem Zuber mit heißem Wasser ausstrecken und danach schlafen legen.«

Ich war mir sicher, dass er nicht sofort zu Bett gehen würde. Nicht bei den Blicken, die ihm die hübsche, dunkelhaarige Tochter des Wirts zuwarf.

»Und dieser Pferdeliebhaber wird uns bestimmt nicht seine Hunde auf den Hals hetzen?«, fragte ich, nachdem Shen gegangen war. »Schließlich muss Shen erst einmal beweisen, dass er derjenige ist, für den er sich ausgibt. Ein Schreiben dürfte da wenig helfen. Ob der Junge das schafft?«

»Glaub mir«, sagte Lahen lächelnd, »da bin ich mir ganz sicher.«

Hier bin ich schon einmal gewesen, aber heute ist außer mir niemand sonst da. Weder Garrett noch Yola. Die purpurrote Flamme eines Kerzenstummels vertreibt mit letzter Kraft die Dunkelheit im Raum. Ich würde keinen Kupferling darauf verwetten, dass sie noch länger als eine Minute brennt.

Am gegenüberliegenden Ende des Tisches liegt eine einzelne zugedeckte Karte. Ich weiß, dass es die ist, die in Yolas Spiel beim letzten Mal gefehlt hat. Trotzdem hat die Ye-arre verlangt, ich solle sie suchen. Natürlich habe ich sie nicht finden können.

Ich greife nach der Karte. In diesem Augenblick flackert das Kerzenlicht ein letztes Mal auf und lässt mich in undurchdringlicher Dunkelheit zurück …

Was für ein seltsamer Ort! Nackte, schwarz gewordene Stämme längst vertrockneter Bäume ragen aus dem Nebel heraus, der am Boden wabert. Er ist zäh wie Sirup und klebrig wie ein Spinnennetz, sodass er nicht weiter als bis zu den Knien aufsteigt. Mir ist nicht klar, was sich unter ihm verbirgt, aber etwas muss da sein, denn ich höre, wie Schnee unter meinen Stiefeln knirscht. Der Boden scheint uneben zu sein, als gäbe es überall kleine Erdhügel.

Als ich den nächsten Schritt mache, bebt der Boden unter meinen Füßen und sackt weg. Ich habe den Eindruck, über einen Teppich zu gehen, der zwischen den Bäumen gespannt ist und unter meinem Gewicht nachgibt. Am nächtlichen Himmel stehen weder Sterne noch der Mond. Aus dem Nebel steigt ein fahles, im Takt meines Herzens pulsierendes Licht auf.

Nach zwei weiteren Schritten schmatzt es unter mir widerlich. Noch ehe ich überhaupt Furcht empfinden kann, bin ich bereits bis zu den Schenkeln eingebrochen. Ein betäubender Gestank schlägt mir in die Nase, in dem sich die Gerüche von altem Gras, abgestandenem Wasser, Moder und verfaulten Eiern mischen.

Dummkopf! Idiot! Narr!

Hast du jetzt auch noch dein letztes bisschen Verstand verloren, dass du einen Sumpf nicht mehr erkennst?!

Ich kämpfe gegen meinen Untergang an, aber das Moor erweist sich als sehr stark und zieht mich immer weiter in die Tiefe. Vor meinen Augen hängt dichter Nebel. Ich rudere mit den Armen, versuche, einen Halt zu finden. Schließlich ertasten meine Finger einen Stein, an den sie sich klammern.

Es kostet mich enorme Kräfte, mich langsam, Zoll für Zoll, aus dem gefräßigen Morast herauszukämpfen. Irgendwann stößt das Moor einen enttäuschten Seufzer aus und gibt mich frei, wobei es mich zum Abschied noch einmal mit seinem stinkigen Atem einhüllt.

Entkräftet bleibe ich so lange auf den Steinen liegen, bis ich merke, dass ich völlig durchgefroren bin. Ich rapple mich hoch und entdecke ein Yard vor mir einen riesigen steinernen Treppenbogen, der sich über den Nebel erhebt. Jede Seite hat zwölf Stufen, in der Mitte liegt eine quadratische Fläche. Auf ihr ragt ein viereckiger Turm gut dreißig Yard in die Höhe. Ich habe zwar keine Ahnung, wie lange er schon hier im Sumpf steht, aber er scheint so alt wie diese Welt zu sein.

Dann bemerke ich das, was mir eigentlich gleich hätte auffallen müssen: eine Wegblüte. Einer der sieben steinernen Hauer ist abgebrochen. Ein plötzlich aufkommender eisiger Wind verscheucht den Nebel, sodass kleine, schneebedeckte Inseln, abgestorbene Birken und Espen sowie Flecken schwarzen, trüben Wassers, in dem immer wieder Blasen platzen, freigelegt werden.

Rasch wird es hell. Vierzig Yard hinter einem Baum, der aus dem Sumpf herausragt und an einen Dreizack erinnert, liegt eine Insel von länglicher Form. Sie ist mit dem Schilf vom letzten Jahr bewachsen, das inzwischen grau geworden ist.

Auf ihr wimmelt es von Soldaten. Trotz der Entfernung erkenne ich jedes einzelne Gesicht ganz genau. Auch ich bin unter ihnen. Ich trage ein Kettenhemd, habe den Bogen und einen halb leeren Köcher dabei, eine Kopfwunde ist bereits mit einem Verband umwickelt, mich schmückt das Abzeichen eines Offiziers.

In der Luft tanzen Ascheflocken, die bitter und unangenehm riechen. Über der schwarzen, verbrannten Ebene hängen tiefe Wolken. Der Ort scheint mir keinen Deut besser als der Sumpf. Ich halte einen mächtigen Bogen mit großem Zuggewicht bereit, der Pfeil mit einer Spitze aus einem seltsamen Material ist bereits eingelegt.

»Da ist sie!«, schreit die Verdammte, die plötzlich hinter mir aufgetaucht ist. »Schieß!«

Der Pfeil löst sich von der Sehne, zieht einen violetten Schweif hinter sich her und fliegt über das Wermutfeld dahin. Die Spitze leuchtet wie ein nördlicher Stern. Das Ziel reitet auf mich zu: eine Frau, deren Gesicht von einer silbernen Maske verborgen wird. Der Pfeil trifft sie mitten ins Herz. Sie kippt langsam zur Seite, fünf Schritt vor mir rutscht sie vom Pferd. Es dauert einen Moment, bis ich begreife, dass ich die Verdammte Blatter getötet habe. Jetzt liegt sie mit ausgestreckten Armen auf dem Boden. Das Haar, zu einem Zopf zusammengebunden, wirkt wie lebendes Silber, das prachtvolle schwarze Reitkleid bedeckt ihr Blut.

Von Neugier gepeinigt hocke ich mich neben sie und nehme ihr die Maske ab, die aus dem kostbaren Grohaner Silber gefertigt ist, das fast so weiß wie Porzellan schimmert.

Ich blicke in die toten, gläsernen Augen Lahens.

Panik nimmt mir den Atem. Ich springe auf …

Aber nein, ich befinde mich ja in einem gemütlichen Zimmer. Im ersten Stock der Schenke.

Mein Augenstern schläft, die Nase ins Kissen gedrückt und völlig ahnungslos, welche Albträume mich heute Nacht heimsuchen. Mein Herz hämmert immer noch entsetzt. Fast lautlos verfluche ich das Reich der Tiefe.

Mit einem Mal höre ich ein leises Hüsteln, als wollte mich jemand warnen. Auf dem Fensterbrett des offenen Fensters sitzt ein ungebetener Gast. Mein alter Bekannter mit dem komischen Namen Garrett.

Ich spiele kurz mit dem Gedanken, das Wurfbeil vom Bett an mich zu nehmen, lasse es dann aber bleiben und stehe so leise auf, dass ich Lahen nicht wecke. Ich muss wissen, wie uns der Dieb gefunden hat und wie er ins Zimmer gekommen ist. Obwohl ich mir die letzte Frage vermutlich sparen könnte: Wer einen morassischen Hund knackt wie eine Nuss, für den dürfte ein gewöhnliches Türschloss kein Hindernis darstellen.

»Hat der Wind euch also doch eingeholt, mein Freund«, sagt er, als er meinen Blick auffängt. »Das tut mir leid.«

Ich runzle fragend die Stirn, worauf er nach draußen nickt und vom Fenster wegtritt, damit ich selbst einen Blick hinauswerfen kann. Vor der Tür steht eine vergoldete Kutsche, vor die vier Pferde gespannt sind. Ihr entsteigt eine alte Frau. Ich erkenne sie erst, als sie zu mir heraufblickt.

Die Verdammte Lepra!

Sie lächelt mich an, als wäre ich ihr einziger und heiß geliebter Enkel, der endlich unter der Vortreppe im Haus der Großmutter hervorgekrochen ist …

Nun wachte ich tatsächlich auf.

Dem Stand der Sonne nach zu urteilen, die auf das Dach des Nachbarhauses fiel, musste es später Morgen sein. Selbstverständlich hielt sich Garrett nicht im Zimmer auf. Wie auch? Wir hatten den Dieb zum letzten Mal auf dem Anwesen von Yokh gesehen. Ob wir uns außerhalb meiner dämlichen Träume je wieder begegnen würden, wusste niemand.

Da ich mich völlig erschöpft fühlte, spritzte ich mir etwas kaltes Wasser aus einer Schüssel ins Gesicht. Dann zog ich mich an und trottete zum Fenster, um einen Blick nach unten zu werfen.

O nein!

Vor dem Eingang zur Schenke stand eine vergoldete Kutsche mit vier Pferden.

Lahen wachte schlagartig auf. »Sie ist da!«, stöhnte sie. »Wir müssen hier weg!«

»Zu spät«, stieß ich bitter aus.

Mein Augenstern hüllte sich in ein Betttuch und kam barfuß zum Fenster geeilt. »Meloth steh uns bei!«, hauchte sie.

In dieser Sekunde klopfte es an der Tür.

Ich griff nach dem Beil, Lahen stürzte zum Tisch, auf dem ihre Armbrust schussbereit wartete.

»Wer ist da?«

»Ich bin's, Shen«, vernahmen wir die Antwort. »Macht sofort auf!«

Das war Shens Stimme – aber war er allein? Oder hielt ihm jemand ein Messer an die Kehle?

»Gleich«, antwortete Lahen und zog sich mit fahrigen Bewegungen an.

»Macht auf!«, verlangte Shen. »Schnell! Wir haben keine Zeit mehr zu verlieren!«

Ich kam seiner Bitte erst nach, als Lahen die Armbrust auf die Tür gerichtet hatte. Wir öffneten sie nur so weit, dass sich ein einzelner Mensch halbwegs durch den Spalt zwängen konnte. Sobald Shen eingetreten war, schloss ich wieder ab. Der Junge war bleich wie der Umhang eines Nekromanten und kicherte nervös, als er die Armbrust in Lahens Händen sah: »Ihr wisst es also schon? Habt ihr sie gesehen?«

»Nein.«

»Aber ich. Es ist die Verdammte Lepra! Eine verblüffende Ähnlichkeit mit ihrem Portrait. Sie ist vor fünfzehn Minuten angekommen. Jetzt sitzt sie unten in der Schenke. Keine Ahnung, was sie mit dem Wirt palavert, aber offenbar weiß sie nicht, dass wir hier sind.«

»Hoffen wir's.«

»Wir müssen hier weg.«

»Wie willst du an ihr vorbei? Es gibt nur eine Treppe.«

»Das weiß ich!«, fuhr mich Shen an. »Aber hier wird es doch wohl einen Dachboden geben. Von dem steigen wir dann aufs Dach und danach …«

»Das wird uns nicht unbemerkt gelingen«, fiel ich ihm ins Wort. »Außerdem würden wir uns dabei alle Knochen brechen, denn die Dächer hier tragen uns nicht, die sind bloß aus Stroh, nicht mit Ziegeln gedeckt. Lasst uns einfach abwarten und beten, dass die Gefahr an uns vorübergeht.«

»Zum Beten ist es jetzt zu spät«, seufzte Shen, nickte aber, um mir ansonsten zuzustimmen. Auch er wusste, dass wir hier nicht so einfach rauskämen. »Nimm die besser wieder an dich.«

Er hielt mir die Pfeilspitze aus dem seltsamen Material hin. Nun gut, vielleicht würde uns dieses Ding ja das Leben retten. Während ich sie auf einen Schaft setzte, bewaffnete sich Shen mit einem Messer aus dem gleichen Material und trat ans Fenster, um vorsichtig hinauszuspähen.

»Alles wird gut«, tröstete ich Lahen.

Daraufhin lächelte sie mich an, um mir zu bedeuten, dass sie mir glaube. Doch in ihren Augen stand eine Angst geschrieben, die genauso groß war wie meine.

Mein Albtraum war dabei, Wirklichkeit zu werden.

»Sie verlässt die Schenke!«, flüsterte Shen.

Mit gespanntem Bogen stellte ich mich neben ihn.

Die Verdammte stand neben der Kutsche und redete mit dem Wirt. Der nickte beflissen.

»Das Schwein verrät uns«, zischte Shen. »Das hab ich im Gefühl. Der verrät uns.«

»In dem Fall wäre sie längst raufgekommen«, widersprach ich. »Halt einfach mal den Mund, ja!«

»Sollen wir sie umbringen?«, setzte Shen jedoch nach.

»Bitte?!«, stieß ich aus, denn ich meinte, mich verhört zu haben.

»Erschieß sie! Das würde die Verdammte nicht überleben. Du brauchst nur einen Schuss, Ness!«

Lepra hatte mir halb den Rücken zugekehrt. Mich trennte eine Entfernung von höchstens fünfundzwanzig Yard von ihr. Keine Herausforderung für einen erfahrenen Schützen. Wenn ich jetzt schoss, würde diejenige, deren Name in den letzten fünfhundert Jahren das ganze Land in Schrecken versetzt hatte, für ewig ins Reich der Tiefe eingehen.

Ein guter Schuss.

Mehr nicht.

Diese Bestie würde sterben, ohne auch nur zu wissen, wer sie umgebracht hatte. Dann gäbe es eine Verdammte weniger. Wenn da bloß nicht die vielköpfige Garde Lepras gewesen wäre. Der würden wir nach dieser Tat nicht entkommen.

Deshalb senkte ich den Bogen.

Denn ich war nicht bereit, mit unserem Leben für das der Verdammten zu zahlen.

Von unten klangen Befehle herauf, eine Peitsche knallte, und die Kutsche zuckelte unter den Rufen des Kutschers davon.

»Wenn du da bloß keinen Fehler gemacht hast«, bemerkte Lahen leise.

Ich sah sie an, doch sie wich meinem Blick aus, denn sie verstand genau, warum ich diese Hexe am Leben gelassen hatte.

»Das hab ich nicht«, brummte ich.

»Seit wann bist du ein Feigling?«, fragte Shen mit einer Stimme, die vor Enttäuschung zitterte.

»Seit du ein Dummkopf bist!«, entgegnete ich und löste die Sehne vom Bogen.

»Du hattest die Möglichkeit, einer Verdammten das Leben zu nehmen! Ihr Schicksal lag in unseren Händen! Du käuflicher Gijan, du! Hätte ich dir für ihre Seele vorher Geld anbieten müssen?!«

Da riss mir der Geduldsfaden, und ich versetzte ihm einen Kinnhaken.

»Mag Meloth urteilen, wer von uns beiden recht hatte«, herrschte ich ihn an. »Steh auf und wisch dir das Blut ab. Und unterlass alle Dummheiten, sonst werd ich wirklich wütend.«

Diese Warnung hätte ich mir natürlich sparen können. Immerhin rechnete ich mit der nun folgenden Wendung der Ereignisse, weshalb ich seinen Schlag mit leichter Hand abwehren und ihm meine Linke in die Brust rammen konnte.

»Hört auf, ihr Idioten!«, schrie Lahen. »Shen, Ness! Es reicht! Hebt euch das für später auf!«

Erstaunlicherweise hatte ihre Aufforderung auf uns die gleiche Wirkung, als hätte sie einen Eimer kaltes Wasser über uns ausgegossen.

»Das werden wir«, versprach Shen und wischte sich das Blut von den aufgeschlagenen Lippen.

Ich zuckte bloß die Achseln und packte unsere Sachen rasch zusammen. Lahen folgte meinem Beispiel. Ich merkte, dass sie sich nur mit Mühe beherrschte, um mir nicht für diese dumme Schlägerei eine Standpauke zu halten. Schweigend gingen wir hinunter. Dort wischte der Wirt gerade die Tische ab.

»Was ist geschehen?«, fragte er, als er Shen sah.

»Ich bin aus dem Bett gefallen«, antwortete dieser.

»Tut mir leid«, erwiderte der Wirt, obwohl er Shen ganz offensichtlich nicht glaubte. »Ihr brecht schon auf?«

»Für uns wird es Zeit.«

»Aber was ist mit dem Frühstück?«

»Danke, wir sind nicht hungrig«, sagte ich. »Wer ist da eigentlich eben gekommen? Ich habe aus dem Fenster eine Kutsche gesehen.«

»Eine alte Dame, die eine Reise macht. Sie hat vor zwei Wochen bei Herrn Aligo Unterkunft genommen, jenem Adligen, der Pferde züchtet. Sie kauft gern bei mir kalten Shaf und zeigt sich jedes Mal sehr großzügig.«

»Kommt sie oft?«

»Fast jeden Tag. Warum?«

»Sie hat gute Pferde. Aber die wird sie uns wohl nicht verkaufen, oder?«

»Das kann ich nun wirklich nicht sagen. Wartet doch hier auf sie und fragt sie selbst. Morgen kommt sie wieder. Oder begebt Euch zur Burg. Zu Fuß ist es ein gutes Stück, aber ich könnte meinen Neffen bitten, Euch zu fahren. Für einen Sol würde er Euch diese Gefälligkeit ganz gewiss erweisen.«

»Nicht nötig«, versicherte ich lächelnd. »Wir gehen gern zu Fuß.«

Wir verließen die Schenke und schlugen die Straße Richtung Kahler Stein ein. Hatte Lereck also doch recht gehabt. Es wäre viel klüger gewesen, bei ihm zu bleiben. Ein paar Tage länger unterwegs zu sein – das ist allemal besser als eine Begegnung mit einer Verdammten. Und es grenzte an ein Wunder, dass wir mit heiler Haut davongekommen waren.

»Sie ist dem Regenbogental sehr nah«, murmelte Lahen an der Kreuzung. »Irgendwas braut sich hier zusammen.«

»Was meint ihr, welche Straße nimmt die Verdammte, wenn sie genug davon hat, im Haus des Herrn Aligo zu sitzen und die Shafvorräte unseres Wirts zu verkleinern?«

Wir blickten alle auf die Straße, die nach Nordwesten führte.

»Da kommt sie zum Ufer. Aber wenn wir jetzt wieder in die Steppe ...«

»Achtung!«, unterbrach mich Lahen und riss die Armbrust vom Rücken. »Gefahr im Verzug!«

»Was meinst du?«, fragte ich. »Hier ist doch nirgendwo eine Menschenseele.«

»Jemand ruft gerade seinen Funken an! Das spüre ich!«

Sie sah sich nervös nach allen Seiten um.

»In Deckung!«, schrie Shen und sprang zur Seite.

In dem Moment bemerkte auch ich es: Keine zehn Schritt von uns entfernt erzitterte die Luft. Nebel wogte auf, aus dem drei Gestalten heraustraten. Kapuzen verschatteten ihre Gesichter, die weißen Umhänge leuchteten jedoch wie Rüstungen in der Sonne. Alle drei hielten einen Stab mit einem Schädelknauf in den Händen.

Ich schleuderte mein Wurfbeil, Lahen schoss aus der Armbrust, doch der Nekromant an der Spitze dieses Trios wehrte unseren Angriff derart beiläufig ab, als handelte es sich bei den Geschossen lediglich um lästige Fliegen. Mit einem leisen Knirschen verwandelten sich sowohl das Beil als auch der Bolzen in schwarzen Staub, der sich zu einer Wolke formte und in der Luft hängen blieb.

Shen ging zwar mit einer winzigen Verzögerung zum Angriff über, dafür aber höchst wirkungsvoll. Ein festes Knäuel aus tiefschwarzen Tentakeln jagte auf den Nekromanten zu. Der riss seinen Hilss hoch und schrie einige Worte in der groben Sprache der Sdisser. Etwas loderte hell auf, ein ohrenbetäubendes Fauchen war zu hören, und ich flog rücklings auf den Boden. Die Haut an meinen Händen und im Gesicht brannte schier, meine Augen tränten. Vor Schmerz stöhnend zwang ich mich aufzustehen.

Lahen und Shen lagen am Boden, an ihren Handgelenken schimmerten magische schwarze Fesseln, neben ihnen standen zwei Nekromanten.

Sie hatten uns erwischt!

Der dritte Sdisser, der, den Shen mit seinem Zauber angegriffen hatte, kam gerade auf mich zu. Sein Stab war zu einer hauchfeinen Nadel verkohlt, der Umhang an der linken Seite und seine Hand leuchteten schwarz. Da ihm die Kapuze vom Kopf gerutscht war, zeigte sich, dass er kein junger Mann mehr war. Schmerz hatte das faltige Gesicht grau gefärbt, die schmalen Lippen bluteten.

Ich wollte einen Pfeil aus dem Köcher ziehen, schaffte es aber nicht mehr: Der Bogen loderte auf und verbrannte mir abermals förmlich die Hände. Tränen rannen mir aus den Augen. Doch ich gab nicht auf, sondern zog den Dolch. Der Nekromant bewegte sich trotz seines fortgeschrittenen Alters weit schneller als ich und stellte sich selbst mit nur einer Hand als gefährlicher Gegner heraus. Leichtfüßig, fast als tanzte er, entging er meiner Attacke und versengte mir mit dem Hilss die rechte Hand. Trotzdem ließ ich die Waffe nicht fallen, sondern zielte noch einmal nach dem Sdisser. Mit dem Ergebnis, dass mir mein Gegner einen Schlag gegen die Rippen verpasste.

Durch meine Seite flutete eine Welle des Schmerzes. Ich warf den Dolch weg und versuchte, mit bloßen Händen an den Dreckskerl heranzukommen.

»Ich brauche ihn lebend, Hamzy!«, hörte ich. »Unbedingt!«

Es folgte ein Schlag vors Knie. Ich fiel auf den Rücken. Etwas explodierte, und ein schwarzer Keil spaltete mir mit dumpfem Knirschen den Schädel.

Kapitel 22

Eine purpurrote Flamme, eine brennende alte Kastanie. Die tote Verdammte Lepra, Shen, der weint. Ceyra Asani, die bei lebendigem Leibe in der Steppe dem Feuer zum Opfer fällt. Die roten Haare der Verdammten Cholera. Spielkarten, die wie Schneeflocken durch die Luft wirbeln.

»Tut mir leid, mein Junge!« Eine Armbrust klickt. Asche, überall nichts als Asche. Ein erstickender Geruch nach Schwefel. Ein Mann zeichnet mit einem beinernen Stab eine magische Figur in den Boden. Gräber. Gräber. Gräber. Ein Friedhof. Der Mond. Ein purpurroter Mond. Jemand folgt mir. Gefahr naht. Ich drehe mich um.

Die blauen Augen Lahens. Sie stürzt in einen Abgrund. Sie trägt die Maske der Verdammten Blatter. Ein Hochwohlgeborener, der lacht. Eine Flamme. Eine purpurrote Flamme. Es riecht nach Sumpf. Um mich herum nur undurchdringlicher Nebel. Die Ye-arre und noch jemand. Aber wer? Ich kann es nicht erkennen.

Ein Sturm tobt. Er entwurzelt den Wermut, fegt ihn mir ins Gesicht, drischt auf mich ein, versengt mich. Meine Haut und mein Fleisch werden mir abgezogen. Ich schreie. Etwas Bitteres verätzt mir die Kehle. »Da ist sie! Schieß!« Shen. Lahen. Giss. Ga-nor. Luk. Die Verdammten. Hufgetrappel. Ein wilder Reigen. Der Wind heult. Alles tut mir weh. Typhus lacht. Und die ganze Welt fällt dem Feuer anheim.

Stöhnend öffnete ich ein Auge und stemmte mich auf die Ellbogen hoch. Um mich herum war es dunkel, was mich jedoch nicht daran hinderte, zu spüren, dass sich das Universum wie wild drehte, in meinem Kopf eine Feuerpflaume platzte und meine verbrannten Hände schmauchten. Ich sackte auf das modrig stinkende Stroh zurück.

Was für Schmerzen! Dieser verfluchte Nekromant hatte mir seinen Hilss mit voller Wucht über den Schädel gezogen. Ich konnte von Glück sagen, dass er ihn mir dabei nicht zerschmettert hatte. Und dass ich überhaupt noch lebte.

Als ich mich vorsichtig umdrehte, entfuhr mir ein Schrei, weil mir ein stechender Schmerz in die Rippen schoss. Während der nächsten Sekunden lag ich reglos da. Sobald ich wieder Luft bekam, gab die scharfe Schneide des Schmerzes meine linke Seite langsam und widerwillig frei. Der Kerl musste mir links sämtliche Knochen gebrochen haben, da würde ich jede Wette eingehen. Der Schmerz in meiner Seite ließ mich selbst meine rechte Hand, die den ersten Schlag des Hilss abbekommen hatte, aber auch die Verbrennungen an beiden Händen vergessen.

Dieses Dreckschwein von Nekromant! Es war das erste Mal in meinem Leben, dass mir jemand so zugesetzt hatte.

»Lahen!«, hauchte ich. »Lahen!«

Keine Antwort.

Ich presste die Zähne aufeinander, versuchte mich aufzusetzen – und verlor das Bewusstsein.

Mich suchte abermals derselbe Albtraum heim. Immer und immer wieder mündete er in Feuer, wieder und wieder begann er damit. Ich trieb durch unfassbares Chaos, ohne einen Ausgang zu finden. Ein paarmal wachte ich auf, nur um sogleich das Bewusstsein zu verlieren. Dann kam jemand zu mir, musterte mich, beugte sich über mich und legte mir die Hand auf die Stirn. Eine trockene, heiße Hand, die meine Haut mit einer Flamme, die all meine Schmerzen fraß, verbrannte. Meine Lippen versagten mir fast den Dienst, als ich fragte, wo Lahen sei. Ich bekam nur zu hören, ich solle schlafen. Diesem Rat folgte ich …

Als ich das nächste Mal erwachte, fühlte ich mich schon nicht mehr ganz so elend. Ich setzte mich vorsichtig auf und betastete meinen Kopf. Keine Beulen oder Wunden. Selbst meine Seite schmerzte nicht mehr. Mit den Fingerspitzen fuhr ich über meine Rippen, doch an keiner Stelle zuckte ich zusammen. Ich kriegte leicht Luft, und auch meine Hände wiesen keinerlei Verbrennungen mehr auf.

Seltsam.

Hatte ich die Heilung also nicht geträumt? Nur wem hatte ich sie zu dann verdanken? Shen?

»Shen«, stieß ich aus.

Keine Antwort.

Um mich herum war alles dunkel. Es dauerte quälend lange, bis sich meine Augen an die Finsternis gewöhnt hatten. Schließlich konnte ich den Ort, an dem ich mich befand, aber doch erkennen. Es war eine schmale Zelle, die ich mit sechs Schritten durchmessen und deren Decke ich gegebenenfalls mit der Hand berühren könnte. In einer Ecke klaffte ein widerlich stinkendes Loch, auf dem Boden lag übel riechendes Stroh. Außerdem dürfte es hier von Flöhen oder anderen Viechern wimmeln, denn ich musste mich ständig kratzen.

Für alle Fälle besah ich mir das Gitter mit den dicken Stäben noch etwas genauer und prüfte es auf seine Solidität.

»Verflucht!«, murmelte ich. »Das bricht nur ein Blasge durch!«

»Das kwannst du laut sagwen«, erklang es da aus der Dunkelheit. »Das Gwitter ist viel zu solide für dich, Menschlein.«

Ich zuckte nicht zusammen, auch wenn mir das wohl niemand hätte vorwerfen können. Meiner Zelle gegenüber lag eine weitere – aber wie hätte ich denn ahnen sollen, dass auch in ihr jemand gefangen saß?

»Hol mich doch das Reich der Tiefe!«, stieß ich aus. »Das glaub ich einfach nicht.«

»Khaghun liebt die Ungwaläubigwen nicht«, vermahm ich die Erwiderung. »Aber das ändert nichts an der Tatsache, dass dieses Gwitter solide ist. Davon haben wir uns schon oft gwenugwa überzeugwat.«

»Schade«, antwortete ich. Ich konnte den Blasgen gegenüber nicht ausmachen. Nur an einer Stelle in der Zelle schien das Dunkel noch dichter. Da musste er hocken. Wenn ja, dann war er kräftig und kein Kind mehr, sondern ein ausgewachsener Blasge, offenbar ein Krieger. Ein Khagher, wie es in ihrer Sprache hieß. »Ja, ein Khagher«, entfuhr es mir laut.

Als mein Gegenüber das hörte, lachte es zufrieden: »Du begwareifst sehr schnell, Menschlein. Ja, gwenau, ich bin ein Khagher.«

»Was macht ein Khagher so fern von den heimischen Sümpfen?«

»Khaghun hat mich auf eine Reise gweschikwat.«

Die Blasgen taten sich etwas schwer mit der Sprache von uns Menschen, während ihre eigene Sprache in unseren Ohren wie Quaken klang.

»Wir sind froh, dass du gwesund bist. Wir dachten schon, du gwest zu Khaghun. In die Welt, wo die Sonne das Wasser wärmt, den Torf und die fetten Würmer.«

»Für mich ist es noch zu früh, um den Würmern einen Besuch abzustatten.«

»Das hat sie auch angwenommen. Deshalb hat sie dich gweheilt. Gwalauben wir jedenfalls.«

»Sie?«

»Natürlich, sie«, sagte er, drehte sich um und quakte nun etwas in einem tieferen Ton. Dann wandte er sich wieder an mich: »Wenn sie das nicht gwetan hätte, wärst du schon längwast nicht mehr unter uns.«

»Und wer ist sie?«

»Die Hexe. Die den Sumpf vergwiftet.«

Ich brauchte ein paar Sekunden, um mich daran zu erinnern, dass die Vergifterin der Sümpfe bei den Blasgen der Name für die Verdammte Lepra war. Das bestätigte meine schlimmsten Befürchtungen: Wir waren ihr doch nicht entkommen.

Ich Idiot! Ich selbstgefälliger Idiot! Warum hatte ich bloß darauf bestanden, durch die Steppe zu ziehen?! Selbst wenn wir ein paar Wochen verloren hätten – alles wäre besser gewesen, als Lepra in die Hände zu fallen. Und das Schlimmste: Für meine Sturheit musste nun Lahen bezahlen!

»Bin ich schon lange hier?«

»Die Sonne ist viermal aufgwegwangwen.«

Vier Tage!

»Wurde außer mir noch jemand hergebracht?«

»Erinnerst du dich denn an gwar nichts mehr, Menschlein?«, fragte er zurück. »Außer dir ist niemand hergwebracht worden.«

»Hast du etwas über eine Frau gehört?«

»Nein. Ist sie dein Weibchen?«

»Ja.«

»Wenn sie auch gwefangwen gwehalten wird, dann nicht hier.«

»Wo könnte sie sonst sein?«, wollte ich wissen. Der Gedanke an das, was Lahen womöglich angetan wurde, trieb mich fast in den Wahnsinn.

»Das weiß Khaghun allein, wir kwönnen es dir leider nicht sagwen. Jetzt ist Nacht, die Zeit des bauchigwen und zärtlichen Mondes und der süßen, gwalokwenhell kwalingwenden Lieder. Aber ich habe seit Langwem nicht mehr gwesungwen, und der Mond ist auch nicht mehr zärtlich zu mir. Ich lebe, wenn es hell, nicht wenn es Nacht ist. Schlaf jetzt, Menschlein. Morgwen sieht bestimmt alles anders aus. Wenn du wieder gwesund gweworden bist, heißt das, Khaghun braucht dich noch. Und auch die Vergwifterin der Sümpfe. Mit deinem Weibchen ist sicher auch alles in Ordnungwa. Daran gwalauben wir.«

Er verstummte, und ich setzte ihm nicht weiter mit Fragen zu. Der Blasge dürfte kaum mehr wissen, als er mir erzählt hatte. Die ganze Nacht über machte ich kein Auge zu, so fürchtete ich um Lahen.

Da es in der Zelle kein Fenster gab, unterschied sich der Tag nicht von der Nacht. Um uns herum herrschte nach wie vor Finsternis. Niemand dachte daran, uns Fackeln zu bringen, geschweige denn Wasser und Brot. Erst jetzt fiel mir auf, wie hungrig ich war.

»He, Blasge!«

Das Stroh raschelte.

»Was ist, Menschlein?«

»Wann kriegen wir was zu essen?«

»Gwaleich«, antwortete er lachend. »Yumi hat schon Schritte gwehört. Jemand kwommt zu uns.«

Noch ehe ich mich erkundigen konnte, wer Yumi sei, wurde der Riegel an der Tür zu unserem Trakt zurückgeschoben. Die Angeln mussten vor einer Ewigkeit das letzte Mal geölt worden sein und quietschten fürchterlich. Dann waren Schritte zu hören. Mit jeder Sekunde wurde es im Gang, der meine Zelle von der des Blasgen trennte, heller und heller.

Uns besuchten zwei Nabatorer Soldaten. Einer hatte eine Armbrust geschultert und trug eine Laterne, der andere schnaufte und brachte uns etwas zu essen.

Der mit der Armbrust hängte die Laterne an einen Haken und trat vor meine Zelle. »Ah, bist du endlich aufgewacht. Wünsche, angenehm geruht zu haben.«

»Halt die Schnauze, Loss!«, knurrte der andere. »Hast du vergessen, was man dir befohlen hat? Wir sollen nicht mit ihm reden.«

»Nun mach mal halblang, du Giftzahn«, fuhr ihn Loss an. »Erfährt doch niemand.«

»Als ob man der was verheimlichen könnte! Und jetzt hilf mir lieber, das Essen zu verteilen!«

Daraufhin sagte Loss kein Wort mehr.

Schweigend öffnete er die Gittertür. Der Giftzahn trat ein und stellte einen Teller mit dünner Brühe sowie einen Krug mit irgendeinem Fruchtsaft auf den Boden der Zelle. Daneben legte er etwas Schwarzbrot und Schafskäse. Ich rührte mich nicht vom Fleck, denn Loss hielt die ganze Zeit über die Armbrust auf mich gerichtet.

Danach gingen die beiden zur anderen Zelle hinüber.

»An die Wand!«, befahl Loss.

»Richte die Armbrust auf ihn!«, verlangte der Kerl mit dem Essen.

»Hab ich«, erklärte Loss und zielte mit der Armbrust ins Dunkel. »Du weißt, wie die Sache läuft, Blasge. Rühr dich nicht vom Fleck, dann hast du nichts zu befürchten.«

»Das war's«, verkündete der andere. »Gehen wir.«

»Die Herrin hat sich äußerst großzügig gezeigt, das solltet ihr genießen. Wenn's nach mir ginge, würdet ihr gar nichts zu essen kriegen.«

»Wir wissen unser Gwalükwa zu schätzen.«

»Komm jetzt! Dass du immer so viel quatschen musst!«

»Bei denen ist es ja nicht verboten«, erwiderte Loss, folgte der Aufforderung aber trotzdem und nahm die Laterne vom Haken.

»He! Wie lange soll ich hier noch hocken?«, rief ich ihnen nach.

»Wirst du schon sehen!«, fauchte der Fiesling.

»Lass die Laterne da, du Schwein!«, brüllte ich, aber meine Worte rauschten an dem Kerl vorbei.

»Du kwannst auch im Dunkweln essen«, tröstete mich der Blasge, als die beiden Kerkermeister wieder verschwunden waren.

»Wie heißt du?«

»Ghbabakh. Ghbabakh aus den Östlichen Sümpfen. Und das ist Yumi. Aber er ist zu schüchtern, um mit dir zu reden.«

»Yumi? Ihr seid also zu zweit?«

»Ja.«

»Wenn du nicht immer von *wir* reden würdest, könnte man meinen, du wärst allein.«

»Wie gwesagwat, Yumi ist sehr schüchtern.«

Hat man so was schon gehört?! Ein schüchterner Blasge. Allerdings fragte ich mich, wie sehr sie sich dort zusammenquetschten – wenn ihre Zelle von derselben majestätischen Größe war wie meine.

»Yumi ist ein seltsamer Name für einen Blasgen.«

»Du bist ein Spaßvogwel, Menschlein«, erwiderte der Blasge lachend. »Yumi sagwat, dass er noch nie einen wie dich gwetroffen hat. Er ist kein Blasgwe. Sondern ein Waiya.«

Ein Waiya? Das sagte mir nichts. Das konnte ebenso gut eine

kleine grüne Kaulquappe mit Flügeln sein wie auch ein gehörnter Hamster von der Größe eines ausgewachsenen Wolfes.

»Und wie nennen die Menschen Yumis Volk?«, fragte ich.

»Gwenau so. Waiya. Hast du noch nie von ihm gwehört?«

»Nein.«

»Yumi sagwat, das wundert ihn gwar nicht. Es ist ein kwaleines Volkwa. Es lebt da, wo die Bergwe auf den Sumpf treffen. Ihr nennt das den Wald der Erscheinungwen. Hast du wenigwastens davon schon mal gwehört?«

»Ja.«

Damit hatte ich eine annähernde Vorstellung, worum es sich bei Yumi handelte. Der Wald der Erscheinungen zog sich als schmaler Streifen zwischen der südlichen Grenze der Blasgensümpfe und den Buchsbaumbergen dahin. Viele hatten von diesem Ort schon gehört, aber nur wenige waren tatsächlich einmal dort gewesen. Auf der einen Seite gab es nur steile Berge, auf der anderen den endlosen Sumpf. Es war ein trostloser, bedrückender Ort. Und in den Wäldern dort sollten Gerüchten zufolge Wesen hausen … die man besser mied.

Kurz und gut, die Menschen setzten nur selten einen Fuß in den Wald der Erscheinungen, sodass es durchaus möglich war, dass dort diese Waiya lebten – vielleicht sogar in trauter Nachbarschaft mit einer Großmutter aus dem Reich der Tiefe.

»Dann weißt du ja jetzt, wer Yumi ist«, sagte Ghbabakh.

»Wo sind wir hier eigentlich?«

»In einem Gwefängwanis der Menschen. In einem gwaroßen Haus.«

»Was ist das für ein Haus?«

»Kweine Ahnung. Aber hier lebt ein wichtigwer Mann.«

»Was ist mit der Verdammten?«

»Aus, du Hund!«, fiepte es da aus Ghbabakhs Zelle.

»Das ist Yumi«, stellte mir der Blasge seinen Gefährten vor, um dann zu erklären: »Mein Freund kwennt die Sprache der Menschen nicht besonders gwut. Gwenauer gwesagwat, er weiß nur was von einem Hund. Du darfst ihm das also nicht übel nehmen. Yumi sagwat das nicht, um dich zu ärgwern.«

»Aus, du Hund!«, bestätigte Yumi.

»Er sagwat, dass die Vergwifterin der Sümpfe früher nicht hier gwewohnt hat. Sie ist erst gwekwommen, als wir schon hier eingwesperrt worden waren. Früher hat hier bloß der gwaroße Mann gwewohnt. Der züchtet Pferde.«

Anscheinend schmorten wir in den Zellen jenes Adligen, von dem der Wirt berichtet hatte. Das wiederum hieß, dass wir nur wenige Leagues von dieser vermaledeiten Kreuzung entfernt waren, an der uns die Nekromanten überwältigt hatten.

»Warum seid ihr hier?«

»Weil ich Hungwer hatte«, gab der Blasge widerwillig zu. »Da hab ich mich über eines der Pferde dieses Mannes hergwemacht.«

Das hätte mir auch Khtatakh antworten können. Blasgen essen selten, aber wenn, dann tüchtig. Dann stellen sie glatt zwei Dutzend ausgehungerter Soldaten in den Schatten.

»Ein ganzes Pferd?«, hakte ich nach, denn ich malte mir aus, welcher Schlag die Stallknechte getroffen haben musste, als sie bemerkten, dass eines ihrer Tiere fehlte.

»Hör mal, ich bin kwein Riese, so viel würde ich nie im Leben schaffen«, blaffte mich der Blasge an. »Nein, nur ein Teil des Pferdes. Einen kwaleinen.«

»Wobei du leider vergessen hast, den Besitzer des Stalls vorher danach zu fragen …«

»Wer kwonnte denn ahnen, dass die gwaleich aus der Haut fahren?! Die sind mir übers Feld nachgwerannt, eine richtigwe Jagwad war das. Am Ende haben sie mich gweschnappt.«

»Mit einer Antilope wärst du fraglos besser dran gewesen«, erwiderte ich lachend. »Und? Wie viele Männer hast du ins Reich der Tiefe geschickt, bevor sie dich und deinen Freund in diese Zelle gesteckt haben?«

»Aus, du Hund!« In Yumis Stimme schwang echte Empörung mit.

»Wofür hältst du mich eigwentlich?«, maulte Ghbabakh. »Ich bin ein zivi…, ein zivilisiertes Wesen. Kwein Wilder. Wenn ich einen Fehler gwemacht habe, übernehme ich auch die Verantwortungwa dafür. Deshalb habe ich mich ergweben und gwehofft, dass sie meine friedlichen Absichten erkwennen. Als dann die Vergwifterin der Sümpfe gwekommen ist, haben uns aber alle vergwessen. Verstehst du mich eigwentlich? Ich beherrsche eure Sprache nur schlecht, aber immer noch besser als Yumi …«

»Keine Sorge, du sprichst gut.«

»Bestens, Menschlein. Yumi sagwat, dass schon wieder jemand kwommt. Einer aus dieser Schlangwenbrut.«

Der Waiya musste über ein ausgezeichnetes Gehör verfügen, denn der Riegel wurde erst zehn Sekunden nach dieser Ankündigung zur Seite geschoben. Diesmal fiel statt des warmen Laternenlichts ein fahlblauer, toter Lichtschein in den Gang.

Der Nekromant im weißen Umhang bewegte sich vollkommen lautlos. Ich erkannte ihn sofort wieder. Es war einer von denen, die uns an der Kreuzung überfallen hatten. Über seinem Kopf schwebte eine kleine, leuchtende Kugel. Er steuerte auf meine Zelle zu, um die Tür aufzuschließen.

»Komm raus«, befahl er mir. »Jemand wünscht, dich zu sehen. Muss ich meine Zeit damit verschwenden, dir auseinanderzusetzen, wie sich dein Schicksal gestaltet, solltest du dich zu irgendwelchen Dummheiten hinreißen lassen?«

»Nein«, antwortete ich leise.

Das wusste ich schließlich auch so. Der Kerl würde mich in einen Haufen rauchender Knochen verwandeln. Wiederbelebter Knochen.

»Dann vorwärts.«

Ich gehorchte. Was blieb mir auch anderes übrig?

Sobald ich meine Zelle verlassen hatte, sah ich mich erst einmal um. Hier unten gab es insgesamt vier Zellen. Die von Ghbabakh und meine fanden sich am hinteren Ende, die beiden anderen standen leer und lagen gleich hinter der massiven, aber stark verrosteten Tür. Zu dieser führten drei schimmelüberzogene Stufen hinauf. Ich musste den Kopf einziehen, um nicht mit der Stirn gegen die niedrige Laibung zu stoßen. Ein großer, schummriger Raum voller Kisten, kaputter Fässer und Säcke empfing mich.

»Gaff nicht!«, herrschte mich der Nekromant an. »Weiter!«

Ich trat in grelles Sonnenlicht hinaus.

»Weiter!«

Wir überquerten einen leeren Hof, umrundeten ein Beet mit Astern, die dringend mal Wasser gebraucht hätten, und fanden uns vor der geöffneten Tür eines einstöckigen Steinhauses wieder.

»Weiter! Halt! Jetzt nach rechts. Da hinein!«

In dem großen, leeren Saal stand in der Mitte ein Zuber mit Wasser, von dem Dampf aufstieg.

»Wasch dich! Du stinkst. Und zieh dir was anderes an!«

»Und was, bitte schön?«, blaffte ich. »Ich sehe nirgends frische Kleidung.«

»Die kommt gleich. Wasch dich! Sofort!«

Klar doch – sonst peitschst du mich noch aus, damit ich einen Zahn zulege …

Als er hinausging, schloss er nicht mal die Tür hinter sich ab.

Kapitel 23

Mittlerweile war das Wasser erkaltet. Ich wollte mein Bad gerade beenden, als eine stille, verweinte Dienerin den Raum betrat. Folglich wartete ich ab, bis sie die Kleidung und ein Handtuch auf den Boden gelegt hatte und eilig wieder hinausgehuscht war. Auch sie schloss die Tür nicht ab.

Nun entstieg ich dem schwärzlichen Wasser, trocknete mich ab und zog die frische Kleidung an. Sie entsprach weitgehend meiner bisherigen Aufmachung: ein paar Hosen aus Hirschleder zum Schnüren und ein Hemd, allerdings nicht aus Leinen, sondern aus echter, feiner Baumwolle. Alles passte mir hervorragend, fast als hätte zuvor jemand Maß genommen.

Bei der Jacke und den Stiefeln musste ich mit meinen alten Stücken vorliebnehmen. Kaum hatte ich mich fertig angezogen, kehrte der Nekromant zurück.

»Gehen wir«, verlangte er.

Wir liefen durch etliche leere Säle voller Jagdtrophäen und ließen zu meiner Überraschung die Treppe zum oberen Stockwerk links liegen, um weiter geradeaus zu gehen – in den Flügel der Dienstboten, wenn mich nicht alles täuschte.

Als mir der Geruch nach frisch gebackenem Kuchen in die Nase stieg, wusste ich, dass ich recht gehabt hatte und wir uns tatsächlich der Küche näherten. In diesem Augenblick sah ich Shen, dem drei Untote folgten. An seinen Händen funkelten magische Fesseln. Abgesehen von einem Veilchen, das allmählich gelb wurde, schien er wohlauf zu sein.

Als er mich entdeckte, nickte er bloß.

»Was ist mit Lahen?«, fragte ich.

»Ich habe sie nicht gesehen, denn ich wurde allein eingesperrt. Aber ich hoffe, es geht ihr gut. Im Übrigen wäre Ceyra Asani wohl höchst überrascht, wenn sie wüsste, wer uns hier gefangen hält.«

»Wo haben sie dich eingesperrt?«

»Hier im Haus, im oberen Stockwerk. Und dich?«

»In einem Keller. In Gesellschaft eines Blasgen und eines Waiya.«

»Eines *was?*«

»Eines Waiya. Und frag mich nicht, was genau das ist.«

»Aber es hat dir niemand eins über den Schädel gezogen?«, wollte er beunruhigt wissen.

»Doch«, sagte ich. »Und zwar ziemlich unangenehm.«

Nun kam uns Lahen in Begleitung eines Nekromanten und einer Frau entgegen. Sie schien gesund und munter und trug im Unterschied zu Shen keine Fesseln an den Handgelenken.

Als sie mich sah, lächelte sie erleichtert und nickte mir zu. Ich nickte zurück und griff nach ihrer Hand – worauf mich nicht einmal irgendwer anfuhr.

»Was machst du denn hier?!«, fragte Shen jetzt Lahens Begleiterin. Er starrte die Frau fassungslos an. Sie öffnete aber bloß schweigend eine Tür, die sie sofort wieder hinter sich zuzog, sobald sie in den Raum dahinter eingetreten war.

»Kennst du sie?«, fragte ich Shen.

»Ja«, presste er heraus. »Das ist Kira. Wir haben zusammen die Schule im Regenbogental besucht. Sie ist eine Schreitende. Ich verstehe nicht, was sie hier bei …«

»Dafür verstehe ich es«, zischte Lahen. Ihre Augen funkelten vor Zorn, während ihre Stimme ungewöhnlich heiser und tief klang, als hätte sie eine Erkältung. »Und glaub mir, Shen, in dem Zusammenhang würde ich nur zu gern jemandem die Seele aushauchen. Für diese Kira gilt jetzt aber: Sie steht nicht länger aufseiten des Turms.«

»Stehen wir etwa aufseiten des Turms?«, fragte ich, ohne auf die Nekromanten zu achten, die uns belauschten.

»Du kennst die Antwort auf diese Frage.«

Die kannte ich in der Tat. Wir hatten den Turm nie unterstützt, und auch jetzt beschritten wir einen anderen Weg als er – was aber nicht hieß, dass wir es mit denen hielten, die in diesem Moment über unser Leben bestimmten. Nein, wir standen allein da, standen für uns selbst, was immer eine gefährliche und nie eine besonders kluge Wahl ist: Jeder konnte uns seinen Feinden zuschreiben.

Wir wurden in ein großes, helles Speisezimmer gebracht, das an die Küche anschloss. Es roch angenehm nach Minz-Shaf und frisch gebackenem Kuchen. Die Mitte des Raums nahm ein massiver rechteckiger Esstisch mit einer Spitzentischdecke ein, darauf stand eine Vase aus Porzellan mit einem Strauß gelber Narzissen. Woher zu Beginn des Herbstes diese Blumen kamen, war mir ein Rätsel. Neben der Vase schlief ein großer weißer Kater, die Schnauze auf eine Schale mit Obst gebettet. Über der kreiste eine Wespe, auf die jedoch niemand achtete.

An dem Tisch saß mit dem Gesicht zur Tür ein Mann mit einem dichten, grauen Schnurrbart. Seine rechte Hand schmückte ein Ring mit einem großen Amethyst, der ihn als Adligen auswies. Ihm dürfte dieses Anwesen also gehören. Allerdings ließ sein Gesichtsausdruck darauf schließen, dass er sich über seine Gäste gar nicht freute.

In dem Lehnstuhl rechts neben ihm thronte ein Nekromant. Es war der Alte, der mich mit seinem Stab fast getötet hätte. Voller Genugtuung nahm ich den erbärmlichen Zustand seines linken Handgelenks zur Kenntnis: Die Finger waren im Krampf erstarrt, aus einem schwärzlichen Geschwür sickerte Blut. Die Wunden hatte Shen ihm zugefügt … Der Kerl hielt uns nicht mal eines Blickes für würdig.

Dann war noch eine junge Frau anwesend, eine Altersgenossin Kiras. Sie musste einst sehr schön gewesen sein, doch jetzt wirkte das gleichsam zu einer Maske gefrorene Gesicht geradezu tot, hatte das kurze rote Haar jeden Glanz verloren. Ihre Hände ruhten auf den Knien, den Blick hielt sie zu Boden gesenkt.

Die Tür zur Küche stand offen. Durch sie kam nun die Verdammte Lepra mit einem Tablett herein, auf dem dampfende Küchlein lagen. Als sie uns sah, lächelte sie freundlich.

»Setzt euch doch, meine Guten. Ziert euch nicht, es gibt Platz für alle. Wollt ihr ein Küchlein? Ich habe sie selbst gebacken. Kommt nur. Und euch brauche ich nicht länger«, wandte sie sich an die Nekromanten und Kira. Als sie die magischen Fesseln an Shens Händen bemerkte, zog sie eine Braue missbilligend in die Höhe. »Wer hat dir diesen vulgären Tand angelegt, mein Junge?«

Sie schnippte einmal mit den Fingern, und die Fesseln verschwanden. Anschließend wiederholte sie ihre Einladung, Platz zu nehmen.

»Ich hoffe, ihr zürnt mir nicht, denn ich bin keine gute Gastgeberin. Ich hätte euch mit mehr Höflichkeit zu mir bitten sollen. Aber alte Frauen sind nun einmal so. Wenn sie unter all den unerledigten Aufgaben zusammenbrechen, vergessen sie glatt ihre Manieren. Nehmt euch ein Küchlein, meine Freunde. Rona, sei so gut und schenke unseren Gästen Shaf ein.«

Die schweigende Frau zuckte zusammen, rührte sich jedoch nicht von der Stelle. Lepra wischte sich die Hände an einem sauberen Tuch ab und seufzte schicksalsergeben: »Rona, du bringst mich vor unseren Gästen in Verlegenheit. Was sollen sie denn von uns denken? Dass wir auch noch das letzte bisschen Anstand verloren haben? Das wirst du doch nicht wollen. Also, schenke diesen lieben Menschen Shaf ein.«

Die Frau stand auf und griff mit zitternden Händen nach dem Krug.

»Na bitte, es geht doch«, säuselte Lepra. »Vielen Dank, meine Liebe.«

Da machte Rona einen ungeschickten Schritt, und der Krug entglitt ihren Händen. Ich fuhr zusammen, als er polternd zersprang. Die Tonscherben verteilten sich über den Fußboden, der Geruch von Minze breitete sich im Zimmer aus. Die Frau wimmerte kläglich auf, über ihre Wangen rannen Tränen.

»Bitte, Herrin!«, winselte sie. »Bitte! Das wollte ich nicht! Bestraft mich nicht! Bitte! Das ist nicht nötig! Ich mache alles wieder sauber! Überlasst mich nicht Kira! Bitte!«

Diese Worte wiederholte sie wieder und wieder, während sie von heftigen Weinkrämpfen geschüttelt wurde.

»Schweig still!«, schrie Lepra sie an, um gleich darauf in sanftem Ton fortzufahren: »Was redest du da für Unsinn, Kindchen? Niemand will dich bestrafen. Das kann doch jedem passieren. Ich weiß ja, dass der Krug schwer ist – also hör auf zu weinen.«

Ihre tröstenden Worte bewirkten jedoch nichts: Rona flehte weiter, die Verdammte möge sie nicht bestrafen.

»Jetzt reicht es aber, mein Kind! Sonst werde ich dich wirklich ausschimpfen. Dann würde es sicher nicht leicht für deine Freundin Kira werden, dich wieder zu beruhigen!«

Diese Worte zeigten schon wesentlich mehr Erfolg. Rona presste die Lippen aufeinander und verbarg ihr Gesicht in den Händen, schwieg aber immerhin.

»Herr Aligo, könntet Ihr mir vielleicht eine kleine Gefälligkeit erweisen?«, fragte die Alte leise.

Der Adlige, der sich bisher mucksmäuschenstill verhalten hatte, äugte Lepra mit dem Blick des Kurzsichtigen an. »Wenn … wenn es in meinen Kräften steht, Herrin«, antwortete er, jedes Wort abwägend.

»Wunderbar! Wisst Ihr, mein Guter, ich möchte Euch wirklich nicht länger aufhalten, denn vermutlich rufen Euch dringende Geschäfte. Was wollt Ihr da dem Geplauder einer alten Frau beiwohnen? Aber ich wäre Euch sehr verbunden, wenn Ihr zuvor Rona auf ihr Zimmer geleiten würdet. Offenbar fühlt sie sich heute nicht besonders gut und sollte sich etwas hinlegen.«

»Aber natürlich!«, erwiderte Aligo, sichtlich begeistert von der Vorstellung, diesen Raum endlich verlassen zu dürfen. »Mit dem größten Vergnügen.«

»Zu reizend. Und nehmt Euch ein Küchlein mit auf den Weg. Dieses zum Beispiel ist mit Apfel. Wenn ich mich nicht irre, mögt Ihr das besonders gern.«

Herr Aligo strahlte in tiefer Dankbarkeit und nahm eines der Küchlein an sich. Dabei legte er eine Vorsicht an den Tag, als griffe er nach einer Giftschlange. Nachdem er zusammen mit der zitternden Frau zur Tür hinaus war, richtete die Verdammte Lepra ihren Blick auf Shen. »Du kennst Rona, mein Junge?«, fragte sie.

»Ja«, antwortete er. »Sie und Kira …« Er verstummte kurz. »Es sind Schreitende.«

»Seid ihr zusammen im Regenbogental gewesen?«

»Ja. Rona wirkt so … was ist ihr widerfahren?«

»Oh, mach dir darüber keine Sorgen, dergleichen kommt immer wieder vor«, erklärte Lepra genüsslich. »Die einen sind nun einmal klüger, die anderen dümmer, so will es das Gesetz des Universums. Mitunter gehen Klugheit und Dummheit auch Hand in Hand. Dann geraten die einen wie die anderen an eine alte Frau. Eine wie mich beispielsweise. Die Klugen begreifen in einem solchen Fall sofort, wie vorteilhaft es ist, dieser armen alten Frau zu helfen. Und ich stelle nun wahrlich keine hohen Anforderungen. Die Dummen dagegen … solche wie dieses Mädchen … weigern sich strikt, mir ein wenig zur Seite zu stehen. Das ist freilich weder erstaunlich noch ungewöhnlich, schließlich gibt es auf der Welt mehr dumme als kluge Köpfe. Und stell dir vor, mein Junge, deine kleine Freundin hat sich mir ganz außerordentlich heftig widersetzt. Selbstverständlich habe ich mir alle Mühe gegeben, Rona begreiflich zu machen, wie ungemein nützlich es für sie wäre, mir ein wenig entgegenzukommen – statt weiterhin dem Turm die Treue zu halten. Denn den Turm, verzeih mir meine Offenheit, habe ich in letzter Zeit nicht sonderlich ins Herz geschlossen«, erklärte sie lächelnd. »Aber einer alten Schabracke wie mir siehst du das sicher nach, nicht wahr, mein Junge? Und nimm dir doch endlich ein Küchlein, sonst werden sie kalt. Und? Ist es gut? Das freut mich. Ich hatte schon befürchtet, der Teig sei misslungen. Und ihr andern esst auch, langt nur tüchtig zu.«

Ein neuer Krug erhob sich in die Luft, als hätte ihn ein unsichtbares Wesen gegriffen, und füllte unsere Becher mit kaltem Shaf.

»Habt Ihr sie umgeschmiedet?«, fragte Lahen.

»Du bist mit den Begrifflichkeiten bestens vertraut, mein Mädchen«, lobte Lepra. »Das entzückt mich. Du musst eine gute Ausbildung genossen haben. In dieser Frage irrst du allerdings. Wir haben Rona nicht umgeschmiedet. Genauer gesagt nicht vollständig. Ich würde sagen, es ist eine Umbildung des Bewusstseins, die in eine Sackgasse geraten ist. Aber möchtest du vielleicht etwas Obst? Nein? Nun gut, doch falls du es dir anders überlegst, lass es mich wissen. Diese Äpfel hier sind nur zu empfehlen. Und erst das Mus, das du aus ihnen kochen kannst …«

»Wie ist es … dazu gekommen, Herrin?«, fragte Lahen. »Ich meine, dass die Umbildung des Bewusstseins bei Rona auf halber Strecke stehen geblieben ist.«

Ich hatte den Eindruck, die Frage interessiere sie wirklich.

»Was erwartest du, wenn sich dieser Sache eine dumme alte Frau annimmt«, antwortete Lepra seufzend. »Das Umschmieden ist eine hohe Kunst, die nicht jede und jeder beherrscht. Wäre Rowan hier, so hätte es vermutlich nicht die geringsten Probleme gegeben. Er ist ein Naturtalent, wenn es darum geht, ein Bewusstsein umzuformen. Er hätte gewusst, was zu tun ist. Ich jedoch muss zu meiner Schande gestehen, dass ich das Material verdorben und dem Gehirn dieses Mädchens Schaden zugefügt habe. Außerdem gönnt Kira der Kleinen kaum Schlaf. Das wird sich mit der Zeit natürlich alles verlieren. Aber ich glaube nicht, dass das Mädchen eine zweite Umwandlungsprozedur überstehen würde. Ohne diese aber bedeutet sie eine Gefahr für mich. Sicher wird sie eines Tages eine Niedertracht begehen. Sich auf mich stürzen beispielsweise. Dann bleibt mir gar nichts anderes übrig, als mich zu verteidigen. Und wie das ausgeht … weiß allein das Schicksal.«

Damit hatte uns Lepra zwei sehr schlichte Wahrheiten in Erinnerung gerufen: Sollten wir so dumm sein, Widerstand zu leisten, würde sie uns zerbrechen, unser Bewusstsein, unseren Charakter und unsere Seele umschmieden – was ihr möglicherweise nicht einmal in überzeugender Weise gelingen würde, sodass wir dann wie die Tölpel rumlaufen dürften, denen der Speichel aus dem Mund tropft. Und sollten wir nicht nur Widerstand leisten, sondern uns sogar auf sie stürzen, dann würde sie uns in Asche verwandeln.

»Du hast wohl keinen Appetit«, wandte sich Lepra nun an mich. »Iss etwas, dein Körper braucht Nahrung. Vor allem jetzt. Soll ich dir vielleicht eine Hühnerbrühe kochen? Die würde ich dir wirklich empfehlen, denn du siehst immer noch ein wenig angeschlagen aus. Wie fühlst du dich, mein Junge?«

»Danke, ausgezeichnet.«

Offenbar stellte sie meine Antwort nicht zufrieden, denn sie stand auf und trat an mich heran. Ich verkrampfte mich sofort, fing aber noch Lahens Blick auf. Die Verdammte legte mir die Hand auf die Stirn. Wie beim letzten Mal war ihre Hand trocken und heiß und verbrannte mir die Haut. Das Ganze dauerte nicht länger als ein paar Sekunden. Dann kehrte die Alte zu ihrem Stuhl zurück.

»Ich nehme an, jetzt fühlst du dich etwas besser. Dieser Raufbold Hamsy hat dir aber auch zugesetzt«, sagte sie lächelnd und nippte an ihrem Shaf. »Der Stab eines Auserwählten ist etwas mehr als eine schlichte Latte, wusstest du das nicht? Falls nicht, dann weißt du es eben jetzt. Und merk es dir für die Zukunft. Vielleicht nützt dir dieses Wissen irgendwann einmal. Ein Hilss hinterlässt nämlich nicht nur blaue Flecken und Beulen«, sagte sie und schnalzte mit der Zunge. »Ein paar hübsche Zauber – und er verschmurgelt deine Seele. Nur gut, dass ich noch rechtzeitig von diesem dummen Scherz Hamsys erfahren habe. O ja, Hamsy, das *war* ein dummer Scherz, da brauchst du gar nicht so zu grinsen!«, wandte sie sich an den Nekromanten. »Es hätte mich sehr betrübt, wenn dieser liebe Junge gestorben wäre. Seine Heilung hat mich einige Mühe gekostet. Deshalb solltest du dir beim nächsten Mal genau überlegen, was du tust, bevor du meine Gäste mit solch gefährlichen Zaubern ausschaltest.«

Hamsy nickte ihr ernst zu und sah dann mich auffordernd an.

»Vielen Dank, dass Ihr mir etwas von Eurer Zeit gewidmet habt«, presste ich heraus.

»Herrin«, soufflierte der Nekromant leise.

»… Herrin«, wiederholte ich gehorsam.

»Oh! Nicht der Rede wert!«, wehrte Lepra ab. »Das war doch eine Kleinigkeit.« Dann zwinkerte sie mir zu und fuhr mit der Stimme einer Verschwörerin fort: »Ich gestehe aber gern, dass ich das nicht nur getan habe, weil du mir am Herzen liegst. Du bist zwar ein ganz famoser Junge, aber auch ein Hitzkopf. Schließlich hättest du die arme Thia, pardon, ihr nennt sie ja die Verdammte Typhus, beinahe umgebracht!« Lepra schüttelte missbilligend den Kopf und drohte mir mit dem Finger. »Nein, ich habe dir dein Leben nur aus dem Grund geschenkt, weil dein Tod dieses liebe und so begabte Mädchen bekümmern könnte. Und ich wollte doch nicht, dass zu Beginn unserer Bekanntschaft ein solch trauriges Ereignis steht. Deshalb ist meine Hilfe in gewisser Weise bar jeder Güte. Sie zielte einzig auf meinen Vorteil und war von meiner Seite mit Bedacht kalkuliert. Aber was will man machen? Wir alle werden mit dem Alter etwas … zynisch. Obendrein sprechen wir aus, was immer uns auf der Zunge liegt. Verzeih mir also, sollte ich dich beleidigt haben.«

Daraufhin musste ich ihr selbstverständlich versichern, sie habe mich in keiner Weise beleidigt. Lepra nickte nur würdevoll und bot uns abermals ihre Küchlein an. Wir griffen zu – und mussten unumwunden anerkennen: Sie war eine hervorragende Bäckerin. Moltz würde glatt vor Neid platzen.

Derweil plauderte sie weiter mit uns, als wären wir ihre Enkelkinder. Ich musste mir immer wieder in Erinnerung rufen, dass wir eben keine liebreizende Großmutter vor uns hatten, sondern eine Hexe, die bereits Tausende von Menschen umgebracht hatte. Eine Abtrünnige. Eine Magierin. Die Verdammte Lepra …

Doch jedes Mal, wenn ich sie ansah, fiel es mir schwer zu glauben, dass die schrecklichste, stärkste und gefährlichste der sechs Verdammten vor mir saß. Nur wenn sie sich zuweilen vergaß und aus der Rolle fiel, blitzte ihre eigentliche Natur auf. Dann glänzten in den fahlen alten Augen jener Stahl und jene unmenschliche Kraft, die mir den Schweiß aus den Poren trieben.

Dann wollte ich nicht einmal an das denken, was geschehen würde, wenn Lepra dieses Spieles überdrüssig war und nicht mehr die einfältige Alte gab.

»Hamsy, sei so gut und sieh nach Rona«, wandte sie sich an den Nekromanten. »Ich fürchte ein wenig um ihre Gesundheit.«

Der Nekromant erhob sich, griff nach dem Stab, verbeugte sich und ging hinaus, wobei er die Tür sehr leise hinter sich schloss.

»Noch ein Küchlein, mein Junge?«, fragte Lepra nun Shen.

»Nein, danke, ich bin satt.«

»Auch schön. Ich mag es nicht, wenn meine Gäste hungrig bleiben. Und nun, da wir hier in derart trauter Runde zusammensitzen, möchte ich das Gespräch auf die wesentlichen Fragen lenken. Ihr werdet doch hoffentlich nicht angenommen haben, dass ich euch einzig deshalb eingeladen habe, um euch mit meinen Küchlein zu bewirten?«, fragte sie lachend. »Möchtest du etwas fragen, meine Liebe? Nur zu, immer frei heraus. Ich bin nicht so schrecklich, wie stets behauptet wird. Und wenn es mir möglich ist, werde ich mit Freude antworten.«

Lahen schüttelte jedoch nur den Kopf.

»Du hast noch keine Fragen? Auch gut. Aber sie werden mit Sicherheit noch auftreten, dann geniere dich nicht«, schärfte sie Lahen ein. »Leider muss ich weit ausholen. Von eurem wunderbaren, rastlosen Trio habe ich erfahren, als ich die arme Thia in einem fremden Körper gesehen habe. Ich hätte ja nie gedacht, dass im Imperium, in dem es um die Magie doch so schlecht bestellt ist, noch derart talentierte Menschen zu finden sind. Aber doch, es gibt sie! Ein Mädchen, das ich zunächst für eine Autodidaktin gehalten habe, und einen Heiler! Was für ein Geschenk des Schicksals! Als es euch dann gelungen ist, aus Alsgara zu entkommen, habe ich freilich befürchtet, wir würden uns niemals kennenlernen. Verzeih mir die Offenheit, mein Junge«, richtete sie das Wort an mich, »aber ich war weit begieriger darauf, deine beiden Gefährten kennenzulernen als dich. Und unsere launenhafte Thia hatte ohnehin ihre … eigenen Pläne mit dir.«

Der plüschige weiße Kater streckte sich, gähnte träge und sprang vom Tisch auf die Knie der alten Hexe. Die streichelte ihn gedankenverloren hinterm Ohr, worauf das Prachttier behaglich schnurrte. Dann fuhr Lepra fort: »Wo waren wir stehen geblieben? Ach ja, Alsgara. Ihr seid der guten Thia entkommen. Aber ich bin ja auch noch da. Natürlich hätten wir uns nie getroffen, gäbe es bei jenem Wirt nicht diesen famosen Shaf. Aber ich hatte ja keine Ahnung, welche Überraschung bei dem lieben Mann noch auf mich wartete. Ach, meine guten Kinder«, sie seufzte theatralisch. »Habt ihr mich wirklich für eine so dumme Gans gehalten? Habt ihr tatsächlich geglaubt, wenn ihr euch nur still verhieltet, würde ich euren Funken nicht spüren? Nun gut, irgendeine *Schreitende* hätte euch womöglich übersehen, selbst wenn ihr vor ihr gestanden hättet, aber doch nicht ich.«

»Warum habt Ihr uns dann nicht gleich in der Schenke festgesetzt?«, wollte Shen wissen.

»Als ich noch ein kleines Mädchen war«, holte sie lächelnd aus, »und mein Funke noch kaum entfacht war, hat mein Vater mich oft mitgenommen, um Forellen zu fangen. Weißt du, was für ein verzwicktes Unterfangen das ist? Du darfst die Fische nicht erschrecken. Wenn du sie aber doch aufschreckst, musst du alles tun, was in deinen Kräften steht, um den Fisch glauben zu lassen, du wärst verschwunden. Dann vergisst er die Gefahr. Gewiss, ich hätte euch schon in der Schenke zu mir einladen können, aber dann hättet ihr euch womöglich stur gestellt … und alles verdorben. Bei der Gelegenheit fällt mir ein …«

Die Alte ging zu einem Mahagonibüfett, zog die zweite Schublade von oben auf, holte ein paar weiße Tischtücher heraus, legte sie zur Seite und entnahm der Lade schließlich Shens Tasche, die sie ganz unten versteckt hatte. Unserem Freund entglitten die Gesichtszüge.

»Obwohl ich schon oft genug erlebt habe, dass die unscheinbarsten Truhen die schönsten Geschmeide enthalten, hätte ich doch nie darauf zu hoffen gewagt, in der schlichten Tasche eines so lieben Jungen derart erstaunliche Stücke zu finden.«

Vorsichtig legte sie drei Pfeilspitzen aus diesem seltsamen

Material auf den Tisch. Daneben eine vierte, in der noch etwas Holz vom Schaft steckte – ebenjene, mit der ich Lepra beinahe aus der Schenke heraus erschossen hätte. Als Letztes gesellte sich ihren Funden das Messer mit dem gelb angelaufenen, beinernen Griff hinzu.

»Ein Funkentöter. Damit hätte ich unter keinen Umständen gerechnet. Mit einem solchen Messer hat der Turm einst viele, die den Funken in sich trugen, ins Reich der Tiefe geschickt. Sehr viele sogar. Ich erinnere mich noch genau, wie ein dummer Schüler Ossa getötet hat. Und auch Tsherkana hätte er fast die Kehle aufgeschlitzt. Ley hat das verhindert, sodass die gute Tsherkana erst eine Stunde später starb … Ein erstaunlicher Fund. Was siehst du mich so an, mein Junge? Du möchtest diese Stücke wohl zu gern haben?«

»Und ich bringe sie auch wieder an mich«, antwortete Shen, wobei er versuchte, seinen Zorn auf die Verdammte zu unterdrücken.

»Hier! Fang!«

Lepra warf ihm das Messer zu. Obwohl Shen nicht damit gerechnet hatte, fing er die Klinge geschickt auf, starrte sie dann aber bloß grimmig an.

»Und? Was beabsichtigst du jetzt zu tun?«, fragte Lepra, den Blick auf Shen gerichtet, als wäre er ein possierliches Tierchen. »Was unternimmst du, mein Junge? Wenn du dieses Artefakt in Händen hältst. Fühlst du dich jetzt allmächtig?«

»Nein«, räumte Shen widerwillig ein.

»Also bist du kein hoffnungsloser Fall«, stichelte Lepra. »Möchtest du mich angreifen? O ja, das möchtest du, das lese ich in deinen Augen. Sie funkeln sehr wütend, mein Junge. Fließt in deinen Adern womöglich das Blut eines Nordländers? Also, worauf wartest du noch? Dich trennen nur fünf Schritte von mir. Du bist jung, ich werde es sicher nicht schaffen zu fliehen. Scheust du das Risiko?«

»Das spielt keine Rolle«, antwortete Shen und gab dem Messer einen Stoß, worauf es über den Tisch glitt und in Lepras Händen landete. »Aber ich werde Euch nicht angreifen.«

»Das ist deine freie Entscheidung«, erwiderte sie. Ihrem Gesicht war nicht abzulesen, ob sie diese Wendung begrüßte oder nicht. Sie steckte alle Artefakte in die Tasche zurück und verstaute diese wieder in der Schublade.

»Was wäre geschehen, wenn ich Euch angegriffen hätte?«, fragte Shen.

»Wer vermag das schon zu sagen?«, erwiderte die Hexe. »Vermutlich hättest du eine alte Frau ermordet. Vielleicht aber auch nicht. Auf jeden Fall werde ich das Messer kein zweites Mal aus dem Schrank holen. Was ist mit dir, du Raufbold?«

»Ich verstehe nicht, was Ihr meint, Herrin«, sagte ich.

»Du hattest die einmalige Möglichkeit, mich zu töten, aber auch du hast sie nicht genutzt. Warum hast du nicht geschossen? Hattest du Angst?«

»Nein. Aber ich bin ein vorsichtiger Mann. Ich glaube nicht, dass es mir möglich gewesen wäre, Euch zu töten und danach zu entkommen.«

»Hat man Töne!«, rief Lepra kichernd. »Ein Raufbold mit Verstand. So etwas ist selten, darauf darfst du dir etwas einbilden, mein Junge. Ich bin wirklich froh, dass Hamsy dich nicht umgebracht hat. Du stellst eine vorzügliche Ergänzung zu diesen beiden dar, auch wenn du nicht über die Gabe gebietest. Doch damit möchte ich mich wieder deinen beiden Gefährten zuwenden, wenn du gestattest. Das heißt, eine Sache sollten wir vorab noch erledigen.«

Für den Bruchteil einer Sekunde schienen meine Schläfen zu bersten, danach lag eine matte Kugel von der Größe eines Fingernagels in Lepras Hand. Sie schloss die Hand zur Faust, und ein Staubkörnchen segelte zu Boden. »Das dürfte es gewesen sein«, stellte sie zufrieden fest.

»Was war das?«, fragte Lahen aufgebracht. »Was habt Ihr mit ihm gemacht?«

»Beruhige dich, meine Liebe. Und sei nicht so misstrauisch, das gehört sich nicht. Sieh dir deinen Herzliebsten doch nur an, es fehlt ihm nichts. Von Zeit zu Zeit gönne ich mir das Vergnügen einer guten Tat. In seinem Fall habe ich ihn von einem kleinen Zauber befreit. Genauer gesagt, von einer Markierung, die Thia an ihm angebracht hatte. Jetzt wird sie ihn wohl nie mehr finden. Oder nur rein zufällig.«

»Wollt Ihr damit sagen …«

»Ganz genau. Thia hat ihn an der Leine laufen lassen. Recht erfolgreich, würde ich sagen.«

Damit war auch klar, wie uns Typhus entdeckt hatte, nachdem wir Hundsgras verlassen hatten. Sie wusste die ganze Zeit über sehr genau, wo ich mich befand.

»Aber sie waren im Turm«, mischte sich Shen ein. »Die Mutter …«

»Verzeih mir, mein Junge, aber du hegst eine allzu hohe Meinung von der heutigen Mutter. Und auch von ihren Vorgängerinnen. Aber ihrer aller Verstand dürfte kaum ausreichen, mehr als ihre eigenen Ambitionen zu erkennen. Die Schreitenden von heute lernen es nicht mehr, Schattenzauber zu spüren. Oder nehmen wir dich. Du bist ein talentierter Bursche und bereitest uns eine Überraschung nach der anderen. Du hast Hamsy ordentlich zugesetzt.« Sie zwinkerte ihm verschwörerisch zu. »Ja, es hätte nicht viel gefehlt, und ich hätte einen meiner liebsten Helfer verloren. Aber diesen Kummer hast du mir zum Glück erspart. Denn ohne Hamsy würden mir gleichsam die Hände fehlen. Trotzdem bleibt erstaunlich, was du in deiner Angst zusammengezaubert hast. Seit fünf Tagen versuche ich nun schon vergeblich, ihn zu heilen. Willst du mir nicht verraten, was du mit ihm gemacht hast?«

»Das weiß ich selbst nicht.«

»Was ist das nur für ein Umgang mit der Gabe? Dieses Geflecht ist allzu verworren, als dass ich es nachvollziehen könnte. Du webst deine Zauber quasi im Handumdrehen, zudem mit einer Improvisationskraft, die jeden Lehrer in Ohnmacht fallen ließe. Dergleichen ist mir noch nie zuvor begegnet. Ja, du webst deine Zauber nicht einmal, sondern du zeichnest sie. Ein Strich Dunkel, ein Strich Licht. Ein weißer Klecks, ein schwarzer Klecks. Mein alter Kopf kann dieses Bild gar nicht so schnell aufnehmen. Oder dem Künstler folgen. O ja, du könntest wirklich zu einem virtuosen Künstler heranwachsen. Glaub mir, ich weiß genau, wovon ich spreche. Ich brauche den Funken eines Menschen nicht zu überprüfen, um mir ein Bild seines Potenzials zu machen. Und dein Potenzial ist wahrlich nicht zu verachten. Wenn du nur eine gute Ausbildung erhieltest, könntest du am Ende womöglich nicht nur mich, sondern auch den Skulptor in den Schatten stellen.«

»Wenn Ihr es sagt«, brummte Shen.

»Das tu ich«, erwiderte Lepra ernst. »Zurzeit ist dein Potenzial allerdings kaum entwickelt. Ich würde vermuten, weil niemand im Turm eine Vorstellung davon hat, wie ein Heiler auszubilden ist. Um deine Gabe zu voller Blüte zu bringen, müsstest du den lichten *und* den dunklen Aspekt beherrschen. Den Schreitenden käme es jedoch nie in den Sinn, dich mit der dunklen Seite vertraut zu machen. Doch der dunkle und der lichte Funke müssen Hand in Hand arbeiten, sonst wirst du immer ein erbärmlicher Magier bleiben. Nimm einer alten Frau diese Worte nicht übel, mein Junge. Aber immerhin hast du ja bereits den richtigen Weg eingeschlagen, also besteht Hoffnung. Allerdings ist der Weg, den du noch zu gehen hast, noch sehr lang. Hat sie dir das beigebracht?«

Shen sah Lahen fragend an.

»Ja«, antwortete diese daraufhin, »das war ich. Ist das ein Verbrechen?«

»Aber, mein Mädchen, wo denkst du hin?!«, entgegnete Lepra entsetzt. »Ganz im Gegenteil! Ich bin dir unendlich dankbar, dass du diese schwierige Aufgabe auf dich genommen hast. Damit hast du demjenigen, der diesen übelnehmerischen Taugenichts irgendwann einmal richtig ausbildet, einen großen Dienst erwiesen. Denn du hast den Damm gebrochen. Und lass dir eins gesagt sein: Dieser Damm ist sehr solide gewesen. Von nun an wird alles Weitere geradezu ein Kinderspiel sein. Wenn ich nicht wüsste, wer dich ausgebildet hat, würde ich ja behaupten, das könnte gar nicht dein Werk sein. Lebt sie noch?«

Der Wechsel des Tons, der Stimmung und des Gesprächsthemas war so scharf, dass ich zunächst gar nicht begriff, nach wem Lepra fragte. Sie hielt den Blick fest und stechend auf Lahen gerichtet.

»Nein«, antwortete mein Augenstern, ohne mit der Wimper zu zucken.

Lepra musterte Lahen noch kurz, aber streng, bevor sie wieder die gutmütige Großmutter herauskehrte.

»Schade. Vielleicht glaubst du mir nicht, aber ich bedaure ihren Tod über alle Maßen. Ich hatte so gehofft, wenigstens eine meiner Freundin…« Sie verstummte. »Gut. Das gehört der Vergangenheit an, und die kehrt nicht zurück. Für meine Fehler bin ich bereit zu bezahlen, wenn es so weit ist. Vielleicht treffe ich deine Lehrerin ja im Reich der Tiefe, dann plaudern wir über die alten Zeiten. Und jetzt erzähl mir bitte, wie sie überlebt hat und wie du zu ihr gekommen bist. Und … wie sie gestorben ist.«

Diese Geschichte kannte ich bereits. Shen und Lepra hörten jedoch gebannt zu, ohne Lahen zu unterbrechen.

»Verstehe«, stieß die Verdammte aus, nachdem sie den Bericht vernommen hatte. »Ghinorha wurde nicht ohne Grund Füchsin genannt. Sie war immer schlau und durchtrieben. Hat sie es also geschafft, uns alle zu täuschen und ihre Freiheit zurückzugewinnen. Ich beneide sie ein wenig … Keine Sorgen, keine Verantwortung, keine … Skorpione um sich herum. Sie hat einen schönen Weg gefunden, sowohl uns wie auch die Schreitenden loszuwerden. Aber ich wiederhole noch einmal: Es ist schade, dass sie tot ist, es ist schade, dass wir uns nicht noch einmal begegnet sind. Zwei alte Freundinnen wie wir hätten genug zu schnattern gehabt …« Mit einem versonnenen Lächeln überließ sie sich ihren Gedanken.

»Woher wusstet Ihr es?«, fragte Lahen leise.

»Dass Ghinorha dich ausgebildet hat? Das hat mich weder viel Hirnschmalz noch groß Zeit gekostet, mein Mädchen. Thia konnte das nicht sehen, denn sie betrachtet stets nur die Oberfläche, gräbt nie tiefer. Ich bin da anders. Deine Geflechte unterscheiden sich von denen, die in Sdiss gelehrt werden, das ist mir sofort aufgefallen. Daraufhin hat mir geschwant, dass jemand aus unserem Kreis dahintersteckt. Eine Frau natürlich.

Weder Ley noch Rowan wären in der Lage, dich in dieser Weise auszubilden. Letzten Endes sind sie nur Glimmende. Alenari hätte sich kaum auf ein so hübsches Mädchen eingelassen, wie du es bist. Seit sie das eigene anziehende Gesichtchen eingebüßt hat, ist sie viel zu neidisch auf alle, die noch eins haben. Blieben nur Mithipha und Thia. Die Erste habe ich sofort ausgeschlossen. Sie kann sich selbst nichts Vernünftiges mehr beibringen, was willst du da bei anderen erwarten? Also die aparte Tochter der Nacht? Hatte sie dich ausgebildet – nur damit du dich dann gegen sie auflehnst, sie angreifst und verschwindest? In dem Fall hätte mich Thia angelogen, was mir jedoch angesichts ihrer Schwierigkeiten kaum wahrscheinlich schien. Sobald ich aber einen Teil jenes Geflechts, das nach deinem Auftritt in diesem Dorf ... wie hieß es doch gleich? ... zurückgeblieben ist, wiederhergestellt hatte, sah ich jenen charakteristischen Knoten und das schwungvolle Kreuz bei der Verbindung der Kraftströme vor mir, die ich stets wiedererkennen würde. Danach konnte es nur eine Antwort auf die Frage nach deiner Lehrerin geben: Ghinorha. Du ahmst all ihre Besonderheiten in unübertroffener Weise nach. Meinen Glückwunsch. Zu schade, dass deine Ausbildung nicht zum Abschluss gebracht wurde. Wenn du wolltest, könntest du genauso stark werden wie Thia oder Alenari, dessen bin ich mir sicher. Aber keine Sorge, das lässt sich nachholen, schließlich hat Ghinorha eine hervorragende Grundlage gelegt.«

Lahen senkte den Kopf, um zu zeigen, wie geschmeichelt sie sich fühlte.

»Nebenbei bemerkt«, fuhr die Alte mit huldvollem Lächeln fort, »hat mich die Fürsorge deiner Lehrerin auch ein wenig amüsiert. Sie hielt es doch tatsächlich für geboten, dich gegen unsere Zudringlichkeit zu schützen. Wie konnte sie nur ahnen, dass wir jemals wieder im Imperium auftauchen würden?«

»Ich verstehe nicht, was Ihr meint«, erwiderte Lahen.

»Kokettier nicht mit deinem Unwissen, das steht dir gar nicht zu Gesicht«, entgegnete Lepra. »Ghinorha hat in deinen Funken den Sonnenkreis eingewebt. Der Name dieses Zaubers sagt dir nichts? Aber du weißt doch wohl, dass deine Gabe bei einer Begegnung mit einer Gebieterin oder einem Gebieter wesentlich heller aufleuchtet? Oder etwa nicht?«

»Doch, das weiß ich. Aber ich verstehe nicht, warum. Ich selbst habe Ghinorha nie darum gebeten.«

»Das glaube ich sofort. Wenn jemand bei Verstand ist, bittet er oder sie nicht um den Sonnenkreis. Es würde mich nicht wundern, wenn Ghinorha selbst dieser Zauber nicht sonderlich gut bekommen ist. Aber ich glaube, sie wusste, worauf sie sich einließ.«

»Und was ist dieser Sonnenkreis?«

»Was vermutest du denn?«, fragte Lepra zurück.

»Die Mutter hat gemeint, es …«

»Die Mutter!«, schnaubte die Verdammte. »Im Turm geben doch alle nur Dummheiten von sich – doch ich bin zu alt, sie mir anzuhören. Also, pass gut auf, mein Mädchen. In dir ist ein großes, scharfes, gefährliches und giftiges Stilett versteckt. Das dir aus dem Ärmel springt, sobald deine Gabe die Hitze bestimmter Funken wahrnimmt. Genauer gesagt, die Funken von sechs Menschen. Von Thia, Rowan, Ley, Mithipha, Alenari und mir. O ja, auch von mir. Ghinorha hat sich zu sehr um ihr Küken gesorgt, als dass sie einer wie mir getraut hätte. Der Sonnenkreis verstärkt dein Potenzial bei Gefahr um ein Vielfaches. Er facht den Funken unglaublich an und stellt Kampfzauber schneller bereit, als dein Gehirn sie überhaupt ersinnen könnte. Er ist geradezu ein Wunderwerk. Hätte Ghinorha diesen Zauber einer oder einem von uns beigebracht, so hätte sie uns damit einen unschätzbaren Dienst erwiesen.«

»Wenn stimmt, was Ihr sagt, warum …«, setzte Shen an.

»… warum ich mich dann immer noch so freundlich mit euch unterhalte, statt mit Verteidigungszaubern um mich zu werfen?«, fiel ihm Lepra ins Wort. »Ganz einfach. Zum einen sind eure Funken zurzeit blockiert. Ihr werdet so lange zu keiner magischen Handlung imstande sein, wie ich ihn nicht wieder freigebe. Zum anderen habe ich mir erlaubt, das Geflecht des Zaubers ein wenig zu verändern. Ich hoffe, du verübelst mir diese

Freiheit nicht, mein Mädchen, aber ich habe den Faden vernichtet, der mich erkennt. Bedenke jedoch auch meine Güte: Die anderen fünf habe ich dir gelassen. Für alle Fälle. Möglicherweise nützen sie dir ja noch einmal.«

»Aber müsste diesen Zauber nicht Ghinorha selbst aufheben? Ich meine, weil sie ihn gewirkt hat. Wenn ich die Mutter richtig verstanden habe, dann …«

»Du vergisst, dass ich eine Heilerin bin. Mir ist einiges gegeben, was nicht einmal Ghinorha vermochte. Aber wir schweifen vom Thema ab«, sagte sie, und ihr Blick wurde wieder stahlhart. »Ihr gefallt mir, was sehr zu eurem Vorteil ist. Trotzdem möchte ich meine Zeit nicht nur mit freundlichen Gesprächen verplempern. Ich habe euch folgendes Angebot zu machen. Dir, Lahen, und dir, Shen, aber nicht dir, mein Junge, also misch dich nicht in die Angelegenheit von uns Magiern und Magierinnen ein. Dafür werde ich dich bis ans Ende meiner Tage nur zu gern mit Küchlein bewirten. Einverstanden?«

Da ich keine andere Wahl hatte, nickte ich.

»Ihr zwei denkt bitte über Folgendes nach: Ihr beide könntet noch ein wenig magische Vervollkommnung brauchen, während ich auf gute Schüler angewiesen bin. Es gibt genug, was ich euch beibringen und zeigen kann. Ich werde euch nicht überreden, euch auf die Seite derjenigen zu stellen, die im Imperium nur als die Verdammten bekannt sind. Ich biete euch lediglich eine solide Ausbildung an.«

»Im Tausch für was?«, wollte Shen wissen.

»Hättest du denn etwas, das du mir anbieten könntest, mein Junge?«, wollte Lepra mit einem Grinsen wissen. »Eben. Nein, es geht einzig darum, mein Wissen an gute Schüler weiterzugeben. An alle, die es würdigen und bewahren können – und es ihrerseits an andere weitervermitteln. Ich brauche Gefährten und Berater, keine talentlosen Nichtsnutze. Wenn ihr einwilligt, bleibt ihr hier. Aber ich will euch gleich warnen: Vergesst jeden Gedanken an Flucht. Mir ist noch niemand entkommen. Wenn ich mich überzeugt habe, dass ihr bei mir bleibt, erhaltet ihr selbstverständlich eure Freiheit. Aber nicht eher. Doch da ihr nach ein paar Lektionen sicher nicht einmal mehr daran denken werdet, mich zu verlassen, dürfte das kein Problem sein. Das also ist mein Angebot. Einzelheiten können wir später erörtern, wenn ihr mir eure Antwort gebt. Lasst euch damit ruhig Zeit – sagen wir, bis morgen Abend.«

»Und wenn Euch unsere Antwort nicht gefällt?«, fragte Shen.

Verflucht! Wie konnte man diesem Narren bloß den Mund stopfen?! Warum musste er Lepra unbedingt aufbringen?!

»In dem Fall …«, bemerkte sie, »wäre ich, wie ich gar nicht verhehlen will, äußerst enttäuscht. Natürlich könnte ich euch dann erst recht nicht auf freien Fuß setzen, denn womöglich bekäme euch ja ein anderer Gebieter oder eine andere Gebieterin in die Hände. Dann könntet ihr sogar zu einem Hindernis für meine Pläne werden, und alte Frauen wie ich mögen auch nicht das kleinste Hindernis. Deshalb würdet ihr also auch bei einer abschlägigen Antwort bei mir bleiben. Leider kann ich Rowan in dieser Sache nicht hinzuziehen, denn der Junge ist viel zu sehr mit dem Kriegsspiel beschäftigt. Außerdem wäre es nicht sonderlich klug, mit ihm über Gäste wie euch zu sprechen. Ich selbst bin jedoch keine Meisterin im Umschmieden. Solltet ihr euch allerdings nicht von mir ausbilden lassen wollen, bliebe mir gar nichts anderes übrig.«

»Verzeiht, Herrin«, sagte Lahen in unterwürfigem Ton, »aber ich kann Euer Angebot nicht annehmen. Es ist nicht so, dass ich es nicht wollte. Ich *kann* es nicht.«

»Warum nicht?«

»Weil ich dann sterbe.«

»Du wirst doch nicht auf diesen kleinen Zauber, den – dem Geflecht nach – der Turm dir beschert hat, anspielen? Den hatte ich ganz vergessen. Beunruhigt er dich?«

»Ob er mich beunruhigt?« Lahen bedachte Lepra mit einem Blick, der keinen Zweifel daran ließ, dass sie meinte, sich verhört zu haben, denn eine so dumme Frage konnte die alte Hexe doch einfach nicht stellen. Aber schon in der nächsten Sekunde hatte sich mein Augenstern wieder im Griff. »Ja, das tut er. Solange dieser Zauber in meinen Funken eingewebt ist, droht meinem Leben Gefahr. Deshalb werde ich das tun, was die Mutter mir befohlen hat.«

»Wie unschön und primitiv ist es doch, einen Menschen auf diese Weise zu etwas zu zwingen«, bemerkte Lepra. »Obendrein ist es so riskant. Dabei kann man jederzeit einen wertvollen Funken verlieren. Aber etwas anderes als primitive Schritte können sich die Schreitenden ja ohnehin nicht einfallen lassen! Was musst du tun, wenn das kein Geheimnis ist?«

»Mich ins Regenbogental begeben.«

»Sollst du da etwa deine Ausbildung absolvieren?«

»Nein«, antwortete Lahen, während ihre Lippen ein Lächeln umspielte. »Dort möchte mich die Mutter verstecken. Um mich dann für ihre eigenen Zwecke zu nutzen.«

»Ha! Am Ende ist sie doch gar nicht so dumm. Aber mach dir um sie keine Gedanken. Diesen Zauber aus dem Funken zu entfernen ist ein Kinderspiel. Das könnte ich jederzeit erledigen.«

»Aber muss nicht die Mutter selbst …«

»Schon wieder dieser Unsinn«, seufzte Lepra enttäuscht und verdrehte die Augen. »Ich weiß nicht, wer dir diese Märchen in den Kopf gesetzt hat, aber merk dir ein für alle Mal: Die Regeln der Magie sind für eine Heilerin oder einen Heiler nichts anderes als eine schlichte Gleichung. Sobald du die Lösung dieser Gleichung kennst, gibt es für dich nichts mehr, was du nicht tun könntest. Und diese Sache, die erledige ich im Handumdrehen. Bitte sehr«, sagte sie und fuchtelte theatralisch mit den Händen. »Jetzt brauchst du nicht mehr ins Regenbogental zu gehen. Bist du nun glücklich?«

»Durchaus.«

»Kira! Abdul!«

Die ehemalige Schreitende und ein Nekromant kamen herein.

»Bringt sie hinaus. Alles Gute, meine Teuren. Denkt gründlich über eure Entscheidung nach. Und nehmt ein Küchlein mit. Für unterwegs.«

Kapitel 24

Erst vor Sonnenuntergang saß Thia ab, band das Pferd an einem Baum fest, streckte sich im Gras aus und gönnte sich etwas Schlaf. Nachdem die Sonne in der Steppe untergegangen war, wurde es recht schnell kalt. Hoch oben am Himmel funkelten die ersten Sterne. Nach nur einer Stunde nahm sie die Verfolgung wieder auf, denn sie spürte, dass diejenigen, denen sie so lange durch das ganze Land nachgesetzt hatte, ganz nahe waren. Mit jeder Minute nahm ihre Gewissheit zu, sie diesmal zu fassen. Dann würde sie endlich ihre einstige Kraft zurückbekommen und wieder zu der werden, die sie die letzten fünfhundert Jahre über gewesen war.

Erst gegen Morgen, als sich das Gras mit großen, diamantenen Tautropfen bezog und ein Stern nach dem anderen verblasste, gestattete sie sich abermals eine Rast. Sie zwang sich, ein Stück Käse und etwas Schwarzbrot zu essen, danach fiel sie in einen unruhigen Schlaf, aus dem sie ein paar Stunden später jäh erwachte – weil sie die Markierung nicht mehr spürte. Gewöhnt, wie sie an dieses Gefühl war, kam es ihr nun vor, als hätte man ihr eine Hand abgehackt.

Zunächst glaubte sie, noch zu schlafen und von einem weiteren Albtraum heimgesucht zu werden. Nach ein paar Sekunden begriff sie jedoch, dass sich die Markierung unwiderruflich in Luft aufgelöst hatte.

»Das kann nicht sein. Das darf nicht sein!«, flüsterte sie mit trockenen Lippen. »Dergleichen widerfährt mir nicht. Mir doch nicht.«

Verzweiflung fiel sie an, begrub sie unter schweren schwarzen Flügeln, benagte ihre Knochen und ließ sie in Tränen ausbrechen. Im Laufe des letzten Monats hatte Thia schon oft geweint, doch diesmal konnte sie sich einfach nicht mehr beruhigen.

Was sollte das bedeuten? War da ein neuer Spieler auf den Plan getreten? Wenn ja, dann musste dieser Unbekannte nicht nur über eine lange, höchst neugierige Nase verfügen (die sie ihm bei erstbester Gelegenheit kürzen würde), sondern auch über reiche Erfahrung im Umgang mit der Gabe. Damit dürfte die Autodidaktin ausscheiden. Und auch der Heiler besaß nicht das Wissen, das für einen solchen Schritt nötig wäre. Ob einer der Auserwählten seine Hand im Spiel hatte? Oder, schlimmer noch, einer oder eine von ihnen? Oder ... dieser Unbekannte, den sie an den Piers gesehen hatte? Was verband den überhaupt mit dem Bogenschützen?

In diesem Augenblick versuchte Talki mit ihr Verbindung aufzunehmen. Sofort schuf Thia ein Silberfenster.

Talki lächelte und blickte zufrieden wie eine alte, kahl gewordene Katze drein, die zeit ihres Lebens Hunger gelitten, nun aber einen Berg frischen Gebäcks verschmaust hatte. Viel schien nicht zu fehlen, und sie würde anfangen zu schnurren.

»Sei gegrüßt, mein Mädchen. Du siehst ein wenig niedergeschlagen aus. Was macht deine Jagd?«

»Das spielt jetzt keine Rolle.«

»Du meinst, du stehst mal wieder vor einem leeren Käfig – weil die lieben Tierchen verschwunden sind.«

»Woher weißt du das?«, wollte Thia misstrauisch wissen. Doch noch während sie die Frage stellte, las sie die Antwort in den spöttischen Augen Talkis ab. »Du!«, spie sie voller Hass aus.

»Mir war klar, dass du mir auf die Schliche kommen würdest. Es war schon immer schwer, dir etwas zu verheimlichen.«

»Du miese Vettel! Du Aas! Du doppelgesichtige Hexe! Das warst du! Du hast meine Markierung entfernt!«, fauchte Thia. Ihre Wut erstickte sie fast, ihre Stimme klang so heiser, dass Talki sie kaum noch verstehen konnte. Thia brannte in einem einzigen Wunsch: die Alte auf der Stelle umzubringen.

»Hör auf, so zu zetern!«, verlangte Talki kalt. »Als Furie gibst du nur ein lächerliches Bild ab! Also halt den Mund und denk über die Frage nach, ob ich tatsächlich mit dir in Verbindung getreten wäre, wenn ich ein falsches Spiel spielte!«

»Was willst du?«, fragte Thia, nachdem sie mehrmals tief durchgeatmet hatte.

»Die Frage ist nicht, was ich will, sondern was du willst. Und wir beide kennen die Antwort darauf. Du willst die drei, die du wie toll gewordene Hasen durch das ganze Land gejagt hast. Und diese drei sind bei mir. Sie sind unversehrt und wohlbehalten.«

»Wie hast du das geschafft?«

»Die Geschichte erzähle ich dir, sobald du auf diesem Anwesen, dem des Herrn Aligo, eintriffst. Das Echo des Silberfensters lässt darauf schließen, dass du dich bereits in der Nähe aufhältst. Du brauchst nur noch einen Tagesritt, würde ich vermuten, vielleicht sogar weniger. Komm also her, ich warte auf dich.«

Talki streckte bereits die Hand aus, um den Verbindungszauber zu zerreißen, doch da fragte Thia: »Warum hast du die Markierung entfernt?«

»Weil ich es wollte. Und jetzt beeil dich, sonst überlege ich es mir am Ende noch und helfe dir nicht.«

Daraufhin zerfiel das Silberfenster in Hunderte von Wassertropfen. Thia zitterte vor Wut. Sie flehte das Reich der Tiefe an, es möge Talki bei lebendigem Leibe die Haut vom Fleisch ziehen. Doch das Reich der Tiefe antwortete nicht. Es schenkte den Menschen ohnehin nur selten Aufmerksamkeit, ja, es hegte selbst für diejenigen, die einen Teil von ihm in ihren Herzen trugen, kein großes Wohlwollen – denn es hatte Wichtigeres zu tun, als sich um die Wünsche Sterblicher zu kümmern.

»Du Närrin!«, stieß Talki verächtlich aus und schob die silberne Schüssel voller Wasser von sich. Dann stand sie vom Tisch auf und nahm eine kleine Gießkanne, um die Blumen, die in einem Topf am offenen Fenster blühten, zu gießen. Anschließend rief sie nach Hamsy.

Der Nekromant eilte herbei und sah die Gebieterin fragend an. Diese langte jedoch bloß nach einer großen Schere und kappte die abgestorbenen Zweige einer Myrte.

»Was siehst du hier, Hamsy?«

»Herrin?«

»Das, was ich gerade tue«, erklärte sie. »Wie würdest du das nennen?«

»Ihr schneidet Zweige ab.«

»Und warum mache ich das deiner Meinung nach?«

»Um den Strauch zu retten. Damit das tote Holz nicht den lebenden Stamm umbringt.«

»Völlig richtig«, bestätigte sie. »Denn das Tote vernichtet das Lebende stets, und es spielt keine Rolle, ob es sich dabei um ein Bein mit Wundbrand oder um einen Zweig mit verwelkten Blättern handelt. Das eine wie das andere dient dem Organismus nicht mehr, im Gegenteil, es stellt eine Gefahr für diesen dar. Sei so gut und gib mir die kleine Schaufel dort. Danke. Und jetzt habe ich eine Aufgabe für dich.«

»Ich werde tun, was in meinen Kräften steht, Herrin.«

»An deinen Kräften hege ich nicht die geringsten Zweifel«, erwiderte Talki lächelnd. »Einer der Zweige ist vertrocknet, er muss also abgeschnitten werden, sonst stirbt unser ganzer Strauch. Die Herrin Thia hat einen Weg eingeschlagen, der sich deutlich von dem unterscheidet, was die Kreise von Sdiss predigen. Damit ist sie zu einer Gefahr für uns alle geworden. Außerdem zeigt sie sich uneinsichtig und keinen Argumenten zugänglich, sie wird ihr Verhalten also nicht ändern. Ich rechne morgen mit ihrer Ankunft. Sie steckt zwar im Körper eines Mannes, du wirst sie aber dennoch ohne Mühe erkennen. Abdula und Omar sollen dir bei dieser Aufgabe helfen.«

»Selbstverständlich werde ich tun, was Ihr wünscht, Herrin, aber …«

»Aber?«, fiel ihm Talki ins Wort und zog erstaunt eine Augenbraue hoch. »Hast du irgendwelche Bedenken? Sprich.«

»Unsere Kräfte werden nicht ausreichen, um die Gebieterin zu bezwingen.«

»In der Vergangenheit traf das sicher zu, doch inzwischen sieht die Sache anders aus. Du wirst verstehen, was ich meine, wenn du ihren Funken siehst. Allerdings würde ich euch bitten, zügig zu handeln, denn sie darf keinen Verdacht schöpfen. Das war alles. Du kannst jetzt gehen.«

Sobald sie wieder allein war, legte sie die Schere weg, trat an den Tisch heran und schenkte sich mit einem schweren Seufzer Shaf in einen großen, schmalen Kelch ein. Sie hasste dieses Getränk. Trotzdem trank sie es jeden Tag, und das schon seit mehr als fünfhundert Jahren. Es war ihre Art der Buße. Die Strafe, die sie sich für ihre Dummheit und Kurzsichtigkeit selbst auferlegt hatte. Aber was bedeuteten einige Becher Shaf schon im Vergleich zum Verlust der Wegblüten?

Talki war die Einzige von ihnen, die die Wahrheit kannte. Die ganze Wahrheit, nicht diese dumme Geschichte, die für alle zur unanfechtbaren Wahrheit geworden war: Soritha hatte die Wegblüten beim Dunklen Aufstand nicht einmal angerührt, hatte sie nicht blockiert, ja sie hatte mit der ganzen Geschichte nicht das Geringste zu tun. Wie auch – schließlich war sie vollauf damit beschäftigt, sich gegen Mithipha zu wehren. Und als dann auch noch Thia angriff, verschwendete sie erst recht keinen Gedanken mehr an die Wegblüten. Trotzdem glaubten alle bis auf den heutigen Tag, die Mutter habe die Wegblüten blockiert. Um den Rebellen jede Möglichkeit zur Flucht zu nehmen.

Wie töricht all diese Menschen doch waren!

Ausnahmslos alle! Was für hirnlose Dummköpfe! Sogar Thia, die diesen Gedanken als Erste ausgesprochen hatte. Als sie noch zu jung war, um die Frage zu erwägen, warum sich Soritha bitte schön um diesen Trumpf hätte bringen sollen. O nein, die Mutter hätte sich nie im Leben zu einem so unklugen Schritt hinreißen lassen, geschweige denn, dass sie es gekonnt hätte. Nicht bei einem Werk des Skulptors. Um die Wegblüten auszuschalten, musste man über beide Aspekte der Gabe gebieten. Und zwar meisterlich.

Deshalb kam für diese Tat nur eine infrage.

Tsherkana.

Sie war es, die einen Tag vor Ausbruch des Aufstands Talki vorgeschlagen hatte, die Wegblüten zu blockieren. Sie versicherte, den dafür nötigen Zauber entdeckt zu haben und ihn auch wirken zu können. Auf diese Weise würden sie den Turm von jedweder Unterstützung aus dem Regenbogental abschneiden können. Sie brauchte Talki nicht lange zu überreden. Wenn die Portale versperrt wären, hätten sie eine echte Chance, ihre Sache zu einem guten Ende zu führen. Deshalb hatte sie, Talki, eingewilligt. Kurz bevor der Rat zusammentrat, verschüttete Tsherkana die Wegblüten. Dann brach das Gemetzel los, das so vielen das Leben gekostet hatte – auch Tsherkana, die das Geheimnis dieses Zaubers für immer mit ins Reich der Tiefe nahm. Damit blieb die Welt ohne dieses Werk des Skulptors zurück.

Talki hatte sich jahrelang mit den Wegblüten beschäftigt und wieder und wieder versucht, sie zum Leben zu erwecken. Stets vergeblich. Sie vermochte den Schlüssel zu diesem Rätsel einfach nicht zu finden. Und jeden Tag, jede Stunde, jede Minute warf sie sich vor, Tsherkana nicht nach dem Zauber gefragt zu haben. Noch nicht einmal auf die Idee gekommen zu sein. Weil sie schlicht und ergreifend nicht für möglich gehalten hatte, das alles *dieses* Ende nehmen würde.

Sie trat vor den Spiegel und betrachtete ihr Bild. Ein niederschmetternder Anblick. *Miese Vettel* hatte Thia sie genannt – und den Nagel damit auf den Kopf getroffen. In dieser Sekunde hätte Talki dieses Mädchen am liebsten eigenhändig umgebracht. Doch sie wusste, wie sehr die anderen einen solchen Schritt missbilligen würden. Deshalb war es weit klüger, den Mord drei Auserwählten in die Schuhe zu schieben, die sich – warum auch immer – auf die Tochter der Nacht gestürzt hatten. Wofür sie selbstverständlich ihre gerechte Strafe erhalten würden. Den anderen Gebietern und Gebieterinnen würde sie das alles schon in den schillerndsten Farben darzulegen wissen, schließlich hatte sie ausreichend Erfahrung darin, diesen Dummköpfen einen Bären aufzubinden.

Denn Thia das Leben zu schenken, das wäre eine allzu großzügige Geste. Das hieße, auf diesen talentierten Jungen und dieses Goldstück von Mädchen zu verzichten. Gerade bei dem Mädchen verbot sich das jedoch von selbst.

Mit dieser Autodidaktin hatte sie nämlich große Pläne. Endlich – endlich! – hatte sie eine passende Körperhülle für sich entdeckt, die imstande wäre, ihre Seele zu beherbergen. Die ihr Funke nicht versengen würde.

Und dieses Geschenk des Schicksals sollte sie Thia überlassen? Pah! Das wäre, gelinde gesagt, dumm – und Dummheit konnte man ihr nun wirklich nicht nachsagen. O ja, sie würde sich Ghinorhas Schülerin sichern. Sie würde diesen ausgemergelten Körper loswerden, der ihr schon lange zum Hals heraushing – und mit jedem Tag eine größere Bedrohung darstellte: Bald würde er in sich zusammenfallen. Deshalb sollte sie schleunigst in Lahens Körper übersiedeln.

Und Thia?

Thia sollte getrost ins Reich der Tiefe eingehen.

Kapitel 25

An einer Kreuzung im Wald zügelte Ga-nor sein erschöpftes Pferd. Der Braune Luks war ebenfalls müde, seine Beine zitterten. Wenn sie diesen Ritt nur noch fünf Minuten fortsetzten, würden die Tiere zusammenbrechen.

Ga-nor saß rasch ab, streckte sich auf dem Boden aus und presste das Ohr auf die Erde. »Die sind bald da«, erklärte er. »In fünf Minuten, würde ich sagen.«

»Kein Wunder, ihre Gäule sind viel frischer als unsere!«

»Dann werden sie wohl lernen müssen, dass man manche Menschen besser in Ruhe lässt.«

»Was hast du jetzt wieder vor? Wir sind zwei, die sechs!«

»Sieben. Versteck dich. Ich bringe die Pferde in Sicherheit.«

Luk tat, wie ihm geheißen. Er saß ab, knüpfte die Armbrust vom Sattel und nahm auch Ga-nors an sich. Auf dem Rücken trug er einen kleinen Rundschild, an seinem breiten Gürtel baumelten der Streitflegel und ein Dolch. Mit all diesen Waffen schlug er sich in die Haselnussbüsche, die am Wegesrand wuchsen und so dicht waren, dass sich hier eine ganze Einheit hätte verstecken können.

»Runter mit dir!«, verlangte Ga-nor.

Luk murmelte noch einen Fluch, verbarg sich aber sogleich in den Sträuchern. Ga-nor verwischte derweil mit einem Ast die Abdrücke ihrer Stiefel auf dem Weg.

»Ich bin gleich wieder da. Du übernimmst nachher das Schießen, denn du hast beide Armbrüste. Aber sieh zu, dass du auch triffst.«

»Da platzt doch die Kröte, was dachtest du denn! Sieh du lieber zu, dass du wiederkommst, sonst erwischt dich noch einer von denen.«

Ga-nor flog in den Sattel, griff nach dem Zügel von Luks Pferd, schlug die Straße nach rechts ein und ritt sie zweihundert Yard hinunter. Hier gab es wesentlich weniger Sträucher als an der Kreuzung, sodass er die Tiere gut in den Wald hineinführen konnte. Er band sie an einem Baum fest und eilte zurück, um sich in den Haselbüschen auf der anderen Wegseite zu verstecken, etwas links von Luk.

Sie beide hatten sämtlichen feindlichen Spähtrupps entgehen können, waren an der zerstörten Burg Krähennest vorbeigekommen, dort beinahe auf eine große Einheit von Nabatorer Soldaten gestoßen und hatten sich schließlich durch die Wälder bis zur leeren Straße nach Altz geschlagen. Als sie schon glaubten, alle Gefahren hinter sich gelassen zu haben, waren sie auf eine Patrouille der Nabatorer Reiterei gestoßen. Ga-nor hatte anfangs noch gehofft, sie würden erneut entkommen, doch ihre Pferde waren den schnellfüßigen Tieren des Gegners, die aus den küstennahen Mondtälern stammten, unterlegen. Der Feind ließ nicht von ihnen ab.

Ga-nor zog die Klinge aus der Scheide auf dem Rücken und legte sie neben sich. Er musste nicht lange warten.

Schon hörte er Hufgetrappel, Schreie und Pfiffe.

An der Kreuzung zügelten die Verfolger ihre ungeduldigen Pferde, damit einer der Männer abspringen und nach frischen Hufspuren Ausschau halten konnte.

Luk richtete die Armbrust, den nächsten Bolzen schon zwischen den Zähnen haltend, auf den Offizier. Aus einer Entfernung von fünfzehn Schritt sein Ziel zu verfehlen, dafür müsste sich selbst ein unerfahrener Schütze schon sehr anstrengen. Oder Luk heißen: Er zielte auf den ungeschützten Hals, traf den Mann, der gerade einen Befehl erteilte, jedoch am Helm. Sofort warf Luk die abgefeuerte Armbrust beiseite, schnappte sich die zweite, legte an und schoss.

Und verfehlte sein Ziel auch diesmal.

Statt den Kopf des Gegners traf er das Auge des Pferdes. Das Tier drehte sich daraufhin wie wild auf der Stelle, kippte schließlich auf die Seite und begrub das Bein seines Reiters unter sich.

»Da!«, schrie einer der Nabatorer.

Zwei Männer eilten zu den Büschen auf beiden Seiten der Straße. Luk spannte mit Mühe die Armbrust und stand auf. Er hörte einen Kampfschrei Ga-nors, das Geklirr von Stahl und das Knistern der Büsche. Mit zitternden Fingern nahm er den Bolzen aus dem Mund und legte ihn ein. Erst danach sah er auf. Fünf Schritt vor ihm lauerte der Feind.

Luk ließ sich aufs rechte Knie fallen und zog den Abzug, noch ehe er die Armbrust vollständig hochgehoben hatte. Der Bolzen traf seinen Gegner in den Unterleib. Sofort tauchte der nächste Nabatorer auf. Luk schaffte es kaum, den Schild aufzuheben, als dieser auch schon angriff.

In dem dichten Gebüsch fiel ihnen das Kämpfen nicht leicht. Die Zweige behinderten den Nabatorer beim Ausholen mit dem Langschwert. Luk wehrte einen recht leichten Schlag mit dem Schild ab, den er dem Feind dann in einer fließenden Bewegung vor den Körper rammte. Beinahe hätte er ihm sogar das Gesicht zerschmettert, doch der Kerl duckte sich in letzter Sekunde weg, um seinerseits mit dem Schwert auf Luks Rippen einzuschlagen. Dabei öffnete er die Deckung, sodass Luk zu einem Schlag mit dem Dolch aufs Ohr seines Gegners ausholen konnte, der diesen ausschaltete.

Daraufhin knöpfte Luk den Streitflegel vom Gürtel, sprang auf den Weg und ließ die Kugel über seinem Kopf kreisen. Am Waldrand lag ein Pferd mit gebrochenem Vorderbein, daneben sein enthaupteter Reiter. Ga-nor stand den beiden letzten noch lebenden Reitern gegenüber, einem erfahrenen Mann und einem, der bereits am Schenkel verwundet war.

Jener Kerl, den das von Luk getroffene Pferd halb unter sich begraben hatte, griff gerade nach seiner Armbrust. Das entging Luk nicht. Er ließ die schwere, dornenbesetzte Kugel auf den ungeschützten Kopf des Nabatorers niedergehen. Es knirschte schmatzend und widerlich. Gegen einen Würgereiz ankämpfend, riss Luk den Griff des Flegels hoch, um die Kugel aus dem Matsch, in den sie den Schädel verwandelt hatte, zu befreien. Obwohl er wusste, dass es richtig gewesen war, diesen Verletzten zu erschlagen, fühlte er sich wie ein ausgemachter Schuft.

Nun stürzte sich der verletzte Gegner Ga-nors auf Luk, der ihn jedoch mit dem Streitflegel wegstieß. Da Ga-nor seinen Gegner inzwischen erledigt hatte, tat der Nabatorer das einzig Sinnvolle: Er preschte auf seinem Pferd davon.

»Der ist uns entwischt!«, knurrte Ga-nor.

»Ins Reich der Tiefe mit ihm!«

»Der hetzt uns ganz Nabator auf den Hals!«

»Vergiss ihn! Außerdem bist du verletzt!«

An der linken Seite Ga-nors breitete sich ein Blutfleck aus.

»Das ist nichts, nur ein Kratzer. Der ist nicht gefährlich. Ich näh ihn gleich. Sieh du derweil zu, ob du die Pferde dieser Nabatorer einfangen kannst. Aber nimm dich in Acht, das sind Tiere mit Charakter. Und sammle die Armbrüste ein. Mach schon, was stehst du hier wie angewurzelt rum? Wir haben keine Zeit zu verlieren.«

Luk schaffte es, insgesamt drei Pferde einzufangen. Anschließend las er im Gebüsch die Armbrüste auf.

Ga-nor durchsuchte inzwischen die Taschen der Nabatorer, zerriss ein sauberes Hemd, um sich daraus einen Verband zu machen, und vernähte seine Wunde: »Nimm alles Essen mit, was du finden kannst.«

»Soll ich dir vielleicht helfen?«

»Nein, das schaff ich selbst.«

»Wohin wollen wir jetzt?«

»Nach Norden. Wenn alles gut geht, umrunden wir Altz und kommen zu den Westflanken der Blinden Berge. Dort können wir uns bestens verstecken. Dann schlagen wir uns zu Burg Adlernest durch, von da aus ist es nur noch ein Katzensprung zu den Katuger Bergen.«

»Nur dass es zwischen den Blinden und den Katuger Bergen von feindlichen Truppen wimmelt.«

»Das ist eine Gegend, wie geschaffen, um sich klammheimlich durchzuschlagen«, beruhigte ihn Ga-nor. »Und ich kenne da jeden Pfad.«

»Trotzdem kommen wir nicht bis zur Treppe des Gehenkten durch.«

»Darüber zerbrechen wir uns den Kopf, wenn es so weit ist. Jetzt sollten wir erst mal weg von hier.«

»Aber was, wenn die Treppe genommen ist? Was machen wir dann?«, gab Luk keine Ruhe. »Kannst du mir das verraten?«

Doch Ga-nor hielt es nicht für nötig, ihm darauf zu antworten. Vielleicht, weil er es nicht wusste, vielleicht aber auch, weil er nicht vor der Zeit Panik säen wollte …

»Ich hätte nie gwedacht, dass wir uns noch mal wiedersehen, Menschlein«, begrüßte mich Ghbabakh, sobald die Wachen gegangen waren.

Auch ich hatte ehrlich gesagt nicht damit gerechnet. Shen und ich waren jedoch zusammen in den Kerker gebracht, aber nicht gemeinsam in einer Zelle eingeschlossen worden. Lahen war von Kira fortgeführt worden, und wo mein Augenstern jetzt festgehalten wurde, entzog sich meiner Kenntnis. Wir hatten kaum ein paar Worte miteinander wechseln können, bevor wir getrennt wurden.

»Yumi sagwat, dass du traurigwa bist.«

»Welchen Grund zur Freude sollte ich auch haben?«

»Du lebst. Das zählt eine Mengwe. Oder etwa nicht?«

»Stimmt«, bestätigte ich, »stimmt wirklich, Blasge.«

»Dann gwuck auch etwas lustigwer drein. Die Dingwe stehen gwar nicht so schlecht.«

Allem Anschein nach war Ghbabakh ein ausgemachter Optimist.

»Noch ist nicht aller Tagwe Abend, so heißt es doch bei euch, oder?«

»Was meinst du damit? Hast du etwa die Absicht auszubrechen?«

»Demnächst schon.«

»Und wie, wenn ich fragen darf?«

»Yumi gwaräbt einen Tunnel.«

»Oho«, stieß ich aus. »Und wie kommt er voran?«

»Yumi sagwat, er hat schon mehr als neun Yard gwegwaraben.«

Das ließ mich aufmerken, denn darauf konnte ich mir keinen Reim machen. »Aber das sind Steinwände.«

»Ja und? Auch Stein kwann man durchnagwen. Danach kwommt Erde. Allerdingwas ist der Tunnel nicht sehr gwaroß. Für Yumi reicht er. Aber für mich nicht. Ich kwann da nie im Leben durchkwariechen.«

»Aus, du Hund!«, fiepte der Waiya traurig.

»Das tut mir leid.«

Aber wie sollte jemand auch einen Tunnel nagen, durch den ein ausgewachsener Blasge passte?

»He! Ness!«, rief mich Shen von seiner Zelle aus, die sich unmittelbar hinter der Tür befand.

»Ja?«

»Wir müssten eigentlich miteinander reden«, sagte er.

»Nur zu.«

»Ich weiß nicht, ob das klug wäre, wenn fremde Ohren …«

»Hör mal, Menschlein, deine Gweheimnisse interessieren mich überhaupt nicht«, fiel ihm Ghbabakh ins Wort. »Yumi sagwat, ihn auch nicht.«

»Aus, du Hund!«

Ich häufte etwas Stroh vorm Gitter auf, setzte mich drauf und lehnte mich mit dem Rücken gegen die kalten Stäbe. »Also, Shen, was ist? Schüttest du jetzt dein Herz aus, oder kann ich mich aufs Ohr hauen?«

Natürlich kaufte er mir nicht ab, dass ich wirklich schlafen wollte. Dazu waren wir beide zu aufgewühlt.

»Was hältst du von Lepras Vorschlag?«

»Mhm …« Ich kramte in meinen Taschen, auf der Suche nach einer Münze. »Wir könnten einen Sol werfen. Imperator – und wir gehen darauf ein. Krone – und wir schicken sie ins Reich der Tiefe.«

»Spar dir deine dummen Witze!«

»Was willst du denn hören?«

»Das, was du wirklich davon hältst.«

»Ganz einfach: Lahen und ich, wir haben keinen Grund mehr, uns ins Regenbogental zu begeben, weil der Zauber der Mutter für Lahen keine Gefahr mehr darstellt. Wir müssen also nicht länger nach der Pfeife des Turms tanzen. Hab ich mich klar genug ausgedrückt?«

»Ja«, brachte er widerwillig heraus. »Durchaus. Glaubst du tatsächlich, ihr seid hier sicherer? Mit dieser …«

»Am sichersten wären wir in der Goldenen Mark. Oder an einem anderen Ort, der möglichst weit weg von diesem ist.«

»Aber warum …?!«

»Du bist wirklich seltsam.« Ich hatte den Eindruck, mir wäre ein ganzer Eimer Sand in die Augen geschüttet worden, so sehr brannte es in ihnen. Gepeinigt schloss ich sie. »Hast du vor Kurzem nicht selbst noch gesagt, ich sei bloß ein dreckiger, käuflicher Gijan? Seit unserem letzten Gespräch habe ich mich nicht geändert. Ich mache mir nach wie vor ausschließlich Sorgen um meine eigene Haut. Ich möchte überleben. Genauer gesagt, es zumindest versuchen. Und wenn mir hier die Möglichkeit angeboten wird … Na, wie gefällt dir diese Erklärung? Keine Romantik, keine hehren Ziele, kein Pomp, keine Flaggen, die im Wind flattern, kein sonstiger Mist. Nur der erbärmliche Wunsch, auch in Zukunft unter den Lebenden zu weilen.«

»Ich weiß, dass du lügst. Du versuchst, Lahens Leben zu retten, nicht deins. Darin sehe ich nichts Verwerfliches.«

»Nicht?«, fragte ich in einem möglichst spöttischen Ton. Ich hatte keineswegs die Absicht, ihn wissen zu lassen, dass er den Nagel auf den Kopf getroffen hatte. »Du drehst dein Fähnchen wirklich nach dem Wind. Also, was ist mit dir? Schickst *du* Lepra ins Reich der Tiefe?«

»Sie ist unsere Feindin.«

»Dinge, die sich von selbst verstehen, brauchst du mir nicht unter die Nase zu reiben. Selbst mein Freund Yumi weiß, dass Lepra ein gefährliches Miststück ist.«

»Aus, du Hund!«, bestätigte der Waiya.

»Wenn ich bei ihr bleibe, übe ich Verrat.«

»Ich weiß schon, ein Mann von Ehre und der ganze Kram … Aber gestatte mir eine Frage: Du übst Verrat an wem? Am Turm? In dem Fall möchte ich dir sagen, dass es selbstverständlich dein gutes Recht ist, für ihn und deine herzallerliebste Mutter zu sterben. Ich werde dich auch bestimmt nicht daran hindern. Aber gestatte mir, dich an die Tatsache zu erinnern, dass du den Turm bereits verraten hast, als du zu Lahens Schüler wurdest. Deshalb würde ich an deiner Stelle nicht davon ausgehen, dass er dir noch sehr freundlich gesonnen ist.«

»Ich rede nicht vom Turm, sondern von meinem Land. Mich auf die Seite Lepras zu stellen, hieße, Verrat am Imperium zu üben.«

»In dem Fall solltest du den Tod unbedingt vorziehen. Das Imperium ist ihn mehr als wert. Vor allem, wenn jemand von deiner großen Edeltat erfährt.«

»Es kommt gar nicht darauf an, dass jemand davon erfährt. Das ist eine reine Gewissensfrage!«

»Nur dass ich dir auf solche Fragen leider keine Antwort geben kann«, sagte ich. »Außerdem erinnere ich mich nicht, dass Lepra dich gebeten hätte, gegen das Imperium vorzugehen.«

»Wie kannst du nur so reden?! Du bist doch Soldat! Du hast für das Imperium gekämpft!«

»Ja, ich habe gekämpft!«, brüllte ich wütend. »O ja! Und deshalb weiß ich, wovon ich rede! Nur zu gut sogar! Jahre meines Lebens habe ich in diesem verfluchten Krieg vergeudet! O ja, ich habe gegen die Monster von Hochwohlgeborenen in ihrem vermaledeiten Wald gekämpft und mir von unseren ruhmreichen, wunderbaren Marschällen in ihren teuren, sauberen Uniformen anhören dürfen, was für ein Held ich bin. Nachdem sie unser aller Leben verheizt hatten, ohne auch nur einen Fuß aus ihren Zelten zu setzen! Ich war ein einfacher Soldat, du Rotzlöffel! Das heißt, ohne dein Pathos! Das kannst du nämlich vergessen, wenn du knietief durch Scheiße und Blut watest und die Spitzohren aus dem Haus des Schmetterlings auf dem Hals hast. Und nach dem Krieg, was geschah da? Viele von denen, die den Sieg im Sandoner Wald geschmiedet haben, sind in der Jauchegrube gelandet! Man hat uns vergessen! Wir standen mit leeren Händen da! Ich habe in diesem Krieg *für mein Land* alles Grauen gesehen, das du dir vorstellen kannst. Danach bin ich zu dem geworden, der ich heute bin. Glaubst du wirklich, ich würde mich ein zweites Mal auf etwas *für mein Land* einlassen? Nein, ich kämpfe für niemanden mehr! Außer für Lahen und mich!«

»In diesen Fragen werden wir uns nie einig sein, also lass uns nicht länger darüber streiten«, schlug Shen überraschend einen Waffenstillstand vor.

»Du willst Lepras Angebot also wirklich ablehnen?«, fragte ich, als ich die Stille, die sich ausgebreitet hatte, nicht mehr ertrug.

»Nein«, gestand er zögernd. »Nicht unbedingt. Stell dir vor, ich habe entsetzliche Angst zu sterben.«

»Aber dafür brauchst du dich nicht zu schämen, Menschlein«, mischte sich der Blasge ein. »Ich gwalaube, dass der, der den Tod nicht fürchtet, nichts im Kwopf hat. Dass so jemand nur eine leere Hülle ist.«

»Ness?«, klang es zu mir heran.

»Ja.«

»Und du? Fürchtest du den Tod?«

»Als ich im Sandoner Wald gewesen bin, habe ich ihn nicht gefürchtet. In diesem Krieg hast du dich schnell daran gewöhnt, denn damals war der Tod stets in deiner Nähe.«

»Und heute?«

»Heute? Heute habe ich einfach nicht die Absicht zu sterben. Das ist alles.«

»Wegen Lahen?«

»Schlaf jetzt lieber, mein Junge«, sagte ich ihm in sanftem Ton. »Morgen sehen wir weiter. Ich bin mir sicher, dass du die richtige Entscheidung triffst. Du wirst sehen, alles wird gut.«

Das war eine Lüge. Die selbst mich nicht überzeugte. Im Gegenteil.

Kapitel 26

Als ich über uns ein langes und schmerzliches Stöhnen hörte, war ich mir sicher, verrückt geworden zu sein. Dann bebte jedoch die Erde beziehungsweise zitterte die Decke, denn das lief aufs Gleiche hinaus. Kleine Steine und Schimmelklumpen rieselten auf mich herab – und ich ließ alle Sorgen um meinen Geisteszustand fahren.

Ich versuchte, die Töne genauer zu unterscheiden, ein Vorhaben, das Yumi mit seinem aufgeregten Fiepen und dem Gemurmel vom »Hund« jedoch vereitelte.

»Ghbabakh«, wandte ich mich an den Blasgen, »kannst du deinen Freund bitten, den Mund zu halten?«

»Yumi sagwat, sein Tunnel stürzt ein.«

»Ness!«, schrie Shen nun. »Hast du das auch gehört?!«

»Ja! Was ist das?«

»Magie.«

Was für eine höchst präzise Antwort! Da oben konnte sich also sonst was zusammenbrauen. Und irgendwo da oben war Lahen! Während ich hier unten festsaß! Verflucht!

Abermals erklang dieses Stöhnen, diesmal noch länger, noch schmerzerfüllter. Meine Nackenhaare stellten sich auf. Erneut bebte es, zudem mit einer Wucht, dass ich mich nicht mehr auf den Beinen halten konnte. Yumi jammerte schon wieder etwas von seinem Hund.

»Das ist Kampfmagie! Und zwar starke!«, schrie Shen zwischen zwei Donnern. »Sehr starke!«

Es folgte eine Reihe von kaum zu hörenden Knallen, sicher

Explosionen. Die Erde bebte zweimal, dann senkte sich lastende Stille herab. Die Shen jedoch sofort zerriss, indem er laut fluchte.

»Was ist?«, fragte ich.

»Mein Funke! Ich glaube, mein Funke ist zu mir zurückgekehrt!«

»Bist du sicher?«

»Ja! Aber ich verstehe das nicht! Das muss irgendein Fiebertraum sein! Eben war er noch blockiert, und jetzt ist er frei.«

»Dann freu dich!«, erwiderte ich. »Und leg los!«

»Was soll das nun schon wieder heißen?«

»Muss ich dir eigentlich alles vorkauen? Vernichte diese verfluchten Gitter, damit wir hier rauskommen!«

»Und wie bitte soll ich sie vernichten?«

»Verbrenn sie! Schmilz sie! Schick sie in die Goldene Mark! Verwandle sie in eine Fliege! Von mir aus auch in Wasser. Aber mach irgendwas, damit sie nicht mehr da sind. Wer von uns beiden ist denn der Schreitende?«

Ein beklemmendes Schweigen breitete sich aus. Als ich mir den Schweiß von der Stirn wischte, bemerkte ich verblüfft, dass meine Hand zitterte. In meinem Kopf hämmerte ein einziger, aufwühlender Gedanke: Was war mit Lahen? Ich versuchte sie zu rufen, erhielt aber keine Antwort.

Endlich strömte ein gleißendes Licht in den Gang. Es brannte mir derart in den Augen, dass ich mich rasch zur Wand umdrehte. Dann klirrte und quietschte etwas. Eilige Schritte folgten.

»Es hat geklappt«, teilte Shen mir mit, der zu meiner Zelle gekommen war. »Dreh dich nicht um. Ich versuche jetzt, dich zu befreien.«

»Was hast du getan?«

»Das Gitter verbrannt. Erinnerst du dich noch, wie Lahen mich gezwungen hat, ein Lagerfeuer zu entfachen?«

»Mhm.«

»Diesen Zauber habe ich jetzt auch eingesetzt. Allerdings in etwas stärkerer Form, damit das Metall in Flammen aufgeht. Ich hätte nicht gedacht, dass es mir glückt, vor allem, da es sich überhaupt nicht zu dem fügt, was uns der Turm eintrichtert. Beim Reich der Tiefe, ich brauche noch ein paar Minuten, um frische Kraft zu schöpfen! Sonst gelingt mir gar nichts!«

»Die Zeit haben wir nicht! Sieh mal neben der Tür am Ausgang nach! Vielleicht hängt da der Schüssel!«

»Glaubst du, die sind wirklich so dumm?«, fragte er zweifelnd.

»Sieh einfach nach, ja?«

»Das hätte ich mir sparen können«, erklärte er, als er zurückkam. »Wir müssen noch warten. Das ist viel Metall, das kostet enorme Kräfte.«

»Dann vergiss das Gitter!«, rief ich. »Vernichte das Schloss!«

»Du meinst, ich soll es schmelzen? Mhm, das könnte ein Ausweg sein. Mach die Augen zu.«

Selbst durch meine geschlossenen Lider nahm ich das grelle Licht wahr.

»Fertig.«

Das Eisen kühlte schnell wieder ab, ging von Rubinrot zu Kohlschwarz über. Sobald ich mit dem Fuß gegen das Gitter trat, sprang die Tür auf.

»Lass uns auch raus, Menschlein«, bat Ghbabakh.

Als er ans Gitter herantrat, konnte ich ihn zum ersten Mal richtig sehen. Irgendwie erinnerte er mich an meinen alten Freund Khtatakh. Er war massiv und wirkte schwerfällig, hatte lange Arme und einen kräftigen Kopf, der unmittelbar auf dem Körper thronte, ohne jeden Hals. Über seinem Froschmaul saßen große gelbe Glubschaugen. Er überragte mich um einen Kopf und war in den Schultern dreimal so breit wie ich. Kurz und gut, ein wahrer Muskelberg.

Was ihn jedoch von Yolas Freund und Geschäftspartner unterschied, war die dunklere, blasige Haut, vor allem aber waren es die Streitkämme, ein besonderer Stolz aller Blasgenkrieger. Einer war fahlgelb und stachelig, begann an der Stirn und endete kurz über den Nieren. Das Gift in den Stacheln würde ausreichen, eine halbe Reiterei zu vernichten. Wer den Khagher von hinten angriff, riskierte, in wenigen Sekunden unter Krämpfen und mit blutigem Schaum vorm Mund zu sterben.

Ich wusste, dass zwei weitere Kämme in den Lederfalten verborgen lagen. Sie zogen sich von den kleinen Fingern über den Unterarm bis zum Ellbogen. Damit verfügten die Khagher bei Gefahr über zwei sichelförmige Klingen von grell himbeerroter Farbe, die überaus scharf waren und gleichsam eine Verlängerung der Arme darstellten. Und die die Sumpfkrieger meisterlich zu führen wussten.

Shen sah mich fragend an.

»Lass sie frei«, entschied ich. »Für eine Tür reicht deine Kraft doch noch, oder?«

»Ich weiß nicht. Dieses Schloss ist viel solider.«

»Aus, du Hund!«, erklang es aus der Dunkelheit.

»Yumi sagwat, du sollst die Angweln nehmen. Die sind nicht so solide. Eine würde schon reichen. Versuch es, Magwier.«

Shen nickte. Während er sich der Befreiung der beiden annahm, rannte ich schon zum Ausgang und trat gegen die stählerne Tür, allerdings ohne mir im Grunde etwas davon zu versprechen. Und in der Tat: Sie war verschlossen, vermutlich sogar mit einem Riegel. Der Stahl war zwar nicht sehr dick, von eher minderer Qualität und schon ziemlich verrostet, trotzdem gelang es mir nicht, ihn zu durchschlagen. Und durch das kleine Fenster über der Tür könnte nur eine Katze kriechen, kein Mensch.

»Shen? Wie weit bist du?«

»Ich stecke fest. Mein Funke bockt. Ich habe bis jetzt erst eine Angel ein wenig angeschmolzen. Letzten Endes ist Feuer einfach nicht mein Element.«

Ich dachte bloß an das abgeschmurgelte Gitter seiner Zelle und verkniff mir jede Bemerkung.

»Tut mir leid, Blasge«, sagte ich, als ich noch einmal zur Zelle der beiden zurückging. »Anscheinend können wir euch nicht helfen. Wir kommen selbst nicht raus. Die Tür ist zu.«

Statt mir zu antworten, rammte Ghbabakh jedoch bloß seinen massigen Leib gegen das Gitter. Die Angel – von Shens Magie bereits angegriffen – gab tatsächlich nach.

»Ihr solltet jetzt besser zur Seite gwehen«, sagte er und verzog das Froschmaul zu einem Grinsen. Dann nahm er Anlauf und preschte mit aller Kraft gegen das Gitter. Die Tür fiel krachend wie ein aus einer Schleuder abgefeuerter Stein in den Gang.

»Alle Achtung!«, presste Shen erstaunt heraus.

»Jetzt war das nur ein Kwinderspiel. Man müsste schon gwebrechlich sein, um zu scheitern«, sagte Ghbabakh. »Das ist Yumi.«

Der Waiya saß im Widerrist des Blasgen, ohne die giftigen Stacheln des Kamms zu fürchten. Er war nicht sehr groß, vielleicht etwas größer als eine gut genährte Katze. Mit den spitzen Zähnen, den listigen schwarzen Augen und den riesigen Ohren ähnelte er am ehesten einem Fuchs.

Da der Körper bis auf den rosafarbenen Bauch mit einem kurzen dunkelgrünen Fell bedeckt war, konnte er auf Kleidung verzichten. Die schmalen Finger und Zehen glichen denen von uns Menschen und hatten spitze schwarze Nägel. Ein elastischer Schwanz war mit spärlichem Haarwuchs bedeckt.

»Aus, du Hund!«, murmelte Yumi leise und senkte den Blick.

»Er schämt sich«, erklärte der Blasge.

»Kannst du die Tür vorn eintreten?«, wollte ich wissen, ohne länger auf das Begrüßungsritual Rücksicht zu nehmen. Seit über uns alles verstummt war, waren bereits zehn Minuten verstrichen. Ich fürchtete immer mehr um Lahen. Wieder und wieder hatte ich versucht, sie in Gedankensprache zu rufen, bisher stets vergeblich.

»Muss mir das Dingwa mal angwukwen«, sagte Ghbabakh und ging zur Tür.

»Was glaubst du, was da oben geschehen ist?«, wollte Shen von mir wissen.

»Keine Ahnung. Vielleicht ist das ja Lepras besonderer Sinn für Humor. Oder eine Prüfung: Die alte Hexe möchte gern sehen, wie du dich jetzt verhältst.«

»Also …«

»Was erwartest du für Antworten, wenn du mir solche Fragen stellst? Solange wir nicht aus diesem Loch heraus sind, werden wir's nicht wissen. Wie sieht's aus, Ghbabakh?«

»Es würde langwe dauern und viel Kwaraft kwosten. Aber Yumi sagwat, er öffnet den Riegwel auf der anderen Seite.«

Der Waiya sprang geschmeidig wie eine Katze von der Schulter des Blasgen zu Boden, klammerte sich mit den Nägeln an kaum sichtbaren Unebenheiten in der Mauer fest und kletterte flink zu dem Fenster hinauf, zwängte sich hindurch – und war auf der anderen Seite.

Etwas rumpelte, Yumi schnaufte, dann legte er den Riegel zurück.

»Yumi sagwat, die Tür ist offen.«

Ich stürmte die Treppe hoch, trat gegen die Tür – und sofort stieg mir Brandgeruch in die Nase. Es war früher Abend, die untergehende Sonne verschmolz mit den Flammen, die aus den brennenden Pferdeställen aufstiegen. Die Tiere, die in ihnen gefangen saßen, wieherten panisch. Der Himmel im Westen prangte in schierem Violett: Ein Unwetter rückte heran.

Neben der Tür lehnte eine Sense an der Wand. In Ermangelung einer besseren Waffe nahm ich sie an mich. Shen schnappte sich kurzerhand eine Sichel.

»Ich glaube, hier trennen sich unsere Wege, Blasge. Vielen Dank für eure Hilfe.«

»O nein, wir gwehen noch nicht wegwa«, sagte er. »Wir retten erst mal die Pferde!«, erklärte der Blasge und rannte zu den Ställen hinüber, Yumi auf der Schulter.

Ich zuckte bloß mit den Achseln. Von mir aus konnte er gern bleiben, wenn er das unbedingt wollte.

»Sei auf der Hut«, schärfte ich Shen ein. Ich wünschte inständig, wir hielten etwas Verlässlicheres als eine stumpfe Sense und eine Sichel in Händen, denn viel würden wir mit diesen Klingen nicht ausrichten.

Unweit der Scheune lagen zwei Leichen, Nabatorer Soldaten. Irgendeine gute Seele hatte sie geköpft.

Ein Flügel des Herrenhauses war teilweise zerstört, das Dach eingestürzt. In den Fenstern fehlte das Glas, die Mauern wiesen tiefe Risse auf.

»Wir müssen uns teilen, Shen. Ich seh mich im Haus um, du übernimmst das Gelände. Wir treffen uns dann am Dienstboteneingang. Wir müssen Lahen finden. Und sei vorsichtig!«

Zögernd nickte er. Offenbar behagte ihm die Aussicht, allein auf Streifzug zu gehen, nicht sonderlich.

Die Beete mit den Astern gab es nicht mehr. An ihrer Stelle klaffte ein Loch aus verbrannter Erde. Vor dem Eingang ins Haus lag ein toter Nekromant rücklings auf dem Boden. Ich erkannte ihn als den Mann wieder, der mich aus meiner Zelle zu Lepra geführt hatte. Sein Unterkiefer hatte sich in ein blutiges Nichts verwandelt, die Augen waren ihm herausgebrannt.

Das schaffte niemand so ohne Weiteres. Einer Person, die einen Nekromanten so zurichten konnte, wollte ich lieber nicht begegnen. Hätte ich nicht Lahen finden müssen, ich hätte mich bei dem Anblick wohl auf der Stelle vom Anwesen verdrückt.

Ich warf die Sense weg, beugte mich über die Leiche und nahm das Sdisser Krummschwert an mich. Im Haus traf ich auf keinen einzigen lebenden Menschen – dafür aber auf mehr als genug Tote. An der Treppe, die in den ersten Stock hinaufführte, lag in einer Blutlache eine junge Dienerin. In den Zimmern entdeckte ich mehrere Diener, die alle mit einer gewöhnlichen Waffe ermordet worden waren.

Ich warf einen Blick in die Bibliothek, die teilweise den Flammen zum Opfer gefallen war. Die Schränke neben dem Fenster loderten noch immer fröhlich, das Feuer drohte schon in der nächsten Sekunde auf die schweren Gardinen überzuspringen. Als ich meinen Weg fortsetzte, wäre ich beinahe über mehrere Leichen gestolpert. Zwei von ihnen waren noch in einem Stück, die anderen beiden durften sich dieses Glückes nicht rühmen.

Ein Mann hatte beide Beine verloren. Da eine breite Blutspur zu ihm führte, musste der arme Kerl versucht haben, sich vor einem Kampf in Sicherheit zu bringen. Die zweite Leiche erinnerte an ein Sieb. Der Mann sah aus, als habe ihn ein Schwarm fleischfressender Wespen angegriffen.

Alle vier trugen weiße Umhänge. Zu Lebzeiten hatten sie über diese grausamen Stäbe mit dem Knauf in Schädelform geboten.

Drei der Nekromanten sah ich zum ersten Mal, bei dem vierten handelte es sich jedoch um keinen Geringeren als meinen guten, alten Freund Hamsy.

Kaum gelangte ich in den Flügel der Dienstboten, da sah ich einen weiteren Toten in weißem Umhang. Wie viele von diesen Mistkerlen hatten sich denn bloß auf diesem Anwesen verschanzt?!

Plötzlich knarrte hinter mir eine Diele. Ich fuhr herum und schleuderte das Schwert.

Auf Kiras Handtellern tanzte ein Feuer.

»Rühr dich nicht von der Stelle!«, befahl sie. »Bist du allein?«

»Wo ist Lahen?«

»Antworte!«

Da sah ich, was ihr verborgen blieb: Rona schlich sich von hinten an sie heran. Offenbar hatte die Verdammte Lepra sie wirklich schlecht umgeformt, denn der Blick, mit dem sie Kiras Rücken durchbohrte, sprach Bände.

Auf den Boden!, flüsterte sie mir lautlos zu.

Ohne nachzudenken, folgte ich der Aufforderung. Die Verwunderung in Kiras Gesicht wich sogleich nackter Panik. Sie riss den Arm hoch und wirbelte herum – doch es war schon zu spät.

Etwas jaulte auf.

Kalter Atem fegte über mich hinweg, und für den Bruchteil einer Sekunde gefror ich bis auf die Knochen. Raureif überzog mein Haar, die Wimpern, die Brauen und den Bart. An der gegenüberliegenden Wand bildeten sich Eiszapfen, Kira verwandelte sich in eine Eisstatue, erstarrte mit erhobener Hand, weit aufgerissenen Augen und offenem Mund.

Rona setzte sich auf den Boden, zog die Knie an, bettete das Kinn darauf, umfasste die Beine mit den Armen und schaukelte von einer Seite auf die andere. Jeder vernünftige Ausdruck kroch aus ihrem Blick, über ihre Wangen rannen Tränen. »Bitte, Herrin!«, flüsterte sie. »Bitte! Bestraft mich nicht! Nicht noch mehr Schmerzen! Bitte, Herrin! Übergebt mich nicht Kira! Bitte!«

Meine Versuche, sie zu beruhigen, führten zu nichts. Ich wollte das Mädchen nicht allein lassen, nicht in diesem Zustand und nicht, nachdem sie mir das Leben gerettet hatte – aber ich musste Lahen finden.

Keine Ahnung, was ich getan hätte, wenn Ghbabakh und Yumi nicht aufgetaucht wären. Sie kletterten durch das Fenster herein, beide dick mit Ruß beschmiert. Ihre zufriedenen Gesichter verrieten mir, dass sie die Pferde gerettet hatten.

»Das ist ein schlechter Ort, Menschlein. Hier gwibt's nur Tote. Viele Tote.«

»Aus, du Hund!« Yumi zeigte mit dem Finger auf die Eisstatue. Offenbar genügte es ihm jedoch nicht, die Figur nur anzuschauen: Er fing an, Kira zu benagen, verzog dann aber angewidert das Gesicht. Was auch immer er erwartet hatte, er musste eine herbe Enttäuschung hinnehmen.

»Wer das gwetan hat, ist längwast wegwa. Hier sind viele Spuren. Hier draußen, meine ich.«

»Umso besser für uns, wenn er weg ist. Bringt die Frau hinaus. Sie braucht Hilfe. Sucht meinen Freund. Und benehmt euch ihr gegenüber anständig. Sie ist eine Schreitende.«

Ghbabakh schielte mit verstehendem Blick zu der Eisstatue hinüber und nickte.

»Das sind meine Freunde, Rona«, erklärte ich der Frau auf alle Fälle noch. »Sie tun dir nichts. Geh mit ihnen, ja?«

Erstaunlicherweise folgte sie der Aufforderung. Ich stürzte in den Gang, der zur Küche führte. Die Stille, die im ganzen Haus herrschte, jagte mir größere Angst ein, als es eine Begegnung mit einer der Ausgeburten der Sdisser Magie je getan hätte. Oder mit Lepra.

»Lahen!«, schrie ich. »Lahen!«

Keine Antwort.

Von der Tür zum Küchentrakt war nicht mehr als eine Erinnerung an sie geblieben. Der Schlag einer gewaltigen Faust hatte sie in unzählige, lange und spitze Späne zerlegt, die jetzt über dem Boden verteilt waren.

Im Speisezimmer war der Tisch umgekippt und in der Mitte gespalten. Das weiße Tuch hatte sich mit Minz-Shaf, Marmelade, Honig und Blut vollgesogen. Auf dem Boden mengte sich

Essen mit zerschlagenem Porzellan und leuchtend roten Äpfeln. Das Büfett war auf die Seite gefallen und nahm mir die Sicht auf die westliche Ecke des Raums. In den Fenstern fehlte das Glas, durch sie wehte Wind herein, der mit den kurzen roten Gardinen spielte, ohne auf die toten Nekromanten zu achten. Trotz des Zugs hing immer noch ein seltsamer, süßsaurer Geruch in der Luft, der mich in der Nase kitzelte.

Sechs. Sechs Nekromanten.

Meine Stiefel zermalmten die Scherben des teuren, feinen Porzellans. Vorsichtig, mich an der Wand haltend, inspizierte ich den Raum. Als ich zu der Stelle kam, die sich meinem Blick bislang entzogen hatte, blieb ich stehen.

Hinter dem Büfett lag Lepra, die Arme von sich gestreckt.

Obwohl sie die sechs Nekromanten getötet hatte, war auch sie nicht mit dem Leben davongekommen. Jemand hatte einen günstigen Moment abgepasst und der Alten ein Messer mit einem gelblichen Griff in den Hals gerammt. Der Funkentöter. Diesen Angriff hatte selbst die Verdammte nicht überleben können.

Der Mörder musste entweder Hals über Kopf geflohen sein oder Angst bekommen haben. Vielleicht interessierte ihn das Artefakt auch bloß nicht mehr … Jedenfalls hatte er die wertvolle Waffe nicht mitgenommen. Er hatte sie an der Stelle zurückgelassen, an die sie gehörte: im Körper der Verdammten.

Ohne jede Furcht trat ich an die Hexe heran.

Ihre grauen Haare schienen jetzt wirr und verschmutzt, ihr Gesicht schwammig, gelblich und beleidigt. Die starren, weit aufgerissenen Augen kamen mir vor, als wären sie aus billigem, stumpfem Glas. Ihr Rock hatte sich hochgeschoben und weiße, schlaffe, von unzähligen dicken blauen Adern durchzogene Schenkel entblößt.

Nichts erinnerte noch an die bedrohliche Lepra, die Abertausenden von Menschen Panik eingeflößt hatte. Vor mir lag nur eine tote, erbärmliche und unglückliche Alte.

Ich zog das Messer aus ihrer Kehle und wischte es am Tischtuch ab. Dann spähte ich kurz durch die offene Tür in die Küche, in der ein Teig in einer großen Schüssel darauf wartete, verarbeitet zu werden. Zwei Katzen, eine schwarze und eine weiße, schleckten friedlich Milch aus ihren Schalen.

Ich trat an das Büfett heran und zog eine Schublade heraus. Shens Tasche war noch da, ebenso die vier Pfeilspitzen aus diesem seltsamen Material. Das Messer fehlte. Kurzerhand fügte ich also diesen Schätzen den Funkentöter wieder hinzu. Als ich schon weitergehen wollte, fiel mein Blick auf ein kleines Buch, das wie durch ein Wunder nicht einen Tropfen Blut abbekommen hatte.

Es fesselte sofort meine Neugier, und ich nahm es an mich. Es musste schon recht alt sein. Ich schlug es auf, und mein Blick hakte sich an einer feinen, gut leserlichen Handschrift fest.

> *Wir alle halten wohl die Gabe für die Grundlage der Magie. Und sie ist fürwahr eine große Kraft, eine nie versiegende Quelle von Möglichkeiten, etwas Neues zu schaffen. Letzten Endes indes unterliegt auch sie der entscheidenden Kraft unserer alten Welt, der Liebe. Von außen mag das sonderbar und einfältig klingen, doch habe ich lange genug gelebt und etliche Geheimnisse gelüftet, sodass ich versichern kann: Nichts Stärkeres gibt es als die Liebe. Sie ist die größte Magie. Sie enthält als solche bereits einen Funken und bietet uns Möglichkeiten, sodass, wenn uns dieses Gefühl rückhaltlos erfasst …*

Ich sah noch einmal auf den Einband.

> *Feldaufzeichnungen. Cavalar.*

Gerade als ich das Buch wieder weglegen wollte, fiel mir ein, dass Lahen diesen Namen manchmal erwähnt hatte. So hieß der Skulptor in seiner Jugend. Vielleicht würde mein Augenstern ja Geschmack an diesen Aufzeichnungen finden. Mit einem letzten Blick auf Lepra trat ich wieder in den Gang hinaus.

»Lahen!«

Keine Antwort.

Ich durchlief noch einmal das Erdgeschoss, ehe ich mich in den ersten Stock hinaufbegab und jedes einzelne Zimmer überprüfte. Nicht einmal den Dachboden ließ ich aus. An der Stelle, wo das Dach eingestürzt war, musste ich über Geröll steigen, aber außer vier toten Dienern entdeckte ich auch hier niemanden.

Ob sie meinen Augenstern vielleicht gar nicht im Haus, sondern ebenfalls in einem der Wirtschaftsbauten gefangen gehalten hatten? Ich eilte die Treppe wieder hinunter und stürmte in den Hof. Die Ställe waren inzwischen niedergebrannt, die dahinterliegenden Felder standen jedoch noch in Flammen. Wolken hatten sich vor die Sonne geschoben. Es war kühl geworden, der Wind roch nach Rauch, bitterem Wermut und Herbstregen.

»Lahen!«

Die Dunkelheit senkte sich rasch herab. Bald würde es stockfinster sein, dazu dieses Unwetter – da würde ich erst recht niemanden mehr finden.

»Lahen!«

Wieder und wieder rief ich sie.

Mit einem Mal kam Yumi angesprungen und bedeutete mir mit einer Geste, ihm zu folgen. »Aus, du Hund!«

Der Waiya bewegte sich auf seinen vier Pfoten flink vorwärts und führte mich hinter einen Viehstall. Rechter Hand brannte die Steppe, der Rauch biss mir in den Augen.

»Aus, du Hund!«, sagte Yumi und wies mit dem Finger nach links, um meinen Blick vom Feuer abzulenken.

Dreißig Yard von uns entfernt stand Shen. Er versank bis zur Taille im Wermut und hatte uns den Rücken zugekehrt. Hinter ihm erstreckten sich kleinere Hügel. Ich meinte, auf der Spitze einer der Anhöhen jemanden auszumachen, doch als ich genauer hinsah, war da niemand.

»Aus, du Hund!«, wiederholte Yumi, worauf ich, einer Eingebung folgend, auf Shen zuging.

Mit jedem Schritt lief ich schneller, schließlich rannte ich. Als Shen mein Nahen spürte, drehte er sich um und trat mir entgegen. Ich wollte ihn schon nach Lahen fragen, sobald ich jedoch sein Gesicht sah, brachte ich kein Wort mehr heraus.

Mein Herz blieb stehen.

»Was ist?«, presste ich schließlich mit einer Stimme heraus, die ich selbst nicht wiedererkannte.

Er wagte es nicht, mir in die Augen zu sehen. Seine Lippen zitterten. Gleich würde er anfangen zu weinen.

»Was ist?!«

»Ness … beruhige dich …«, stammelte er. »Du …«

»Beim Reich der Tiefe, sag mir, was los ist!«, schrie ich ihn aus vollem Hals an.

»Du solltest da nicht hingehen … Besser, du siehst das nicht …«

Ohne auf ihn zu achten, stürmte ich vorwärts. Lahen lag auf einem kleinen Fleck verbrannter Erde. Ihre Hände waren bis auf die Knochen verkohlt, ihr Gesicht blutleer und reglos, die Augen geschlossen. Für den Bruchteil einer Sekunde gab ich mich der verzweifelten Hoffnung hin, sie habe nur das Bewusstsein verloren.

Ich fiel vor ihr auf die Knie und berührte die Ader an ihrem Hals. Die Kälte des Todes verbrannte mich stärker als der Hass auf die ganze Welt. Sie atmete nicht mehr. Ihr Herz stand still.

»Sie ist tot, Ness«, sprach Shen aus, was ich mit solcher Hartnäckigkeit von mir zu stoßen suchte: die Wahrheit. »Mir … vielleicht glaubst du mir nicht … aber … mir tut aufrichtig leid, dass sie …«

»Hilf ihr! Tu was! Schließlich bist du Heiler!«

Er erschauderte, als hätte ich ihn eines Verbrechens angeklagt. »Meinst du etwa, das hätte ich nicht längst versucht?«, sagte er leise. »Du kannst eine Krankheit heilen, aber du kannst das Leben nicht zurückgeben. Jedenfalls ich nicht. Es tut mir leid.«

Ich nickte. Stählerne Schraubstöcke legten sich mir um die Kehle. In meine Augen traten verräterische Tränen. Der aufziehende Wind trug diesen unerträglichen, diesen bitteren Wermutgeruch heran. O ja, ich hatte ihn geschnappt, den Wind. Dafür musste ich nun einen schrecklichen Preis bezahlen.

»Die Jungfrau!«, murmelte ich.

»Was?«, fragte Shen.

»Die Jungfrau! Im Kartenspiel von Yola hat die Jungfrau gefehlt! In meinen Träumen hat sie versucht, mir alles zu sagen! Nur hab ich sie nicht verstanden! Die Jungfrau, Shen! Es gab keine Jungfrau in dem Spiel! Diese Karte stand für Lahen! Verstehst du?«

Er sah mich an, als hätte ich den Verstand verloren, während ich in schallendes Gelächter ausbrach. Und dann, als mich sämtliche Kräfte verließen, schloss ich meinen Augenstern in die Arme und ließ den Tränen ihren Lauf.

Kapitel 27

Während sich Thia al'Lankarra oben auf der Spitze eines kleinen Hügels hinter einem roten Stein, der die Form eines Pferdekopfs hatte, versteckt hielt, biss sie sich in ihrer Hilflosigkeit auf die Lippen und weinte bitterlich. Ihr Leben war zu Ende. All ihre Hoffnung, ihr früheres Ich zurückzuerlangen, war zerplatzt.

Nie würde es wieder werden wie einst.

Bis ans Ende ihrer Tage würde sie in diesem fremden, verhassten, ekelhaften Männerkörper hocken, sich mit den kläglichen Resten ihrer einstigen Gabe begnügen – die im heutigen Turm jedoch als Feuerwerk an Kraft galten. Nichts und niemand konnte ihr jetzt noch helfen. Weder der Heiler, der neben dem verzweifelt schluchzenden blonden Bogenschützen stand, noch Meloth, sollte er sich je bequemen, vom Firmament herabzusteigen.

Die Autodidaktin war tot, das hatte sie mit eigenen Augen gesehen. Sie, Thia, war zu spät gekommen. Wäre sie doch bloß eine Stunde früher eingetroffen …

Obendrein lag im Haus diejenige, auf der all ihre Hoffnungen geruht hatten.

Talki.

Die tote Talki.

Ohne die Hilfe der Heilerin und ohne den Körper des Mädchens war Thia zum Tode verdammt. Die Angst um ihr Schicksal schnürte ihr die Kehle zu. Für die gesamte Welt hatte sie in dieser Sekunde nur Verachtung übrig, da sie ihr eine solche Ungerechtigkeit hatte angedeihen lassen. Wie viel hatte sie durchgemacht, gelitten, hinter sich gebracht – und alles vergeblich!

Nach einer Weile jedoch wichen Angst und Enttäuschung der Wut. Und dem Hass auf diejenigen, die ihr all ihre Hoffnungen geraubt und sie so erniedrigt hatten.

»O nein, das ist noch nicht das Ende«, flüsterte Thia und schluckte die Tränen hinunter. »Meine Stunde wird noch kommen. Ehe ich ins Reich der Tiefe eingehe, hole ich mir euch. Ihr werdet dafür bezahlen, dass ihr euch mir in den Weg gestellt habt! Das schwöre ich!«

Als wollte er diesen Schwur bekräftigen, grollte ein Donner. Dichte Ströme eisigen Regens ergossen sich vom Himmel.

Glossar

Alsgara – größte Stadt im Süden des Imperiums, zwischen Austernmeer und dem Fluss Orsa gelegen, gegründet vor mehr als eintausend Jahren; auch Südliche Hauptstadt genannt. Unter dem Skulptor erlebte die Stadt eine Blütezeit. Er hat zwei Meloth-Tempel, die inneren drei Festungsmauern, den Turm der Schreitenden, die Katakomben, den Palast des Statthalters und vieles mehr erbaut.

Ascheseelen (Shej-sa'nen) – Volk, das den Ye-arre verwandt ist und hinter der Großen Wüste lebt; es ist für seine unübertroffenen Bogenschützen bekannt. Legenden der Ye-arre behaupten, die Ascheseelen hätten sich gegen ihren Gott erhoben, der bei diesen Völkern Schattentänzer heißt; dieser habe sie dann bestraft, indem er ihnen die Seele und die Flügel nahm.

Auserwählter – Eigenbezeichnung der Nekromanten aus Sdiss.

Blasgen – Rasse, die in den Blasgensümpfen im Süden des Imperiums lebt. Die meisten Blasgen verlassen ihre Heimat nie und meiden die Menschen. Sie haben ein abstoßendes Äußeres, die Sprache der Menschen erlernen sie nur mit Mühe, sodass diese nur vereinzelte Vertreter beherrschen. Blasgen gelten als exzellente Kämpfer. Während des Kriegs der Nekromanten verbündeten sie sich mit dem Imperium und stellten das Sumpf-Regiment, eine der effizientesten und kampffähigsten Einheiten der Zweiten Südarmee.

Bragun-San (Tote Asche) – steiniges, totes Ödland, das nach dem Krieg der Nekromanten entstanden ist. Nominell gehört es zum Imperium, obwohl sich die hier lebende Rasse der Nirithen für ein freies Volk hält. Im Zentrum von Bragun-San liegt der schlafende Vulkan Grokh-ner-Tokh (»laut singender Berg«).

Buch der Anrufung – Hauptwerk der Dämonenbeschwörer, in dem die grundlegenden Zauber zum Kampf gegen Dämonen verzeichnet sind.

Burg der Sechs Türme – als uneinnehmbar geltende Festung, durch die der einzige Pass im westlichen Teil der Buchsbaumberge verläuft, der südlich aus dem Imperium herausführt. Die Burg wurde vor tausend Jahren vom Skulptor selbst erschaffen.

Delbe – König der Hochwohlgeborenen (Elfen).

Dunkler Aufstand – von einer Gruppe von Schreitenden angezettelt, mit dem Ziel, die Regeln der Ausbildung und die Anwendung der Magie zu ändern. Nach der Niederschlagung des Aufstands wurden die acht überlebenden Abtrünnigen im Imperium als Verdammte bezeichnet.

Erlika-Sümpfe – weiträumiges Sumpfgebiet im Nordosten des Imperiums. In ihnen hat während des Kriegs der Nekromanten die Verdammte Cholera zusammen mit ihrer Streitmacht den Tod gefunden.

Fisch – ein durch die Magie der Nekromanten geschaffener Untoter, der vollständig mit Schuppen bedeckt ist; er explodiert auf Befehl seines Herrn und tötet damit alles in seiner Nähe.

Funkensucher – Menschen mit der Gabe, die imstande sind, in anderen den Funken zu spüren.

Gash-shaku – bedeutende Stadt im Imperium, südlich der Katuger Berge gelegen; die Befestigungsanlagen hat noch der Skulptor erbaut.

Gebieter, Gebieterin – Eigenbezeichnung der Verdammten.

Gemer Bogen – Gegend nahe des Sandoner Waldes. Hier kam es zur letzten großen Schlacht zwischen den Menschen und den Hochwohlgeborenen, die mit einem Sieg für das Imperium und der Unterzeichnung eines Friedensvertrages zwischen den beiden Rassen endete.

Gerka – Stadt in den Buchsbaumbergen, die während des Kriegs der Nekromanten aufgegeben wurde; nominell gehört sie bis heute zum Imperium, ist aber seit fünfhundert Jahren verlassen.

Gijan – Meistermörder; das Wort leitet sich vom blasgischen Ausdruck »ghijandshagharrattanda« (»Mörder, dem eine Prämie bezahlt werden muss«) ab.

Glimmende – Magier und Magierinnen, die über die lichte Seite der Gabe verfügen. Im Unterschied zu den Schreitenden sind sie nicht imstande, die Wegblüten zu nutzen oder aufwendige Zauber zu wirken, verfügen dafür aber über die Fähigkeit, ihren Funken mit anderen zu teilen, die die Gabe in sich tragen, und damit deren Kraft zu erhöhen.

Glückliche Gärten – nach dem Volksglauben treten in sie die Seelen aller rechtschaffenen Menschen ein. Die Träger und Trägerinnen der lichten Seite der Gabe schöpfen aus ihnen die Kraft für ihren Funken.

Gow – kleiner Dämon.

Grenzland – Gebiet zwischen dem Imperium und Nabator; es wird Nabator zugezählt, ist aufgrund der hohen Zahl von Gowen, die in diesem Teil der Buchsbaumberge leben, jedoch kaum besiedelt.

Große Wüste – weiträumiges Territorium hinter dem Königreich Sdiss.

Großer Niedergang – Periode zwischen dem Tod des Skulptors und dem Krieg der Nekromanten, die sich über ca. fünfhundert Jahre erstreckte. In diesem Zeitraum gerieten bei den Schreitenden etliche Geheimnisse der Magie in Vergessenheit. Zudem sind sie seitdem außerstande, neue Zauber zu wirken.

Hilss – Stab der Nekromanten; das magische Artefakt ist das Ergebnis verschiedener komplizierter Rituale und stellt einen halb lebenden, halb toten Gegenstand dar. Damit es seine Magie entfaltet, muss der Besitzer oder die Besitzerin die eigene Seele mit dem Stab verbinden und ihm einen Teil der Gabe sowie der eigenen Lebenskräfte überlassen. Die Spitze des Stabs ist als Schädel gestaltet, der seinerseits den Schädel seines jeweiligen Besitzers oder seiner jeweiligen Besitzerin kopiert.

Himmelssöhne – s. Ye-arre.

Hochstehende – Bezeichnung der Nekromanten, die alle Acht Kreise durchlaufen haben; die Ausbildung im letzten und Höchsten Kreis erfolgt unter Aufsicht der Verdammten. Die Hochstehenden halten die Macht in Nabator in Händen und unterstehen einzig den Verdammten.

Hochwohlgeborene – Elfen; sie leben im Sandoner Wald und in Urolon. Nach jahrhundertelangen Kämpfen gegen das Imperium um den östlichen Teil der Buchsbaumberge und die Pässe, die von Südosten in die Unbewohnten Lande führen, wurden die Elfen erst aus Urolon vertrieben, später im Sandoner Wald eingekesselt und beim Gemer Bogen geschlagen. Der damalige Elfenkönig bzw. Delbe Vaske musste einen Friedensvertrag unterschreiben, obwohl sich einige Häuser dagegen aussprachen. Die Elfen halten Pfeil und Bogen für eines Mannes unwürdig, weshalb diese Waffen nur von Frauen geführt werden (Schwarze Lilien). Die Hochwohlgeborenen unterteilen sich in sieben Große Häuser: die Erdbeere (das gegenwärtig herrscht), die Rose, die Weide, der Nebel, der Schmetterling, der Lotos und der Funke. Zu jedem Haus gehören fünfzig Familien.

Irbiskinder – Bezeichnung eines der sieben Klane der Nordländer. Neben den Irbissöhnen gibt es noch die Klane der Schneehörnchen, Bären, Eulen, Marder. Elche und Wölfe.

Krähennest – mächtige Burg an der Straße, die von Osten nach Alsgara führt.

Kreise von Sdiss – Schule der Sdisser Nekromanten, die sich in Acht Kreise unterteilt. Die Ausbildung im Achten Kreis wird von den Verdammten übernommen.

Krieg der Nekromanten – Krieg nach dem Dunklen Aufstand, der den gesamten Süden und einen Teil des Nordens des Imperiums erfasst hat. In den fünfzehn Jahren kämpften zunächst ausschließlich die Verdammten gegen das Imperium und die Schreitenden, später schlossen sich Sdiss und Nabator den abtrünnigen Magiern und Magierinnen an. Der Süden des Landes wurde völlig ausgeblutet; Bragun-San blieb nach dem verheerendsten magischen Duell zwischen Schreitenden und Verdammten als verbranntes Land zurück. Am Ende erlitten die Verdammten eine Niederlage (einer der Gründe dafür war der Tod Choleras) und zogen erst nach Sdiss, später bis ins Gebiet hinter der Großen Wüste. Das Imperium seinerseits verlor die Gebiete hinter den Buchsbaumbergen, die dem Königreich Nabator zufielen.

Linaer Moorpfad – einziger Weg durch die Shett-Sümpfe.

Morassien – kleines Land, das in der ganzen Welt Haras durch seine meisterlichen Waffenschmiede, Juweliere und Erfinder bekannt ist.

Nabator – großes und mächtiges Königreich südlich der Buchsbaumberge. Es kämpft mit dem Imperium um den Süden des Landes, der zu Anbeginn der Zeiten noch zu Nabator gehörte.

Nirithen – Rasse, die in Bragun-San lebt. Die Nirithen zeigen sich Menschen gegenüber weitgehend loyal, haben sich aber nominell dem Imperium nicht unterworfen. Es regiert die Königin bzw. San-nakun (Äscherne Jungfrau). Die Nirithen verehren den Vulkan Grokh-ner-tokh.

Okny – große Stadt zwischen den Katuger Bergen und dem Linaer Moorpfad.

Purpurner Orden – dem Statthalter unterstellte Dämonenbeschwörer, die gegen Geschöpfe aus dem Reich der Tiefe kämpfen, sofern diese in die Welt von Hara eindringen, aber auch gegen Geister und Gespenster. Im Unterschied zu den Schreitenden verfügen die Dämonenbeschwörer nicht über den Funken, ihr Können basiert ausschließlich auf magischen Ritualen, Elixieren, Formeln und symbolischen Zeichnungen. Das Oberhaupt des Purpurnen Ordens trägt den Titel Magister.

Reich der Tiefe – Ort, an den Legenden zufolge die Seelen der Sünder gelangen. Im Reich der Tiefe leben dämonische Geschöpfe, denen es mitunter gelingt, in die Welt Haras vorzudringen. Aus dem Reich der Tiefe schöpfen diejenigen die Kraft, die sich der dunklen Seite der Gabe zugewendet haben.

Reinerwarr – größter Wald im Imperium, gelegen im Nordosten, bei den Erlika-Sümpfen.

Sandoner Wald – Wald im Osten des Imperiums, am Fuße der Buchsbaumberge; in ihm leben die Hochwohlgeborenen.

Schneetrolle – kleine Rasse im Norden des Imperiums, die mit den Nordländern verbündet ist.

Schreitende – Magierinnen, in Ausnahmen auch Magier, die über die lichte Seite der Gabe verfügen. Die Meisterschaft ihrer Zauber übersteigt die der Glimmenden beträchtlich. Sie können die Wegblüten nutzen, sind hingegen außerstande, ihren Funken mit anderen zu teilen.

Shej-s'ane – s. Ascheseelen.

Skulptor – größter Magier in der Geschichte Haras, auf den unzählige Bauwerke sowie die Wegblüten zurückgehen.

Soritha – Mutter der Schreitenden, die während des Dunklen Aufstands ermordet wurde.

Südliche Hauptstadt – s. Alsgara.

Treppe des Gehenkten – Treppe, die dreihundert Jahre vor der Zeit des Skulptors von Magiern und Magierinnen geschaffen wurde. Die schmale Treppe verfügt über unzählige Stufen und Befestigungen und führt durch die Katuger Berge.

Uloron (Land der Eichen) – Wälder nahe den Katuger Bergen, Urheimat der Hochwohlgeborenen, die ihnen nach der Unterzeichnung des Friedensvertrags entrissen, aber im Tausch u. a. gegen den östlichen Teil der Buchsbaumberge zurückgegeben wurde.

Untote – Ausgeburten der Sdisser Nekromanten; diese Geschöpfe sind weder lebend noch tot, ihnen fehlt die Nase, in ihren Augen lodert ein grünes Feuer; ihre Gesichter sind durch grauenvolle Narben entstellt. Die Grausamkeit, Zählebigkeit und Wendigkeit dieser Kreaturen sind legendär.

Verdammte – acht aufständische Schreitende, die den Dunklen Aufstand überlebt haben. Ihre eigentlichen Namen sind im Volksmund unbekannt, dort werden sie stets nach Krankheiten benannt. Es sind: Mithipha Danami (Scharlach, Graue Maus, Leisetreterin, Tochter des Morgens, Stilett des Ostens, Mörderin der Kinder), Ley-ron (Pest, Träger des Lichts), Rethar Neho (Fieber, Albino, Älterer), Rowan Neho (Schwindsucht, Herr des Wirbelsturms, Sohn des Abends, Beil des Westens), Ghinorha Railey (Cholera, Geißel des Krieges, Füchsin, Rote), Alenari rey Vallion (Blatter, Henkerin der Spiegel, Sterngeborene, Schwester des Falken), Talki Atruni (Lepra, Vergifterin der Sümpfe, Mutter des Dunkels, Spenderin des Lebens, Finsternis der Wüste) und Thia al'Lankarra (Typhus, Mörderin Sorithas, Tochter der Nacht, Reiterin auf dem Orkan, Flamme des Sonnenuntergangs, Klinge des Südens). Fieber und Cholera starben während des Kriegs der Nekromanten.

Waldsaum – weiträumiges Gebiet, den Buchsbaumbergen unmittelbar im Norden vorgelagert.

Wegblüten – vom Skulptor geschaffene Portale, mit denen Menschen in wenigen Sekunden große Strecken überwinden können. Die Aktivierung eines Portals ist den Schreitenden vorbehalten. Der Skulptor hat das Geheimnis, wie Wegblüten zu konstruieren sind, mit ins Grab genommen, sodass nach seinem Tod keine neuen Portale mehr entstanden. Während des Dunklen Aufstands hat Soritha, die Mutter der Schreitenden, die Portale verschüttet, seitdem funktionieren sie nicht mehr; sämtliche Versuche, sie zu reaktivieren, scheiterten.

Ye-arre – Rasse geflügelter Wesen, die nach der Entstehung der Ascheseelen aus dem Gebiet hinter der Großen Wüste ins Imperium kamen. Die Ye-arre lebten jahrhundertelang mitten unter den Menschen. Sie sind bekannt für die wertvollen Stoffe, die sie herstellten und die ihnen Reichtum brachten. Eine weitere Bezeichnung für die Ye-arre ist Himmelssöhne.

– Leseprobe –

ALEXEY PEHOV

DONNER

DIE CHRONIKEN VON HARA 3

Aus dem Russischen
von Christiane Pöhlmann

Wenn der Orkan zur Rache dich treibt,
ein Grab auch für dich liegt bereit.

Kapitel I

»Da platzt doch die Kröte!«, stöhnte Luk unter der Kapuze hervor. »Nicht schon wieder!«

»Nicht schon wieder *was?*«, fragte Ga-nor, der sich das zu einem Zopf zusammengebundene Haar auswrang.

»Nicht schon wieder Regen! Falls du es noch nicht bemerkt hast: Das geht jetzt schon zwei verfluchte Wochen so.«

Ga-nor murmelte nur etwas, das Luk nicht verstand.

»Ist dir dieses Wetter wirklich einerlei?«, hakte er nach.

»Solange mich der Regen nicht umbringt, ja.«

Darauf folgten ein gewaltiger Nieser und weitere Nörgelei vonseiten Luks. In letzter Zeit lag er Ga-nor unaufhörlich damit in den Ohren, wie sehr ihm die ewige Reiterei zuwider sei, noch dazu in diesem miserablen Herbstwetter.

»Ich hab dir schon hundertmal gesagt, wir sollten uns irgendwo verkriechen, wo wir ein Dach überm Kopf haben. Mir erzählt doch niemand, dass es hier nirgends eine Schenke gibt. Da könnten wir wenigstens im Trockenen sitzen. Und bekämen was Gutes zu essen, heißen Shaf …«, schwärmte er – und sein Magen fing erbärmlich an zu knurren. »Die Hauptsache wär aber, nach diesem ständigen Regen endlich mal durchzutrocknen. Sieh dir bloß mal mein Pferd an. Ja, genau, mein Pferd. Meinst du nicht auch, es verwandelt sich allmählich in Wasser? Hör auf zu lachen. Falls ich nicht demnächst in dieser Saukälte verrecke, wachsen mir bestimmt Kiemen, du wirst schon sehen.«

»Wir dürfen unsere Zeit nicht in einer Schenke vertrödeln«, entgegnete Ga-nor, der sich jetzt ebenfalls die Kapuze über das nasse Haar zog. »Glaub mir, mich entzückt dieses Wetter auch nicht. Aber wir müssen weiter. Der erste Herbstmonat neigt sich bereits dem Ende zu, und wenn der dritte erst einmal vorbei ist, sind die Pässe durch die Katuger Berge zugeschneit. Dann kommen wir da nicht mehr durch, sondern müssen bis zum Frühjahr hier unten im Süden bleiben. In Gesellschaft der Herren Nekromanten. Würde dir das vielleicht gefallen?«

Für den wortkargen Nordländer war dies eine außergewöhnlich lange Rede. Luk nieste erneut und schnäuzte sich geräuschvoll. »Ich habe es schon einmal gesagt, doch ich wiederhole es gern«, brummte er schließlich. »Wir kommen nie im Leben über die Treppe des Gehenkten. Die Nabatorer mögen vielleicht unfähig sein – blind sind sie nicht. Der Pass ist zu schmal, als dass wir uns da unbemerkt rüberstehlen könnten.«

»Dann mach halt einen anderen Vorschlag«, verlangte Ga-nor gelassen.

Und beendete damit die Auseinandersetzung. Im Grunde wusste Luk selbst, dass es nur diese eine Möglichkeit für sie gab, nach Norden vorzustoßen: die Treppe des Gehenkten. Der zweite Pass, bei Burg Donnerhauer, lag zu weit westlich. Der Weg dorthin würde sie noch mehr Zeit kosten, obendrein führte er durch die Bluttäler, was die Sache zusätzlich erschweren würde, denn vor Gash-shaku und Altz dürfte es inzwischen von Nabatorern nur so wimmeln.

»Wenn du nicht durch die Berge willst, bliebe uns nur, uns irgendwo zu verkriechen und abzuwarten«, hielt Ga-nor fest.

»Alles, nur das nicht! Da würden uns mit Sicherheit irgendwann Untote oder Ascheseelen aufspüren. Nein, die ganze Zeit in irgendeinem Versteck zu hocken und in Erwartung dieser ehrenwerten Gäste mit den Zähnen zu klappern, das ist nichts für mich«, wehrte Luk ab. »Wie weit ist es denn eigentlich noch bis zur Treppe des Gehenkten?«

Ga-nor richtete sich in den Steigbügeln auf, sah sich aufmerksam um und zuckte die Achseln. Das war die Antwort, die er in letzter Zeit auf die Fragen Luks am häufigsten gab.

»Aber wir reiten in die richtige Richtung?«

»Ja.«

Luk seufzte. Mitunter brachten ihn die einsilbigen Äußerungen seines Freundes schier um den Verstand. War es denn zu viel verlangt, sich ein wenig miteinander zu unterhalten? Statt immer nur mit sich selbst?

Die Gegend, durch die sie ritten, trug auch nicht gerade zu ihrer Aufmunterung bei: spärlicher Wald, wenige gelbe Blätter an den Zweigen, meist aber kahle Bäume, ein grauer Himmel, eine blasse Sonne, die sich kaum durch die Wolken brach, ganz zu schweigen vom Regen, der alle Tümpel übertreten ließ.

»Vor zwei Tagen hast du auch schon behauptet, wir würden uns in die richtige Richtung bewegen«, knurrte Luk. »Aber die westlichen Ausläufer der Blinden Berge sind immer noch nicht in Sicht.«

Ga-nor jedoch hielt mal wieder nur Schweigen für ihn bereit.

»Da platzt doch die Kröte!«, brauste Luk auf. »Ich ertrag das nicht länger.«

»Sprichst du von deiner ewigen Nörgelei?«

»Nein! Ich spreche davon, dass mir diese Ödnis zum Hals raushängt! Erinnerst du dich eigentlich noch, wann wir das letzte Mal etwas Anständiges zu essen bekommen haben? Ich nämlich nicht. Und mein Magen erst recht nicht. Die ganze Zeit über stopfen wir nur irgendwelchen Mist in uns hinein. Pass auf, es dauert nicht mehr lange, dann futtern wir Ratten.«

»Schon geschehen.«

»Bitte?!«, fragte Luk verständnislos zurück.

»Gestern Abend standen Ratten auf unserm Speiseplan«, erklärte Ga-nor selenruhig. »Genauer gesagt, Zieselmäuse.«

Luk sah Ga-nor entsetzt an, begriff, dass dieser keineswegs gescherzt hatte, und sagte mit brechender Stimme: »Ich glaub, ich muss gleich kotzen.«

»Stell dich nicht so an. Schließlich hast du gestern ordentlich zugelangt.«

»Da wusste ich ja auch nicht, dass wir Rattenfl…«

In dieser Sekunde riss Ga-nor jedoch die Hand hoch und gebot Luk zu schweigen. Dieser griff sofort nach dem Streitflegel.

Die Stille, die sich herabsenkte, wurde nur vom Regen, der auf ihre Kapuzen prasselte, und vom Schnauben ihrer unruhigen Pferde durchbrochen. Die Straße verschwand weitgehend hintereinem Regenvorhang, sodass sie eine Sicht von weniger als hundert Yard hatten.

Eine Minute verstrich. Noch eine.

»Runter von der Straße!«, befahl Ga-nor. »Sofort!«

Das taten sie zwar, doch es änderte nicht viel. Der Wald war viel zu spärlich, als dass sie beide und die Tiere sich dort hätten verstecken können, die schmalen Espen boten kaum Deckung, die wenigen Sträucher verbargen die Spuren der Tiere nicht.

Luk knüpfte sogleich einen Lederbeutel vom Sattel, der die Armbrust gegen den Regen schützte, entnahm die Waffe, untersuchte die Sehne, spannte sie, holte einen Bolzen aus einem zweiten Beutel und setzte ihn ein. Fünf Minuten bangen Wartens vergingen, ehe Ga-nor schließlich sagte: »Ich habe mich getäuscht.«

»Meloth sei gepriesen«, stieß Luk aus. Da er Ga-nors Instinkten blind vertraute, entlud er die Armbrust wieder und steckte sie rasch in den Lederbeutel, um sie nicht länger als nötig der Feuchtigkeit auszusetzen.

Wortlos führten sie die Pferde auf die Straße zurück und saßen wieder auf.

»Du hast dich also getäuscht?«, fragte Luk, wenn auch nicht in vorwurfsvollem Ton, denn auch er vertrat die Ansicht, dass sie gar nicht vorsichtig genug sein konnten. Sobald Ga-nor auch nur den geringsten Verdacht schöpfte, suchten sie deshalb stets Deckung. Zweimal waren sie den Nabatorern auf diese Weise bereits entkommen. In den letzten Tagen jedoch stellten sich Ga-nors Warnungen häufig als falscher Alarm heraus.

»Ich habe ein Wiehern gehört«, brachte Ga-nor zögernd heraus.

»Glaubst du etwa, in dieser Ödnis streift außer uns noch jemand herum?«

»Das nennst du Ödnis? Ich schwöre dir bei Ug, dass ganz in der Nähe ein Dorf ist.«

»Wie kommst du denn darauf?«

»Riechst du den Rauch nicht?«

Luk sog die Luft tief in sich ein, doch der Geruch der nassen Pferde überlagerte alles andere.

»Vielleicht hast du also gar kein Wiehern, sondern Geräusche aus dem Dorf gehört?«, schlug Luk vor.

»Red keinen Unsinn! Bis zu dem ist es noch eine Viertelleague.«

Ga-nor streifte die Kapuze zurück und lauschte zum wiederholten Mal an diesem Tag in den kalten Regen hinein. In letzter Zeit schlief er kaum noch. Wenn das so weiterging, würden ihm schon bald gravierende Fehler unterlaufen – die ihn in die eisigen Hallen Ugs brächten.

»Vielleicht sollten wir doch zusehen, dass du zu deinem heißen Shaf kommst«, sagte er schließlich. »Und ich zu etwas Stroh zum Schlafen. Wir müssen beide frische Kräfte sammeln.«

»Das ist die erste gute Nachricht seit einer Woche!«, meinte Luk strahlend. »Außerdem dürfte es bald Frost geben, da könnten wir gut etwas Wärmeres als unsere Umhänge brauchen. Vielleicht können wir im Dorf ja ein paar Sachen kaufen …«

Ga-nor verzog das Gesicht. Sie hatten nur wenig Geld. Und für einen Kupferling und etwas Silber würde ihnen sicher niemand Winterkleidung überlassen.

Die Pferde liefen nun schneller, als spürten auch sie, dass sie bald ausspannen durften.

Doch kurze Zeit später zügelte Ga-nor abrupt sein Tier, sprang aus dem Sattel und untersuchte aufmerksam den Boden.

»Ist da was?«, fragte Luk ungeduldig.

»Spuren. Von Pferden.«

»Bist du sicher?« Luk vermochte sich einfach nicht vorzustellen, wie irgendjemand diesem Schlamm eine brauchbare Spur entnehmen wollte.

»Hier ist vor gut einer Stunde jemand langgeritten.«

»Bestimmt Bauern«, brachte Luk heraus, der auf gar keinen Fall von der Aussicht auf heißen Shaf Abschied nehmen wollte.

»Bauern gehen zu Fuß. Und wenn sie ein Tier haben, dann

nur eine alte Mähre, die ihren wackeligen Karren zieht.« Ga-nor sprang wieder in den Sattel und wendete sein Pferd. »Hier sind aber viele Tiere langgekommen. Wir reiten wieder in den Wald. Schlagen wir uns durch ihn zu den Blinden Bergen. Wenn alles gut geht, müssten wir sie in ein paar Tagen erreichen.«

Nur vereitelte da Hufgetrappel ihren Plan.

Aus der Richtung, aus der auch sie gekommen waren, näherten sich über die Straße Pferde. Um sie herum erstreckten sich nur Felder, die der Regen in die reinste Sumpflandschaft verwandelt hatte. Ihre Tiere würden darin keine zwanzig Yard weit kommen. In der Zeit wären die Verfolger längst heran. Und wenn es unter ihnen Armbrustschützen gäbe, würde die Sache übel enden.

Deshalb traf Ga-nor die einzig mögliche Entscheidung: Mit Ugs Namen auf den Lippen sprengte er die Straße hinunter. Luk zögerte nur eine Sekunde, ehe er ihm folgte.

Links und rechts von ihnen flog Schlamm auf, sodass Tiere wie Reiter schon bald mit Dreck bespritzt waren. Der Regen schlug ihnen in die Augen. Ihre Finger krallten sich derart um die Zügel, dass sie binnen Kurzem ertaubten. Luk schmiegte sich gegen die streng riechende Mähne seines Pferdes und versuchte, nicht hinter Ga-nor zurückzubleiben. Dieser Ritt erinnerte ihn an die missglückte Flucht aus Alsgara, an jenen Tag, als Rowan die Stadt mit seinen Katapulten angegriffen hatte.

Irgendwann verengte sich die Straße, zog sich auch nicht länger schnurgerade hin, sondern wand sich in ein Tal hinein, das zwischen zwei kleineren Hügeln mit Lehmhängen lag. Selbst bei Sonnenschein wäre es nicht gerade einfach gewesen, diese Anhöhen zu erklimmen, bei dem Regen aber konnte erst recht keine Rede davon sein. Verzweifelt preschten sie weiter und hielten nach einer Stelle Ausschau, an der sie die Straße verlassen könnten.

Der Regen nahm immer stärker zu, ja er ging allmählich sogar in Schneeregen über. Die Tiere, durch den Ritt erhitzt, schüttelten unzufrieden die Köpfe. Sie waren bereits müde und fingen an zu straucheln.

Endlich sahen sie weit vor sich über den kahlen Wipfeln einzelner Espen graublauen Rauch und einen Glockenturm.

»Ins Dorf!«, schrie Ga-nor.

»Was, wenn da Feinde lauern?«

»Schlimmer kann's jetzt auch nicht mehr kommen! Siehst du den Wald hinterm Dorf? Wenn wir den erreichen, sind wir in Sicherheit.«

Während sie die Straße hinunterjagten, betete Luk inständig zu Meloth, dass die Pferde sie nicht im Stich ließen. Schon erreichten sie den kleinen Friedhof, auf dem Birken wuchsen und der eine windschiefe hölzerne Einfriedung hatte. Dahinter stand ein moosbewachsener Kahler Stein – und ein grober, klotziger Galgen, an dem einige Leichen hingen. Luk sah ihn in dem Augenblick, als ein Bolzen durch den Regen schoss und in den Hals von Ga-nors Pferd einschlug.

Ga-nor schaffte es, geschickt über die Schulter abzurollen. Er landete neben dem Galgen. Luk, der in solchen Situationen eine schnelle Auffassungsgabe zeigte, zügelte sein Pferd, sprang aus dem Sattel, stolperte, fiel, rollte ebenfalls ab – und entkam damit einem weiteren Bolzen. Wie eine Schlange kriechend arbeitete er sich zu Ga-nor vor.

»Da platzt doch die Kröte!«, knurrte er.

»Halt den Kopf unten!«

Sie lagen unter einem kümmerlichen Strauch am Straßenrand.

»Nabatorer!«, flüsterte Luk. »Und jede Menge Tote.«

Die Leichen am Galgen, bereits blau angelaufen und von den Aasgeiern benagt, schwankten sanft hin und her. Der Kleidung nach zu urteilen handelte es sich um Bauern.

Im Unterschied zu Luk, der ein Gebet murmelte, achtete Ganor nicht auf die Toten, sondern suchte fieberhaft nach einem Versteck. Bis zum Friedhof würden sie es nicht schaffen, das waren hundert Yard über offenes Gelände. Da wäre ein Wunder nötig, um ihn zu erreichen, ohne sich einen Bolzen in den Rücken einzufangen. Das Dorf schied auch aus – denn hinter den Heuballen am Straßenrand lauerten ebenjene Schützen, die sie beschossen.

Obwohl Luk eine nur kaum merkliche Bewegung machte, pfiff sofort der nächste Bolzen durch die Luft, der ihn beinahe am Kopf getroffen hätte. Er stieß einen Fluch aus, presste sich noch stärker in den Schlamm und schielte zu Ga-nor hinüber, der sein Schultergehänge abgeknüpft hatte, um die Scheide mit dem Schwert an sich zu nehmen und die Klinge blankzuziehen. Luk folgte seinem Beispiel und bewaffnete sich sowohl mit dem schmalen Dolch wie auch mit dem Krummmesser.

»Was ist, mein Freund?«, fragte er Ga-nor. »Zeigen wir es diesen Nabatorern?«

»Das sind keine Nabatorer.«

Mittlerweile waren ihre Verfolger in Sichtweite gekommen, auch sie auf völlig erschöpften Pferden. Es waren Soldaten, manche in Kettenhemd, andere in Rüstung. An der Spitze ritt der Bannerträger. In dem durchweichten Lappen, der an der Fahnenstange klebte, ließ sich nur noch mit Mühe die Standarte des Imperiums erkennen.

»Da platzt doch die Kröte, das sind ja unsere Leute!«, schrie Luk aufgeregt und wollte schon aufstehen, doch Ga-nor drückte ihn zu Boden.

»Bleib liegen!«, zischte er. Er behielt die heranrückende Einheit fest im Blick. Auch das Schwert lag nach wie vor griffbereit neben ihm, ja er hatte sogar die Beine angezogen, damit er notfalls aufspringen konnte.

»Aber das sind doch unsere …«, murmelte Luk noch einmal.

»Dann mach denen mal klar, dass wir keine Feinde sind«, brummte Ga-nor.

In diesem Augenblick entdeckten die Verfolger sie, und fünf Mann scherten aus, um auf die beiden zuzuhalten. Die Übrigen preschten, ohne die Geschwindigkeit zu zügeln, weiter auf das Dorf zu. Dennoch entging Ga-nor nicht, wie erschöpft die Soldaten waren und dass sich viele von ihnen aufgrund von Verletzungen kaum noch im Sattel halten konnten.

Den fünf Männern, die sich ihnen näherten, ritten zwei Soldaten in Rüstung voran, auf deren stählernen Harnischen springende Leoparden eingraviert waren.

Einer der beiden war noch jung. Das dunkelblonde Haar zeigte ein mattes Silber an den Schläfen, was darauf deutete, dass in seinen Adern das Blut der Imperatorsfamilie floss. Die blauen Augen unter den geraden Augenbrauen blickten aufmerksam und müde. Das feine, edle Gesicht wurde durch eine gebrochene Nase entstellt, die noch nicht wieder verheilt war. Die eingefallenen Wangen wurden von Bartstoppeln bedeckt. Über der rechten Braue prangte eine kleine, notdürftig vernähte Wunde.

Der zweite Mann schien ein echter Gigant zu sein; er hatte den Helm noch auf.

Die drei Soldaten hinter ihnen trugen einfache Rüstungen: Jacken mit aufgesetzten stählernen Platten sowie Kettenhemden mit Kapuzen. Zwei von ihnen hielten die Armbrust im Anschlag.

»Wer seid ihr?«, fragte der Gigant. Die Stimme hinter dem heruntergelassenen Visier klang dumpf und dröhnend, wie eine Tempelglocke.

»Wir sind Freunde«, antwortete Luk.

Beide standen nun vorsichtig auf.

»Werft die Waffen weg«, verlangte der junge Mann.

Ga-nor kam dem Befehl rasch nach, Luk grummelte etwas, folgte dann aber dem Beispiel seines Gefährten. Der Dolch und das Messer flogen auf den Boden. Aber selbst jetzt senkten die zwei Reiter die Armbrüste nicht.

»Führt sie ab«, befahl der Gigant. Daraufhin jagte er mit dem jungen Mann in Richtung Dorf davon.

»Was soll das heißen?!«, empörte sich Luk, als ihm die Hände gefesselt wurden. »Wir sind doch Freunde!«

»Das klären wir später«, erwiderte einer der beiden Armbrustschützen in bedrohlichem Ton. »Steht still. Das gilt vor allem für dich, Rotschopf. Ich kenne euer Volk.«

»Da platzt doch die Kröte, wir sind keine Feinde!«, versuchte es Luk ein letztes Mal.

»Halt jetzt endlich den Mund, sonst werd ich dir mal zeigen, was eine Kröte ist, du elender Kerl!«, zischte der andere Armbrustschütze. Nun endlich begriff Luk, wie dieser Streit enden würde, und schwieg.

»Du kannst unsern Kommandeuren erzählen, wer du bist. Falls sie dir zuhören«, erklärte der Erste, während er die Schnüre um Ga-nors Hände so fest anzog, dass dieser mit den Zähnen knirschte.

Von den drei Reitern eskortiert, mussten die beiden durch den Schlamm stapfen. An einem Gemüsegarten kauerten zwei weitere Armbrustschützen unter ihren Umhängen verborgen, um die Straße im Auge zu behalten.

»Ihr seid flink«, bemerkte einer von ihnen. »Und so sauber!«

»Wenn hier Dreckschweine anwesend sind, dann seid ihr das!«, knurrte Luk, doch zum Glück hörte ihn niemand.

Im Dorf wimmelte es von Soldaten, von den eigentlichen Bewohnern war dagegen nichts zu sehen. Entweder versteckten sie sich oder hatten längst das Weite gesucht.

»He! Mann!«, rief einer ihrer Bewacher. »Wohin sollen die beiden?«

»Zu Mylord Rando.«

»Und wo finde ich den? Oder soll ich etwa in jedem Hof nach ihm suchen?«

»Er ist im Tempel.«

»Klar, jetzt muss er beten«, brummte Luk, wofür er sich einen leichten Stoß in den Rücken einfing.

Durch das kleine Dorf führte nur eine einzige, dreckige Straße, die von zwei Dutzend unansehnlichen Häusern gesäumt wurde. Die Gemüsegärten schützten niedrige Zäune, am Brunnen gab es einen länglichen Schwingbaum. Dann entdeckten sie noch eine einstöckige Schenke, deren Schild schon völlig verblichen war, den Tempel mit breiter Vortreppe und hölzernem Glockenturm, der so brüchig wirkte, dass er bei der nächsten Bö einzustürzen drohte, sowie hinter den Bauernhäusern eine Wassermühle.

Jemand verlangte über die ganze Straße hinweg nach einem Hurensohn von Medikus. Rechts unter einem Strohdach, das vom Regen durchnässt war, lagen drei Tote. Der in ein Kettenhemd gewandete Priester des Meloth murmelte ein Gebet und segnete sie.

Jemand führte die Pferde zum Schutz vor dem Regen in eines der Häuser. Am Dorfrand wurden mit verzweifelter Hast Beile geschwungen, immer wieder waren scharfe Befehle zu hören. Auf dem Glockenturm hatten sich bereits einige Bogenschützen eingerichtet. Luk war sich sicher, dass sie selbst bei diesem miesen Wetter die Umgebung gut einsehen konnten. Nachdem er den Blick hatte schweifen lassen, kam er zu dem Schluss, dass sich im Dorf etwa fünfzig Soldaten aufhielten.

Die Tür zum Tempel stand sperrangelweit offen. In seinem Innern war es schummrig, ihn schmückten lediglich ungeschickt gemalte Darstellungen des Meloth.

»Wir können uns das auf gar keinen Fall erlauben, Rando!«, tönte jemand mit tiefem Bass. Die Stimme gehörte jenem Giganten, den Luk und Ga-nor bereits kennengelernt hatten. Jetzt hatte der Mann seinen Helm abgenommen und sein grobes, kantiges Gesicht mit der fleischigen Nase und dem breiten Kinn voller Bartstoppeln entblößt. »Eine solche Verzögerung wäre unser Tod!«

»Nein, weiterzureiten wäre Wahnsinn«, widersprach Rando, ebenjener junge Mann, der den Giganten vorhin begleitet hatte. »Die Pferde sind müde. Und die Männer auch. Wir brauchen mindestens einen Tag Ruhe.«

»Aber die Nabatorer sind uns auf den Fersen.«

Außer diesen beiden waren noch fünf weitere Männer anwesend, zwei in Rüstungen mit dem Leoparden-Emblem, die Übrigen in Kettenhemden, schweinsledernen Jacken und verdreckten Hosen. Sie alle blickten finster und ausgelaugt drein und vermochten sich kaum noch auf den Beinen zu halten.

»Ich glaube, fürs Erste haben wir sie abgehängt«, bemerkte nun einer von ihnen.

»Da täuschst du dich, Glum«, widersprach ihm ein schwarzbärtiger Mann mit einem Falchion am Gürtel, allem Anschein nach ein gebürtiger Morassier. »Sie werden uns nachsetzen, denn wir sind eine zu große Gefahr in ihrem Rücken. Dennoch hat Mylord Rando recht. Noch eine Stunde, und sowohl die Pferde als auch die Männer sterben vor Erschöpfung.«

»Das tun sie bereits«, verbesserte ihn ein blonder Mann, der gerade den Tempel betrat. »Ich habe die Verwundeten in einem der Häuser unterbringen lassen. Der Medikus ist bei ihnen.«

»Ich danke dir, Kallen. Woder, ich habe Befehl erteilt, die Straße zu versperren und das Dorf zu sichern«, setzte Mylord Rando den Giganten in Kenntnis.

»Du bist der Kommandeur«, entgegnete Woder. Dann drehte er sich dem Eingang des Tempels zu, an dem Ga-nor und Luk warteten. »Also, wenn ihr jetzt noch mal erklären würdet, wer ihr seid.«

»Luk, Soldat im Eisturm in der Burg der Sechs Türme.«

Daraufhin stieß Kallen einen erstaunten Pfiff aus und kniff die Augen zusammen.

»Ga-nor aus dem Irbisklan. Fährtenleser in der Burg der Sechs Türme.«

»Wir haben gehört, niemand habe den Sturm auf die Burg überlebt«, sagte der Morassier.

»Und wir haben gehört, vom Himmel fliegen Kröten«, knurrte Luk. »Wir konnten jedenfalls entkommen.«

»Bei Altz wurde uns versichert, in den Bergen seien alle gestorben«, mischte sich nun ein hagerer, fast schon skelettöser Mann mit einer schmalen Nase und großen Segelohren ein, der bis jetzt geschwiegen hatte. Seine Kleidung wies ihn als Glimmenden aus.

»Lassen wir das Spekulieren, Jurgon. Wir haben andere Möglichkeiten, das zu klären«, sagte Rando, um sich dann an Glum zu wenden. »Crayg soll herkommen.« Daraufhin eilte Glum zum Ausgang, während Rando fortfuhr: »Gut, nehmen wir einmal an, ich glaube euch. Aber selbst in dem Fall seid ihr lange unterwegs gewesen. Fast vier Monate. Offenbar hattet ihr keine große Eile, euch wieder der Armee anzuschließen. Zum Beispiel am Linaer Moorpfad, wo es die ganze Zeit über Kämpfe gab. Oder an der Treppe des Gehenkten.«

»Wir sind keine Deserteure«, blaffte Luk ihn an.

»Darüber entscheiden wir!«, brüllte Woder.

»Von der Burg der Sechs Türme aus haben wir uns durch den

Wald nach Alsgara geschlagen«, gab Ga-nor Auskunft. »Zu den Schreitenden.«

»Wozu das denn?!«, fuhr ihn der Glimmende Jurgon an, und der Adamsapfel in seinem schmalen Hals hüpfte unter der durchscheinenden, pergamentenen Haut.

»Weil uns die Schreitende aus der Burg der Sechs Türme darum gebeten hatte. Das heißt, sie hat mich darum gebeten … Bevor sie gestorben ist«, erklärte Luk. Die Schnüre schnitten ihm erbarmungslos in die Handgelenke, die kalte, nasse Kleidung klebte an seinem Körper, und die ganze Situation kam ihm unglaublich ungerecht vor.

»Und?«, wollte Jurgon wissen. »Seid ihr im Turm gewesen?«

»Ja.«

»Mit wem habt ihr gesprochen?«

»Mit der Herrin Irla.«

Jurgon nickte Rando kaum merklich zu.

»Gut. Und dann habt ihr die Stadt verlassen?«

»Ja. Wir wollten zur Treppe des Gehenkten«, antwortete Ganor. »Und von dort aus weiter nach Norden.«

»Wie sieht es in Alsgara aus?«, fragte einer der Männer.

»Wir haben die Stadt vor fast einem Monat verlassen. Seitdem haben wir selbst nichts mehr gehört. Wir haben uns durch die Wälder gekämpft, weil die Straßen voller Nabatorer waren.«

»Auch euch haben wir zunächst für Nabatorer gehalten«, sagte Luk. »Deshalb sind wir so schnell wie möglich abgehauen. Seitdem Alsgara belagert worden ist, machen wir nichts anderes, als uns vor dem Aussatz aus Nabator und Sdiss zu verstecken.«

»Die Stadt wird belagert?«, fragte der Morassier erstaunt. Auf die Übrigen hatte diese Mitteilung die gleiche Wirkung.

»Mhm, seit dem letzten Sommermonat«, murmelte Luk. »Wusstet ihr das etwa nicht?«

»Sämtliche Nachrichten erreichen uns nur mit ungeheurer Verspätung«, erklärte Jurgon.

In dieser Sekunde kam Glum mit einem Bogenschützen zurück. Der musterte die beiden Gefangenen genauestens und antwortete auf die unausgesprochene Frage Randos, indem er den Kopf schüttelte. »Die sehe ich zum ersten Mal, Kommandeur.«

»Und?«, fragte Woder. »Was ist mit euch? Kennt ihr diesen Mann?«

»Nein«, antwortete Luk, obwohl er eine Fangfrage vermutete. Ga-nor zuckte nur die Achseln.

»Crayg hat in der Burg der Sechs Türme Dienst getan.«

»Vor wie vielen Jahren?«

»Vor fünfzehn«, antwortete der Mann verlegen.

»Vor fünfzehn Jahren kannte ich noch nicht mal das Wort Buchsbaumberge«, fuhr Luk ihn an. »Sucht euch jemand andern, den ihr über dem Löffel barbieren könnt!«

Daraufhin erntete er nur finstere Blicke.

»Wie heißt die Statue des ersten Hauptmanns?«, wollte Crayg weiter wissen.

»Langer Esel«, antwortete Luk in herausforderndem Ton. »Weiter?«

»Wie viele Tore gibt es in der Gartenmauer?«

»Sechs. Das zweite von links ist bereits seit neun Jahren vermauert.«

»Was ist auf der Kuppel des Feuerturms dargestellt?«

»Nichts – denn die Kuppel ist nie fertig gebaut worden.«

»Scheint alles zu stimmen«, wandte sich Crayg wieder den anderen Männern zu.

»*Scheint!*«, spie Woder aus. »Auf dein *scheint* können wir verzichten. Bist du dir sicher, dass sie in der Burg gedient haben?«

»Scheint so … äh … ja. Wer noch nie in der Burg gewesen ist, hätte diese Frage nicht beantworten können.«

»Gut. Du kannst gehen.«

»Und was sollen wir jetzt mit denen machen?«, fragte der Morassier.

Schweigen hing in der Luft.

»Sperrt sie ein«, entschied Rando schließlich. »Und stellt ihnen eine Wache vor die Tür.«

SEI UNSER
HELD!
PIPER FANTASY
Gleich mitmachen und die magische
Welt der Piper Fantasy erleben! Neugierig?
Dann auf zu www.piper-fantasy.de!
Piper-Fantasy.de
PIPER